La fortune des Collingwood

Fred Mustard Stewart

Traduit de l'américain
par Robert Petit

Édition
Mortagne Poche
250, boul. Industriel, bureau 100
Boucherville (Québec)
J4B 2X4

Diffusion
Tél.: (514) 641-2387
Téléc.: (514) 655-6092

Dépôt légal
Bibliothèque nationale du Canada
Bibliothèque nationale du Québec

2e trimestre 1995

ISBN: 2-89074-557-0

1 2 3 4 5 - 95 - 99 98 97 96 95

Imprimé au Canada

À ma femme bien-aimée qui, à aucun moment, n'a perdu sa foi en moi et à mon arrière-grand-mère, Emma Busch, qui a quitté l'Allemagne pour l'Amérique, au cours du siècle dernier.

Remerciements

Je souhaite exprimer ici ma profonde gratitude à l'égard du personnel de la Bibliothèque centrale de New York dont l'aide efficace m'a permis de venir à bout des recherches imposées par la conception de cet ouvrage.

PROLOGUE

Le pouvoir du veau d'or :
le prix de chaque chose

Guy de Lambert passa la tête dans la salle de bains attenante à la suite qu'ils occupaient au premier étage du Ritz, à Paris.

— Je viens d'avoir les Passelthwaite au téléphone. Ils nous invitent à les rejoindre à Marbella demain. J'ai accepté de bon gré.

Immergée dans sa baignoire, Claudia Collingwood de Lambert, son épouse américaine, lui décocha un regard surpris.

— Mais, je croyais que tu détestais Marbella, observa-t-elle, et que tu n'éprouvais qu'une sympathie très limitée pour les Passelthwaite. Tu as toujours considéré Rodney comme un raseur.

— Certes ! Mais tu apprécies la compagnie de Margot. D'autre part, tu es confinée depuis des mois au château et nous célébrons aujourd'hui notre anniversaire. Aussi ai-je pensé que quelques jours de vacances... Margot précise qu'il y a un vol régulier à dix heures pour Malaga. Elle nous attendra à l'aéroport.

— Tu aurais peut-être pu m'en parler, avant d'accepter et de t'engager, remarqua Claudia d'un ton coupant qui ne lui était pas habituel.

Son mari se borna à consulter sa montre.

11

— Tu ferais mieux de te hâter, nous sommes attendus pour huit heures, rappela-t-il en sortant de la salle de bains.

— Guy…

— Quoi donc ?

Cet assaut de chaleureuses prévenances la troublait, mais pas au point, toutefois, de l'engager dans la voie d'une discussion.

— Rien, soupira-t-elle.

Il la gratifia d'un sourire.

— Je te trouve aussi belle que le jour où je t'ai vue pour la première fois, il y a juste deux ans.

« Et toi, tu es toujours aussi séduisant, misérable ! » songea-t-elle en le regardant s'éloigner. Elle se sentait manipulée sans pouvoir discerner les motifs de cette manœuvre. La facilité avec laquelle il avait accepté l'invitation à Marbella lui apparaissait aussi extravagante que l'idée de l'avoir installée au Ritz, dans une suite à mille dollars la nuit. Elle sentait se tramer une machination dont les fils lui échappaient. Elle en venait même à se demander si ce deuxième anniversaire de mariage ne pourrait pas être le dernier. En dépit de la fascination exercée sur elle par ce mari français dont le pouvoir de séduction était immense, quelque chose au fond de son cœur la poussait à imaginer que son amour pour lui déclinait avec la même rapidité qu'il l'avait embrasée. Perdue dans ses souvenirs, elle frottait machinalement ses bras et son cou à l'aide d'une énorme éponge ruisselante de « bain de détente » de chez Hermès…

À l'époque, elle parcourait la Charente Maritime, région résolument ignorée du touriste traditionnel, à la recherche de demeures ancestrales dignes d'une photo, lorsqu'elle était tombée, au détour d'une boucle de la rivière, sur un amour d'édifice : un château de conte de fées, avec sa grosse tour ronde coiffée d'un bonnet pointu en ardoise claire, dont les flancs rebondis abritaient une construction trapue, tout droit émergée d'un Moyen Âge serein et riant. Elle avait arrêté sa Peugeot de location devant le portail en ferronnerie qui ouvrait à deux battants sur une cour pavée. Puis, le Nikon en bandoulière, elle s'était avancée à petits pas sur le pavage inégal. À l'intérieur, un jardinier s'appliquait à désherber une corbeille de soucis au cœur de laquelle le soleil d'août allumait des flamboiements aveuglants.

— Je vous prie de m'excuser, avait-elle dit dans un français qu'elle savait très acceptable, pourriez-vous m'indiquer le nom de ce château ?

L'homme s'était redressé et avait tourné vers elle un visage dont la souveraine beauté avait mis son pouls en émoi.

— Vous êtes américaine ? s'était-il enquis dans un anglais dont la perfection l'avait prise au dépourvu.

Au cœur de cette région rurale, les jardiniers bilingues étaient aussi rares que les touristes.

— Oui…

Un sourire extasié avait illuminé son visage tanné par le soleil.

— J'aime beaucoup les Américains.

— Et moi les Français. Pouvez-vous me dire comment s'appelle ce château ?

— Le Château de Soubise.

— Le propriétaire se trouve-t-il dans les parages ? J'aimerais prendre quelques photos pour illustrer un ouvrage que je prépare sur l'architecture médiévale en France. J'aurais besoin de son autorisation.

Le soleil avait allumé un éclair dans l'épaisse chevelure aile de corbeau du jardinier.

— Je vous en donne l'autorisation et je vous invite à déjeuner.

— C'est fort aimable à vous mais… le propriétaire… ?

— Permettez que je me présente. Je m'appelle Guy Octave de Lambert, comte de Soubise*.

— Mon Dieu ! Et moi qui vous prenais pour le jardinier !

— Le jardinage, je le pratique également. Cela dit, quelle est votre réponse concernant mon invitation à déjeuner ? Pardonnez-moi cette sorte de cliché, mais, chaque fois que je me trouve en présence d'une belle et blonde Américaine, je l'imagine originaire de la Floride.

— Erreur ! Je suis native de Californie.

— Vous voyez ! Je ne sais même pas de quoi je parle…

---

* Famille des Rohan-Soubise.

Claudia s'extirpa à regret de son bain chaud et passa un peignoir de bain en velours blanc. Cette merveilleuse aventure avait pris, dès le premier instant, un tour tellement romantique : elle était tombée amoureuse, comme une ingénue à son premier bal. Le repas leur avait été servi par une grosse femme âgée – tenant en même temps le rôle de cordon bleu – qui se nommait Marie-Claude et qui avait pris soin de monsieur le comte depuis sa naissance. Ils avaient dégusté une merveilleuse mouclade : un bol de moules cuisinées dans une sauce à base d'échalote, de crème et de safran mijotées dans du vin blanc. Ils avaient savouré une salade de saison et bu un blanc de Graves.

La salle à manger, de dimensions imposantes, était fraîche, garnie d'un mobilier d'époque dont certaines pièces accusaient tristement leur âge. Les portes-fenêtres ouvraient sur le jardin délimité au fond par la Charente sur les rives de laquelle croissaient des saules au milieu d'un tapis de fleurs sauvages. Fascinée, elle se laissait bercer, moins attentive au contenu de ses propos qu'au curieux accent français qu'une année entière au collège de Rugby n'avait réussi à éliminer. Baignée de félicité, embarquée sur les ailes du rêve, elle sirotait son vin sans mot dire et lorsqu'il lui avait proposé de passer quelques jours au château, « afin de faire connaissance avec la région », elle avait accepté sans l'ombre d'une hésitation.

Une semaine plus tard, elle avait appelé son père, Spencer Collingwood, dans son ranch californien.

— Papa, tu es bien installé dans ton fauteuil, j'espère.

— Pourquoi ? Que se passe-t-il ?

— Je suis sur le point de devenir une comtesse française.

— Une quoi ?

— C'est un homme merveilleux ! Il se nomme Guy, comte de Soubise, il possède une distillerie de cognac et je suis folle de lui. Nous allons nous marier dans une semaine, alors je compte sur toi pour sauter dans le premier avion...

— Attends une minute ! avait claironné la voix de son père, distinctement irritée, en dépit de la distance. Est-ce qu'il n'en voudrait pas, des fois, à ton argent ?

— Il ignore tout de ce que je possède.

— De quelle manière t'es-tu présentée ?

14

— Comme la fille d'un fermier.

— D'un fermier ? Lui as-tu révélé la taille de la « ferme » qui porte le nom de Calafia Ranch ? Sait-il qu'il est le plus important de toute la Californie ?

— Non, pas du tout. Pour la première fois de ma vie, quelqu'un s'est épris de *moi,* de la toute simple Claudia ! Pour la première fois, on ne courtise pas Claudia de Meyer Collingwood.

— N'oublie jamais que tu n'es pas plus une « simple petite Claudia », que je ne suis, moi, un ordinaire « petit Spencer » ! Pour l'amour du ciel, efforce-toi de raisonner en adulte ! Tu as de lourdes responsabilités envers moi, comme envers le ranch.

Au lieu de crier : « Mais voyons, papa, comprends donc... » ainsi qu'elle en avait envie, elle maîtrisa son élan et garda le silence. Spencer Collingwood menait une existence de célibataire sur les vingt-six mille hectares du Calafia Ranch, dans le comté d'Orange, en Californie. Une unique passion l'animait : les voitures de sport. Il avait acquis une réputation d'homme d'humeur difficile, qui faisait obstinément front dès que se présentait une situation nouvelle. Or, à n'en pas douter, le mariage de sa fille unique avec un étranger inconnu s'offrait bien comme une situation nouvelle.

— Écoute, papa, tu sais que je suis à présent une grande fille raisonnable qui a autant d'affection que toi pour le ranch. Mais comprends donc qu'il est encore plus important, pour moi, de trouver un homme qui m'aime réellement, telle que je suis, et non pour la fortune que je représente. Quand le mariage sera conclu, tu pourras lui poser toutes les questions qu'il te plaira...

— Claudia, ma chérie, tu es ma petite fille adorée mais tu raisonnes encore comme une gamine de douze ans. Bon, d'accord, épouse-le donc ton nigaud de Français. Après tout, ta vie t'appartient. Mais si jamais tu découvres par la suite que tu t'es fourrée entre les pattes d'un minable flagorneur, ne viens pas pleurer dans mon gilet. Combien de terres possède-t-il ?

— Environ seize hectares qui comptent parmi les meilleurs vignobles producteurs de cognac.

— Seize hectares ? Dieu Tout-Puissant, l'héritière d'un royaume californien va convoler en justes noces avec un distillateur de fortune coincé dans ses seize petits hectares. Seigneur, je

n'arrive pas à te comprendre ! Ma fille s'est transformée en hippie !
D'ici peu, tu vas te parer de verroterie de couleur et aboyer la nuit
à la lune !

— Tu sais, papa, c'est beaucoup plus simple que cela : je suis
réellement amoureuse.

— Peuh ! Amoureuse… ! cracha-t-il, méprisant, de l'autre extrémité du globe. La plaie de cette famille, depuis des siècles, a
toujours été que les femmes bousillent tout avec leur sacrée passion pour l'amour !

L'amour, oui… Elle se laissa choir sur le tabouret capitonné, à côté
de la baignoire, et entreprit de passer sa chevelure au séchoir.
Après la cérémonie du mariage, dans la chapelle romane des Soubise, ils avaient passé une semaine de rêve à la Voile d'Or – près
de St-Jean-Cap-Ferrat – entièrement consacrée à la natation, au bateau, au tennis et à l'amour. Dès la première semaine de septembre
ils étaient de retour au château afin de suivre l'opération la plus
importante de l'année : les vendanges.

À partir de ce moment, la réalité avait commencé à prendre le
pas sur le conte de fées. Au lieu de se laisser impressionner par le
prodigieux héritage promis à son épouse, Guy s'en était montré
offusqué. Et leur première dispute était née d'une histoire d'argent.
Il s'était en effet opposé à ce qu'elle fasse l'acquisition d'une
Mercedes, arguant de l'inutilité d'une dépense aussi considérable
que superflue. Puis, constatant qu'elle persistait dans sa résolution,
il s'était emporté, allant jusqu'à la traiter de « sale gamine américaine trop gâtée ». Et elle ne l'avait jamais oublié. En outre, Guy se
comportait en phallocrate, imbu de sentiments de supériorité qui
heurtaient de front cet amour de l'égalité que cultive au fond de
son cœur toute jeune fille californienne nourrie de principes où le
radicalisme féminin n'avait rien à voir. Elle avait épousé un seigneur
vaniteux dont la tournure d'esprit et les opinions n'avaient pas
évolué depuis le dix-neuvième, voire le quatorzième siècle !

Pis encore, elle ne tarda pas à le soupçonner de lui préférer
son vignoble. La passion de Guy pour cette médiocre existence de
viticulteur, élaborée par des siècles de routine, dont il épousait les
rythmes avec une satisfaction béate, pesait un peu plus chaque jour
sur l'esprit de Claudia. Si encore la présence d'enfants lui avait

fourni une diversion ! Mais Guy ayant déclaré une fois pour toutes ne pas en vouloir dans l'immédiat, elle se retrouvait confrontée à une existence morne, privée de but et d'intérêt. Elle en était même arrivée à se demander si, dans le fond, son père n'avait pas vu juste : n'aurait-elle pas délaissé un royaume californien pour quelques hectares de vignobles dans la banlieue bordelaise ?

Souvent, elle évoquait l'histoire de sa famille dont les péripéties demeuraient intimement liées à celle de la Californie. Celle, en particulier, de son arrière-grand-mère, la légendaire Emma de Meyer. De la même manière qu'elle avait succombé au coup de foudre pour Guy, Emma était tombée amoureuse du séduisant Archer Collingwood. Mais en aucun cas cette femme énergique n'aurait accepté de jouer les bergères dans un vignoble.

Claudia secoua ses boucles en désordre, effarée par le minois grimaçant que lui renvoyait son miroir. La semaine précédente, un fait troublant s'était produit ; un événement mystérieux et plutôt effrayant. Quelques jours auparavant, Guy lui avait appris que des vandales s'étaient introduits dans les caves et avaient détruit une cinquantaine de cartons de bouteilles de cognac. Rien n'avait été dérobé. Ils s'étaient contentés de détruire en brisant les bouteilles sur le sol en béton. La police restait perplexe quant aux motifs qui avaient poussé leurs auteurs à cet acte de violence gratuite. Guy de même... c'était du moins ce qu'il affirmait. Pourtant, elle avait noté chez son époux un changement d'attitude radical, en l'espace d'une nuit. Ses mains étaient agitées d'un léger tremblement et chaque fois qu'elle avait tenté d'aborder le sujet, il s'était empressé de détourner la conversation. Manifestement, quelque chose l'effrayait. Sur ces entrefaites, il avait émis l'idée de fêter leur anniversaire de mariage au Ritz, projet qui ne correspondait nullement aux habitudes d'avarice de son mari. Et, pour couronner le tout, il y avait eu cette invitation, complètement imprévisible, à Marbella.

— Dépêche-toi, chérie, dit-il, revenant à la charge. Je ne voudrais pas arriver en retard chez les Taillevent.

— J'arrive.

Elle commença à s'habiller. Quelque chose couvait sous la cendre, une sinistre prémonition à laquelle elle ne comprenait rien.

La blonde et séduisante héritière de l'une des plus puissantes fortunes de Californie se sentait tout à coup placée sous la menace d'une mystérieuse et puissante entité...

— Ne va surtout pas t'imaginer que le charme de Marbella se limite à l'éclat de son soleil et à la splendeur de ses paysages...

Margot Passelthwaite pilotait à petits gestes fougueux sa blanche Ferrari sur la route sinueuse qui longeait cette portion du littoral sud de l'Espagne où se blottissait la station balnéaire de haut luxe.

— On y côtoie quotidiennement le sordide mêlé à l'ivrognerie... Pourtant, le merveilleux l'emporte sur la laideur, dans son tourbillon fou. Imagine quatre mille résidents richissimes, enfiévrés de luxure et de lascivité, livrés aux rythmes lubriques des discothèques enfumées où les spots clignotent de jour comme de nuit. Des milliers de richissimes Européens, usés par la débauche, avides d'étaler leurs vices au soleil... des colonies de pétro-Arabes trop heureux de pouvoir donner libre cours à leur passion désordonnée pour l'alcool... D'ailleurs, nous allons t'emmener, Rodney et moi, au Marbella Club, dès ce soir. Ainsi pourras-tu constater par toi-même que les orgies de l'Empire romain décadent n'étaient que jeux d'enfants...

Margot s'exprimait de la même manière qu'elle conduisait : avec une impulsivité qui laissait échapper, de temps à autre, une pointe d'accent faubourien, peu en rapport avec la position sociale qu'elle occupait au cœur de Central Park et qui ne trompait jamais les Britanniques qu'il lui arrivait de fréquenter.

— Alors ? Que dis-tu de cet étalage de viandes dorées au soleil de la fortune ? s'enquit Margot, le même soir, alors qu'ils se faufilaient tous quatre entre les couples étroitement enlacés dans la pénombre pour un slow langoureux. Les spots perçaient avec difficulté l'atmosphère épaissie par la fumée des cigarettes où s'allumaient çà et là l'éclat d'un collier de chien en or massif ou celui d'une chaîne à lourds maillons, ostensiblement étalée sur une poitrine velue d'homme débraillé.

— Une véritable foire aux titres, tu sais ! Le ghetto du Gotha européen à la recherche de la riche héritière susceptible de redorer un blason… oh mais, pardonne-moi, Claudia, j'oubliais que tu appartiens désormais à la tribu des noblaillons…

— Je me demande si ce qualificatif s'applique précisément à ma femme et à moi-même, observa Guy qui ne faisait aucun effort pour dissimuler son aversion vis-à-vis des Passelthwaite.

— Guy, mon cher, répliqua Margot, j'ai pour vous une immense affection qui, par bonheur, m'aide à faire abstraction de votre absence totale d'humour. Je ne reproche rien à la noblesse. Personnellement, je raffole des titres.

— Un bon titre authentique vous permet souvent d'obtenir des ristournes intéressantes dans les boutiques, intervint Rodney, un gros oxfordien adipeux et rubicond, casqué d'une chevelure blond sable et qui dirigeait la succursale locale de l'un des plus importants cabinets d'agents de change londoniens. Sans compter que s'il figure sur son papier à lettres, ça vous pose un bonhomme !

— Rodney cherche toujours à remonter à la source, déclara Margot, et il n'est pas rare de l'entendre énoncer des vérités premières qui relèvent de la plus pure psychologie.

Du fond de la salle, deux personnages les observaient. Le premier, mince, de haute taille, avait un physique de séducteur avec sa chevelure d'argent soigneusement coiffée en arrière. Il était vêtu d'un blazer dont la pochette de poitrine s'ornait de l'emblème de son yacht, d'une chemise sport, à col ouvert, d'un pantalon de lin blanc et d'espadrilles également blanches, sans chaussettes. Son compagnon arborait une barbe méphistophélique surmontée d'une moustache fournie à longues pointes recourbées. Un monocle vissé dans l'orbite droite, il portait également une chemisette à col ouvert, dévoilant deux lourdes chaînes en or massif et le revers de son costume blanc s'ornait d'une décoration rouge vif. Ce dernier n'était autre que Don Jaime de Mora y Aragon, frère de la reine des Belges. Un homme auquel n'échappait aucun des commérages mondains de Marbella.

— Nous avons ce soir, dans nos murs, la comtesse de Soubise, héritière du ranch le plus important de Californie, dit-il en désignant discrètement Claudia.

— Oui, je sais, répliqua Nigel Sinclair, premier vicomte de Northfield.

À la grande surprise de Jaime, il entreprit de traverser la salle en direction de la jeune femme. Serait-il possible que Nigel possédât autant d'informations que lui-même ?

— Gunilla von Bismarck nous honore de sa présence, soufflait Margot à l'oreille de Claudia, tandis qu'une beauté blonde, à peine vêtue d'une mini-robe pailletée, plaquée sur les hanches, faisait une entrée très remarquée. Elle ne manque jamais une party digne d'un commentaire dans la presse du lendemain. Son frère, le prince Ferdinand, met en valeur le « Marbella Hill Club » et... tiens, tiens, voici lord Northfield qui semble se diriger vers nous.

— Qui est lord Northfield ?

— Ma pauvre chérie, tu es restée trop longtemps enterrée dans ta lointaine campagne ! Il se trouve que lord Northfield représente la troisième fortune mondiale et possède le deuxième yacht le plus important... à moins que ce ne soit le contraire ? Je ne m'y retrouve jamais clairement. Je t'en apprendrai plus après, soufflat-elle, alors que Nigel s'arrêtait devant leur table.

Rodney bondit sur ses pieds et tendit une main avide, lèvres distendues sur un sourire de cannibale.

— Nigel, mon vieux ! – familiarité due au fait qu'ils avaient fait partie de la même promotion à Oxford – connaissez-vous les de Soubise ?

— Naturellement ! Comment va mon cher Guy ?

Au grand étonnement de Claudia, son mari serrait amicalement la main du nouveau venu, en répondant, avec un sourire de commande, qu'il allait très bien. Après quoi lord Northfield fut présenté à Claudia. Le vicomte aux cheveux d'argent s'inclina sur la main de la jeune femme, son regard bleu résolument accroché au sien.

— Voici une éternité que je mourais d'envie de vous être présenté, dit-il. Je m'étais laissé conter que vous étiez la plus ravissante comtesse de Charente Maritime... et je constate que votre renommée était loin d'être surfaite. Guy, mon ami, m'autorisez-vous à faire danser votre charmante épouse ?

— Mais, je vous en prie.

— Claudia ?

— J'en serais ravie...

Il la guida vers la piste où il fut contraint de l'enlacer étroitement en raison de l'affluence. Des douzaines de regards curieux convergèrent sur le couple qu'ils formaient. Bien qu'il mesurât une demi-tête de plus qu'elle, les mouvements de leurs corps s'harmonisaient parfaitement. Claudia portait une courte robe noire signée Martine Sitbon, une styliste parisienne qu'elle affectionnait, sa longue chevelure blonde ondulait en vagues souples qui effleuraient son dos nu au rythme de la danse. Son unique parure consistait en une paire de boucles d'oreilles en forme de coquillages.

— Saviez-vous que j'ai grandi avec le Calafia Ranch ? dit-il.

— Vraiment ? Bizarre. J'y suis née, j'y ai grandi moi-même et je n'ai jamais eu le plaisir de vous remarquer ?

Il sourit.

— Moi, j'y ai grandi en imagination. Étant enfant, j'ai parcouru une bonne douzaine de pays avec mon père que ses employeurs licenciaient pour un oui ou pour un non, ou qui se trouvaient acculés à la banqueroute. Il en est résulté, pour moi, une sensation de vide, si bien que lorsque je commençai à lire des bouquins traitant de l'Ouest américain, plus particulièrement de la Californie, la fascination fut telle que j'en fis, inconsciemment, ma patrie. L'histoire de votre famille a été à ce point mêlée à celle de cette région avec la ruée vers l'or, la guerre des Tongs, la côte de Barbarie, qu'il était impossible de s'y intéresser sans devenir un familier des de Meyer et des Collingwood. Or, voici que, ce soir, je tiens entre mes bras la belle Claudia de Meyer Collingwood. C'est une expérience inoubliable !

— Vous m'en voyez très flattée. Comment avez-vous fait la connaissance de mon mari ?

— Guy ? Oh mais, c'est que je suis un amateur de cognac de qualité. Je possède également une chaîne d'hôtels de villégiature pour lesquels j'ai pris l'habitude de sélectionner personnellement les meilleurs vins ; ainsi, à l'occasion d'un achat de cognac, ai-je eu l'occasion de rencontrer Guy, à la distillerie.

— Je déplore qu'il ne vous ait jamais invité au château.

— Moi de même. Surtout à présent que je vous connais. Néanmoins, nous pourrions rattraper le temps perdu. Demain, j'entreprends une croisière de trois jours sur mon yacht. Nous ferons escale à Tanger, ensuite, nous naviguerons le long de la côte africaine. Il y aura quelques personnalités intéressantes à bord. Vous plairait-il de vous joindre à nous, vous et Guy ?

Un signal d'alarme se mit à clignoter à l'arrière du cerveau de la jeune femme : l'invitation tombait tout à fait à l'improviste... En revanche, le pouvoir de séduction de l'homme, la ferme pression de sa main contre son dos, les subtiles effluves de son eau de toilette n'étaient pas pour lui déplaire. Tout la poussait à accepter l'offre bien qu'elle flairât en lui le loup. Certes, on n'accède pas aux plus hauts degrés de l'échelle sociale avec une mentalité d'agneau, elle ne l'ignorait pas.

— C'est que nous sommes les invités des Passelthwaite...

— Si ce n'est que cela, soyez rassurée, Rodney et Margot participent au voyage. Rodney est mon agent de change, vous savez. Au moins l'un d'entre eux. Nous sommes de vieux copains de collège.

— Si Guy est d'accord, je serai enchantée.

— Parfait. La cause est entendue. Nous allons faire une balade formidable, croyez-le bien.

— J'ai bien dit : si Guy accepte.

— Oui, oui, j'avais entendu.

Elle fut extrêmement frappée qu'il considérât comme acquis d'avance l'accord de son mari.

La Rolls Royce blanche de Nigel vint les prendre, le lendemain, à la villa et les déposa au port de plaisance de Marbella, face à un yacht de dimensions impressionnantes. Claudia descendit de la voiture et se tordit le cou pour apprécier l'énormité du joujou. Rien de ce qui satisfait habituellement les caprices des grandes fortunes de ce monde ne lui était étranger, mais elle n'aurait jamais imaginé son père étalant aux yeux de tous un signe extérieur de richesse aussi fastueux. Quatre hommes d'équipage se précipitèrent afin de prendre possession de leurs bagages, tandis que sur le pont en teck, d'une propreté exemplaire, un jeune et blond officier, en uniforme blanc, les accueillait cérémonieusement.

— Soyez les bienvenus à bord de la «Calista», déclara-t-il avec un fort accent germanique. Je vais vous guider jusqu'à vos cabines.

Vus du pont de la Calista, la plupart des bateaux à l'ancre, de taille pourtant respectable, paraissaient dérisoirement minuscules à côté de ce coursier des mers qui devait bien mesurer dans les soixante mètres de longueur. Au passage, Claudia nota la présence d'un hélicoptère fixé au pont supérieur, lequel se hérissait d'antennes et de radars parmi les plus perfectionnés. Une véritable fortune en système de repérage et de navigation à impulsions.

Un rugissement de moteur, d'abord lointain, qui se rapprochait à grande vitesse, attira leur attention. Margot montra de la main l'homme perché sur ses skis nautiques, qui fonçait en direction du yacht.

— Voici notre hôte qui fait son entraînement matinal, dit-elle. Nigel déjeune chaque matin de céréales à haute tonicité... Il est également fou de tennis, au point d'avoir payé un jour Bjorn Borg cinquante mille dollars pour une partie en privé, une somme identique étant versée à une œuvre charitable.

— A-t-il gagné ? questionna Claudia.

— Non, naturellement. Mais il lui reste le plaisir de se vanter d'avoir été battu par Borg en personne. Ce qui compte, aujourd'hui, c'est avant tout le nom et la personnalité de votre adversaire.

Le hors-bord fila à tribord, volant littéralement sur la vague, hâlant à sa suite un Nigel qui leur adressa de grands gestes.

— Par quel moyen a-t-il acquis une telle fortune ? voulut savoir Claudia.

— Il se considère comme un entrepreneur, expliqua Rodney, quelque peu éberlué par un tel étalage de luxe, tandis que certains le considèrent comme un pirate. Il rachète des sociétés au cours le plus bas...

— Et les revend au plus haut ?

— C'est en effet ce qu'il faisait au début, jusqu'au jour où il s'est aperçu qu'il était plus profitable de garder pour lui les bénéfices obtenus après les avoir renflouées. Ainsi se trouve-t-il placé à la tête d'un important holding que d'aucuns lui reprochent avec virulence. Bien que personne ne soit en mesure de lui nier une compétence et un flair remarquables. Il soutient financièrement le parti des Tories avec une générosité qui lui a valu le titre conféré par madame Thatcher, laquelle l'apprécie d'ailleurs à sa juste valeur.

— Est-il marié ?

— Pour la troisième fois, oui, avec Lady Calista Gascoigne, la fille du marquis de Chalfont.

— Et dans quelles circonstances as-tu fait sa connaissance, Guy ? s'enquit Claudia d'un ton tout à fait naturel.

— Nous nous sommes connus au collège de Rugby, répondit ce dernier.

Il ment, pensa-t-elle. Mais pour quelle raison ? Ils ne sont même pas fichus, Guy et lui, de se mettre d'accord sur un mensonge commun.

Pourquoi cherche-t-il à tromper sa propre femme ?

— Que se passe-t-il, Guy ? questionna Claudia, alors qu'ils se dirigeaient vers le salon de réception.

Le yacht avait levé l'ancre tout de suite après le déjeuner et faisait route à présent vers la côte d'Afrique, fendant de son étrave élégante les eaux magnifiquement bleues de la Méditerranée.

— Pourquoi cette question ?

— Pourquoi sommes-nous ici ? Il est évident que tu as Marbella en horreur, tu ne supportes pas les Passelthwaite et, malgré tout, tu nous traînes tous les deux jusqu'ici. Nigel, que nous ne connaissons ni d'Ève ni d'Adam, surgit du néant et nous invite à participer à une croisière imprévue… Comment pourrais-je croire qu'il s'agit d'un simple « hasard » ? Alors, je te pose la question : que se passe-t-il ?

— Je ne vois vraiment pas ce que tu veux dire.

— Oh mais si, tu le vois parfaitement ! Je suis sûre que tu ne cesses de me mentir depuis notre départ du château, Guy. Je le sens et j'en ai par-dessus la tête.

Le dialogue fut interrompu par l'arrivée des autres invités. Ils avaient déjà fait connaissance avec Billie Ching et sa femme, pendant le déjeuner. Billie, un Chinois au faciès lunaire, originaire de Hong Kong, présidait aux destinées de la Banque de Chine méridionale. Sa femme, une véritable beauté, répondant au nom délicat de « Perfume », figurait au tout premier rang des plus grandes vedettes du cinéma chinois. Durant le repas, Perfume leur avait confié, dans le cours de la conversation, qu'elle dépensait annuellement un demi-million de dollars pour s'habiller.

— La pollution croissante de la Méditerranée nous impose quantité de restrictions, déclara Nigel, quand ils furent rassemblés autour de la table princièrement mise. Les pêcheurs, par exemple, éprouvent de plus en plus de difficulté à capturer le loup. Pourtant, je reste d'avis que le jeu en vaut la chandelle, car c'est réellement le meilleur poisson qui existe.

— Meilleur poisson du monde c'est requin, corrigea Perfume qui siégeait à la gauche de Nigel, curieusement perchée, en équilibre instable, sur le tabouret et qu'enveloppait une incroyable jupe-ballon rouge et noire, de chez Christian Lacroix. Son cou s'ornait d'un stupéfiant collier d'émeraudes et de diamants dont la réplique miniaturisée jetait mille feux sous ses oreilles délicates. Les franges de sa noire et lisse chevelure, délicatement arrangées sur son front, abritaient plus ou moins le regard perçant qu'elle braquait sur Claudia, assise en face d'elle.

— J'aime votre habillé, affirma-t-elle. C'est Giorgio Armani, hein ?

— Oui.

— C'est bien. Vous aussi c'est bien. Combien vous l'avez payée cette robe ?

Claudia s'agita imperceptiblement sur son siège, Margot se retint à grand-peine de pouffer.

— Disons simplement qu'elle n'est pas très bon marché.

— Je parie : vous la payez au moins trois mille, poursuivit Perfume, imperturbable. Devinez combien je paye pour ce Christian Lacroix, hein ? Je donne vingt-cinq mille billets ! Complètement dingue moi, non ?

— Dingue, peut-être, mais surtout fortunée, risqua Margot.

— Ouais ! Sûr, j'ai des sous. Billie, le plus riche bonhomme de Hong Kong et ça veut dire sacrément riche…

L'intéressé, assis à la droite de Claudia, maugréa quelque chose en chinois qui eut pour unique résultat de faire hausser les épaules de son épouse.

— Billie dit c'est vulgaire de dire l'argent partout, commenta-t-elle, épanouie, alors Billie sacrément vulgaire parce que le seul mot qu'il a à la bouche tout le temps c'est l'argent : et combien il vaut, et combien ça coûte, et combien il peut gagner ! L'argent ça fait tourner la terre alors pourquoi en pas parler… ? C'est la chose la plus intéressante au monde, peut-être excepté le sexe. Peut-être plus intéressant que le sexe… ?

Indifférente au manège des serviteurs cambodgiens, entièrement vêtus de blanc, qui allaient et venaient autour de la table, Perfume dévidait sa pensée dans un anglais bien à elle, dont il semblait qu'elle eût personnellement mis au point la syntaxe. Billie déposa sur son assiette un filet du délicieux poisson et fixa sa femme d'un regard dur, accentué par un froncement de sourcils.

— Perfume, vous êtes en train de vous rendre odieuse.

Déjà, au cours du déjeuner, Claudia avait été surprise par la pureté de son anglais totalement dépourvu d'accent. Ce soir, elle était impressionnée par ses manières impeccables, la coupe parfaite de son habit et la préciosité de ses boutons de manchettes or et lapis-lazuli.

Perfume, quant à elle, se borna à secouer ses charmantes épaules.

— Tu peux toujours dire je barbe... moi je parie tout le monde il est fasciné. Il y a cinquante ans, personne n'ose parler du sexe, aujourd'hui, chacun n'a que ça à la bouche. Alors, pourquoi pas la même chose dans l'argent? Chaque fois que je vais à New York, c'est comme ça.

— Cette conversation me rappelle la définition que donnait Oscar Wilde du cynique, observa Claudia.

— Exactement, reprit Lady Calista, la femme de Nigel, une séduisante blonde aux formes élancées, drapée dans une magnifique robe noire, pailletée d'argent, sur laquelle les chandeliers allumaient des éclats à chacun de ses mouvements : un cynique connaît le prix de chaque chose mais il en ignore la valeur. Je suis tout à fait d'accord avec vous, comtesse. À partir du moment où plus rien ne peut être considéré comme «privé» ou «personnel», autant se mettre à danser nus au clair de lune, comme les druides. Au fait, étaient-ce les druides qui pratiquaient ainsi?

— En tout cas, ils se peignaient le corps en bleu, précisa son mari dont le sommelier remplissait le verre de Château Grillet.

— Au risque de paraître user d'un cliché éculé, poursuivit Claudia, j'affirme que les meilleures choses dans la vie sont entièrement gratuites, telles que les étoiles, la lune et la terre.

— Oh! objecta Billie, pensez-vous réellement que la terre soit gratuite? Le foncier demeure, pour l'instant, le placement le plus sûr qui existe. Par exemple : seriez-vous disposée à laisser partir votre Calafia Ranch pour rien?

— Naturellement non. Mais je ne parlais pas non plus de biens fonciers.

— Pourtant, la terre entière n'est qu'un unique bien foncier, ne croyez-vous pas? Et du fait que les États-Unis sont en train de devenir une nation de second ordre, ils vont progressivement céder des pans de plus en plus importants de leur patrimoine, à nous autres étrangers, afin de tenter de se maintenir à flot. La dernière chose qu'ils cèderont ce sera leur terre et, ainsi, l'histoire aura bouclé la boucle : l'Amérique du Nord, née d'une colonie, retournera à l'état de colonie.

Elle le dévisagea sans indulgence, s'efforçant de surprendre une expression sur ce visage lisse de Bouddha où rien n'accrochait le regard.

— En premier lieu, affirma-t-elle, je ne pense pas que l'Amérique soit en train de devenir une nation de second ordre.

— Parce que vous êtes restée longtemps absente. Sachez que, pratiquement, vingt pour cent des Américains d'aujourd'hui sont illettrés. Plus de la moitié de vos jeunes gens ignorent l'histoire et se montrent incapables de situer la Guerre civile, à cinquante années près. Le cerveau de l'Américain moyen se trouve réduit à la portion congrue par abus de musique rock, de vénération des prétendues « vedettes » et par usage incessant des jeux électroniques de bas de gamme. La plupart des Américains en connaissent plus long sur Vanna White ou Michael Jackson que sur les faits et gestes d'Abraham Lincoln. En conséquence, il vous est devenu impossible de rivaliser avec nous, étrangers mieux éduqués au point que votre déficit commercial croîtra jusqu'au moment où il vous engloutira. Telle est la sordide vérité que vos politiciens redoutent d'admettre. Et si la définition que je viens de vous fournir n'est pas celle, précisément, d'une nation de second ordre, j'aimerais savoir quelle est la vraie.

— L'Amérique est fichue, renchérit Perfume en soulignant l'affirmation d'un geste élusif de sa main baguée d'or et de pierreries.

— Il me semble me souvenir que l'Europe était bel et bien « fichue », il y a une quarantaine d'années, quand nous sommes venus la tirer du bourbier... sans parler de la Chine, lança Claudia d'un ton hargneux.

— Vous avez gagné la guerre, reconnut Billie Ching, mais vous avez perdu la paix. L'Amérique glisse lentement dans la poubelle de l'histoire et, comble d'ironie, c'est vous-mêmes qui la poussez.

— Nous sommes en train de nous liguer contre les Américains, intervint Nigel, ce n'est pas juste.

— Je peux fumer ? coupa Perfume. Je sais, tout le monde déteste les fumeurs à table, mais moi, je mange pas de nourriture pour entrer dans mes robes de cinglée à vingt-cinq mille billets. Alors, d'accord pour fumer ?

Et sans attendre la réponse, elle avait déjà porté la cigarette à ses lèvres. Son voisin immédiat, Guy, lui offrit la flamme de son mince briquet en or.

— Bulgari, dit Perfume, le doigt pointé sur l'objet. Or massif. Je parie pour deux mille billets...

Claudia elle-même trouva la force de rire. Elle avait offert le briquet à Guy à l'occasion du précédent Noël et il lui avait coûté exactement deux mille dollars.

— Un penny pour vos pensées, murmura Nigel en s'approchant de Claudia qui, accoudée au bastingage, savourait la fraîcheur nocturne en regardant défiler au loin les lumières de Tanger.

— Ma foi, j'étais en train de me demander s'il est vrai que l'Amérique se prépare à sombrer dans le néant et j'ai été saisie d'une soudaine et furieuse envie de rentrer au pays.

— Y êtes-vous très attachée ?

— Naturellement.

— En ce cas, pourquoi l'avoir quitté afin d'épouser un producteur de cognac français ?

— Je suis tombée amoureuse. Bien entendu, mon père n'a rien voulu entendre ; il m'accuse de vouloir me soustraire à mes responsabilités familiales.

— Qui sont... ?

— Eh bien, ma famille, vous l'avez dit vous-même, a vu son histoire intimement liée à celle de la Californie, de telle sorte que...

Elle s'interrompit, haussa les épaules.

— Je me demande parfois si je n'ai pas été plus ou moins tentée de m'en détacher. Peut-être suis-je en train de développer un complexe de culpabilité...

— Et si l'occasion vous était offerte de renouer les liens de l'histoire avec ceux de votre famille ?

— Que voulez-vous dire ?

28

Il la prit par le bras.

— Venez avec moi. Je vais vous montrer quelque chose, commenta-t-il en la guidant vers l'avant du bateau.

Nigel la fit pénétrer dans son salon privé, entièrement lambrissé d'acajou. Le plafond, blanc d'argent, réfléchissait la lumière adoucie d'un éclairage indirect qui mettait en valeur les peintures accrochées aux parois et parmi lesquelles Claudia identifia, au premier regard, un Odilon Redon. Le reste du décor de la cabine se trouva relégué au second plan dès que son attention se concentra sur la maquette disposée au centre de la pièce. L'océan peint en bleu, le tracé des rivières, les collines d'ocre rouge, tout, jusqu'au moindre détail, lui rappelait « son » Calafia Ranch, dont elle contemplait une parfaite reproduction.

— Oui, c'est bien le ranch, confirma Nigel. Cette maquette a été réalisée par un spécialiste de Paris, d'après les croquis d'un jeune architecte français, Gabriel Catroux, que je tiens pour un authentique génie. Jugez vous-même.

Lentement, elle fit le tour de la table, examinant en détail les minuscules villes ultra-modernes établies le long de la côte. « Quelles villes ? » Il n'y avait jamais eu de ville sur le territoire du ranch.

— Six mois durant, Gabriel a étudié la topographie de ce domaine à l'aide de cartes détaillées et en s'aidant de photos aériennes, expliquait Nigel. Il a tout imaginé, tout prévu, jusqu'au système de réservoirs installés au sommet des collines... ceux que vous pouvez voir ici.

— Oui...

— Nos études révèlent la possibilité d'attirer, dans ce secteur, une population de l'ordre de deux millions de personnes, au moins. D'où la nécessité d'une adduction d'eau très fiable.

Elle fixa sur lui un regard lourd de suspicion.

— Ainsi, vous auriez l'intention de mettre le ranch en valeur ? Mais qui se cache derrière ce « nous » ?

— Moi-même ainsi que Billie Ching. Nous sommes à la tête d'une société dont la raison sociale est « Loisirs International ». Nous avons déjà mis en place un complexe de vacances, à proximité de Biarritz, qui remporte un succès éclatant, ainsi qu'une importante résidence de loisirs sur la côte ouest de la Floride. Nous sommes également à la tête de la chaîne des hôtels Excelsior, qui

29

compte actuellement cinquante-huit hôtels de première classe, d'une extrémité à l'autre de la terre ; aussi nous considérons-nous comme amplement qualifiés pour mener à bien la mise en valeur du Calafia Ranch. Ce serait notre projet le plus conséquent et le plus fascinant.

— Mon père est-il au courant de vos intentions ?

Nigel prit appui contre le bureau Régence anglaise, croisa les bras sur sa poitrine, un sourire aux lèvres.

— Oh, certes non ! Nous connaissons la haine de Spencer Collingwood pour les promoteurs. Raison pour laquelle nous l'avons pris contact avec vous, en priorité. Le Calafia Ranch est l'un des rares domaines de premier ordre, encore disponible aux États-Unis, aussi bien sa mise en valeur doit-elle être traitée avec le maximum de soin, dans le but de tirer un profit maximum de la terre tout en assurant la protection de l'environnement. Nous sommes résolument opposés aux alignements de boutiques clinquantes et tape-à-l'œil ainsi qu'aux chaînes de restauration à la va-vite... autant que vous le seriez vous-même. Cet enchaînement de réflexions m'a incité à vous inviter à participer à cette petite croisière, afin de mieux vous connaître et de vous démontrer que nous sommes tout autre chose que des opérateurs avides de bénéfices rapides obtenus à n'importe quelles conditions. Nous rêvons, au contraire, de préserver au maximum les beautés naturelles du ranch, entreprise pour laquelle vous accepteriez peut-être de joindre vos forces aux nôtres. À cet égard, nous avons pris contact avec votre cousin Jeffrey Brett qui contrôle cinquante pour cent de la valeur du ranch, puisqu'il représente le restant de votre famille – en d'autres termes, la classe A des actionnaires de la Collingwood Corporation. Jeffrey s'est montré intéressé par notre proposition et je suis convaincu que si nous pouvions compter sur votre accord, nous serions en mesure de faire une offre mirifique à votre père.

— Mais, puisque je vous dis que papa n'acceptera jamais de vendre le ranch !

— Peut-être. Toute chose a son prix.

— Vous vous exprimez comme Perfume.

— Peut-être est-ce elle qui a raison ? Qui sait ? Il semble bien que l'argent fasse aller le monde. En tout cas, notre offre se monte à deux milliards de dollars.

Claudia réprima un mouvement de surprise.

— Deux milliards ? répéta-t-elle dans un souffle.

— Assurément, c'est une coquette somme.

— Certes. Mais il s'agit aussi d'un domaine important. J'étais peut-être absente de Californie, mais je n'ai pas perdu pour autant tout contact. Je sais parfaitement que le comté d'Orange explose littéralement. Le développement cerne le ranch de toutes parts, de sorte qu'il vaut largement les deux milliards offerts. Quel rôle joue mon mari dans cette affaire ?

— Eh bien… nous avons sollicité son aide pour vous conduire jusqu'à nous.

— Pourquoi ne pas vous être adressé directement à moi ?

— Nombreux ont été ceux, parmi vos relations, y compris Jeffrey Brett, qui nous ont présenté une… prise de contact aussi brutale comme vouée à l'échec. J'ai préféré une voie détournée pour ouvrir le dialogue. Voyez-vous, Claudia, la mise en valeur du ranch s'inscrit dans l'avenir de la région. Il est hors de question qu'une portion de territoire d'une telle importance, située comme elle l'est – entre Los Angeles et San Francisco – demeure inutilisée… !

— Oui… peut-être. Mais reconnaissez que vous me prenez complètement au dépourvu. Vous n'attendez pas, je suppose, une réponse immédiate ?

— Assurément non. Prenez le temps qui vous sera nécessaire. Il s'agit d'une décision importante.

Son regard retourna à la maquette.

— Ce sera sans doute la décision la plus importante de mon existence. À présent, je crois que je vais aller me coucher. Vous m'avez coupé le souffle. J'ai besoin de dormir sur une pareille nouvelle.

— Je n'en doute pas.

Il se précipita pour lui ouvrir la porte.

— Bonne nuit, Claudia.

— Bonne nuit.

L'air frais de la nuit l'aida à reprendre ses esprits. Nigel était, sans aucun doute, un habile négociateur qui s'entendait à envelopper sa victime dans ses filets. Dans la cabine, le salon était vide, mais elle entendit l'eau couler dans la salle de bains. Elle ferma la porte et entra dans la chambre. Guy, déjà en pyjama, se brossait les dents.

— Alors, le mystère est percé à présent, dit-elle. Je sais enfin pour quelle raison je me trouve ici… et comme j'étais la seule à l'ignorer, je me sens dans la peau d'un pigeon de première classe.

Il se rinça la bouche, déposa la brosse sur la tablette.

— Nigel t'a montré la maquette ?

— Oui. Et tu n'en ignorais rien ?

— Non.

— Margot et Rodney étaient également dans le coup, je présume ?

— Forcément ! Rodney est l'agent de change de Nigel qui lui balance annuellement un demi-million de commissions.

— Enfin, Guy, pourquoi ne m'en as-tu pas parlé ? Pourquoi t'es-tu prêté à cette mise en scène sans rime ni raison ? Je suis ta femme, tout de même !

— C'est Nigel qui a exigé cette comédie. Il m'a obligé à t'offrir le Ritz pour célébrer notre anniversaire. Il se chargeait de régler la note…

— Quelle horreur ! Alors, même cela était une farce ?

— Tu sais bien que… que je ne dispose pas de tels moyens. Il prétendait que cela te mettrait en bonnes dispositions pour la suite du programme.

— Je ne t'aurais jamais cru capable de me traiter avec autant de désinvolture. Tu m'as trahie, en somme ?

Il se retourna, tenta de la prendre dans ses bras, mais elle le repoussa et se réfugia dans la chambre.

— Bien sûr, je comprends… Je comprends que tu sois fâchée, admit-il en lui emboîtant le pas.

— Fâchée ? Tu m'as mise dans une fureur noire, oui ! À propos, combien t'a-t-il payé ?

— Là, tu vas véritablement trop loin !

Elle fit volte-face.

— Pourquoi donc ? Rodney, le meilleur ami de mon mari, me vend pour un demi-million de livres, alors j'aimerais savoir quelle somme je représente pour mon propre époux !

— Oh, pour l'amour du ciel, Claudia, cesse d'en faire un drame. Nigel ne m'a pas payé un centime ; d'ailleurs, la question n'est pas là, elle est plutôt de savoir si tu acceptes la proposition…

— Je n'en sais rien.

— Le milliard qui représente ta part ne te paraît pas une somme suffisante pour te décider ?

— Tiens, tiens ! Voici que tu m'attribues une valeur, toi qui n'as jamais cessé de dénigrer ma fortune ! Il faut croire que la perspective de ce milliard atténue les défauts de la « sale gamine américaine trop gâtée » !

— Tu ne devrais pas dire des choses pareilles ! Tu sais très bien que j'ai toujours détesté ton sacré argent !

— Dans ce cas, pourquoi... elle avait failli crier... pour quelle raison m'as-tu trahie ? Et, crois-moi, Guy, je ne peux considérer ton attitude autrement que comme une véritable trahison !

Malgré le bronzage, elle vit le sang se retirer de ses joues. Il se laissa choir sur le bord du lit et, le visage entre les mains, demeura immobile un long moment. Quand il releva la tête, il souffla :

— Je l'ai fait parce qu'ils me font peur.

— Peur ? répéta-t-elle, comprenant qu'il disait vrai. Dis-moi, Guy, Nigel serait-il à l'origine de la destruction des bouteilles, dans la distillerie ?

— Oui, Claudia, oui ! Pour l'amour de Dieu, fais ce qu'ils te disent, donne-leur ce qu'ils demandent ! Ces gens sont dangereux !

Sa peur était contagieuse.

— Que penses-tu qu'ils seraient capables d'entreprendre ? chuchota-t-elle.

Il crispait et décrispait nerveusement les poings.

— C'est Billie Ching, balbutia-t-il. Le danger se trouve de ce côté. J'en ai parlé avec mon beau-frère, à Paris, qui travaille avec des banquiers qui le connaissent. La rumeur prétend que la Hong Kong Bank de Billie blanchit l'argent des Triad...

— Des quoi ?

— La mafia chinoise qui opère dans le monde entier et dont le quartier général se trouve basé à Hong Kong au moins pour les huit années qui restent à courir avant que les Britanniques ne restituent le territoire à la Chine communiste. Nigel tente de jouer la carte de la séduction pour te mettre dans son jeu, contre ton père. Mais s'il échoue...

— Eh bien ? S'il échoue... ?

— L'opération montée contre la distillerie était un message de Billie Ching, un avertissement concernant un éventuel recours à la violence.

— Mon Dieu ! Quel genre de violence ?

— Je l'ignore. Et je n'ai nulle envie de le savoir.

Elle se mit à arpenter la pièce exiguë à petites enjambées minuscules, s'efforçant de retrouver un calme qu'elle sentait l'abandonner.

— Parfait, dit-elle finalement. Ne nous laissons pas gagner par la panique. Ne sombrons pas dans le mélodrame. Demain, je déclarerai à Nigel mon intention de me rendre en Californie afin de discuter la proposition. Toi, tu retourneras au château. Nous leur donnerons l'illusion de nous accommoder de leurs projets jusqu'à ce que nous soyions enfin sortis de leurs griffes ainsi que de ce maudit bateau.

Elle s'immobilisa brutalement, pointa sur lui un index accusateur.

— Mais enfin, Guy, pourquoi ne pas m'avoir mise au courant plus tôt ? C'est une situation que je ne parviens pas à comprendre. Pourquoi ne pas m'avoir fait confiance ?

Il bondit littéralement sur ses pieds.

— Toi, toi, toi… cria-t-il. Tu ne penses vraiment qu'à toi ! Et moi alors ? Et le château qui est la propriété de la famille depuis plus de trois siècles ? T'imagines-tu que je vais mettre mes biens en jeu à cause de ton satané ranch américain qui ne vaut pas une guigne à mes yeux ?

— De quoi parles-tu donc ?

Il traversa la pièce, pêcha son portefeuille dans le tiroir supérieur d'un secrétaire laqué et en tira une feuille qu'il lui fourra dans la main.

— Le lendemain de l'attaque de la distillerie, murmura-t-il, j'ai reçu ceci dans le courrier. C'est le second message de Billie.

Elle déplia le morceau de papier sur lequel figuraient deux dessins grossièrement tracés à l'encre, sans aucun souci d'équivoque. L'un représentait le château de Soubise, aisément reconnaissable à sa grosse tour ronde et il était en flammes. L'autre représentait un couteau sectionnant une paire de testicules.

Deux jours plus tard, un Concorde décollait de l'aéroport Charles-de-Gaulle et plongeait son long nez mobile dans un ciel de grisaille. Claudia, qui n'avait pas encore détaché sa ceinture, regardait fuir, au-delà du hublot, cette Europe où elle venait de passer deux ans. Au fond de son cœur, elle sentait qu'elle ne reviendrait pas en France. En tous cas en qualité de comtesse de Soubise. Rien d'étonnant à ce que Guy eût été terrifié par une double menace d'incendie et de castration, mais si au moins il lui en avait parlé ! Si seulement il s'était confié ! Au lieu de cela, il s'était aplati devant Ching et Nigel et s'était associé à la manipulation. Cette trahison avait porté le coup fatal à son amour déclinant. La menace brandie contre son précieux château l'avait emporté sur l'amour qu'il vouait à son épouse. Peut-être agissait-elle déloyalement, voire même avec cruauté, mais il lui était devenu impossible de l'aimer. Bien qu'elle ne lui en eût pas encore parlé, elle était résolue à demander le divorce.

Tant qu'il s'était agi des autres, elle avait toujours considéré le divorce comme une circonstance banale de l'existence. À présent qu'elle devait l'envisager pour elle-même, elle s'en trouvait blessée plus qu'elle ne l'avait imaginé. « Me voici, à vingt-cinq ans, privée du soutien d'un mari et confrontée à une véritable guerre ! Était-ce chose possible ? » se redisait-elle pour la centième fois, avec des personnages tels Billie Ching et sa culture oxfordienne, ou Nigel, si fortuné, si suave, marié dans ce que la bonne société anglaise comptait de plus sélect. Était-il concevable que ces gens-là recourent à la violence tels de vulgaires voyous ?

« Certains le considèrent comme un pirate », avait déclaré Rodney. Cela pouvait expliquer bien des choses. Elle avait quitté le bateau dans une atmosphère de compréhension mutuelle parfaitement simulée. Mais elle ne se nourrissait d'aucune illusion : elle retrouverait bientôt Billie et Nigel sur le champ de bataille. L'épisode du yacht n'avait été que la première escarmouche d'une lutte dont le Calafia Ranch était l'enjeu et qui, en raison des relations de Billie avec les Triad de Hong Kong, promettait d'être aussi sanglante et fertile en rebondissements que la guerre des Tong au siècle précédent. Après tout, son ancêtre Emma avait survécu à la guerre des Tong et à pire encore. Claudia survivrait bien à cette guerre-ci.

Mais il ne lui échappait pas qu'elle devrait se montrer aussi forte et aussi ingénieuse que la fameuse Emma si elle voulait réussir à sauvegarder le patrimoine rassemblé par plusieurs générations.

PREMIÈRE PARTIE

Un passage pour la Californie

CHAPITRE UN

Comment Emma de Meyer aurait-elle pu deviner qu'elle donnait, ce jour-là, son dernier récital sur le sol de la vieille Europe ?

En ce chaud dimanche après-midi de mai 1849, assise devant le somptueux Pleyel en bois de rose qui trônait au fond de la salle de bal, elle offrait aux nombreux invités de son père l'image de la plus ravissante et juvénile beauté que l'on pût imaginer. D'aucuns, parmi les « gentils » composant l'assistance, montraient bien une certaine réprobation à l'égard d'une veuve que son deuil récent n'autorisait guère à porter, en public, une robe en soie blanche, à manches bouffantes, gracieusement évasée à la taille. Emma, en revanche, forte de la période de « shiva » rituel, scrupuleusement respectée, n'était nullement décidée à s'ensevelir dans de noirs oripeaux. Pour l'instant, elle laissait courir ses longs doigts fuselés sur les touches d'ivoire, paupières mi-closes sur un regard améthyste dont sa mère affirmait qu'il était le plus beau d'Allemagne. Sa magnifique chevelure brune, tirée en arrière, retombait en cascades bouclées jusqu'à sa taille. Le front haut, pur, à peine marqué par un minuscule pli de concentration, soulignait l'élégance d'un nez aquilin sous lequel une bouche admirable aux contours fermes révélait une discrète tendance à la volupté, confirmée par une dentition d'une éclatante et vorace régularité. L'unique imperfection de ce visage d'une troublante beauté consistait en une petite fossette creusée dans sa joue droite, signe qu'Emma s'obstinait à revendiquer comme une estampille de charme. Ce que bien peu de ses admirateurs auraient songé à lui contester.

« Elle est l'incarnation même de la perfection… » ne cessait de se répéter David Levin, cousin – au second degré – de vingt-deux ans, venu de Londres s'installer chez les de Meyer afin de parfaire les connaissances déjà étendues d'Emma en anglais. « Pourtant, je sais que je n'ai pas la moindre chance de la voir s'éprendre de moi… ! Moi, avec mon physique de potache… Peut-être que si je me laissais pousser la barbe… ? Assurément, elle se montre gentille avec moi… Elle m'estime. Elle me tient pour intelligent, elle approuve mon intention de devenir écrivain mais… m'aimera-t-elle jamais d'amour ? »

Depuis combien de temps rêvait-il de la tenir entre ses bras, de la couvrir de baisers ? Car une âme aussi chaste que celle de David n'aurait eu l'audace de s'imaginer faisant l'amour avec Emma, alors même qu'elle avait été, pendant deux semaines, l'épouse du malchanceux Anton Schwabe.

Emma laissa filer les dernières notes de la sonate de Beethoven, puis elle exécuta une profonde révérence en réponse aux applaudissements chaleureux des auditeurs présents dont la majorité représentait l'élite de la haute bourgeoisie juive de Francfort. Dans la rue, sous les hautes portes-fenêtres du salon de musique situé au deuxième étage et dont la brise printanière faisait voltiger les rideaux de tulle, une petite foule s'était rassemblée afin d'écouter la mélodie.

Emma, souriante, face à la trentaine de personnes réunies dans le vaste salon blanc et or, éclairé par deux énormes lustres en cristal, mettait une visible ostentation dans le regard qu'elle posait sur le baron Henckel von Hellsdorf – l'un des rares « goym » présents à la fête. Une sorte de dieu de la guerre, blond ardent de la racine des cheveux à la pointe des moustaches, dont la présence ne passait jamais inaperçue dans un salon. Or, Emma avait un faible marqué pour les hommes séduisants.

Aussi bien en avait-elle longtemps voulu à sa mère qui l'avait obligée à épouser cet Anton Schwabe, dont le seul contact provoquait chez elle un sentiment de répulsion, chaque fois renouvelé. Elle s'était pliée au cérémonial, par amour pour sa mère qui se réjouissait de lui voir épouser le neveu du rabbin le plus respecté d'Allemagne. Mais, les voies du Seigneur restant impénétrables, en dépit de ses fréquentations quasi-célestes, le neveu décédait peu de temps après le mariage, dans un accident de diligence. Et Emma se trouvait de nouveau libre de choisir un séducteur à sa convenance.

Si elle se complaisait à se considérer, en secret, comme une grande et authentique romantique, elle n'en soupçonnait pas moins sa mère de lui avoir légué une certaine dose de sens pratique. Ainsi, le sourire encourageant adressé à Henckel n'était-il pas seulement destiné à l'homme de son goût, mais également au baron titré. « Bien sûr, songeait-elle en préludant une sélection de valses de Chopin, c'est d'abord la fortune de papa qui l'intéresse et quand bien même maman admettrait qu'il est godiche comme il n'est pas croyable, elle ne me permettrait pas pour autant d'épouser un "gentil"... »

« Il suffit de le regarder », se disait Mathilde de Meyer, assise au premier rang dans sa robe de couleur fauve, tuyautée de noir. « Le baron von Hellsdorf dans toute sa splendeur ! La rapacité se lit au fond de son regard. Les deux seuls pôles d'intérêt, pour les goym, sont l'argent et les titres. Et c'est nous qu'ils taxent d'avidité ! Si seulement mon Emma ne se montrait pas aussi volontaire et fière... Quand je pense qu'elle tient absolument à se faire appeler de nouveau Emma de Meyer... Comme si elle n'avait jamais été mariée... ! En attendant, elle a bel et bien jeté son dévolu sur ce grand benêt de baron... »

Délicatement posé à côté de son imposante épouse, Félix de Meyer, fragile petit bonhomme, offrait avec elle un contraste saisissant. Les amis de la famille s'accordaient à retrouver dans la stupéfiante beauté d'Emma la finesse – presque féminine – des traits de son père, dont les immenses prunelles mauves, à l'expression toujours un peu triste, contredisaient l'aspect hirsute d'une barbe grisonnante, pourtant objet de soins attentifs. À cet instant même, deux larmes perlaient à l'angle de ses paupières, tandis qu'il suivait avec attendrissement le jeu délicat de son enfant adorée.

Pour séduit qu'il fût par la musique de Chopin, son esprit n'en demeurait pas moins préoccupé par de sourdes appréhensions. Sa qualité de juif, ajoutée à sa position de président de la corporation des bijoutiers de Francfort, le rendaient particulièrement sensible aux manifestations d'hostilité qui éclataient sporadiquement ici ou là. Tel le soulèvement armé à Dresde – une semaine plus tôt –

succédant aux révolutions de l'année précédente, à Paris puis à Berlin. Chaque conflit armé, en quelque lieu qu'il se produisît, ranimait, inévitablement, la haine permanente vouée aux juifs.

Les progrès avaient été sensibles, en Allemagne, bien que les ghettos aient été rouverts moins d'un demi-siècle auparavant, et que celui de Francfort eût compté au nombre des pires du genre. Un siècle plus tôt, lorsque Mayer Amschel Rothschild avait entrepris de s'extraire du ghetto de Francfort, les juifs étaient contraints, par décret impérial, de résider uniquement dans la « Judengasse* », une rue de trois mètres cinquante de large, enserrée entre le rempart de la cité et un profond fossé, barrée, à ses deux extrémités, par de hautes et solides portes en fer forgé, prétendûment destinées à protéger les « résidents » d'éventuelles manifestations d'hostilité de la part des citoyens chrétiens. Les juifs étaient tenus de porter une étoile de David, de couleur jaune, cousue sur leur vêtement, il leur était interdit de poudrer leur perruque, et ils devaient payer une taxe « juive » pour franchir le pont qui enjambait le Main. Aujourd'hui, toutes ces mesures étaient abolies et les de Meyer habitaient un des quartiers les plus élégants de la cité, à peu de distance des Rothschild, au nombre desquels Félix de Meyer comptait ses meilleurs et plus fidèles clients.

De là à imaginer que l'antisémitisme n'avait plus cours en Allemagne, il aurait fallu être fou. À mesure qu'éclataient les révolutions, dans tel ou tel pays d'Europe, royalistes et conservateurs accusaient les juifs de financer les soulèvements afin d'abattre l'ancien Régime, tandis que libéraux, communistes ainsi qu'une forte proportion d'étudiants accusaient ouvertement les juifs de se livrer à un capitalisme effréné afin de mettre la main sur le mouvement monétaire mondial. La forteresse Europe croulait de toutes parts, son économie s'en allait à vau-l'eau et Félix partageait avec nombre de ses compatriotes la « fièvre américaine » qui s'emparait progressivement des milieux juifs allemands. À quarante-trois ans, il était encore suffisamment jeune pour tenter une telle aventure ! Des contrées entières offertes à qui voulait se donner la peine de les mettre en valeur, un pays libéré d'un antisémitisme rampant qui depuis des siècles étouffait l'Europe… et, tout récemment, la décou-

---

* Rue ou venelle des juifs. (N.d.T.)

verte des filons d'or en Californie ! De quoi vous faire tourner la tête. Naturellement, Mathilde n'accepterait jamais d'aller vivre dans un pays aussi dépourvu de culture. N'avait-elle pas, un jour, prétendu douter qu'il existât seulement deux pianos sur tout le territoire ! Et pourtant… de plus en plus, l'Amérique se faisait tentante aux yeux de Félix… comme une Lorelei sur son éperon rocheux.

Emma acheva une spirituelle improvisation de la « Valse Minute » et effectua une nouvelle révérence en remerciement aux applaudissements de ces mains gantées de blanc, tendues vers elle. Ensuite, l'assistance abandonna les fragiles chaises dorées et s'éparpilla, éventails battants, dans le salon où les serviteurs de Félix – très dix-huitième siècle avec leur perruque poudrée – présentèrent aux invités des flûtes de champagne et des bols de petites fraises des bois. En l'espace de quelques minutes, le silence quasi religieux qui avait accueilli la sereine musique de Chopin fit place à un brouhaha de conversations animées. Le soleil déclinant de cette fin d'après-midi prodiguait sa chaude caresse aux rideaux de brocart tendus de chaque côté des immenses fenêtres. Emma, très entourée, congratulée, embrassée de droite et de gauche, se disait qu'elle n'avait jamais été aussi heureuse.

— Fraulein !

Le bel Henckel s'étant frayé, à grand-peine, un chemin jusqu'à elle, lui saisissait la main et la portait à ses lèvres. Ce qui lui valut un sourire ravageur.

— Votre jeu m'a enchanté, bien que je trouve la musique de Czerny un peu superficielle…

— C'était du Chopin, baron.

— Ah oui ! Je savais bien que cela commençait par un C.

Les jeunes filles du petit cercle, dont pas une n'eût osé contester l'immense pouvoir de séduction du baron, ne purent se retenir de pouffer. Henckel s'esclaffa, amusé par sa propre bourde.

— Allons, allons, pourquoi ferais-je semblant d'entendre quelque chose à la musique, n'est-ce pas ? reconnut-il de bonne grâce, raflant au passage une flûte de champagne sur le plateau d'un serveur qui circulait cérémonieusement entre les groupes. J'ai toujours affirmé que la musique est affaire de femmes. Votre instrument de prédilection, ma chère Emma, c'est le piano. Le mien, c'est le fusil. Vous nous mitraillez de notes, moi je tire des balles. Ah ! Ah !

— Imaginez un peu le nombre de jeunes hommes qui seraient encore en vie, si Napoléon avait usé de notes de musique au lieu de vos balles… !

Elle sourit, amusée par l'expression d'ahurissement peinte sur son visage.

— Peut-être seraient-ils sourds comme des pots, mais, au moins, ils seraient vivants…

« Mon Dieu ! songea-t-elle, il est totalement hermétique à l'humour. »

Mathilde s'approcha du petit groupe et prit sa fille par le bras.

— J'ai beaucoup apprécié ton récital, ma chérie, dit-elle, décochant un large sourire à Henckel. Il me paraît, cependant, que tu as interprété un peu rapidement ta dernière valse. N'oublie jamais que l'aisance technique ne remplace ni le sentiment, ni la passion. À présent, accompagne-moi, je voudrais te présenter à quelques-uns de nos invités. Le baron von Hellsdorf ne nous en tiendra pas rigueur, j'espère ?

Elle entreprit de guider Emma parmi les invités. Et ce fut à ce moment que commencèrent à leur parvenir les sonorités du refrain belliqueux. D'abord lointain, le chant s'amplifia en se rapprochant, jusqu'à ressembler au bourdonnement d'un immense vol d'insectes furieux. Très vite, ils perçurent le mot unique, répété inlassablement, comme une incantation maléfique : « Juden… Juden… Juden… »

Les conversations moururent d'un seul coup, les membres de l'élégante société se tournèrent vers les immenses fenêtres.

— Juden… Juden… Juden.

Le leitmotiv retentissait déjà à présent très audiblement, soutenu par un roulement de tambour dont le rythme intensifiait l'intention sinistre.

— Juden… Juden… Juden…

Chaque syllabe était chargée d'une haine vibrante.

David Levin alla à l'une des portes-fenêtres et regarda dehors. La rue pavée s'était vidée, comme par enchantement, ou plutôt comme si les auditeurs bénévoles de l'improvisation d'Emma avaient fui un orage menaçant. Quelques secondes plus tard, il les aperçut : des étudiants, pour la plupart coiffés de la casquette de leur collège. Une horde sauvage, aux allures inquiétantes, brandissant des chopes de bière, nombre d'entre eux déjà ivres depuis longtemps.

Un jeune, à peine âgé d'une quinzaine d'années, frappait en cadence sur un tambour. D'autres brandissaient des banières sur lesquelles on pouvait lire : « Union des étudiants radicaux », « Union des jeunesses communistes et des amis de Blanqui » ou encore « À bas le capitalisme juif » et « Faisons échec à la conspiration juive pour la domination universelle ! »

— C'est une manifestation estudiantine ! cria David en se retournant vers les invités.

— Juden... Juden... Juden...

Félix marcha jusqu'à la fenêtre centrale, sortit sur l'étroit balcon. Entre-temps, les manifestants – ils étaient au moins une centaine – s'étaient massés devant l'immeuble. Mathilde vint le rejoindre.

— C'est sûrement à cause de cet article... cria-t-elle afin de se faire entendre malgré la clameur. Je t'avais pourtant déconseillé de parler à ce journaliste ! À présent, nous voici devenus la cible de tout ce que Francfort compte de voyous !

— Je me suis borné à affirmer qu'une économie saine ne serait restaurée que dans une atmosphère d'ordre.

— Tu aurais été mieux inspiré de te taire. Mieux vaut ne jamais ouvrir la bouche en présence des représentants de la presse.

Félix et son épouse venaient d'être repérés. Les étudiants se poussaient du coude, les montraient du doigt, tendaient le poing.

— Les voilà ! Ce sont eux... !

— Les répugnants capitalistes juifs nous défient !

— Judenbengel... Judenbengel...*

— Tu veux vraiment rétablir l'ordre ? beugla l'un d'eux, qui avait réussi à arracher un pavé, eh bien, on va t'en donner de l'ordre ! Celui de la rue !

Ce disant, il lança de toutes ses forces le pavé qui atteignit Mathilde en plein milieu du front.

— Maman ! cria Emma en se précipitant vers sa mère qui venait de s'affaisser en arrière et gisait sur le parquet luisant de la salle de musique.

La jeune fille et son père s'agenouillèrent auprès de la blessée, tandis que d'autres pierres volaient à travers les fenêtres. Le pro-

---

* Canaille juive. (N.d.T.)

jectile avait ouvert une plaie béante dans le crâne de Mathilde, laissant échapper un filet de sang qui imprégnait rapidement la robe blanche de sa fille.

— Allez chercher un docteur! cria Félix par-dessus son épaule.

David Levin s'élança vers la porte à double battant, pendant que les invités refluaient loin des fenêtres. Un pavé, projeté avec plus de violence que les autres, frappa un lustre de cristal, éparpillant sur les épaules des assistants une pluie de débris scintillants. Une autre pierre fit éclater en morceaux une inestimable poterie de l'époque K'ang Hsi. Les invités se pressaient à présent devant les portes, en poussant des cris d'effroi.

— Je n'arrive pas à le croire! s'écria soudain Félix, les yeux pleins de larmes, étreignant entre les siennes la main inerte de son épouse. Elle est morte!

— Maman! sanglotait Emma. Ma petite maman chérie!

Ainsi, l'élégant petit monde feutré d'Emma de Meyer s'engloutissait-il dans les décombres d'une salle de musique, blanc et or, brisée à coups de pierres.

Le jeune Archer Collingwood, debout sous la pluie battante, gardait les yeux fixés sur la tombe fraîchement refermée de sa mère: «Martha Collingwood – 1811-1850». Sa malheureuse et si chère maman, morte à trente-neuf ans à peine, d'on ne savait trop quoi. Le docteur Brixton avait diagnostiqué une fièvre dont il s'était montré tout à fait incapable d'expliquer l'origine, et à plus forte raison, l'issue fatale. Tant et si bien que sa mère chérie reposait à présent, depuis une semaine, dans cet horrible trou, creusé dans la terre glacée, au fond duquel ruisselait inlassablement l'eau qui lui inondait le visage. Comme elle allait lui manquer!

Archer portait superbement ses dix-neuf ans. De haute taille, mince mais solide, sa longue chevelure blonde tombant sur les épaules, il offrait au regard des mères – toujours en quête du gendre idéal – un «visage d'ange» aux yeux d'azur et à la peau claire.

Mars était encore pluvieux et frais dans cette partie nord de l'Indiana, aussi Archer avait-il passé son grand manteau en peau de daim par-dessus l'unique costume de laine noire tissé et taillé par les soins de sa mère. La pluie, qui n'avait pas cessé un instant, formait à ses pieds – chaussés de bottes en peau également – de larges flaques boueuses. Juste à côté du tertre sous lequel reposait sa mère se dressait une croix protégeant le dernier sommeil de son père : « Joseph Collingwood – 1806-1846 », tué durant une tempête d'une rare violence, par une énorme branche arrachée à un arbre.

Désormais, Archer était seul au monde.

Une rafale de vent glacé lui arracha un frisson. Après un ultime signe de croix dédié à sa mère, il enfourcha son cheval et reprit le chemin de la maison. « La maison… », c'était un lopin d'un hectare et demi de terre acquis moyennant quarante dollars en or, par Joseph Collingwood, lorsqu'en 1824 il avait quitté l'État de New York afin de venir s'établir en Indiana. La vie y était dure à l'époque. Il avait fallu lutter pied à pied avec les Indiens, défricher la terre, essarter et construire, à l'aide des troncs coupés, la cabane, l'écurie et la basse-cour. À force de patience, de travail acharné, la ferme avait fini par fournir sa subsistance à la petite famille. Malheureusement, deux mauvaises années consécutives, en 1840 et 1841, avaient contraint son père à hypothéquer son modeste domaine. Depuis lors, les Collingwood étaient endettés…

Tout en poursuivant sa route, Archer songeait qu'il réussirait à tenir le coup si la banque consentait à lui conserver sa confiance jusqu'à l'été suivant. Pour peu que le temps se montre clément et la récolte satisfaisante, il pourrait commencer à rembourser et s'il s'acquittait des intérêts de retard… si… si… L'avenir d'un fermier de l'époque se bâtissait sur une succession interminable de « si… ».

Au détour de la route, il vit tout de suite la carriole arrêtée devant la maisonnette. Son conducteur, un petit homme gras et replet, était occupé à clouer une affiche sur la porte. Archer piqua des deux et, indifférent aux éclaboussures de boue liquide soulevées par les sabots de sa monture, il s'élança en direction de l'intrus.

— Hé, là-bas ! cria-t-il dès qu'il fut à portée de voix.

Il retint son cheval, sauta à terre.

— Qu'est-ce que vous fabriquez ?

— Salut, Archer.

Le jeune homme reconnut le propriétaire de la banque, monsieur Perkins, affublé d'un immense imperméable en caoutchouc noir, le chef protégé par un chapeau tout aussi noir.

Le jeune homme prit le temps de déchiffrer l'annonce. C'était un avis de saisie hypothécaire, lancé contre lui par la Lima Bank.

— Vous n'avez pas le droit de faire une chose pareille, monsieur Perkins.

— La banque est à bout de patience, mon garçon. Au moment de sa mort, ta mère n'avait rien réglé depuis cinq mois. À présent, nous le savons, les frais d'enterrement t'ont laissé sans ressources. Nous t'avons accordé tout le crédit possible, Archer, ainsi ne nous reste-t-il d'autre choix que la saisie et la vente. Désolé…

La fureur enlaidit brusquement le beau visage d'ange du jeune homme.

— Mais enfin, il s'agit de mon bien, de ma maison ! Il n'est pas possible que vous envisagiez de me déposséder… ! Je travaillerai dur ! Vous savez bien que je ne renâcle pas au labeur… Laissez-moi ma chance !

Perkins secoua la tête.

— Navré, mon garçon. J'aurais aimé te donner de l'aide mais nous sommes tenus à certaines obligations vis-à-vis de nos clients dépositaires. Tu auras jusqu'à la fin de la semaine pour déménager. Je regrette sincèrement, Archer…

Il lui tapota l'épaule, au passage, d'un geste qui se voulait paternel, avant de quitter le porche de la maison. Archer se dégagea brutalement.

— Pas si désolé que ça ! cria-t-il. Vous êtes rudement content, au contraire ! Vous savez très bien que cette terre est l'une des meilleures d'Indiana. Et je sais très bien ce que vous allez faire, monsieur Perkins : vous allez l'acquérir pour une bouchée de pain ! Me prenez-vous pour un dadais, pour un jeune imbécile, monsieur Perkins ? Croyez-vous que je n'ai jamais entendu parler de la ferme des Waldo, ni de celle des Warton… ou de celle des Tucker ? Gardez-les donc pour vous, vos larmes de crocodile, monsieur Perkins, et n'essayez pas de me donner le change avec vos simagrées, parce que je vous tiens, moi, pour un lamentable escroc qui cherche à se faire passer pour un honorable banquier.

L'interpellé pointa sur son antagoniste un index menaçant.

— Je te donne jusqu'à demain midi pour décamper, salopard ! C'est bien compris ?

Archer tremblait de tous ses membres.

— Sortez immédiatement de chez moi ! hurla-t-il. Sortez !

Il tendit les deux bras et les plaqua sur les épaules du banquier afin de hâter sa sortie. Mais l'autre que quarante-six ans d'inacti-

48

vité avaient privé de la moindre souplesse, trébucha sur les marches de bois, vacilla, glissa et finit par s'affaler, à genoux dans une flaque boueuse. Bégayant de fureur, il se remit sur pied à grand effort.

— Chez toi... chez toi... Tu y es encore pour vingt-quatre heures, Collingwood !

Il brossa d'un revers de manche la boue qui maculait tout le bas de son pantalon, boitilla jusqu'à son cabriolet et se hissa, tant bien que mal, sur le siège.

— Mets-toi bien ça dans le crâne : demain à midi tapant ! beugla-t-il, avant de faire claquer son fouet.

Archer le regarda s'éloigner, les traits contractés par la colère. Puis, le léger véhicule disparu au premier tournant de la route, la tension nerveuse se relâcha d'un seul coup. Lentement, il retourna se planter devant sa porte, relut l'avis. Il se mordit les lèvres puis, incapable de faire face plus longtemps à l'affreuse réalité qui le prenait à la gorge, il s'abandonna au désespoir.

— Ma terre... sanglotait-il. Ils m'ont pris mon bien... !

Au bout d'un long moment, il cessa de pleurer, redressa la tête, effaça les épaules.

— C'est une injustice, maugréa-t-il, repris par une sorte de colère froide. Qui, d'un banquier ou d'un fermier, est le plus utile au pays ? C'est une véritable injustice !

Une expression de ferme détermination se peignit sur son beau visage : il venait de comprendre ce qui lui restait à faire. Archer possédait un solide fond d'idéalisme qui le poussait, dans les circonstances les plus graves, vers les solutions extrêmes. Si la société se liguait contre lui, il savait quel moyen employer afin de faire valoir son droit.

Il était un peu plus de neuf heures, le lendemain matin, lorsqu'un homme de haute taille, vêtu d'un costume poussiéreux et coiffé d'un chapeau noir enfoncé sur les sourcils, pénétra dans le local de la Lima Bank, à Lima, petite ville située à cheval sur la frontière séparant l'Indiana de l'Ohio. Le bas de son visage était dissimulé par un foulard rouge noué sur la nuque et il tenait un revolver à la main.

— Tout le monde les mains en l'air ! ordonna-t-il, en même temps que, de la main gauche, il refermait derrière lui la porte, dont il abaissa aussitôt le store verdâtre, décoloré par le soleil.

— Seigneur ! gémit une petite vieille dame qui venait d'effectuer un dépôt de vingt dollars, je crois bien qu'il s'agit d'un voleur. C'est la première fois que nous avons affaire à un voleur à Lima !

— Ne bougez surtout pas, madame Crawford, recommanda Frank Pardee, le caissier chauve, en même temps qu'il levait les mains derrière les barreaux de sa caisse grillagée. Gardez tout votre calme.

Le bandit, dont la longue chevelure blonde tombait presque sur les épaules, s'approcha de la caisse d'un pas décidé. Dans sa main droite, l'arme tremblait légèrement.

— Je vous demande pardon, m'dame, murmura-t-il à l'adresse de la minuscule cliente en bonnet de laine qui serrait convulsivement son sac à main de ses deux mains gantées de blanc. Secouant d'un air dubitatif les boucles grises qui dépassaient du bonnet, elle ne quittait pas l'intrus du regard.

— Donne-moi le contenu de ta caisse, ordonna l'homme à Frank Pardee, d'une voix frémissante. Cette arme est chargée, je te préviens !

— Je n'en doute pas une seconde, mon garçon, répliqua Pardee. C'est ta première expérience ?

— Contente-toi de... de me donner ta caisse.

— Naturellement, mon garçon.

— Et cesse de m'appeler « ton garçon » ! Et puis... il marqua une hésitation, indécis sur ce qu'il convenait d'ajouter... Et puis, dépêche-toi !

— Je vais aussi vite que je peux. Je... j'ai peur de ne disposer que de sept cents dollars...

— Sept cents ? Je ne te crois pas ! Qu'est-ce que c'est que cette banque ?

— Une très petite banque, c'est sûr. Si tu veux davantage, il faut t'adresser à monsieur Perkins, dans la pièce derrière moi. Il garde l'argent dans son coffre.

Pardee souleva le guichet renforcé et poussa vers l'inconnu un sac de couleur chamois. Le bandit eut une hésitation puis s'en empara.

— Méfie-toi, mon garçon, on a vu des voleurs de banque lynchés par la foule, murmura Pardee, sur le ton de la confidence. Les honnêtes travailleurs n'apprécient pas qu'on parte avec leurs économies. Si j'étais à ta place, je changerais de boulot.

— Excusez-moi, pépia soudain la vieille madame Crawford en tirant le voleur par le bas de sa veste, mais je vous connais. J'ai reconnu vos cheveux... Sais-tu bien, Archer, que ta mère serait folle de désespoir si elle te voyait en train de cambrioler une banque ! Seigneur Tout-Puissant ! Tu es pourtant né dans une honnête famille et...

— Je vous en prie, madame Crawford, taisez-vous ! cria Archer soudain pris de panique.

— Mon Dieu... !

Il sortit de la pièce en courant.

— Ce n'est pas Dieu possible, il m'était toujours apparu comme un garçon bien, marmonnait la vieille dame, tandis que Pardee se précipitait à l'intérieur du bureau contigu. Le pauvre garçon... quand on pense que sa mère a été enterrée il y a à peine une semaine...

Archer s'était précipité dans un étroit couloir qui débouchait à l'arrière du bâtiment.

— Monsieur Perkins ! criait Pardee, il y a un voleur dans la banque ! Il est en train de s'enfuir par la petite rue !

Archer ouvrit la porte à la volée et se jeta dans la ruelle, le cœur battant à tout rompre. Il arracha la bride de son cheval laissé à l'attache sur un simple nœud, bondit en selle, éperonna sa monture et s'élança au galop dans l'étroite ruelle. « Quelle poisse... ! songea-t-il. Il a fallu que la mère Crawford se trouve là, juste à ce moment. »

Il était sur le point d'atteindre la rue principale de Lima quand éclata, dans son dos, une déflagration, aussitôt suivie d'une douleur fulgurante à l'épaule gauche... « Seigneur ! J'ai été touché ! » Il jeta un coup d'œil par-dessus son épaule et aperçut Perkins affairé à recharger fébrilement son fusil. À l'instant précis où il le mettait en joue à nouveau, Archer put virer à gauche dans la grande avenue et disparaître à toute allure. Les rares passants qui se trouvaient sur son passage par ce pluvieux matin de fraîcheur, s'étonnèrent de voir passer l'homme au foulard écarlate dans un éclaboussement de boue épaisse. Certains se demandèrent si un vol n'avait pas été commis en ville. Quelle chance ce serait ! Un acte de violence dans Lima, où il ne se passait jamais rien…

À l'intérieur de la banque, madame Crawford branlait du chef d'un air incrédule.

— Un si gentil garçon, expliquait-elle à Pardee qui déverrouillait la porte principale afin de courir chez le shérif. Avec ce visage d'ange, on lui aurait donné le bon Dieu sans confession. Le garçon le plus beau, le plus séduisant que j'aie jamais vu ! Comment admettre qu'il devienne capable de cambrioler une banque… ? Bien sûr, je me suis laissé dire que monsieur Perkins avait mis sa ferme en vente, ce qui ne paraît pas très équitable…

Elle interrompit son monologue en s'apercevant qu'elle était seule depuis un moment.

Le docteur Parker H. Robertson était sur le point de se rendre à la cuisine, à l'heure du déjeuner, lorsqu'il vit un cavalier remontant au galop la petite rue qui conduisait à son habitation. L'homme se tenait bizarrement en selle. En fait, il s'y tenait si peu, ou si mal, qu'il lâcha soudain prise et glissa sur le sol.

Robertson se hâta de jeter un imperméable sur ses épaules et courut sous la pluie. Le jeune homme gisait dans la boue, allongé sur le dos, à côté de sa monture qui piaffait d'impatience. Il était inconscient. Du sang avait taché son épaule gauche. Le praticien glissa une main sous la veste et la retira gluante de sang. Non sans difficulté, il parvint à prendre Archer dans ses bras et à le transporter à l'intérieur.

— Ah, très bien, te voici réveillé !

Le docteur Robertson était un homme dans la force de l'âge, assez grand, dont le menton s'ornait d'une barbe châtain taillée avec soin. Le soleil matinal inondait la chambre située au second étage et, quand le docteur entra, Archer était assis dans son lit, un épais bandage enveloppant son épaule.

— Alors, comment va cette blessure ? s'enquit-il, visiblement indifférent à l'expression angoissée du jeune homme.

— Euh… je vous demande pardon, monsieur, mais qui êtes-vous ?

— Je suis le docteur Parker Robertson. Tu es tombé, hier matin, juste devant ma maison… perte de connaissance due à l'effusion de sang.

— Oh oui, je me rappelle à présent… j'avais aperçu votre enseigne. C'était hier ?

— Exactement. Tu es resté longtemps sans reprendre conscience. Ce qui m'a permis de retirer une bonne quantité de plombs de ton épaule. Tu peux te vanter d'avoir de la chance, rien de cassé. Si tu prends soin de toi et si tu te ménages, tout devrait être en ordre dans une semaine environ. Comment est-ce arrivé ?

— Eh bien, je… j'ai… c'est un accident de chasse.

Le médecin saisit une chaise paillée et l'approcha du lit.

— Archer, je sais qui tu es, commença-t-il. Le jeune homme se crispa. J'ai trouvé l'argent dans tes fontes et le shérif te fait rechercher dans le comté tout entier.

Archer s'efforça de dissimuler sa terreur derrière un pâle sourire qui ressemblait beaucoup trop à une grimace.

— Je crains bien de n'être qu'un très mauvais voleur de banque, n'est-ce pas ?

— Es-tu jamais allé dans une prison ? Non pas comme condamné, je sais que tu n'as jamais commis d'infraction auparavant. Je te demande si tu as jamais eu l'occasion de visiter une prison ?

— Non, monsieur.

— Moi si. Mon oncle était gardien de la prison de Zanesville et j'y suis allé très souvent. Mon parent était un homme intègre qui dirigeait cet établissement dans les meilleures conditions possibles, mais ce n'en était pas moins un lieu horrible, empli d'individus effrayants. La violence faisait loi. La seule que connaissent les meurtriers, les voleurs, les violeurs entassés dans ces endroits épouvantables. Est-ce là ce que tu désires, Archer ? Passer les meilleures années de ta vie derrière les barreaux ? Te voir transformé en bête humaine ?

— Non, monsieur.

— Alors, pour quelle raison avoir attaqué cette banque ?

— Parce qu'ils avaient décidé de vendre ma ferme aux enchères. Parce qu'ils voulaient m'arracher une terre que mon père avait payée en monnaie d'or. Inutile de chercher à m'effrayer par vos descriptions, docteur, j'en ai suffisamment la trouille moi-même.

53

Malgré tout, je ne regrette rien. J'ai peut-être transgressé la loi, mais une justice qui autorise des types comme Perkins à faire saisir une ferme avec son domaine, pour racheter le tout au dixième de sa valeur, n'est pas une véritable justice.

Le médecin le considéra un long moment avant de prendre la parole.

— Je suis d'accord avec toi, je connais la façon d'opérer de Perkins et je suis même surpris que sa banque n'ait pas été pillée depuis longtemps. Pour tout dire, je suis étonné que personne ne l'ait abattu… Quoi qu'il en soit, je vais conclure un marché avec toi, Archer.

— Comment l'entendez-vous?

— Je ne vois aucun intérêt à bousiller ta jeune existence pour sept cents malheureux dollars. Aussi, je suis disposé à te prêter main-forte à la condition que tu me promettes de ne plus jamais enfreindre la loi. Accepterais-tu d'en faire le serment?

Archer réfléchissait, sourcils froncés.

— Vous n'allez pas me dénoncer?

— Non. Où avais-tu l'intention de te rendre?

— J'avais pensé à la Californie.

— Ce n'est pas une mauvaise idée. Tu aurais certainement la possibilité de te refaire une existence là-bas. Il te faudra de l'argent pour y aller, garde celui de la banque, nous le considérerons comme un emprunt. Tu pourras toujours rembourser lorsque tu gagneras honnêtement ta vie. Par la même occasion, tu m'enverras dix dollars pour mes honoraires à moi. Es-tu disposé à prêter serment, Archer?

— Oui, monsieur.

— Répète après moi: Je jure devant Dieu de ne plus transgresser la loi, aussi longtemps que je vivrai…

— Je jure devant Dieu de ne plus jamais transgresser la loi, aussi longtemps que je vivrai.

Le praticien se releva.

— Je serais terriblement déçu si tu ne respectais pas ta parole, Archer.

— Je ne vous décevrai pas, monsieur. Je vous promets qu'un jour, vous serez fier de moi. Je vous remercie, monsieur. Je vous remercie du fond du cœur.

— J'ai rangé tes vêtements dans le placard. À propos, le revolver n'était pas chargé…

— Je sais.

Le docteur Robertson sourit.

— J'ai compris, en le découvrant, que tu n'avais rien d'un dangereux criminel. Mais il faudra t'acheter de quoi le garnir, pour le voyage. Je me suis laissé dire que la Californie vit encore à l'état sauvage : la loi du plus fort règne trop souvent ; pourtant, cela vaut la peine de courir le risque. On parle même de la constituer en État depuis que nous en avons chassé les Mexicains… L'État de Californie ! Un joli nom qui sonne bien, non ?

— Oui, monsieur, tout à fait.

— Très bien. Ma femme va t'apporter à déjeuner.

— C'est que… je ferais mieux d'enfiler ma chemise…

— Elle est sur le fil, à sécher. Sarah a lavé le sang qui la tachait. Ne te formalise pas, elle a vu des hommes nus avant toi !

Le médecin sorti, Archer demeura un moment songeur. Lentement, un sourire se dessina sur ses lèvres.

— Californie… chuchota-t-il. Une sonorité beaucoup plus fascinante que « prison ».

CHAPITRE DEUX

— Avons-nous quelque passager digne d'intérêt à bord ?

L'homme accoudé au bastingage du « City of Pittsburgh » était élégamment vêtu d'une veste noire de coupe soignée, sur un pantalon pied de poule. Le col de sa chemise était orné d'une cravate en lacet et il était coiffé d'un chapeau en castor. Il se nommait Ben Byrd – avec un Y – et il avait embarqué à Cincinnati.

— Oui ! Nous avons en effet plusieurs passagers dignes d'intérêt, répondit le commissaire de bord.

Hans Friedrich Richter, natif de Hambourg, avait navigué pendant dix ans, sur les navires de commerce de la flotte allemande qui sillonnait l'Atlantique Nord, avant d'opter pour la nationalité américaine. Il s'était alors installé à Pittsburgh et avait trouvé cet emploi d'intendant dans le trafic fluvial.

— Il y a une famille originaire de Francfort. Ils voyagent en première classe, à destination de la Nouvelle-Orléans où ils ont retenu leur passage pour la Californie, sur l'« Empress of China ».

— Ne voyagent en première classe que des gens fortunés… À plus forte raison s'ils vont jusqu'en Californie.

— Je pense également qu'ils sont extrêmement riches. Ils occupent trois cabines : la sept, la neuf et la onze. Le père se nomme de Meyer, Félix de Meyer, bijoutier en renom à Francfort ; sa femme a été assassinée durant une sorte de soulèvement populaire. Après cela, il a décidé de quitter l'Allemagne avec sa fille –

une authentique beauté, elle s'appelle Emma – et un cousin anglais du nom de Levin. C'est lui qui m'a mis au courant. Le père observe une farouche discrétion.

— Pourquoi n'ont-ils pas embarqué à bord de l'«Empress of China », dès leur arrivée à New York ?

— Il ne mettra à la voile que la semaine prochaine, alors ils ont voulu descendre le fleuve pour se faire une première idée de l'Amérique. Le père s'exprime avec un fort accent yiddish, tandis que la fille parle un allemand raffiné, ainsi qu'un anglais de qualité. C'est le cousin qui tient le rôle de précepteur. Je suis convaincu que ces gens-là sont pleins aux as, bien qu'ils n'aient rien déposé dans le coffre.

— Intéressant... Peut-être pourrais-tu t'arranger pour me mettre à leur table, ce soir ?

— C'est déjà fait.

Ben Byrd – avec un Y – acteur à temps partiel, était connu sous le sobriquet de Shakespeare Ben, en raison de ses verbeuses prestations dans les pièces du barde immortel. Il sourit, secoua avec satisfaction sa longue chevelure brune et graisseuse.

— Bien pensé, Hans ! Sacré vieille tête de choucroute !

— Il faut reconnaître que nous ne nous sommes pas mal débrouillés, au cours de ces deux dernières années. Il y a aussi un jeune homme qui s'est embarqué à Cincinnati, comme toi. Il se nomme Alex Clark et il occupe le numéro dix. Il a demandé qu'on lui serve ses repas dans sa cabine parce que le mouvement du bateau le rend malade. Il me paraît bizarre.

— Si le tangage ne le bousille pas, c'est ta ratatouille infecte qui en viendra à bout. Crois-moi, ta famille allemande me plaît. Ainsi que l'a écrit notre immortel Will : «Elle a l'aspect innocent de la fleur épanouie et dessous se dissimule le serpent. » Macbeth, acte premier, scène cinq.

D'un geste désinvolte, il fit voltiger son cigarillo dans les eaux turbulentes de l'Ohio.

Emma s'examina dans le petit miroir encastré au-dessus du lavabo et se pinça les joues. Les mois d'indicible chagrin qui avaient suivi l'horrible fin de sa mère tant aimée, les sept jours de shiva, ensevelie dans une toile à sac, la tête couverte de cendres, commençaient à s'estomper. La douleur demeurait vive au fond de son cœur, elle y demeurerait encore longtemps, car son affection pour sa mère avait été aussi réelle qu'intense. Seule la perspective du départ pour le Nouveau Monde avait contribué à panser ses blessures. Grande avait été la surprise de son père en apprenant avec quelle insistance David Levin avait sollicité la permission de les accompagner dans leur dangereuse aventure californienne. Emma, en revanche, n'avait manifesté aucun étonnement. Depuis longtemps déjà, elle avait décelé chez le jeune homme des sentiments qui n'avaient aucun rapport avec ceux d'un cousin. En outre, son projet d'amasser une fortune serait beaucoup plus réalisable en Californie qu'en Angleterre où sévissait un rigoureux système de classes. Il avait amassé un pécule suffisant pour payer son passage jusqu'à New York, mais pour le complément nécessaire au reste du voyage, force lui avait été de recourir à la générosité de Félix. Emma appréciait la présence auprès d'elle de ce garçon doux, prévenant et intelligent. Mais, en dépit des sentiments de tendresse extrême qui la liait, elle n'éprouvait pour ce presque frère rien qui ressemblât, de près ou de loin, à l'amour.

Elle passa une dernière fois la brosse dans sa chevelure brillante et passa le boléro assorti à la jupe de velours bleu nuit qu'elle venait d'acquérir à New York. Emma raffolait des vêtements et elle avait constaté, avec un inexprimable plaisir, que les femmes de New York s'habillaient aussi élégamment qu'à Hambourg ou à Londres. Malheureusement, passé l'Hudson, les choses avaient radicalement changé. La plupart des passagères présentes à bord du «City of Pittsburgh» affichaient un manque d'élégance qui les faisait ressembler à de vieilles caricatures. Dans ces conditions, la garde-robe d'Emma avait capté tous les regards – certains hautement désapprobateurs, de la part des collets montés – mais indistinctement envieux. À vrai dire, son principal défaut consistait en un manque total de modestie. Elle adorait se laisser admirer, sans la moindre réserve, sans jamais faire preuve de cet effacement propre aux demoiselles de la bonne société dont sa pauvre mère n'avait cessé de lui répéter qu'elle était indispensable à une jeune fille de son âge et de son rang.

Un coup discret frappé à sa porte la ramena aux réalités du moment.

— Voilà, j'arrive !

Avant de sortir, elle drapa sur ses épaules un magnifique châle en mohair. Bien qu'on fût au début du printemps, la brise vespérale qui balayait la rivière, dès le coucher du soleil, demeurait fraîche.

David, souriant, lui offrit son bras.

— Le premier service vient d'être annoncé, dit-il.

— Pourvu qu'ils ne nous resservent pas de sitôt leur infect potage aux légumes, marmonna-t-elle. Leur manière de préparer la soupe devrait être taxée d'illégalité. Entre eux, ils s'exprimaient invariablement en anglais et l'accent purement britannique qu'avait réussi à lui imposer David ressemblait, dans une certaine mesure, à une intonation étrangère au milieu des nasillements du Middle-west. Félix, dont la cabine était contiguë, se joignit au couple et ils gagnèrent la salle à manger des premières classes qui se trouvait sur le pont supérieur. Entre-temps, une nuit claire et froide était tombée sur le Kentucky dont ils longeaient le rivage, à bâbord. Sporadiquement, la tremblotante lumière d'une lampe de ferme trouait l'obscurité, mais, pour le reste, la masse sombre de la forêt demeurait impénétrable et le bateau à aubes donnait l'impression de progresser au beau milieu d'un continent désertique.

La première réaction d'Emma, lorsque son père avait suggéré de partir pour le Nouveau Monde, avait été négative. Sa mère ne tenait-elle pas ce pays sauvage pour un repaire d'illettrés où l'on ne connaissait même pas le piano ? Pourtant, Félix était parvenu à la convaincre que la Californie prendrait la forme d'une grande aventure, que, de toutes manières, il emportait un capital suffisant pour lui acheter une douzaine de pianos, tant et si bien que sa désapprobation avait fini par tourner à l'enthousiasme. D'autant que l'antisémitisme galopant de la populace, ajouté à la désin-volture affectée avec laquelle la police de Francfort avait accueilli la nouvelle du meurtre, constituaient autant d'arguments de poids en faveur d'une expatriation. Elle en était arrivée, en fait, à par-tager le pessimisme de son père au sujet de l'avenir des juifs en Europe, durant les années à venir. Tant pis si la Californie était à la fois lointaine et dépourvue de certains raffinements, ils se verraient certainement offrir une chance de recommencer une existence nou-velle grâce aux fabuleuses perspectives proposées par cette région. Et c'était le genre de défi auquel ni son père ni elle-même ne se sentaient capables de résister.

La salle à manger était une longue pièce étroite dont le plafond, d'une blancheur éclatante, s'appuyait sur des consoles en acajou. Les tables, toutes drapées de nappes blanches, se succédaient, dans le sens de la longueur, au milieu de l'espace disponible afin de laisser un étroit couloir de circulation aux serveurs noirs. Le maître d'hôtel les guida jusqu'à leur table où un homme au long visage chevalin avait déjà pris place. Ben Byrd se leva à leur arrivée, les yeux fixés sur Emma. La main gauche posée sur son cœur, il étendit le bras droit et déclama de sa voix de baryton: «Quelle douceur! Quelle lumière intense passe par cette fenêtre? C'est l'est, le levant et Juliette est mon soleil!» Puis, s'inclinant très bas par-dessus la table, au risque de renverser une carafe d'eau, il saisit la main d'Emma et y déposa un baiser.

— Gente damoiselle, qui que vous puissiez être, vous avez apporté bonheur et gaieté à cette table. M'autorisez-vous à me présenter? Je me nomme Ben Byrd – avec un Y – et j'ai interprété les principaux rôles de toutes les pièces du barde, de Boston à Baltimore, pour la plus grande satisfaction du public, de la critique et des analphabètes. Puissent mes oreilles indignes recevoir l'offrande de votre patronyme, tandis que mes yeux éblouis supportent si difficilement l'éclat de votre radieuse beauté.

Emma ne contenait qu'à grand-peine l'envie de pouffer que suscitait une telle redondance.

— Mais, bien entendu, monsieur. Je m'appelle Emma de Meyer, voici mon père Félix et mon cousin Levin.

— Soyez les bienvenus à bord, mes amis, s'exclama-t-il en même temps qu'il se rasseyait et que ses compagnons de table l'imitaient. Je me suis laissé dire que l'ordinaire servi sur ce bateau laisse fâcheusement à désirer mais, vous en conviendrez avec moi, ce n'est pas le contenu de son assiette, mais la qualité des convives, qui fait la joie d'une tablée! N'est-il pas vrai, mes chers amis?

— Nous avons trouvé fort acceptable ce qui nous a été jusqu'à présent servi, monsieur Byrd-avec-un-Y, observa Emma en déployant sa serviette. Dites-moi, cette partie de l'Amérique est-elle suffisamment pourvue en théâtres? Pour le peu que nous en avons pu voir, la région nous paraît bien inhabitée.

— Hélas, c'est une triste vérité: les théâtres se comptent sur les doigts d'une main. Toutefois, je considère comme de mon devoir de répandre l'œuvre de notre barde immortel jusque dans les plus modestes villages. Alors, je viens de parcourir l'Ohio en organisant des conférences et des lectures publiques pour les fermiers ignares du Middlewest. Je me rends, à présent, à la Nouvelle-Orléans où je retrouverai une compagnie du répertoire. Nous présenterons trois des plus célèbres tragédies dans toutes les villes importantes du sud. J'aurai l'honneur, entre autres, de personnifier Hamlet.

Alors, abandonnant fourchette et serviette, il se dressa sur ses pieds, incapable de résister au plaisir de déclamer les premières strophes de l'acte I. Lorsqu'il s'interrompit, figé dans une pose dramatique, les autres dîneurs, qui avaient écouté dans un silence respectueux, éclatèrent en applaudissements.

— Vous êtes merveilleux ! s'exclama Emma, applaudissant elle aussi.

Shakespeare Ben salua très bas.

— Je ne suis rien de plus qu'un humble serviteur du maître, chère damoiselle.

L'intendant regarda à droite, puis à gauche. Personne sur le pont supérieur, désert à l'heure où tout le monde était à table. Il sortit un passe de sa poche et déverrouilla la porte de la cabine numéro onze. Il entra, referma sur lui et alluma la lampe à pétrole placée au-dessus du lavabo. Très vite, avec des gestes d'expert, Richter entreprit la fouille de la cabine de Félix de Meyer : les deux valises, la garde-robe, le dessous du matelas et enfin les deux coffres de rangement sous le lit.

Ne trouvant rien d'intéressant, il éteignit la lampe, se glissa hors de la pièce et recommença la même opération dans la cabine voisine, occupée par Emma.

Blotti dans l'ombre du pont supérieur, un jeune homme en costume noir, les cheveux bruns et coupés court, observait ses faits et gestes.

Une heure plus tard, Emma et son père regagnaient leurs cabines respectives.

— Tu ne l'as pas trouvé amusant ? s'enquit Emma.

— Le saltimbanque… Bah ! Un peu excessif, non ? Ce qui me déplaît le plus, c'est qu'il ait entraîné David au bar.

— Ce n'est pas grave, il lui a proposé d'essayer le bourbon. Monsieur Byrd affirme que nous ne serons devenus de vrais Américains que lorsque nous boirons du bourbon.

— Complètement ridicule ! Pour ma part, je m'en tiendrai au vin et à la bière. Et David devrait bien faire de même. Il serait encore préférable qu'il ne boive pas du tout. Bon, quant à moi, je vais me coucher. Bonne nuit, Emma.

— Bonne nuit, papa.

Il déposa un baiser sur le front de sa fille, pénétra dans sa cabine dont il referma la porte avec soin. Emma introduisait la clé dans sa serrure quand elle entendit un « Pssitt ! » qui la fit se retourner. Elle découvrit un homme, debout sur le pont avant, qui lui faisait signe d'approcher, mais dont elle ne pouvait distinguer les traits ; tout au plus l'éclairage intense de la dunette de pilotage lui permettait-il de constater qu'il avait des cheveux bruns.

— Est-ce votre cabine ? questionna-t-il, montrant du doigt celle qu'elle venait d'ouvrir.

— Oui. Numéro neuf. Pourquoi ? Et d'abord, qui êtes-vous ?

— Monsieur Clark, cabine numéro dix, celle qui donne dans l'autre coursive. Qui est l'homme qui vous accompagnait ?

— Mon père.

— L'intendant est venu fouiller votre cabine, celle de votre père, ainsi que la suivante – numéro sept, je suppose – pendant que vous vous étiez absentés pour dîner.

— Monsieur Richter ? Pourquoi ferait-il une chose pareille ?

— Il m'a donné l'impression de chercher quelque chose.

La jeune femme se retourna, examina sa cabine, réfléchit quelques secondes. Richter ? Ce vieil Allemand au visage rubicond qui s'était montré tellement cordial ?

— Ce doit être une erreur... murmura-t-elle en se tournant de nouveau vers l'étranger.

Mais l'obscurité avait englouti monsieur Clark.

Au bout d'un moment de réflexion, elle dévala les marches, se précipita vers la cabine de son père et frappa. La lumière filtrait sous la porte.

— Qui est là ?

— C'est moi, p'pa. Laisse-moi entrer.

Il entrouvrit la porte, juste de quoi lui laisser le passage. Il était vêtu d'une chemise de nuit en flanelle et chaussé de pantoufles.

— As-tu les diamants? souffla-t-elle dès qu'il eut refermé.

Une lueur d'étonnement passa dans son regard mauve tandis qu'il palpait la ceinture, sous la chemise.

— Oui, naturellement. Tu sais bien que je ne m'en sépare jamais. Pourquoi cette question?

— Parce que quelqu'un vient de m'apprendre que le commissaire de bord a fouillé nos cabines pendant le dîner.

Félix hocha la tête.

— Tu vois, dit-il, j'avais raison de ne pas vouloir enfermer les pierres dans leur coffre. Nous serions bien inspirés de ne faire confiance à personne jusqu'à ce que nous soyons installés. Mais au fait, comment pouvait-il savoir… ?

— Il doit s'imaginer que nous cachons de l'argent quelque part. Je crois que nous devrions en parler au capitaine.

Félix fronça les sourcils.

— Inutile. Si l'intendant se conduit comme un voleur, le capitaine en est peut-être un aussi. Bon sang! À vrai dire, nous ne savons pas avec certitude ce que cherchait le commissaire… Qui t'a renseignée?

— Un passager du pont supérieur, un certain monsieur Clark, cabine numéro dix. Je suppose qu'il a vu agir l'intendant.

— Comment cela, tu supposes? Ce n'est pas lui qui te l'a dit?

— Non. Il s'est évanoui dans l'ombre, tel un fantôme.

— Ach… ach… maugréa le bijoutier. Tout cela me paraît complètement fou… le passager fantôme, l'intendant voleur! L'Amérique est un pays de fous. Bon! Quoiqu'il en soit, nous ne pouvons rien faire pour l'instant. Va te coucher, je vais y réfléchir.

Il referma la porte à double tour sur les talons de sa fille, dégrafa la ceinture de cuir dissimulée sous sa chemise et la déposa sur le lit où il s'assit. Il ouvrit l'un des petits sacs qu'elle contenait et en sortit une poignée de diamants dont la valeur s'étageait d'un demi jusqu'à deux carats; il les étala sur sa paume ouverte. La clarté de la lampe à pétrole qui se balançait doucement au-dessus de sa tête s'alluma de tous les feux de l'arc-en-ciel.

Après avoir vendu sa bijouterie ainsi que l'immeuble qu'il possédait à Francfort, Félix avait converti la totalité de son avoir en diamants. Ainsi transportait-il dans sa ceinture les trois quarts d'un million de dollars, ce qui en 1850 représentait une véritable fortune. Il n'ignorait rien des dangers liés à cette façon d'agir mais quel autre moyen aurait-il pu employer pour transporter une telle richesse au long d'un parcours qui couvrait une bonne moitié du globe et qui aboutissait dans une région dépourvue de banque?

CHAPITRE TROIS

Emma se faufila le long de la coursive et frappa à la porte de la cabine numéro dix. Au bout d'un long moment, un souffle de voix lui parvint à travers la porte.

— Oui… ?

— Monsieur Clark ? C'est Emma de Meyer, cabine numéro neuf. Pourrais-je vous parler quelques instants ?

Le silence qui s'ensuivit lui parut si long qu'elle le crut recouché et endormi. Pourtant, à l'issue d'une interminable attente, la lumière s'alluma et la porte s'entrebâilla. Emma se trouva en présence de l'homme le plus beau qu'elle eût jamais rencontré. Archer Collingwood était vêtu, comme Félix, d'une chemise de nuit en flanelle, mais à l'inverse de ce dernier il était pieds nus.

— Entrez, chuchota-t-il en lui livrant passage.

La cabine d'Archer était aussi étroite et exiguë que la sienne. Il referma la porte avec précaution.

— Que me voulez-vous ?

— Voilà, vous m'avez dit que l'intendant cherchait quelque chose dans nos cabines. Qu'est-ce qui vous fait croire cela ?

— Pour quelle raison y serait-il entré, sinon ?

« Seigneur ! songeait-il, elle est tout simplement ravissante ! »

— Peut-être était-ce en rapport avec les besoins de la navigation ?

— À raison de cinq minutes, au moins, dans chaque cabine ?

Ils ne se quittaient pas des yeux une seconde.

— Oui, je pense… Bon, euh…

« Va-t'en donc, imbécile » se disait-elle, alors que, parfaitement incapable de bouger, elle ne songeait qu'à rester.

— Vous n'avez pas dîné ce soir ?

— Je me suis fait servir ici. Le mouvement du bateau me rend… me fait…

Nouveau silence. Leurs regards restaient accrochés l'un à l'autre. « Des yeux merveilleux, pensait-il, je n'avais jamais vu de telles prunelles. On dirait des violettes… »

— Ah oui, je comprends ce que vous ressentez, confirma-t-elle dans un effort désespéré pour garder le fil de la conversation qui menaçait de s'effilocher. « Ses prunelles sont d'un bleu… mais d'un bleu de… fleur de maïs. » Jamais encore un homme n'avait exercé sur ses sens un pouvoir d'attraction comparable à celui qu'elle éprouvait à cette minute. Elle résistait difficilement au désir de le toucher, de sentir le contact de sa peau sous ses doigts.

— J'en ai terriblement souffert pendant la traversée de l'océan…

— Vous venez d'Angleterre ?

— Non, d'Allemagne. Vous vous rendez à la Nouvelle-Orléans ?

— Non, je changerai de bateau au Caire…

« Sa peau ressemble à du lait… non, à de la crème onctueuse… »

— En Égypte ?

— Comment ? Non, en Illinois. Je remonterai jusqu'à Saint-Louis, puis Independance, et là, je me joindrai à un convoi de charrettes.

— Parce que vous allez en Californie ? Nous aussi. Vous voulez essayer de mettre la main sur un filon d'or ?

— Non, non, pas du tout. Je… vends des Bibles.

Non seulement Archer avait teint ses cheveux en noir après les avoir raccourcis dans l'espoir de se rendre méconnaissable aux yeux de la police, non seulement il s'était inventé un nouveau nom, mais de plus il avait imaginé une profession neutre.

— Un vendeur de Bibles ?

Elle porta la main à ses lèvres pour dissimuler un sourire.

— Quelque chose qui vous déplaît ? s'enquit-il, confondu par sa réaction.

— Certainement pas. C'est seulement que... je ne sais pas, la fonction me paraît comique. Je ne réussis pas à imaginer un vendeur de Torahs.

— Qu'est-ce que c'est un torah ?

Emma posa sur lui un regard incrédule.

— Vous n'avez jamais entendu parler de « la » Torah ?

— Non, ma'am.

— Eh bien, c'est une espèce de... Elle se trouvait soudain à court de vocabulaire pour décrire le livre sacré... une sorte de rouleau de parchemin enfermé dans le Temple... pour ainsi dire la Bible des juifs.

Il cilla à plusieurs reprises, incompréhensif.

— Je suis juive, ajouta-t-elle, pensant l'éclairer.

— Vous ? dit-il admiratif, à la façon dont il eut salué quelque personnage fabuleux.

— Quelque chose qui vous déplaît ? questionna-t-elle avec raideur.

— Non, non. Seulement, nous ne connaissons aucun juif en Indiana, pour ce que j'en sais. Ça alors, c'est quelque chose ! J'ai toujours eu envie de rencontrer l'un de vous.

— Pourquoi ?

— Ma mère me lisait souvent des passages de la Bible, on peut y lire que c'est votre peuple qui a tué Jésus-Christ et alors...

— Bonsoir, monsieur Clark.

Elle avait déjà atteint la porte.

— Attendez une minute ! Ai-je dit quelque chose de mal ?

Elle lui fit face. Ses prunelles améthyste lançaient des éclairs.

— Moi qui espérais en avoir fini avec l'antisémitisme en mettant le pied sur le sol américain, je m'aperçois que je me trompais lourdement.

— Anti quoi ?

— Voulez-vous que je vous dise... vous êtes aussi obtus que Henckel von Hellsdorf !

— Qui ça ?

Elle quitta la cabine en claquant la porte sur ses talons. Elle n'avait pas parcouru la moitié du chemin qu'elle commençait à s'interroger sur la loyauté de son comportement.

Il paraissait résolument tout ignorer de la question juive. Dans ces conditions, comment aurait-il été à même de pratiquer l'antisémitisme ? Elle faillit retourner lui présenter ses excuses, puis elle se ravisa. De toute évidence, l'odieuse calomnie accusant indistinctement les juifs de la mort du Christ avait été colportée jusqu'en Amérique. Le poison – toujours actif après deux mille ans d'usage – avait infiltré les esprits naïfs, de telle sorte qu'il était peut-être *quand même* antisémite. Peut-être les goym l'étaient-ils tous, convaincus ou non, actifs ou pas. L'horrible refrain des étudiants de Francfort résonnait toujours à ses oreilles : « Juden… Juden… Juden… » Ce qui n'était pas forcément une raison pour se montrer injuste envers monsieur Clark. Peut-être n'avait-il nulle intention de l'offenser et s'était-elle montrée injuste à son égard… surtout un homme d'une telle beauté ! En dépit de cette chevelure étonnante.

Elle s'apprêtait à ouvrir sa porte quand elle perçut un bizarre gargouillis venant de sa droite. À l'autre extrémité de la coursive, un jeune homme agrippé au bastingage vomissait à grand bruit.

— David ?

Elle courut à lui.

— David, que se passe-t-il ?

Il se redressa à grand effort, s'essuya la bouche d'un revers de manche, l'autre main serrant convulsivement la rambarde. Il tremblait de tous ses membres et paraissait bien mal en point.

— Le bourbon… m'a rendu malade… je…

— David, tu es ivre, murmura-t-elle.

— Oui, je… hic… j'ai trop bu. C'est… affreux.

— Je vais te conduire jusqu'à ta cabine. Passe ton bras autour de mes épaules.

Elle guida ses pas chancelants vers le refuge de sa cabine, le nez plissé de dégoût, incommodée par les mauvaises odeurs.

— Tu empestes, ne put-elle s'empêcher de lui reprocher.

— Oh… je suis une brute, hic… un paysan barbare, je suis… hic…

— Chut ! Pas tant de bruit, tu vas réveiller mon père et s'il te voit dans cet état, il sera furibond.

— C'est vrai, tu as raison. Sh… Shakespeare Ben le trouve drôle… lui, hic… ce guignol… « To be or not to be, that is the… », hic… Oh la la !

70

Il courut jusqu'au bastingage où il recommença à vomir de plus belle. Tandis qu'Emma l'attendait patiemment, adossée à sa porte, elle comprit tout à coup ce qui l'avait choquée dans la coiffure de monsieur Clark : ses cheveux étaient bruns, mais il ne s'était pas rasé et ses favoris repoussaient blonds.

Pour quelle raison s'était-il teint les cheveux ? D'ailleurs, tout, dans son attitude discrète et effacée, révélait qu'il se cachait. Elle acquit d'un seul coup la certitude qu'il cherchait à se faire ignorer.

De quoi ou de qui se cachait-il ?

— Il y a des diamants, murmura Ben à l'adresse de l'intendant.

Ils s'étaient retrouvés à l'arrière du pont principal. Derrière eux, les pales de la gigantesque roue à aubes labouraient les eaux noires et tumultueuses de l'Ohio, avec une féroce ténacité d'animal sauvage, emportant le navire à une vitesse constante de douze nœuds, dans le sens du courant. Il était plus de minuit, les ponts étaient déserts.

— Comment le sais-tu ? questionna Richter.

— J'ai abreuvé le gamin de bourbon. Après m'avoir juré ses grands dieux que les juifs ne cèdent jamais à la boisson, il s'est pris d'un sacré goût pour le whisky. Moins d'une heure plus tard, il me vantait les qualités exceptionnelles des de Meyer : le père qui lui a payé le voyage pour venir en Amérique, la reconnaissance qu'il lui en avait, la fille – au fait, j'ai l'impression qu'il en est sérieusement amoureux… Moi, je lui ai fait observer que ces trois passages en première classe pour une traversée de l'Atlantique avaient certainement coûté une fortune. Il s'est alors mis à rire comme un ivrogne. « Monsieur de Meyer, m'a-t-il affirmé en rigolant, possède la moitié des diamants existant sur le marché de Francfort. » Crois-moi, il n'aurait pas, à jeûn, laissé échapper une pareille confidence.

— Pourtant, il n'y a rien dans les cabines, je les ai fouillées.

— Sans doute les porte-t-il sur lui.

— Une ceinture ?

— Probablement.

— Par quel moyen pourrions-nous la lui prendre ?

Shakespeare Ben inclina la tête vers l'intérieur de la coursive afin de s'abriter du vent pour allumer son cigarillo. Il se redressa, exhala un long souffle de fumée bleue.

— Eh bien, maugréa-t-il, il me semble que nous pourrions simuler un accident. La rivière est immense.

L'intendant fronça les sourcils.

— Voici qui ressemble à s'y méprendre à un meurtre, chuchota-t-il.

— Possible, mais la possession de la moitié des diamants de Francfort ne ressemblerait-elle pas à s'y méprendre à la perspective d'une confortable retraite pour toi et moi ?

Hans Friedrich Richter demeura un moment songeur.

— Tu as raison, murmura-t-il, la rivière est immense. Et puis, après tout, ce n'est jamais qu'un juif.

Allongé sur sa couchette, Archer contemplait le plafond de sa cabine, tout en cherchant à retrouver quelle sottise il avait pu dire pour offenser ainsi la belle Emma de Meyer. «Emma...» soupira-t-il. Elle s'était mise en colère lorsqu'il avait affirmé que les juifs avaient tué Jésus-Christ. Et alors ? N'en étaient-ils pas responsables ? En outre, que pouvait signifier le terme de « anti... » qu'elle avait dit ? Ah oui : sémitisme ! Si ce mot signifiait que l'on était ennemi des juifs, ce n'était certainement pas son cas. D'ailleurs, Jésus n'était-il pas juif Lui-même ? Quel imbroglio ! Tout cela paraissait très difficile à comprendre mais il l'avait pourtant blessée. Il l'avait lu dans le regard furibond que lançaient ses yeux splendides, il l'avait compris à la vigueur avec laquelle elle avait claqué la porte. Jamais il n'avait eu l'occasion de rencontrer une fille aussi jolie, ni aussi séduisante. Certes, quand on grandit sur un domaine de cultivateur, les occasions de rencontrer femmes et filles séduisantes restent rares. Mais les quelques connaissances fortuites qu'il avait faites ne lui avaient laissé aucun souvenir aussi marquant. Emma de Meyer n'était autre que la matérialisation de ses rêves. Or, précisément, les rêves le hantaient. Des rêves de passion délirante qui l'arrachaient de son sommeil, trempé de sueur, le ventre inondé de sa semence.

Il se dressa sur son séant, follement décidé à lui expliquer qu'il n'avait pas cherché à l'offenser. Il se leva, en proie à une espèce de frénésie, passa sa chemise de nuit par-dessus sa tête. Entièrement nu, il examina son corps de jeune homme, de grand adolescent. La présence de ce sexe qui affichait de fâcheuses habitudes d'indépendance et redressait la tête dans les circonstances les moins opportunes – comme en ce moment, parce qu'il pensait à Emma –, le mettait souvent dans l'embarras. Il se vêtit en toute hâte. Il se devait de retourner la voir, de lui expliquer, en évitant de quitter cette satanée cabine pendant la journée. S'il avait la chance de parvenir jusqu'à Louisville, il se trouverait en sécurité. Si... si... si...

À l'extérieur, les étoiles scintillaient dans un ciel de velours. Le silence n'était troublé que par la bruyante succion des pales de la gigantesque roue à aubes qui brassaient l'eau noire à l'arrière du bateau avec une abrutissante monotonie. Il s'élança vers l'avant, contourna le pont supérieur et, au moment de pénétrer dans la coursive, il découvrit la présence des deux hommes qui s'approchaient en chuchotant. Il recula vivement et se dissimula dans l'ombre. Les deux complices s'immobilisèrent devant la cabine numéro onze.

C'est alors que Archer reconnut le commissaire de bord.

Richter tira un passe-partout de sa poche, l'introduisit dans la serrure et ouvrit la porte. Shakespeare Ben se glissa à l'intérieur, s'approcha de la couchette et abattit la crosse du revolver qu'il tenait en main sur le crâne de Félix. Celui-ci émit un grognement et sombra dans l'inconscience.

— La lampe, souffla Ben.

Richter referma la porte avant de craquer une allumette. Ben, penché au-dessus du bat-flanc, palpait le corps de Félix, inerte, abandonné sur le côté gauche, les cheveux déjà humides de sang à l'endroit où le coup avait porté.

— C'est bien ça, il porte une ceinture.

Il souleva la chemise de nuit, la déboucla et alla ouvrir l'un des minuscules sacs de peau, à la lumière de la lampe.

— Seigneur ! Regarde un peu ! s'écria-t-il en laissant couler au creux de sa paume une poignée de diamants qui se mirent à scintiller dans la lumière.

— Tu as dit vrai, c'est la fortune !

— Allons-nous-en d'ici, dit Richter qui dissimulait mal sa nervosité. Personne ne nous a vus, nous n'avons même pas besoin de le tuer après tout.

— Tiens ! Et que se passera-t-il demain matin ? Il mettra le bateau sens dessus-dessous en bêlant après ses diamants disparus !

Tandis que si nous le balançons par-dessus bord, tout le monde croira à un accident, ou à un suicide.

La porte de la cabine s'ouvrit dans leur dos.

— Les mains en l'air, tout de suite !

Les deux complices se retournèrent ensemble, bouche bée de stupéfaction. Ben tendit le bras vers son revolver, l'éleva lentement… Archer tira sans hésitation.

Touché à l'épaule, il laissa échapper l'arme et s'affala contre la cloison, la main pressant sa blessure. Richter, les bras toujours levés, cria :

— Ne tirez surtout pas !

— Lancez-moi la ceinture, vous, monsieur Richter.

L'intendant ramassa l'objet demandé d'une main tremblante et la lui jeta. Les diamants restant dans le petit sac s'éparpillèrent sur le seuil et sur le pont. Archer l'attrapa au vol.

— À présent, faites glisser le revolver dans ma direction. Dépêchez-vous !

Richter fit glisser l'arme du pied. Archer s'accroupit, sans cesser de les tenir en joue et la ramassa au milieu des diamants.

— Monsieur Clark ! Mon Dieu, papa !

Il tourna la tête et découvrit Emma en robe de chambre, derrière lui. À l'instant où il criait « Allez-vous-en ! », Ben Shakespeare plongea dans sa direction et le poussa contre la cloison avec une violence telle qu'Archer perdit l'équilibre. L'homme s'empara de la ceinture et s'élança en direction du bastingage. Emma poussa un cri strident.

— Il va sauter à l'eau !

Ben, en effet, passait une jambe par-dessus la rambarde, puis l'autre, la ceinture accrochée à son bras blessé. Cramponné de la main gauche, il marqua une pause avant de plonger, visiblement impressionné par les remous de l'eau noire qui défilait, une dizaine de mètres sous lui.

L'intendant qui venait de se précipiter derrière Archer, tombé à la renverse sur le pont, lui arracha l'un des deux revolvers. Il visa soigneusement le dos de Ben et fit feu. L'inoubliable acteur-fantoche d'Irvington – État de New York – qui avait déjà passé trois ans dans le pénitencier de Pennsylvanie, pour vol à main armée, reçut la balle dans la colonne vertébrale, entre les omoplates. Il poussa un hurlement et chut d'un seul bloc, laissant échapper la précieuse ceinture, au moment où il toucha l'eau. Le remous provoqué par l'avance rapide du bateau l'entraîna à demi conscient dans le sillage. Il eut encore le temps de se croire poursuivi par un géant dont le piétinement humide progressait irrésistiblement au rythme d'un chumm... chumm... inexorable. L'une des pales lui fit éclater le crâne, le décapita et le reste de son corps désarticulé fut lancé vers l'arrière, dans les tourbillons d'eau écumante de l'Ohio.

— Tout va bien, c'est fini ! cria l'intendant à la douzaine de passagers accourus au bruit des détonations. Un voleur s'était introduit dans la cabine numéro onze, mais il a été éliminé.

— Un voleur ? s'écria Archer qui se remettait non sans peine sur ses jambes. Mais c'est vous-même qui l'avez fait entrer !

Richter tourna vers lui un regard plein de surprise.

— Je vous demande pardon, sir, mais je viens de le tuer, ainsi que chacune des personnes ici présentes a pu s'en rendre compte. En réalité, il m'a contraint à lui ouvrir, sous la menace de son arme, mais, de toute évidence, je n'étais pas complice. À présent, regagnez tous vos cabines. Puis, se tournant vers Archer :

— Tout va bien, tout est pour le mieux, retournez vous coucher.

Emma s'était agenouillée au chevet de son père et lui palpait le visage.

— Il faudrait que quelqu'un aille chercher un docteur, cria-t-elle à l'adresse d'Archer. «Je vous en supplie, mon Dieu, balbutia-t-elle, affolée à la vue du sang qui sourdait de la chevelure de Félix, faites que mon père ne me soit pas enlevé à son tour.»

Au bout d'un moment qu'elle aurait été incapable d'évaluer, il remua imperceptiblement, poussa un gémissement.

— Que s'est-il passé, Emma ? questionna-t-il en allemand.

Il tenta de se mettre sur son séant, mais retomba sur l'oreiller en poussant une plainte sourde.

— Oh, ma tête !

— Les diamants, chuchota-t-elle, toujours en allemand, ils ont été volés.

Grimaçant d'émotion, il porta la main à sa taille, tâtonna à la place de la ceinture. Une sorte de terreur s'alluma au fond de ses prunelles.

— Elle n'est plus là, articula-t-il. Tout a disparu.

— Pas tout à fait, sir, dit Archer qui venait de ramasser la poignée de diamants éparpillés sur le pont, voyez vous-même. Et, s'approchant de la couchette, il montra ses paumes formées en coupe où scintillaient les précieuses pierres. Félix réussit à s'asseoir et jaugea d'un coup d'œil ce qui restait de sa fortune.

— Cela ne représente pas le dixième de ce que je possédais, balbutia-t-il.

Emma le serra tendrement contre elle.

— Aucune importance, papa ! L'essentiel est que tu sois en vie. Et c'est bien grâce à l'intervention de monsieur Clark.

Elle décocha un sourire radieux à Archer, médusé par la beauté stupéfiante de cette femme. Ce fut à cet instant qu'elle découvrit la tache qui s'élargissait sur sa chemise blanche, sous la veste.

— Mais… s'écria-t-elle, vous êtes blessé, monsieur Clark ! Votre épaule…

Le jeune homme remit les diamants à Félix, se redressa, tâta son épaule gauche. À n'en pas douter, la blessure s'était rouverte quand il avait heurté la cloison.

— Euh… ce n'est rien. Je me serai légèrement coupé contre le montant de la porte. Veuillez m'excuser…

Toujours tenant son épaule, il quitta précipitamment les lieux, bousculant presque au passage l'intendant qui observait son manège avec beaucoup de curiosité. De retour dans sa cabine, Archer se débarrassa de sa veste, ôta sa chemise et inspecta son épaule dans le miroir. Le sang avait déjà commencé à se coaguler ; visiblement, l'incident serait sans conséquence. Il mouilla un chiffon et entreprit de nettoyer les coulées de sang séché. Lorsqu'il eut achevé cette tâche délicate, il prit du coton dans la boîte que lui avait remis le docteur Robertson au moment de son départ et entreprit, avec des gestes gauches, de refaire son pansement.

Un coup léger frappé à sa porte l'interrompit dans sa tâche. Il jeta la chemise sur ses épaules, s'avança jusqu'à la porte.

— C'est vous, miss de Meyer ? souffla-t-il.

— Non, c'est monsieur Richter, le commissaire de bord.

Le cœur d'Archer se mit à battre plus fort. Il ouvrit la porte avec brusquerie.

— Que voulez-vous ?

— Comment va votre épaule ? s'enquit l'homme dans son anglais teinté d'un fort accent germanique, en refermant la porte derrière lui. Puis, sans attendre la réponse, il souleva la chemise qui n'était pas encore boutonnée, examina le pansement maladroitement confectionné. Il laissa retomber le vêtement, plongea son regard dans celui du jeune homme.

— Vous avez été touché par l'une des balles ? questionna-t-il.

— Non. J'ai heurté le montant de la porte.

Richter esquissa un rictus féroce en désignant la chemise maculée de sang, en même temps qu'il sortait quelque chose de sa poche.

— Inquiétante perte de sang pour un simple heurt. Êtes-vous certain que ce choc n'a pas été provoqué par une arme à feu, Archer Collingwood ?

Le garçon ne put réfréner un sursaut en découvrant l'avis de recherche que l'autre lui présentait, déplié :

« Cet homme a attaqué la Lima Bank, de Lima, Ohio, et s'est enfui, emportant une somme de 700 dollars EN OR ! Il est âgé de 19 ans, il mesure environ 1 m 80, il est de race blanche et porte des cheveux blond clair. On suppose qu'il a été blessé à l'épaule gauche au cours de sa fuite.

« Il doit être considéré comme DANGEREUX ! Une récompense de 1000 dollars sera offerte à toute personne permettant son arrestation.

« 1000 $! »

Au centre de l'affiche, un dessin à la plume reproduisait approximativement les traits du jeune homme.

— J'avais déjà été surpris par la bizarrerie de votre comportement quand vous vous êtes embarqué, expliquait Richter. Cette application à vous cacher dans votre cabine... et puis, ce soir, la blessure à l'épaule. L'inspiration m'est venue tout à coup. Je suis allé rechercher cet avis dans mon tiroir et après l'avoir relu, j'ai conclu que nous avions une célébrité à bord. Qu'en dites-vous ?

Archer était incapable de maîtriser un léger tremblement.

— Qu'avez-vous l'intention de faire ? souffla-t-il.

— Je vais vous l'expliquer en deux mots. Nous allons conclure une sorte de marché : vous confirmez que vous avez vu Ben Shakespeare me contraindre à ouvrir la cabine de Félix de Meyer, cette nuit, et, en échange, je garde le silence sur votre affaire. Cela vous paraît-il équitable ? Dans le cas contraire, si vous refusez de

soutenir ma version des faits, je me verrai dans l'obligation d'adopter la conduite de tout citoyen respectueux des lois et de vous
remettre à la police en échange de la récompense de mille dollars.
Qu'en pensez-vous ?

Il souriait, sarcastique, en s'éventant avec l'avis de recherche,
sous le regard apeuré d'Archer. Finalement, il le remit dans sa
poche et tira sa montre de gousset en or.

— Il est presque deux heures trente du matin, annonça-t-il.
Nous jetons l'ancre à Louisville dans cinq heures. Je ne quitterai
pas mon bureau. Faites-moi connaître votre décision. Bonne nuit,
Arthur Col... oh, pardon ! monsieur Clark...

CHAPITRE QUATRE

— Ah, monsieur Clark ! Justement j'allais à votre cabine.

Il était un peu moins de huit heures et le « City of Pittsburgh » achevait de s'amarrer au quai de Louisville. Emma, plus ravissante que jamais dans l'éclaboussement du soleil matinal, trouva au jeune homme qui gravissait les derniers échelons menant au pont principal une mine soucieuse et un comportement troublé.

— Mon père et moi-même désirons vous remercier pour ce que vous avez fait la nuit dernière, dit-elle. Votre attitude courageuse a sauvé une partie de notre fortune alors que nous étions exposés à tout perdre. Nous ne vous remercierons jamais assez et je me considère, moi en particulier, comme votre débitrice pour toujours.

— Bof ! Ce n'était pas grand-chose. Comment se porte votre père ?

— Sa tête reste douloureuse mais je crois que ce ne sera qu'un mauvais moment à passer, grâce au ciel. Ne croyez-vous pas, monsieur Clark, que nous devrions profiter de cette escale pour aller porter plainte à la police ?

L'expression de terreur qui agrandit ses prunelles en entendant ces paroles surprit considérablement la jeune femme.

— Le capitaine fera son rapport, répliqua-t-il avec une vivacité proche de la brusquerie.

— Mais... – elle s'approcha de lui et baissa le ton – qu'est-ce qui nous prouve que le capitaine n'est pas de mèche avec l'inten-

79

dant ? Je commence à me demander à qui nous pourrions faire confiance sur ce bateau.

— Non, monsieur Richter n'était pas complice… ou plutôt, enfin, je veux dire par là que Ben Shakespeare l'a obligé à ouvrir la cabine de votre père.

Le front de son interlocutrice se plissa.

— Mais… n'avez-vous pas affirmé, la nuit dernière…

— Je sais, mais je m'étais trompé. Je vous prie de m'excuser, miss de Meyer, mon estomac me joue des tours ce matin.

Et, à la grande surprise d'Emma, il se hâta vers sa cabine.

— David, j'ai l'impression que quelque chose ne va pas, déclara Emma à son compagnon.

Ils longeaient le trottoir en bois de la rue principale, s'arrêtant, pour le plaisir, devant chaque vitrine. Elle protégeait son visage contre les ardeurs d'un soleil déjà chaud, au moyen d'une élégante ombrelle de dentelle noire. Tout, dans sa tournure et sa présentation, respirait la féminité la plus charmante et, cependant, elle était en quête d'un revolver.

— Que veux-tu dire par là ?

Fidèle à ses habitudes comme à ses goûts, David était aussi piètrement fagoté qu'Emma brillait par son élégance.

— Monsieur Clark nous cache quelque chose. Je parierais gros qu'il a des ennuis. J'ai la certitude que le commissaire Richter était complice dans l'affaire de la nuit dernière et monsieur Clark en est aussi convaincu que moi. Pourtant, il nie tout en bloc, ce matin. Ce changement de comportement dissimule quelque chose.

David, dont les tempes étaient martelées par un mal de tête constant, souffrait, de surcroît, d'un lourd sentiment de culpabilité.

— Tu sais, Emma… à propos de la nuit dernière… je crois que c'était un peu ma faute aussi. Je ne me rappelle pas exactement… il me semble que cette saleté de bourbon m'a rendu plus bavard qu'il n'aurait fallu… j'ai peut-être parlé des diamants…

— Figure-toi, mon pauvre David, que j'y ai pensé tout de suite. Ils t'ont volontairement énivré. Ne t'inquiète pas, je sais que tu ne l'as pas fait exprès et je n'en dirai rien à mon père.

— Merci, Emma. Je ne me pardonnerai jamais ce qui est arrivé mais si, par malheur, ton père apprenait la vérité, il ne me le pardonnerait jamais lui non plus. Et je ne le supporterais pas de la part de monsieur de Meyer qui est presque un père pour moi, tu le sais...

— Oui, oui, je le sais...

Emma ne prêtait qu'une attention distraite aux jérémiades tardives de son cousin, préoccupée qu'était sa pensée par l'attitude du mystérieux monsieur Clark. « Il a besoin d'aide, j'en suis convaincue, et notre devoir est de l'aider après ce qu'il a fait pour nous. S'il n'avait pas risqué sa vie pour sauver une partie de notre bien, nous serions aujourd'hui sans rien... Je lui rendrai visite, ce soir, après le souper... dans sa cabine... c'est un homme qui ne vit à l'aise que dans l'obscurité... »

— Oh ! La ravissante coiffure !

Arrêtée net devant une vitrine de modiste, elle désignait à son compagnon un petit bonnet blanc, orné d'un ruban de soie bleue.

— C'est le premier que je trouve aussi seyant depuis que nous avons quitté New York.

— Il te plaît tant que cela ?

— Bien sûr, mais tu as vu le prix ? Trente dollars... Un prix scandaleux ! Ce genre de dépense n'est plus de mise, à présent que nous avons été dépouillés. D'ailleurs, je ne suis pas à la recherche d'un chapeau mais d'une arme : chat échaudé craint l'eau froide.

Tandis qu'elle poursuivait son chemin, David resta quelques secondes en contemplation devant l'objet de sa convoitise, songeur. « C'est ma faute, c'est à cause de moi qu'elle doit renoncer à cette fantaisie. Si je n'avais pas déblatéré comme un imbécile d'ivrogne, personne n'aurait été au courant de la présence des diamants et aujourd'hui Emma aurait les moyens de s'offrir tous les chapeaux qui lui plaisent. Un âne, un mécréant ! Se conduire ainsi et faire tort à ceux que j'estime le plus ! Et la femme que j'aime n'a même plus les moyens de s'offrir un bonnet à son goût ! »

Il prit une profonde inspiration et poussa la porte du magasin.

Quand Emma regagna le bord, l'heure du départ était toute proche et les hommes d'équipage préparaient le déhalage. Le pont principal était occupé par une foule de passagers qui se mirent à chuchoter dès qu'ils l'aperçurent. Pour une fois, elle avait la conviction que l'on discutait l'attaque dont son père avait été victime, au lieu de critiquer sa tenue vestimentaire. Toutefois, si comme elle le pensait, l'histoire des diamants s'était répandue, ils demeureraient, jusqu'à la fin du voyage, sous la menace d'une nouvelle agression. Raison pour laquelle Félix avait accepté, à contrecœur, de porter désormais une arme sur lui. Ni lui ni sa fille ne s'étaient familiarisés avec cette idée, mais il leur paraissait de plus en plus évident que, sur le territoire américain, les gens veillaient à se protéger par leurs propres moyens. Emma avait donc fait l'acquisition d'un élégant Smith & Wesson, calibre 32, avec crosse en ivoire, à l'intention de son père, tandis que, pour son usage personnel, elle avait déniché un délicieux Derringer calibre 45 à un coup. Ce Derringer, auquel chacun, on ne savait pourquoi, refusait l'orthographe de son inventeur, Henry Deringer, avec un seul «r», se dissimulait aisément dans un sac de femme.

Dans sa cabine, une boîte à chapeau artistiquement emballée, trônait sur la couchette. Une carte glissée sous la boucle du ruban noué autour de l'emballage portait cette simple phrase : «J'emporterai dans la tombe et ma faute et mon amour... Ton cousin affectionné, David.»

Elle défit le paquet, en retira le bonnet qu'elle avait tant admiré. Sourcils froncés, elle retira le chapeau qu'elle portait, prit place devant son miroir et essaya la nouvelle coiffure. Sans conteste possible, il lui seyait à ravir.

— Te plaît-il ?

David se tenait immobile sur le seuil, le regard de ses grands yeux bruns d'épagneul soumis posé sur elle.

— Ce n'est pas raisonnable, David. Tu n'aurais pas dû engager une pareille dépense. Il nous faut désormais nous montrer économes – toi plus encore – et la dernière des choses dont j'avais besoin était certainement un chapeau.

Navrée par l'expression de profonde désillusion qu'avaient fait naître ses paroles, elle s'approcha de lui, un sourire radieux aux lèvres.

— Ce qui n'empêche qu'il me plaît infiniment. Merci. Je te trouve terriblement dépensier, mais tu restes quand même mon meilleur ami, tu le sais.

Et elle posa un baiser léger sur sa joue.

«Un ami ! maugréa-t-il intérieurement, c'est certainement le mot le plus détestable qui existe.»

— Monsieur Clark ? C'est Emma de Meyer.

Elle avait mis son projet à exécution et frappait à sa porte après avoir quitté la salle à manger dès la fin du dîner.

Au bout de quelques instants, la lumière passa sous la porte et celle-ci s'ouvrit. Comme la veille, il était en chemise de flanelle et pieds nus.

— Est-ce que je peux entrer ? Voyant son hésitation, elle ajouta avec un demi-sourire : Je sais que cela peut faire jaser mais cela m'est égal.

— À moi aussi.

Elle se glissa à l'intérieur de la cabine dont il referma la porte avec précipitation.

— Pardonnez-moi de ne pouvoir vous offrir une chaise, dit-il en désignant la couchette, asseyez-vous là.

— Oui, je sais. Ces cabines sont exigües.

Elle se posa sur le bord du bas-flanc, son immense jupe bleue étalée en vagues lumineuses comme un ciel d'été sur les draps froissés. Archer la contemplait d'un air d'appréhension. L'occasion ne lui avait encore jamais été offerte d'un tête à tête avec une élégante femme européenne et il s'en trouvait submergé par une foule de sensations inconnues. Simultanément, il sentait monter en lui un désir dont il savait d'avance l'accomplissement tout à fait irréalisable. Son regard tomba sur l'alliance qui enserrait son doigt.

— Vous êtes mariée ?

— Je l'étais. Malheureusement, cette union n'a duré que deux semaines. Mon pauvre mari a été tué dans un accident de la circulation.

— Je vous trouve terriblement jeune pour une veuve.

— Oui, je sais. Il s'agissait d'un mariage de convenances, un mariage arrangé qui n'avait pas grand-chose à voir avec l'amour. C'est une des raisons pour lesquelles je me réjouis de vivre en Amérique : ici, on ne vous force pas à épouser un homme que vous n'aimez pas. Ici, le mariage d'amour existe réellement et j'y attache une importance considérable. Pas vous, monsieur Clark ?

— Euh... si, naturellement... je suppose... C'est que je n'y connais pas grand-chose en matière de mariage ou d'amour. Dans la région d'où je viens, les gens – il chercha une comparaison, ne trouva rien, haussa une épaule – les gens se marient, tout simplement. Et cela ne semble présenter de difficulté pour personne.

Elle buvait son innocence, sa naïveté, comme du petit lait.

— À vous entendre, tout cela se passerait très simplement. Peut-être est-ce précisément le cas ? Quoi qu'il en soit, personne ne viendra plus me dire qui je dois épouser. Une fois m'aura amplement suffi. Dites-moi, monsieur Clark, je voudrais vous poser une question même si elle vous paraît terriblement indiscrète : pour quel motif vous teignez-vous les cheveux ?

Il cilla nerveusement.

— Je crois que ce n'est pas votre affaire.

— Oh, je vous en prie ! Elle se pencha en avant. Croyez-moi, je désire vous aider. Je sens que vous traversez une période difficile. Vous savez, le constat n'est guère compliqué : vos cheveux sont bruns, tandis que les poils de vos jambes sont blonds. Ne comprenez-vous pas que j'ai le désir de vous aider de toutes mes forces ? Je n'ignore pas que ce ne sont pas mes affaires, mais je voudrais précisément en faire mon affaire.

Jusque-là, il s'était tenu adossé à la cloison, debout près du lavabo. Il se laissa lentement glisser jusque sur le parquet, les genoux repliés devant lui. Il enfouit son visage entre ses paumes puis, au bout de quelques instants, releva la tête.

— J'ai cambriolé une banque dans l'Ohio, chuchota-t-il. Je suis recherché par la police. L'intendant est au courant. Il m'a menacé de me livrer aux autorités si je ne confirmais pas sa version des faits.

— Vous… ? Vous avez dévalisé une banque… ? souffla-t-elle, au comble de l'incrédulité.

Il confirma d'un hochement de tête.

— La banque m'avait volé ma ferme et ma maison… Ils l'ont mise en vente aux enchères après le décès de ma mère. J'ai cru que j'avais le droit de voler quelque chose à la banque, à mon tour. Dans un sens, je suis content que vous m'ayez forcé à parler, je me sens tellement seul ici, je ne crois pas que j'aurais tenu encore longtemps.

— Monsieur Clark…

— Ce n'est pas mon vrai nom. Je me nomme Archer Collingwood et j'ai à peine besoin de vous préciser que je ne vends pas de Bibles.

— Archer… Elle roulait les syllabes du prénom sur sa langue à la manière dont on goûte un alcool. Cela vous a une intonation d'arbalétier. Je l'aime, ce nom. Je le trouve gentiment romantique.

Il se contraignit à un demi-sourire.

— Mon histoire l'est beaucoup moins. J'espère que vous garderez le silence ? Je compte sur vous.

— Soyez sans crainte, votre secret restera bien gardé. En outre, je vous crois innocent. Pas seulement parce que l'innocence se lit sur votre figure, ce qui pourrait passer pour un argument bête. Plus précisément, je sens, au fond de mon cœur, que vous seriez incapable de faire du mal à quelqu'un sans motif.

Elle se tut, se bornant à l'envelopper d'un regard intense. Il releva les yeux sur elle et se sentit parcouru d'un étrange frisson.

— Donc, vous êtes veuve, finit-il par dire.

— Oui.

— À quoi ressemblait-il, votre mari ?

— Il s'appelait Anton et il avait vingt-deux ans. Il était grand, avec des épaules tombantes, comme mon cousin David.

— Avez-vous un nouveau fiancé, actuellement ?

— Non.

— Vous êtes très belle. Je ne crois pas que vous auriez… beaucoup de… difficulté…

Pour un peu, les exigences du désir qu'il avait de cette femme l'auraient empêché de s'exprimer. Lentement, il se remit debout. La sensualité qui émanait des deux jeunes gens devenait presque palpable à la faveur de l'exiguïté de la cabine.

— Je désirais vous présenter mes excuses à propos de ce que je vous ai dit concernant les juifs. Cela vient surtout de ce que je connais si peu de choses à leur sujet, ainsi qu'à propos de votre religion.

— Bien sûr. Je l'ai compris un peu plus tard. Notre religion est très simple, ce qui, à mon avis, lui donne tant de beauté. La majorité d'entre nous ne croient pas en une existence future, non plus d'ailleurs qu'à l'enfer auquel nous serions promis pour punir nos mauvaises actions. En conséquence, partant du principe que l'on ne vit qu'une fois, il convient de saisir au vol tous les bonheurs qui passent à notre portée… l'amour en faisant partie.

Il avait posé les mains sur le flanc de la couchette supérieure et il penchait la tête vers elle.

— Oui, souffla-t-il, la vie est emplie d'incertitudes, aussi je crois comme vous qu'il convient de saisir… l'amour. Et je crois que je vous aime, Emma.

Il baissa la tête et leurs lèvres s'effleurèrent. Elle ferma les yeux, éblouie, emportée sur les ailes du rêve. Abandonnant la position qu'il occupait, il ôta le châle qui lui couvrait la tête avec des gestes délicats et le déposa sur le lit. Ensuite, il s'assit près d'elle, la prit dans ses bras et se mit à l'embrasser. Tout s'était passé très rapidement mais avec beaucoup de naturel, sans qu'elle opposât la moindre résistance, grisée par la force et la chaleur de ce corps juvénile. À mesure que ses baisers se faisaient plus pressants, ils gagnaient aussi en passion. Ses mains caressaient ses seins et, pour la première fois, elle trouvait du plaisir dans ces préliminaires à l'amour. Parce qu'elle découvrait dans cette façon de faire un lyrisme et une beauté qui l'entraînaient fort au-delà de ses rêveries les plus extravagantes. Quelques secondes durant, elle fut tentée d'essayer de l'arrêter, mais elle n'en trouva pas la force. D'ailleurs, ils étaient déjà trop engagés. Elle avait envie de lui, une envie féroce qui faisait fi des gestes maladroits autant que des timidités du flirt. Elle exigeait une véritable extase.

Elle eut autant de difficulté à s'extraire de sa volumineuse robe de dîner, ainsi que de ses innombrables sous-vêtements, qu'il lui fut aisé à lui de se glisser hors de sa chemise de flanelle. Quand ils furent nus, l'un et l'autre, ils s'examinèrent mutuellement dans la faible lumière vacillante, avec le regard vorace de la jeunesse triomphante.

— Viens… chuchota-t-elle, les bras tendus pour l'attirer à elle, viens à moi, mon amour.

En un éclair, il se jeta sur elle, la couvrant de baisers impétueux tandis qu'elle nouait ses jambes aux siennes et quelques secondes plus tard, elle ressentait le plus pur, le plus intense bonheur qu'elle eût éprouvé durant sa brève jeunesse.

— Merci, murmura-t-elle, en l'embrassant tendrement. Tu viens de m'accorder un don merveilleux : celui du plaisir. Je ne l'oublierai jamais, quand bien même je devrais vivre centenaire. Cette nuit ne sortira jamais de ma mémoire. Je ne comprends pas qu'une expérience aussi belle puisse être taxée de perversité. Et pourtant elle doit l'être, je pense. Je suis une femme perverse.

Il releva la tête, posa sa joue contre sa paume, et sa main sur son sein.

— Si ce que tu dis est vrai, j'ai un faible pour les femmes perverses.

— Archer?

— Oui?

— C'était ta première expérience?

— Oui. Je ne me suis pas montré à la hauteur, je suppose?

— Tais-toi donc. Tu as été merveilleux, mon Roméo! Tu t'es comporté en parfait amant. Un «amant»! Quel mot merveilleux. Vois-tu, mon chéri – encore un mot extraordinaire – je ne voudrais pas que tu te sentes lié à moi par une quelconque obligation. Tu as dit, tout à l'heure, que tu m'aimais, mais je ne t'oblige pas à le confirmer...

— Mais je t'aime véritablement!

Le bonheur illumina ses prunelles. C'était précisément ce qu'elle avait désiré entendre.

— Vraiment? murmura-t-elle.

Il l'étreignit et l'embrassa.

— Je ne me suis jamais senti aussi heureux depuis que je suis au monde, cela doit certainement avoir un rapport avec l'amour, non?

— Oh, mon chéri! Mon Archer adoré...

Elle se dressa sur son séant, le serra contre elle.

— Il va falloir modifier tes projets...

— Quels projets...

— Tu pourrais embarquer avec nous sur l'«Empress of China» pour te rendre en Californie. Ce sera un moyen beaucoup plus aisé et beaucoup plus sûr que le convoi de chariots. J'ai entendu dire que les gens mouraient par centaines, décimés par le choléra. Je t'assure, il faut que tu t'embarques avec nous!

— Je n'ai pas l'impression que le grand tour, par le détroit de Magellan, ressemble à une partie de plaisir.

Elle laissa aller sa tête contre la poitrine du jeune homme, grisée par l'odeur et la douceur de sa peau.

— Je t'en prie, promets que tu nous accompagneras, chuchota-t-elle, je crois que je ne pourrais plus vivre sans toi.

Il lui caressait les cheveux, attendri.

— Tu as raison. Je ne pourrais plus vivre sans toi, moi non plus.

— Alors, c'est entendu... Elle posa la main sur sa cuisse. Nous serons comme Adam et Ève, n'est-ce pas ? Emma et Archer dans leur petit jardin de l'Éden.

Il piqueta son oreille de baisers tendres.

— Veux-tu que je te dise ?

— Quoi donc ?

— Je recommencerais avec plaisir.

— Archer, j'ai l'impression que tu es aussi perverti que moi-même.

— Je me sens tout à fait disposé à vivre désormais dans la perversité.

CHAPITRE CINQ

— Ainsi, vous désirez prolonger votre passage jusqu'à la Nou-velle-Orléans ?

Archer avait décidé de faire modifier son billet dès le lende-main matin.

— Y a-t-il une impossibilité ?

— Aucune. Bien entendu, cela vous coûtera un supplément.

— De combien ?

Le commissaire ouvrit le tiroir de sa table de travail et en sortit l'avis de recherche.

— Voyons un peu, dit-il d'une voix volontairement traînante. Vous aviez volé sept cents dollars à la banque, votre passage en première classe de Cincinnati au Caire vous en a coûté quarante, il vous reste donc approximativement... six cents dollars. Donc, la différence sur le voyage à la Nouvelle-Orléans vous coûtera six cents dollars.

— Espèce de sale voleur...

— Oh, doucement, doucement. Le voleur c'est vous, mon-sieur Collingwood, pardon, je voulais dire : monsieur Clark. C'est marqué là, sur l'avis. Et moi, j'ai perdu mille dollars en acceptant de ne pas vous dénoncer. Alors, ce ne serait que justice que vous me versiez six cents dollars... en OR. Sinon... notre prochaine escale sera le Caire et je suis convaincu que le shérif de cette ville s'intéresserait à mon histoire... et à ceci, conclut-il en brandissant le papier.

— Nous avions conclu un accord.

— Exact ! Mais un accord peut toujours être démenti, ou rompu… J'ajouterai que peu de citoyens accorderont plus de crédit à la parole d'un bandit tel que vous, plutôt qu'à celle d'un honnête contribuable tel que moi. Il reste encore une autre possibilité, bien entendu.

— Laquelle ?

— Un homme d'équipage a vu Fraulein de Meyer sortir de votre cabine, ce matin à l'aube. Inutile d'insister sur ma réprobation à l'égard des fornicateurs qui pratiquent à mon bord ! Enfin, je consens à fermer les yeux sur cette entrave à la moralité…

Archer avait posé ses deux poings fermés sur le bureau de son antagoniste.

— Un seul mot sur le compte de miss de Meyer, articula-t-il d'une voix posée, et je vous étrangle, espèce de malotru infect, espèce de…

— J'en doute fortement, voyez-vous. Certes, j'apprécie à sa juste valeur votre esprit chevaleresque. Je vous imagine liés par quelqu'attache sentimentale de nature romantique…

— Nous nous aimons ! Qu'y a-t-il de répréhensible à cela ?

— Moi qui suis natif d'Allemagne, berceau reconnu du romantisme, j'aurais mauvaise grâce à critiquer une aussi tendre idylle. Non, la question est ailleurs : le père possède encore une petite fortune en diamants. Il suffirait que vous m'apportiez les pierres et vous pourriez garder votre or.

Archer tendit le bras, empoigna l'individu par le plastron de sa chemise, le souleva de sa chaise et lui écrasa son poing sur la figure. Le misérable poussa un grognement inarticulé, retomba sur son siège si lourdement qu'il bascula en arrière et alla s'écraser le crâne contre la cloison.

— Je vous apporterai mon or, précisa Archer en ouvrant la porte au large, et vous pourrez vous le fourrer où je pense !

Et il sortit en claquant la porte.

Richter se releva à grand-peine, tira un grand mouchoir de sa poche et l'appliqua contre son nez qui saignait abondamment.

— Voilà un geste qui te coûtera cher, Archer Collingwood, marmonna-t-il en replaçant l'avis de recherche au fond du tiroir. Cela va te coûter très cher !

Elle appartenait à cette catégorie de femmes dont on affirme courtoisement qu'elles ont un « certain âge ». En réalité, bien qu'elle eût tout juste atteint la quarantaine, on lui en donnait volontiers dix de moins. Ce soir-là, lorsqu'elle fit dans la salle à manger une entrée fort remarquée, ce fut au tour d'Emma de ressentir une certaine jalousie. Cette élégante, manifestement rompue aux manières des cours européennes, détonait singulièrement parmi les bourgeoises mal attifées qui l'entouraient. Sa robe beige foncé, garnie d'une passementerie noire, tirait son élégance de son extrême simplicité et sa chevelure arrangée avec un soin attentif s'ornait d'une parure de plumes qui mettaient en valeur une étoile de diamants. Une chevelure d'un blond dans lequel Emma reconnut immédiatement l'intervention d'une femme de chambre française, sans doute très habile. En fait, c'était surtout le comportement de la nouvelle venue qui lui conférait une élégance naturelle ; elle avait énormément d'allure. Quand le maître d'hôtel l'eut guidée jusqu'à leur table, les trois hommes se levèrent, elle leur sourit à tous et déclara avec une pointe d'accent qu'Emma ne situa pas d'emblée :

— Bonsoir. Je suis la comtesse Davidoff et l'on m'a demandé de prendre mes repas à votre table. Acceptez-vous ma présence ?

— Certainement, comtesse, assura Félix en portant la fine main gantée de blanc à ses lèvres.

Archer, médusé, s'emplissait les yeux de la scène. Jamais encore il n'avait assisté à un baise-main ; quant à rencontrer une comtesse ! Réelle était sa surprise, dans un sens, de ne pas lui voir une couronne sur la tête.

— Me permettez-vous de me présenter ? poursuivait Félix. Je m'appelle Félix de Meyer, natif de Francfort, voici ma fille Emma, mon cousin monsieur Levin et monsieur Clark.

— Je serai ravie de prendre mes repas en compagnie d'aussi charmants gentlemen, affirma-t-elle en s'asseyant à côté de Félix. Au fait, je crois savoir que vous avez été victime d'une sauvage agression, hier soir, monsieur de Meyer ? Est-ce que je me trompe ?

— Malheureusement pas, madame.

— C'est un véritable scandale, dit-elle en dépliant sa serviette. On m'avait affirmé que ces bateaux sont le terrain de prédilection de toutes sortes de criminels : voleurs, joueurs professionnels, ainsi que ce qu'il est convenu d'appeler, pudiquement, des hommes de confiance… Dans mon pays, ce genre de situation ne serait pas toléré.

La réplique immédiate d'Emma : «Et quel est votre pays, comtesse ? », plongea Archer dans un abîme de réflexion. Il enviait à ces Européens l'agilité et l'aisance avec lesquelles ils menaient une conversation à bâtons rompus. Tous parlaient avec un léger accent dont la musicalité charmait ses oreilles habituées depuis sa tendre enfance au lourd nasillement des fermiers de son comté.

— La Russie. Je suis née à Saint-Petersbourg et mon défunt mari, le comte Davidoff, appartenait au corps diplomatique. Je me rends à Buenos Aires, afin de rendre visite à ma fille qui a épousé un important estanciero. Ils ont deux enfants que je ne connais pas encore, ce qui vous laisse deviner mon impatience de parvenir au terme du voyage.

— C'est un véritable plaisir que de pouvoir compter avec une femme de votre rang à notre bord, comtesse, assura Félix, l'œil fixé sur une magnifique broche, diamants et rubis, assujettie à son épaule. M'autoriseriez-vous, en ma qualité de joaillier, à vous complimenter sur la beauté de votre broche ? Un bijou ravissant dont les inestimables rubis viennent tout droit de Birmanie.

— Je vous remercie, c'est un présent de feu mon mari.

— Je serais prêt à parier qu'il l'a acquise auprès de monsieur Lemonnier, à Paris ?

Un sourire enchanté éclaira les traits de la comtesse.

— Monsieur de Meyer, vous êtes un véritable sorcier. Vous me voyez terriblement impressionnée.

Félix rougit jusqu'aux oreilles. «Tiens, papa s'intéresse à elle ! » se dit Emma, dont la main errait sous les plis de la nappe à la recherche de celle d'Archer. «Comme c'est curieux. Moi qui l'ai toujours vu amoureux de maman.» David, la rage au cœur, avait surpris le manège des deux amants, il en conçut aussitôt une jalousie attisée par la condition médiocre de celui qu'il était bien obligé de considérer comme un rival.

— Puis-je vous demander, comtesse, s'enquit Emma, pour quelle raison vous n'avez pas emprunté un navire faisant route directement pour Buenos Aires ?

— C'est que j'aurais craint de trouver le voyage trop long et ennuyeux, voyez-vous. Je brûlais d'envie de découvrir cette Amérique dont tout le monde parle. J'ai même investi dans un lopin de terre au Kentucky et j'avais le désir de le visiter : un élevage de chevaux. J'ai embarqué à Louisville mais j'ai dû rester enfermée dans ma cabine à cause d'un refroidissement. À partir de maintenant, je vais pouvoir profiter du voyage jusqu'à la Nouvelle-Orléans.

— C'est également notre destination, observa Félix. Nous avons l'intention d'embarquer aussitôt sur l'« Empress of China » à destination de la Californie.

— Quelle extraordinaire coïncidence ! J'emprunte moi aussi l'« Empress of China » qui fait escale à Buenos Aires.

Elle gratifia Emma d'un sourire chaleureux.

— J'espère que nous deviendrons amies...

« Quelque chose, pourtant, me dit qu'il n'en sera rien », pensa Emma.

Livré à ses noires pensées, David ruminait son malheur. « C'est le physique avantageux de ce type qui a séduit Emma ! Ah ! si j'avais pu être aussi beau, aussi séduisant ! Maudit soit-il, ce butor ! »

— Je tiens à vous avertir, comtesse, disait Archer. Ne remettez aucun de vos bijoux au commissaire de bord. On ne peut lui faire confiance.

La comtesse Davidoff posa sur son interlocuteur le regard de ses grands yeux verts qui en disait long sur son goût pour la grande beauté du jeune homme.

— Je vous remercie, monsieur Clark, je tiendrai compte de votre avertissement.

« Cette femme est une aventurière, une coureuse d'hommes... Et je lui conseille vivement de se tenir à l'écart de mon Archer si elle ne veut pas que je plante mes griffes dans ses beaux yeux de tigresse », se répétait Emma qui bouillait intérieurement.

Emma attendit, dévorée d'impatience, jusqu'à onze heures et demie, heure à laquelle on pouvait raisonnablement estimer que les ponts seraient déserts et les passagers enfermés dans leur cabine. Le moment venu, elle se glissa furtivement dans la coursive et contourna le pont giflé par les rafales de vent, avant d'atteindre la cabine numéro dix. Une silhouette émergea soudain de l'ombre et lui saisit le bras.

— Emma, où vas-tu ?

Ce n'était que David.

— Je ne pouvais pas dormir, j'ai pensé qu'un peu d'air me ferait du bien...

— Tu mens. Tu allais le rejoindre dans *sa* cabine, j'en suis sûr.

— De quoi parles-tu ? Lâche-moi, d'abord !

— Tu sais parfaitement de quoi je parle, Emma ! Pourquoi t'abaisses-tu à fréquenter ce rustre, cet ignare, cet illettré qui n'a rien d'un gentleman...

Se libérant de force, d'un geste vif, elle lui appliqua un soufflet retentissant.

— Comment oses-tu parler en ces termes de l'homme qui a sauvé la vie de mon père ? Monsieur Collingwood est un gentil garçon, sincère, droit et...

— Qui est monsieur Collingwood ?

Elle hésita une fraction de seconde.

— Je voulais dire monsieur Clark. En outre, je n'ai que faire de ton avis, ni de celui de quiconque, concernant ma conduite.

David se tenait la joue. Le feu laissé par la claque n'était rien en comparaison de la brûlure qui ravageait son cœur.

— Tu l'aimes ? balbutia-t-il.

— Et si c'était le cas ?

— C'est un goy.

Elle se mordit la lèvre, impatiente d'en finir.

— David, tu n'es qu'un snob et un bigot.

Il lui reprit le bras, comprenant seulement la nécessité d'agir avec une certaine brutalité s'il voulait conserver la moindre chance de conquérir cet inaccessible trésor.

— Je t'aime ! souffla-t-il. Et j'enrage de te voir gâcher ta réputation et... et toi-même dans les bras de cet Américain stupide !

— Il n'est pas stupide. Et de quelle manière serais-je en train de gâcher ma réputation ?

— En couchant avec lui... siffla-t-il d'un ton chargé de haine envieuse.

De nouveau, elle se libéra d'un geste brusque.

— Pour l'amour du ciel, je ne suis plus une vierge naïve ! chuchota-t-elle avec colère. Et de toute façon, cela ne te regarde pas. Maintenant, laisse-moi tranquille.

Elle fit volte-face après l'avoir défié d'un regard féroce et s'éloigna d'une démarche altière.

« La garce, la…, gémit David, les yeux pleins de larmes de rage et de jalousie, elle ne vaut vraiment pas la peine que je me brise le cœur pour elle. »

Belles paroles, qui ne changeaient rien aux ravages exercés dans son cœur.

À l'instant de frapper à la porte de la cabine d'Archer, Emma eut une hésitation. Les propos de son cousin l'avaient retournée. Elle avait beau lui garder rancune de son intervention, elle n'en devait pas moins convenir que l'essentiel de ses propos était fondé. Dans l'Allemagne de sa jeunesse, la bourgeoisie moyenne à laquelle elle appartenait était soumise à un code de moralité assez strict, tandis que la classe des jeunes romantiques, à la tête de laquelle on trouvait des artistes, des poètes et des écrivains, battait en brèche la fameuse « pruderie Biedermeier » et revendiquait « l'amour libre ».

Quand bien même elle en avait évoqué l'image en manière de plaisanterie, Emma ne se sentait pas l'étoffe d'une femme pervertie. Par ailleurs, l'extase éprouvée entre les bras d'Archer lui avait procuré un bonheur tel qu'il éliminait toute notion de perversion. D'autant que, plus ils échappaient aux contraintes de la morale européenne – corsetée d'exigences –, plus ils se rapprochaient des frontières d'une Amérique inhabitée, plus la notion de perversion s'amenuisait. Archer avait éveillé en elle des passions dont elle n'avait – jusqu'ici – rien connu. Et, face à cela, elle n'ignorait pas que David n'entendrait jamais rien à ces sentiments, non plus que son père d'ailleurs.

Il n'en demeurait pas moins que, si elle frappait cette nuit à la porte d'Archer, elle allait brûler bon nombre de vaisseaux. Et pas des moindres.

Elle frappa.

En attendant qu'il ouvre, les accusations lancées par son cousin lui revenaient en mémoire : rustre, ignare, illettré… rien d'un gentleman. Elle devait admettre que la description n'avait rien d'excessif. Sa mère nourrissait bien la conviction que l'Amérique ne possédait pas de pianos ! D'un seul coup, la présence de Chopin, de Beethoven lui manquait, et plus encore, ce que leur œuvre représentait pour elle de beauté, de culture, de… les plus belles choses de l'existence, quoi ! « Que suis-je en train de faire ? Qu'ai-je donc déjà fait ? »

La porte s'ouvrit, elle se trouva en présence de son amant. Elle pénétra dans l'étroite cabine. Il referma la porte avec soin, la prit dans ses bras et la couvrit de baisers enflammés. Au bout de quelques secondes, il s'interrompit, s'écarta, la maintenant à longueur de bras.

— Quelque chose ne va pas ? s'inquiéta-t-il.

— C'est que... non, rien.

— Certainement pas. Je sens que quelque chose te préoccupe.

Elle se détourna imperceptiblement.

— Archer, dit-elle, as-tu jamais entendu parler d'un homme qui se nommait Frédéric Chopin ?

Silence. Elle le dévisagea. « Il est beau comme un dieu, se répéta-t-elle une fois encore. Son visage reflète une extraordinaire beauté. À l'exclusion de toute autre sensation. »

— Frédéric quoi, donc ?

« Il me rappelle Henckel von Hellsdorf songea-t-elle, la mort dans l'âme, éblouissant de beauté et complètement ignare. Non... réflexion faite, la définition est injuste, c'est plutôt une terre en friche, une table rase... le noble sauvage de Rousseau. »

— C'est sans importance.

— Au contraire, cela importe beaucoup. Qui est cet homme ? Une de tes connaissances ?

Elle étouffa un rire léger.

— Frédéric Chopin est un compositeur célèbre qui vient de mourir l'an dernier.

Son front se plissa.

— Je comprends. Bah ! Il ne paraît pas avoir été aussi célèbre que ça...

Elle tendit les bras, prit sa main entre les siennes.

— Cela n'a vraiment aucune espèce d'importance, assura-t-elle.

— Pourquoi répéter chaque fois la même chose ? D'accord, je n'ai jamais entendu parler de Chopin. Ne va surtout pas croire que je ne mesure pas les différences qui nous séparent. Je m'en suis rendu compte, pas plus tard que ce soir, pendant le dîner avec cette comtesse russe. Vous autres, Européens, vous vous entendez à mener une conversation, vos manières sont étudiées, tandis que moi... je ne suis qu'un rustre. Et quelqu'un vient d'attirer ton attention sur cette réalité, n'est-ce pas? Qui est-ce? Ton père?

— Mon cousin David. Il est jaloux de toi, vois-tu. Il a découvert que tu es mon amant et meurt d'envie de se trouver à ta place. Alors, il te critique. Et moi aussi. Il m'accuse de perdre ma réputation et de renoncer à ma condition de lady. Et il a sans doute raison...

— Tiens-tu beaucoup à ta réputation?

— Bien entendu... je suppose.

Il retira sa main d'entre les siennes.

— Dans ce cas, il serait préférable que tu partes. Je le comprendrais. À ce propos, j'ai averti ton père que, lorsque je suis allé faire modifier mon billet de passage, l'intendant m'a poussé à lui voler ce qu'il vous reste de diamants.

Cette remarque lui rappela tout ce dont ils étaient redevables au jeune homme. «Peut-être ce garçon est-il un peu rustaud, peut-être n'a-t-il jamais entendu parler de l'existence de Chopin, mais au moins il sait se conduire en gentleman, lui. Tandis que David – l'ivrogne qui s'enivre au bourbon et révèle à Ben Shakespeare l'existence des diamants, ne lui arrive pas à la cheville!»

— Après tout, je me fiche pas mal de ce que pense mon cousin! s'écria-t-elle, les bras jetés autour de son cou. Et je me moque de Chopin...! Je t'aime, Archer! Je t'aime suffisamment pour me moquer de ce qu'ils pensent et de tout ce que tu ignores...!

Il éclata de rire, submergé par les baisers dont elle couvrait son visage. Et puis, peu à peu, son rire s'éteignit parce qu'il s'était mis à l'embrasser à son tour.

En l'espace de ce qui lui parut n'être qu'un infime laps de temps, Emma se retrouva étendue sur la couchette, paupières closes sur la griserie que lui procurait la lente promenade de sa langue sur ses seins. Il s'attardait à jouer avec les pointes dardées avant de remonter lentement par la vallée de la poitrine, jusqu'à la base du cou. Avec de petits mouvements lents, presque imperceptibles, il vint se placer à califourchon au-dessus d'elle, sans interrompre son manège, attentif à ses gémissements. Posément, il se mit à caresser son ventre de son désir exacerbé.

— Archer, chuchota-t-elle, mon amour...

Et puis ses lèvres s'écrasèrent contre les siennes, sa langue se fraya un chemin jusqu'à la sienne en même temps qu'il la pénétrait et plaquait son ventre contre le sien, dans un mouvement ample comme un largo musical. Le terme lui était venu, avait affleuré parmi d'autres et inoubliables sensations, mais qualifiait avec le plus de justesse l'extase qui était la sienne. Immédiatement après vint s'insinuer le mi bémol d'un nocturne de Chopin, suivi, à mesure que s'amplifiait le mouvement, d'un rythme de Valse Brillante... Il y eut très vite le déferlement orageux de la sonate Waldstein de Beethoven et l'ivresse finale de l'orgasme se matérialisa sous la forme du tonnerre des cymbales dans le final de la Neuvième...

— Freude... balbutia-t-elle à son oreille tandis qu'il s'affalait près d'elle, pantelant.

— Que dis-tu ?

— J'ai dit « Freude », l'équivalent allemand de « Joie ». La joie que célèbre le chœur dans l'hymne qu'il chante à la fin de la Neuvième symphonie de Beethoven. Tu as certainement entendu parler de lui, non ?

— Oui ! Mais je n'ai jamais entendu de symphonie.

Elle se tourna de son côté, saisit son visage entre ses paumes et l'embrassa tendrement.

— Mon amour, mon chéri, chuchota-t-elle, un jour viendra où je t'emmènerai entendre un grand orchestre. Nous unirons nos mains pour écouter la Neuvième et tu ressentiras le même frisson qui m'a parcourue le soir où j'ai assisté à celle que dirigeait Herr Mendelssohn.

— De qui parles-tu ?

— Peu importe, mon Archer à moi, peu importe. Tu m'as donné l'essence la plus pure de la joie contenue dans l'amour, ce dont je te garderai une éternelle reconnaissance. Et un jour prochain, je te ferai accéder au bonheur de la musique.

Archer demeura silencieux quelques secondes. Puis il dit :

— Tu es mon bonheur et tu es ma musique.

Emma exhala un soupir. Sans aucune espèce de doute, il personnifiait à la perfection le « noble sauvage ».

Depuis une éternité, elle n'avait pas dormi aussi profondément ni, surtout, aussi paisiblement. Les coups frappés à sa porte la tirèrent à grand-peine de la plénitude bienfaisante, de l'épanouissement dans lesquels l'avait plongée la passion amoureuse. Elle se tourna de côté sans ouvrir les yeux, sentant encore la pression des caresses ardentes du jeune homme, sur son corps et murmura :

— Archer, mon amour...

— Emma ! Réveille-toi !

La voix de son père l'éveilla tout à fait. Elle bâilla, s'étira.

— Voilà ! Une minute, papa.

Elle quitta la couchette à tâtons, versa un peu d'eau dans la cuvette du lavabo pour s'humecter le visage et passa une robe de chambre avant de déverrouiller la porte.

Bien qu'il n'eût rien d'un personnage efféminé, ni d'un bellâtre – ainsi que certaines mauvaises langues de Francfort se plaisaient à le colporter – Félix de Meyer s'était toujours distingué par le brillant de son élégance. Sa qualité de joaillier, en permanent contact avec une clientèle extrêmement riche, l'avait habitué à soigner sa mise. Son bon goût naturel et sa minceur aidaient ainsi à lui conférer une présence aristocratique qui avait toujours provoqué l'admiration d'Emma. Ce matin-là, il apparut à sa fille coiffé de son chapeau de castor, sa canne à pommeau doré tenue d'une main ferme, plus soigné que jamais. Un regard lui suffit, cependant, pour déceler chez lui une vive contrariété.

— Bonjour, papa. Quelle heure est-il donc ?

— Bientôt midi.

— Ciel ! J'ai dormi plus que de raison.

— Peut-être cela s'explique-t-il par le fait que tu n'as regagné ta cabine qu'à trois heures du matin. Tu permets que j'entre ?

Elle s'écarta afin de lui livrer passage, comprenant d'un seul coup ce qui n'allait pas et referma la porte avec soin.

— Je t'en prie, assieds-toi sur la couchette, papa.

— Merci, je préfère rester debout.

Elle ébaucha un sourire ambigu en se laissant choir sur le bas-flanc.

— Emma, commença-t-il, depuis la mort tragique de ta mère, je me suis efforcé de me comporter à la fois en père et en mère, vis-à-vis de toi. Dans la mesure du possible, évidemment. Or, il semble que j'aie échoué dans une partie de l'une ou l'autre fonction. Peux-tu me dire avec exactitude quel genre de relation tu entretiens avec monsieur Clark ?

Elle prit une profonde inspiration.

— Je ne chercherai pas à vous mentir, père : j'aime monsieur Clark.

— Je suppose que tu étais… en sa compagnie, cette nuit ?

— Oui.

Il fronça les sourcils.

— Question indélicate mais indispensable… vous avez fait l'amour ?

— Oui.

— Je comprends.

Il passa à plusieurs reprises un index effilé sur sa lèvre supérieure, geste familier dont s'accompagnait chez lui une profonde réflexion.

— Je ne reproche rien à monsieur Clark, reprit-il. En fait, nous lui devons le reliquat de fortune dont nous disposons encore. À ce propos, et à la suite de l'incident de l'autre nuit, je me suis demandé si l'appauvrissement de nos ressources financières ne devait pas nous conduire à renoncer à la Californie… Tout bien pesé, il nous restera assez pour nous établir, bien que sur une échelle nettement inférieure à celle que j'avais envisagée. Cette décision te convient-elle ?

— Naturellement, papa. Jamais je n'ai imaginé que nous pourrions renoncer.

— Moi, au contraire, je l'ai imaginé. Mais enfin, puisque les passages sont réglés et que cela représentait une somme non négligeable…

Il fut interrompu par le hululement lugubre de la sirène annonçant que le bateau larguait les amarres. Félix tira sa montre de gousset, l'ouvrit d'un geste sec du pouce.

— Midi, dit-il. Quelles que puissent être, par ailleurs, les déficiences de ce moyen de locomotion, il a au moins le mérite de respecter son horaire. Il était prévu que nous quitterions le Caire à midi.

Une énorme vibration secoua les membrures du bateau et le halètement de la machine devint perceptible, aussitôt dominé par le brassage de la roue à aubes qui se remit à labourer les eaux de la rivière. Félix laissa retomber la montre au fond de son gousset.

— Savais-tu que Clark est un faux nom ?

— Naturellement. Mais comment le sais-tu ?

— La nouvelle s'est répandue comme une traînée de poudre. Apparemment, ton jeune amant avait cambriolé une banque dans l'Ohio.

Un frisson d'angoisse courut sous la peau de la jeune femme.

— Que s'est-il passé, papa ?

— La police est montée à bord à peine avions-nous abordé. On a arrêté monsieur Clark qui s'appelait en réalité Collingwood.

— Archer ! Elle se dressa sur ses pieds. Je veux le voir ! Où est-il ?

— Ils l'ont conduit à terre. Il va être renvoyé dans l'Ohio aux fins de jugement…

— Archer… !

Comme elle se précipitait sur la porte, Félix leva sa canne pour lui barrer le passage.

— Il est trop tard. Le bateau a déjà quitté le quai.

Elle lui fit face, le visage tordu par la douleur, ses grands yeux d'améthyste brillant de larmes.

— Pourquoi ne m'avez-vous pas réveillée ? cria-t-elle.

— Il te faut oublier monsieur Collingwood, Emma. Au début, ce sera difficile, je n'en doute pas, mais c'est une nécessité…

— Vous l'avez fait exprès ! Vous m'avez laissé dormir pendant qu'on l'emmenait ! Une expression de panique passa dans son regard. C'est l'intendant qui l'a dénoncé, j'en suis sûre.

Elle écarta la canne qui lui obstruait le chemin, se jeta sur la porte et l'ouvrit au large.

— Emma !

Elle était déjà dans la coursive, pieds nus, en négligé.

— Emma, reviens tout de suite !

Elle courut vers la proue, écartant sans ménagement les passagers stupéfaits afin d'accéder au bastingage… Cheu… cheu… cheu… l'énorme roue brassait les eaux écumantes, éparpillant au vent de l'Illinois une fine bruine poisseuse. Le bateau avait repris sa course en direction du Mississippi tandis qu'Emma, les doigts crispés sur la rambarde, ses boucles brunes en désordre sur les épaules, tentait d'apercevoir quelque chose du quai de la minuscule escale qui s'amenuisait rapidement dans le lointain.

— Archer, sanglotait-elle, Archer, mon amour…

Deux hommes d'affaires de Louisville se précipitèrent à l'instant précis où elle lâchait prise et s'affalait sur le pont.

— Mon cher monsieur de Meyer, s'écria la comtesse Davidoff qui venait d'arriver au moment où les deux hommes, guidés par Félix, portaient Emma, inconsciente, à l'intérieur de sa cabine, qu'est-il donc arrivé à votre charmante fille ?

— J'ai bien peur, expliqua-t-il d'un ton attristé, que son cœur ne soit brisé.

CHAPITRE SIX

Le temps d'embarquer à bord de l'«Empress of China», à la Nouvelle-Orléans, Emma avait découvert qu'elle était enceinte. Non seulement sa périodicité était interrompue, mais en outre, elle avait l'impression d'une sorte de présence, à l'intérieur d'elle-même. La certitude de porter l'enfant d'Archer – au moins ne pouvait-il subsister le moindre doute au sujet de la paternité – lui procurait des émotions diverses. D'une part, sa joie était immense de pouvoir compter sur un souvenir vivant du jeune homme dont elle était tombée éperdument amoureuse, d'autant que cette perspective l'aidait à surmonter la dépression dans laquelle l'avait plongée l'arrestation de son amant. D'autre part, elle allait se trouver confrontée aux difficultés énormes – d'un point de vue pratique, qui guettaient toute jeune mère non mariée. Son père ne s'était pas perdu en commentaires sur l'aspect inavouable de sa liaison, mais ses faits et gestes n'en démontraient pas moins ses véritables sentiments. Ne serait-ce que le fait qu'il avait pris soin de l'éveiller, au Caire, au moment où le bateau quittait le quai, afin de prévenir toute tentative extravagante. Son opinion était claire : «Archer est un gentil garçon – pour un vulgaire voleur de banque – mais je préfère ne pas le voir entrer dans ton existence.» Aussi bien s'attendait-elle à une réaction négative de sa part lorsqu'elle lui révélerait sa nouvelle condition de future fille-mère.

Elle aurait tant aimé trouver une interlocutrice ou un interlocuteur compatissant. Mais à qui en parler? Certainement pas à un

David épanoui par l'éviction de son rival. L'«Empress of China», un magnifique trois mâts, essentiellement dévolu au transport du fret, emportait à peine une douzaine de passagers. Il était donc hors de question de se lier avec l'un d'eux, assez intimement pour exposer le cas qui était le sien. En fin de compte, à force de tourner et retourner la question et tandis que le navire filait sous bon vent le long du golfe du Mexique, à destination de La Havane puis de Buenos Aires, Emma résolut de s'ouvrir de son secret auprès de la comtesse Davidoff. L'élégante grande dame russe, qui voyageait en compagnie d'une jeune femme de chambre française nommée Cécile, avait noué avec chacun des membres de la famille des liens quasi amicaux. Rien dans le comportement de la comtesse et surtout – à la grande surprise de la fille – la conduite de plus en plus empressée de Félix, ne prouvait qu'ils eussent affaire à une aventurière. Bien au contraire, la puissance de son charme avait fait fondre l'hostilité d'Emma, de sorte qu'elle décida très vite de lui confier son secret.

À l'heure dite, elle s'installa dans une chaise longue, sur le parcours de la promenade quotidienne de la comtesse qui arpentait le pont supérieur d'un bord à l'autre. En attendant son passage, elle observait avec intérêt l'activité régnant à bord de l'élégant clipper qui serait leur domicile durant les quatre mois à venir. Au moins.

Le clipper sur lequel ils naviguaient appartenait à cette catégorie de coursiers des mers, racés et rapides, qui faisaient l'orgueil de la marine marchande des États-Unis. Dès le premier jour, Emma avait été favorablement impressionnée par l'efficacité de l'équipage et la propreté impeccable du bateau dont le port d'attache était Boston. Et ce, en dépit de l'exiguïté de sa cabine. Elle avait levé la tête, le cou tendu pour observer la manœuvre d'un groupe de marins qui, juchés dans les agrès, déployaient une immense voile blanche que le vent gonflait aussitôt harmonieusement.

— Beau spectacle, n'est-ce pas?

Elle détourna la tête et découvrit, à côté d'elle, une sorte de géant, sanglé dans son uniforme de capitaine. La trentaine à peine dépassée, les épaules larges, il offrait à son regard surpris un visage aux traits réguliers, rougis par les intempéries et une abondante chevelure d'un roux flamboyant.

— Le spectacle d'un bateau en plein effort m'emplit toujours d'admiration; c'est l'un des plus exaltants qui existent, ajouta-t-il, son tricorne serré sous le bras. À l'exception d'une lady ravissante, bien entendu. Permettez que je me présente. Je suis le capitaine Scott Kinsolving, commandant de ce navire, en même temps que son propriétaire. Vous, je crois, vous êtes miss de Meyer et vous occupez la cabine numéro trois ?

— Exact, capitaine.

Elle avait l'impression très nette que le capitaine Kinsolving se berçait d'illusions concernant les liens qui pourraient se nouer entre eux et elle décida immédiatement de tuer dans l'œuf toute velléité de flirt.

— Nous sommes destinés à passer une bonne centaine de jours en compagnie l'un de l'autre, précisa-t-il. Il serait donc préférable de faire ample connaissance dès à présent.

Elle jugea insolente sa façon de sourire.

— J'ignorais qu'un passager payant eût l'obligation de gagner l'amitié de l'équipage, répliqua-t-elle, estimant lui avoir ainsi cloué le bec.

Il posa sur elle un regard dont l'insolence ne le cédait en rien à celle qu'exprimait son sourire.

— Je ne suis pas un membre d'équipage, miss de Meyer. Tant que vous vous trouvez à mon bord, j'en reste le maître, après Dieu. Bon après-midi.

Il fit mine de s'éloigner, hésita, se retourna, magnétisé – eût-on dit – par le flamboiement des yeux d'améthyste de la jeune femme.

— J'ai l'impression, miss de Meyer, que si vos yeux étaient des pistolets, je serais déjà mort.

— Espèce de grand sauvage rouquin, maugréa-t-elle d'une voix étouffée tandis qu'il s'engloutissait dans les entrailles du pont inférieur. Pour qui se prend-il, ce grand benêt ? « Dieu ! » Et puis quoi encore !

Le gracieux clipper poursuivait sa course vers La Havane, grinçant et craquant, enlevé par un vent favorable.

Vingt minutes plus tard, les deux femmes arpentaient le pont, côte à côte.

— Il avait tout à fait raison, ma chère Emma. Il est véritablement Dieu à son bord, assura la comtesse. Je pense que vous avez eu tort de chercher à moucher le capitaine Kinsolving. Tant que nous sommes en mer, il exerce sur nous tous un pouvoir absolu.

— Possible, mais il ne m'en fait pas moins l'impression d'un singe savant et prétentieux.

La comtesse gloussa.

— Je vous trouve bien sévère envers lui. On me l'a décrit comme l'un des armateurs les plus fortunés de Boston. On prétend également qu'il mène une vie amoureuse scandaleuse et mystérieuse à la fois.

— Vraiment ? La curiosité d'Emma se trouvait tout de suite en éveil. De quoi s'agit-il ?

— Hé, si nous le savions, ce ne serait plus un mystère. Et s'il existe quelque chose de plus navrant qu'un mystère non éclairci, c'est assurément une énigme dont on n'ignore plus rien...

Emma sourit. L'humour un peu crispé de la comtesse Davidoff l'amusait d'autant que son accent raboteux y ajoutait du piquant.

— En tous cas, vous n'imaginez pas combien je suis aise de voir la couleur revenue à vos joues, poursuivit-elle. Je vous ai observée, ces jours derniers, et j'ai constaté le retour de votre enthousiasme, ce qui ne peut que combler votre père de joie. Il était très préoccupé par votre santé, vous savez. J'avais beau lui répéter qu'il convenait de vous accorder du temps. Ce temps qui panse toutes les blessures, y compris celles du cœur.

— Le temps restera sans pouvoir sur la mienne, comtesse.

— Détrompez-vous, ma chère. Je suis en mesure de vous affirmer qu'un jour l'image du séduisant monsieur Collingwood s'effacera de votre mémoire.

— Hypothèse peu vraisemblable du fait que... Elle prit une profonde inspiration... que je porte son enfant.

La comtesse Davidoff la dévisagea longuement.

— Est-ce vrai ? balbutia-t-elle.

— J'en ai malheureusement la certitude.

— En avez-vous parlé à votre père ?

— Non. Franchement, je n'en ai guère envie. J'aime mon père de tout mon cœur, mais je crains qu'il ne porte pas sur les événements le même regard que moi. Je suis consciente d'avoir fauté et je me sens prête à en assumer les responsabilités. Tandis que mon pauvre papa, soupira-t-elle, j'ai peur que cette affaire ne lui brise le cœur.

— Évidemment, il faut s'attendre à ce qu'il en reçoive un choc. Mais votre père est un homme plein de bon sens, qualité pour laquelle – entre autres – je l'apprécie autant... Peut-être voudriez-vous que ce soit moi qui le lui apprenne ? Ce serait peut-être préférable ainsi...

— Oui ! Je suis persuadée que cela passerait mieux. Papa a beaucoup d'affection pour vous, je m'en suis rendu compte et... euh... je me suis imaginé que vous pourriez jouer le rôle d'intermédiaire. N'est-ce pas extraordinaire ? La première fois que je vous ai vue, j'ai pensé que je ne pourrais vous supporter... Alors que nous voici en train de devenir des amies intimes. Du moins, je l'espère...

La comtesse lui tapota le bras.

— Je l'espère également, confirma-t-elle avec un sourire.

Elle réfléchit quelques instants.

— Il faut que j'en parle très vite à votre père. Votre grossesse va susciter certains problèmes autres que ceux provoqués par l'absence d'un père.

— Que voulez-vous dire ?

— Notre bateau va contourner le cap Horn au beau milieu de l'hiver du continent sud-américain. Nous pouvons nous attendre à essuyer de fortes tempêtes, ce qui créera des conditions peu compatibles avec l'état d'une future mère dont la place aurait été sur une chaise longue, dans un coin tranquille, à Francfort... La situation pourrait même présenter certains dangers.

— Je n'y avais pas pensé.

— Il y a quantité d'autres détails auxquels vous n'avez pas pensé. C'est le lot, hélas, de la plupart des amoureux : l'extase de l'instant occulte le futur. Vous êtes jeune, ma chère petite. J'ai été jeune aussi et je n'ai rien oublié, aussi ne vous critiquerai-je pas. Je préfère vous aider de toutes mes forces.

— Chère comtesse, comme vous êtes bonne.

— « Bonne » peut-être pas mais surtout pratique. Et puis, d'abord, votre « comtesse » est trop ampoulé et mondain. Appelez-moi Zita. Vous le trouverez certainement épatant, ce petit diminutif que je me suis concocté toute seule à l'âge de cinq ans. Mon véritable prénom est Irina, comme ma fille, mais je trouve Zita infiniment plus amusant, n'est-ce pas votre avis ? Il a des consonnances gitanes… Elle fronça les sourcils. Bien… à présent, de quelle manière présenter la chose à votre père ? Elle haussa les épaules. Tout bien pesé, j'emploierai la méthode directe : je lui présenterai la vérité à la fin d'un copieux repas, arrosé d'un excellent vin, bien entendu…

— Vous me donnez l'impression de bien connaître les hommes.

— Certes, j'en sais long sur leur compte. Un jour, il faudra que je vous raconte ma vie, vous la trouverez certainement aussi scandaleuse que celle de Kinsolving.

L'image du grand rouquin insolent s'imposa brusquement à l'esprit d'Emma. Et elle s'étonna de se découvrir curieuse de percer ses secrets.

— Dites donc, vous avez remarqué cette fille, dans la cabine trois, cette de Meyer… Rudement jolie, non ?

— Oui, commandant, très belle.

Kinsolving se trouvait en compagnie de son second, monsieur Roseberry, dans la chambre des cartes, derrière la timonerie. Roseberry avait débuté très jeune sur un baleinier ; il attendait le coucher du soleil pour faire le point avec les étoiles, ce qui ne serait guère facile à cause du vent. Heureusement, le ciel était clair et les étoiles de première magnitude – repères essentiels de la navigation dans l'hémisphère nord, tels que Vega et Aldebaran – s'allumeraient dès que le soleil se coucherait à l'horizon. À ce moment-là, il ne disposerait que de quelques précieuses minutes pour capter les étoiles dans le viseur de son sextant, à l'instant précis où il ferait suffisamment sombre pour déceler leur brillance, tout en disposant d'une lumière qui lui permettrait de distinguer nettement la ligne d'horizon. Une mer calme, ajoutée à cette circonstance délicate, aurait fourni les conditions idéales d'un point particulièrement précis. Mais monsieur Roseberry savait d'expérience que les conditions optimales ne se trouvaient que rarement réunies et il considérait comme son devoir d'obtenir un point aussi précis que possible. Ce travail l'enchantait parce qu'il était amoureux des étoiles dont la beauté et le profond mystère le plongeaient dans une admiration craintive.

Les pensées de Kinsolving étaient ailleurs. Ses délires imaginatifs se concentraient, avec insistance, sur les aspects visibles de la beauté de miss de Meyer ainsi que sur les parties moins visibles de cette beauté qu'il sentait parfaite. Scott Kinsolving, fils de pêcheur de Gloucester, avait acquis sa fortune de haute lutte, mode d'existence qui laissait peu de place au romantisme dans son âme de forban.

— Continuez, monsieur Roseberry, dit-il, je descends m'étendre dans ma cabine.

— Oui, commandant.

— Tâchez de nous obtenir un point précis. Le baromètre descend, je crains que nous n'ayons un peu de sale temps dans les jours à venir. J'aimerais savoir où nous nous trouvons.

— Je ferai de mon mieux, commandant.

Avant de dévaler l'échelle qui menait à sa cabine, Kinsolving s'assura machinalement que les feux de position étaient allumés. Marin depuis l'âge de quatorze ans, il était, d'une manière générale, considéré comme l'un des plus habiles skippers à fréquenter la route de la Chine. Un commerce qui lui avait permis de bâtir sa fortune. L'opération consistant à emporter vers la lointaine Cathay la production des fabriques de la Nouvelle-Angleterre, pour revenir chargé de soieries, de thé, d'épices et de porcelaine en provenance de Hong Kong et de Canton, avait rendu millionnaire plus d'un garçon résolu. La Kinsolving Shipping Company qui comptait à ce jour pas moins de sept clippers était menée de main de maître, si bien que Scott était bien considéré par ses pairs, à l'exception de deux ou trois des plus collet monté qui déploraient son manque de raffinement.

Il pénétra dans sa cabine située exactement sous le gouvernail, où Abner Peabody, jeune mousse de quatorze ans attaché à son service, était en train d'allumer les lampes. Derrière les hublots, l'astre du jour s'engloutissait dans les eaux du golfe en éclaboussant le ciel de projections écarlates.

— Le cuisinier vous prépare une soupe de crevettes, commandant.

— Très bien. Tu peux me servir le rhum, Abner.

— Tout de suite, commandant.

En dépit de son humble naissance et malgré une propension naturelle à user d'un langage peu châtié, Scott n'avait nulle intention de finir ses jours dans la peau d'un ignare. Cinq ans plus tôt, il avait fait un don de vingt mille dollars à l'université d'Harvard en priant son président de lui dresser la liste de cinquante volumes qu'il devrait lire pour devenir un homme cultivé. Depuis, il en avait absorbé une bonne vingtaine. À la faveur de cette lecture, et à sa grande surprise, il avait découvert que ce païen de Platon l'intéressait plus que la plupart des auteurs chrétiens. Il alla se planter devant la bibliothèque qui couvrait une cloison entière et dont les dos de cuir souple étaient retenus solidement par des tringles en cuivre. Il choisit l'ouvrage de Conyers Middleton, «Enquête sur les pouvoirs miraculeux prêtés à l'Église, à travers les âges – 1748 » et alla s'installer sur le long canapé, légèrement incurvé pour épouser la forme de la coque et copieusement garni de coussins. Sur ces entrefaites, Abner reparut, portant un gobelet en étain empli de rhum de la Jamaïque.

À cet instant, on frappa à la porte de la cabine. Abner contourna le vaste bureau en acajou pour aller ouvrir. C'était Félix de Meyer.

— Pourrais-je m'entretenir un instant avec le capitaine Kinsolving ? Je m'appelle Félix de Meyer et j'occupe la cabine numéro cinq.

— Entrez donc, monsieur de Meyer.

Scott bondit sur ses pieds, l'esprit habité de visions enchanteresses et s'avança pour serrer la main du joaillier barbu, qui se trouvait être le père de la belle Emma.

— Désirez-vous un petit coup de rhum, monsieur de Meyer ? Ou peut-être un verre de porto ?

— Non, merci, commandant.

— Asseyez-vous donc, sir.

Le capitaine fit signe à son mousse de les laisser seuls, tandis qu'il avançait à son visiteur un fauteuil garni de peluche écarlate. Félix y prit place, le menton appuyé contre le dos de ses mains croisées sur le pommeau de sa canne.

— Je crois savoir, commandant, que vous êtes habilité à célébrer un mariage en pleine mer... Est-ce que je me trompe ?

— Non. C'est exact.

— Dans ce cas, accepteriez-vous de marier ma fille à monsieur Levin, si possible dès demain.

Scott dévisagea son interlocuteur avec une curiosité aiguisée par l'embûche ou le coup monté qu'il flairait.

— Oui, je pense. Mais…

La porte s'ouvrit en coup de vent, livrant passage à une Emma entièrement vêtue de velours vert amande, les yeux écarquillés, ses deux mains gantées de blanc tendues vers les deux hommes dans une posture suppliante.

— Non ! cria-t-elle en se précipitant vers son père. Non, papa, vous ne me contraindrez pas à épouser David que je n'aime pas. Vous ne pouvez me forcer, une seconde fois, à me marier contre mon gré. Je n'obéirai pas !

— Emma, retourne immédiatement dans ta cabine.

— Non ! Puis, tournée vers Scott :

— Il doit bien exister une loi qui vous interdit de marier une femme contre son gré, non ?

Le capitaine la dévorait du regard. La première fois qu'il l'avait vue, il l'avait trouvée belle. À présent, il la jugeait resplendissante : la colère mettait en valeur les atouts de son pouvoir de séduction. « Pas possible, se disait-il, ce n'est pas une femme ordinaire. C'est une déesse ! »

— À vrai dire, miss de Meyer, vous n'avez pas tout à fait tort. Aucun règlement n'existe, certes, mais je n'accepterais jamais de marier quelqu'un contre sa volonté.

Elle sourit.

— Merci, capitaine.

Puis, tournée vers son père :

— Tu comprends, papa, nous ne vivons plus au Moyen Âge et je refuse d'être manipulée comme une esclave. J'ai épousé Anton parce que c'était le désir de maman, mais je ne prendrai pas David pour époux. J'aime quelqu'un d'autre.

— Je sais : un voleur de banque qui, à l'heure où nous parlons, doit déjà se trouver en prison. Quand atteindrons-nous La Havane, commandant ?

— Si le vent ne tourne pas, vraisemblablement après-demain.

— Je vais dire à David de prévoir le mariage dans cette ville. Je pense que l'on doit y trouver une synagogue, ce qui serait préférable.

— Papa…

— Je ne veux plus entendre un mot de cette affaire ! coupa-t-il d'une voix si forte qu'elle prit Emma par surprise. Je t'aime Emma, tu le sais, suffisamment pour ne jamais te contraindre à faire une chose qui ne servirait pas tes intérêts. David est un excellent jeune homme qui fera un époux parfait. Il n'y a rien de plus à dire sur le sujet.

Il sortit sans ajouter un mot et referma soigneusement la porte derrière lui.

Il y eut un long silence durant lequel Emma garda les yeux fixés sur la porte, tandis que Scott, pour sa part, l'admirait. Finalement, elle murmura :

— Je n'accepterai pas.

— Si j'étais joueur, je miserais sur la volonté du père.

Elle fit volte-face, découvrit, une fois de plus, le sourire narquois. Elle aurait voulu lui répondre aussi brutalement qu'il le méritait, puisqu'elle le détestait, mais elle préféra rentrer ses griffes, estimant qu'il valait mieux s'en faire un allié.

— Y a-t-il une synagogue à La Havane ? s'enquit-elle.

— Non. Mais on y trouve quantité d'églises catholiques. Pensez-vous que votre père s'accommoderait d'une cérémonie catholique ?

— Il préférerait se donner la mort. Peut-être est-ce ma chance ?

— Il existe une synagogue à la Jamaïque.

Elle le gratifia d'un coup d'œil suspicieux.

— Nous ne faisons pas escale à la Jamaïque ?

— Nous le pourrions.

Toujours ce sourire insolent. « Le diable emporte ce butor qui s'amuse avec moi comme un chat avec une souris. Je ne sais ce qui me retiens de le gifler, de le battre… ou plutôt, si, je le sais ! »

— Vous avez fait preuve de beaucoup de compréhension, capitaine, déclara-t-elle d'une voix douce en le gratifiant de son sourire le plus suave, en refusant de nous marier de force. Je suis certaine que vous n'avez pas l'intention de faire escale à la Jamaïque, est-ce que je me trompe ?

Il mima une révérence.

— Les demoiselles en détresse obtiennent toujours le meilleur de moi-même, déclara-t-il. Nous ne frôlerons même pas la Jamaïque. Bien entendu, si vous le désirez, je pourrais mettre un peu d'ordre dans ce gâchis.

— Vous le pourriez ? De quelle manière ?

— Si j'en juge par la chaleur de vos propos, je suis en mesure d'affirmer que vous êtes follement amoureuse de ce monsieur David Levin.

« La brute ! »

— David est mon ami le plus cher, mais je ne l'aime pas, ce qui devrait tout de même vous apparaître évident. Croyez, capitaine, que je serais flattée au plus haut point si vous renonciez à me considérer comme une demeurée.

— Je vous considère, en tous cas, comme une langue de vipère et une femme de tempérament excessif et je me demande si ce monsieur Levin est préparé à ce qui l'attend. Quelque chose me dit que dans une vingtaine d'années vous serez devenue une véritable mégère...

— Ne vous préoccupez donc pas de ce que je serai devenue dans vingt ans. Vous prétendiez connaître une solution ?

— Apprenez-moi d'abord la raison qui motive la précipitation de votre père. J'ai l'impression que nous nous trouvons au bord d'un scandale...

Elle se raidit mais ne rougit pas. Emma n'avait jamais rougi depuis sa naissance.

— Je n'ai pas honte d'admettre la réalité, affirma-t-elle. J'attends un enfant.

Il fit la moue.

— D'après ce que je comprends, l'heureux père serait le détrousseur de banque dont parle votre père ?

— Oui. Mais cela ne vous regarde pas.

— Vous avez eu une existence agitée, pour une aussi jeune personne, miss de Meyer. Je n'ose croire que vous tomberiez amoureuse de moi, si je dévalisais une banque ?

— Capitaine Kinsolving, serions-nous Adam et Ève, seuls au Paradis, que je préférerais mourir dans la peau d'une vieille fille plutôt que de m'éprendre de vous.

— Ce qui n'irait pas sans entraîner de fâcheuses conséquences pour le genre humain. Parlez-moi de ce petit voleur.

— Il est merveilleux, doux, gentil, courageux jusqu'à l'héroïsme, beau comme... au-delà de toute vraisemblance et je l'aimerai à la folie jusqu'à mon dernier souffle. Je vous en prie, capitaine, contez-moi la manière dont vous envisagez de m'aider.

« Fascinante petite sorcière… »

— Dès que nous aurons touché La Havane, miss de Meyer, répliqua-t-il d'un ton suave.

« Il est exaspérant, ce type ! »

— Par conséquent, je devrai attendre que nous ayons jeté l'ancre dans le port de La Havane, c'est bien cela ? Merci, capitaine. J'apprécie tout ce que vous faites pour moi.

Déjà, elle se tournait vers la porte, quand, agile comme un grand félin, il lui barra le passage.

— Vous pourriez au moins me témoigner votre reconnaissance, dit-il avec une grimace railleuse.

— Capitaine Kinsolving…

— Appelez-moi donc Scott.

— Je préfère maintenir nos relations dans un cadre strictement formel, merci. Je vous prie de me laisser sortir.

— Vous semblez vous méprendre sur la situation. Je n'accorde aucune faveur sans contrepartie. Si vous tenez vraiment à échapper aux griffes de monsieur Levin, il convient d'acquitter le prix du service rendu, tout au moins par un baiser.

Elle le foudroya du regard.

— Vous n'avez manifestement rien d'un gentleman.

— Si l'on prend en considération la légèreté dont vous avez fait preuve dans vos relations avec ce jeune pilleur de banque, je déduirai que vous n'avez rien d'une lady. Savez-vous, Emma, que la fureur vous sied à merveille et vous rend ravissante, malheureusement, le rôle d'ex-vierge rougissante n'est pas l'un de vos meilleurs.

— Vous êtes le mufle le plus insolent que j'aie jamais croisé sur mon chemin. En outre, je ne vous ai pas autorisé à m'appeler Emma.

— Je sais. Bon, eh bien, j'ai mieux à faire que de perdre mon temps à me disputer avec vous.

Abandonnant sa position stratégique, il alla vers le fond de la cabine.

— J'espère que vous trouverez le bonheur auprès de monsieur Levin.

Il prit place à son bureau, déroula une carte, indifférent au regard furibond fixé sur lui.

— C'est bon. D'accord, embrassez-moi.

Elle marcha jusqu'à lui. Entre-temps, il s'était relevé. Elle offrit son visage levé vers lui. Il abaissa sur elle un regard perplexe. Elle avait tourné les yeux à l'extrême, de manière à ne pas le voir.

— J'attendrai, dit-il en fin de compte, que vous consentiez à me regarder. Après tout, Emma, je ne suis pas si moche que cela.

Elle ramena vers lui son regard le plus hargneux.

— Dépêchez-vous donc, je ne vais pas passer la soirée ici.

— Ce qui frappe, chez vous, c'est l'explosion de romantisme grâce auquel vous charmez les hommes. Allons, un jour ou l'autre, Emma, vous me supplierez de vous embrasser.

— Un jour, les vaches auront des ailes. J'attends.

Il la prit dans ses bras et pressa ses lèvres contre les siennes. Fermement. Il la maintint dans cette position durant près d'une minute. Puis il la libéra. Ils s'examinèrent. Le même sourire insolent reparut sur ses lèvres.

— Alors ? s'enquit-il, ai-je déclenché un embrasement ?

— Vous n'avez même pas fait jaillir une étincelle.

À peine sortie de la cabine, elle s'adossa à la coursive, comprimant d'une main les battements de son cœur. Elle haletait plus qu'elle ne respirait, lèvres entrouvertes, les yeux fixés sur la lanterne qui se balançait au plafond. « Seigneur Tout-Puissant, jamais personne ne m'a embrassée de cette manière. Il a réussi à me donner une sensation d'indécence. »

Elle se redressa, effaça les épaules, se remit en mouvement d'une allure déterminée. « Mais jamais je ne lui avouerai combien j'ai aimé ce baiser... à ce gorille prétentieux ! »

CHAPITRE SEPT

Cinq ans.

Les paroles du juge martelaient à l'intérieur de son crâne, comme les roulements d'un tambour funéraire... « Archer Collingwood, vous avez été reconnu coupable de vol à main armée. En conséquence, nous vous condamnons à cinq années d'emprisonnement dans le pénitencier de l'État. »

En compagnie de six autres prisonniers comme lui, il roulait, cahoté dans un fourgon attelé de quatre chevaux, placé sous la surveillance de deux gardes armés qui les regardaient l'un après l'autre avec une expression d'incommensurable ennui. Les convicts avaient tous des chaînes aux chevilles et aux poignets. Deux autres gardes à cheval galopaient en tête du convoi.

Le voyage prit fin à l'extérieur de la ville de Colombus, devant le mur d'enceinte de plus de six mètres de hauteur qui entourait le pénitencier de l'État d'Ohio. Les deux battants du majestueux portail en métal s'écartèrent lentement, livrant passage au fourgon qui s'arrêta au milieu de la cour principale, pendant que les lourds vantaux se refermaient. La porte du fourgon s'ouvrit de l'extérieur ; les deux gardiens sautèrent à terre.

— Allez ! Sortez de là-dedans et en vitesse. Le comité d'accueil est réuni !

La nouvelle résidence du jeune homme consistait en un gigantesque édifice de pierre, de construction récente, composé de quatre blocs disposés autour d'une cour carrée. Le tout était enfermé à l'intérieur du haut mur dont les quatre angles se trouvaient garnis d'une tour crénelée abritant les gardes préposés à la surveillance. Ces tours, conçues – par quelle aberration ? – dans un style néo-gothique, prêtaient à l'ensemble de la construction une allure de château féerique, à l'intérieur duquel veillait… qui sait ? Peut-être un dragon ?

Archer mesura du regard l'édifice aux proportions gigantesques. Il ne put réprimer un frisson.

Cinq ans…

— Je suis le directeur Edward Riley, dit le petit homme à l'air doux dont le nez pointu était chaussé d'un pince-nez. Vous avez la chance de vous trouver incarcérés dans l'une des prisons les plus modernes d'Amérique. L'emprisonnement ne vise pas uniquement à vous punir du crime que vous avez commis, il doit avoir pour effet secondaire de vous réhabiliter moralement, afin que vous soyez à même, en quittant ces murs, de vous réintégrer dans la société et de redevenir un citoyen utile.

Il marqua une pause. Archer était figé au garde-à-vous dans le bureau spacieux du directeur, à droite de l'entrée principale.

Dès son arrivée au pénitencier, il s'était vu déshabillé, épouillé et douché. Ensuite, on lui avait remis deux ensembles, veste et pantalon, rayés à l'horizontale, ainsi que deux bonnets du même tissu ; il avait été coiffé en brosse stricte et on lui avait assigné un numéro : le 4162. Après quoi il avait enfilé son uniforme avant d'être conduit devant le directeur. Il ne faisait plus entièrement partie du genre humain. Il était devenu un numéro.

— Cette prison est administrée selon une version modifiée du système Auburn. Vous devrez observer un silence absolu, toute la journée, pendant les heures de travail et aux repas. Vous marcherez en rangs serrés, les yeux baissés. Vous n'aurez le droit de con-verser qu'en regagnant votre cellule et uniquement avec votre com-pagnon d'incarcération. Toute espèce de tapage ou de chahut sera sévèrement réprimandé. Chaque infraction au règlement général sera sanctionnée par un séjour plus ou moins prolongé au cachot, au pain sec et à l'eau. Ce que je peux vous garantir comme étant extrêmement déplaisant. Vous seriez fort avisé de l'éviter.

Quoiqu'il en soit, nous nous trouvons ici au sein d'une institution humaine. Vous êtes jeune, c'est votre première condamnation. Je n'ai nul désir de vous transformer en criminel endurci. Une bonne conduite peut être récompensée par ce que nous appelons du «temps de bonus». Chaque décade effectuée sans manquement aux règles vous donne droit à une remise de peine d'une journée, soit un dixième du total et, dans votre cas, six mois. Par contre, la moindre infraction annule automatiquement le total des journées accumulées. Est-ce compris ? Vous êtes autorisé à parler.

— Oui, sir.

— Parfait. Une Bible est disponible, dans l'éventualité où vous rechercheriez l'assistance divine. La cellule quarante-et-un vous a été attribuée. Je vous souhaite bonne chance, 4162. Faites entrer le prisonnier suivant.

Un garde empoigna Archer par le bras et l'entraîna hors du bureau. Ils suivirent un interminable couloir orné de portraits à l'huile représentant le gouverneur de l'État ainsi que deux sénateurs, jusqu'à une autre porte en métal. Une pancarte précisait «Accès au bloc A». Le garde fit retentir une cloche. Un judas claqua. Ensuite seulement la porte s'ouvrit devant eux.

— Prisonnier 4162 assigné à la cellule quarante-et-un, annonça le garde en même temps qu'il poussait Archer de l'autre côté. On avait ôté les chaînes qu'il avait aux pieds, mais ses mains restaient entravées. Un nouveau gardien le prit en charge. Ils se trouvaient dans une sorte de vestibule de dimensions réduites. Devant eux, une rangée de solides barreaux montaient du sol au plafond. Au-delà s'étendait une immense salle à trois niveaux. Sur la droite on comptait trois rangées de cellules. Une lumière diffuse, jaunâtre, filtrait difficilement par les fenêtres grillagées, percées dans le mur de gauche. On eût dit qu'elle y pénétrait à contrecœur. Le tout était vide et baignait dans un silence de nature sépulcrale.

— Le 4162 est assigné à la cellule quarante-et-un, clama le second gardien, à l'intention d'un troisième qui se trouvait de l'autre côté de la barricade. Celui-ci déverrouilla la porte renforcée. Archer fut poussé en avant. Le gardien referma sa serrure et saisit Archer par le bras dans lequel il enfonça douloureusement les doigts. Ils marchèrent le long de l'interminable couloir jusqu'au pied d'un escalier de fer. Le garde était jeune, avec des cheveux bruns et un visage marqué par la petite vérole.

— Tu vas apprécier ton compagnon de cellule, 4162, commença-t-il d'une voix suave, c'est un indien qui nous déteste tous parce que nous sommes blancs. Toi, tu me fais l'effet d'être un vrai blanc, 4162, alors fais gaffe à ta peau si tu veux pas te réveiller refroidi un beau matin. Qu'est-ce que t'en penses ?

Archer ouvrait la bouche pour répondre quand il se souvint que le règlement imposait le silence. Le gardien eut un rictus.

— Je constate que t'es un petit malin, 4162, tu n'as pas répondu. Mais un jour ou l'autre tu t'y laisseras prendre et je me verrai dans l'obligation de te flanquer au trou. Sûr que ça me chagrinerait de faire ça à un joli garçon comme toi. Parce que, évidemment, tu serais beaucoup moins mignon en ressortant, au bout de quelques semaines.

Il ponctua sa remarque d'un ricanement qui donna la chair de poule au jeune homme. Son interlocuteur puait le tabac moisi.

— Je m'appelle sergent Woolridge, 4162, poursuivit-il tandis qu'ils gravissaient les marches de l'escalier métallique. Je suis populaire parmi les convicts. Très populaire. On deviendra de bons amis, toi et moi, 4162. Y'a pas grand-chose d'autre à faire ici, sauf de s'entendre comme des amis et attendre. Et toi, t'es partant pour une longue attente, 4162. Du coup, on t'a attribué une chouette cellule au deuxième étage... pour que t'aies la vue en somme. Toi et Joe Thunder, vous allez vous entendre au poil. C'est ton copain de cellule, Joe Thunder. Un Shawnee, peau-rouge vraiment minable. On l'accuse d'avoir scalpé un gamin blanc de cinq ans. Tu te rends compte un peu ! Alors, fais gaffe à ta peau, parce que t'es un vrai blanc, toi. Tiens, on est arrivé devant ta nouvelle résidence.

Woolridge décrocha un trousseau de clés de sa ceinture et ouvrit la cellule numéro quarante-et-un.

— Tout le monde est à la soupe. Toi, t'en auras pas ce soir mais je peux te dire que tu perds pas grand-chose. Franchement, la bouffe est complètement dégueulasse, ici.

Il sélectionna une autre clé et enleva les menottes à son prisonnier qui massa ses poignets meurtris.

— O.K., 4162, te voilà chez toi. Tiens-la bien propre parce qu'on fait des inspections par surprise et si jamais on trouve de la crasse, on peut t'expédier au trou. N'oublie pas de présenter mes respects à Joe Thunder.

Il poussa Archer dans la cellule, claqua la porte et la referma à clé.

Seul, Archer se laissa choir sur le bas-flanc inférieur. Un bâti métallique garni d'un mince matelas, une couverture soigneusement pliée au pied. La pièce, entièrement en béton, mesurait environ deux mètres de large sur un peu plus de deux en profondeur et autant en hauteur. Une cage étouffante, à rendre malade un claustrophobe. Le judas percé dans la porte fournissait l'unique arrivée d'air et de lumière, car la cellule ne comportait ni fenêtre ni éclairage. Un baquet cerclé représentait l'espace toilettes.

— Seigneur! gémit Archer, le visage enfoui au creux de ses paumes.

Il se trouvait emmuré vivant en compagnie d'une espèce d'indien sauvage nommé Joe Thunder.

Son corps devenait douloureux, comme fondait son cœur, à la pensée d'Emma, de sa liberté perdue et de la Californie. Réussirait-il un jour à y mettre les pieds?

Il se blottit sur la couchette, recroquevillé en position fœtale et tenta d'oublier l'horreur de la situation en sombrant dans un profond sommeil.

Ce fut une main qui l'empoignait par le bras pour le précipiter à bas de sa couche qui le tira brutalement de sa torpeur.

— Qu'est-ce que tu fous sur ma couchette, visage pâle?

Au plus fort de ses cauchemars, Archer n'aurait pu imaginer un faciès aussi effrayant: la joue droite ravinée par une profonde cicatrice, des yeux de charbon au regard féroce, un nez en bec d'aigle, de hautes pommettes sur lesquelles se tendait une peau brun-rouge et une épaisse chevelure lisse couleur aile de corbeau. L'homme souleva Archer dans ses bras et le jeta vers la porte où il s'écrasa sur le sol de béton.

— Moi, Joe Thunder et pas d'homme blanc sur ma couchette, toi compris ça, le blanc?

L'indien, qui était grand, bien musclé et paraissait âgé d'une vingtaine d'années, se penchait sur son adversaire, le regard luisant de haine. Archer, dont la tête avait heurté le sol, demeura quelques secondes étourdi avant de reprendre ses esprits.

— J'ignorais que c'était la vôtre, lança-t-il, furieux, en essayant de se redresser.

121

Joe Thunder le repoussa en arrière et sauta à pieds joints sur sa poitrine.

— À qui tu crois elle est, alors ? Deux saloperies d'années, moi dans cette cellule, moi commander, moi boss, compris, homme blanc ?

En manière de réponse, Archer lui entoura les chevilles de ses bras et, tirant de toutes ses forces, l'envoya à son tour pirouetter contre la porte métallique qu'il heurta du front. Gémissant de douleur et de rage à la fois, l'indien revint à la charge alors qu'Archer se remettait sur pied. Il n'eut que la peine de se baisser légèrement et d'enfoncer sa tête dans l'estomac de l'adversaire, à la façon d'un bélier. Joe Thunder poussa un nouveau cri de douleur, voltigea plus ou moins par-dessus la tête de l'ennemi et retomba du mieux qu'il put à deux doigts du baquet-toilettes. À présent, les deux hommes, paralysés par l'exiguïté de la pièce, tombèrent l'un sur l'autre à bras raccourcis, en poussant des rugissements de bêtes furieuses. Le bruit de la lutte avait fracassé le silence sépulcral du bloc A dont les pensionnaires, électrisés par un événement inaccoutumé, se mirent à pousser toutes sortes de cris et d'exclamations, en même temps qu'ils frappaient leurs portes à coups redoublés. Deux cents hommes, depuis plus ou moins longtemps contraints au silence, se déchaînaient soudain et clamaient leur rancœur à gorge déployée. Des coups de sifflet retentirent. Une troupe de gardiens arrivés au pas de course se rassemblèrent devant la cellule quarante-et-un. Le sergent Woolridge ouvrit la porte et, accompagné de deux hommes, pénétra dans la pièce où ils commencèrent à frapper les combattants à l'aide de leur matraque.

— Collez-moi ces deux-là au trou ! beuglait Woolridge.

Un gardien saisit Joe Thunder, à demi conscient, l'autre s'empara d'Archer au moment où il posait la main sur la plaie ouverte au-dessus de son arcade sourcilière et d'où gouttait le sang. On les tira sans ménagement hors de la cellule.

— Trente jours d'isolement pour chacun !

— Hé, blanc-bec, gueula Joe Thunder, tu te bats bien. Toi O.K. !

Archer était hors d'état de comprendre ce qu'il voulait.

— On se retrouve dans un mois, poursuivit l'indien, d'un ton amical, tout à fait hors de propos. On s'entendra bien. Tu verras…

— Silence ! hurla Woolridge. Il abattit sa matraque sur le crâne de l'indocile qui sombra dans l'inconscience avec un sourd grognement.

CHAPITRE HUIT

— Aah! La Jamaïque, soupira la comtesse Davidoff, un véritable paradis, un pays de rêve...

Le grand voilier filait le long des côtes de la plus grande des Caraïbes, exposant à ses yeux éblouis les splendeurs de ses plages de sable blond et fin qui bordaient des collines plus ou moins escarpées, couvertes d'une jungle épaisse escaladant des sommets noyés dans les brumes de l'intérieur. Emma, en la circonstance, demeurait indifférente au spectacle magique. Pour elle, la Jamaïque était devenue le symbole de sa perte de liberté.

— Pourquoi donc a-t-il changé d'avis, dit-elle, pourquoi n'avons-nous pas poursuivi notre route jusqu'à La Havane?

Zita, qui avait ouvert pour protéger son visage des ardeurs du soleil la même ombrelle de dentelle blanche que celle de sa jeune compagne, esquissa une moue amusée.

— Le capitaine Kinsolving a expliqué qu'il effectuait ce changement de route dans votre intérêt, expliqua-t-elle. Il existe une synagogue à Kingston. Je trouve cette attention extrêmement délicate de sa part.

— Assurément, mais...

Emma s'interrompit, se mordilla la lèvre inférieure. Elle avait de plus en plus d'estime pour la comtesse mais elle n'avait pas la certitude de pouvoir lui confier la promesse faite par le capitaine qu'il l'aiderait à se tirer de cette fâcheuse situation. Même s'il n'avait pas précisé de quelle manière. Ce changement de route, accompagné d'une escale imprévue à la Jamaïque, serait-ce une trahison ? Pour quelle raison ? En parler à la comtesse revenait à en informer indirectement son père, dont elle était de plus en plus proche. Alors, que faire ?

Le cours de sa méditation fut interrompu par l'arrivée d'un Scott nonchalant, les mains nouées dans le dos, un sourire énigmatique aux lèvres… « Regardez-moi ce grand imbécile ! Il vient de trahir ma confiance et il en est tout fier ! Avec quel plaisir je le tuerais ! »

— Bonjour, mesdames ! dit-il, ôtant sa coiffure et exécutant ce qui pouvait passer pour une sorte de révérence. Aurions-nous pu souhaiter journée plus belle pour la célébration de cet heureux mariage ? Et comment se porte la ravissante fiancée en puissance ?

— La fiancée en puissance avait cru comprendre que le mariage serait célébré à La Havane ! rétorqua Emma d'une voix dure.

— Certes ! Mais la Jamaïque est tellement plus romantique. Saviez-vous, par exemple, qu'elle tient son nom des Indiens cubains qui disaient d'elle…

— Je me moque éperdument de ce que disaient d'elle les Cubains, coupa Emma qui donnait l'impression qu'elle allait lui sauter au visage, toutes griffes dehors, mais je sais par contre que l'on peut dire de Kinsolving qu'il se comporte en traître et en fourbe !

Ce qui eut pour résultat de faire rire l'intéressé.

— Bah ! Il ne faut jamais juger sur les apparences. Nous entrerons dans le port de Kingston à midi. Je jetterai l'ancre au large de Port Royal et votre fiancé pourra se rendre à terre afin de régler les formalités de la cérémonie.

— D'abord, il n'est pas mon fiancé ! cria-t-elle, les poings crispés sur le manche de l'ombrelle.

— Nommez-le comme il vous plaira, il ne vous en épousera pas moins dès demain. En attendant… Il reposa le tricorne sur sa tignasse rousse avant de s'éloigner du même pas nonchalant, sous le regard courroucé de la jeune femme… Mesdames !

— Pour quelle raison montrez-vous autant d'animosité vis-à-vis du capitaine, chère Emma ? demanda la comtesse.

— Il y a quelque chose en lui que je ne supporte pas.

126

— C'est assez évident, en effet.

« Que vais-je faire ? Que vais-je devenir ? Je ne suis nullement décidée à épouser David, c'est Archer que je veux… Oh Archer, où donc es-tu, mon amour ? »

Émue par les larmes qui perlaient au bord des paupières de sa jeune amie, Zita lui étreignit la main.

— David est un charmant jeune homme, murmura-t-elle. Et il vous aime. Vous verrez que tout ira pour le mieux.

— Tout ira de travers, au contraire, répliqua Emma sur le même ton, parce que je ne l'aime pas… Dites-moi, Zita, une union peut-elle réussir et durer en l'absence d'amour ?

— Ce fut le cas de la mienne, répondit la comtesse, souriant avec mélancolie. Vous confondez l'amour avec la passion, ce qui paraît normal chez une femme aussi jeune que vous. Vous vous apercevrez un jour que la passion s'éteint, tandis qu'un amour, quand il est sincère, peut durer jusqu'à la mort… voire au-delà.

D'évidence, les dix-neuf printemps d'Emma ne l'incitaient guère à évoquer la tombe et encore moins l'au-delà. À ses yeux, il ne pouvait exister d'amour sans passion.

Toutes voiles carguées, l'« Empress of China » jeta l'ancre dans le magnifique port de Kingston. Sa proue effleurait l'extrémité de la longue jetée qui assurait la protection du port et soutenait ce qu'il restait de la ville de Port Royal, engloutie en 1692 dans un gigantesque tremblement de terre. Kingston s'étendait en direction du nord-est, jusque dans les premiers contreforts de Long Mountain, elle-même abritée par les hautes murailles de Dallas Mountain, ainsi nommée d'après le patronyme d'une famille, célèbre pour avoir donné aux États-Unis un président qui, à la fin de son mandat, avait créé au Texas une ville qui portait son nom.

David Levin, pour une fois élégant dans son plus beau costume avec haut-de-forme, attendait sur le pont principal, serrant fébrilement les mains d'Emma.

— Je serai de retour dans la soirée, dit-il. Ma très, très chère Emma, je me considère comme l'homme le plus heureux de la terre… ! Es-tu aussi heureuse que moi ?

— Mais oui ! fit Emma, impassible.

À côté de Zita et de Félix, accoudés au bastingage, Scott, un pli ironique à la lèvre, les observait, bras croisés sur sa poitrine massive.

— Allons ! Embrassez donc la fiancée ! lança-t-il, jovial. Manifestez un peu de gentillesse !

Plusieurs hommes d'équipage hennirent de plaisir en entendant Emma répliquer avec humeur :

— Combien de fois faudra-t-il vous demander, capitaine Kinsolving, de vous mêler de vos affaires ?

— Voyons, miss de Meyer, songez un peu à quel point nous sommes sevrés, nous, pauvres marins, d'un peu de romantisme ! Nos malheureux cœurs aspirent à une démonstration de tendresse. Allons, monsieur Levin, faites votre devoir ! Point de tergiversations, embrassez votre fiancée.

— Avec plaisir, commandant !

Débordant de zèle, David entoura les épaules d'Emma et l'embrassa fougueusement sur la bouche, salué par les applaudissements et les sifflets de l'équipage.

Au bout de quelques instants, Emma le repoussa avec vigueur.

— Cela suffit comme ça, David, marmonna-t-elle en rajustant son chapeau qu'il avait bousculé. À présent, va-t'en, je te prie.

— Elle est folle de lui ! piailla Scott. Avez-vous déjà vu une passion s'exprimer avec autant d'ardeur ? C'est à vous faire pleurer d'envie !

Emma, une lueur meurtrière au fond des prunelles, replia son ombrelle, s'avança vers Scott et lui en asséna un vigoureux coup sur le crâne. L'équipage tout entier éclata de rire et en exclamations bruyantes pendant que le capitaine, éberlué, regardait s'éloigner son agresseur, une grimace incertaine aux coin des lèvres.

Félix de Meyer s'élança sur les traces de sa fille.

— Emma ! lança-t-il, à peine l'eut-il rejointe. Je ne t'aurais jamais crue capable d'une pareille indignité !

— Dites-vous bien, père, que vous n'êtes pas au bout de vos indignations, pour peu que vous m'obligiez à contracter ce mariage immoral ! répondit-elle en rouvrant son ombrelle d'un geste brusque.

— Puis-je te rappeler que c'est précisément ta conduite immorale qui m'y oblige ? dit-il, revenant tout naturellement à la langue allemande. Je voudrais également te rappeler que tu as été élevée comme une lady et non comme une... traînée !

Emma fut tellement prise au dépourvu par le terme qui, dans leur langue maternelle, évoquait plus la « putain » qu'autre chose, que pour la première fois de sa vie, elle faillit rougir.

— Oh, papa, souffla-t-elle, vous me... je suis choquée !

— Eh bien moi, je l'ai été davantage et je souhaiterais que, dorénavant, tu te comportes un peu plus... dignement.

Scott, qui avait suivi l'algarade d'un regard amusé, se tourna vers David.

— Voici votre embarcation, sir.

— Merci, commandant.

Il descendit l'échelle de coupée et mit pied à bord d'un frêle canot qui dansait sur les vagues.

— Au revoir, monsieur Levin, cria encore le capitaine en saluant gracieusement de la main.

David eut le temps d'agiter un bras avant de s'écrouler sur un banc et l'embarcation décolla du bord, emportée par les deux solides marins qui ramaient avec force.

— Nous lèverons l'ancre dès le retour du canot et nous ferons voile vers Port of Spain, à la Trinité. C'est là que nous ferons notre ravitaillement, expliqua Scott à un monsieur Roseberry médusé.

Comme le capitaine repartait vers sa cabine, il retrouva l'usage de la parole.

— Mais, commandant, que faisons-nous de monsieur Levin ?

— Mais oui, au fait ! Qu'allons-nous faire de monsieur Levin ?

Le premier moment de surprise passé, à la vue des hommes qui, juchés au plus haut des mâts, déferlaient les voiles, et à son bruit caractéristique contre le flanc du navire, Emma comprit que l'on hissait l'ancre.

— Que se passe-t-il ? demanda-t-elle à un marin qui passait en courant.

— Met le cap sur Trinidad, ma'am.

— Et monsieur Levin... ?

L'homme haussa simplement les épaules. Et, comme au même instant, le clipper virait de bord afin de prendre son élan pour sortir du port, Emma éclata de rire. Elle traversa le pont et s'engouffra dans la coursive conduisant directement à la cabine du capitaine.

Le visage piqueté de taches de rousseur du mousse Abner Peabody s'encastra dans l'entrebâillement de la porte.

— Le capitaine est-il chez lui ? s'enquit-elle.

— Non, ma'am, il est sur la dunette.

— Ah !

— Mais quand nous aurons quitté Kingston, il descendra déjeuner. Si vous voulez l'attendre ici, je vais le prévenir.

— Ma foi, pourquoi pas ? Merci.

Dès que le gamin eut refermé la porte, elle fit du regard le tour de la pièce entièrement lambrissée et d'une propreté irréprochable. Elle s'approcha des rayonnages, déchiffra quelques titres au dos des livres et passa le doigt sur la tranche supérieure de certains. Pas un grain de poussière.

— C'est donc qu'il les lit, marmonna-t-elle, impressionnée.

Elle contourna le fauteuil garni de peluche écarlate qui était vissé au plancher. Derrière le bureau se trouvait un classeur comportant de nombreux tiroirs plats étiquetés avec soin. Elle en tira un et en sortit une carte de l'Atlantique Sud. Machinalement, elle promena son doigt le long de l'Amérique du Sud, jusqu'au détroit de Magellan. Zita n'avait-elle pas fait allusion aux dangers qui les guetteraient lorsqu'ils traverseraient cette passe au cœur de l'hiver austral ? Alors que sa grossesse serait déjà avancée ? Elle frissonna et remit tout en place.

Sur le bureau proprement dit, un râtelier à pipes voisinait avec un très bel encrier en argent ciselé. Elle tenta de le prendre en mains, mais il était vissé, comme le reste, à la table de travail. Jusqu'ici, le voyage s'était déroulé dans les meilleures conditions. Mais le fait qu'un objet aussi banal qu'un encrier de bureau fût susceptible de devenir un dangereux projectile par gros temps lui rappela quelles épreuves l'attendaient. Elle porta la main à son estomac, là où s'épanouissait lentement son enfant, l'enfant d'Archer qu'elle devait s'efforcer de protéger à tout prix.

En face du bureau, il y avait la couchette, confortable, parfaitement en ordre, comme le reste sur ce navire, à l'exception d'un objet qui semblait dépasser de dessous l'oreiller. Intriguée, elle s'approcha et mit au jour un daguerréotype enfermé dans un cadre ovale, doré. Un portrait de jeune femme, d'une incroyable beauté, vêtue d'un costume des plus singuliers. Après un instant de réflexion, Emma comprit qu'il s'agissait d'une Chinoise.

— Commandant, je proteste contre cette outrageuse façon de procéder et je réclame une explication !

Félix de Meyer luttait avec la brise du large afin de conserver son haut-de-forme sur la tête, ce qui l'empêchait de gesticuler et d'attirer l'attention du capitaine Kinsolving qui regardait s'éloigner Port Royal, l'œil rivé à sa longue-vue.

— De quel outrage parlez-vous, monsieur de Meyer, demanda-t-il d'un ton cordial.

— Vous avez abandonné monsieur Levin à Kingston, sir.

— Ah, c'est cela qui vous tracasse ! Voyez-vous, j'en suis tout à fait navré mais le baromètre descend avec une rapidité qui ne laisse rien augurer de bon concernant la sécurité de ce bateau. Alors, j'ai jugé préférable de lever l'ancre sans attendre.

— Avez-vous l'intention de revenir le chercher ?

Scott Kinsolving abaissa son télescope.

— Ma foi, je crains que non, monsieur de Meyer. Notre plan de navigation est strictement calculé, voyez-vous.

Félix était atterré.

— Enfin, on ne peut abandonner ce garçon dans de pareilles conditions ! Il n'a que très peu d'argent sur lui…

— Peut-être avez-vous aperçu un autre clipper dans le port ? Il s'agit du « Flying Cloud » de New Bedford. J'ai demandé au capitaine Mac Kinney, qui est un vieil ami, de prendre monsieur Levin à son bord jusqu'à San Francisco… où il arrivera avec seulement quelques jours de retard sur nous.

Kinsolving remit la lunette entre les mains de monsieur Roseberry et sourit à Félix.

— Quelle que puisse être votre opinion sur moi, sir, dit celui-ci, je n'aime pas que l'on me prenne pour un imbécile. Ce coup a été arrangé par ma fille avec votre connivence, n'est-ce pas ?

— Votre fille n'était au courant de rien, monsieur de Meyer. Je ne doute pas que son cœur se brise à l'idée de passer quatre longs mois, privée des attentions de son fiancé. Mais quelque chose me dit qu'elle surmontera l'épreuve. Pour charmante qu'elle soit – l'authentique représentation du charme féminin ! – votre fille possède une ténacité rare chez une femme. Au point que je la crois capable de survivre à la fin du monde. À présent, si vous voulez bien m'autoriser à prendre congé, l'heure du repas va sonner. Gardez le quart, monsieur Roseberry.

Il porta trois doigts à son tricorne et s'éloigna, abandonnant le malheureux joaillier complètement interloqué sur le gaillard d'avant.

Le capitaine fut surpris de trouver Emma dans sa cabine et, plus encore, de lui voir dissimuler un objet derrière son ample tournure, l'air aussi gêné que si elle venait d'être prise en défaut. Elle portait une robe de coton blanc, passepoilée de vert tendre, dont le buste, très ajusté et la ceinture serrée, faisaient bouffer largement la jupe. Il l'avait trouvée magnifique dans tout l'éclat de son courroux. Cette fois, légèrement rougissante d'avoir été prise en flagrant délit, il la jugeait ravissante. «Elle possède véritablement une beauté à faire damner un saint», se dit-il.

— Heureux de vous rencontrer ici, miss de Meyer! s'exclama-t-il en refermant la porte. Mon moussaillon m'a fait part de votre désir de me rencontrer.

Il ôta son chapeau, désigna la table placée devant le hublot.

— Peut-être vous joindrez-vous à moi pour ce repas?

— C'est fort aimable à vous, capitaine. J'accepte votre invitation.

— À moins que le chagrin causé par la perte de monsieur Levin ne vous aie coupé l'appétit?

— Vous savez parfaitement qu'il n'en est rien, capitaine. Efforçons-nous de ne pas mettre l'accent sur cette déception, même si le procédé dont vous avez usé pour vous débarrasser du malheureux David démontre que vous ne reculez devant aucune forme de rouerie pour jouer des tours pendables aux gens.

— Ce qui vous convient parfaitement, tant que la rouerie en question sert vos intérêts, insinua-t-il, tandis qu'il accrochait sa coiffure au porte-manteau.

— Certes, je ne suis pas venue dans l'intention de blâmer votre conduite, capitaine, mais pour vous remercier et vous prier d'accepter mes excuses concernant la manière dont je me suis conduite tout à l'heure.

Scott se passa la main sur le crâne.

— Ouais! Vous avez la poigne dure. Peut-être devrais-je me munir d'un casque lors de nos prochaines entrevues…

— Je vous promets de ne jamais recommencer.

— Mmm… je viens d'avoir un entretien avec votre père qui m'est apparu au bord de la dépression. Je lui ai expliqué de quelle manière j'avais arrangé le passage de monsieur Levin sur un autre clipper, mais je l'ai quitté tout aussi déprimé que si je n'en avais rien fait.

— Je ne comprends toujours pas pour quelle raison vous avez préféré la Jamaïque à Cuba?

— Parce que je savais que le «Flying Cloud» relâcherait à Kingston, ce qui devait me permettre de me débarrasser de monsieur Levin avec un minimum d'inconvénients pour lui.

— C'est très aimable à vous et je vous en garderai une éternelle reconnaissance.

— Une reconnaissance dont je compte bien faire mon profit un jour ou l'autre! Puis-je vous demander ce que vous vous obstinez à dissimuler derrière vos jupons?

Elle hésita, brandit finalement le portrait.

— Qui est-ce? demanda-t-elle.

L'indignation assombrit soudain le bleu-vert de ses prunelles. Il fonça littéralement sur elle et lui arracha le cadre des doigts.

— Espèce de... sorcière! rugit-il. Qui vous a permis de fouiller ma cabine?

— Je ne fouillais pas, je...

— Alors, j'aimerais savoir comment vous appelez ce genre d'indiscrétion?

Il alla à son bureau, ouvrit un tiroir, y jeta le daguerréotype, le repoussa violemment. Puis, aussi soudainement qu'il était entré en fureur, elle le vit reprendre son sang-froid. Le masque sardonique de rigueur – sourire inclus – se plaqua de nouveau sur sa physionomie. «Fascinante découverte, songea-t-elle. Il tient son rôle de composition avec beaucoup de talent, afin de mieux dissimuler la passion qui l'anime.»

Un coup léger frappé à la porte, Abner fit son apparition.

— Est-ce que je peux servir, commandant?

— Nous serons deux, mon garçon. Miss de Meyer déjeune avec moi.

— À vos ordres, commandant.

Sa sortie fit tomber un silence pesant.

— Elle s'appelle Chingling, dit-il d'une voix apaisée. Sa mère est une princesse mandchoue; son père, le prince Kung, était le vice-roi des deux Kouang, à peu de choses près, l'homme le plus puissant de Chine, juste après l'empereur et le chef des eunuques.

— Je ne pense pas qu'eunuque soit un terme à utiliser en présence d'une dame, observa-t-elle, l'air pincé.

— Pardonnez-moi, j'oublie constamment de compter avec votre haute respectabilité ! Vous savez néanmoins ce qu'est un eunuque ?

— Oui. Mais qu'est-ce que les deux Kouang ?

— Deux provinces de Chine, le Kouang-Tung et le Kouang-Si. Ce dernier borde le royaume du Laos dans sa partie sud et le Kouang-Tung s'étend à l'est avec Canton et Hong Kong pour villes principales, d'une importance capitale pour l'empereur. Malheureusement, les Chinois sont gens à ne pas savoir ce qu'ils veulent. Le mode de vie sociale a très peu, ou pas du tout évolué au cours des siècles et leur empereur s'obstine à se prendre pour Dieu…

— Comme vous ?

— Oh ! bien pire que moi ! Quoiqu'il en soit, ma compagnie entretient avec la Chine des relations commerciales considérables, en dépit des fantaisies des officiers impériaux qui changent les règles du jeu à tout bout de champ. Le pays compte quatre cent millions de Chinois. Pouvez-vous imaginer cela ? Quatre cent millions ! Un marché d'une incroyable richesse pour les Américains et les Européens qui peuvent leur fournir tous les produits manufacturés qu'ils ne produisent pas chez eux.

— À la condition qu'ils puissent payer ? suggéra Emma que cette conversation intéressait plus qu'elle ne l'eût supposé.

— Certes, mais l'argent intervient à une certaine phase du négoce. Nous leur achetons de la soie et des porcelaines, malheureusement il est très difficile de leur vendre quelque chose en raison de la méfiance maladive de l'empereur et de sa cour vis-à-vis des étrangers – les yeux ronds comme ils nous appellent quand ils ont décidé de rester polis – contre lesquels ils dressent des barrières de toutes sortes. Pour tourner la difficulté, le seul moyen consiste à acheter l'indulgence des officiels. Le prince Kung percevait ainsi d'énormes pots-de-vin. Le jour où l'empereur en fut informé et convaincu, il expédia une petite troupe d'hommes-bannières qui s'emparèrent de la personne du prince et le ramenèrent dans la Cité interdite où il fut décapité… Désolé, Emma, de vous avoir fait sursauter, les Chinois estiment la vie humaine à sa plus mince valeur. Heureusement, la femme et la fille du prince Kung avaient pris la fuite avant l'arrivée des hommes-bannières.

— Qu'est-ce donc que ces hommes-bannières ?

— Mon récit vous intéresse réellement ?

— Pourquoi vous questionnerais-je si cela ne m'intéressait pas ? Je vous rappelle, capitaine, que je ne suis pas une demeurée.

— Oui, oui, je me fais de plus en plus à cette idée. Revoyons donc les faits tels qu'ils s'étaient déroulés. En 1644, la cavalerie mandchou déferle sur la Chine et s'empare de Pékin. Le dernier empereur de la dynastie Ming – la seule véritablement chinoise – se pend et les Mandchous mettent en place une nouvelle dynastie, les Ching, qui détiennent actuellement le pouvoir. L'armée mandchoue, victorieuse, est alors organisée en huit compagnies appelées Bannières.

— Des soldats, par conséquent ?

— Exactement. J'ai donc fait la connaissance de la princesse Kung qui se nomme Ah Toy, à l'occasion d'une réception chez un négociant anglais de Canton. Le lendemain, Ah Toy revenait accompagnée de sa fille et me suppliait de les prendre toutes deux à mon bord, afin qu'elles se réfugient en Amérique. J'aurais eu mauvaise grâce à refuser... Elles vivent toutes deux à San Francisco aujourd'hui.

— C'est tout ?

Il secoua les épaules.

— Cela ne vous suffit donc pas ?

— Cela n'explique pas, en tous cas, votre accès de colère parce que j'avais trouvé le portrait de Chingling, non plus que les rumeurs concernant votre vie secrète. La vérité, toute simple, ne serait-elle pas, capitaine, que Chingling est votre maîtresse ?

Une nouvelle lueur de fureur assombrit son regard.

— Et quand cela serait... ? s'enquit-il d'un ton mesuré.

Emma se tourna vers la porte.

— Merci de votre invitation à déjeuner, capitaine. Je viens de me rappeler un engagement pris à l'avance.

— Oh la barbe ! beugla-t-il en contournant le bureau. Cessez une bonne fois de prendre ces airs de duchesse offensée avec moi, vous m'entendez ! Et expliquez-vous clairement ! Qu'est-ce qui vous déplaît tant ? Que je couche avec une Chinoise ?

Elle fit volte-face.

— Parfaitement! Dès l'instant où j'ai fait votre connaissance, j'ai senti que quelque chose me déplaisait dans vos manières; à présent, je sais de quoi il s'agit.

— Ah! Elle est bien bonne! Espèce de sacrée bigote…!

Il la rattrapa par le bras, la plaqua contre lui, l'embrassa et la relâcha avant qu'elle eût esquissé un geste de défense.

— Que pensez-vous de ce baiser? Le trouvez-vous très différent du précédent? se borna-t-il à demander.

Elle s'essuya les lèvres d'un revers de manche.

— Certainement! Il avait un goût de Chingling, espèce de goujat, espèce de brute immorale…!

Les poings aux hanches, il rit à gorge déployée.

— Qu'est-ce que j'ai dit de drôle, butor? cria-t-elle.

— Vous! C'est vous qui prononcez le mot de « moralité »! C'est merveilleux! Qui de nous deux s'est amusée à coucher avec un pilleur de banque au physique avantageux jusqu'à s'en trouver enceinte, hein?

— Oh vous! Tenez, si je ne me retenais pas…

Elle le gifla de toutes ses forces.

— Garce…!

Et il lui retourna sa gifle. Elle en demeura statufiée, une expression de stupéfaction telle sur le visage qu'il céda de nouveau à l'hilarité.

— Et si, pour changer, vous regardiez un peu la triste vérité en face, ma chère miss de Meyer. Rien ne vous donne le droit de critiquer ma moralité, ni d'ailleurs ma conduite. Vous n'êtes qu'une sale petite hypocrite mal éduquée qui mériterait une bonne fessée et je vous garantis que si je n'avais pas décidé de me conduire jusqu'au bout en authentique gentleman, je vous l'administrerais avec plaisir. Donc, Chingling est ma maîtresse, ou, plus exactement, ma concubine, appelons les choses par leur nom. Eh bien, je ne me voile pas la face devant la réalité des faits, je n'en ressens non plus aucune honte. La stricte vérité est que Chingling en connaît mille fois plus, sur le thème de l'amour, que vous n'en saurez jamais, vous, en dépit de votre physique délectable. De surcroît, elle ne joue pas les hypocrites, elle!

— Cessez de me rabattre les oreilles avec ce qualificatif! Je ne suis pas hypocrite.

— Dans ce cas, comment appelez-vous votre façon de vous conduire ? Ce qui me surprend encore plus, chez vous, une juive, est cette explosion de pruderie, vous dont le peuple a subi toutes sortes de vexations et d'humiliations au long des siècles.

Elle fronça les sourcils, soudain assaillie par le refrain haineux qui grondait encore dans sa mémoire, comme en cet après-midi tragique de Francfort : « Juden… Juden… Juden… »

Abner frappa un coup bref et passa la tête dans l'entrebâillement de la porte.

— Est-ce que je peux mettre la table, commandant ?

— Bien sûr ! Mais miss de Meyer ne désire plus déjeuner en ma compagnie.

Emma tourna la tête vers lui. Elle se redressa, le fixa sans ciller.

— J'ai changé d'avis. Je veux rester, déclara-t-elle.

Les traits de Scott se détendirent lentement, la grimace railleuse revint voltiger à la commissure des lèvres.

— J'ai l'impression que vous commencez à me plaire, miss de Meyer, dit-il. Et ce, en dépit de toute vraisemblance…

Le sourire qu'elle lui décocha exprimait la plus hautaine condescendance.

— Vous avez prétendu, l'autre jour, qu'un jour viendrait où je mendierais un baiser de vous, capitaine. Je crois plutôt que d'ici peu, ce sera vous qui m'implorerez.

Médusé, il la regarda s'approcher du hublot d'où l'on découvrait la masse verdoyante des Caraïbes qui s'estompait à l'horizon.

CHAPITRE NEUF

— Qu'est-ce qui a motivé votre aide ? questionna-t-elle alors que, le repas terminé, Abner débarrassait la table. Elle avait déjeuné d'excellent appétit et sirotait son troisième verre de vin blanc comme une gourmandise.

— Vous voulez savoir pour quelle raison je vous ai délestée du fardeau que représentait monsieur Levin ? Il me suffit d'imaginer de quelle manière vous auriez traité ce malheureux pour me convaincre que je viens d'accomplir une mission charitable.

Emma gloussa, légèrement émoustillée par l'alcool.

— Vous êtes quand même un drôle de bonhomme, vous savez ! Je vais malgré tout vous faire un aveu : j'aime la teinte de vos cheveux.

Il prit le temps de puiser un cigare dans la boîte que lui tendait Abner.

— Je me réjouis de ne pas vous dégoûter en bloc. Me permettez-vous de fumer ?

— Certainement, j'adore l'odeur du cigare.

Elle observa le rite de l'allumage, le coude posé sur la table, le menton au creux de sa paume. Scott souffla un nuage bleu. Abner s'esquiva en silence.

— Pour répondre à votre question, je me suis débarrassé de monsieur Levin parce qu'un plan diabolique a pris naissance dans mon esprit perverti.

— Qu'est-ce à dire ?

— Laissez-moi d'abord vous parler un peu de moi, Emma. Je n'ai rien d'un romantique. Seuls l'argent et le pouvoir m'intéressent, pas le sentiment. Au cours des quelques années qui viennent de s'écouler, j'ai assisté à un miracle : la Californie s'est, du jour au lendemain, éveillée de son long sommeil mexicain pour devenir l'endroit du globe où s'épanouissent toutes les ambitions, où s'aiguisent tous les intérêts. Je me suis laissé dire, à New York, qu'elle deviendra un État à part entière avant la fin de l'année, ce qui est son véritable destin. J'ai la certitude que lorsque vous aurez fait connaissance avec la Californie, vous en deviendrez amoureuse, comme moi-même. Elle a tout pour elle.

— Je croyais que vous détestiez le romantisme ?

Il sourit.

— Bon ! Admettons que je me laisse entraîner, à l'occasion.

— Pourquoi tant de réticence ?

Il haussa une épaule.

— On peut trouver un certain romantisme dans les affaires. L'ambition d'édifier un empire s'accorde avec une bonne dose de romantisme.

Elle le fixa, surprise.

— Vous avez le projet de construire un empire ?

— Peut-être. À la faveur de la ruée vers l'or, j'ai eu la possibilité d'amasser une fortune considérable… euh… tout à fait considérable. Prenons, par exemple, la cargaison de ce navire. Avez-vous la plus petite idée de ce que nous transportons ?

— Non.

— Des pelles, des briques, des clous, de l'outillage… ce bateau est une véritable quincaillerie flottante. Pourquoi ? Parce que tous ces articles de première nécessité font tellement défaut à San Francisco que je réalise un profit de l'ordre de mille pour cent en les mettant sur le marché. J'admets que cette opération m'ouvre moins les portes du rêve que la recherche acharnée d'un filon d'or. Mais c'est précisément cet or qui afflue dans mes entrepôts. La même critique peut s'appliquer à mes achats de terrain, car les terres que je paie actuellement un prix dérisoire vaudront une fortune dans quelques années. Mais je vous ennuie peut-être avec mes histoires ?

— Pas une seconde.

Apparemment satisfait, il tira une bouffée de son cigare.

— Ma foi dans l'avenir de la Californie est si grande que j'ai pris la décision de m'y installer. J'ai vendu ma maison de Boston afin de faire construire à Frisco. Une grande et belle demeure qui rivalisera avec les plus somptueuses de la cité.

— Je comprends à présent pourquoi je vous trouve aussi peu gentleman. Vous êtes un nouveau riche.

— Apprenez donc que San Francisco est une ville qui ne compte pratiquement que des nouveaux riches, ce qui crée une situation vivifiante. J'ai la ferme intention de devenir l'homme le plus puissant de cet État, autant que faire se pourra. Et pourquoi pas, un jour ou l'autre, gouverneur.

— Vos ambitions sont claires, en dépit du boulet que vous traînez. Car la Californie a beau être encore, pour quelque temps, une véritable jungle, je doute que la majorité des Californiens accordent leur confiance et leur voix à un candidat pourvu d'une concubine chinoise...

Il lui décocha un regard froid.

— C'est précisément là que vous intervenez.

Les idées s'éclaircirent d'un coup dans son esprit un peu engourdi par les brumes du vin. Ses yeux s'étrécirent.

— J'ai l'impression de saisir les grandes lignes de votre... « projet diabolique » !

Il se pencha brusquement en avant.

— Vous et moi sommes de la même race, Emma : celle des battants et des gagnants. Il me faut une épouse afin d'asseoir ma respectabilité. Vous avez besoin d'un mari qui jouerait un rôle identique et qui, de surcroît, vous permettrait de légitimer votre enfant. Nous pouvons jouer gagnants sur tous les tableaux. Épousez-moi, je ferai de vous la reine de la Californie. J'offrirai le monde à votre enfant. Nous pourrions constituer une sacrée équipe, Emma... une équipe imbattable. Qu'en pensez-vous ?

— J'en pense que vous avez négligé un détail insignifiant... l'amour !

— Je vous ai prévenue, je n'ai rien d'un romantique.

— Moi si. À mes yeux, l'amour est la chose la plus importante en ce monde.

— Vous n'avez que l'amour à la bouche, si j'ose dire. Mais je vous tiens pour beaucoup plus fine garce et perspicace qu'il n'y paraît, et je vous conseille de prendre en considération le côté pratique de ma proposition… Et je ne serais pas autrement surpris de vous voir épouser mon point de vue à brève échéance.

Rien n'aurait pu la mettre plus hors d'elle-même que la rondeur et le sans-gêne avec lesquels il venait de poser le doigt sur son point faible : son côté pratique. Elle possédait un esprit pratique soutenu par une grande perspicacité hérités de sa mère. Aussi se leva-t-elle sans plus attendre et gratifia-t-elle Kinsolving de son regard le plus glacial.

— Je vous remercie pour votre chaleureuse proposition, capitaine, que je me vois dans l'obligation de décliner. Deviendriez-vous l'homme le plus fortuné de Californie que vous ne feriez jamais mon bonheur, parce que j'aime. Même si, manifestement, cette notion vous échappe complètement.

Comme elle contournait la table, il bondit de son siège, lui saisit le poignet.

— Bon dieu, Emma, tâchez donc de ne pas vous conduire inconsidérément. Votre père n'en démordra pas, il vous mariera au premier venu ! Alors, oubliez un peu vos fantasmagories amoureuses et comprenez que je suis en train de vous offrir le monde sur un plateau d'argent.

— Lâchez-moi ! Votre offre ne m'intéresse pas. Ne pouvez-vous donc comprendre une chose aussi simple ? Tenez, vous me faites pitié ! Votre cœur insensible ne contient pas une once de tendresse, on n'y trouverait que des briques et des clous !

Elle s'arracha à son étreinte et gagna la porte.

— Je vous croyais plus intelligente, murmura-t-il. Peut-être me suis-je trompé. Puisqu'il en est ainsi, épousez donc votre foutu pilleur de banque, à la condition qu'on le relâche un jour.

Les doigts crispés sur la poignée de la porte, elle ferma les yeux un court instant, essayant de se composer une attitude et de reprendre possession d'elle-même.

— Il sortira de prison un jour ou l'autre, balbutia-t-elle. Je saurai l'attendre.

— J'espère qu'il acceptera une vieille peau ridée…

Elle rouvrit brusquement les yeux. Le ricanement insolent avait repris possession de sa lèvre inférieure. Son regard fit le tour de la cabine.

— Je n'ai même pas la ressource de vous lancer un objet quelconque à la tête parce que tout est fixé, vissé ou cloué, à l'exception de la photo de votre satanée Chingling !

Elle ouvrit largement la porte et s'enfonça dans la coursive.

Scott Kinsolving tira de son cigare une grosse bouffée qu'il laissa filer lentement entre ses lèvres.

— Il y a mille et une manières d'attirer sa proie dans le piège, maugréa-t-il, et le ciel m'est témoin que celle-ci n'est pas une proie facile !

Le sergent Woolridge, accompagné de deux gardiens, descendit les degrés en béton du bloc cellulaire A. Une fois franchie la porte blindée, ils pénétrèrent à l'intérieur d'un étroit boyau humide, à peine éclairé par les soupiraux percés côté cour, au ras d'un plafond bas. Ils s'arrêtèrent devant la cellule portant le numéro quatre dont la porte, entièrement métallique, seulement percée de quatre trous minuscules et d'un judas, ne mesurait pas plus d'un mètre de hauteur.

— Ouvre-moi ça, ordonna Woolridge.

L'interpellé – Patterson – décrocha un trousseau de sa ceinture et chercha la clé adéquate, éclairé par la lanterne que son collègue – Evans – maintenait à hauteur de ses yeux, faute de pouvoir lever le bras plus haut. Les trois hommes grimaçaient involontairement, incommodés par le remugle infect qui flottait entre ces murs. Patterson ouvrit la porte au large dans un grincement sinistre de gonds maltraités qui vrilla le silence. À l'intérieur régnait l'obscurité la plus profonde.

— Collingwood, beugla le sergent, les trente jours sont écoulés. Tu peux sortir. Mets la main sur tes yeux pour les protéger de la lumière...

Silence de mort.

— Collingwood !

Même silence.

— Merde, maugréa le sergent, il est mort, cet enfoiré ?

— Mais non, il a pris son croûton et sa flotte ce matin ! Allez, amène-toi, Collingwood... !

143

— Entrez là-dedans et ramenez-moi ce salopard.

— Merde, sergent, c'est une auge à cochons, ce merdier ! Vous pouvez pas me faire ça ! Il y est depuis un mois et la semaine dernière, on a eu une vague de chaleur...

— Éclaire-moi un peu ce trou, je... tiens, le voilà qui rapplique.

Une silhouette d'homme, en effet, rampait à quatre pattes, entièrement nu, hors de sa minuscule cellule d'isolement, si basse que l'on ne pouvait s'y tenir qu'assis ou agenouillé. Ses cheveux blonds, qui avaient eu le temps de repousser et sa longue barbe en broussaille pendaient en mèches raidies par la crasse et les déjections. Les côtes et la musculature, bien visibles sous la peau diaphane entièrement souillée et par endroits plaquée de croûtes d'on ne savait quelle ignoble saleté, laissait deviner un poids réduit au minimum. Il gardait les paupières closes. Son premier mouvement, quand il émergea de son trou, fut une profonde inspiration, à croire qu'il savourait l'air fétide du couloir. La puanteur qui s'échappait par la porte ouverte de la cellule était insoutenable.

— La vache, grogna Patterson avec une grimace de dégoût, ce qu'y peut puer ce salaud !

— Bof ! Y en a pas un qui pue moins que les autres, quand on les tire de là-dedans, rectifia Woolridge. Allez, conduisez-le à l'infirmerie pour qu'on lui fasse une beauté, après ça on ira sortir l'indien.

— Suis prêt à parier que sa tanière puera encore plus que la cabane des singes au zoo ! Amène-toi, Collingwood, on est partis ! Au trot !

Les deux gardiens l'empoignèrent chacun par un bras et le hissèrent brutalement sur ses pieds.

— Il a bonne mine, le séducteur de ces dames ! railla Woolridge. Alors, 4162, ça t'a plu, ton petit séjour au calme ?

Les paupières engluées d'Archer s'entrouvrirent lentement, son regard encore incertain, troublé par trente jours de nuit totale, se posa sur son tortionnaire. Un regard bleu, chargé de la haine la plus inexprimable.

Mais il garda le silence.

— Ils me paieront ça... grognait Joe Thunder, de retour lui aussi dans la cellule quarante-et-un. Je me saoule, je vole trois cent billets dans une épicerie et ils me foutent en tôle pour quatre ans. En plus, ils me font crever dans le trou, trente jours tout seul ! Ils paieront ça… !

— D'accord, mon vieux ! Ils paieront, mais sans moi, précisa Archer, allongé sur la couchette supérieure.

Tous deux, lavés, rasés, s'étaient vus attribuer un repas, avant d'être renvoyés dans leur cellule.

— Je n'ai pas envie de retourner au trou, jamais, tu m'entends ! J'ai cru que je deviendrais fou.

— Ouais ! Ça, ma faute à moi, je sais. Je te dois quelque chose, fils blanc. Je m'excuse. On sera de bons amis à partir de maintenant, tu verras.

— J'ai l'intention de me gagner du « temps de bonus ». Je vais me plier à chacune de leurs satanées règles, pour sortir d'ici le plus rapidement possible. Après, je partirai en Californie et je retrouverai Emma.

— C'est ta squaw ?

— Sûrement un de ces jours.

— Alors, toi partir Californie. J'ai pensé une fois, moi aussi. Pour trouver de l'or. Mais, trop tard maintenant. L'homme blanc a sûrement tout ramassé. Merde, toi, on t'a pris ta ferme, mais nous, ils ont pris toutes nos terres, notre territoire. J'aime massacrer tous les blancs… à part toi. Toi mon frère.

« Avec un frère tel que celui-ci, je ne suis pas fauché, songea Archer, les yeux fixés au plafond. Mais enfin, nous sommes attelés au même charroi, pour un bon bout de temps… alors ! Il est un peu cinglé, mais je le crois plein de bons sentiments. »

— Hé, fils blanc, peut-être on part Californie ensemble, un jour, non ?

— Peut-être ! Sûrement, pourquoi pas ? Il faut d'abord se tirer d'ici… et le seul moyen d'y arriver est de se plier au règlement.

L'indien cessa de remâcher sa fureur pour méditer les paroles de son frère blanc. « Il y a peut-être du vrai dans ce que te dit le petit fermier. Il y a peut-être moyen de s'entendre et les battre à leur propre jeu… »

L'« Empress of China » avait quitté Kingston depuis deux jours. L'après-midi ruisselant de soleil était embaumé de parfums végétaux apportés par la brise et les quarante hommes d'équipage astiquaient le navire, faisaient briller les cuivres et inspectaient les cordages. Le mousse Abner frappa à la porte de la cabine numéro cinq. Au bout d'un moment, Félix de Meyer apparut dans l'entrebâillement, vêtu d'une robe de chambre en soie foncée.

— Oui ?

— Avec les compliments du commandant, sir. Il se sentirait honoré si vous acceptiez de dîner en sa compagnie, dans sa cabine, à dix-neuf heures ce soir.

— Oh, merci. J'accepte avec plaisir.

— La comtesse Davidoff est également invitée.

Le garçon salua et s'éloigna d'un pas vif. Félix referma et revint vers Zita, assise sur la couchette, le drap maintenu à hauteur de sa poitrine.

— Comment a-t-il su que je me trouvais ici ? chuchota-t-elle.

— Aucune idée, marmonna Félix, mal à l'aise.

Zita ne put réprimer un sourire.

— Je me demande si notre fougueux capitaine Kinsolving n'en saurait pas plus long que nous le supposons sur ce qui se passe à bord de son navire.

— Cet individu n'a rien d'un gentleman, protesta Félix, qui prit place sur la couchette et déposa un baiser sur l'épaule dénudée de sa compagne. Il a tourné Emma en dérision, l'autre jour, sur le pont. Certes, ma fille n'aurait pas dû se laisser aller à le frapper de son ombrelle, mais...

— L'incident m'a énormément amusée.

— Vous possédez un sens de l'humour très éclectique.

— Mon cher Félix, vivre en Russie, privé du sens de l'humour, équivaudrait à devenir fou à brève échéance. Allons ! Ne soyez pas si collet monté et revenez-moi vite. Nous commencions tout juste à nous amuser vraiment...

— Voyez-vous commença Scott Kinsolving, après avoir goûté attentivement le ragoût de poisson qui venait d'être apporté, les équipages des différents bateaux échangent des commentaires et des ragots à chaque escale. C'est ainsi que, tandis que nous relâchions à la Nouvelle-Orléans, quelques-uns des miens ont conversé avec certains membres de l'équipage du bateau à aubes sur lequel vous avez descendu le Mississippi. Ils leur ont conté les péripéties de l'attaque que vous avez subie ainsi que la façon dont un jeune homme vous a porté secours... un nommé... Collingwood, je crois.

— Tout cela est parfaitement vrai, confirma Félix.

— Ce même Collingwood fut arrêté, ensuite, pour avoir pillé une banque. J'ai cru comprendre que ce jeune homme intéresse beaucoup Emma... ?

Félix se mit à pelleter dans son assiette avec une attention soutenue.

— Bien que ma fille ait été mariée – trop brièvement –, elle n'a connu qu'un minimum d'intimité avec le sexe opposé, finit-il par déclarer, usant au mieux des périphrases qui lui venaient à l'esprit. Je dois à la vérité de dire qu'elle possède une connaissance quasi nulle des hommes. Collingwood était un fort beau et séduisant garçon qui, à l'évidence, se trouve totalement dépourvu d'éducation, de raffinement et de savoir-vivre. Malheureusement, Emma s'est laissée emporter... submerger par une... une – il se tourna vers Zita – comment dit-on, en anglais, « amour d'adolescence » ?

Ainsi que la majorité de ses compatriotes appartenant à la grande bourgeoisie, la comtesse Davidoff parlait aussi volontiers le français et l'anglais que le russe, de préférence à l'allemand.

— Cette amourette aurait pu se limiter aux dimensions d'une passade, d'une rencontre de traversée, n'eût été le penchant regrettable d'Emma pour les situations mélodramatiques.

— Je comprends, fit le capitaine, tandis qu'Abner servait du vin blanc à la ronde. Me permettriez-vous, monsieur de Meyer, de vous demander quels sont vos projets concernant votre établissement à San Francisco ?

— Je puis affirmer – sans faire preuve d'immodestie – avoir été un joaillier considéré par la clientèle de Francfort. San Francisco entasse les millions en or, sans très bien savoir de quelle manière les dépenser. Aussi ai-je l'intention d'ouvrir une bijouterie.

— Le commerce de détail est un domaine qui m'échappe complètement, avoua Scott. Vous avez certainement raison, il ne doit pas y avoir de véritable bijouterie à San Francisco et le succès de votre entreprise – un succès triomphal – ne fait pour moi aucun doute. Pourtant, je désire vous faire une proposition que je vous serais obligé de prendre en considération.

— De quoi s'agit-il, commandant?

— Je possède trois entrepôts à proximité de l'embarcadère, dans lesquels les bateaux de ma compagnie déchargent les marchandises apportées de tous les pays du monde et que les négociants viennent acheter afin de les revendre au détail. Ce système fonctionne de façon satisfaisante depuis plusieurs années, mais j'en suis venu à me demander pour quelle raison je laisserais ces rapaces s'engraisser plus longtemps sur ma carcasse. Toutefois, il faut voir les choses en face, je suis un marin, pas un revendeur. J'accumulerais sans doute bêtise sur bêtise si je me mêlais de commerce de détail pour lequel je ne dispose ni de temps, ni d'ailleurs d'inclination. Vous, par contre, vous pourriez être l'homme que je cherche. Que diriez-vous, monsieur de Meyer, si je vous proposais de devenir mon associé? Si, au lieu d'une simple bijouterie, vous aviez à vous occuper d'un grand magasin, du type de ceux que l'on voit à New York, où l'on trouve absolument de tout, y compris une joaillerie, bien entendu?

Félix déposa dans son assiette la cuillère qu'il tenait en main et dont le son le fit sursauter. Il tourna la tête vers Zita puis regarda Kinsolving. Longtemps il demeura sans dire mot, jusqu'à ce que, finalement, il ouvre la bouche.

— Capitaine, votre idée est peut-être géniale.

— N'est-ce pas?

— Ne doutez pas que je vais l'étudier avec soin. À quel type d'association avez-vous pensé?

— J'ai acquis pas mal de terrain, surtout l'an dernier, ainsi qu'un emplacement de premier ordre sur Portsmouth Square, en plein centre de la ville actuelle. Un endroit, je pense, qui se prêterait magnifiquement à l'édification d'un centre commercial. Je vous laisserais le terrain pour rien si vous prenez la construction à votre charge et nous partagerions les bénéfices réalisés. Je m'empresse d'ajouter que les matériaux de construction, ainsi que l'outillage nécessaires, étant importés par mes soins, ils vous seraient cédés à un prix dérisoire.

— Je ne vois vraiment pas comment une telle entreprise pourrait subir un échec, s'exclama Félix.

Scott esquissa une grimace dubitative.

— Ne vous bercez d'aucune illusion, monsieur de Meyer. San Francisco regorge d'escrocs, de filous et de voleurs, c'est une ville où personne n'est jamais sûr de rien. Mais je crois que vous vous rendrez compte, à brève échéance, que vous pouvez compter sur moi... De toutes manières – il ébaucha un geste évasif de la main – nous aurons tout le temps d'entrer dans les détails, mon cher Félix, si vous permettez que je vous appelle ainsi ?

— Je vous en prie, commandant.

Le voyage sera encore long et je vous le prédis difficile, sinon périlleux. Nous ferons des vivres demain à Trinidad car les rations iront en s'amenuisant jusqu'à ce que nous ayons atteint Buenos Aires. Ce navire n'est, comme vous le savez, rien de plus qu'un cargo, raison pour laquelle nous avançons aussi rapidement. Il en résulte un manque de distractions et d'agréments contre lequel il n'est pas toujours facile de lutter. Sachez en tous cas que ma bibliothèque est à votre disposition, si quelque titre vous tente...

— Elle me paraît en effet très tentante, capitaine, dit Zita. Je suppose néanmoins que vous n'avez pas de romans français ?

— Non, j'en ai peur, comtesse, confirma Kinsolving, avec un coup d'œil pervers. Ainsi, vous appréciez le roman d'imagination, un peu leste ?

«En réalité, elle préfère encore le vivre», se dit-il, informé qu'il était de ses fréquentes visites à la cabine de Félix.

Zita leva un sourcil railleur.

— À la condition que l'héroïne demeure dans les limites de la vertu, précisa-t-elle avec un sourire ambigu.

— Ah, mais certainement ! Les héroïnes ont le devoir de rester vertueuses au moins jusqu'à leur mariage... ensuite, liberté leur est laissée de donner libre cours à leur fantaisie. Je suppose ?

— Vous me paraissez cultiver une singulière opinion concernant le mariage, capitaine.

— Possible, mais j'ai cru observer qu'elle est partagée par bon nombre d'intéressés. Votre fille aime-t-elle la lecture, Félix ?

— Beaucoup. C'est une dévoreuse de livres. Mais sa distraction favorite reste le piano.

— Ah bon ? Elle joue ?

— Admirablement. En fait, il m'a fallu user de tout mon pouvoir de persuasion pour l'entraîner sur le chemin de la Californie où elle redoutait de ne pouvoir trouver de piano.

— Elle a sans doute raison, confirma Scott en choisissant un cigare.

« Un piano, tiens, tiens… Intéressant. »

CHAPITRE DIX

Au cœur de la Pampa inondée par la clarté laiteuse de la lune, à une centaine de kilomètres de Buenos Aires, les huit cavaliers galopaient à bride abattue. L'immense plaine, particulièrement propice à l'élevage, s'étendait, telle une mer houleuse, de l'océan jusqu'au pied des premiers contreforts de la Cordillière. On n'y trouvait que peu de routes et encore moins d'habitations car ces étendues se partageaient entre un petit nombre de propriétaires dont les « estancias » se trouvaient séparées l'une de l'autre par des distances telles que les chiens ne parvenaient pas à échanger leurs aboiements nocturnes.

Les huit hommes étaient des gauchos et le désir de meurtre empoisonnait leur cœur. Ils se dirigeaient vers l'estancia de Don Jaime Maria Uribelarrea, jeune estanciero fortuné qui avait épousé Irina Alexeievna Davidoff, la propre fille de la comtesse. Au moment où les cavaliers mirent pied à terre, Don Jaime et sa jeune femme dormaient paisiblement au deuxième étage de leur grande demeure. La plupart de ces gauchos étaient des métis descendants d'Espagnols et d'Indiennes. Trois siècles auparavant, le conquistador hispanique avait introduit le cheval en Amérique du Sud. Les indiens avaient très rapidement appris à s'en servir et leurs descendants étaient aujourd'hui les meilleurs cavaliers du monde. De stature massive, ils étaient coiffés d'un chapeau noir à large bord et vêtus d'une chemise blanche très ajustée, d'un boléro entièrement brodé à la main, plus ou moins fermé par un foulard noué et d'un pantalon largement évasé à hauteur de la cheville. Ils étaient chaussés de courtes bottes en cuir fauve.

Certains d'entre eux étaient armés d'un fusil de chasse et tous, sans exception, portaient en bandoulière la gourde à bec en argent, à laquelle on suçotait le maté à tout instant.

Les cavaliers escaladèrent les marches conduisant au porche d'entrée et firent sauter la serrure d'une décharge de fusil. Le hall d'entrée était faiblement éclairé par une lampe à pétrole dont l'un des hommes se saisit.

Dans leur chambre située au deuxième étage, Don Jaime et sa femme avaient été réveillés par le vacarme. Don Jaime, héritier de l'une des vingt familles les plus puissantes d'Argentine, possesseur de 75 000 hectares d'une terre sur laquelle paissaient 30 000 têtes de bétail, enfila rapidement son pantalon et s'empara du pistolet posé sur sa table de chevet. Il se dirigeait vers la porte quand celle-ci éclata littéralement sous la poussée brutale des assaillants. Don Jaime tira, tuant le premier gaucho. Mais le deuxième lui déchargea son fusil dans la poitrine. Irina se mit à hurler, les cavaliers firent irruption dans la chambre et la criblèrent de balles, après quoi ils lancèrent la lampe à pétrole au pied du lit à baldaquin dont les tentures s'enflammèrent immédiatement. La pièce s'emplit d'une fumée âcre. Les assassins refluèrent en désordre, massacrant, à bout portant, les deux serviteurs indigènes accourus au bruit. Ils prirent encore le temps de pénétrer dans la nursery où ils criblèrent de balles les deux petites petites filles du couple, dans leur berceau, avant de dévaler l'escalier, faisant tinter gaiement contre les marches leurs éperons d'argent, tandis que l'estancia se transformait en brasier.

Avant de s'enfoncer dans la nuit, l'un des hommes jeta sur le sol une planchette sur laquelle on avait gravé ces mots : « Mort à tous les ennemis du grand Caudillo Juan Manuel de Rosas* ».

---

* Juan Manuel de Rosas (1793-1877). Homme politique d'origine noble, vécut parmi les gauchos, devint grand propriétaire et leva une armée. De 1835 à 1852, il exerça une dictature sanglante et mit le siège devant Montevideo, ce qui entraîna l'intervention des Français et des Britanniques en 1843.

Cette action meurtrière resterait dans les annales concernant la dictature sanglante du Caudillo, sous le nom de « massacre de la Pampa ».

— Un piano ? Quelle surprise ! s'exclama Emma. Dans la modeste salle à manger de l'« Empress of China » où Scott Kinsolving venait de la conduire, se trouvaient déjà rassemblés son père, Zita ainsi que les quelques autres passagers qui s'apprêtaient à dîner.

— D'où vient-il donc ?

— Je l'ai acheté ce matin à Port of Spain, expliqua le capitaine. Il ne s'agit que d'une épinette dont Franz Liszt n'aurait même pas voulu, mais je me suis dit qu'ainsi, vous auriez la possibilité de nous apporter quelque distraction.

Emma contourna la longue table et vint prendre place devant le minuscule piano que l'on venait de fixer au sol, contre la cloison tribord. Elle attaqua immédiatement la sonate en La majeur de Schubert. La délicate mélodie étira ses volutes sous le plafond bas de la pièce, troublée, en contrepoint, par les gémissements de la membrure du navire secoué par un vent qui gagnait en violence d'heure en heure.

Emma quitta son tabouret et se tourna vers Scott.

— Je vous remercie, dit-elle, en lui décochant son plus gracieux sourire.

Celui-ci hocha la tête.

— C'est moi qui vous remercie, cette musique était charmante.

Elle regagna sa place, le frôlant au passage de ses longues jupes froufroutantes.

« Ce n'est peut-être pas une lady… mais elle a reçu une excellente éducation et elle ferait, à n'en pas douter, une épouse de gouverneur des plus présentables. D'ailleurs, qui, en pareil cas, se soucierait de savoir si elle est une lady ou non ? Rien de pire qu'une lady dans un lit. Tandis que celle-ci, quelque chose me dit que… »

Une heure plus tard, les deux amies effectuaient leur promenade d'après-dîner sur le pont principal. Le soleil couchant dessinait à bâbord, en teintes aquarelle, les contours de la côte du Vénézuela.

— Je crois que le capitaine vous a gâtée en prenant l'initiative d'acquérir cet instrument, dit Zita.

— C'est vrai, murmura Emma.

— Il me fait de plus en plus l'effet d'un homme plaisant.

— Pff... aussi plaisant et de bonne compagnie qu'un serpent à sonnette !

— Comment pouvez-vous penser une chose pareille ?

— Croyez-moi, Zita, je commence à juger l'homme. Pour commencer, le grand et mystérieux secret de son existence cachée n'est autre qu'une maîtresse chinoise et, personnellement, même sans jouer les prudes, je considère la chose comme un peu excessive. En second lieu, il m'a proposé de m'épouser afin de faire figure honorable aux yeux de la société de San Francisco. Que dites-vous de ce froid calcul ? David Levin, lui, m'aimait sincèrement, au moins ! Tandis que ce capitaine Kinsolving ignore jusqu'à la signification du mot « amour ». Je suis certes heureuse de pouvoir disposer d'un piano – même s'il est tristement désaccordé – mais s'il espère modifier l'opinion que j'ai de sa personne grâce à cette délicate attention, il se trompe !

— Ma petite Emma, vous savez quelle amitié je nourris pour vous ? Alors, permettez-moi de vous faire remarquer que, selon moi, c'est plutôt vous qui êtes « tristement désaccordée ».

— Oh ! Pourquoi ?

— Pour être un tantinet plus âgée que vous, je pense sérieusement en connaître plus long aussi sur ce qu'il est convenu d'appeler « la vie ». Notre séjour sur cette planète est agrémenté de plaisirs parfois grands et troublé par des événements douloureux. Le plus important de ceux-ci, à mon sens, reste les enfants. Il est bon d'en avoir afin de se projeter dans l'avenir, il est agréable de les élever. J'ai pour ma part une fille magnifique dont je suis fière, qui est elle-même mère de deux fillettes dont je suis impatiente de faire la connaissance. J'ai vécu une existence bien remplie, riche de sensations et de souvenirs, mais le plus précieux de mes trésors reste assurément ma descendance. Ainsi portez-vous une certaine responsabilité, Emma. Il ne suffit pas de prendre l'amour en considération, même s'il joue un rôle important ; il faut également trouver père à l'enfant que vous portez. Un homme généreux, un homme capable de lui donner ce qui lui sera le plus nécessaire :

une situation, l'aisance et de la tendresse. Vous affirmez que le capitaine Kinsolving ne possède en lui nulle trace d'amour : comment le sauriez-vous ? Vous êtes embarquée sur ce navire pour un très long voyage et je ne vois guère, dans notre entourage, d'homme susceptible de faire un époux convenable. Peut-être serait-il grand temps de vous « accorder » avec les circonstances...

Et, sur ces propos ambigus, la comtesse lui lança un regard songeur et s'éloigna.

Restée seule, Emma s'accouda au bastingage et s'absorba dans la contemplation de l'océan... Archer... le souvenir du jeune et séduisant jeune homme ne l'abandonnait pas aussi aisément. Le reverrait-elle jamais ?

Certes, il y avait du vrai dans ce que venait de dire la comtesse. Beaucoup de vrai. L'important, dans cette affaire, était l'enfant.

Elle exhala un profond soupir qui n'était pas uniquement de résignation. La sagesse ne commandait-elle pas de s'arrêter plus longuement qu'elle ne l'avait fait sur certaines qualités de Scott-le-Roux. Elle était obligée de lui reconnaître beaucoup d'allure et de prestance.

Sans parler de sa façon diabolique de vous embrasser !

Assis à son bureau, Kinsolving achevait de remplir son journal de bord quand un coup fut frappé à sa porte.

— Qui est-ce ?

— Miss de Meyer.

Un fin sourire plissa sa lèvre. Il referma le livre d'un geste sec et alla ouvrir. De noir vêtue des pieds à la tête, un châle noir à grandes fleurs rouges – qu'elle venait d'acquérir à l'escale de Trinidad – jeté sur ses épaules qu'éclaboussait de lueurs fauves et dansantes la lampe à huile fixée sur son cardan, elle avait l'apparence d'une sorcière. Il la dévora littéralement du regard avant de questionner, railleur :

— Portons-nous le deuil de ce bon monsieur Levin ?

Comme chaque fois, le sarcasme atteignit son but.

— Bien sûr que non ! Puis-je entrer ?

— En l'absence d'un chaperon ?

— Depuis quand une veuve, de surcroît fille-mère, a-t-elle l'obligation de se faire surveiller par un chaperon ?

— Touché ! Entrez donc ! Et dites-moi vite ce que me vaut l'honneur…

Il s'écarta pour lui laisser le passage. Elle alla prendre place sans hésiter sur la banquette aménagée sous le hublot rectangulaire qui égayait la pièce. L'œil fixé sur le spectacle de la mer, elle tenta de se composer une expression. « Il faut faire semblant de tenir à lui, ma fille ! » Elle se tourna dans sa direction… « Et n'oublie pas de sourire, idiote ! »… lui décocha un sourire radieux.

— Je me demandais si vous seriez en mesure de m'en apprendre un peu plus sur la Californie.

— Avec plaisir, c'est mon sujet favori. Installez-vous confortablement, la mer est un peu dure et le vent fraîchit rapidement. Désirez-vous un verre de porto ?

— Oui, merci, dit-elle, reconnaissante, car le tangage et le roulis conjugués la mettaient un peu mal à l'aise.

Il sortit le flacon de la grille à l'intérieur de laquelle il était retenu et emplit deux verres.

— Que voudriez-vous savoir ? s'enquit-il en lui apportant le sien.

— Oh, tout ! Et, pour commencer, d'où vient ce nom ?

Elle porta le verre à ses lèvres, but une gorgée.

— Excellente idée ! À une époque reculée, un livre très populaire, en Espagne, contait les aventures d'un chevalier – nommé Esplandan – qui s'en était allé débarquer sur une île gouvernée par la reine Calafia. Cette île, qui portait le nom de Californie, abritait une population d'Amazones entièrement vêtues d'or et usant d'armes en or massif. Par la suite, à mesure que progressait la troupe espagnole, les conquistadores prirent l'habitude de désigner la côte ouest de l'Amérique par le nom de California parce qu'ils espéraient y trouver un jour de l'or. Question suivante ?

— À quoi ressemblent les femmes, à San Francisco ?

Un rire allègre le secoua.

— La réponse dépend de votre préférence pour un gentil mensonge ou une laide vérité.

— J'opte pour la seconde.

— On n'y trouve guère de femmes et le peu qu'il s'y trouve appartiennent à la catégorie dite « de petite vertu ».

— Telle Chingling ?

Son expression se figea instantanément.

— Je préférerais qu'il ne soit pas question d'elle.

— Pourquoi cela ? En avez-vous honte ?

Une lueur d'incertitude passa dans son regard. Hésitant, il chercha une explication.

— Chingling a été nourrie d'une culture différente, très antérieure à la nôtre et, par bien des aspects, plus évoluée. Dans le petit monde de Chingling, une concubine ne s'apparente nullement aux filles légères rongées par le vice. Elle peut même devenir hautement respectable. Les concubines de l'empereur, par exemple, exercent, en certains cas, un pouvoir non négligeable sur la Cour.

— Vous n'avez pas répondu à ma question.

— Si j'en ai honte ? Pas le moins du monde. Néanmoins, je n'ai pas la naïveté d'imaginer que ma conduite ne suscite aucun commentaire désobligeant dans mon dos. Nous autres blancs possédons peut-être une sorte de suprématie mondiale, mais notre principale faiblesse réside dans notre duplicité. Raison supplémentaire pour que j'apprécie la rude franchise avec laquelle vous m'avez fait connaître, en face, votre opinion concernant Chingling.

— Je regrette, à présent, une franchise hors de propos. Vous avez eu raison de me rappeler que nous autres juifs devrions être les derniers au monde à faire preuve d'intolérance. Est-elle aussi belle que le laisse supposer le daguerréotype ?

— Belle comme un rayon de lune.

— Vraiment… ? Est-elle…

Involontairement, elle se mordillait la lèvre inférieure. Il éclata de rire.

— Femme éternelle ! Vous mourez d'envie de savoir si elle est plus belle que vous. Serais-je parvenu à vous rendre jalouse ?

— Vous êtes bien le plus vaniteux…

« C'est fini, oui ? De la gentillesse, de l'amabilité… d'ailleurs, tu es jalouse, c'est vrai, alors ! » Elle l'examina avec plus d'attention.

— Quel âge avez-vous donc ?

— Trente-quatre ans.

— Seriez-vous déjà marié, sans la présence de Chingling ?

— Je n'y ai jamais beaucoup réfléchi.

— Vous ne désirez pas d'enfants ?

— Si, naturellement. Mais ce n'est pas pressé.

Elle but une gorgée.

— Vous avez dit que… si je vous épousais, vous vous occuperiez de mon enfant. Était-ce sincère ?

— Pourquoi cette question ? Auriez-vous un avis différent concernant ma proposition ?

Son estomac se souleva brutalement, surpris par une plongée du bateau, puis retomba sans plus de douceur. Elle se sentit blêmir.

— Et si c'était le cas ?

— Croyez-moi, ne changez pas d'avis. Vous m'avez envoyé promener de façon cavalière – ne vous en déplaise – et vous avez eu probablement raison. L'amour joue un rôle décisif, or vous êtes amoureuse d'un homme manifestement plus noble que moi. Ce qui revient à dire que ma proposition était une erreur pure et simple. En outre, votre père et moi allons nous associer pour travailler ensemble ; or, les affaires et l'amour, ou la romance, ne font jamais bon ménage. Oubliez donc ma proposition, Emma. Vous avez eu grand raison de la rejeter ; je ne suis pas assez bien pour vous. Encore un peu de porto ?

Elle tenta de se remettre debout, mal assurée sur ses jambes.

— Vous êtes un véritable monstre ! siffla-t-elle d'une voix dolente. Je ne vous épouserais pas même…

— Même si je restais le seul homme sur terre, je sais ! Il en résulte que nous sommes l'un comme l'autre condamnés à un célibat passionné.

— L'unique passion qui m'enflamme pour vous est la fureur ! Comment pouvez-vous montrer autant d'insolence et vous rétracter ? Retirer la proposition que vous m'aviez faite ? Mais vous êtes une canaille, monsieur ! Vous avez un cœur noir comme votre âme et je… Oh Seigneur… !

Une plongée de tangage plus profonde que les autres lui avait mis l'estomac au bord des lèvres. Elle laissa choir son verre et s'affala sur la banquette, une main plaquée sur sa poitrine. Lentement, le navire remonta du gouffre, pour escalader une crête nouvelle.

— Oh !… Ohhh !… gémit-elle, effondrée.

Scott se précipita et l'enleva délicatement entre ses bras.

— Ma chère miss de Meyer, susurra-t-il à son oreille, mon petit doigt me dit que vous souffrez du mal de mer…

158

— Oh, Scott, j'ai affreusement mal.

— Et le meilleur remède à ce mal consiste à respirer le bon air frais qui souffle sur le pont.

Il ouvrit la porte et l'emporta le long de la coursive.

— Je vous serais reconnaissant de vous retenir de vomir sur moi, si vous le pouvez !

— Vous n'êtes pas drôle, râla-t-elle d'une voix étouffée.

Arrivé sur le pont, il la déposa debout, contre le bastingage, sous le vent.

— Voilà ! Cramponnez-vous solidement et laissez-vous aller.

— Ohhh… !

Emportée par une nouvelle chute dans l'abîme, elle se laissa tomber sur les genoux, sans lâcher la rampe du bastingage.

— Ne regardez pas ! trouva-t-elle la force de crier.

Il rit.

— N'ayez crainte, gente damoiselle, je détournerai mes regards… Dites donc, connaissez-vous une situation plus romantique ?

— Taisez-vous ! Vous êtes… vous êtes…

Ses protestations dérisoires furent interrompues par une nausée qui la jeta accroupie contre la rambarde, sous le rire diabolique de Scott, solidement campé dans les embruns qui noyèrent leurs deux silhouettes.

Lentement, Emma se remit sur pied, secouant ses vêtements trempés.

— Vous sentez-vous mieux ? s'informa-t-il.

Elle hocha la tête sans conviction.

— Je vais vous aider à rejoindre votre cabine.

Il lui prit le bras mais elle se libéra d'un mouvement brusque.

— Je n'ai que faire de votre aide ! D'abord, vous n'avez pas cessé de me regarder, ce qui est indigne d'un gentleman et… Oh… Seigneur… !

Elle courut à tribord, saisie d'une nouvelle nausée.

Monsieur Roseberry s'approcha du capitaine et salua.

— Le vent vire au nord-ouest, commandant.

— Oui. J'ai l'impression que l'épreuve sera sérieuse. Je vais monter sur le pont, reconduisez miss de Meyer à sa cabine.

— Certainement, commandant.

À peine la porte fut-elle refermée qu'elle se débarrassa de ses vêtements trempés et se réfugia sur sa couchette, épuisée. « Si jamais il est en train de jouer avec mes sentiments, je crois qu'il va lui arriver malheur! J'aurai sa peau!» Pourtant, il lui suffit de se remémorer l'agréable sensation éprouvée quand il la portait dans ses bras. Elle avait apprécié le contact de sa force.

Quelques heures plus tard, quand elle s'éveilla, la nausée avait disparu, bien que le voilier continuât de s'ébrouer au milieu des vagues écumantes, tel un cheval sauvage. Elle se mit sur son séant et pressa son visage contre le verre froid du hublot. La nuit était tombée mais la clarté encore suffisante permettait de distinguer la crête des vagues couronnées d'écume blanche qui montaient furieusement à l'assaut de la coque. Le clipper roulait bord sur bord dans un concert de grincements, de gémissements et de bruits de toutes sortes, plus effrayants les uns que les autres. Elle comprenait mieux à présent pourquoi chaque objet mobile se trouvait solidement fixé d'une manière ou d'une autre sur son support, y compris les flacons de toilette au-dessus de son lavabo. Elle s'expliquait aussi pourquoi une planche verticale bordait le matelas de sa couchette et l'enfermait ainsi à l'intérieur d'une sorte de demi-boîte d'où elle ne pourrait choir par gros temps.

Elle se leva, alluma la lampe à huile fixée dans son cardan et alla se gargariser afin de rincer le mauvais goût qui lui restait dans la bouche. Quelle humiliation, se mettre à rendre tripes et boyaux en présence de ce grand singe roux et moqueur! Quoique... un sourire naquit sur sa lèvre. Les disputes, avec lui, prenaient un tour distrayant. Sa façon diabolique de tourner les choses en dérision, y compris lorsqu'elles le plaçaient en fâcheuse posture, présentait pour elle un attrait qui passait au-dessus de son exaspération... Une vague plus brutale que les précédentes la contraignit à regagner sa couchette en se cramponnant ferme à tout ce qui pouvait l'aider. Ainsi, il reniait sa proposition? Le félon. On allait bien voir.

Possible qu'elle ne fût point amoureuse de lui... mais personne n'avait encore manqué de parole à Emma de Meyer.

Peu après l'aube, le vent tomba. Kinsolving, qui s'était tenu toute la nuit près de l'homme de barre, donna ses instructions à monsieur Appleton, son second, et regagna sa cabine. Épuisé, il se débarrassa de ses vêtements trempés et se laissa tomber sur sa couchette.

En milieu de matinée, il émergea d'un sommeil de plomb, s'accorda une toilette soignée et profita d'une mer redevenue relativement calme pour entreprendre de se raser sans risque de se trancher la gorge.

Il en était là lorsqu'on frappa à sa porte.

— Entrez.

Emma fit son apparition : robe blanche à parements verts et parut fort surprise de découvrir Kinsolving en caleçon devant le miroir de ce qui pouvait être considéré comme une salle de bains.

— Oh, je ne pensais pas que vous... que vous seriez...

— Bonjour, miss de Meyer. Vous sentez-vous mieux, ce matin ? s'enquit-il sans cesser de se gratter la peau.

— Oui, merci. J'ai bien cru que nous allions sombrer au plus fort de la tempête.

— Bah ! Ce n'était qu'un grain inoffensif, comparé à ce que nous affronterons dans le détroit de Magellan. Là, vous ferez connaissance avec ce qu'on appelle une mer éructante.

— Vous possédez l'art de trouver des formules élégantes, capitaine. Un de ces jours, vous devriez entamer le récit de vos aventures que vous pourriez intituler, par exemple : « Quarante années face à une mer éructante... »

Il ricana, la lame raclant sa gorge.

— Ce titre me plaît.

— Je tenais à vous dire que je trouve excellent le projet de prendre mon père comme associé et, quels que puissent être les différends qui nous opposent, je n'entends pas les laisser influer sur vos relations avec lui.

À bout d'arguments, elle se surprit à admirer son dos musclé et ses solides épaules.

— Tout à fait de votre avis. Ainsi que je vous le disais hier soir : l'amour et les affaires ne font pas bon ménage. Non point que l'amour qui nous unit soit à redouter... Voyez-vous, je me suis donné un mal de chien pour me montrer charmant avec vous, mais en pure perte ! J'ai l'impression que vous ne supportez guère ma personne, n'cst-ce pas ?

Il repassa le rasoir ici et là, histoire de fignoler, se rinça ensuite le visage à grande eau.

— Vous m'avez d'abord accablée de propositions, maugréa-t-elle, pour ensuite renier votre parole ; où donc aurais-je trouvé le temps d'apprendre à vous connaître ?

— Selon vous, j'aurais renié ma promesse ?

— Voyez-vous une formule différente pour qualifier une pareille attitude… ?

— Et que faites-vous de ma fierté ? Je vous ai fait une offre tout à fait sincère que vous m'avez cordialement convié – avec un luxe de circonlocutions, je le reconnais – à me mettre où je pense.

— Je ne vois pas la nécessité de recourir à la vulgarité.

Il jeta la serviette avec laquelle il achevait de s'essuyer, la prit par le poignet.

— J'ai l'impression, au contraire, qu'un peu de vulgarité vous ferait le plus grand bien, observa-t-il gentiment.

Avant qu'elle ait eu le temps de réagir, il l'attirait dans ses bras et posait ses lèvres sur les siennes. La tête commença à lui tourner lorsqu'elle s'aperçut qu'elle répondait avec ardeur à son baiser. C'était moins le faible parfum dégagé par le savon que sa force mal dominée, que la rudesse un peu sauvage de l'assaut qui l'excitaient. Aussi la douceur de son dos, au contact de ses paumes. Elle n'opposa nulle résistance quand il entreprit de déboutonner son vêtement. Inopinément, il abandonna sa bouche.

— Sacrées bonnes femmes, avec votre besoin de vous coller de telles quantités de tissu sur le dos, qu'il faudrait une pioche pour vous déshabiller ! maugréa-t-il. Retirez-moi tout ce fourbi le temps que je ferme la porte à clé.

Pour la première fois de son existence, elle demeura muette, à court de réplique. Bouche bée, elle le suivit du regard tandis qu'après avoir donné un tour de clé, il ôtait tranquillement son caleçon, en équilibre sur une jambe, puis sur l'autre.

— Ben, quoi encore ? Vous n'allez tout de même pas prétendre n'avoir vu d'homme nu avant moi, non ? À moins qu'Archer Collingwood n'ait réussi le tour de force de vous mettre dans cet état sans quitter son froc ! Ce dont je doute fortement. Allez-vous, oui ou non, vous décider à retirer ces fripes avant que je les mette en lambeaux !

D'un geste vif, elle déboucla sa ceinture, la lança sur le dossier du fauteuil garni de peluche écarlate, puis elle laissa glisser la robe à ses pieds.

— Vous n'auriez quand même pas l'audace de me violenter ? dit-elle.

— À quoi bon se poser la question puisque, visiblement, ce ne sera pas nécessaire...

Son regard aux nuances d'acier trempé ne manquait pas un détail de ce qu'elle lui dévoilait progressivement. Elle se défit de ses deux jupons, ne conservant que la chemise de batiste et le pantalon orné de volants jusqu'aux chevilles.

— Poursuivez, insista-t-il, j'attends avec impatience la finale.

— Vous n'avez pas plus de moralité qu'un matou de gouttière.

— Exactement. Raison pour laquelle nous nous accordons à merveille. À moins que vous ne tentiez de me persuader que votre virginal effarouchement vous interdit de vous dévêtir en présence du sexe opposé ? Auquel cas, vous êtes trop engagée pour vous montrer convaincante.

— Votre attitude est révoltante et votre vulgarité grossière prouve sans l'ombre d'un doute votre manque d'éducation, affirma-t-elle, en même temps qu'elle se débarrassait de l'alléchant pantalon.

Il rit.

— Comme vous avez raison, ma chère. Pas une once d'éducation. En revanche, je meurs d'envie de faire la vôtre. À propos, laissez-moi vous dire que vos jambes sont certainement les mieux faites qu'il m'ait été donné d'admirer depuis pas mal de temps. C'est péché que de les envelopper comme vous le faites ! Quelle stupide manie cette habitude de porter jupes, volants, jupons, ornements et falbalas de toutes sortes ! Mais, dites-moi... le délicat souvenir de monsieur Collingwood semble manifester une visible présence, ou bien serait-ce l'excès de notre bonne chère qui vous donne de l'embonpoint ?

Elle fronça les sourcils, touchée au point sensible : sa garde-robe devenait un peu... étriquée.

— Si j'étais à votre place, j'éviterais d'évoquer le souvenir d'Archer Collingwood dans un moment pareil.

— Notre fameux pilleur de banques ? Bah ! Je me doute qu'il dévalisait les riches afin de soulager les pauvres.

— Voilà une définition exacte... c'est ce qu'il faisait, et le pauvre c'était lui-même. Lui, en tous cas, montrait une gentillesse, une délicatesse dont vous vous trouvez tristement dépourvu !

— Non de Dieu, Emma, je vous baiserai jusqu'à vous faire oublier l'existence de Collingwood !

— En quels termes galants vous vous entendez à faire votre cour, murmura-t-elle, profondément choquée.

— Ce n'est pas avec des «termes galants» qu'on vous a fichue enceinte, non ?

Il l'enleva dans ses bras et la porta jusqu'à la couchette où il la déposa. Elle le fixait sans mot dire, avec l'air d'attendre la suite, visiblement impressionnée par l'empressement et la puissance de sa virilité.

— Vous êtes une sacrée garce, chuchota-t-il à son oreille, mais une garce superbe.

— Plus belle que Chingling ?

— Vous crevez d'envie de le savoir, n'est-ce pas ? Je ne puis affirmer qu'une chose : elle est un rayon de lune et vous êtes un rayon de soleil. Cela vous satisfait-il ?

— Non.

— Tant pis, il faudra vous en contenter pour le moment, j'ai mieux à faire dans l'immédiat.

Dès que sa poitrine massive, garnie d'une fourrure cuivrée, se pressa contre ses seins, elle se trouva enveloppée, emportée au gré d'une irrésistible masculinité. L'exubérante vitalité de Scott Kinsolving possédait un côté un peu effrayant par la force qui s'en dégageait. Méprisable, sarcastique, vulgaire… assurément.

Peu après, elle se surprit à songer qu'elle s'accoutumerait volontiers à sa vulgarité.

— Alors, ai-je fait jaillir une étincelle, cette fois ? questionna-t-il, allongé auprès d'elle.

— Il me semble sentir une odeur de fumée, ronronna-t-elle.

Il rit.

— Ah, ah ! Il n'y a pas de fumée sans feu. À présent, je le sais, tu veux m'entendre dire que je ne cesserai plus de penser à toi. Et, sacré bon sang, c'est la vérité ! J'en suis incapable ! La nuit dernière, durant cette foutue tempête, je n'ai pensé qu'à toi !

— C'est vrai ?

— Oui, c'est vrai ! En fait, je suis peut-être amoureux de toi et trop stupide pour m'en rendre compte. De mon côté, je sais que tu ne m'aimes pas parce que ton cœur est demeuré entre les mains de ton Robin des Bois de l'Ohio. Mais je suis un homme de parole, Emma. Tu m'as profondément blessé, j'ai plus ou moins renié ma promesse, je le reconnais, néanmoins, ma proposition tient toujours. J'aurais la possibilité légale de me marier moi-même, mais je préfère un mariage officiel et public à l'hôtel de ville de Buenos Aires. Ainsi l'enfant que tu portes sera-t-il légitimé. Qu'en penses tu ?

— J'en pense, Scott, que tu m'aimes peut-être réellement, affirma-t-elle au comble du ravissement. Sincèrement, n'en ressens-tu pas une sensation de merveilleux ?

Il renifla bruyamment.

— Seigneur ! Tu ne renonces pas facilement, toi ! D'accord, j'en éprouve une sensation de « mer-veil-leux », confirma-t-il, sarcastique. Et il loucha affreusement.

Elle rit, lui pinça le bras.

— Monstre !

— Le monstre a renouvelé sa proposition et il attend patiemment une réponse.

— Si j'accepte, pourrai-je emménager dans cette cabine jusqu'à la fin du voyage ? Ma cabine me fait horreur, elle est trop petite.

— Percevrais-je, dans ton propos, une fâcheuse tendance à je ne sais quelle prise de possession ? Oui, naturellement, tu pourras emménager… après… que tu sois devenue madame Scott Kinsolving. Jusque-là, je te maintiendrai fermement dans les limites de la respectabilité.

Elle fit la grimace.

— Quand relâcherons-nous à Buenos Aires ?

— Deux semaines, si les vents restent favorables.

Elle se blottit contre lui, passa ses doigts écartés dans la toison d'or de sa poitrine. Elle avait l'impression d'avoir reçu en cadeau un magnifique ours en peluche tout neuf.

— Je pourrai te rendre visite de temps en temps, en attendant ? implora-t-elle.

— Naturellement, chuchota-t-il. Tu pourrais me rejoindre chaque fois que ton père se rend chez la comtesse Davidoff.

Elle se dressa sur son séant, comme mue par un ressort.

— Tu ne parles pas sérieusement ?

— Oh, mais si !

— Papa… avec Zita ? Je les savais très liés, très amis, mais de là à penser qu'ils sont…

— Eh oui ! Ils sont… comme un couple de lapins dans la fleur de l'âge. Mon moussaillon me tient au courant, dans le détail.

— Papa s'est trouvé si seul depuis la mort de maman. Je suis bien contente qu'ils soient tombés amoureux l'un de l'autre !

— Pour l'instant, ils sont tombés dans le même lit. Évite donc de courir tout de suite vers de hâtives conclusions !

Elle reprit sa position, dans ses bras.

— Monstre !

— Tu l'as déjà dit…

— Et alors ? Je n'ai pas le droit de me répéter ? Tu es un véritable monstre… un monstre de vulgarité… !

— Pensez-vous que j'aie fait le bon choix ?

— En acceptant d'épouser le capitaine Kinsolving ? Sans aucun doute, ma petite Emma. Je suis même surprise que vous ayez des doutes.

— Pourtant, j'en ai, et de sérieux, dit-elle d'un ton attristé. En premier lieu, Archer, que je suis en train de trahir, je ne me le cache pas…

— Enfin, ma chérie, ne dites donc pas de sottises ! coupa la comtesse. Vous accomplissez au contraire la plus louable des actions en octroyant un père responsable à son enfant.

— Peut-être, en effet.

— De plus, le capitaine Kinsolving fera un excellent époux. Vous vous rendez compte, j'espère, à quel point il est séduisant ?

— Je pense qu'il me convient, peut-être…

Elle mentait effrontément, tant elle était résolue à refuser d'admettre qu'en son for intérieur elle le trouvait en effet séduisant et tout à fait à son goût.

— … Malheureusement, ses manières sont détestables. Il n'hésite pas à proférer les pires jurons en ma présence, dans le but de m'offusquer, je m'en rends compte, mais c'est extrêmement déplaisant.

— Bah, croyez-moi, les hommes seront toujours les hommes. Une bonne moitié de nos nobles Russes battent leur femme et jurent pis que des paysans. Le capitaine Kinsolving n'est certainement pas parfait – qui peut se vanter de l'être ? –, mais il vous rendra heureuse. Au surplus, il ne tient qu'à vous de le mater, pour peu que vous en ayez le désir. Après tout, dompter cet animal sauvage, plus connu sous le nom de mari, ne se révèle-t-il pas comme l'aspect amusant du mariage. Or, puisque j'ai la certitude qu'il vous aime...

— Je crois également qu'il m'aime un peu, à sa manière assez singulière. Mais son cœur reste pris par Chingling, tout comme le mien demeure consacré à Archer. J'en conclus qu'il ne me sied pas de jouer les intransigeantes.

Elle exhala un profond soupir.

— Nous formerons un bien étrange couple.

— Ne vous montrez pas trop affirmative en ce qui concerne la Chinoise, conseilla la comtesse en resserrant le châle autour de ses épaules, et aussi, évitez donc de faire étalage de votre invincible amour pour Archer.

Emma releva la tête, fixa son interlocutrice, surprise.

— Mais... je suis sûre de mon sentiment... !

— Croyez-moi, ma chère, le temps qui coule vous joue des tours pendables. Le temps et l'éloignement. L'absence apporte l'oubli, j'en ai eu maintes fois la preuve. Tiens, comment se fait-il que je ne voie pas ma fille sur le quai ? Ma lettre ne lui serait-elle pas parvenue ?

La capitale argentine s'apesantissait sous un ciel gris de plomb, tandis qu'un vent glacé soulevait de courtes vagues qui heurtaient durement l'étrave de l'« Empress of China », pointée vers le dock municipal. Dressé de toute sa haute taille, sur le gaillard d'arrière, l'homme qu'allait épouser Emma dirigeait la manœuvre d'accostage, en compagnie de quelques-uns de ses officiers. Et, pour la millième fois, elle s'interrogea sur la nature de ses sentiments à l'égard de Scott. Non point que pût être mise en cause sa façon de faire l'amour, car il lui suffisait d'évoquer le libertinage extravagant auquel elle se livrait depuis quinze jours pour frémir à la pensée de ce qu'aurait pu en penser sa pauvre mère. Bien entendu, celle-ci serait formellement opposée à un mariage avec un goy, à plus forte raison aurait-elle été scandalisée par une coucherie. Dans cet ordre d'idée, Félix s'était montré beaucoup plus tolérant en matière de religion, autant que de morale et cela tenait sans doute à sa propre liaison avec Zita qui pratiquait plus ou moins le catholicisme. À son grand étonnement, Emma avait découvert chez son futur mari un manque d'intérêt surprenant pour la religion, ce qui chez lui était une autre manière de démontrer son absence de préjugés. À une époque où une variété d'antisémitisme rampant prenait lentement consistance en Amérique, le libéralisme de Scott représentait un remarquable élément de sécurité.

Malheureusement, chacune des qualités de Scott permettait invariablement de déceler chez lui le défaut correspondant. S'il n'était nullement antisémite, il n'était pas non plus anti-chinois, ainsi que sa liaison avec Chingling en apportait la preuve. S'il fallait aller au fond des choses, on pouvait dire que cet homme n'était anti-rien-du-tout avec, pour corollaire, la certitude qu'il était capable de coucher avec n'importe qui. Autant elle se sentait de taille à passer outre à ses sarcasmes, à ses jurons intempestifs, autant elle se croyait en mesure de négliger la race de Chingling, autant il lui demeurait impossible d'ignorer la femme elle-même. L'existence de cette rivale d'une beauté saisissante provoquait chez elle une irritation insurmontable. Qu'Emma fût ou non plus ou moins éprise de Scott, elle ne supportait pas l'idée de le partager. Il la poussait à l'exaspération, mais il l'amusait. Il se conduisait grossièrement, mais il disposait d'une intelligence hors pair. Elle s'apprêtait à l'épouser pour des motifs de convenance et d'opportunité, mais ses sentiments véritables à son endroit restaient… indéfinissables.

— Ah, voici probablement Irina ! s'exclama Zita à la vue d'un élégant landau qui venait se ranger sur le quai. Son mari est un garçon extrêmement séduisant. Ils se sont rencontrés à Paris il y a quatre ans, et ce fut tout de suite le coup de foudre, accompagné d'une véritable passion romantique. Il appartient à l'une des plus anciennes familles d'Argentine. Irina m'écrivait, avant mon départ, qu'il s'occupait activement de politique. Ils essaient, semble-t-il, de se débarrasser de Juan Manuel de Rosas, un dictateur sanguinaire qui ne recule devant rien.

Zita s'interrompit, sourcils froncés. Un homme de belle apparence, manteau doublé de fourrure et chapeau claque, venait de descendre de voiture et levait la tête dans la direction des deux passagères.

— C'est le comte Cheremetiev, murmura Zita, l'ambassadeur de Russie. Que vient-il faire ici ?

— Vous le connaissez ?

— Oui, naturellement, c'était un collègue de mon mari.

Le diplomate gravit l'échelle de coupée, dit quelque chose à Scott, pendant qu'ils échangeaient une poignée de main. Ensuite, il s'avança vers les deux femmes, ôta son chapeau, baisa la main de la comtesse Davidoff et lui adressa quelques mots en français, avant de l'entraîner vers la salle à manger.

Quelques instants plus tard, Emma perçut un cri d'épouvante.

Scott se rapprocha d'elle.

— Que se passe-t-il ? demanda-t-elle.

— L'ambassadeur vient de m'apprendre que la famille entière a été massacrée par le dictateur de Rosas.

— Mon Dieu ! La malheureuse ! La pauvre Zita ! Scott, il faut que j'y aille... je vais la rejoindre, je...

Kinsolving la retint par le bras.

— J'ai fait prévenir ton père. Laisse-lui le soin de la consoler et de s'occuper d'elle.

Emma leva sur son futur époux un regard agréablement surpris. Depuis la délicate attention du piano, c'était la première fois qu'elle le surprenait à manifester de la compassion.

« Peut-être pourrai-je apprendre à l'aimer, après tout... D'ailleurs, dès l'instant où je dois réellement devenir sa femme, mieux vaudrait essayer. Et encore... Est-ce que j'agis dans le bon sens ? »

DEUXIÈME PARTIE

Au pays des collines dorées

CHAPITRE ONZE

L'« Empress of China » jetait l'ancre dans la baie de San Francisco le 12 septembre 1850, à l'issue d'un voyage de cinq mois, dont dix jours passés à batailler avec une effroyable tempête dans le détroit de Magellan. La journée était belle et chaude mais la déception d'Emma fut profonde en découvrant ce qui allait devenir sa nouvelle patrie.

— Ce n'est pas une ville, cela, dit-elle à Scott qui se tenait près d'elle, un bras passé autour de sa taille, désormais respectable, c'est un rassemblement de baraques.

— À quoi t'attendais-tu donc ? Essaie de te souvenir qu'il y a trois ans à peine, cet endroit n'était qu'un village mexicain de trois cents habitants, appelé Buena Yerba. Aujourd'hui, il s'en trouve trente mille et la cité se forme par à-coups désordonnés. Reconnais au moins que la beauté de la baie est incomparable.

— C'est vrai, magnifique. Que font tous ces navires au mouillage ?

Une cinquantaine de bateaux, voiles soigneusement carguées, étaient ancrés, plat-bord contre plat-bord, tous plus déserts les uns que les autres, certains donnant une impression d'abandon définitif.

— Les équipages sont descendus à terre et se sont lancés à la recherche de l'or, afin de revenir riches. Moi-même, j'ai perdu quelques hommes à ce nouveau jeu. Enfin, peu importe ! Sois la bienvenue au seuil de ta nouvelle patrie.

173

Tourné ensuite vers monsieur Appleton, il lui donna instruction de débarquer en premier les passagers, puis d'accorder trois jours de liberté, bien méritée, à l'équipage.

À ce moment, Félix et Zita vinrent les rejoindre. Cette dernière, informée par Cheremetiev qu'il ne pouvait garantir sa sécurité si elle s'obstinait à débarquer à Buenos Aires, elle n'avait eu de meilleur choix que de poursuivre le voyage jusqu'à San Francisco. Des semaines durant, elle s'était montrée inconsolable. Et puis, graduellement, à force d'attentions et de gentillesse, Félix était parvenu à la ramener à une certaine stabilité morale et émotionnelle. C'est donc en vêtements de grand deuil – acquis tout exprès par sa femme de chambre, au Chili – qu'elle descendit la passerelle, ses voiles noirs flottant dans la brise, personnification d'une immense tragédie qui fit venir les larmes aux yeux d'Emma.

— Pauvre Zita, chuchota-t-elle à son mari, elle n'a pas encore très bien compris ce qui lui arrive… ou bien elle ne parvient pas à y croire. Tu as été chic de leur offrir l'hospitalité à papa et à elle.

— J'ai beaucoup d'estime pour la comtesse Davidoff qui est une honnête femme. En outre, il n'existe pas un seul hôtel, en ville, qui ne soit un nid à puces. Viens, maintenant.

Il aida sa femme, désormais dans son sixième mois de grossesse, à descendre l'échelle de coupée et à prendre place dans le canot. La frêle embarcation se fraya un passage parmi les navires à l'ancre qui se balançaient en gémissant comme autant de vaisseaux fantômes retenus prisonniers.

— Can Do doit nous attendre sur le quai, dit Scott.

— Qui donc ?

— Can Do, mon maître d'hôtel. Je l'ai ramené de Canton, il y a cinq ans.

— En même temps que Chingling ?

Scott lui lança un regard de biais. Il n'ignorait rien de l'aspect obsessionnel qu'avait pris chez sa femme l'existence de sa concubine.

— Oui, oui, ils faisaient bien partie du même voyage. Peu importe, d'ailleurs, Can Do est un garçon brillant, actif et intelligent. Je lui ai confié la tâche d'achever l'installation de la nouvelle maison et je suis impatient de voir comment il s'en est tiré. Comme tu l'as constaté, San Francisco est constituée par des collines dont certaines d'accès assez abrupt. Celle que nous apercevons, en face de nous, porte le nom de Telegraph Hill parce qu'il est question d'y installer un sémaphore au sommet. Tiens, tu vois toutes ces barques qui viennent à notre rencontre ? Ce sont des revendeurs qui se précipitent afin d'acheter la meilleure part de ma cargaison. Ils ne vont pas tarder à être déçus, cette fois, n'est-ce pas Félix ?

— Absolument.

— Aucune marchandise appartenant à la Kinsolving Shipping Company ne sortira des entrepôts – à quelques minimes exceptions près – avant que les «Grands magasins de Meyer et Kinsolving» aient ouvert leurs portes. D'ici là, notre clientèle aura atteint un tel degré de curiosité et de désir d'achat que nous pourrons tripler nos prix.

— J'ai l'impression, capitaine, observa Zita, que vous et Félix êtes destinés à devenir excessivement riches.

— Forcément ! Associez un juif à un Écossais et vous obtenez une combinaison imbattable !

Personne ne put se retenir de rire.

— Ohé, Kinsolving !

Un détaillant, arrivé en tête de l'armada qui suivait, chapeau tuyau de poêle et veston noir, leur adressait de grands signes des deux bras.

— Avez-vous rapporté des robes pour Chicago ?

— Bien entendu ! cria Scott en retour. Deux malles pleines, les plus belles que j'ai pu trouver à New York. Monsieur Appleton vous les remettra après que vous aurez réglé votre compte.

— Quatre mille en or, exact ?

— Faux ! espèce de filou. Cinq mille.

L'homme éclata de rire.

— Histoire de vérifier votre mémoire… ! On vous voit au Bonanza, ce soir ? Chicago a fait venir trois filles du Chili qui vous mettront à plat en un tournemain !

Une rougeur discernable colora les pommettes de Scott.

— Euh ! Slade, à propos, je vous présente mon épouse, Emma Kinsolving.

— Par tous les diables ! Vous vous êtes marié ? Mes excuses, ma'am… j'ai gaffé sans le vouloir… Que le diable vous emporte, Scott Kinsolving ! Quelle idée de prendre femme… Dites donc,

175

qu'est-ce qu'ils vont en penser, quand ils vont apprendre ça, à Dupont Street ? Hein ?

Il s'esclaffa bruyamment, pendant que l'embarcation poursuivait sa course. Scott lui adressa une grimace de réprobation. Emma se tourna du côté de Scott.

— Qu'est-ce donc que Dupont Street ? questionna-t-elle.

— C'était Slade Dawson, l'un des plus charmants escrocs de la cité. Il est propriétaire d'un casino à Portsmouth Square, le « Bonanza ».

— Qu'est-ce que Dupont Street ? répéta Emma.

— Chicago est sa maîtresse. Sauf votre respect, comtesse, Chicago se trouve être, par la même occasion, la mère maquerelle la plus en vue de San Francisco.

— Géographiquement, le choix des noms prête un peu à confusion, répondit Zita, mais croyez-moi, capitaine, il en faut d'autres pour me choquer. Le dernier recensement effectué dénombrait, dans la seule ville de Saint-Pétersbourg, quatre cent vingt maisons de passe, chiffre qui place la Russie au premier rang des nations vivant de la prostitution.

— Qu'est-ce que Dupont Street ? demanda Emma pour la troisième fois.

Scott poussa un soupir.

— Le cœur de la cité chinoise, dit-il.

Les yeux d'Emma s'étrécirent.

— Chingling, murmura-t-elle.

— Oui, répliqua-t-il sèchement. Ah, voici Can Do !

Il quitta son siège et fit signe à un jeune Chinois qui attendait sur le quai, debout près d'un élégant landau ouvert. Il était vêtu d'un uniforme rouge, d'excellente coupe, orné de boutons dorés.

— Pourquoi l'appelez-vous « Can Do » ? interrogea Félix.

— Vous allez voir. Il parle pidgin, comme la plupart des fils du Ciel. Can Do, attrape l'amarre !

— Can Do ! cria Can Do en se saisissant du cordage que lui lançait un marin.

— Ah ! Je comprends mieux à présent pourquoi vous l'avez baptisé ainsi, dit Félix qui souriait*.

_____

* Can Do : abrégé de I can do it – Je peux le faire, c'est possible. (N.d.T.)

Elle avait beau se raisonner en gravissant les degrés de pierre du quai, elle avait beau se dire qu'elle devait se conduire avec la dignité d'une véritable lady, Emma bouillait littéralement. Manifestement, sa liaison avec Chingling, loin d'être un secret, ressemblait plutôt à une plaisanterie colportée d'un bout à l'autre de la ville. « Seigneur ! Je vais devenir la risée d'une cité entière ! Si je m'attendais à *ça* ! »

Comme chaque fois qu'un navire entrait dans le port, le quai était noir d'une foule – le reste du temps coupée du monde extérieur – avide de nouvelles. Une foule qui, à quelques exceptions près, se composait d'hommes, qui plus est, d'individus d'apparence miteuse. Sitôt que la présence d'Emma – encore fort aguichante, en dépit de son état – avec sa robe blanche, chapeau à plumet et ombrelle assortis –, eut été repérée, une partie des assistants éclata en applaudissements et sifflements stridents.

Un homme relativement jeune et passablement éméché eut même le front de beugler :

— Capitaine Kinsolving, vous amenez de nouvelles recrues pour Chicago ?

Emma, bouche bée, retint une exclamation. Scott fonça sur l'ivrogne, l'empoigna par le plastron de la chemise et, d'un crochet à la mâchoire, l'envoyer bouler aux pieds des spectateurs. Un silence gêné s'ensuivit.

Scott se redressa, s'essuya les mains sur son pantalon et annonça :

— Mes bons amis, nous savons tous combien les femmes sont rares à San Francisco. Mais il me serait pénible de penser que vous soyiez devenus incapables de distinguer du commun des mortelles une authentique comtesse russe, ainsi que ma propre épouse, qui participeront à entretenir le charme et la grâce spécifiques au sexe féminin, dans notre grande ville.

— Cap'taine Patron, s'exclama Can Do stupéfait, jolie madame ton épouse ?

— Exact.

— Oh la la !… oh la la !… fut tout ce qu'il trouva en guise de commentaire et Emma eut l'impression très nette qu'il semblait effrayé.

Scott les embarqua tous dans le landau découvert, conduit par un autre fils du Ciel, harnaché lui aussi d'une veste rouge à boutons et brandebourgs dorés, pantalon en suédine et bottes de cuir parfaitement luisantes. Une casquette à plumet complétait la livrée dont le mauvais goût criard confinait, selon l'opinion d'Emma, au ridicule. À l'instant où le véhicule s'ébranlait, quelqu'un, dans la foule, cria à tue-tête :

— Une vraie beauté, commandant ! Félicitations !

Scott sourit, enchanté, en portant deux doigts à son chapeau.

— Je commence à mieux comprendre ce que signifie ce terme de Nouveau Monde, murmura Félix. Ces gens se comportent avec nous comme si nous étions tous égaux.

— Au moins est-ce ce qu'ils pensent, répondit Scott. C'est, en tous cas, le visage que devrait montrer l'Amérique.

— Vous dites « devrait », commandant ? Nourrissez-vous des doutes à cet égard ?

— Oh oui ! Dans des villes telles que Boston, New York ou Philadelphie, tout va très bien tant que vous disposez de quelque argent. Mais si le malheur veut que vous vous en trouviez démuni du jour au lendemain, vous allez mener une vie de chien. En fait, on ne trouve pas plus d'égalité en Amérique que dans aucune partie du monde. L'argent est, ici comme ailleurs, vénéré comme un dieu. Certains considèrent que c'est une bénédiction pour l'Amérique, d'autres jugent cet état de fait comme une véritable malédiction. En revanche, il existe un avantage non négligeable : si, étant né pauvre, vous savez faire preuve d'intelligence et de débrouillardise, vous pouvez atteindre à la richesse. En certaines circonstances, vous vous rendrez ridicule et criticable. Mais mieux vaut un sot aisé qu'un fou pauvre.

Emma suivait la conversation d'une oreille distraite, fascinée qu'elle était par le spectacle offert à son regard.

— Aucune rue n'est pavée, commenta-t-elle à voix haute. Et les trottoirs ne sont que des caillebotis. Ce doit être épouvantable quand il pleut ?

— Épouvantable, en effet, confirma Scott. Mais, ne désespère pas, le pavage se fera, les trottoirs deviendront praticables par n'importe quel temps et, tôt ou tard, les « baraques » feront place à des édifices en pierre et en brique, ne serait-ce que pour mettre un terme aux incendies qui ravagent régulièrement la ville. À l'occasion du précédent Noël, la cité a brûlé d'un bout à l'autre.

— Et pour comble de malchance, maugréa Emma, me voici enfermée dans une souricière…

— Il est un peu tard pour renoncer, grogna Scott.

— Sois raisonnable, Emma, intervint son père, nous savions d'avance trouver ici des conditions d'existence… primitives.

Emma abandonna la discussion. Elle se laissa aller contre le dossier de la banquette, résignée à subir cahots et secousses, et ouvrit son ombrelle afin de s'abriter des ardeurs du soleil californien. La rue était bordée, sur ses deux côtés, de maisons à deux ou trois étages. Un magasin – annoncé par une enseigne de corporation – occupait souvent le rez-de-chaussée. La plupart des édifices que l'on avait renoncé à peindre avaient pris une teinte grisâtre due aux intempéries. Nulle part de fleurs ni d'arbustes et, à perte de vue, une terre nue et desséchée coiffait les collines, sans un arbre pour en égayer l'aridité. Une accumulation de laideurs qui lui donnaient envie de pleurer.

Était-ce pour en arriver là qu'elle avait abandonné sa belle maison de Francfort, subi les contraintes d'une traversée de l'Atlantique, enduré les tourments d'un périple autour du continent sud-américain ? Pour cela ?

Cette mélancolique réflexion fut interrompue par le spectacle ahurissant de l'immense demeure juchée au sommet de la colline dont l'attelage attaquait l'ascension. Ceinturé sur le pourtour du rez-de-chaussée par un porche ouvert, l'édifice, de forme carrée, élevait fièrement ses deux étages dont le sommet était limité par une sorte de balustrade composée de barreaux fuselés. Un semblant de style colonial, Nouvelle-Angleterre, n'eût été la tour carrée, d'inspiration très italienne avec ses fenêtres en ogive, qui se dressait au centre de la construction… En bref, un cauchemar architectural qui, comparé aux baraquements minables du voisinage, lui apparut comme un palais des Mille et une nuits.

Can Do, qui voyageait à côté du cocher, tourna vers eux un sourire à la fois extasié et ruisselant d'orgueil.

— Ça ici, jolie madame ? C'est ton nouveau maison. Tu aimes ?

— Oh oui !

Emma lui rendit son sourire.

— Très, très jolie. Et il y a des arbres !

— Je lui en ai fait planter de nouveaux, expliqua Scott, les précédents avaient été brûlés.

— Oh! Il a même pensé à une petite pièce d'eau! C'est adorable!

— Oui… c'est surtout une bonne réserve d'eau.

Le landau s'engagea sous le portail d'entrée, suivit l'allée centrale dont le gravier avait été soigneusement ratissé – entre deux pelouses, chacune ornée d'un parterre de fleurs –, contourna la pièce d'eau et s'immobilisa au pied du perron. Deux fils du Ciel attifés du même et ridicule accoutrement que le cocher guettaient leur arrivée. L'un d'eux s'empressa d'ouvrir la portière et abaissa le marchepied.

À peine avaient-ils mis pied à terre que Zita saisit son amie par le bras.

— Regardez! souffla-t-elle.

Aussi loin que la vue pouvait porter, la baie de San Francisco et les eaux bleues du Pacifique s'étendaient à l'infini. Emma contempla le spectacle longuement, voluptueusement. Puis, elle se tourna vers Scott.

— Je retire tout ce que j'ai dit, murmura-t-elle. Je me fiche éperdument que la ville soit laide, cet endroit est le plus beau qui existe.

Il sourit.

— Parfait! J'espérais que tu l'aimerais autant que moi-même. Et maintenant, madame Kinsolving, l'instant est arrivé de tenir votre rôle de jeune épousée! Vous allez franchir le seuil du foyer conjugal dans mes bras…

Joignant le geste à la parole, il l'enleva de terre, aussitôt submergé par un flot de tissus et de dentelles dont il ne sortit la tête qu'à grand-peine et il gravit allègrement les quatre marches donnant accès au perron. Deux serviteurs, Chinois également, lui ouvrirent la grande porte à double battant et s'inclinèrent sur le passage du nouveau couple.

Scott déposa son épouse sur le parquet.

— Bienvenue chez vous, Emma! Il l'embrassa.

— Oh, Scott, balbutia-t-elle d'une voix rauque d'émotion, tout cela est tellement grandiose, merveilleux et… nouveau.

Le hall d'entrée, monumental, abritait un escalier majestueux habillé d'un tapis rouge qui aboutissait à un palier décoré de palmes. De là, un second escalier, à peine moins imposant, donnait accès à un palier fermé par une galerie en bois sculpté qui courait sur trois côtés du hall. Le troisième étage était pourvu d'une galerie identique. Le plafond de ce hall d'une hauteur inusitée, correspondant au sommet de la tour, recevait le jour grâce à une gigantesque verrière en verre dépoli.

— Can Do va te montrer ta chambre. Prends un bain, repose-toi et ce soir nous célébrerons l'événement autour d'une table de banquet.

Sans ajouter un mot, il fit volte-face et se dirigea vers la porte.

— Où vas-tu ? questionna-t-elle.

— Il faut surveiller le déchargement de la cargaison…

Puis, à l'instant de franchir le seuil :

— Je serai de retour pour l'heure du souper.

Le landau, capote relevée cette fois, tressautait allègrement d'un nid de poule à une ornière dans Dupont Street, artère essentielle du quartier chinois. Le long des trottoirs en bois s'alignaient échopes et magasins dégorgeant jusque dans la rue leurs entrailles débordantes de nourritures chinoises, de pâtisseries, de pacotille et de soieries aux couleurs chatoyantes. Clients et boutiquiers s'absorbaient dans d'interminables marchandages sous le battement d'ailes des longues banderoles couvertes verticalement de caractères annonçant l'activité du négociant.

L'attelage de Scott s'immobilisa devant un immeuble, en bois également, qui n'offrait aucun étalage à la convoitise des clients. Nulle bande d'étoffe écarlate ne flottait au vent, mais un écriteau rédigé en caractères stricts annonçait : « KINSOLVING SHIPPING COMPANY. ENTREPÔT N° QUATRE ».

Si l'on ne trouvait nulle fenêtre au rez-de-chaussée, les deux étages supérieurs, par contre, étaient ornés de balcons gracieusement fleuris de géraniums roses et rouges. Scott descendit de voiture et entra directement par la porte qui ouvrait sous l'enseigne. L'escalier qui menait au second étage était faiblement éclairé.

Les Chinois qui, depuis quelques années, affluaient de Canton et de Hong Kong représentaient une appréciable source de bénéfices. Par milliers, les fils du Ciel émigraient, à destination de San Francisco et à raison d'un prix de passage moyen de quarante dollars. Ils empruntaient naturellement les bateaux de Scott pour qui la moitié du prix environ représentait un gain net. Pourtant, la grande majorité de ces immigrants, ayant fui la misère qui régnait à l'état endémique dans leur patrie, n'accordaient aucune confiance aux diables blancs. Ils n'aspiraient qu'à économiser – à force de travail – un pécule suffisant pour leur permettre d'acquérir un modeste commerce, auréolés qu'ils seraient désormais de leur position de « Geum San Hock » – celui qui est revenu des Collines Dorées. Ainsi, les quelques milliers de passagers qui, chaque année, regagnaient Canton, doublaient d'autant les profits de Scott.

Au sommet des marches, il émergea dans un couloir où régnait le désordre et fronça les sourcils dès qu'il perçut le cliquetis métallique et dissonnant d'un piano désaccordé qui s'essayait à interpréter « Plus près de toi, mon Dieu ». Il parcourut le corridor à grands pas, ouvrit la porte du fond. Au-delà c'était la Chine.

Plus précisément, le décor entremêlait l'Orient et le dix-neuvième siècle américain, assez comparable en cela à certaines variétés de thé au mélange exotique. Des lanternes en papier pendaient du plafond, une importante partie de l'ameublement ainsi que les paravents éparpillés dans la pièce venaient indiscutablement de Chine. Mais, contre le mur opposé à la porte trônait un lit de cuivre à côté duquel se dressait un piano-épinette, d'origine purement locale.

Debout près de l'instrument, la princesse mandchou Ah Toy faisait face à Scott. Belle femme, dans la fleur de la quarantaine, elle offrait un visage composé, entièrement blanchi à la poudre où le regard accrochait une minuscule larme écarlate peinte au milieu de la lèvre inférieure, ainsi que deux taches de vermillon sur chacune des pommettes. Sa chevelure d'ébène s'élevait très haut sur la tête, enroulée sur des bâtonnets strictement disposés selon les rites de la coiffure de cour. Elle portait un kimono à haut col droit, entièrement en soie rouge vif tissé d'étranges motifs noir et or.

À peine Scott eut-il refermé la porte, la jeune fille abandonna le laborieux exercice de chant dont elle accompagnait, d'une voix de fausset, l'hymne religieux, et se tourna dans sa direction. À peine âgée de plus de vingt ans, moulée dans une tunique kimono argent de coupe mandchou, ses traits délicats et sa surprenante beauté disaient assez bien la parenté qui l'unissait à Ah Toy, mais en plus délicat et en plus tendre. L'expression de subtile cruauté, lisible sur le visage de sa mère, en était tout à fait absente.

— Scott! s'écria-t-elle d'une voix chantante et, abandonnant le tabouret pour courir se jeter dans ses bras, elle se mit à piqueter le visage du capitaine de tendres baisers.

— Chingling si contente retrouver son chéri, balbutia-t-elle dans son pidgin hasardeux. Chingling va faire instants heureux avec Scott!

Celui-ci la repoussa gentiment, le regard accroché à celui de la mère qui n'avait pas bougé.

— Soyez le bienvenu à la maison, capitaine, prononça Ah Toy. Vous nous avez manqué.

— Je vous avais demandé de renoncer à lui enseigner ces foutues bêtises d'hymnes, maugréa-t-il.

— Pour quelle raison? Ma fille doit devenir une bonne catholique. Ainsi, elle sera une vraie Américaine. Malheureusement, je sens le capitaine de mauvaise humeur. Accepterait-il une tasse de thé? Ou, mieux encore, une pipe de « ah pin yin »?

— Laissez-nous seuls, ordonna-t-il péremptoirement.

Impassible sous le masque artistement peint, Ah Toy s'inclina. Elle se dirigea vers un rideau de lourd velours bleu qui dissimulait une porte, le souleva d'un geste princier et sortit sans se retourner. Le rideau retomba sur ses talons.

Chingling – dont le nom pouvait signifier, au choix, dans le langage courant « Humeur Joyeuse » ou bien « Vie Heureuse » – déboutonna sa robe d'argent et la laissa ruisseler à ses pieds, découvrant au regard ébloui de Scott une nudité dont il avait conservé un souvenir avide. Il l'attira contre lui et enfouit son visage entre les seins fragiles et menus.

— Chingling, ma chérie, gémit-il, je t'aime tant, si tu savais!

La jeune fille promenait ses doigts écartés dans la rude chevelure flamboyante.

— Chingling aime Scott, murmura-t-elle. Chingling a toute la vie pour faire Scott heureux.

Enfiévré, il promenait ses mains sur ce corps charmant.

— Il faut que tu saches, chuchota-t-il, que quoi que je fasse et quoi qu'il arrive, je t'aimerai toujours.

Une lueur inquiète passa dans les beaux yeux noirs en amande.

— Qu'est-ce que Scott veut faire à Chingling?

Il se redressa et s'appliqua à sourire.

— Nous en parlerons plus tard. Le moment est venu des « instants heureux ».

Il l'enleva dans ses bras et alla la déposer sur le grand lit de cuivre, exactement comme, une heure plus tôt à peine, il avait franchi le seuil du foyer conjugal en portant Emma. « Il faut que je lui parle, que je lui dise la vérité, se morigéna-t-il. Mais elle est si belle ! Alors, une dernière fois… juste une dernière fois… »

Chingling observait chacun de ses gestes tandis qu'il se débarrassait de sa veste et de sa chemise. Il s'apprêtait à retirer son pantalon quand Ah Toy reparut, écartant le rideau bleu d'un geste théâtral.

— Que le diable vous emporte ! aboya Scott. Vous ne voyez donc pas que…

La lueur de froide colère qui allumait le regard de la princesse mandchoue le laissa sans voix. D'un ton sans réplique, elle siffla un ordre, en chinois, à Chingling, qui abandonna le lit et disparut, raflant sa robe au passage.

— Que se passe-t-il ? s'inquiéta Scott.

— Alors, dit Ah Toy, dès que sa fille eut quitté la pièce, c'est fait, cette fois !

— Qu'est-ce qui est fait ? Et d'abord, pourquoi vous mêlez-vous de…

— Parce que je viens juste de l'apprendre. La nouvelle de votre mariage s'est répandue dans la ville.

Scott se laissa tomber sur un banc de bois.

— C'est vrai, admit-il d'un ton neutre. Et alors ?

Ah Toy croisa les mains sur sa poitrine, exhibant d'interminables ongles, acérés comme des griffes.

— Et que devient ma fille ?

Il fronça les sourcils.

— Je crois vous avoir traité convenablement jusqu'ici. Vous ne payez aucun loyer, je règle vos factures. J'ai prévu de vous établir, votre fille et vous, de manière à ce que vous n'ayez aucun souci d'argent.

— J'ai peur que la chose ne soit pas aussi simple, capitaine !

De derrière le rideau bleu leur parvinrent des pleurs de bébé. Ah Toy ne put réprimer un sourire sarcastique à la vue de Chingling qui entrait, portant l'enfant dans ses bras.

— Nous l'avons appelée Star, expliqua-t-elle. Parce que les étoiles sont belles et qu'elles représentent la vérité. Et puis, Star est un beau nom, n'est-ce pas votre avis, capitaine ? Va donc montrer Star à son père, Chingling.

Scott se sentit envahi par une paralysie qui gagnait progressivement tous ses membres.

— Elle est très belle, Scott, non ? chuchota fièrement la jeune mère. Tu veux tenir le bébé dans tes bras ? Tu veux l'embrasser ? Fais… fais, elle ne te fera pas mal !

Tel un somnambule, Scott tendit les bras comme en rêve. Chingling y déposa l'enfant, enveloppé dans une couverture blanche. Alors, il abaissa les yeux et l'examina de la même manière qu'il eût contemplé une créature tombée d'une autre planète. La petite fille contempla son père, émit un léger gazouillis puis elle tendit une menotte minuscule et tirailla les poils de sa poitrine.

— Toi, tu n'aimes pas bébé, Scott ? s'enquit Chingling d'une voix anxieuse. Toi, pas fier d'être son père ?

— Eh bien, je…

Il prit une profonde inspiration, jeta un coup d'œil plein de gêne à sa maîtresse. Finalement, son regard revint se poser sur l'enfant.

— C'est-à-dire… c'est une grande surprise, articula-t-il piteusement. Mais Star… oui, c'est un joli nom… très joli.

— Ce sera son nom de baptême, intervint Ah Toy. Nous l'élèverons comme une bonne chrétienne. Reste une question : quel sera son nom de famille ?

Scott ne détachait pas son regard du délicieux visage du poupon mais son attention demeurait tendue.

— Vous êtes un chrétien, vous aussi, capitaine, poursuivait Ah Toy. Alors, quelle est votre décision ?

— Je ne suis qu'un chrétien… d'occasion, marmonna-t-il.

— Ceci n'est pas une réponse.

L'enfant se mit à crier.

— Elle a des poumons solides, dit Scott, risquant une tentative désespérée pour alléger l'atmosphère. Il se sentait pris sous une chape de plomb.

Ah Toy dit quelques mots à Chingling en chinois.

— Je prends l'enfant maintenant, dit la mère. Mais d'abord tu l'embrasses.

Il se pencha et déposa un baiser rapide sur le front de la petite qui, brusquement, braillait à tue-tête.

— Toi, tu l'aimes ? questionna Chingling d'un ton suppliant.

— Oui.

Elle sourit et quitta la pièce avec la petite. Scott entreprit de remettre sa chemise. Ah Toy s'avança jusqu'à lui.

— Alors, voilà, capitaine, je n'ai pas encore parlé à Chingling de votre femme mais quand je vais lui dire, son cœur sera brisé. Elle est assez folle pour vous aimer et elle s'imaginait, ainsi qu'elle me l'a dit, qu'à votre retour vous agiriez en chrétien loyal et conscient de ses devoirs. J'ai tenté de lui ôter ses illusions. Je lui ai expliqué que vous autres les « yeux ronds » vous nous méprisez, en dépit du sang qui coule dans nos veines, nous les descendants de Gengis Khan. En Chine, j'étais une princesse ; ici, je serais tout juste bonne à travailler dans une blanchisserie. Et en ce qui concerne ma fille ? Vous avez été très content de lui faire l'amour avec votre corps couvert de poils mais vous n'avez pas l'intention de l'épouser parce que ses yeux ne sont pas ronds comme les vôtres. Si bien que Star, le fruit innocent de vos amours passagères, est destinée à ne pas avoir de père. Ma petite-fille sera une sans-nom. Cela ne peut se passer ainsi, capitaine. Elle est votre fille. Que proposez-vous ?

Scott bataillait avec un bouton récalcitrant.

— Je n'ai pas l'intention de faire de la peine à Chingling, même si, je le crains, c'est déjà chose faite. Je désire, au contraire, me montrer équitable. J'adopterai l'enfant et mon trésorier, monsieur Fontaine, créera une pension pour vous et votre fille. Vous disposerez ainsi de moyens qui vous assureront une existence décente.

— L'argent, ricana-t-elle. Vous vous imaginez que l'argent réparera l'insulte faite à l'honneur de ma fille ?

Sa main droite jaillit de la manche du kimono et les griffes entaillèrent la joue gauche du capitaine. Le sang gicla.

— Chaque fois que les regards de votre épouse-aux-yeux-ronds se poseront sur cette cicatrice, elle aura une pensée pour Chingling.

Sur quoi elle fit volte-face et disparut derrière le rideau bleu.

CHAPITRE DOUZE

— Je crains que mon mari ne manifeste un goût des moins éclairés en ce qui concerne l'ameublement, déclara Emma, désignant d'un geste large les chaises, tables et vases de facture chinoise égayés par un ensemble mobilier de jardin en rose et blanc.

— Je ne vous donne pas entièrement raison, protesta Zita, je trouve au contraire ces « chinoiseries » ravissantes.

— Ah bon ? Je suppose que le goût de ces mobiliers étranges s'acquiert à la longue, par l'expérience… et je n'en suis pas là. En revanche, vous m'accorderez que deux bons tiers de la maison ne sont pas meublés. Vous avez remarqué les chambres, à l'étage, elles sont quasiment vides. Or, Can Do me précise qu'il n'existe aucun vendeur de mobilier ici. Il faut tout faire venir de Chine ou de New York, y compris les vêtements.

— Eh bien, voici une situation qui promet un légitime succès à notre futur Grand Magasin, n'est-ce pas ? remarqua Zita qui avait pris place sur une simple chaise de bambou. En ce qui concerne les vêtements, je vous les coudrai, comme j'ai déjà arrangé celui que vous portez en ce moment.

— C'est trop gentil à vous, Zita. Il est vrai que vous vous entendez à la couture…

— Rien de surprenant, avoua Zita, j'étais la couturière la plus connue de Saint-Pétersbourg avant de… légitimer mes relations avec le comte Davidoff.

— Pas possible ? Vous ? Pourquoi n'en avez-vous jamais soufflé mot ?

Zita ne put réprimer un sourire amusé.

— Il m'a fallu bon nombre d'années, en Russie, pour faire oublier mes humbles origines. Pourquoi aurais-je dû, devenue veuve, crier sur les toits que mon père était un modeste tailleur ? Mieux vaut, croyez-le, conserver le titre de comtesse et laisser croire que l'on est bien née.

— Votre père ? Tailleur ? balbutia Emma, incrédule.

— Tailleur officiel du palais, certes, mais je n'en ai pas moins la couture dans le sang. À quatorze ans, j'ai commencé à travailler chez madame Rosa, modiste à la Cour impériale et l'on voulut bien me reconnaître un certain flair. Ce fut alors que je décidai de monter ma propre affaire qui fut très vite un succès. En fait, je fus dans l'obligation de fermer, après avoir épousé le comte et, pendant longtemps, mon petit magasin me manqua cruellement. À présent, la tragédie qui me frappe… Elle s'interrompit, submergée par l'émotion… me montre que je n'ai plus ni patrie, ni foyer, ni famille. Si ce n'est votre père et vous-même qui êtes devenus pour moi une nouvelle famille après tant de mois passés ensemble. Si toutefois vous me permettez de raisonner de cette manière… ?

— Non seulement je le permets, s'exclama Emma en la prenant tendrement par les épaules, mais je vous affirme que je vous considère comme partie de la famille.

— Vous êtes gentille. L'intimité qui nous lie, votre père et moi, n'est plus un secret pour personne, je présume ?

— Ce n'est plus un secret et je m'en réjouis.

— Tout cela m'a amenée à conclure que, dans ce pays où tout est tellement différent, la position de fille de couturier – fût-ce celui du palais – n'est pas considérée comme une disgrâce. Alors, pourquoi ne m'établirais-je pas à mon compte, afin de devenir « la » couturière de San Francisco ?

— Vous n'auriez pu avoir de meilleure idée, Zita !

— Votre père m'a promis une petite place dans le Grand Magasin dont il assurera le fonctionnement. Ainsi, la très riche et très belle madame Kinsolving me fera-t-elle – peut-être – le plaisir de devenir ma première cliente.

— Oh Zita ! s'exclama la jeune femme, en prenant son amie dans ses bras, vous êtes vraiment parfaite !

— Prenez-y garde, mes prix seront certainement scandaleux !

— Peu importe, ce sera drôle comme tout… et puis, grâce au ciel, vous restez près de moi. Je me serais sentie bien seule, privée de votre présence.

— Allons donc, n'avez-vous pas un mari idéal ?

Le sourire d'Emma s'évanouit instantanément.

— Ah oui, lui !

Elle marcha jusqu'à la fenêtre d'où l'on découvrait un panorama splendide jusqu'au Pacifique.

— Savez-vous où se trouve Scott en ce moment même ? questionna-t-elle d'une voix assurée.

— Non.

— Je suis prête à parier mille dollars qu'il est en compagnie de cette Chinoise. Pouvez-vous imaginer une situation pareille ? Je me trouve, pour la première fois, dans une ville inconnue et au bout de dix minutes à peine il file tel un matou en chaleur retrouver cette saleté de concubine ! Oh, mais je serais prête à le tuer… !

Zita vint à elle, lui entoura affectueusement les épaules de son bras.

— Savez-vous, ma chérie, que vous devrez peut-être apprendre à vous en accommoder.

Emma tourna vers elle un visage éploré. Jamais encore elle n'avait lu une telle tristesse dans les beaux yeux de son amie.

Une heure plus tard, Emma sortit de ce que Can Do lui avait fièrement présenté comme « premier toilette privée en Californie » et prit place devant la table rustique qui tenait lieu de coiffeuse, afin de brosser ses cheveux. Elle venait de savourer son premier bain depuis des mois. Piètre réconfort, en vérité, pour combattre l'état dépressif qui était le sien. En dépit de la vue incomparable offerte à tout moment de chacune des fenêtres, cette immense baraque lui faisait l'effet d'un tombeau et, pour comble d'infortune, elle disposait seulement de deux robes qu'elle pouvait encore mettre. L'avenir de la Californie pouvait s'offrir sous des auspices ruisselants d'or… la réalité du présent se limitait à un bidonville dépourvu de société, de culture et, en ce qui la concernait, privé d'amour. Le fait que Scott eût couru chez la Chinoise, à peine le pied posé sur la terre ferme, prouvait sans l'ombre d'un doute que ce mariage

189

était une farce. Alors qu'au cours des semaines qui avaient suivi leur mariage à Buenos Aires, elle s'était efforcée de se convaincre qu'il l'aimait, se figurant, de surcroît, que le souvenir de Chingling s'affadirait jusqu'à s'évanouir complètement. Elle avait fait preuve – il fallait en convenir – d'une impardonnable légèreté d'esprit, pour ne pas dire «naïveté». Anton Schwabe d'abord, Scott Kinsolving ensuite : deux mariages sans amour.

Elle ferma les yeux, crispa les poings. Au diable le mauvais sort ! Elle était résolue à demeurer maîtresse de son destin. Il existait certainement un moyen de délivrer Archer et de le faire revenir. À ce moment-là, elle aurait toute liberté d'apprendre à son rouquin de mari ce qu'elle pensait de sa conduite. Au fait, qu'en pensait-elle ? Réellement… ?

— Emma !

Elle sursauta, arrachée à sa réflexion et découvrit Scott sur le seuil de la pièce. Il avait troqué son uniforme de marin contre un complet civil dont elle s'apercevait, avec surprise, qu'il le portait avec élégance. Autre surprise : le pansement sur la joue.

— Je t'apporte quelques présents.

Il entra, suivi de Can Do, lui-même accompagné de deux serviteurs en livrée, chargés de paquets et de boîtes qu'ils disposèrent sur le lit.

— Que t'es-tu fait à la joue ?

— Un chat qui m'a sauté à la figure, sur les quais.

Le mensonge était si grossier qu'elle faillit lui éclater de rire au nez. Très vite, il changea de sujet.

— À l'escale de Santiago, j'ai demandé à ton père de choisir ceci, pour mon compte. Je l'avais gardé pour notre arrivée ici.

La petite boîte noire, garnie intérieurement de satin blanc, contenait une bague ornée d'une grosse émeraude cerclée de diamants.

— Laisse-moi te la passer, plaida-t-il. Ce sera notre bague de fiançailles… elle arrive un peu tard, j'en conviens. Mais je te l'offre avec tout mon amour.

Il fit glisser l'anneau le long de son doigt pendant qu'elle l'observait en silence. Puis, lorsqu'il voulut l'embrasser, elle détourna la tête, n'offrant que sa joue. Il recula d'un pas, un sourire crispé sur les lèvres.

— Je te vois submergée de gratitude.

— La bague est belle.

— Ton père m'a appris que l'émeraude est la plus tendre des pierres précieuses... qui se laisse aisément rayer, tandis que le diamant ne se laisse entamer par rien. J'ai pensé que tu préférerais l'émeraude. Peut-être me suis-je trompé.

— Oh non ! Qu'y a-t-il dans les boîtes ?

Elle s'approcha du lit. Can Do ouvrit la première et en sortit un coupon d'une magnifique soierie verte aux reflets chatoyants.

— Tu aimes, Kinsolving Taitai ? questionna-t-il, souriant.

— Taitai signifie « madame » en chinois, expliqua Scott. Cette soie vient de l'entrepôt. J'en ai suffisamment pour te composer une immense garde-robe... Zita m'a dit qu'elle pourrait te confectionner une robe en trois jours.

Emma promenait ses doigts, amoureusement, sur le tissu.

— Elle est vraiment très belle, dit-elle d'une voix sans timbre. Merci.

Elle retourna s'asseoir devant la « coiffeuse » et reprit le brossage de ses cheveux. Scott congédia du geste les trois Chinois, s'adossa au mur et croisa les bras sur sa poitrine.

— Alors, qu'est-ce qui ne va pas ?

— Rien.

— Le chat a-t-il mangé ta langue ?

— Sans aucun doute celui-là même qui t'a écorché la joue.

Il vint se planter derrière elle, accrocha son regard dans le miroir.

— Tu veux savoir où je suis allé. D'accord, je suis allé voir Chingling afin de lui parler de toi.

— Tiens, tiens ! Une simple entrevue ? Je suppose que tu ne l'as pas touchée ? Faut-il que je sois sotte, pour avoir oublié que vos relations sont purement platoniques ! Vous avez parlé de sujets abstraits ?

— Nous avons parlé de notre enfant.

La surprise lui fit écarquiller les yeux.

— Votre enfant ?

— Oui.

Il se redressa, marcha jusqu'à la baie, les mains enfoncées dans les poches.

— J'en ignorais tout jusqu'à ce que je débarque cet après-midi. C'est une fille, elle s'appelle Star. Mais je te jure, Emma, que tu n'auras aucune raison de te montrer jalouse de Chingling, à partir de maintenant. Je vais leur faire une rente, à elle et à sa mère, afin que l'enfant connaisse un avenir sans difficulté. Et je ne toucherai plus jamais à Chingling.

— Comme si je te croyais !

Il se retourna brusquement.

— Il se trouve que c'est l'exacte vérité !

— Tu ignores jusqu'à la signification du mot « vérité », mon pauvre ami ! Pourrais-tu, en toute honnêteté, affirmer que tu n'aimes pas Chingling ?

— Et si c'était le cas, quelle différence cela ferait-il ?

— *Toute* la différence est là, précisément. Ne comprends-tu donc pas ce que je peux ressentir à me voir balancée ici dès notre arrivée comme un paquet de linge sale, pendant que tu cours à Dupont Street ? À peine ai-je mis le pied à San Francisco et déjà je suis la risée de la ville entière ! Mais si tu espères acheter ta tranquillité avec un coupon de tissu et un bijou, tu as très mal jugé mon caractère. Ce qui en tous cas me met le plus en fureur, est que tu puisses l'aimer *elle* et pas moi !

— L'amour, l'amour, toujours l'amour et encore l'amour… ! s'écria-t-il, abandonnant son poste d'observation à la fenêtre. Tu n'as que ce mot à la bouche. En réalité, nous avons conclu un marché. Je suis prêt, il est vrai, à renoncer à Chingling, mais nom de Dieu de bon Dieu, cette plaisanterie va me coûter la bagatelle de cent mille dollars !

— Cent mille… !

— Parfaitement, ma'am ! Pendant que tu pousses des cris d'orfraie sous prétexte que je ne t'aime pas ! Alors, si tu veux t'amuser à étiqueter un prix sur mes affections, te voici renseignée. Quoi qu'il en soit, j'attends de toi, à présent, que tu honores ta part du contrat et que tu donnes l'image d'une épouse digne et aimante. Que tu aies un comportement de lady, sans excès de zèle évidemment. La stricte observance des apparences suffira à te faire respecter comme une grande duchesse. Je tiens à ce que tu diriges cette maison avec efficacité et à ce que tu élèves convenablement mon enfant…

— Ton enfant? coupa-t-elle. Tu parais avoir oublié que le père n'est autre que Archer Collingwood!

Il s'inclina vers elle et elle put lire au fond de son regard une lueur haineuse.

— Archer Collingwood n'existe pas, tu m'as bien compris? L'enfant que tu portes est le mien et personne ne saura jamais la vérité.

— Cela ne faisait pas partie de nos conventions.

— C'était sous-entendu. Seigneur! Bougre de… T'attends-tu réellement à me voir clamer à tous les vents qu'avant de m'épouser tu couchais allègrement avec un valet de ferme, pilleur de banques à l'occasion? Tu voudrais donc que nous devenions l'objet de la risée générale?

Elle s'apprêtait à protester quand l'enfant recommença à s'agiter et à donner des coups de pied. Emma n'avait jamais cru aux miracles, certes, mais la coïncidence lui parut cette fois miraculeuse. Le bébé écoutait-il?

— Tu as raison, soupira-t-elle. Nous n'avons rien à gagner à passer pour des… pour un ménage de… D'accord, Scott, tu renonces à fréquenter Chingling et l'enfant est à toi, excepté que…

— Excepté quoi?

Elle se détourna, mordillant sa lèvre inférieure afin qu'il ne voie pas les larmes qui lui montaient aux yeux. «Je ne peux tout de même pas m'abaisser à le supplier de m'aimer, ce salopard. Pourtant, je tiens à ce qu'il m'aime, *moi* et pas *elle*. J'ignore tout à fait pour quelle raison, mais j'y tiens!»

Nouveaux trépignements redoublés du bébé.

— Excepté, rien du tout, conclut-elle. Elle se remit sur pied. Merci pour les cadeaux, ajouta-t-elle. Je me sens lasse, je vais faire un petit somme jusqu'à l'heure du dîner.

Elle se dirigea vers le lit.

— À propos… ton enfant ne cesse de me donner des ruades dans le ventre, j'en déduis qu'il m'adresse un message important, du genre «Trouve-moi un père!»

Scott s'empressa de débarrasser boîtes et paquets.

— Il te fait mal?

— Un peu, mais qu'importe, cela prouve qu'il est en bonne santé. Existe-t-il un docteur compétent, dans cette ville?

193

Elle s'était laissée choir sur le bord du grand lit.

— Nous pourrions faire appel au vieux docteur Gray. Les mauvaises langues prétendent qu'il a obtenu son diplôme par correspondance, bien qu'il ait mis au monde un nombre considérable de nouveaux-nés.

— Eh bien, nous n'aurons qu'à recourir à ses services. Il y a toutefois une condition que j'aimerais inclure dans notre contrat, Scott, une promesse à laquelle je tiens énormément.

— Qui est ?

Elle leva sur lui un regard plein de défi.

— Si cet enfant est un garçon, il s'appellera Archer.

Il ouvrait la bouche pour répondre quand on frappa à la porte.

— Captain Boss ! cria Can Do à travers l'huis, Leborgne est en bas, il vous demande.

— J'arrive, répondit-il sur le même ton. Puis, baissant la voix : C'est bon, appelle-le comme tu voudras, je m'en fous. Mais il n'en sera pas moins mon fils…

Il sortit à grands pas.

— Scott ! cria-t-elle, consciente de l'avoir blessé.

— Quoi encore ?

— Merci pour la bague, elle est très belle.

— J'aurais peut-être mieux fait de prendre un diamant, en fin de compte. Il aurait été plus en harmonie avec ton caractère.

— Tu devrais avoir honte de dire des choses…

Il avait déjà quitté la pièce. Au pied de l'escalier l'attendait André Fontaine, intendant, économe et trésorier de la Kinsolving Shipping Company. Fontaine, qui travaillait à Paris dans une banque importante, avait perdu l'œil gauche dans les émeutes de la Révolution de 1848. Gêné par son infirmité, il avait résolu de tenter sa chance au Nouveau Monde. Le cache de cuir noir dissimulant sa blessure lui avait valu le surnom de Leborgne.

— Heureux de vous revoir parmi nous, capitaine, dit-il en serrant la main de Scott. Je rentre des entrepôts, monsieur Appleton m'a chargé de vous assurer que tout se passe bien. Il m'a appris, aussi, que vous désirez construire un Grand Magasin sur Portsmouth Square.

— Tout à fait, Leborgne, et je vous demanderai de chercher un architecte pour autant que ce genre d'oiseau rare puisse être déniché en Californie – car j'ai l'intention de faire vite. Il faut que les travaux commencent dès la semaine prochaine. Je désire également prendre des dispositions financières à l'égard de Ah Toy, que je vous serais reconnaissant de négocier avec elle. Quelle somme avons-nous en caisse ?

— Un petit peu plus de sept cent quatre-vingt mille dollars disponibles et quatre millions en créances exigibles.

Le front de Scott se plissa.

— Selon mes calculs, nous aurions dû disposer de plus de deux millions en espèces ?

— Cela vient de ce que vous n'avez pas été informé du pillage de notre entrepôt numéro deux, la semaine dernière. Une bande des « Sydney Ducks » – du moins estimons-nous que ce sont eux qui ont fait le coup – a forcé les portes et enlevé le chargement en provenance de Hong Kong, à bord du « Southern Cross ».

— Et les gardes alors ?

— Tués, tous les deux. J'en ai engagé de nouveaux, dont j'ai doublé le nombre, mais malgré tout... Il secoua la tête. San Francisco est devenue une jungle.

— Nom de Dieu, le chargement entier !

— L'entrepôt a été vidé.

— Avez-vous le moindre soupçon concernant le cerveau de l'entreprise ?

— Sans disposer d'aucune preuve, j'ai des raisons de croire qu'il s'agirait de Slade Dawson. Il essaie de mettre la main sur la ville, capitaine, et vous n'êtes pas souvent présent.

— Eh bien, croyez-moi, cela va changer ! Et pas plus tard que dès maintenant. Can Do !

— Oui, Captain Boss ?

— Avertis Kinsolving Taitai que je ne rentrerai pas pour le dîner.

— Elle bien déçue, Boss. Son premier dîner à maison nouvelle.

— Bah ! Elle en verra d'autres. Dis-lui bien que j'entame ma première campagne pour devenir gouverneur de Californie. Nom de Dieu, l'entrepôt tout entier !

Il ouvrit la porte, se retourna d'un bloc vers le trésorier.

— Cette fois, c'est la guerre, mon vieux !

Mi-allongée sur le grand lit à baldaquin de leur chambre située au deuxième étage, Zita pressait un fin mouchoir en dentelle contre ses paupières humides. Quelques minutes plus tard, Félix entra sur la pointe des pieds et s'approcha du lit.

— Vous avez pleuré ?

Elle acquiesça d'un signe de tête.

— Veuillez m'excuser. Je… je pensais à ma fille, à mes deux petites-filles que je n'aurai jamais connues.

— Voyons, ma chérie, bien entendu je vous comprends. Ma femme a été assassinée sous mes yeux, ne l'oubliez pas. Vous n'avez aucune raison de vous excuser. Mais essayez d'y penser le moins possible. Songez plutôt à l'avenir. Que pensez-vous de San Francisco ?

— Je n'en sais rien encore. Sinon que cette demeure est agréable et que c'est fort aimable à Scott de nous y avoir accueillis. Je le considère comme un homme plein de qualités… dommage qu'Emma ne semble guère disposée à oublier Archer.

Félix, sourcils froncés, lui prit une main entre les siennes.

— Il est possible que ce mariage soit condamné à l'échec.

— Félix, je vous en prie ! Ne dites pas des choses pareilles.

— C'est que Scott n'est pas juif. Certes, nous n'avions guère le choix et mieux valait lui que pas de mari du tout, cependant… Il exhala un soupir résigné. J'aurais préféré David Levin.

— Vous n'avez pas élevé la plus mince objection, à bord.

— Qu'aurais-je pu dire ? Je tenais avant tout à légitimer l'enfant d'Emma. Tandis qu'à présent, je suis harcelé par ce que doit en penser sa mère. Je m'interroge, je me demande si j'ai failli vis-à-vis d'elle, d'Emma et de mon peuple, en tolérant cette forme d'union.

Depuis quelques instants, Zita scrutait attentivement son expression.

— Je crois que vous vous appliquez à me faire comprendre que vous refusez de m'épouser pour cette raison précise : parce que je ne suis pas juive ?

Il porta la main qu'il tenait entre les siennes à ses lèvres ; une larme brillait à l'angle de sa paupière.

— Vous avez déjà tant souffert, murmura-t-il, j'ai honte d'ajouter à votre peine. Mais je ne puis prendre femme que dans ma foi. Quel que soit l'amour que je vous porte, cela m'est tout à fait impossible, Zita… Emma d'abord, moi ensuite… ce serait faire injure grave à la mémoire de ma malheureuse défunte, compte tenu, surtout, des conditions dans lesquelles elle a été tuée.

La comtesse simula un sourire.

— Je comprends, mon chéri, ne vous mettez donc pas martel en tête. Nous deviendrons le couple qui fera le plus jaser dans tout San Francisco. Ce sera plus passionnant que si nous étions légalement mariés.

— Je prendrai toujours soin de vous, Zita. Je vous déchargerai de toute espèce de souci. Et si le succès couronne nos efforts, nous nous construirons une jolie maison. Ayez confiance en l'avenir…

— Je vous crois, Félix, j'ai confiance en vous parce que vous m'êtes infiniment cher. Je vous considère comme mon mari et cela seul compte réellement.

Il se pencha sur elle et l'embrassa tendrement.

— Ma femme, murmura-t-il. Vous êtes ma femme adorée et seule la mort nous séparera.

CHAPITRE TREIZE

Les serveuses du café Bonanza vaquaient à leur service, dénudées jusqu'à la ceinture, et la mâle clientèle de l'endroit, peu exigeante du côté du décor ou de la sobriété, s'en satisfaisait.

— Eh, Bessie ! beuglait un mineur qui venait d'arriver avec l'intention bien arrêtée de manger et de boire en une soirée et une nuit, les quatre mois passés sur une concession. Apporte-moi un autre Queen Charlotte ! Oh et puis, tiens, pendant qu'on y est, apporte- z-en quatre !

La foule des buveurs rassemblés sous les globes de cristal importés de Bohême salua l'exploit ainsi qu'il convenait : par des cris et des vociférations d'enthousiasme. Le Queen Charlotte, boisson réputée en ville, consistait en un mélange sournois de vin blanc sec et de sirop de framboise. Or, il en avait déjà consommé un honnête quart de litre. La barbe hirsute, le ventre rebondi calé contre le bord de la table, le mineur en était à sa troisième platée d'huîtres qu'il extrayait de la coquille avec ses gros doigts. Sa compagne de tablée, une putain mexicaine répondant au nom de guerre de Guadaloupe, sirotait son champagne, les seins frémissant au-dessus des assiettes sales. Elle était engagée pour lui tenir compagnie pendant son repas, moyennant une once d'or en poudre. Mais s'il lui demandait de monter ensuite dans l'une des dix « chambres d'amour » régies par Chicago, elle exigerait cinq cents dollars. Le vice aussi avait son prix à San Francisco.

Bessie se fraya un chemin, tant bien que mal, jusqu'au comptoir élégamment sculpté, devant lequel les consommateurs se pressaient sur trois rangs.

— Encore quatre Queen Charlotte ! hurla-t-elle afin de se faire entendre.

La soirée promettait d'être chaude au Bonanza. L'atmosphère était déjà alourdie par la fumée des cigares et des cigarettes, les langues devenaient pâteuses et les esprits ne valaient pas mieux. En guise d'ornementation, la propriétaire avait accroché aux murs trois immenses toiles dans leur cadre doré, représentant chacune une «Belle de Nuit», grasse et pulpeuse à souhait, vautrée dans une attitude lubrique sur une chaise longue. Sexe mis à part, les distractions, ici, consistaient à jouer et à boire.

— Comment marche le tripot ? questionna Chicago après avoir allumé un petit cigare noir et puant, tabac favori des conducteurs de diligences en raison de son prix modique.

— À quelle table ? s'enquit Mack, le meneur de monte* qui venait de terminer son service et s'attardait au bar.

— Celle de Slade, idiot, grogna l'énorme femme.

La mère maquerelle qui veillait sur les destinées du Bonanza et entassait tout près de deux cents kilos sous sa gracieuse perruque blonde bouclée, trônait sur une chaise surélevée, taillée à sa mesure, ornée comme un autel ou un dais royal, d'où elle gardait une vue panoramique sur l'action en cours.

— Le capitaine Kinsolving ramasse environ deux mille, pour l'instant, expliqua Mack, la tête levée vers l'auguste effigie ficelée dans une robe de satin écarlate, délicatement parée de plumes d'autruche dont le plumet s'arrondissait au-dessus de son énorme poitrine et s'élevait en bouquet au sommet de ses épaules massives. Les dimensions de sa patronne l'impressionnaient encore malgré une longue présence dans la maison : des petits pieds mignons, perchés sur un barreau de la chaise-trône, étaient glissés à l'intérieur de bottes noires à lacets et gainées de bas zébrés horizontalement de vert et d'argent et qui montaient presque au genou.

Chicago foudroya Mack du regard.

— Qui tient la banque ?

---

* *Monte* : jeu d'argent mexicain qui se pratique avec les cartes.

— Slade.

— Comment est Kinsolving ? Saoûl ou à jeûn ?

— Il boit comme un ivrogne mais il a l'air à jeûn.

— Merde ! Monte voir jusqu'ici.

Conciliant, Mack contourna le monument, entreprit l'ascension des quelques échelons qui amenèrent son oreille au niveau des augustes lèvres.

— Qui sert à la table de Slade ? chuchota Chicago.

— Gros Seins.

— Dis-lui de doubler la dose dans les verres de Kinsolving.

— C'est déjà fait, Chicago.

— Hemm. Est-ce que Slade a enfilé l'appareil ?

— Ouais, mais il s'en est pas encore servi. Je suppose qu'il attend le paquet.

— Hemm ! Bon, ça va comme ça, nabot. Va te coucher.

— Bonne nuit, Chicago.

Mack dégringola en bas du piédestal. Madame lampa le fond de son godet et beugla à l'adresse d'une serveuse qui se démenait, les seins posés sur son plateau, telle une effigie de Sainte Catherine.

— Eh, Tina, espèce de putain, amène-moi un gin fizz !

— Tout de suite, Chicago.

À quelques mètres de distance, une double porte ouvrait sur la salle de jeux. On y trouvait six tables de monte, dont l'action rapide avait la faveur des Californiens, une roue de fortune, deux tables de faro, deux tables de dés – vingt et un et lansquenet – et enfin, deux tables de poker. Celle que dirigeait Slade Dawson attirait spectateurs et participants comme un pot de miel attire les mouches. Joueur professionnel depuis quasiment quarante-quatre ans, il avait passé dix ans sur les bateaux qui desservaient le Mississippi avant de se réfugier dans l'Ouest. Très brun, ayant belle allure, une longue moustache tombant de chaque côté d'une bouche au pli cruel, il était recherché pour escroquerie dans trois États de l'Est. Il est vrai qu'à cette époque un bon dixième de la population qui grouillait en Californie était recherché par les polices de l'Est. Raison précise pour laquelle ils étaient venus là.

Scott, assis en face de Slade, ramassa ses cartes : deux paires, valets et huit.

— Je passe, marmonna le Français assis à côté de Slade.

— Pareil, fit Gus Powell, un copain de Slade qui menait campagne pour le poste de gouverneur.

— J'ouvre pour cinq cents, dit Scott, poussant un tas de jetons au centre du tapis élimé.

— Trop gros pour moi, grogna un type à l'accent australien. Un de la bande des « Sydney Bucks », prisonniers évadés de Botany Bay qui avaient établi leur quartier général au pied de Telegraph Hill, le coupe-gorge le plus dangereux de San Francisco.

Slade déploya ses cartes en éventail : deux cinq, deux as et un quatre.

— Je monte à trois mille, dit-il et il poussa trois piles de jetons vers le centre.

Sifflets admiratifs chez les spectateurs. Les deux joueurs restant en lice jetèrent leurs cartes. Scott et Slade s'observaient avec la même expression d'aversion.

— C'est un gros enjeu, observa Scott.

— N'est-ce pas ? grimaça l'autre.

— Je crois que vous bluffez.

— Possible. Payez et vous verrez.

D'un geste résolu, Scott avança ses jetons. Nouveaux sifflements. Il y avait à présent six mille cinq cents dollars sur la table.

— Cartes ? s'enquit Slade, doucereux.

— Une, oui.

Scott se défaussa, conservant simplement ses valets et ses huit. Tandis que Slade le servait, ses genoux s'écartèrent discrètement sous la table, un troisième as descendit de sa manche droite dans sa paume. D'un geste vif, il la glissa parmi les autres cartes qu'il avait déjà en main et dissimula le quatre dans sa paume gauche.

— Vous ne vous servez pas ? s'étonna Scott.

— Pas la peine. Je parie trois mille. Vous tenez ?

Joignant le geste à la parole, il manipulait un nouveau tas de jetons. Scott contempla les piles de jetons, de hauteurs inégales, rassemblées sous ses yeux. Il avait tiré un six.

— Je suis, dit-il, ajoutant sa construction à l'ensemble qui s'édifiait devant eux.

— Qu'est-ce que vous avez ? interrogea Slade.

— Deux paires, valets et huit.

Son adversaire s'esclaffa.

— Et moi qui croyais que vous saviez jouer au poker! Vous vous êtes amusé à risquer une fortune sur ces cartes de merde sachant que j'étais servi? Tenez, le voilà mon jeu, trois as et cinq! Regardez-le bien et envoyez la monnaie!

Comme il tendait les deux mains pour rafler l'énorme somme, Scott tira son revolver.

— Un instant, Slade.

L'autre se figea, les yeux rivés sur l'arme.

— Je ne crois pas que vous ayez joué franc jeu, Slade. En réalité, je vous tiens pour une satanée crapule de tricheur. Debout et déshabillez-vous.

— Quoi?!

— Faites ce que je vous dis.

Un silence de mort avait fait place au brouhaha joyeux. Slade se leva avec des mouvements de félin sournois. Et, rapide comme l'éclair, il s'empara de son pistolet. Scott tira une seule balle qui fit voler l'arme de la main de l'adversaire.

— Déshabillez-vous, répéta-t-il.

Slade hésita, finit par retirer sa veste noire.

— Le gilet.

L'homme déboutonna le gilet brodé de fleurs jaunes et l'enleva.

— La chemise…

— Nom de Dieu, vous n'allez pas…

— La chemise, tout de suite!

Slade se débarrassa de sa chemise à jabot de dentelle. Plaqué contre son corps dont il épousait la forme, apparut un singulier appareillage constitué de plaquettes de métal argenté, de cordelettes, de minuscules poulies et un jeu de tubes télescopiques qui, émergeant du pantalon, remontaient jusqu'aux épaules avant de redescendre le long de la partie inférieure des bras pour s'achever par une sorte de pince, susceptible de retenir des cartes en suspens.

— Admirez, gentlemen, déclara Scott, la plus récente trouvaille des plumeurs professionnels de pigeons! J'ai eu l'occasion d'en lire la description dans une revue à New York. Ce machin en acier porte le nom d'«appareil de Kepplinger». Montrez-leur donc l'ensemble du mécanisme, Slade, baissez votre pantalon.

— Allez vous faire foutre !

— Tiens, tiens ! Faites donc ce qu'on vous demande gentiment, comme un bon garçon.

— Je vous emmerde !

Au bord de l'apoplexie, Slade fit glisser son pantalon, dévoilant l'extrémité inférieure du «Kepplinger» qui descendait, sous le caleçon, jusqu'à ses genoux.

— Appréciez donc, gentlemen, l'ingéniosité du système. Slade fixe un as à la pince qui affleure son poignet. Il attend ensuite d'avoir tiré une paire, comme ce fut le cas dans son dernier jeu. Il suffit alors d'écarter légèrement les genoux pour faire mouvoir la machinerie infernale qui laisse glisser la carte maîtresse à l'intérieur de sa paume. Formidable, non ?

Scott retira son chapeau, fit glisser à l'intérieur la montagne de jetons puis il grimpa sur une chaise et s'adressa à la salle.

— Mes amis… commença-t-il, j'ai appris cet après-midi qu'un navire est attendu d'un jour à l'autre, venant de l'Est ; il nous apporte l'acte, signé de la main du président Fillmore, garantissant à la Californie son accession au régime d'État. Nous savons tous ce qu'il en est de la situation à San Francisco, avec dix policiers pour trente-cinq mille habitants et je n'ignore pas qu'elle est pire encore dans certaines localités, telle Los Angeles. J'estime que, pour les hommes de bonne volonté, le temps est venu de voir s'instaurer un état de choses dans lequel force restera à la loi, parce qu'une véritable police fera régner l'ordre. Un ordre nouveau dans lequel les escrocs et les voleurs de faible envergure du niveau de ce salaud de Dawson – il braquait un index menaçant sur Slade-le-minable, complètement déconfit, qui paraissait plus ridicule que dangereux en caleçon à fleurs – auront l'obligation de marcher droit s'ils ne veulent pas terminer leurs jours en prison. Mes chers concitoyens, je désire vous annoncer que je viens d'effectuer mon dernier voyage en qualité de capitaine. Dorénavant, je me consacrerai à l'édification d'une ville, à la mise en place d'un État dont nous puissions tous nous enorgueillir. Pour tout dire, ajouta-t-il avec une petite moue malicieuse, une cité au sujet de laquelle ma nouvelle épouse cesserait de m'accabler de reproches. En conséquence, mes amis, j'ai l'honneur de proposer mon nom à vos suffrages pour l'élection du premier gouverneur du glorieux État de Californie. Mon programme sera d'une simplicité absolue : loi, ordre et justice pour chacun d'entre vous… à la condition de se débarrasser de déchets du genre Slade Dawson… !

Silence impressionnant. Manifestement, l'idée de la loi, de l'ordre et de la justice se frayait difficilement un chemin parmi la clientèle assidue du tripot du Bonanza.

— Mais, dites donc ! s'écria soudain un spectateur qui avait peut-être moins bu que les autres, si ce pourri de Slade a essayé de vous voler, c'est qu'y nous a tous volés, tous autant qu'on est à jouer à sa table ! Moi je dis qu'y faut le pendre ce salaud !

Explosion d'enthousiasme dans la salle.

— Faut appeler le comité de vigilance, braila un autre. Nous on a not'loi et not'ordre à nous qui marche tout aussi bien !

— Exact ! On sera juge et jurés et jury… et, en moins d'une heure, Slade se balancera au bout d'une corde !

Subjugué par la panique, Dawson se précipita vers la porte, oubliant que l'appareil entravait singulièrement ses mouvements. Il fut tout de suite rattrapé par quelques échauffés qui commencèrent à taper dessus tandis que les autres beuglaient à tue-tête.

— Y a qu'à le lyncher ! Y a qu'à le pendre ! Faites venir le comité de vigilance !

Le raffut devenait assourdissant. Scott leva son arme et tira une balle dans le plafond. Unique moyen d'obtenir un silence relatif.

— Laissez-le partir ! cria-t-il, emporté par la colère. Et que je n'entende plus parler de votre satané comité de vigilance ! Les voilà, les vices qui pourrissent cette ville : trop de vigiles, trop de lynchages ! Toi, par exemple, poursuivit-il, l'index braqué sur un mineur grisonnant, à moitié ivre, toi, Ed Bates, si je t'accusais d'avoir triché pour me voler et que je réussisse à convaincre ceux qui se trouvent dans cette pièce de te pendre, toi, en un clin d'œil ? Le temps qu'on découvre que c'était une erreur, tu ne serais déjà plus qu'un foutu cadavre accroché à un nœud coulant. Laissez Slade en liberté ; si j'ai envie de porter plainte contre lui pour vol, je l'accuserai devant un tribunal. Et dis-toi bien, Dawson, que je sais de quelle manière tu m'as volé, de manière bien plus grave qu'aux cartes ! Alors, peut-être nous retrouverons-nous bientôt devant les juges ! En attendant, répéta-t-il, s'adressant de nouveau à son auditoire éberlué, je ne veux ni comité, ni justice expéditive, sans quoi San Francisco ne sera jamais autre chose qu'une jungle et un repaire de brigands.

Cette fois, il recueillit des applaudissements. Timides au début, ils s'amplifièrent rapidement et crépitèrent longuement.

— Ainsi, il t'a tourné en ridicule ? maugréa Chicago en mâchonnant sa côtelette de porc.

Elle soupait dans son appartement qui exposait, deux étages au-dessus du Bonanza, un fatras indescriptible de ce que le mauvais goût comptait de plus représentatif.

— Il m'a fait déshabiller devant le public du casino, cette ordure ! Mais j'aurai sa peau. Je te jure que je lui ferai la peau !

— Oh, ferme-la, Slade. On croirait entendre le méchant dans une mauvaise pièce. En attendant, il l'a sauvée ta peau, non ? S'il n'avait pas été là, tu serais en train de te balancer pendu par le cou à l'extérieur de la fenêtre.

L'escroc déglutit bruyamment, passa la main le long de son cou. Il avait vraiment eu très peur.

— Alors, comme ça, il veut devenir gouverneur ? poursuivit Chicago. Intéressant.

L'énorme maquerelle, le cou enfermé dans une serviette aux dimensions inusitées plus ou moins enfouie dans les profondeurs insondables de son décolleté géant, saisit à pleine main sa sixième côte de porc et enfonça ses crocs dans la viande, indifférente aux ruisselets de graisse qui cascadaient de l'un à l'autre de ses mentons successifs. Chicago était co-propriétaire, avec Dawson, du Bonanza et ils partageaient l'appartement de cinq pièces installé au dernier étage du bâtiment. Mais l'escroc ne partageait pas son lit ; il se repaissait des filles du rez-de-chaussée, tandis que son associée se goinfrait de viande et de gin.

— Il semble se douter que nous sommes les auteurs du pillage de son entrepôt, reprit Slade. Il a dit qu'on se reverrait devant un tribunal, ou quelque chose dans le genre…

Dawson s'était planté devant la fenêtre, d'où il contemplait les réverbères à gaz que l'on venait d'installer à Portsmouth Square.

— 'Videmment qu'il s'en doute, confirma Chicago qui léchait ses doigts l'un après l'autre avec des mines gourmandes, pas fou

Scott. Si cette ville fait un jour partie d'un État et qu'il en devienne le gouverneur, nous aurons de gros problèmes, mon lapin. Dans c'cas, vaudrait mieux agir pour que Gus Powell prenne le siège à la place de Kinsolving.

— Y a encore sa maîtresse chinoise…

— Bof ! C'est un secret pour personne. En plus, il vient de s'offrir une vraie femme, il est donc devenu respectable. Le truc, Slade, c'est qu'on devienne respectables, nous aussi… et je crois que je l'ai trouvé.

— Ah ouais ? Et c'est quoi ?

— Pas quoi… mais QUI. C'est le petit juif, David Levin, qui a débarqué du « Flying Cloud » il y a une dizaine de jours. Il passe son temps au bar, il boit beaucoup plus qu'il ne devrait, alors je lui ai tiré les vers du nez. Il connaît très bien Emma Kinsolving, il vivait chez eux à Francfort. Il a une sacrée dent contre Kinsolving qui l'a débarqué à la Jamaïque. Il a l'intention de créer un journal, alors je pense qu'on devrait le financer…

Slade lui décocha un regard lourd de dédain.

— Qui pourrait avoir envie d'un journal ?

— Nous, par exemple. Faut se mettre au goût du jour, Slade. Le pouvoir de la presse. Pense un peu aux éditoriaux foudroyants que David pourrait nous sortir contre Kinsolving…

— Tais-toi donc, c'est des mots, tout ça, rien que des mots. Moi je préfère mon flingue et je le sortirai un de ces jours… !

Chicago enfonça les dents dans sa septième côtelette.

— On che chervira des deux, tu m'entends ! Maintenant, va me chercher Gus, il est grand temps de passer aux choses sérieuses s'il veut réussir, celui-là ! Faut qu'on trouve une combine qui exaspère les électeurs. Et si on en trouve pas, faudra en inventer une !

— Se voir poser un lapin le jour de son arrivée dans une ville inconnue est une chose, s'exclama Emma quand elle vit entrer Scott dans la chambre. Mais s'en voir poser un second à quelques heures d'intervalle, constitue une sorte de record. Scrait-il trop indiscret de chercher à savoir où tu es allé traîner ?

Scott vint s'asseoir auprès d'elle, sur le grand lit.

— Can Do ne t'a pas expliqué ?

— Il m'a tout juste débité je ne sais quelles sornettes au sujet de ta campagne…

— Je n'avais pas l'impression que ma campagne électorale soit à classer dans les sornettes. En réalité, Slade Dawson – celui auquel j'ai parlé, dans le bateau, ce matin – nous a dérobé plus de deux millions de dollars de marchandises dans un de nos entrepôts. Si nous ne réussissons pas à mettre sur pied un service de police efficace dans cette ville, nous sommes condamnés à subir la loi du plus fort... Pourquoi pleures-tu?

Elle se détourna.

— Je ne pleure pas.

— Pourtant, les larmes coulent de tes yeux. Ton imitation est un véritable chef-d'œuvre.

— Tu ne comprendras jamais rien aux femmes, renifla-t-elle en passant sa manche sur ses joues.

— Tu viens d'énoncer là une vérité profonde. À vrai dire, les femmes ont surtout le don de me déconcerter. Je suppose que tu es fâchée parce que je ne suis pas rentré dîner?

— Oh, mais pas du tout, voyons! Je me suis tellement amusée à contempler ta chaise inoccupée. Tu avais pourtant parlé d'une éventuelle «célébration» en forme de «banquet»! Mais, bah! À quoi bon célébrer? En plus, je suis en train de perdre mon temps à me mettre en colère parce que je n'ai rien à te reprocher concernant cette comédie d'épousailles. Je n'ai personne à blâmer dans cette affaire, hormis moi-même. Comment m'as-tu traitée déjà? De «vieille nonne flétrie...»

— Je suis désolé...

— Mais non, tu ne l'es pas, et puis c'est probablement vrai. Tout autant que je suis peut-être aussi dure que le diamant, ainsi que tu l'as laissé si galamment entendre. Peut-être suis-je un peu des deux, en effet. Elle soupira. Je ne suis certainement pas une épouse parfaite, seulement nous avons conclu un marché et nous sommes tenus de le respecter. Alors, le moins que je puisse attendre de toi serait un minimum de courtoisie. À présent, je suis ta femme, que cela te plaise ou non.

Il l'examina pensivement quelques secondes, hocha la tête.

— Tu as raison, je me suis conduit comme un goujat et un grossier personnage. Comment pourrais-je me faire pardonner?

Elle haussa les épaules. Il lui prit la main.

— Nous allons en faire quelque chose de ce mariage. Dis-moi ce que tu veux. Je suis prêt à t'accorder n'importe quoi.

Elle le fixa résolument, le regard sec.

— Ce que je voudrais, murmura-t-elle, tu es incapable de me le donner.

Une lueur glacée passa dans ses yeux.

— Ah oui ! Le séduisant monsieur Collingwood !

Il libéra sa main, fit quelques pas jusqu'au pied du lit.

— Il existe un détective de premier ordre dans Market Street. Il s'appelle Horatio Dobbs. Je te propose d'aller le trouver et de lui demander d'enquêter sur le sort réservé à monsieur Collingwood. Ce sera une grosse dépense et cela prendra au moins un mois, mais d'ici que tu sois sur le point de mettre l'enfant au monde, tu seras fixée sur le destin du père naturel. Je pense que ce genre de démarche devrait, à défaut de mieux, te procurer quelques apaisements. Je n'ignore pas combien le souvenir de monsieur Collingwood t'est précieux.

Elle lui dédia son plus gracieux sourire.

— Merci, Scott, merci ! C'est un très beau geste de ta part.

Il acquiesça d'un bref hochement de tête.

— En ma qualité de mari, je ne sais comment te dire combien je suis ravi d'avoir provoqué ce ravissant sourire. Maintenant, considérant l'état avancé de ta grossesse qui te rend pratiquement inapte à l'amour, je vais élire domicile dans la bibliothèque et je dormirai sur le canapé. Bonne nuit, Emma.

Le sourire s'évanouit d'un seul coup.

— Puisque tu attends de moi que je me comporte comme une lady, tu pourrais au moins faire l'effort de te conduire en gentleman.

— Mais je m'y emploie, Emma. Je m'y emploie de toutes mes forces ; faute de quoi, il y a un bon moment que je t'aurais flanqué la plus mémorable râclée de ton existence !

CHAPITRE QUATORZE

— Bon, alors, comment on va l'appeler ce canard?

Chicago réfléchissait à haute voix, aidée par une volumineuse provision de bonbons au chocolat qu'elle fourrait dans son énorme bouche à un rythme qui suivait le cours de sa pensée. Étalée sur une chaise longue, dans la pièce principale de l'appartement, elle observait David Levin, une fesse sur le bord de sa chaise, un chapeau déformé et graisseux sur les genoux.

— Que diriez-vous de *San Francisco Bulletin*?

Une épaisse barbe noire et fournie lui mangeait le visage et descendait jusqu'au troisième bouton de sa chemise, dissimulant, par bonheur, sa cravate, car il en était arrivé à la dernière.

—Ça me paraît bon. La maison voisine m'appartient, vous pourrez utiliser le rez-de-chaussée en guise de bureau, gratis. La seconde pièce vous servira de chambre. De mon côté, j'ai réussi à mettre la main sur une presse d'occasion qui coûte quand même huit cents dollars, en or. Qu'est-ce qu'il faut d'autre?

— De l'encre et du papier, naturellement, un compositeur, si vous en trouvez un et des garçons de courses.

— Pour les livraisons, on prendra des fils du Ciel. Ce sont les moins coûteux. Quel salaire voulez-vous? N'essayez pas de me tenir la dragée haute sous prétexte que j'ai du fric…!

— Eh bien… disons cent par semaine.

— Quatre-vingts, c'est à prendre ou à laisser.

David secoua les épaules.

— Je prends.

À cinquante, il aurait pris de la même manière. Il était au bout du rouleau. À son arrivée en ville, il avait ressenti le même étonnement désespéré qu'Emma au vu des conditions primitives d'existence. Pourtant, il ne lui avait pas fallu longtemps pour évaluer les chances de réussite d'un écrivain dans une ville qui ne possédait pas de journal. La publication du roman qu'il tentait d'achever ne le mènerait nulle part, tandis que s'il se dénichait un commanditaire pour créer un organe de presse, il finirait par gagner de l'argent en exerçant un métier qui lui plairait.

— Vous avez en tête la ligne de conduite à suivre ? poursuivit Chicago. Il faut arriver à discréditer Kinsolving pour faire élire notre homme au poste de gouverneur.

— Croyez-moi, c'est avec plaisir que je traînerai Kinsolving dans la boue.

— Ouais, je sais que vous le détestez parce qu'il vous a piqué la fille que vous aimez. Quelqu'un qui bave de haine, ça me plaît et je crois que vous remplirez le contrat. Mais il y a la madame Kinsolving ? L'autre soir, quand vous étiez fin saoûl, vous m'avez dit que vous l'aimez encore. C'est vrai ?

David s'agita sur son siège.

— Mais non, balbutia-t-il, en fin de compte, quand j'ai appris qu'elle avait épousé ce... Kinsolving – il se mordilla la lèvre inférieure – l'amour que j'avais pour elle s'est évanoui. Emma de Meyer n'est qu'une opportuniste et une traînée, je ne l'aurais jamais cru capable d'une pareille conduite.

Chicago fourra pensivement un chocolat entre ses dents. Déguenillé, misérable, sans ressources... mais il a quelque chose dans le ventre et devrait faire l'affaire.

— Mmouais... marchons comme ça, et pendant qu'on y est, faut pas vous gêner pour discréditer toute la bande de Rincon Hill, mon vieux !

Trouverait-il le courage de traîner Emma dans la boue ? Le choc avait été dur quand il avait appris le mariage de sa cousine et il avait immédiatement cherché une consolation dans l'alcool. Emma l'avait d'abord trahi avec ce coquin de valet de ferme de Collingwood, ensuite avec ce pirate rouquin ; la mesure était comble. « Tout bien considéré, je serai capable de la haïr ! »

— Il y a encore une chose, reprit Chicago après avoir léché ses doigts avec des mines de vieille chatte gourmande. Je vous ai vu reluquer mes filles. En voulez-vous une gratis ? C'est une sorte de gratte parce que vous travaillez pour Slade et moi, vu que vous n'aurez jamais de quoi vous offrir une dépense pareille sur vot' salaire. Malgré que vous soyez plutôt grassement payé...

— Ce serait... très gentil.

— Vous en voyez une ?

— La belle petite qui s'appelle Letty ?

La grosse femme ricana.

— Bon choix, mon vieux, mais vous tapez un peu haut. Letty est la femme de Slade. Personne n'y touche. Faut en choisir une autre.

— Alors, la rousse, Betty ?

— Ouais, celle de Saint Louis. Bonne fille. Très prise, celle-là ; faudra vous contenter de ses heures creuses. Elle rapporte dans les deux mille par nuit. Quand je pense qu'un cinglé de mineur a aligné trois cents billets, juste pour tripoter sa culotte ! Non mais, vous pouvez imaginer un truc pareil ?

Il imaginait parfaitement. Depuis l'escale de Buenos Aires au cours de laquelle il avait fait connaissance avec les délices du lupanar, il s'était découvert un penchant ignoré pour les choses du sexe. Or, les femmes convenables étant chose rare et précieuse, il lui faudrait bien se satisfaire des prostituées. D'autant que c'était l'unique remède pour lutter contre le souvenir d'Emma.

— Je suis venue pour tenter de vous égayer un peu, annonça Zita, à peine eut-elle franchi le seuil de la chambre.

— À quoi bon vous donner cette peine, répliqua Emma d'un ton morne en se dressant sur son séant.

La journée de décembre était assez froide et la fenêtre, dont les rideaux restaient écartés, lui révélait un épais brouillard cotonneux qui pesait sur la ville. Hormis les rideaux bleus et les quelques plantes en pot mis en place par les soins d'Emma, la grande pièce paraissait toujours aussi vide. En fait, elle était encore plus déserte que le mois précédent, depuis que Félix avait fait l'acquisition d'une petite maison au pied de Rincon Hill. Pourtant, la comtesse ne manquait pas de lui rendre visite, au moins une fois par jour.

— Premièrement, commença Zita, perchée sur le pied du lit à la façon d'un oiseau sur sa branche, le 18 octobre dernier, un navire entre au port, dans la baie de San Francisco, apportant la merveilleuse nouvelle : la Californie est désormais reconnue comme un État. Votre mari organise une fête somptueuse afin de célébrer l'événement... et où se trouve sa charmante épouse ? La délicieuse madame Kinsolving est allongée dans sa chambre.

— Zita, voyons ! Je suis devenue grosse comme un éléphant et vous savez très bien qu'il est indécent de se montrer en public lorsqu'on se trouve dans un état semblable.

— Ma chère Emma, vous êtes ici à San Francisco, ni à Paris, ni à Londres. Les convenances sont ici – Dieu en soit loué – beaucoup moins strictes. Deuxièmement, il y a trois semaines, le 14 novembre pour être précis, votre mari et votre père procédèrent en grand apparat à l'inauguration des «Grands Magasins de Meyer et Kinsolving»... et vous n'avez pas encore eu la curiosité d'y venir faire un tour ?

— Je viens de vous l'expliquer : la hantise de me montrer dans cet état.

— Vous vous sentez triste ?

— Ne le comprenez-vous pas ? Coincée dans cette ville affreuse, avec un affreux de mari qui me déteste...

— Je ne crois pas qu'il vous déteste. Vous l'avez offensé, ce qui crée une énorme différence. C'est, au contraire, un homme affable et généreux qui n'a cessé de me témoigner une gentillesse extrême.

— Zita, je vous en prie, je ne veux plus en entendre parler. S'il est aussi merveilleux que vous le dites, pourquoi ne m'accorde-t-il plus la moindre attention et s'en va-t-il galvauder... n'importe où ?

— Ne perdez pas de vue, ma chérie, qu'il a commencé sa campagne électorale pour devenir gouverneur.

— Je ne vois pas quel individu sain d'esprit et dans son état normal se risquerait à voter en faveur de Scott.

— Vous montrez envers cet homme une cruauté que je ne m'explique pas. J'ai rencontré une seule fois votre Archer et, sa grande beauté mise à part, je n'ai senti chez lui aucune des qualités qui sont à l'honneur chez votre mari.

Emma leva sur son amie un regard empli de tristesse.

— Si j'étais capable d'expliquer pour quelle raison j'aime autant Archer, croyez que je m'empresserais de le faire. Il ne quitte pratiquement plus ma pensée, surtout à présent que je suis sur le point de mettre son enfant au monde. Les courts instants de bonheur que nous avons connus à bord m'ont laissé un souvenir merveilleux. Il s'est montré si tendre, délicat, innocent... d'une fragilité véritablement touchante.

Quelques larmes perlèrent à ses paupières.

— Il est le premier homme à m'avoir donné la sensation d'être belle.

Zita poussa un profond soupir.

— Ma pauvre chérie, je vous plains sincèrement. Vous êtes une victime de l'amour.

Elle se releva brusquement.

— Mais je vais quand même tenter l'impossible pour vous distraire ; et puisque vous refusez de venir voir ma boutique – laquelle, soit dit en passant, fait merveille ! –, ma boutique est venue à vous.

Sur un simple claquement de mains, la porte s'ouvrit, livrant passage à une ravissante blonde vêtue d'une robe couleur pêche dont la jupe bouffait avec une ampleur qu'Emma n'avait jamais ni vue ni imaginée. En un instant, ses yeux furent secs.

— Je vous présente Élaine, l'une de mes modèles. La robe vous plaît-elle ?

— Elle est tout simplement délicieuse, Zita ! Mais la jupe n'est-elle pas un peu...

— C'est la dernière mode venue de Paris. Elle est maintenue, en-dessous, par un cerceau en crin. Montrez-le-lui, Élaine.

La jeune fille s'approcha du lit et souleva l'amas de tissu retombant. Brusquement, Emma poussa une exclamation, une main crispée sur son estomac.

— Que se passe-t-il, ma chérie ? s'exclama Zita.

— Appelez le docteur, murmura Emma, je crois que l'enfant va...

Elle poussa un cri perçant.

— Allez vite ! dit Zita à son modèle. Appelez un serviteur, demandez-lui d'aller chercher le docteur Gray.

Zita prit les mains de son amie entre les siennes.

— Calmez-vous et serrez-moi bien fort !

— Oh ! La douleur est…

— Est terrible, oui, je sais… mais cela passera très vite et vous serez toute heureuse d'avoir cet enfant.

— Je vous… Oh !… Oh !… Mon Dieu, voilà que ça recommence… !

— Essayez de vous dominer, le docteur va arriver d'un instant à l'autre.

— Où donc est Scott ? Pourquoi n'est-il pas ici ? Que le diable l'emporte, ce… Oh !… Oh !

— Courage !

— Jamais je n'ai souffert autant, je…

Can Do fit son entrée, porteur d'une grande cuvette en porcelaine de Chine, emplie d'eau fumante et de serviettes.

— Jolie madame va avoir bébé ! grimaça-t-il, épanoui. Docteur Gray vient tout de suite ! L'heure du bébé ! Oh la la !… Oh la la ! Can Do aime les enfants. Il en a déjà trois, il en a encore beaucoup avant qu'il est usé…

— Tu sais, Can Do… je crois que… Taitai pourrait… bien être usée… la première, eut encore la force de murmurer Emma.

Trois heures plus tard, Zita prenait l'enfant des mains du docteur et l'élevait au-dessus de sa tête, afin qu'Emma le voie bien.

— Regardez-moi cela ! N'est-il pas magnifique ? Un peu plus de huit livres et en parfaite santé. Merveilleux !

Épuisée, Emma contempla le visage rougeaud de son enfant. Un pâle sourire parut sur ses lèvres.

— Archer, balbutia-t-elle, ton fils est enfin né.

La dernière pensée qui lui vint encore, juste avant de sombrer dans un sommeil réparateur, fut que le détective chargé de retrouver la trace d'Archer serait en mesure de lui fournir des renseignements avant Noël.

— Il est incarcéré dans le pénitencier de l'État d'Ohio, à Colombus. Il tire cinq années pour vol à main armée.

Horatio Dobbs, le détective, était un petit homme chauve, vêtu d'un costume à chevrons.

— Je vois, dit Scott.

Ils se trouvaient dans le bureau du capitaine, à l'étage de l'entrepôt numéro un, à deux pas de l'embarcadère. Scott s'adossa à son fauteuil et se mit à jouer avec un crayon.

— Le règlement est sévère ?

— Certainement l'un des plus sévères. Personne n'a réussi à s'évader depuis la construction de cette prison, il y a dix ans.

— Qui est le directeur ?

— Un certain Ridley, ancien conseiller municipal de Cleveland. Il a été nommé à ce poste par le gouverneur qui l'a ainsi récompensé de certaines faveurs en politique.

— Corrompu ?

Dobbs esquissa une grimace significative, appuyée par un haussement d'épaules.

— Je ne connais guère de politiciens qui ne le soient pas. Le bruit court qu'il acceptait les pots-de-vin quand il était conseiller.

— Mmm… Scott se pencha en avant. Voici ce que je veux que vous racontiez à ma femme : vous allez lui expliquer que Collingwood s'est fait descendre au cours d'une tentative d'évasion. Vous avez bien compris ? Il a tenté de s'évader et il a été abattu par un garde.

— J'ai compris.

— Ne lui dites rien avant le début de l'an prochain. Elle vient d'avoir un enfant, il ne faudrait pas la bouleverser durant cette période de réjouissances.

— Ce Collingwood fait partie de sa famille ?

— Agissez donc comme si cela ne vous regardait pas, voulez-vous !

Scott ouvrit un tiroir de son bureau, en sortit une petite bourse en peau de chamois qu'il lança au détective.

— Tenez ! Mille dollars-or en prime, Dobbs, pour vous aider à oublier que j'ai loué vos services avant ma femme.

Horatio Dobbs se leva en souriant.

— Capitaine, c'est à peine si je me souviens de votre nom !

À l'occasion de sa toute première saison de fin d'année, le Grand Magasin de Meyer et Kinsolving avait érigé le premier arbre de Noël jamais vu à San Francisco. Félix était parfaitement au courant de cette ancienne coutume, introduite en Angleterre par le prince Albert, l'époux germanique de la reine Victoria. Indifférent à l'ironie d'une situation dans laquelle un juif mettait cette pratique à la mode, en Californie, Félix avait réalisé une décoration complète – à l'aide de branches de pin et de rubans rouge et or – des quatre étages de l'immense magasin. Le sapin proprement dit, qui mesurait plus de six mètres de hauteur, avait été placé sur la terrasse du porche rectangulaire formant l'entrée de l'établissement, face à Portsmouth Square. Le souvenir cuisant de l'immense incendie qui avait ravagé la ville un an plus tôt, jour pour jour, étant encore dans toutes les mémoires, Scott avait demandé à l'architecte chilien déniché par Leborgne de construire en brique.

De Meyer – ainsi que tout le monde avait très vite rebaptisé le Grand Magasin – avait connu un succès quasiment immédiat. Le phénomène s'expliquait par le fait que, du jour au lendemain, pour ainsi dire, Félix offrait à l'avidité d'une population entière largement nantie – mais trop longtemps privée de tentations – le savoir-faire et l'habileté d'une longue lignée de commerçants d'Europe Centrale. Les élégantes vitrines, bois et glace installées au premier étage, offraient à la convoitise de chacun une infinie variété d'objets allant des montres aux vêtements, en passant par l'argenterie et les colifichets de luxe, sans oublier des conserves de qualité, ce qui ne s'était encore jamais vu. Dans l'angle le plus reculé, on trouvait la boutique de Zita qui avait connu, elle aussi, un démarrage en flèche, non seulement en raison de la pénurie qui régnait en matière de mode mais également à cause des tarifs astronomiques qu'elle pratiquait. L'extravagance des prix que justifiait l'élégance des modèles, n'empêchait nullement l'affluence des clients dans une ville aussi longtemps privée de luxe. En tête de cette clientèle dépensière venait l'escadron de serveuses du Bonanza qui n'avaient que la place à traverser. Les poches pleines d'un or aisément gagné, à la condition de n'avoir rien sur la peau, elles dilapidaient cet argent douteux dans l'acquisition de robes de rêve, de chapeaux incroyables, de fourrures somptueuses. Zita, parfaitement consciente des origines de ce pactole, ne se sentait nullement disposée à refuser cette clientèle de choix pour des questions douteuses de moralité.

— Plus tard… expliquait-elle à Félix, lorsque nous habillerons de véritables ladies, alors nous verrons. En attendant…

Et elle haussait les épaules, en femme instruite des aléas de l'existence.

Félix hochait la tête.

— Pour l'instant, notre clientèle n'est qu'un ramassis de brutes incultes et malodorantes, mais, à la longue, nous réussirons à lui imposer un certain vernis. Et, à ce moment-là, San Francisco sera devenue une ville superbe.

— Ils possèdent l'or, dit Zita, nous leur vendrons l'éclat et le brillant de l'or.

Bien que Félix eût la tâche de superviser la marche du magasin, avec cinquante-deux employés sous ses ordres, son cœur demeurait en permanence attaché à un petit coin du deuxième étage, là où se trouvait sa boutique personnelle : « F. de Meyer. Haute joaillerie. Anciennement à Francfort, Allemagne ». Il avait immédiatement cédé à sa passion de toujours et offrait sur les étagères de sa vitrine des broches, des bagues et jusqu'à un magnifique collier de diamants, dessiné par lui et réalisé par deux artisans chinois qu'il avait découverts et formés. Ce fut dans cette caverne d'Ali Baba qu'Emma fit sa première réapparition publique, dix jours après la naissance du jeune Archer.

Cela se passait une semaine avant Noël, la foule était partout. Scott fit arrêter le landau devant le porche principal et s'empressa d'ouvrir la portière à Emma. Des passants intrigués se retournèrent. La robe couleur crème réalisée par Zita, avec son immense crinoline, était complétée par une courte veste en loutre, festonnée de bandes sable roux et par un délicieux petit chapeau à plumet. En dépit de ses joues encore blêmes, Emma offrait à l'admiration générale une saisissante beauté. Scott, très élégant en chapeau haut-de-forme et manteau passementé de castor, guida son épouse vers l'intérieur du magasin, sous les ovations des spectateurs.

Après la visite guidée des lieux, ils se retrouvèrent tous trois dans la boutique de Félix.

— Tu sais, p'pa, c'est formidable ! Ce magasin est un modèle d'élégance et de bon goût, on se croirait en Europe ! Vrai ! Je suis vraiment enthousiasmée.

— Voyons, Emma, protesta Félix, je ne suis pas seul dans l'affaire. Tes félicitations reviennent autant à Scott qu'à moi, lui qui a tout autant travaillé pour parvenir à ce résultat.

Contrainte et forcée, Emma se tourna vers son mari.

— Bien sûr, bien sûr, je ne t'oubliais pas, Scott. Félicitations.

— Une sincérité qui vient du cœur, comme toujours, marmonna-t-il. À propos, j'ai un cadeau pour toi, Emma, réalisé par ton père.

Félix lui remit une petite boîte gainée de daim dont le couvercle portait, imprimé à l'intérieur sur le satin qui le garnissait : F. de Meyer. Haute joaillerie. San Francisco.

— En manière de récompense pour m'avoir donné un fils, affirma Scott d'un ton placide.

Emma éleva le bijou dans la lumière des lampes à gaz : une superbe broche en forme de fleur.

— Émeraudes et diamants ! s'exclama-t-elle. Elle est magnifique ! Merci, chéri.

— Émeraudes et diamants, répéta-t-il, incapable de réprimer une certaine amertume dans le ton de sa voix, tout à ton image.

Le soir de Noël, Emma se vit offrir à nouveau un splendide bijou : un collier émeraudes et diamants, de toute beauté, également dessiné par son père.

— Voyons, Scott, protesta-t-elle, c'est beaucoup trop. Es-tu certain que nous puissions nous permettre de pareilles dépenses ?

Il souleva lui-même le collier et le passa autour du cou de son épouse.

— Crois-moi, chuchota-t-il à son oreille, nous pouvons nous le permettre.

— Scott avait raison, observa Félix, la véritable mine d'or, dans ce pays, se trouve au cœur des Grands Magasins de Meyer et Kinsolving.

— Et nous n'avons même pas la peine de nous baisser pour creuser, compléta Scott. Can Do, apporte un miroir pour Taitai.

— Can do, Boss !

Il revint quelques instants plus tard, poussant devant lui une psyché montée sur roulettes et finement dorée. Emma qui portait une longue robe de taffetas bleu pâle s'admira longuement dans la glace.

— Merci, dit-elle encore.

Mais Scott ne l'écoutait plus. Il levait la tête vers l'escalier que descendait madame Choy, une Chinoise potelée, engagée par ses soins pour s'occuper d'Archer Junior.

— Et voici notre bébé qui vient admirer son premier arbre de Noël ! s'exclama joyeusement Scott.

Madame Choy s'approcha. Il se mit à chatouiller le menton du petit.

— Bébé veut voir son ti narbre de Noël et navoir son joujou… bêtifia Scott, au grand désespoir d'Emma qui avait horreur de cette façon de parler aux nouveaux-nés.

— Madame Choy, s'enquit-elle, le petit a bien eu sa têtée de six heures ?

— Oui, Taitai, confirma la nurse qui tenait également l'emploi de nourrice.

En dépit des rancœurs qu'elle nourrissait à son égard, Emma se voyait contrainte d'admettre que Scott se conduisait en père aimant et dévoué, ce dont elle ne pouvait que lui être reconnaissante. Depuis la naissance d'Archer, il était la gentillesse en personne et, pour autant qu'elle refusât d'admettre que l'affection était une denrée monnayable, il était particulièrement difficile de mépriser un homme qui, en toutes occasions, vous comblait de présents somptueux. De plus, il avait retrouvé le chemin de son lit, circonstance qui, à l'issue d'une longue période d'abstinence, avait d'autant réchauffé des relations qui menaçaient de se refroidir dangereusement. À tel point que les ardeurs de cet amant retrouvé amenaient Emma à se demander si, par hasard, il ne l'aimerait pas quand même un peu. Quoi qu'il en fût, l'essentiel n'était-il pas de fournir un père attentif et aimant à son fils ? Et tant que Scott souscrivait à sa part d'obligations dans le marché conclu entre eux, elle agirait de même. Elle se conduirait en bonne épouse, affectionnée ou non.

Ils s'apprêtaient à se rendre dans la salle à manger quand un cri strident retentit au sommet des marches, répercuté en écho dans le hall immense. Une femme de chambre parut sur la galerie, qui s'adressa à Can Do dans un chinois saccadé.

— Mauvais esprit en haut, traduisit Can Do à l'intention de Scott. Elle dit elle va faire le lit et voit le mauvais esprit.

— Elle a sans doute bu…

— Non, non, Boss, elle fille sérieuse.

Scott s'engagea dans les marches, Emma sur ses talons, qui s'interrogeait anxieusement sur ce qu'avait pu apercevoir la malheureuse, secouée de sanglots, le doigt pointé sur la porte grande ouverte de leur chambre.

— C'est le « ch'i ling ! » s'écria Can Do.

Le chien bizarre, en porcelaine, utilisé comme table de chevet, avait été brisé en mille morceaux.

— Mauvais esprit venu détruit ch'i ling. Très mauvais.

— Enfin, Scott, que se passe-t-il ? voulut savoir Emma, complètement ahurie.

— Les Chinois croient au pouvoir de ces chiens-lions pour détourner les maléfices des mauvais esprits.

— Très puissant mauvais esprit, bredouilla Can Do. Très mauvais, boss Cap'tain. Mauvais sort jeté sur votre lit.

— Tais-toi donc, Can Do. Quelqu'un est entré dans la maison. À moins que ce ne soit un membre du personnel... Mais je suis certain que ce n'est pas l'ouvrage d'un mauvais esprit.

— Vous savez bien, Boss, j'ai dit, l'année dernière, il faut mesurer « feng shui » avant de construire la maison. Très très mauvais. Maintenant les mauvais esprits dans la maison.

— Qu'est-ce que « feng shui » ? voulut savoir Emma.

— Les esprits du vent et de l'eau. Les Chinois ont coutume de mettre en échec la puissance du « feng shui » avant de construire leur maison. Tout cela relève de la superstition folklorique, mais ils y croient dur comme fer. Tais-toi, à présent, Can Do, tu vas seulement réussir à effrayer Taitai, compris ? En tous cas, je veux que tu me trouves le responsable de ce coup, je me réserve de le punir personnellement.

Le jeune Chinois sortit en secouant la tête avec accablement.

— Comment tu punis les mauvais esprits, Boss ? Mais j'essaie.

— Que crois-tu que cela signifie ? s'inquiéta Emma, sitôt Can Do sorti.

Scott fronçait les sourcils.

— Je l'ignore. Mais je ne supporterai pas de laisser gâcher ma soirée de réveillon ! Descendons dîner !

À l'instant de franchir le seuil, Emma se retourna pour contempler les morceaux épars du chien de porcelaine. Elle frissonna légèrement, comme si un vent glacé avait traversé l'immense demeure.

Aucun vent ne soufflait à l'extérieur.

CHAPITRE QUINZE

En ce 3 de janvier 1851, le Pacifique en furie déferlait dans la baie de San Francisco. De sa fenêtre de chambre, Emma contemplait les rafales de pluie qui, à l'horizon, se confondaient avec les vagues écumantes, quand Scott entra.

— Le détective Dobbs est en bas, annonça-t-il. Il apporte des nouvelles d'Archer Collingwood.

Il la retint par une main, alors qu'elle se précipitait pour sortir.

— Dieu m'est témoin que Collingwood n'occupe pas une place de prédilection dans mon cœur, mais j'espère pour toi que les nouvelles sont bonnes.

Elle en fut profondément touchée.

— Je te remercie, Scott. Ce que tu me dis là est extrêmement gentil, compte tenu des circonstances…

Et elle partit très vite, comme si elle fuyait.

Scott fit quelques pas dans la chambre, pensif. Le chien de porcelaine avait été remplacé par une petite table moderne et Can Do n'avait pas été en mesure de découvrir l'auteur du saccage. Si Ah Toy avait été encore en ville, il l'eût soupçonnée immédiatement, même si Leborgne avait mis sur pied un système de règlement par annuités qui faisait de l'ex-princesse mandchoue la Chinoise la plus riche de la ville. Ah Toy ne dissimulait qu'avec les plus grandes difficultés la haine qui l'opposait au père de sa petite-fille. Une haine dont il porterait, longtemps encore, les cicatrices sur sa joue gauche. Or, Ah Toy se trouvait actuellement en Chine, sur la tombe de son mari, près de Pékin. Aussi sa perplexité était-elle grande concernant le coupable de la destruction du ch'ing ling. Car ce genre d'action ne pouvait le laisser indifférent, connaissant l'attachement des fils du Ciel à leurs ancestrales superstitions. Quelqu'un avait décidé de jeter un mauvais sort sur leur couple. La seule personne, en dehors de Ah Toy, qui pût avoir intérêt dans l'accomplissement de cet acte symbolique de réelle portée aurait pu être Ching Ling. Mais il refusait de s'y arrêter, l'action étant incompatible avec la douceur de son caractère.

Un sanglot étouffé le tira de sa méditation, il se retourna et découvrit Emma sur le seuil, un mouchoir pressé contre ses lèvres.

— Il est mort! s'exclama-t-elle. Il a tenté de s'évader et on l'a abattu. Oh, Scott…!

— Je suis désolé…

Elle vint se jeter dans ses bras où il l'accueillit et la berça tendrement.

— Il nous reste le petit Archer junior, murmura-t-il.

— Je sais que tu le détestais, sanglota-t-elle, mais il ne méritait pas un sort pareil. Il n'avait entrepris de voler cette banque que parce qu'on voulait vendre sa ferme.

— Je sais.

Une nouvelle crise de sanglots houleux la secoua au souvenir du délicieux jeune homme blond qui l'avait si tendrement aimée dans la cabine trop étroite.

Et Scott, qui n'avait pas cessé de lui tapoter le dos en murmurant des paroles de réconfort, songeait : «À présent, elle m'appartient.»

Une semaine plus tard, Emma reçut une lettre, rédigée en capitales maladroites, d'aspect enfantin.

CHAIR MRS KINSOLVING.
MAINTENANT VOUS AVE UN ENFEN GARCON. PEUT ETR VOUS VOULE CONAITRE SON DEMI SEUR ELLE S APEL STAR. SI VOU PLAIT VENE N° 2 DUPONT GAI DEMIN A QUATRE HEUR POUR LE THE. SI VOU PLAIT NE RIEN DIR AU CAPTAIN. JESPER DEVENIRE VOTRE AMI.
                                          CHING LING

Emma releva la tête après avoir pris connaissance de l'étrange message. La femme dont elle se croyait détestée l'invitait à prendre le thé ? Elle espérait devenir son amie ? Bizarre. De quoi parleraient-elles ? Couches ? Toilette et alimentation ? Ou de la meilleure manière de se partager un même mari ?

Ce qui ne l'empêchait pas de ressentir un certain plaisir. Non seulement une rencontre avec la concubine de son mari piquait sa curiosité, mais, en outre, elle en était certaine, elle n'aurait jamais sollicité cette entrevue si Scott avait continué à la voir en cachette. Elle ne cesserait jamais de révérer la mémoire d'Archer, certes, mais à présent qu'il était mort et qu'elle avait mis son enfant au monde, une chose curieuse se produisait.

Emma était en train de s'éprendre de son mari.

Depuis le commencement de l'année nouvelle, Scott avait décidé d'accélérer sa campagne électorale et voyageait inlassablement d'un coin à l'autre de l'immense État. On le voyait fréquemment dans cette minuscule ville située au sud qui avait nom Los Angeles et qui, après San Francisco, se distinguait par la criminalité la plus forte.

Scott n'ignorait pas que la plupart des Californios – ainsi que se nommaient eux-mêmes les propriétaires de ranchs mexicains – demeuraient farouchement opposés à la création d'un État. Trois ans auparavant, le traité de Guadalupe Hidalgo, qui mettait un terme à la guerre mexicaine, cédait toute la partie septentrionale de l'Empire espagnol, située au nord du Rio Grande – Californie, Arizona, Nouveau-Mexique – aux Américains triomphants. La découverte inopinée d'un filon d'or, du côté de Sutter Mill, peu de temps après, avait fait affluer une horde de gringos, venus de Californie orientale, qui, en un clin d'œil, avaient rompu la somnolente quiétude des Californios.

Conscient de la nécessité d'obtenir le soutien des rancheros, Scott était convenu d'un déjeuner chez l'un des plus puissants d'entre eux : Don Vicente Lopez y Guzman, propriétaire de l'immense Calafia Ranch, au sud de Los Angeles. Peu avant d'atteindre la grande maison blanche de style colonial, Scott s'extasiait, à haute voix, sur les splendeurs de la côte rocheuse qui borde le territoire en cet endroit.

— J'ai contemplé ces rochers d'innombrables fois, depuis le large, expliqua-t-il à Walter Hazard, son homme de confiance, mais c'est la première fois que je vois le paysage de l'intérieur. C'est, me semble-t-il, un véritable Éden.

— Oui, en effet, une véritable splendeur, approuva le jeune homme.

Arrivé en chariot du Tennessee, après un interminable voyage à travers les Grandes Plaines en compagnie de ses parents, Walter Hazard travaillait depuis un an pour le compte de Scott et s'était offert à organiser sa campagne électorale, ce dont il s'acquittait au moins aussi habilement qu'un professionnel, qui, à cette époque, était inexistant dans la région.

Un groupe de trois personnes les attendait sous le porche de la villa.

— Le petit grassouillet, c'est Don Vicente, expliqua Walter, et la femme en noir est son épouse, Doña Felicidad, une Sepulveda originaire de Mexico, grande famille aristocratique, un peu réservée.

— Quelle surface, le ranch?

— Au minimum cent milles carrés.

— Seigneur!

— Une donation du roi Carlos III d'Espagne au grand-père de Don Vicente. Là-dessus, il entretient environ cinq mille têtes de bétail, surveillées par une cinquantaine de vaqueros. Malheureusement, ainsi que je vous l'ai précisé, il manque de fonds. Tous les rancheros en sont d'ailleurs au même point.

— Inquiets pour leur avenir?

— Très inquiets. Dans le cas où les donations de ranchs se trouveraient remises en question et les différends jugés par des tribunaux américains, ils craignent l'invalidation de leurs titres de propriété. En conséquence, le meilleur moyen d'obtenir un vote favorable de la part des Californios consisterait, pour vous, à leur garantir que vous soutiendrez la validité des donations.

— Et j'y adjoindrai mon sourire le plus charmeur, ajouta-t-il en sautant à bas de sa monture. «Cent milles carrés! Quelle aubaine!»

— Señor Kinsolving, déclara Don Vicente en retirant son immense sombrero blanc avec une brève inclination du buste, bienvenidos. Mi casa es su casa!

« Ta maison est peut-être ma maison », ne put se retenir de se dire Scott, tandis qu'il serrait la main potelée du maître des lieux, « mais je voudrais aussi que ton ranch devienne mon ranch ! »

— Permettez que je vous présente mon épouse, Doña Felicidad, poursuivit Don Vicente qui s'exprimait dans un anglais châtié avec un amusant accent.

Scott baisa respectueusement la main de la sombre et voluptueuse beauté qui paraissait à peine la moitié de l'âge de son mari.

— Ma femme vient de m'offrir le plus merveilleux et le plus précieux des dons : une fille, déclara le ranchero dont le visage un peu bouffi rayonnait littéralement. Ma première fille à cinquante-trois ans, qu'en dites-vous ?

Sur une sorte de gloussement de satisfaction béate, il présenta son intendant et prit la tête du petit cortège en direction de la salle à manger. L'intérieur de la maison était frais et meublé avec infiniment de goût et de recherche. Quant au panorama, avec une vue qui s'étendait, par-delà les rochers sauvagement découpés, jusqu'à l'océan, il était quasiment unique. Scott, assis à la droite de son hôte, ne pouvait détacher son regard du bleu intense du Pacifique, étalé, indolent, sous un ciel encore plus et uniformément bleu.

— Voyez-vous, dit-il, admiratif, la maison que je possède en haut de Rincon Hill m'offre une vue splendide sur la baie de San Francisco, mais je dois reconnaître que chez vous, c'est plus beau encore.

— Il est vrai, admit Don Vicente, tandis que les serveurs en blanc emplissaient leur verre d'un clairet savoureux et parfumé. Je parcours une partie du ranch chaque jour à cheval et je ne me lasse jamais de la vue. L'un de mes ancêtres, un certain Don Luis Lopez qui naviguait dans les parages sur un galion de la flotte de Manille, fut précipité à la mer par forte tempête. Cela se passait au seizième siècle, à un mille au large de cette côte. Il aborda à la nage, au pied de l'actuelle maison, fut gardé en esclavage par les Indiens et réussit à s'échapper avec l'aide d'une jeune Indienne – Nan Da – extraordinairement belle, qui était tombée amoureuse de lui… Une aventure des plus romanesques, n'est-ce pas ? Don Luis et Nan Da gagnèrent à pied le sud de la Californie où ils furent recueillis par un navire qui les déposa à Acapulco. À leur arrivée à Mexico, Don Luis fut traité en héros parce qu'il en savait plus long sur le territoire californien qu'aucun autre Espagnol du moment. Aussi bien, lorsque le roi Carlos lui fit don de ce ranch, en 1776 – la même année que votre Déclaration d'Indépendance – c'était, au moins en partie, pour le récompenser d'avoir fourni à la Couronne une moisson de précieux renseignements concernant la région.

— Pourquoi dites-vous « votre Indépendance », Don Vicente ? s'étonna Scott. Ne la considérez-vous pas comme « nôtre ». Vous êtes Américain, désormais.

Le gros homme leva ses sourcils touffus en signe de scepticisme.

— Oui, naturellement, c'est ce qui s'est dit. Vous êtes mon hôte, capitaine Kinsolving, et je désire avant tout éviter de vous insulter. Mais nous, les Californios, ne nous considérons pas comme des Américains. Pour avoir remporté quelques batailles au Mexique, il y a trois ans, vous vous êtes crus autorisés à mettre la main sur la moitié du continent nord-américain, en guise de récompense. Cette façon d'agir est plus proche du banditisme que de la prise de guerre, sir !

— Washington préfère l'appeler : Manifeste du Destin.

— Washington s'entend à tortiller les mots du vocabulaire. Depuis ce moment, les gringos n'ont cessé de déferler sur la Californie dont ils ont entrepris l'occupation. On attend de nous que nous parlions anglais et non plus espagnol. Sur un trait de plume et une simple signature, deux siècles d'héritage espagnol sont appelés à disparaître. Faudra-t-il que je décolore mes cheveux et que je me teigne en blond, pour avoir l'air d'un gringo ? Eh bien non, sir, n'y comptez pas. Si vous devenez gouverneur, de quelle manière comptez-vous financer votre administration ? Pourquoi suis-je persuadé que vous, gringos, allez établir votre budget à partir de taxes sur la propriété foncière, laquelle pèsera de tout son poids sur nous, les rancheros, qui possédons les surfaces les plus étendues ?

Il argumentait avec une passion qui dissimulait mal son amertume.

— Vous avez raison, Don Vicente. On parle beaucoup à San Francisco des taxes sur la propriété. Raison pour laquelle vous et vos amis Californios avez besoin de quelqu'un qui prenne soin de vos intérêts en haut lieu. Et je considère que je puis être celui-là.

— Parlons franc, señor. Vous êtes un gringo, tout comme votre opposant monsieur Powell. Pour quelle raison devrais-je faire confiance à un gringo ?

— En premier lieu, vous seriez bien inspiré de retirer votre confiance à Gus Powell qui est bien le pire des voleurs de chevaux, affirma Scott, mi-figue, mi-raisin. En second lieu, je suis en mesure de vous offrir, moi, des gages de ma sincérité, après m'être entretenu avec différents ranchers et avoir appris que le commerce du bétail se heurte à des difficultés…

— C'est vrai. Le prix des peaux a considérablement baissé.

— Comme vous le savez, mes bateaux transportent les peaux de Californie jusqu'à Boston où nous les vendons aux manufactures de chaussures. Aussi suis-je prêt à vous accorder, à vous ainsi qu'à tous ceux qui me donneront leur voix, un abattement de trente pour cent sur les frais d'acheminement.

Son hôte leva sur lui un regard surpris.

— C'est un beau geste, señor.

— Je me suis également laissé dire que vous auriez meilleur compte à faire pousser des légumes et des oranges.

— Le régime des pluies est insuffisant.

— Il faudrait creuser des puits afin d'irriguer.

— L'aménagement de puits coûte cher.

— Je suis également disposé à vous avancer les sommes nécessaires à la mise en place d'un système d'irrigation, Don Vicente. Si nous réussissons à faire la preuve que la culture et l'arboriculture peuvent être rentables, dans cette partie de la Californie, ce sera un énorme et profitable succès pour notre État et, par voie de conséquence, pour son gouverneur.

— Cela pourrait coûter cinquante mille dollars. Peut-être plus.

— Je vous avancerai la somme, quelle qu'elle soit, à un taux préférentiel de trois pour cent. Votre ranch est-il hypothéqué, Don Vicente ?

— Certainement pas, señor ! répliqua l'intéressé avec indignation. Le ranch m'appartient en propre !

— Eh bien, pour sanctionner notre accord, je prendrai une hypothèque sur le ranch.

Les sourcils touffus du propriétaire se joignirent.

— Dans ce cas, capitaine, nous ne ferons pas affaire.

Son épouse, qui avait suivi la conversation avec une attention soutenue, parut soudain désolée du tour qu'elle prenait. Elle murmura quelques mots en espagnol à son mari qui secoua la tête.

— Non, décidément. Ma femme affirme que je devrais accepter votre offre, parce qu'elle a, elle-même, maintes fois suggéré de transformer le pâturage en vergers. Seulement je ne veux pas entendre parler d'hypothèque sur ma terre.

Scott se pencha au-dessus de son assiette.

— On parle beaucoup de l'intention qu'auraient ces gringos de contester la validité des terres reçues en don de la Couronne. Personnellement, je suis opposé à ce genre de juridiction qui ouvrira la porte à des abus de toutes catégories. Ce ne serait pas la première fois que l'on graisserait la patte d'un ou plusieurs juges. Trop grande sera la tentation, pour bon nombre de gens, d'acquérir une terre enviée, à très bon compte. Or, si la vôtre, Don Vicente, se trouvait hypothéquée par moi, un gringo – à plus forte raison le gouverneur de l'État – vos droits sur la propriété demeureraient inviolables. Qu'en pensez-vous ?

L'hôte observa un silence prolongé, tandis que les serviteurs desservaient, servaient, emplissaient les verres de ce vin blanc mexicain décidément délicieux. Finalement, il prit la parole d'un ton mesuré.

— Peut-être, señor, suis-je en train de commettre une erreur. Peut-être pourrions-nous nous entendre, après tout. Je soutiendrai votre campagne pour le poste de gouverneur et je ne manquerai pas d'assurer les autres rancheros qu'ils ont un ami et protecteur en la personne de Scott Kinsolving.

Scott arborait une physionomie radieuse. « Une hypothèque sur ce domaine me met un pied dans la place… Un jour ou l'autre, il deviendra ma seule propriété. »

Il agissait selon une vérité fondamentale d'essence américaine qu'il avait de tout temps prônée : la politique associée aux affaires peut produire des empires.

CHAPITRE SEIZE

Le numéro 2 de Dupont Street émergeait à peine du brouillard lorsque Emma posa le pied sur la première des trois marches en bois du perron. Installée au cœur même de la Petite Chine, la maison, toute neuve, avait été construite en l'espace d'un mois à peine, selon les méthodes pratiquées à l'époque. Compte tenu de l'environnement, cette baraque de trois étages étirée en hauteur pouvait passer pour élégante avec son soubassement, ses contours et ses volets peints en bleu. Emma tira la sonnette non sans s'interroger sur le cérémonial d'un thé à la chinoise.

La porte fut ouverte, presque immédiatement, par un adolescent entièrement vêtu de noir, de la ronde calotte calée sur sa natte torsadée de cheveux noirs jusqu'à ses sandales noires en passant par une longue robe en soie de même et sinistre teinte. Les traits du garçon étaient beaux et réguliers, mais elle fut toutefois frappée par ce qu'ils révélaient de duplicité. Il s'inclina profondément.

— Kinsolving Taitai est bienvenue, affirma-t-il dans cet anglais chuintant et zozotant à la fois qui caractérisait le parler des fils du Ciel émigrés. S'il vous plaît entrer.

Après avoir franchi deux portes, l'une et l'autre dissimulées derrière un rideau, et qu'il mit grand soin à refermer sur leur passage, son guide l'introduisit dans ce qui pouvait être considéré comme un salon à en juger par l'ameublement entièrement chinois dont elle commençait à apprécier la splendeur de certains éléments.

Pourtant, si, dans un angle de la pièce, un Bouddha mafflu soutenait dans son giron un piquoir hérissé de bâtonnets d'encens desquels montait une fumée bleue odorante qui s'épandait paresseusement en volutes jusqu'au plafond, face à lui, surmontant le manteau d'une cheminée de style résolument occidental, régnait le portrait d'un Jésus-Christ au regard rêveur et aux allures plutôt efféminées.

— Vous très surprise, une Chinoise fille pour chrétienne ?

Surprise par la fraîcheur de cette voix étonnamment jeune, Emma se retourna et se trouva en face de Ching Ling, accoudée à une jardinière en métal tressé contenant une fougère épanouie. Elle portait une robe-fourreau en soie verte, frappée d'un dragon d'argent qui se contorsionnait de son cou à ses pieds. Le visage disparaissait sous une couche de blanc où les lèvres traçaient un sillon écarlate et des baguettes d'ivoire soutenaient l'édifice délicat d'une coiffure élaborée. La pointe acérée de la jalousie s'enfonça dans le cœur d'Emma : Ching Ling était absolument exquise et il était aisé de comprendre l'attirance exercée sur Scott.

— Oui, je l'avoue, ma surprise est grande, reconnut-elle.

La Chinoise, souriante, s'avança, la main tendue.

— Je veux devenir bonne Américaine et toutes les Américaines sont chrétiennes. Religion très douce, tendre. Jésus, très gentil, pardonne ses ennemis, même si je comprends pas Im... macu... lé con... cep-tion. Vous, si ?

— Non. Je trouve cela un peu difficile. Peut-être parce que je ne suis pas chrétienne mais juive.

— Ah oui ! fit Ching Ling, légèrement interloquée. Jolie religion aussi. Je vous remercie que vous êtes venue. Je crois que vous êtes mon ennemie mais je parle avec Jésus et il me dit : « Tu dois être gentille avec Taitai Kinsolving. » Alors on est amies ? J'espère ?

Emma sourit.

— Oui. Pourquoi non ?

— Crane, tu prends le manteau Taitai. Très beau manteau, loutre. La robe j'aime beaucoup. C'est boutique de Meyer ?

— Oui. La comtesse Davidoff l'a créée.

— J'aime beaucoup ses habits. Je m'habille des fois occident, des fois chinois. Vous voulez voir bébé, maintenant ?

— Je vous en prie.

Elle donna ses instructions à Crane, immobile, le manteau sur les bras. Il s'inclina et se hâta de quitter le salon. Ching Ling invita Emma, du geste, à prendre place dans un fauteuil en osier.

— Crane, serviteur pour moi. Très capable. Il travaille aux arts martiaux et il a un très beau corps. Il est orphelin, fils d'une Singsong girl...

— Une quoi ?

— Une fille qui vend les faveurs aux hommes. Elle meurt quand Crane a neuf ans. Ma mère loue Crane avant départ en Chine. Comme ça il me protège. Très bon garçon, très loyal et fidèle.

Sur ces paroles, l'adolescent reparut, portant dans ses bras le bébé qu'il remit à Emma.

— Oh, elle est superbe ! s'exclama-t-elle.

— Beau papa, belle maman, l'enfant doit être beau, non ?

— Oui, bien sûr, mais celle-ci est, comment dire... adorable.

— Vous aimez le bébé ?

— Oui, beaucoup.

De nouveau elle dit quelques mots à Crane qui, aussi brusquement qu'il était entré, reprit l'enfant et disparut derrière le rideau. Ching Ling prit place à côté d'Emma.

— Nous buvons le thé maintenant, avec des gâteaux j'ai fait exprès. Vous aimez une pipe « ah pin yin » ?

— Comment ?

— De l'opium. J'ai le meilleur : du Patna de l'Inde. Ne laisse pas du mal de tête après, rien que rêves merveilles...

Certes, ce n'était un secret pour personne que les Chinois fumaient couramment l'opium. Emma elle-même en avait entendu parler, mais il ne lui serait jamais venu à l'idée d'imaginer Ching Ling, la pipe aux lèvres.

— Eh bien je... je ne crois pas, non.

— Scott fume encore ?

Cette fois, Emma enfourcha ses grands chevaux.

— Mon mari ? Fumer de l'opium ?

— Oui, bien sûr. Pas tout le temps, assez souvent.

— Disons alors qu'il ne le fait plus à présent.

Ching Ling sourit de nouveau.

— Vous avez l'air choqué. Je peux dire plusieurs choses au sujet de Scott qui choquent encore plus.

233

Emma s'agita sur sa chaise, curieuse.

— Telles que… quoi, par exemple? se décida-t-elle enfin à murmurer.

Crane revenait, portant un plateau sur lequel était disposé un service à thé en argent, et le déposa sur une table octogonale devant sa maîtresse.

— Je sers comme les Anglais, expliqua-t-elle en utilisant un petit passe-thé également en argent. Lait ou citron?

— Lait, je vous prie.

Ching Ling officiait. D'abord, Crane apporta docilement la tasse sur une soucoupe de fine porcelaine, ensuite une minuscule assiette sur laquelle reposaient de curieux petits gâteaux blancs.

— Goûtez mes gâteaux de riz. Très bons.

Emma croqua une bouchée; la saveur en était parfumée, inhabituelle.

— Ils ont un goût bizarre, dit-elle.

— Vous aimez?

— Oui.

— Alors prenez encore, s'il vous plaît.

Emma ne se fit pas prier.

— Merci.

— J'ai entendu dire le ch'i ling de votre chambre cassé par le mauvais esprit, dit-elle sur le ton de la conversation banale. Est-ce que, maintenant, Scott fait mal l'amour?

Emma sursauta involontairement.

— Je vous demande pardon?

Ching Ling émit un petit rire de gorge.

— J'oublie. Les ladies aux yeux ronds pas aimer on parle des instants heureux dans le lit.

— Comment avez-vous pu savoir que le chien était brisé?

— Ah ça, facile. J'ai envoyé le mauvais esprit dans la maison pour le casser. Mauvais esprit c'est Crane déguisé en… nettoyeur pour la cheminée.

Machinalement, Emma tourna la tête du côté de l'adolescent dont les lèvres esquissèrent une grimace polissonne. Le souvenir lui revint du jeune ramoneur qui était venu gratter les cheminées juste avant Noël.

— Vous avez un sacré culot! s'exclama-t-elle, à l'adresse de la jeune Chinoise.

234

— Oh, je suis très mauvaise. Je veux jeter un mauvais sort sur les instants heureux de vous et de Scott parce que vous l'avez pris à moi. Naturellement, je comprends maintenant que j'étais mauvaise. Jésus m'a dit. Alors Ching Ling fait les excuses. J'espère on est toujours amies ?

Emma la fixait, perplexe, sa tasse au bout des doigts.

— Je me demande...

Sa rivale se pencha vers elle et murmura sur le ton de la confidence.

— Pour faire pardonner la méchanceté, Ching Ling dit à Taitai tous les secrets de faire l'amour avec Scott, comme il lui plaît. Vous connaît tous ?

— Je me demande bien de quoi vous voulez parler...

— Scott n'essaie jamais de choses différentes avec vous ? Lui très vite ennuyé. Je travaille beaucoup mon imagination et avec des livres.

— Des livres... Quels livres ?

— Ma mère m'a donnés. Écrits deux mille ans avant par des hommes sages. Ils disent les différentes positions bonnes pour garder l'homme au lit, par exemple « le saut du tigre blanc » explique comment l'homme prend la femme par derrière.

Emma faillit avaler de travers sa gorgée de thé.

— Par derrière ?

— Oh oui ! Scott fait ça plusieurs fois. Il y a encore les « tours du dragon », le « bambou odorant » quand on fait l'amour debout et « la flûte de jade » quand la femme met la grande chose de l'homme dans sa bouche et...

— Assez ! cria Emma en se levant brusquement. Je n'ai jamais rien entendu d'aussi répugnant... Vous n'êtes qu'une vicieuse, une dévoyée et jamais vous ne me ferez admettre que mon mari ait osé faire, euh... se...

Ching Ling souriait, imperturbable.

— Oh, vous trompez beaucoup, Taitai. Mais je m'excuse que je vous dérange. S'il vous plaît ne pas partir. Nous toujours amies, non ? Jésus veut nous amies. Il m'a dit comme ça.

Emma posa sur son interlocutrice un regard interrogateur : avait-elle affaire à une démente ? Sur sa droite, le mystérieux chambellan-bonne-à-tout-faire-ramoneur-complice la fixait avec une intensité qui lui fit soudain froid dans le dos. L'odeur douceâtre de la fumée bleue répandue par les bâtonnets d'encens achevait de l'indisposer. Une sorte de panique s'empara d'elle.

— Je ne sais ce que vous dit Jésus, dit-elle. Il ne s'est jamais aventuré à s'entretenir avec moi, sans doute parce que je ne suis pas chrétienne, moi. À présent, je crois que je vais partir.

— Taitai en colère, marmonna Ching Ling en se levant à son tour. Ching Ling très, très désolée.

— Quelque chose me dit que Ching Ling n'est pas aussi désolée qu'elle le prétend. Cette rencontre a été intéressante. Au revoir.

Puis, se tournant vers Crane.

— Mon manteau, je vous prie.

Le garçon s'inclina, se précipita vers la porte dont il souleva le rideau, s'inclina encore quand elle passa devant lui, courut ensuite, avec la grâce et l'agilité d'un félin, vers le porte-manteaux et l'aida à passer son vêtement. Il ne lui restait plus ensuite qu'à lui ouvrir la porte de la rue afin de s'incliner une dernière fois sur son passage. Ce qu'il fit. Il retourna précipitamment dans le salon comme s'il y eût été attendu.

— Elle est partie ? questionna Ching Ling revenant au chinois.

— Oui, maîtresse.

— Elle sera morte dans un jour.

Crane parut surpris.

— Que voulez-vous dire ?

Au lieu de répondre, Ching Ling marcha jusqu'à la cheminée, devant le portrait de Jésus, où elle fredonna en anglais «Jésus m'aime, cela je le sais, parce que la Bible me l'enseigne...» Elle s'empara soudain du cadre, se retourna d'un bloc et alla le fracasser sur la tête du Bouddha de pierre.

— Jésus me fait horreur ! cria-t-elle. Je déteste la femme qui m'a volé mon Scott !

Elle arracha l'image mutilée de la tête du dieu de pierre, la flanqua dans un coin, et le visage enfoui entre ses mains, se laissa submerger par les sanglots. Crane, désemparé, observait cet accès de désespoir avec une expression chagrine.

— Qu'est-ce que vous avez fait ? finit-il par demander.

Ching Ling releva la tête, se frotta les paupières.

— J'ai empoisonné les gâteaux de riz, expliqua-t-elle froidement. Je n'ignore pas qu'en agissant ainsi j'ai signé mon arrêt de mort. Je compte sur toi pour m'aider à me préparer, Crane.

— Pourquoi avez-vous fait une chose pareille ? questionna le jeune garçon, luttant pour retenir ses larmes tant il s'était pris d'affection pour Ching Ling qu'il considérait comme une grande sœur.

— Depuis que Scott m'a abandonnée, je suis lasse de la vie. Tu connais ce sentiment ?

— Je hais profondément le capitaine Kinsolving, gronda-t-il, la prunelle allumée d'une haine réelle. C'est un bâtard aux yeux ronds.

La jeune femme secoua la tête.

— Il n'est plus temps de haïr. Scott a fait ce qu'il avait à faire, je pense. Je lui ai rendu la monnaie de sa pièce en supprimant sa Taitai ; il ne sert plus à rien de le haïr. En outre, l'argent qu'il me donne ira à toi. Je t'aime comme un fils, Crane, et je t'ai désigné comme mon héritier dans mon testament. Tu auras tout ce que je possède.

Crane se balançait d'un pied sur l'autre, au comble de la confusion.

— Et que devient la petite Star ?

— Elle ira chez son père. J'ai longtemps réfléchi et je préfère qu'elle soit élevée dans le monde des yeux ronds. Mais je te charge de veiller sur elle, Crane, comme sur ta propre sœur. Tu en fais le serment ?

— Je le jure, balbutia l'adolescent, les yeux pleins de larmes, pressentant qu'une chose terrible allait s'accomplir.

— J'ai écrit à ma mère une lettre que tu lui remettras quand elle reviendra. À présent, viens m'aider et ne pleure pas sur le sort de Ching Ling. La mort ne m'effraie pas. Elle est préférable à une existence privée d'amour.

L'adolescent la suivit, le cœur brisé. Sa bravoure lui inspirait une prodigieuse admiration. Dans l'esprit de Crane, le tout premier principe de l'existence consistait dans un dédain formel de la mort.

Dans le landau de location (elle n'avait pas voulu que Can Do ni aucun des autres serviteurs sachent où elle s'était rendue) qui la ramenait à Rincon Hill, Emma passait en revue les bizarreries de cet entretien qui s'était tenu dans une maison bizarre. Si tout ce qu'avait bien voulu lui révéler Ching Ling était vrai, elle pouvait se considérer comme une épouse en sursis, dans l'attente du jour – ou plutôt de la nuit – où son mari, lassé du «conventionnel» de ses pratiques amoureuses, irait chercher ailleurs quelque dragon odorant ou autre flûte de jade... Et alors... ? Était-il opportun de se soucier du bien-fondé de l'apparente satisfaction qu'il montrait concernant le côté physique de leur mariage de façade ? Cette notion nouvelle fit lentement son chemin dans son esprit : la tendre passion qu'elle commençait à éprouver pour Scott courait-elle le risque d'être mise en échec par son inaptitude à lui procurer les subtiles délices imaginés par des docteurs en sexualité nés deux mille ans auparavant ?

L'équipage attaquait l'escalade de la colline lorsque le premier coup de poignard lui perfora l'estomac. Quand la voiture s'immobilisa devant le perron, elle était à peine capable d'en descendre. Can Do vint lui tendre la main. Elle posa un pied sur le marchepied, pliée en deux, une main crispée sur l'estomac, un cri retenu entre ses lèvres entrouvertes.

— Taitai malade ? s'enquit le serviteur alarmé.

— Je crois... Nouveaux coups de couteau, dans l'intestin, cette fois. Je crois que j'ai... été... empoisonnée.

— Où a été Taitai ?

Incapable de répondre, aveuglée par la douleur et les larmes, elle échappa au bras de Can Do et tomba sur le gravier. Le majordome appela les autres à la rescousse.

— Je l'ai déposée au numéro deux de Dupont Street, commenta le cocher.

— Aiéeeeée ! Ching Ling ! Elle lui a donné son Fang de dragon ! Vite ! Il faut la soigner ! Vite... aiéeeeée !

Les quatre jeunes Chinois transportèrent la malade gémissante dans le hall, tandis que le cocher, stupéfait, fouettait ses chevaux et s'engageait dans la descente, pressé de répandre la nouvelle.

CHAPITRE DIX-SEPT

— Et il voudrait qu'on le prenne pour un reporter! s'exclama Chicago pénétrant en coup de vent dans le minuscule réduit qui tenait lieu de bureau au *San Francisco Bulletin*; Emma Kinsolving est en train de crever et vous êtes là sur vot'cul à déblatérer sur l'absence de trottoirs! Magnez-vous le train, un peu! Foncez à Rincon Hill et rapportez-nous une histoire fumante!

David Levin leva un regard égaré sur la tornade drapée de boa blanc qui occupait, d'un seul coup, la totalité de l'espace disponible.

— Emma va mourir?

— Ouais, parfaitement! On dit que Ching Ling lui a fait bouffer des gâteaux bourrés de leur saloperie de poison chinois et que ses entrailles s'en vont en morceaux. Alors, grouillez-vous!

David se précipita au-dehors et sauta sur son cheval, l'esprit habité par la pensée de celle qu'il avait si longtemps aimée. Le temps de galoper jusqu'à Rincon Hill, la crainte d'arriver au chevet d'une Emma agonisante – ou pis encore, d'arriver trop tard – avait effacé sa rancune et son ressentiment. Il ne conservait que l'image d'une splendide jeune femme entièrement vêtue de blanc, évoluant dans un luxueux salon blanc et or.

«Emma mourante? Seigneur, faites que ce soit impossible! Elle est trop belle pour mourir.»

— Scott, balbutiait Emma… où est Scott ?

Zita, les traits contractés par l'angoisse, essuyait son visage ruisselant de sueur ; le docteur Gray prenait son pouls pour la dixième fois et Félix, livide, se tenait immobile, figé au pied du lit.

— Scott va arriver, affirma Zita qui n'en avait pas la moindre idée, sachant simplement qu'il se trouvait à Los Angeles depuis une semaine.

— Scott… !

Ses paupières demeuraient closes, si bien que ceux qui l'entouraient ne savaient si elle était consciente ou en proie au délire.

— Je ne veux pas mourir sans Scott… !

Félix remua. Il contourna le lit, prit la main que tenait le docteur et la serra entre les siennes.

— Il n'est pas question que tu meures, « schätzchen »…

Can Do lui avait fait prendre des émétiques afin de l'obliger à restituer les gâteaux empoisonnés. Depuis, les coups de poignard qui lui perforaient les intestins avaient perdu de leur force, mais elle paraissait s'affaiblir d'heure en heure. Quant au docteur Gray, il demeurait, comme à l'ordinaire, complètement désemparé.

— « Es wird alles gut gehen. Du hast nichts zu fürchten, schätzchen !* », répéta Félix d'un ton monocorde.

— Scott, recommença-t-elle à gémir en laissant rouler sa tête de droite et de gauche sur l'oreiller. Scott, où es-tu ? Je t'aime, Scott… Je t'en supplie, reviens avant que je meure… !

Félix déposa un baiser furtif sur la main de sa fille et s'enfuit hors de la pièce, terrifié par son impuissance. Il ne parvenait pas à croire que ce pût être la fin. Avait-il eu tort de l'entraîner à l'autre bout du monde, dans une contrée de sauvages où les concubines chinoises empoisonnaient leurs hôtes à l'heure du thé ? Une région où l'on était livré à l'incompétence du plus inapte des docteurs ! Seul, sur la galerie du deuxième étage, il éclata en sanglots, les paumes plaquées sur son visage. Était-ce le dernier signe, l'effondrement de son existence ? D'abord Mathilde, ensuite Emma…

— Herr de Meyer !

Le son de voix familier le fit sursauter. Il s'essuya les yeux, s'avança jusqu'à la rampe. Le jeune homme misérablement vêtu,

---

* Tout ira bien. Tu n'as rien à craindre, ma chérie. (N.d.T.)

240

debout dans le hall d'entrée, qui levait la tête vers lui était sûrement… mais oui, David, qu'il ne reconnaissait pas à cause de sa barbe !

— Comment va Emma ?

Félix secoua la tête. David gravit les marches du grand escalier, quatre à quatre, son chapeau graisseux à la main.

— Est-elle… morte ? haleta-t-il, à peine en haut.

— Pas encore.

— Que puis-je faire ?

— Trouver le capitaine Kinsolving – sursaut de David – elle le réclame. Cela pourrait peut-être contribuer à… je ne sais…

— Où est-il ?

— Sur le Camino Real, je suppose. Il se trouvait à Los Angeles la semaine dernière. Mon Dieu, ne la laissez pas mourir !

Il agrippa la balustrade à deux mains et se reprit à sangloter.

David ne lui accorda qu'un regard. Il dévala les marches aussi vite qu'il les avait escaladées et sauta sur sa monture qu'il lança au galop, sur l'ancien Chemin Royal des missions espagnoles, épine dorsale de la Californie qui reliait le Nord avec le Sud. Le moment était venu de passer outre la haine qui le dressait contre Kinsolving, d'oublier toutes les horreurs qu'il avait insinuées dans ses éditoriaux concernant Emma, sans jamais lui accorder la plus petite chance de se justifier ou de s'expliquer. Pourquoi la présence du bébé ne l'aurait-elle pas contrainte à épouser Scott ? La preuve en était qu'on l'avait baptisé Archer ! Comment avait-il pu, lui, misérable imbécile, répandre son venin sur l'image de la seule, de l'unique femme qu'il eût jamais aimée avec une totale sincérité ?

— En définitive, il me plaît bien, ce Don Vicente, expliquait Scott à son secrétaire, tandis que le landau qui les emportait vers San Francisco tressautait sur la route trouée de nids de poules. Il me plairait tout autant, même s'il ne nous apportait pas son vote et celui de ses amis, mais puisqu'il le fait volontiers, je ne l'en aime que plus. Ce n'est certes pas l'altruisme qui m'étouffe, mais si la Californie devait un jour devenir un grand État, il faudrait impérativement trouver un modus vivendi entre gringos et Californios…

— Un cavalier à notre rencontre, sir ! cria le cocher du haut de son siège.

241

Scott passa la tête à la portière et reconnut aussitôt Levin qu'il voyait régulièrement entrer et sortir de son bureau du *Bulletin* à Portsmouth Square. Combien de fois ne s'était-il pas indigné à la lecture des articles ou des éditoriaux hostiles de son jeune ennemi ?

Les ayant rejoints, David fit exécuter un demi-tour à sa monture et vint se ranger le long de la voiture.

— Votre femme, sir ! cria-t-il. Emma est en train de mourir ! Il faut vous hâter !

Scott le fixa, en proie à la plus totale stupéfaction.

— S'agirait-il de quelqu'une de vos ignobles et ridicules plaisanteries ?

— Non pas ! Elle a été empoisonnée par une femme nommée Ching Ling.

— Seigneur ! Allons, fouette, cocher ! Vite, plus vite !

L'attelage à quatre chevaux fila grand train en direction de San Francisco.

À neuf heures du soir, le landau faisait halte devant le perron de la grande maison où stationnait une foule considérable, attirée par l'histoire de l'empoisonnement d'une femme devenue, en quelques mois, une célébrité dans la ville.

Au moment où Scott sautait à bas de la voiture, quelqu'un cria :

— Nos prières sont pour vous, Captain. Et si jamais elle en meurt, les maudits fils du Ciel paieront le prix fort !

— Oui, les païens paieront ! cria un autre et le cri de haine vola aussitôt de bouche en bouche.

Au sommet de l'escalier, Scott se heurta à un Can Do à la triste figure.

— Comment est-elle ? s'enquit-il.

Le serviteur secoua la tête.

— Pas bien, Captain Boss. Peut-être vous pouvez faire quelque chose.

— L'histoire est vraie ? C'est Ching Ling ?

— Oui. Elle a fait manger des gâteaux au Fang de dragon à Taitai.

— Mon Dieu… !

À son entrée dans la chambre, Zita se précipita à sa rencontre et lui saisit la main.

242

— Loué soit le Ciel, vous êtes enfin arrivé, chuchota-t-elle. Elle ne cesse de vous réclamer.

— Can Do lui a fait boire des émétiques, ajouta Félix. Si elle reste en vie, ce sera grâce à lui.

— Oui, et pendant ce temps, la foule, en bas, est prête à lyncher tous les Chinois de San Francisco, maugréa Scott en s'avançant jusqu'au lit.

En la découvrant, pâle comme une morte, immobile, le nez pincé, il ne put reprimer un sursaut d'effroi, tout près de croire qu'elle venait de mourir pendant l'échange de propos. Puis, les lèvres de la malade s'entrouvrirent imperceptiblement, commencèrent à remuer, alors il s'agenouilla à son chevet et fit signe aux autres de les laisser seuls. Il n'ignorait rien des effets dramatiques du Fang de dragon – un parmi ceux que comptait la pharmacopée chinoise – plus précisément réservé, en raison de sa composition à base de narcotique, aux concubines, aux rivales de harem, voire aux ministres d'État dont on souhaitait se débarrasser. Ce qui le stupéfiait le plus était que Ching Ling eût choisi un poison aussi douloureusement meurtrier pour assouvir sa vengeance. «Comme je me suis donc lourdement trompé sur son compte ! Je l'ai mise sur un piédestal parce que je me sentais coupable d'abandon envers elle, mais elle n'a pas hésité une seconde dès que l'occasion s'est présentée. Il faudra bien qu'elle expie son forfait ! »

Il déposa un baiser sur le front de son épouse.

— Emma… souffla-t-il.

Elle entrouvrit à grand-peine les paupières, émergeant d'un cauchemar où tout était confus.

— Scott… murmura-t-elle. Tu es arrivé, enfin…

— Oui, et je te garantis que tu vas te rétablir promptement, ma chérie, assura-t-il en lui prenant la main.

Elle réussit un faible sourire.

— Ce serait si drôle, si j'étais réellement ta «chérie».

— Ce n'est pas drôle, c'est une réalité.

De grosses larmes perlèrent à l'angle de ses paupières.

— Ce n'est pas bien, Scott, tu recommences à te moquer de moi. Mais je suis heureuse que tu sois venu. J'avais besoin de te sentir près de moi.

— Je ne me moque nullement de toi, Emma.

— Jamais tu ne m'as aimée, balbutia-t-elle, les paupières closes de nouveau. Notre couple ressemble à une énorme farce.

— Je ne t'aimais pas au tout début, je le reconnais. Je te trouvais excessivement belle mais mon amour allait à Ching Ling.

Elle rouvrit brusquement les yeux.

— Et je sais pour quelle raison, à présent… Parce qu'elle se prêtait à des… à de répugnants exercices… la flûte de jade…

La stupéfaction de Scott était sans bornes.

— Elle t'a parlé de… ça ? s'exclama-t-il, un ton trop haut.

— Oui… Je voudrais savoir si cela te plaisait… et aussi… si tu fumais souvent l'opium.

Le visage de Scott avait viré à l'écarlate et, pour une fois, ce n'était pas de fureur.

— J'ai fumé quelques pipes, c'est vrai. Ching Ling m'a montré toutes les positions, c'est aussi exact, et cela m'a plu, je le reconnais… mais ensuite, je t'ai rencontrée, toi !

— Voyons Scott, soupira-t-elle, tu m'as reproché, un jour, de n'être pas une vierge convaincante. À mon tour de te certifier que tu n'as rien d'un enfant de chœur. À quoi bon mentir !

— Mais je ne mens pas !

Il éleva la main qu'il tenait entre les siennes et y déposa un baiser.

— Je me conduis comme un grand nigaud qui ne possède pas une once de romantisme, je l'admets très volontiers, Emma. Mais je te jure devant Dieu que tu es la seule femme de ma vie. Je me suis lourdement trompé sur le compte de Ching Ling… et j'étais horriblement jaloux d'Archer.

Elle détourna la tête dans une vaine tentative pour dissimuler les larmes qui se remirent à couler en entendant ce nom.

— Malheureux Archer. Promets-moi de te montrer gentil avec le petit Archer, lorsque… je ne serai plus là. Promets-le-moi.

— Naturellement, je promets. Mais tu es toujours là !

— Tu l'aimeras !

— Je l'aime déjà, tu le sais.

— Scott…

— Oui ?

— J'aime énormément les bijoux que tu m'as offerts, ils sont magnifiques… mais je voudrais que papa les vende quand je serai morte, afin que tu emploies l'argent à la construction d'un hôpital, ici, à San Francisco. Cette ville en a terriblement besoin. Et cela me ferait plaisir de laisser un souvenir de moi, sous cette forme. Tu feras cela pour moi ?

— Certainement ! Je ferai tout ce que tu voudras. Mais je refuse de te laisser mourir.

Elle ferma les yeux.

— C'est gentil. Je finis par me demander si tu n'es pas un bon mari, après tout.

— Je ne suis pas un bon mari, non. Par contre, toi tu es en train de creuser ta tombe de tes propres mains à force de t'apitoyer sur ton sort. Si tu veux survivre, il faut te battre !

— Cela m'est égal de mourir. Et puis, il ne faut pas garder rancune à Ching Ling. Elle a agi ainsi parce qu'elle t'aime encore. L'amour ! Ma vie durant j'ai souhaité rencontrer l'amour et à présent, aujourd'hui… c'est l'amour qui me tue, je crois.

— Aujourd'hui… aujourd'hui, tu donnes dans le mélodrame ! s'écria-t-il exaspéré, et si tu dois mourir ce sera noyée dans tes propres larmes ! Finissons-en avec la scène du lit de l'agonisante et remue-toi un peu si tu veux ressusciter !

Elle braqua sur lui des prunelles au fond desquelles il découvrit une flamme dansante.

— Quel homme impitoyable tu peux faire, lança-t-elle, aller jusqu'à m'injurier sur mon lit de mort !

— Tu n'es pas sur ton lit de mort ! cria-t-il.

— Qu'en sais-tu donc ? rétorqua-t-elle du ton le plus aigu dont elle fut capable.

Il se redressa, souriant. Il avait trouvé le moyen de la ramener à la vie, de lui redonner le goût du combat.

— C'est qu'il y a mieux encore. Puisque tu refuses catégoriquement de croire que je t'aime, je vais t'offrir l'occasion de m'en vouloir tellement que tu seras beaucoup trop furieuse pour avoir encore l'envie de mourir avant de t'être vengée. Ton cher, ton précieux Archer, n'est pas mort. C'est moi qui ai payé le détective pour te le faire croire.

— Quoi ?

Elle avait brusquement relevé la tête.

— Qu'est-ce que tu dis ? Pourquoi ?

— Parce que c'était le seul moyen de le faire sortir de ta vie. Parce que je t'aime suffisamment pour te vouloir à moi seul. J'ai expédié Leborgne dans l'Ohio pour qu'il fasse prolonger le séjour d'Archer en refilant un pot-de-vin au directeur.

— Je ne te crois pas ! articula-t-elle, égarée.

— C'est pourtant la vérité. Je me figurais que s'ils gardaient Archer derrière les barreaux cinq années de plus, tu finirais par l'oublier.

— Espèce de... espèce... Mon Dieu ! Mon pauvre Archer... Est-il encore en vie ?

Comme elle faisait mine de sortir du lit, il la repoussa gentiment sous la couverture.

— Pour ravi que je sois de te voir aussi rapidement sortie du tombeau, ma chérie, je crois en revanche que tu précipites un peu les choses !

— Laisse-moi tranquille ! cria-t-elle en repoussant sa main sans ménagement. Je te déteste ! Tu n'es qu'une sombre brute, un menteur, un sale égoïste dégoûtant de mesquinerie, tu... tiens !

Elle saisit un oreiller et le lança à la tête de Scott qui l'attrapa au vol, sourire aux lèvres avant d'aller ouvrir la porte derrière laquelle Zita, Félix, David et Can Do attendaient, visiblement la mort dans l'âme.

— Annulez les funérailles, annonça-t-il d'un ton grinçant. Ma tendre épouse a miraculeusement recouvré la santé !

Quelque chose le frappa à la base du crâne. Scott vacilla en avant, faillit perdre l'équilibre, sous le regard éberlué de Zita qui découvrit la brosse à cheveux en argent d'Emma, retombant sur le parquet.

Un cri poussé à l'intérieur de la chambre les ramena tous deux au pied du lit. Emma était agenouillée, impuissante sur la descente de lit.

— Comment vous sentez-vous ? s'enquit Zita, en s'accroupissant auprès d'elle.

— Je crois... que j'étais... pleine d'op... timisme, haleta Emma.

— Oui. Il faut vous recoucher et rester un peu tranquille. L'alerte a été chaude, vous vous en rendez compte, j'espère !

— Il m'a menti, il m'a trompée, maugréait Emma en se laissant recoucher. Archer est vivant. Il m'a menti ! Je ne le lui pardonnerai jamais ! J'ai épousé le pire monstre existant sur cette terre !

— Possible ! acquiesça Zita qui arrangeait la literie. En attendant, il y a à peine un quart d'heure, vous étiez à l'article de la mort, et maintenant...

Elle tapota les oreillers de petites claques nerveuses.

— Maintenant je suis persuadée que vous allez poursuivre votre route en notre compagnie. Et tout horrible monstre qu'il puisse être, le capitaine Kinsolving s'est révélé excellent praticien...

CHAPITRE DIX-HUIT

Penché sur l'encolure de son cheval qui galopait en direction du numéro deux de Dupont Street, Scott s'efforçait de concilier la Ching Ling qui avait tenté d'empoisonner sa femme avec la tendre et aimante jeune fille qu'il avait aimée. Si la législation occidentale ne pouvait la considérer comme innocente, Scott n'avait, par contre, jamais décelé la moindre violence dans sa nature. Ah Toy, certes, aurait été capable des pires cruautés. Mais sa fille ? L'hypothèse lui en paraissait inconcevable.

La soirée était déjà avancée lorsqu'il parvint devant le numéro deux, mais la rue principale de la Petite Chine grouillait encore de passants qui flânaient et marchandaient sur le seuil des boutiques. Il attacha son cheval et gravit les trois marches conduisant à la nouvelle maison de Ching Ling où il était déjà venu à plusieurs reprises afin de voir Star. Aucune lumière ne brillait à l'intérieur. Il sonna.

Silence total.

Il sonna de nouveau. Ne recevant aucune réponse, il poussa la porte qui s'ouvrit.

Le hall d'entrée était plongé dans l'obscurité. Il se souvint de la lampe à huile disposée sur une table près de l'entrée, tâtonna dans le noir, fit jaillir une tache de lumière jaunâtre qui lentement s'épanouit et brilla. Il traversa le hall, surpris par ce silence insolite qui devenait inquiétant. Derrière le rideau qui dissimulait la porte du salon, il trouva la pièce noyée dans la même obscurité à peine trouée par la lueur indécise de deux chandelles dont la flamme vacilla à son entrée. Les chandeliers avaient été disposés de part et d'autre du Bouddha en pierre.

Ching Ling, agenouillée devant son dieu, lui tournait le dos.

— Ching Ling, balbutia-t-il.

Pas de réponse. Il posa sa lampe sur la table. Il sut qu'elle était morte avant même de lui avoir effleuré l'épaule. Elle tomba en avant, de côté, découvrant le poignard enfoncé dans son cœur et la flaque de sang qui s'élargissait sur le sol.

— Elle s'est suicidée, précisa une voix.

Scott se retourna d'un bloc et découvrit Crane émergeant de l'ombre.

— Elle savait que la mort de votre femme provoquerait une émeute chez les yeux ronds qui s'en prendraient aux fils du Ciel. Elle aurait sans doute été tuée par le comité de vigilance. Elle et d'autres aussi. Elle a voulu éviter cela en s'ôtant la vie. Rien ne la retenait plus à l'existence de toutes façons, elle me l'a dit.

— Mais pourquoi ? Pourquoi avoir empoisonné Emma ? Je connaissais Ching Ling, il n'y avait aucune violence dans son cœur.

Crane avança légèrement, plaçant ainsi son visage en pleine lumière.

— Que saviez-vous donc de Ching Ling ? questionna-t-il d'une voix douce. Elle vous a aimé. Elle vous a donné beaucoup de plaisir, elle vous a donné une fille et vous l'avez abandonnée pour une femme aux yeux ronds. Elle a pleuré des journées et des nuits entières. « Mon Scott m'a quittée ! » répétait-elle sans fin. À la longue, son amour s'est transformé en haine. Vous avez de la chance qu'elle n'ait pas essayé de vous tuer. Vous avez rejeté son amour à cause de la forme de ses yeux et de la couleur de sa peau. Vous êtes bien un maudit enfant de garce. C'est vous qui êtes responsable de sa mort.

Scott tressaillit, frappé par la justesse des propos du jeune homme, campé à deux pas de lui, le regard brillant d'une haine féroce.

— Et Star ? murmura le capitaine. Que va-t-elle devenir ?

— Star est votre fille. Emportez-la si vous voulez. Tout le reste m'appartient. Je suis l'héritier.

— Qui, toi ?

— Oui, moi. Ching Ling m'a expliqué qu'elle m'avait inscrit sur son testament. Si vous ne me croyez pas, allez voir son notaire. C'est lui qui a les pièces. Tout est légal.

— Et qu'est devenue Ah Toy ?

— Elle est en Chine. Elle en sortira vivante, peut-être. Peut-être pas. En attendant, je suis devenu le fils du Ciel le plus riche de San Francisco. Je vais devenir Kai Lee de la Petite Chine.

— Kai Lee ?

— Le Big Boss. Le numéro un chinois.

Scott esquissa une moue de dédain.

— De grandes ambitions pour un gamin.

L'expression de Crane se figea. Il se tourna légèrement de côté, élevant simultanément ses deux poings fermés. Avec la rapidité de l'éclair, il lança son pied droit qui s'en vint frapper le capitaine à la ceinture et l'envoya s'écraser sur un canapé en rotin. Tandis qu'il tentait maladroitement de se relever en grognant, Crane esquissait un petit sourire.

— Un gamin pas comme les autres, dit-il.

— J'ai dans la bouche le goût amer de la défaite, maugréa Emma en s'éveillant le lendemain matin. Scott m'a vaincue.

— Vous en parlez comme d'une bataille, protesta Zita sans lever les yeux de la couverture qu'elle s'appliquait à tricoter pour Archer Junior.

— Pourquoi pas ? La vie conjugale n'est peut-être rien d'autre qu'une suite de batailles. En tous cas, Scott a gagné celle-ci.

— Ma chère Emma, je vous trouve trop éprise de mélodrame et aussi beaucoup trop sévère pour le capitaine.

— Vous êtes injuste, Zita ! J'ai tenté de l'aimer. Je commençais même à croire que j'étais éprise de lui et, chaque fois, il brise mon élan par une vilenie ou une trahison, dans le genre de ce qu'il a fait à ce malheureux Archer… Il y a en lui une cruauté qui couve, qui m'interdit d'envisager de vivre plus longtemps en sa compagnie. Vraiment, je ne sais plus que faire.

— Ne vous est-il pas venu à l'esprit qu'il a réellement tenté de vous arracher à la mort ?

— En admettant que ce soit vrai, cela n'excuse pas sa façon d'agir vis-à-vis d'Archer dont il a ruiné l'existence…

Elle fut interrompue par un coup frappé à la porte. Zita posa son ouvrage et se leva.

— Si c'est Scott, dites-lui de passer son chemin. Je refuse de lui parler.

Zita alla ouvrir la porte.

— Bonjour, capitaine.

— Comment va Emma ? s'enquit-il.

— Va-t'en ! cria celle-ci de son lit.

Les sourcils de la comtesse s'arrondirent de manière à exprimer : « Le moment est mal choisi, elle est d'humeur massacrante aujourd'hui. »

— J'en ai pour quelques minutes, chuchota-t-il. Soyez gentille de nous laisser seuls.

— Elle est de mauvaise humeur.

— J'imagine, oui.

Zita s'effaça pour laisser entrer le capitaine et s'esquiva après avoir tiré la porte sur elle. Scott était demeuré sur le seuil, cloué au panneau par le regard meurtrier de son épouse.

— Je n'ai pas un mot à te dire, répéta-t-elle.

— Ce n'est pas grave, je ferai la conversation. Je comprends ta colère, je ne te critique pas... J'ai commis une erreur que je regrette...

— Qu'est-ce que tu regrettes ? Ce que tu as fait à Archer ?

— Je me suis efforcé de réparer mon erreur. Monsieur Appleton s'est embarqué il y a une heure sur le « Pacific Zephyr » à destination de New York. Il traversera l'isthme de Panama grâce au chemin de fer qu'on vient de construire, de sorte qu'il devrait se trouver dans l'Ohio dans huit semaines environ. Leborgne sera déjà passé au pénitencier, ce qui ne peut plus être modifié. Mais Appleton s'entretiendra avec le directeur – quitte à lui graisser la patte une nouvelle fois – afin de le faire revenir sur ce qui aura été proposé. J'ai ouvert un compte de dix mille dollars dans une succursale de la Colombus Bank au nom d'Archer. Quand il sortira de prison, il sera encore jeune et cette somme devrait lui permettre un nouveau départ dans l'existence. Je pense avoir agi pour le mieux.

Une fois de plus, il la prenait complètement au dépourvu et, en outre, il la comblait de joie.

— Bien, finit-elle par maugréer, cela me paraît équitable.

— Maintenant, j'ai encore un cadeau pour toi.

— Non, Scott, je n'accepte plus de bijoux !

— C'en est un pourtant, mais... d'un genre particulier.

Il retourna à la porte et introduisit madame Choy qui portait le bébé dans ses bras.

— Ching Ling s'est suicidée, commenta-t-il brièvement.

— Grands dieux ! Quand donc ?

— La nuit dernière. J'ai l'intention d'élever Star, éventuellement de la légitimer afin qu'elle soit reconnue comme ma fille. À la condition, évidemment, que tu sois d'accord.

Emma saisit l'enfant que lui tendait madame Choy, non sans quelque appréhension.

— J'espère, observa Scott, que tu en viendras à aimer ma fille aussi affectueusement que j'aime ton fils.

D'instinct, Emma se mit à bercer la fillette en fredonnant une berceuse.

— Tu acceptes ? s'enquit encore Scott dont les craintes s'estompaient difficilement.

— Oui, évidemment. Elle est adorable.

Soupir de soulagement.

— Je suis navrée pour Ching Ling, murmura Emma. Même après ce qu'elle m'a fait. Es-tu sûr qu'il s'agisse d'un suicide ?

— Absolument.

Nouveau coup frappé à la porte. Zita passa la tête dans l'entrebâillement.

— Capitaine, monsieur Levin demande à être reçu. Il affirme qu'il s'agit de quelque chose d'important.

— Je viens tout de suite.

Comme il allait sortir, Emma le retint.

— Attends ! Fais-le donc venir ici. Je veux lui parler.

— Pourquoi ? Tu as lu comme moi les horreurs qu'il écrit sur notre compte...

— Certes ! Mais il agit ainsi uniquement pour se venger du chagrin que je lui ai infligé... et de tes humiliations.

— Il écrit ces horreurs parce que Chicago et Slade les lui paient.

— Ce qui démontre que nous pourrions peut-être le rallier à notre cause par le même procédé. De toute façon, le temps est venu de lui présenter des excuses et de rétablir, entre lui et nous, des relations normales. Va le chercher, Scott, pendant ce temps Zita m'aidera à me rendre à peu près présentable... si c'est encore possible.

Scott marqua une hésitation.

— Oui... Tu as peut-être raison.

Dès qu'il fut sorti, Emma s'examina sans indulgence dans son miroir à main.

— Ciel, que je suis donc pâle. J'aimerais pourtant faire figure honorable devant David, pour l'honneur de Scott. Depuis sa tendre enfance, ce garçon a toujours été amoureux de moi. Nous devrions réussir à faire de cet ennemi d'occasion un allié fidèle. Vous pourriez me prêter votre rouge ?

Zita tendit la main vers son sac, un sourire aux lèvres.

— Il serait grand temps d'y songer. Un coup de main à la nature ne fait pas de mal de temps en temps. C'est curieux, j'avais cru comprendre que vous renonciez à la vie commune avec votre mari, observa-t-elle.

Emma passa la brosse dans ses cheveux de miel.

— Je me suis peut-être trompée sur son compte... se borna-t-elle à répondre.

Il suffit à David d'un regard – à son entrée dans la pièce – pour tomber de nouveau amoureux de la femme de ses rêves de jeunesse. Scott lui-même faillit se laisser prendre au piège de l'éclatante fraîcheur de son épouse jusqu'à ce qu'il décèle la supercherie du savant maquillage.

— Mon cher David ! s'exclama Emma, radieuse et souriante. Tu t'es laissé pousser la barbe. Cela te va à ravir !

— Je... c'est-à-dire, bégaya-t-il... depuis que j'écris, j'ai pensé que les attributs de la profession...

— Pourquoi ne m'as-tu jamais rendu visite, David ?

Il se tordait les mains, au désespoir.

— C'est que... Bon sang, Emma, les choses que je publiais sur ton compte... je ne pensais pas que tu avais le moindre désir de me rencontrer.

— Moi, au contraire, j'ai toujours espéré que nous puissions redevenir amis comme autrefois. Serais-tu capable de nous pardonner, Scott et moi ?

Il brûlait du désir de se jeter à genoux et d'implorer son pardon. Il aurait été capable de se couvrir de ridicule. Pourtant, les genoux tremblants, il s'avança jusqu'au lit et posa les lèvres sur la main qu'elle lui abandonnait.

— Tu savais bien que je serais toujours incapable de devenir ton ennemi, balbutia-t-il. Je voudrais tirer un trait sur le passé... à la condition que le capitaine Kinsolving et toi soyez disposés à me pardonner.

— Mais naturellement ! Tu peux raconter tout ce qui te passe par la tête dans ta feuille, nous comprendrons. L'essentiel est de savoir quelle amitié réciproque nous nous portons, dans le privé.

— C'est précisément la raison de ma présence ici, déclara-t-il en se tournant vers Scott. J'ai laissé tomber le *Bulletin*.

— Pourquoi ?

— La mentalité exécrable de Slade Dawson et de Gus Powell n'est un secret pour personne, dans une ville où la moralité est quotidiennement bafouée. Je n'en ignorais rien moi non plus et j'avais décidé de fermer les yeux sur un certain nombre de vilenies, dans l'unique but de mettre mon journal sur pied. Mais, depuis que j'ai découvert cet après-midi ce qu'ils ont imaginé à l'occasion des funérailles de Ching Ling, je refuse d'y être mêlé.

— De quoi s'agit-il ?

— Ils ont loué les services d'une bande de Sydney Ducks pour attaquer la procession et vous n'ignorez pas quelle importance les Chinois attachent au rite funéraire.

— Mais, pour quelle raison feraient-ils une chose pareille ? voulut savoir Emma.

— Personne n'ignore en ville que Ching Ling a tenté de t'empoisonner et ces deux-là ont la certitude que ni toi ni le capitaine Kinsolving n'avez l'intention de vous venger. Par ailleurs, Slade et Chicago poussent Powell dans la voie d'une lutte contre les jaunes afin de rallier le maximum de votes des blancs. Or, quelle meilleure occasion pourrait avoir Gus de faire étalage de sa force qu'en sabotant les funérailles de Ching Ling afin de venger votre honneur à tous deux ? C'est une opération bien calculée puisque, le soir même, Powell tiendra sa première grande réunion électorale à Portsmouth Square. Mais en ce qui me concerne, c'est d'abord une inconcevable démonstration d'immoralité et j'ai préféré démissionner et venir vous avertir.

— Merci, David, dit Scott qui se dirigeait déjà vers la porte. Dawson veut la guerre ? Très bien, je vais rassembler mes troupes.

David et Emma se regardèrent.

— Qu'a-t-il voulu dire ?

— Je ne sais pas, mais, de toutes manières, je te remercie également, David… te voici à nouveau à la recherche d'un emploi, n'est-ce pas ? Peut-être Scott et moi pourrions-nous t'en procurer un.

Le lumineux sourire produisait à nouveau sur lui son effet magique. De plus, un détail important l'intriguait, lui qui jusqu'ici avait toujours été un perdant : sa bonne étoile se lèverait-elle au firmament ?

CHAPITRE DIX-NEUF

La moitié, au moins, de la population chinoise de San Francisco assistait aux funérailles de Ching Ling. Crane avait pris en charge l'organisation des obsèques et, aussi nombreux qu'aient pu être ceux qu'indignait une telle prétention chez un aussi jeune homme, personne, en fait, ne s'y était opposé. Contre l'avis des astrologues consultés, qui suggéraient quatre mois de délai, il choisit d'enterrer sa presque sœur le surlendemain de sa mort, car le nom de la victime serait encore sur toutes les lèvres et le rapprochement avec le sien propre deviendrait ainsi inévitable. Il avait été sincèrement touché par la fin de Ching Ling et ne prenait nullement à la légère la responsabilité qui lui était échue vis-à-vis de Star. Mais sa prétention à devenir « Kai Yee » de la Petite Chine n'avait rien d'un propos en l'air uniquement destiné à impressionner le capitaine. Et il entendait se servir des funérailles de la jeune femme pour se projeter en pleine lumière.

La longue procession s'ébranla à midi par une belle journée à peine troublée par un vent léger. Crane sortit le premier de la maison mortuaire, précédant les quatre intimes en robe blanche qui tenaient les cordons du poêle jeté sur un très modeste cercueil en pin. Il fut ensuite hissé sur un cadre entièrement drapé de blanc tandis que le cercueil était placé dans un creux aménagé au centre du fragile édifice et encadré de quatre hautes hampes coiffées chacune d'un plumet ébouriffé par le vent. L'ensemble était porté par douze hommes, six de chaque côté, Crane restant en tête du convoi, entouré de ses quatre prélats. Devant eux, six musiciens interprétaient un chant funèbre oriental. Tout à fait en tête du cortège, douze pleureurs professionnels, tous vêtus de blanc, portaient, en évidence, les objets dont Ching Ling n'aurait pu se séparer dans l'autre monde : argent, nourriture, vêtements et serviteurs – car à l'inverse des anciens Égyptiens, les Chinois d'esprit plus pratique remplaçaient l'argent réel et les serviteurs vivants que l'on enfermait dans la tombe des Pharaons par leur représentation en figurines de papier.

Crane avait bien fait les choses et la foule admirative se pressait le long des trottoirs en caillebotis, émue par la musique étrange, aux accents déchirants, durement rythmés par les coups de cymbales et les roulements sporadiques du tambour.

La procession n'avait progressé que de quelques rues lorsque surgit à l'angle d'une maison un groupe de Blancs vociférant des injures : « À mort les queues de cochons ! », tandis que d'autres brandissaient des pancartes hâtivement et maladroitement confectionnées : « Dehors, Chinois païens ! » ; « Les fils du Ciel au royaume des cieux ! » ; « Tous les yeux bridés c'est des voleurs et des putains ! »

Crane reconnut immédiatement qu'il avait affaire aux Sydney Ducks, mais il s'étonna néanmoins qu'ils aient pu avoir l'audace de s'attaquer à un enterrement. Les Ducks se mirent aussitôt à jeter des pierres et du fumier, arrachèrent et foulèrent aux pieds les blanches tuniques des pleureurs qui s'enfuirent en hurlant, laissant les offrandes de papier s'éparpiller au vent. La foule des spectateurs les imita en poussant des cris d'effroi. Certains des assaillants étaient armés de battes de base-ball dont ils usaient pour désunir le cortège.

Crane, quant à lui, foncièrement respectueux des rites religieux, rendu furieux par cette entreprise blasphématoire, hésitait entre l'envie d'abandonner sa place à la tête de la procession afin de contre-attaquer et le désir d'observer une dignité de circonstance à l'égard de la dépouille mortelle de Ching Ling.

Sa réflexion fut brutalement interrompue par un bloc de boue qui l'atteignit au visage. Tandis qu'il tentait de retrouver la vue, il perçut les hurlements sauvages des Ducks qui tentaient de désorganiser le cœur du défilé. Un coup de batte sur le côté de la tête l'envoya rouler dans la poussière où il fut aussitôt entouré par quatre ex-convicts qui se mirent à le frapper en beuglant : « C'est lui le chef des queues de cochon ! C'est celui qui couchait avec la fille... ! »

Une salve de coups de feu interrompit la sarabande des voyous qui se redressèrent soudain, le cou tendu, l'œil aux aguets. Crane mit à profit la surprise générale pour se glisser entre les jambes de l'un d'eux et se redresser. À une centaine de mètres, trois douzaines de matelots en uniforme de la Kinsolving Company avançaient en rang, au pas, le long de Dupont Street, en tirant régulièrement juste au-dessus de la tête des assaillants. Au grand étonnement de Crane, la petite troupe était commandée par le capitaine Kinsolving en personne.

Les Ducks qui ne possédaient ni le courage, ni l'armement nécessaire pour engager une bataille rangée, vidèrent les lieux en quelques instants, au soulagement général des habitants du quartier embusqués derrière leurs volets clos.

— Comment te sens-tu ? Pas trop cabossé ? s'enquit Scott.

En dépit de la blessure à la tête qui saignait abondamment et des taches de boue et de fumier qui maculaient sa tunique, le jeune Chinois avait miraculeusement su conserver une sorte de dignité et il décocha à son sauveur un regard glacé.

— Je vais très bien, mentit-il effrontément. Et ne vous attendez pas à des remerciements de ma part, Captain Kinsolving. Je n'ignore pas les raisons de votre présence ici. Je sais que votre intervention n'a rien à voir avec la mémoire de Ching Ling, non plus qu'avec la protection des fils du Ciel. Ce n'est autre qu'une méprisable manœuvre politique entre blancs.

Ayant dit, il entreprit de brosser une tache d'immondices sur sa manche et, ce faisant, découvrit un spectacle ahurissant.

— Aïeee ! balbutia-t-il.

Scott se retourna.

— Ching Ling ! s'écria-t-il, atterré.

Au moment de l'attaque, les douze porteurs avaient pris la fuite tous ensemble. L'édifice funéraire avait versé de côté, laissant échapper le cercueil qui s'était ouvert en tombant. Partiellement sorti de la bière, drapé dans sa parure mortuaire, le corps de Ching

Ling gisait dans la poussière de la rue, fixant le soleil de ses yeux grand ouverts.

— Quel genre d'individu est donc ce capitaine Kinsolving ? braillait Gus Powell.

Perché sur la dernière marche de l'entrée du café Bonanza, il s'adressait à la foule massée sur Portsmouth Square.

— Qui donc, je vous le demande, se risquerait à attaquer ceux-là mêmes qui tentaient de venger l'honneur de sa propre épouse ? Cette créature, cette Ching Ling, tente d'empoisonner Emma Kinsolving et que fait son mari ? Il assure la protection des funérailles de la meurtrière ! En vérité, je vous le dis : Scott Kinsolving a trahi les siens ! Ceux de sa race !

Quelques murmures d'approbation fusèrent ça et là parmi un auditoire dont Chicago, debout auprès de Slade, trouva l'enthousiasme très mitigé. Manifestement, l'argumentation de leur candidat ne faisait pas l'unanimité. Elle prit sur elle d'insuffler un soupçon de vigueur au débat.

— Nom de Dieu, Gus, hurla-t-elle, Kinsolving trahit non seulement au profit des chinetoques, mais aussi pour le bénéfice des youpins. Tu vois ce magasin en face de toi ? Qu'est-ce qu'on peut lire qu'est marqué dessus, hein ? « De Meyer et Kinsolving ! » Et qui est sa femme, hein ? Emma de Meyer Kinsolving ! Alors, les De Meyer, c'est pas des youpins, hein ?

La question juive trouva dans l'assemblée moins encore de fanatiques que le problème chinois.

— T'as p't'êt raison, Chicago, cria un homme dans la foule, mais si on avait pas le De Meyer, qu'est-ce qui nous resterait ? C'est le meilleur magasin qu'on trouve à l'ouest des Rocheuses.

— Et d'abord, cria un autre, Emma Kinsolving commence à relever un peu le niveau de cette ville ! Et, en plus, elle est drôlement belle, en tous cas bien plus séduisante que les vaches en tablier que tu nous refiles à prix d'or !

Une vague de rires court jusqu'aux pieds de Chicago qui pâlit d'indignation.

— Et pis quand même, ajouta un troisième auditeur, à quoi ça rime d'attaquer un convoi funèbre ! Même si c'est des Chinois. Quel genre de type faut être pour s'attaquer à un enterrement ?

— Quel genre de type? J'vais te l'dire, moi : c'est le travail de ces saloperies d'évadés australiens, les Sydney Ducks, expliqua le premier. Kinsolving nous promet l'ordre et la loi et il fait respecter les deux avec ses hommes! Moi, je suis prêt à lui confier le pouvoir s'il est capable de faire échec aux Ducks et de diminuer les crimes dans notre ville!

Les acclamations qui accueillirent cette déclaration exprimaient un enthousiasme jusque-là absent dans la foule.

— Merde, maugréa Chicago, ce Gus Powell vaut rien comme orateur. Tu crois qu'on soutient un perdant?

Slade ne quittait pas des yeux son poulain, celui qu'ils avaient sélectionné parce qu'il était le seul à pouvoir prétendre à une formation d'avocat, démontrée par un diplôme douteux obtenu à la sortie d'un obscur collège du Missouri et qui, pour l'instant, chauve, maigre, insignifiant, agitait frénétiquement les bras en s'égosillant dans une vaine tentative pour reconquérir l'attention de son auditoire. Incidemment, Powell était compromis dans un tel nombre d'escroqueries, dont Slade possédait les preuves, que ce dernier pouvait le manipuler à sa guise. Pourtant, cela ne suffisait pas. Slade Dawson constatait en même temps que Chicago que la carte ordre, loi, moralité, représentait un atout de première force dont les effets se révélaient bien supérieurs à ce qu'ils avaient imaginé. Une forme de maturité politique commencerait-elle à poindre dans les esprits obtus de ces californiens buveurs, querelleurs, bagarreurs, jusque-là grisés ou abrutis par l'attrait de l'or... ?

— Je t'avais prévenue qu'avec des mots tu n'arriverais à rien, grogna Dawson. Il existe un moyen beaucoup plus efficace de gagner les élections... Pas besoin de faire la putain avec les électeurs.

Il rentra à l'intérieur de l'établissement, écœuré par les cris de la foule qui scandait : « Kinsolving! Kinsolving!... »

— Je suis terriblement fière de toi, chuchota Emma, blottie tout contre lui, dans le grand lit conjugal et je te dois des milliers d'excuses.

Scott promenait amoureusement une main sur sa poitrine.

— Tu ne me dois rien du tout, répondit-il avant de l'embrasser.

— Pour commencer, je te dois la vie, ensuite je te dois Archer... les deux Archer, le petit et le grand et il ne faut pas oublier Star… Quelle singulière famille nous sommes en train de mettre sur pied.

— Elle sera beaucoup plus que singulière. Ce sera une grande famille remarquable : la famille royale de Californie.

Elle se tourna légèrement de côté, posa un baiser sur son épaule.

— David affirme que la réunion tenue par Powell a tourné au désastre. Cela nous donne peut-être une chance d'accéder aux marches du trône ! Le gouverneur Scott Kinsolving… je trouve que cela sonne terriblement bien.

— Sais-tu que tu possèdes les plus beaux yeux de la Terre ?

Elle esquissa un sourire malicieux.

— Sais-tu bien que tu seras le plus beau et le plus élégant gouverneur de Californie ?

— Considérant que je serai le premier, l'exploit ne devrait pas être insurmontable. J'accepte le compliment.

— Scott, je dois t'avouer une chose terrible.

— Laquelle ?

— J'ai peur d'avoir été amoureuse de toi depuis fort longtemps et de ne m'en être jamais rendu compte.

— Ce qui reviendrait à dire que toutes nos disputes n'auraient été que des querelles d'amoureux ?

Elle l'embrassa de nouveau.

— Oui, là ! N'est-ce pas merveilleux ? D'autant que je suis convaincue que tu m'aimes également. D'accord… il m'a fallu le temps pour… te comprendre et m'accommoder de ce que peu de femmes considéreraient comme les manières d'un mari idéal…

— Que me reproches-tu ?

— En premier lieu, un esprit tortueux, ensuite, une trop longue mémoire des échecs subis et, surtout, un besoin maladif de triompher, de remporter la victoire.

— Mouais… c'est probablement vrai.

— Sans parler de ton ambition, de ta passion pour le pouvoir.

— Une authentique passion, je le reconnais. D'où la « famille royale ».

— Il est une chose pourtant que je dois reconnaître.

— Laquelle ?

— Tu as renoncé à ton vocabulaire grossier.

— Au moins en ta présence.

— En définitive, tout bien considéré, tu serais plutôt épatant.

— Voilà, au moins, qui fait plaisir à entendre.

Elle exhala un profond soupir de béatitude parce que, penché au-dessus d'elle pour l'embrasser, elle se sentait à l'abri de son grand corps, comme elle aurait pu l'être sous une chaude couverture magique.

— Je t'aime, murmura-t-elle. Tu as fait de moi la femme la plus heureuse de la terre...

«Rien de comparable aux brèves extases ressenties dans les bras d'Archer», songeait-elle, lentement entraînée au rythme de sa passion. Son amour pour Scott s'était construit à force d'amitié, de compréhension et d'admiration, bien plus durable et solide que s'il s'était forgé dans l'éclair d'une brûlante et physique attraction mutuelle.

«Les détours de l'âme, mais surtout du cœur humain, sont bien étranges», eut-elle encore le temps de se dire.

Le vent glacial descendu au galop des montagnes de l'Alaska s'acharnait sur la ville dont les habitants se blottissaient sous les couvertures, à l'abri de leurs volets clos. Pourtant, les deux hommes – Barker et Farnsworth – qui gravissaient les pentes de Rincon Hill dans l'obscurité de cette aube sibérienne paraissaient insensibles au froid vif. C'est que, l'un comme l'autre, appartenaient à cette racaille évadée des pénitenciers d'Australie où ils avaient, des années durant, purgé des peines assorties de punitions dont seuls réchappaient les plus solidement constitués.

Parvenus au sommet, ils s'arrêtèrent pour souffler au pied de la grande maison noyée dans l'obscurité. Farnsworth transportait un bidon de pétrole lampant.

— Ça va pas être compliqué, mon vieux.

— Ouais, mais ce bon Dieu de vent est foutu de flanquer le feu à la ville entière.

— Ce s'ra pas la première fois, hein. Slade dit que ça fait monter le prix de l'immobilier, alors !

Barker gloussa et ils se mirent à la tâche.

Can Do, sa femme et ses nombreux enfants logeaient dans un cottage de quatre pièces, un peu en retrait de l'habitation principale. Ce fut lui qui aperçut le premier les flammes dont la lueur dansante éclairait sa propre chambre.

— Le feu… marmonna-t-il une première fois.

Puis, bondissant de son lit :

— Le feu ! Au feu ! ! hurla-t-il à pleins poumons.

Pieds nus, il s'élança vers la cloche d'alarme que Scott avait par précaution fait installer dans la cour et qui permettait d'alerter désormais – à la suite du grand incendie de 1849 – non seulement le voisinage immédiat, le plus exposé, mais également l'organisme central des pompes à incendie mis sur pied depuis. Mais à peine se fut-il pendu à la corde que celle-ci lui resta dans les mains. Horrifié, le malheureux majordome découvrit qu'elle avait été sectionnée à une hauteur telle qu'une échelle aurait été nécessaire.

Il se mit alors à courir vers la grande maison en criant de toutes ses forces.

— Au feu ! Captain Kinsolving ! Captain Boss ! Taitai ! Au feu ! Réveillez-vous !

Emma fut tirée de son sommeil par un cauchemar : elle se trouvait dans une cuisine dont le poêle fumait et la faisait tousser. À peine eut-elle ouvert les yeux, elle se rendit compte que le cauchemar était une affreuse réalité : les lueurs de l'incendie dansaient devant la fenêtre de la chambre.

— Scott ! cria-t-elle en lui secouant l'épaule. Scott, réveille-toi !

— Hein… ?

— Dépêche-toi, la maison est en feu !

Elle sauta du lit, courut à la fenêtre qu'elle ouvrit, livrant passage à une rafale de vent qui plaqua contre son corps sa chemise de nuit et fit voler ses cheveux. Elle n'eut pas la possibilité de se pencher à l'extérieur tant la chaleur qui montait du rez-de-chaussée était déjà violente.

— Ferme la fenêtre, cria Scott.

Dès qu'il ouvrit la porte de la chambre pour sortir, d'épaisses volutes de fumée âcre pénétrèrent dans la pièce. Emma referma la fenêtre d'une main qui se voulait ferme, commandée par un esprit lucide. Archer… Star…

Scott avait passé une robe de chambre.

— Sors de la maison en vitesse, ordonna-t-il. Je m'occupe des enfants.

— Mais non, je veux t'aider…

— Va-t'en, hurla-t-il, dépêche-toi avant que le feu ne gagne l'escalier.

Il la poussa sur la galerie d'où l'on découvrait, à la base du hall immense, un fantastique ballet de flammes qui léchaient les colonnes du porche d'entrée et dansaient une sarabande folle devant les fenêtres de l'entrée. Emma courut vers l'escalier. Scott fit volte-face et cria :

— Madame Choy ! Le feu ! Apportez les enfants ! Vite !

Il se trouvait à mi-chemin du troisième étage quand s'ouvrit la porte de la nursery, livrant passage à une madame Choy en chemise à volants, bonnet de dentelle, serrant les deux bébés contre sa poitrine. Scott termina l'escalade en deux enjambées.

— Le Ciel soit loué, vous aviez entendu ! Donnez-m'en un.

L'« amah » commença à descendre l'escalier, pliée en deux par les quintes de toux, tenant toujours le second bébé qui pleurait. Emma se trouvait au sommet de l'escalier principal quand retentit la cloche d'entrée. La fumée, accompagnée d'inquiétantes lueurs, s'insinuait par la double porte de la salle à manger ; probablement cette partie de la maison brûlait-elle également. Elle posait le pied sur la seconde marche quand Can Do brisa la vitre de la porte d'entrée afin de la déverrouiller : le vent hurlant arriva avant lui au fond du hall.

— Taitai ! s'exclama-t-il en apercevant sa maîtresse au sommet des marches, Dieu merci, vous okay… !

— Ferme vite les portes, Can Do, cria Scott qui courait le long de la galerie du deuxième étage, suivi de madame Choy, ce vent active le brasier.

De fait, le vent avait attisé le feu qui couvait dans la salle à manger. En quelques secondes, ce fut l'enfer : de courtes flammes souples et agiles comme des rats de couleur orange se mirent à grimper le long des murs en bois du hall jusqu'au sommet du dôme à l'italienne.

Madame Choy qui toussait de plus en plus violemment poussa une exclamation, trébucha, tomba en avant, sur les genoux, Archer toujours dans les bras.

Scott se trouvait déjà sur la deuxième marche.

— Emma ! Viens prendre Star !

Emma qui était presque arrivée au pied de l'escalier rebroussa chemin aussi rapidement que le lui permettaient les circonstances et prit la petite fille des bras de son mari. Celui-ci remonta aussitôt aider madame Choy qui s'efforçait de se relever.

Le temps qu'Emma se retrouve en bas des marches, l'incendie avait pris une telle ampleur qu'elle toussait à son tour, sans intermittence, la vue brouillée par les larmes.

— Can Do, cria-t-elle, va aider le Captain Boss !

Le jeune Chinois se précipita dans l'escalier, tenant un mouchoir appliqué contre sa bouche et son nez. Quand il le vit arriver, Scott, qui faisait à nouveau le parcours de la galerie serrant Archer contre lui, lui lança presque l'enfant dans les bras.

— Occupe-toi de lui, je retourne chercher madame Choy.

— Can do !

À l'autre extrémité de la galerie, l'« amah », agrippée à la balustrade, poussait des cris perçants, manifestement paralysée par une incoercible terreur. Can Do descendit les marches quatre à quatre et par petits bonds désordonnés. En bas, Emma atteignait la porte d'entrée. La chaleur était devenue intenable. Les quatre murs du hall flambaient de la base au sommet. Emma poussa un cri d'horreur : d'énormes éclats de verre pleuvaient de la verrière qui avait éclaté en morceaux et venaient se planter dans le sol, l'un d'eux après avoir frôlé la tête de Can Do au passage.

La rupture de la verrière porta le coup fatal. La colonne d'air ayant trouvé une issue, ce qui restait de l'édifice fut transformé en torche en l'espace de quelques secondes.

— Dehors, Taitai ! hurla Can Do. Sortez ! Vite !

— Scott ! hurla-t-elle. Scott, où es-tu ?

— Dehors !

Il la poussa vers l'extérieur, frôlant les flammes qui léchaient encore le porche. À peine avaient-ils couru quelques mètres sur l'allée de gravier que le bâtiment tout entier croulait sur lui-même dans une immense gerbe de flammes qui semblèrent monter jusqu'au ciel.

— Scott ! hurla-t-elle encore, Scott… !

Elle recula d'instinct, poussée en arrière par la chaleur infernale qui se dégageait du foyer.

Dans le lointain tintait la cloche de l'organisme central. Sous la violence du vent, les braises, les tisons s'éparpillaient, retombaient sur le toit des maisons d'alentour qui se mettaient à brûler à leur tour.

— Scott ! hurlait Emma au bord de l'hystérie.

Can Do avait pris les deux bébés dans ses bras et s'était reculé au-delà du petit bassin dont les eaux reflétaient les lueurs rouges de l'incendie.

— Taitai ! cria-t-il, venez par ici !

Emma, pétrifiée, était incapable de croire à la réalité de ce cauchemar. Insensiblement, la vérité se faisait jour dans son esprit : l'homme qu'en fin de compte elle s'était mise à aimer venait de disparaître pour l'éternité dans le brasier qui avait été leur foyer, leur maison.

Plongée dans une sorte d'état second, elle entendait le tintement des cloches annonçant les incendies. Elle perçut le crissement des roues sur le gravier quand le landau de son père s'immobilisa derrière elle. Elle sentit que Félix la serrait contre son cœur, que Zita jetait un manteau sur ses épaules... Et puis, brusquement, le brouhaha s'enfla : les pompiers arrivaient à grand fracas, déroulaient les tuyaux, s'encourageaient à grands cris à manipuler la pompe à bras et les flammes contrariées entraient en lutte avec l'eau, se contorsionnaient, crachaient haineusement des gerbes d'étincelles en sifflant. Des curieux criaient « La ville entière va brûler ! »

Rien, pourtant, ne la détournait de sa léthargie.

— Je l'ai perdu, chuchotait-elle entre deux hoquets, le visage enfoui dans l'épaule de Zita. J'ai perdu Scott au moment où je commençais à l'aimer réellement...

Sincèrement émue, Zita revivait la scène au cours de laquelle Emma s'était effondrée en apprenant qu'Archer venait d'être arrêté et emmené.

— Ma pauvre chérie, murmura-t-elle, venez chez nous. Il faut vous mettre au chaud avant que vous n'attrapiez un mauvais rhume avec ce froid.

— Quelle importance, gémit Emma, le visage noyé de larmes. Qu'est-ce qui pourrait avoir de l'importance à présent ? Scott... mon chéri ! Mon Scott... !

Can Do s'approcha d'elles, tenant toujours les deux enfants qui, miraculeusement, s'étaient rendormis paisiblement en dépit du vacarme environnant, leur petit visage éclaboussé à intervalles irréguliers par les lueurs rouges de l'incendie. Emma rouvrit les yeux, soudain tirée de sa léthargie.

— Je me trompais, murmura-t-elle, ce sont eux qui ont de l'importance. L'important, c'est l'avenir.

Puis, tournée vers les décombres de son existence, elle serra les deux enfants contre sa poitrine, un éclat de farouche détermination au fond des prunelles.

— Scott, chuchota-t-elle, tu survivras en ces enfants et tu auras toujours ta place dans mon cœur. Tu seras fier de ta famille, mon chéri, j'y veillerai. Elle deviendra ce que tu avais souhaité : la famille royale de Californie.

Et elle déposa un baiser sur le front des bébés. Derrière elle, l'incendie qui dévorait la moitié de San Francisco teintait le ciel nocturne d'une rougeur de sang.

— Ça flambe partout à la fois, nom de Dieu ! grogna l'un des quatre gardiens préposés à la surveillance des magasins de Meyer et Kinsolving.

— Faudra tout reconstruire à nouveau, dit un autre. On commence à s'y connaître en construction de villes, nous autres !

— Ouais, reprit un troisième, l'expérience donne la connaissance.

Le vent violent qui n'avait pas cessé de souffler maintenait Portsmouth Square à l'abri des flammes. La place restait sombre et vide, à l'exception de quelques lumières et d'éclats de voix qui s'échappaient du café Bonanza. Tous ceux, ou presque, des habitants de la ville qui ne combattaient pas le feu assistaient au spectacle, laissant vide et abandonnée la partie préservée de San Francisco.

Un coup de fusil claqua et le premier des gardes qui avait parlé s'écroula, touché dans le dos. Une véritable salve suivit, qui faucha ses camarades avant qu'ils aient eu le temps de faire usage de leurs armes. Une douzaine de Sydney Ducks à cheval surgirent de la nuit et mirent pied à terre devant l'entrée du magasin.

— On a une heure pour nettoyer cette saloperie de baraque, dit le chef de la bande, alors grouillez-vous, les gars ! Toi, tu vas voir si ces quatre connards sont bien crevés sinon tu termines le boulot. En vitesse !

L'interpellé se hâta de donner le coup de grâce sans discernement et courut rejoindre les autres qui avaient déjà brisé toutes les vitrines et s'acharnaient à présent sur le contenu de la boutique de la comtesse.

— Anéanti ! gémissait Félix. Tout est anéanti !

Le lendemain matin, alors que la ville offrait un véritable spectacle de désolation avec ses décombres encore fumants, Félix avait découvert le magasin entièrement saccagé : un monceau de débris où tout ce qui n'avait pas été volé avait été rendu inutilisable.

— Des mois de travail réduits à néant en une nuit, gémissait-il en secouant la tête.

— Et nos gardes... tous les quatre assassinés, renchérit Zita entre deux hoquets, tous morts... je me refuse à croire à un tel déchaînement de violence inutile et gratuite...

— Moi, j'y crois, déclara Emma.

Les yeux rougis, les paupières gonflées d'avoir trop pleuré, elle tenait le bras de son père d'une main ferme et son ton de voix était singulièrement net.

— Je crois que nous vivons dans un monde de violence. Jusqu'ici, j'ai vécu dans un rêve, une féerie romantique, bercée par les valses de Chopin... et puis ils ont tué ma mère, ils ont assassiné vos enfants, Zita, Archer m'a été arraché de force et jeté dans un pénitencier, Ching Ling a tenté de m'empoisonner, Scott a été supprimé pour ainsi dire sous mes yeux... Nous vivons dans un univers de violence où seuls les plus forts réussissent à survivre. Eh bien, Dieu m'est témoin que j'ai l'intention de me ranger dans le camp des plus forts, mon cher papa. Avons-nous une assurance ?

Le père étreignit sa fille tendrement.

— Ma chère petite Emma, tu as déjà une lourde croix à porter. Je ne voudrais pas qu'en plus tu te mettes martel en tête à cause de nos affaires.

— Je désire au contraire m'en soucier activement. Avons-nous souscrit une police d'assurance ?

Félix posa un regard surpris sur sa fille : ses yeux étaient secs de larmes et il n'y voyait briller que farouche détermination. Une attitude qui lui rappelait curieusement son épouse Mathilde dans les circonstances graves.

— Non, avoua-t-il en fin de compte. Aucune compagnie d'assurances n'existe en Californie et nous n'avons pu décider un assureur de l'est à s'occuper de nous.

— Aucune assurance, répéta Emma à mi-voix. Il ne nous reste par conséquent que les bateaux et le contenu des entrepôts. Cela devrait suffire.

— Suffire pour quoi ?

Elle eut un geste large du bras.

— Pour tout reconstruire. Nous allons réédifier les magasins de Meyer et Kinsolving et peut-être créer en même temps une compagnie d'assurances. Nous ne sommes pas les seuls à nous retrouver ruinés ce matin et ce genre de catastrophe se produit si souvent que nombreux seront ceux qui ne demanderont qu'à garantir leurs biens, si nous le leur proposons.

Nouveau coup d'œil perplexe de Félix.

— Que signifie ce « nous » ?

— Exactement ce qu'il veut dire. Mon mari était décidé à bâtir un empire en Californie. À présent, il m'a été enlevé et je soupçonne fortement celui qui a incendié la maison d'être le même qui a fait assassiner les gardiens et piller le magasin, affirma-t-elle, la tête tournée vers l'entrée du Bonanza, de l'autre côté de la place. Et celui-là devra expier ses crimes.

— Emma, si ce langage sous-entend que tu as l'intention de jouer un rôle personnel dans nos affaires…

— Il n'y a là aucun sous-entendu mais une claire et nette décision de ma part, déclara-t-elle d'un ton sans réplique. Pour commencer, papa, tu vas revendre mes bijoux que Can Do a réussi à retrouver intacts dans le coffre-fort qui les a préservés. Penses-tu que ce soit possible ?

— Euh… probablement.

— Et vous, Zita, faites le compte de tout ce qui vous est nécessaire pour remettre votre boutique en état. Nous rouvrirons ce magasin dans un mois… non, dans deux semaines.

— Enfin, Emma, réfléchis ! Tu n'es qu'une femme ! s'exclama Félix.

— Ce dont Scott a parfois douté, rétorqua-t-elle. Ce qui ne m'a jamais empêchée de me comporter en véritable femme, la nuit venue. Quoi qu'il en soit, Scott s'était promis d'édifier un empire, eh bien, cet empire verra le jour, dussé-je, pour y parvenir, le construire de mes propres mains. Tu ne vas tout de même pas me reprocher de vouloir accomplir de grandes choses? Ni de vouloir surmonter une épreuve de force? Ce n'est pas parce que je suis une femme que tu es en droit d'attendre de moi que mon activité se borne à élever des enfants et à tricoter pendant que d'autres agissent? D'ailleurs, plus je réfléchis à cette idée de compagnie d'assurances, plus je m'en félicite. Une compagnie qui garantira chacun contre... des choses comme celle-ci, dit-elle en balayant les débris du geste. Scott... ajouta-t-elle avec un sourire forcé, tu ne tarderas pas à être fier de moi...

Zita l'étreignit.

— Nous nous emploierons tous à honorer son souvenir.

Emma se contenta de leur serrer les mains à tous deux.

Chicago, perchée au sommet de son trône, arbitrait l'activité du Bonanza. Deux jours à peine après le désastre, la vie était redevenue normale. Songeuse, elle sirota une gorgée de gin. La souplesse et la facilité d'adaptation de ces sacrés Franciscains était tout de même extraordinaire. « Je me demande quel genre de cataclysme ou de force surnaturelle réussirait à les mettre hors de combat? » En attendant, le commerce marchait et elle en venait à s'interroger sur l'opportunité de faire installer une petite scène où elle pourrait donner des spectacles, lorsqu'un silence tout à fait insolite s'abattit sur l'assistance. Chicago tourna la tête et découvrit une scène qui la laissa muette. Pour une fois.

Plus ravissante que jamais dans son ensemble noir d'une élégance raffinée, le voile de deuil relevé sur le bord de sa capeline, ses mains gantées de noir serrant un petit sac en perles de jais, Emma Kinsolving faisait une entrée remarquée. Elle s'avança d'un pas ferme jusqu'à la plus proche des serveuses demi-nues.

— Slade Dawson est-il ici? s'enquit-elle sur le ton de la conversation familière.

L'autre déglutit bruyamment, aussi intimidée qu'une rosière présentée nue à la reine d'Angleterre.

— Euh... oui, ma'am... il est en haut avec Letty.

— Qui est Letty?

— Sa… euh… son amie, ma'am, une fille à Chicago…

Les rires salaces soulevés par cette réponse expirèrent sous le regard impitoyable d'Emma qui s'était brusquement retournée.

— Je comprends, murmura-t-elle. Seriez-vous assez aimable pour m'indiquer l'endroit où je pourrais rencontrer cette… Letty ?

La serveuse tendit le bras vers l'escalier.

— C'est là-haut, ma'am, la chambre A, avec la vue sur la place.

— Merci.

L'élégante veuve s'engagea dans l'escalier sous le regard fasciné des mineurs barbus et crasseux qui assistaient à un intermède nouveau pour eux : un spectacle de grande classe.

« Qu'est-ce qu'elle vient foutre ici, celle-là ? » s'interrogeait Chicago, caressant pensivement les plumes d'autruche qui ornaient ses épaules massives.

Slade Dawson se laissa retomber de côté puis sur le dos avec un sourd grognement de satisfaction. Il alluma une cigarette.

— Tu n'étais pas mal aujourd'hui, bébé, admit-il, derrière un petit nuage de fumée bleue.

— Merci beaucoup, grogna Letty en se mettant sur son séant. Assez de flatteries, ça va me monter à la tête.

— Ben quoi ? Tu voudrais une médaille, peut-être ?

— Pourquoi pas ? fit-elle d'un drôle d'air.

Elle rafla un négligé à petits volants sur le dos d'une chaise et fit quelques pas dans la chambre. Une petite boulotte, bien en chair, le visage encadré d'une blonde chevelure bouclée. Dawson observait chacun de ses mouvements en même temps qu'il grattait distraitement sa poitrine velue.

Elle remonta ses cheveux sur le sommet de la tête et les retint à l'aide d'un ruban rose.

— Slade, je suis sûre que tu ne m'aimes pas. Je suis pas folle. Je sais très bien que tu n'aimeras jamais aucune femme parce qu'il y a aucune tendresse sous ta peau. Seulement voilà, faudrait quand même que tu gamberges un peu au sujet de l'avenir parce que j'attends un enfant de toi.

Les volumineux sourcils noirs de Dawson se joignirent à la racine du nez.

— Tu te fous de moi ?

— Pas du tout ! Et il est pas question qu'y soye pas de toi comme tu le sais parfaitement.

Il le savait. Associé, moitié-moitié, aux activités du Bonanza, il avait revendiqué pour son usage personnel la plus belle chambre dans laquelle il avait installé Letty qui, depuis lors, n'avait plus reçu aucun client. Il suçota son mégot.

— Ça pourrait être marrant d'avoir un môme ! grinça-t-il avec ce qui pouvait passer pour une grimace d'amusement.

— Ce sera pas marrant du tout s'il a pas de père.

— Si t'essaies de m'avoir à l'esbrouffe, n'y compte pas ! J'ai pas envie de m'marier avec une pute.

Elle haussa les épaules.

— Alors y restera bâtard, parce qu'y faut pas compter sur moi pour le faire sauter, je…

La porte qui s'ouvrait l'interrompit au beau milieu de son argumentation.

— … Je… je vous demande pardon ! s'exclama-t-elle.

Emma entra d'un mouvement vif, referma la porte derrière elle. Slade remonta le drap jusqu'à sa ceinture, hypnotisé par le dur regard des prunelles améthyste qui vrillait le sien. Elle marcha jusqu'au lit. Il écrasa son mégot d'un geste machinal.

— 'Scusez-moi, madame Kinsolving, bafouilla-t-il. Si vous aviez frappé, j'aurais enfilé mon caleçon.

Elle pointa sur sa figure le derringer qu'elle venait de sortir de son sac en perles.

— Si mon mari était encore en vie, répliqua-t-elle, il serait devenu gouverneur et il aurait eu recours à une véritable police pour purger la ville de scélérats de votre acabit. Mais puisque vous l'avez tué, je vais être obligée de faire ma propre justice.

— Foutez-moi le camp tout de suite !

Elle pressa le canon contre son front.

— Et n'allez surtout pas vous imaginer qu'il n'est pas chargé.

Statufié, il se sentit pour la première fois de son existence envahi par une terreur sans nom.

— Att… attendez un… un instant, bégaya-t-il d'une voix sans timbre.

— Pour quelle raison ? Nous avez-vous permis d'attendre, nous, le jour où vous avez expédié vos hommes de main pour incendier notre maison ? Et supprimer du même coup mon mari ? Avez-vous accordé la moindre chance à ces quatre malheureux que vous avez assassinés devant la porte de nos magasins ?

— Je ne sais pas de quoi vous parlez…

— Mais si, vous le savez parfaitement. Aussi, je vais appuyer sur la gâchette, Slade Dawson. Je suis votre exécuteur.

— Seigneur ! balbutia-t-il, tremblant de tous ses membres. Letty, appelle à l'aide.

— Il est trop tard. Adieu, assassin !

Elle pressa la gâchette. Click ! Letty poussa un hurlement.

Rien ne s'était produit.

Emma remit l'arme dans son sac, recula d'un pas. Dawson était couvert de sueur.

— Espèce de garce ! rugit-il. Espèce de sale foutue fille de nom de Dieu de garce, vous m'avez foutu une trouille de merde !

— C'était précisément ce que je désirais. Il n'était pas question de vous tuer mais de savoir à quoi m'en tenir sur vos actions et vous ne vous en tirerez pas comme ça. Je suis plus forte que vous, Slade Dawson. Cette ville ne vous connaîtra jamais que sous votre propre jour : un minable escroc, un vulgaire assassin au petit pied. Une véritable ordure. San Francisco est appelée à devenir une ville à votre image ou à la mienne. Or, j'ai la certitude qu'un jour ou l'autre, c'est vous qui serez mis au ban de la société…

Elle ouvrit la porte toute grande, enveloppa les protagonistes d'un regard chargé d'un indicible mépris vis-à-vis de Letty, d'une haine mortelle à l'égard de Dawson et partit en refermant d'un geste résolu.

— Qu'est-ce que c'est que tout ce bordel ? questionna Letty encore pantelante.

— Ordure… marmonnait-il tandis que son regard allait de la porte à Letty. Elle m'a appelé « ordure »…

— Faut ê't juste, mon vieux lapin, toi non plus on te donnerait pas une médaille…

Il sauta du lit en poussant un grognement de fureur, bondit sur sa victime qu'il empoigna par le bras, un poing menaçant brandi au-dessus de sa tête.

— L'enfant ! hurla-t-elle.

Il hésita, abaissa lentement la main.

Le bébé. Son bébé.

Une ordure.

« Il nous manque un peu de respectabilité », avait dit Chicago.

— Excuse-moi, marmonna-t-il, tapotant le bras sur lequel ses doigts laissaient des marques rouges.

Respectable. Avec un fils.

Son regard revint à la porte par laquelle Emma venait de sortir. Celle-là était respectable, ah oui, la garce ! Était-il possible que l'avenir de la Californie prenne cette forme ?

— À quoi penses-tu, chéri ? voulut savoir Letty, la main posée sur sa poitrine.

Les yeux de Dawson revinrent se fixer sur sa compagne. « Seigneur ! C'est pas le fric qui me manque, ça c'est sûr ! Mais est-ce que ça suffirait pour transformer cette traînée en lady, si jamais je l'épousais ? Dieu seul le sait. À San Francisco, tout est possible ! »

CHAPITRE VINGT

— Je crois savoir que vous détenez un pensionnaire du nom d'Archer Collingwood ? dit l'homme au visage barré d'un cache noir sur l'œil.

Le directeur se pencha en avant, après avoir ajusté le pince-nez d'un petit geste précieux.

— Parfaitement. Numéro quatre-un-six-deux. Il m'est particulièrement agréable de vous préciser qu'après d'un très mauvais début – qui nous a contraint à le mettre au secret pendant un temps déterminé – il s'est conduit en prisonnier modèle. Il a presque accumulé un mois de « bonus » ou remise de peine et j'aurai donc beaucoup de plaisir à plaider sa libération sur parole. Son influence sur les autres prisonniers s'est révélée exemplaire également. Son compagnon de cellule, un indien jusque-là intraitable, s'est mis à faire preuve d'une docilité telle, que j'ai eu la joie de le libérer sur parole voici deux semaines. Il se râcla la gorge. Rien ne peut réjouir autant le cœur d'un directeur que de constater l'efficacité de notre système pénitentiaire.

L'œil unique du borgne suintait littéralement d'ennui et d'indifférence.

— Oui, oui, je n'en doute pas un instant. Toutefois, la personnalité de Collingwood a laissé des souvenirs dans certaines parties de la Californie, où son caractère belliqueux et son absence de moralité l'ont conduit à commettre nombre de crimes pour lesquels il n'a jamais comparu en justice. Malheureusement, la nature même de ces crimes, rend difficile – sinon délicate – leur présentation devant un tribunal. En conséquence, dans l'intérêt de ces personnes – en Californie – et dans celui de la justice, il serait préférable que Collingwood demeurât incarcéré encore cinq ans au moins...

Le directeur avait sursauté.

— Mon cher monsieur Fontaine, cela me paraît tout à fait impossible.

Leborgne tira de sa sacoche le sac empli de pièces d'or qu'il trimbalait depuis la Californie et le déposa, sans un mot, sur la table. Le fonctionnaire le saisit, l'ouvrit, examina son contenu. Il releva les yeux, posa un regard attentif sur l'homme au bandeau assis en face de lui. Il prit une profonde inspiration.

— Certes, commença-t-il, il est des circonstances exceptionnelles dans lesquelles les voies de la justice se trouvent... encombrées.

Il s'empara du sac, le fourra dans un tiroir de son bureau.

— Dites à vos amis californiens, monsieur Fontaine, que le détenu Archer Collingwood sera puni comme il convient de sa... euh... de ses... crimes.

Leborgne lui accorda la grâce de s'abstenir de tout commentaire. L'ex-conseiller de Cleveland n'avait même pas rougi.

Archer Collingwood était parvenu à survivre à l'horreur de l'existence carcérale – contraintes, violence et sodomie – en puisant dans les ressources de son imagination fertile. Il s'était créé un monde de rêve, romantique à souhait, au centre duquel régnait la merveilleuse Emma. Celle qui occupait toutes ses pensées.

Le seul résultat positif de cette attitude réservée qui avait mis en échec l'acharnement des gardiens à le faire tomber de nouveau – en dehors de ses journées de remise de peine – était l'amitié sincère qui désormais le liait à son compagnon de cellule, Joe Thunder. Au fil des mois, ils s'étaient chuchoté, sur le ton de la confidence, leur passé respectif, leurs espoirs dans l'avenir. Cette amitié, invraisemblable seulement en apparence, prenait sa force dans la disparité de leurs origines, précisément, en même temps que dans la morne tristesse de leur existence passée. Archer confiait à Joe ses espérances concernant Emma ; Joe révéla à Archer l'existence d'une jeune indienne nommée Pink Dawn*. Ensemble, ils comptaient les jours qui les séparaient de la liberté; ensemble ils se plaignaient de la médiocrité de la nourriture. Joe n'ignorait rien des détails les plus sordides au sujet de la prépation des «repas» pour y avoir travaillé un moment comme préposé à la vaisselle.

Autant dire que la décision de libérer Joe sur parole fut, pour Archer, un immense sujet de réjouissance en même temps qu'une accablante perspective de devoir poursuivre seul son chemin de croix.

— C'est bon, tu sors bientôt, dit Joe la veille de sa sortie. Après on part tous en Californie et on fait le double mariage...

— Bien sûr, dit Archer avec un sourire contraint.

— Combien de temps bonus pour toi ?

— Dix-huit jours.

— Merde, Archer, toi bon pour libérer sur parole dans quinze mois. Ça rien du tout.

— Ouais ! Je sais...

— Et je te dois beaucoup de choses, ami. Moi le pauvre fou Indien jusque tu lui expliques quoi il faut faire pour son bien. Joe Thunder n'oublie pas. Je viens te visiter chaque le mois.

Trois jours après la libération de Joe, on lui assigna un nouveau compagnon de cellule : un petit comptable d'apparence chétive et résignée qui avait détourné quinze mille dollars. Il se nommait Simmonds et, chaque soir, après avoir marmonné d'interminables prières destinées à son épouse et à ses trois filles, il s'endormait au rythme d'une sorte de mélopée pleurnicharde dont les accents déchirants n'étaient guère de nature à consoler Archer de son propre chagrin.

L'immuable et impitoyable routine de la prison n'était rompue que le dimanche. Une heure durant, le sergent Woolridge, dont la vénalité n'était un secret pour personne, leur servait d'interminables lectures de la Bible et jouait des hymnes sur son harmonium – comble d'impudence, puisque là comme ailleurs, la loi du silence prévalait. Archer avait été préposé à la buanderie où, de

_____

* L'aurore aux doigts de rose... (N.d.T.)

279

sept heures à midi et de quatorze à dix-huit heures, il œuvrait silencieusement, dans une ambiance de sauna.

Un matin, alors qu'il entassait des uniformes sales dans une énorme cuve, il vit Woolridge, suivi de deux gardiens, s'avancer vers lui.

— 4162 ! aboya le sergent, on te réclame au bureau du directeur. Passez-lui les menottes !

La surprise d'Archer fut telle qu'il faillit laisser échapper une protestation. Par bonheur, la longue et monacale pratique du silence le retint à temps sur le bord de l'erreur.

Dans le bureau de Ridley, Simmonds se tenait, terré dans un angle, tremblant de tous ses membres. Son poignet droit était entouré d'un bandage.

— Collingwood, déclara le directeur en retirant son pince-nez, Simmonds se plaint d'avoir été blessé par vous d'un coup de couteau.

Les prunelles d'Archer s'agrandirent de stupéfaction. Le directeur sortit de son tiroir une lame luisante.

— Le sergent Woolridge a trouvé ceci sous votre matelas. L'avez-vous dérobé à la blanchisserie ? Vous pouvez parler.

— Non, sir. C'est un ignoble mensonge !

— Accusez-vous le sergent Woolridge de mensonge ? Vous pouvez parler.

— Oui, sir.

— Simmonds, est-il vrai que Collingwood vous a agressé et blessé dans votre cellule ? Vous pouvez parler.

— Oui, sir, balbutia le comptable sans bouger de son coin.

— Tu mens ! hurla Archer. Je n'aurais jamais fait une chose pareille !

— Silence ! Je ne vous ai pas donné l'autorisation de parler. Collingwood, vous vous conduisez comme un dangereux fauteur de troubles. Votre temps de remise de peine est annulé et il n'est plus question de vous libérer sur parole. En outre, j'ai exposé votre cas au juge d'application des peines, il a estimé comme moi que vous devrez effectuer une peine supplémentaire de cinq années.

— Non, ce n'est pas…

— Silence !

— Vous accomplirez dix ans pleins sans espoir de libération sur parole et, pour avoir enfreint la règle du silence, vous allez passer un mois au secret. Emmenez-le.

Atterré, anéanti comme les beaux rêves qu'il nourrissait jour après jour, au prix d'une patience et d'un courage sans limite, il fut incapable de maîtriser sa colère.

— C'est un mensonge, hurla-t-il. Vous avez monté cette histoire... vous et Woolridge. Vous avez passé un marché avec Simmonds...

— Deux mois au secret! brailla Ridley dressé derrière son bureau. Faites-le sortir d'ici!

— C'est un mensonge éhonté! cria encore Archer qui luttait avec ses gardiens.

— Trois mois!

— Je suis innocent!

— Quatre mois! Quatre mois de mise au secret, et si jamais vous ouvrez encore la bouche, je vous flanque au trou pour une année entière, nom de Dieu!

Archer le regardait sans répondre, hébété, quand Woolridge, un sourire de hyène retroussant ses babines, lui enfonça son poing dans l'estomac avant de lui abattre sa matraque sur la tête.

Il s'éveilla au milieu d'un superbe couloir blanc et or. Un brouillard léger flottait à la surface du parquet invisible. Sur toute sa longueur la paroi du corridor était percée de fenêtres par lesquelles pénétrait une brise suave qui faisait frémir les rideaux. Il avait la sensation de flotter en direction d'une porte lointaine. De partout lui parvenaient les accents délicats d'une valse tendre jouée par un orchestre invisible.

À mesure qu'il s'approchait de la porte, le son de la musique s'amplifiait. Les rideaux abandonnant le cadre de la fenêtre, s'enroulèrent autour de son corps, caressants et doux. La porte s'ouvrit avec une lenteur calculée, Emma lui apparut, plus belle qu'en rêve.

Il tendit alors les bras, mû par un désir irrésistible. Elle portait une magnifique robe en argent. Elle ouvrit à son tour les bras afin de l'accueillir... et au moment précis où il se trouvait sur le point de l'enlacer, il chut dans un tourbillon d'eau noire. Interminablement malaxé, bousculé, étourdi, il tentait désespérément de s'agripper à quelque chose pour échapper à la noyade. Un rire énorme lui emplissait les oreilles, à présent : celui du sergent Woolridge. Il vit passer, plaqué en filigrane sur la noirceur de son maëlstrom, le visage blafard de Ridley, suivi par la chétive silhouette ratatinée de Simmonds. Tous deux riaient également. Et pendant ce temps, il continuait à s'enfoncer, englouti dans les tourbillons de cette eau qui l'enserrait de toutes parts…

Il revint à lui dans la cellule. Obscurité quasi totale. Entièrement nu, il gisait sur un côté, à même le sol en béton. L'humidité de son rêve n'était autre que sa propre sueur qui ruisselait sur tout son corps, en raison de la chaleur excessive qui régnait habituellement dans les cachots. Son crâne était douloureux à l'endroit où il avait été frappé. Il tenta de s'asseoir mais la douleur qui lui vrilla le cerveau le contraignit à rester allongé. Le souvenir des moments horribles endurés dans cette cellule lui revinrent en foule à l'esprit : la solitude insupportable, le tourment de la claustrophobie, le silence, la perte de notion du jour et de la nuit.

Quatre mois…

— Je ne tiendrai pas, balbutia-t-il.

Dix ans ! Sans espoir de remise de peine.

— Je ne pourrai pas. Je ne veux pas !

Il fit le tour de sa cage, à quatre pattes – puisqu'elle était trop basse pour qu'il pût se mettre debout – comme un animal pris au piège. Ses yeux, qui s'accoutumaient à l'obscurité, découvrirent les trous minuscules, destinés à l'aération. Il tendit la main, palpa la porte. Le métal était chaud.

Quatre mois. Dix ans. Pas de remise. Pas de mise en liberté.

— Je ne pourrai pas ! Je ne veux pas ! hurla-t-il en frappant du poing la porte maudite. Allez tous au diable ! Je me priverai de bouffer ! Je me laisserai crever. Une vie comme celle-là ne vaut pas la peine d'être vécue…

Il se laissa retomber en arrière, le visage enfoui au creux de ses bras repliés. Il éclata en sanglots.

Emma.

La douce et lointaine musique lui parvenait à nouveau : une valse. À présent, il valsait aux bras d'Emma, parmi les délicates volutes d'un brouillard blanchâtre. Elle était belle, incroyablement, ses magnifiques prunelles améthyste exprimaient une telle tendresse, une telle chaleur, une telle passion. Emma…

L'obscurité profonde et la chaleur intenable de la cellule.

La valse aux accents d'une musique romantique.

Il ne savait plus exactement où il se trouvait. Il s'en moquait, d'ailleurs. Il désirait seulement mourir afin de rejoindre Emma dans les cieux.

Emma se confondait avec les cieux.

CHAPITRE VINGT ET UN

Lorsqu'il lui arrivait de songer à ses origines, Joe Thunder se considérait Shawnee, exactement de la même manière qu'un Italien ou un Suédois s'identifie à la population européenne. Les Shawnees appartenaient à l'une des trois tribus formant le peuple des Algonquins qui, avec tant d'autres – Miamis, Ottawas, Hurons, Delawares – se trouvèrent irrésistiblement repoussés vers l'Ouest et décimés, en grande partie par de constants déplacements forcés, par l'alcool, la maladie, sans parler des massacres.

Joe Thunder faisait partie, avec un groupuscule de cinq ou six amis, des rares Shawnees qui étaient demeurés en Ohio. À sa sortie de prison, il s'était rendu au Railroad Saloon où il passait jadis la majeure partie de ses soirées après avoir lavé la vaisselle depuis le matin dans un hôtel de Colombus. Il y avait appris que Pink Dawn était morte de tuberculose, que sa situation de prisonnier libéré l'empêcherait de trouver du travail et que l'unique membre de sa famille auquel il aurait pu avoir recours était, à son tour, parti en direction de l'Ouest.

— Tiens, j'ai eu des nouvelles d'Archer, dit un matin le patron – un ancien esclave affranchi – en lui versant son premier verre de la journée. Elles sont pas bonnes.

— Ah ouais ? Quoi ?

— Ben, on l'a foutu au trou pour quat' mois et il en a pris pour cinq ans de plus. On l'accuse d'avoir blessé son compagnon de cellule d'un coup de couteau.

Une lueur d'indignation alluma la prunelle de Joe.

— Ça, mauvais mensonge ! Archer gentil garçon, n'a jamais attaqué personne !

— Le bruit court qu'un type, un borgne, est venu de Californie et qu'il a graissé la patte au directeur.

Joe saisit son verre… le reposa brusquement sur le comptoir. Non, il ne s'enivrerait pas aujourd'hui.

— Faut que je sorte Archer de là-dedans, marmonna-t-il.

— Mes frères, le peuple blanc ne nous a rien épargné, mais cela ne signifie pas que tous les visages pâles soient mauvais sans exception. Moi, j'en ai connu un en prison, un garçon, Archer, pour qui je serais prêt à donner ma vie.

— Pourquoi ? demanda Charlie Red Cloud, dans la même langue, tandis qu'il versait le café dans les quarts en fer martelé.

Ils étaient cinq, tous Shawnee, rassemblés dans l'unique pièce que squattait Charlie, à la périphérie de Colombus. Celui-ci, le meilleur ami de Joe, lui avait prêté cinquante dollars «en attendant». Des cinq hommes, seuls Tom Lone Wolf et Charlie avaient un travail régulier.

— Parce qu'Archer m'a enseigné l'art de jouer avec les règles des prisons de visages pâles et c'est grâce à sa science que je suis libre aujourd'hui. Mais lui, il a été la victime du directeur. Ce garçon est jeune et costaud ; malheureusement, personne ne résiste à quatre mois de « trou ». Moi, je n'y ai passé qu'un mois et j'ai cru devenir fou. Aussi j'ai l'intention de le tirer de là et pour cela j'ai besoin de votre aide. Êtes-vous prêts à m'aider ?

Charlie reposa la cafetière sur le poêle.

— De quelle manière veux-tu faire évader un prisonnier du pénitencier gardé par soixante-dix hommes armés ? Personne n'a jamais réussi.

— Je connais cette satanée prison comme ma poche et il existe un moyen d'en sortir. Croyez-moi. Mon plan est fait. Mais j'ai besoin de votre aide.

Les quatre hommes échangèrent un regard qui trahissait leur perplexité. Joe, aussi avisé que pour lui-même, les avait empêchés de s'enivrer, ne leur autorisant que du café.

— Je me demande… murmura Lone Wolf. Tu pourrais avoir le plan le plus ingénieux, l'entreprise me paraît risquée.

286

— Naturellement, elle est dangereuse, je ne dis pas le contraire ! Chacun de nos grands-pères a combattu aux côtés de Tecumseh et c'était tout autant dangereux !

— Tu as raison, ami… L'ennui est qu'ils ont perdu la guerre, maugréa White Horse.

— Dans quel but risquer ma peau pour celle d'un visage pâle ? objecta le quatrième interlocuteur.

— Pourquoi ? s'écria Joe. Parce que l'homme blanc n'a plus peur de nous. Parce qu'il croit nous avoir vaincus !

— Il a sans doute raison de le croire, suggéra White Horse.

— Ce raisonnement ne tient que si nous lui en fournissons les preuves ! cria Joe. Il nous a tout pris. Je me suis plié au règlement de l'homme blanc tant que j'étais en prison pour me permettre de survivre et de sortir de ses murs. Mais une fois dehors, même si nous nous plions à sa loi, nous avons la certitude de perdre. Combien de tribus ont été anéanties déjà ? Nous disparaîtrons à notre tour, nous sommes tous en train de disparaître ! L'homme blanc a la nature en horreur. Il ne vit que pour transformer notre belle terre en usines et en exploitations qui saccagent notre territoire. Nous avons vécu sur ces terres pendant des millénaires sans jamais causer le moindre dommage à la nature, tandis que l'homme blanc l'a défigurée en moins d'un siècle. À mesure que le temps passe, il nous repousse en direction de l'océan et, chaque fois, il nous reprend les terres ainsi promises. Que ferons-nous, une fois arrivés sur le rivage ? Nous jetterons-nous à l'eau pour lui faire plaisir ? Notre seul espoir, mes frères, se trouve dans la possibilité de rallumer la crainte qu'il pourrait avoir de nous. Et pour lui faire peur, il nous faut entrer dans cette horrible prison et libérer un prisonnier blanc sous son sale nez morveux de blanc. Seul moyen de ridiculiser tous les blancs en une seule fois. Peut-être, alors, nos frères éparpillés sur le continent entendront-ils parler des cinq braves Shawnees qui ont pris d'assaut le pénitencier de l'Ohio, peut-être en tireront-ils une telle fierté qu'ils y puiseront le courage de reprendre le combat…

Pour illusoires qu'ils fussent, ses propos eurent le don de catalyser les énergies.

— Ouais, tu as peut-être raison, Joe, déclara White Horse. L'heure a peut-être sonné de déterrer la hache et de reprendre le sentier de la guerre.

— Cette idée me plaît, approuva Lone Wolf. Quel est ton plan ?

— Avant tout, il nous faut des fusils.

CHAPITRE VINGT-DEUX

Ce matin-là, cinq Shawnees galopaient sur la route poussiéreuse violemment éclairée par la lune, en direction de Bexley, un modeste village de bûcherons et de fermiers qui se limitait à un alignement de magasins miteux et de maisons en bois édifiés à la va-vite. Les indiens avaient revêtu leur costume traditionnel en peau de daim et dissimulé leur visage sous le masque de guerre, peint à même la peau. Parvenus au milieu de l'unique rue, ils sautèrent à bas de leur monture devant une cabane pompeusement baptisée « grands magasins Mc Gurdy. Tout pour la chasse. » Joe Thunder brisa la vitrine à l'aide d'une pierre. Ses compagnons s'emparèrent des fusils et des munitions en exposition. Quelques instants plus tard, le petit commando s'évanouissait dans la nuit.

Les hautes et lourdes portes en fer forgé du pénitencier s'écartèrent lentement pour livrer passage à la grosse voiture blanche, attelée à quatre chevaux – marquée « H. Normamby et Fils. Boucherie de qualité » – qui vint s'immobiliser au milieu de la cour. Deux gardiens saluèrent le cocher, Lex Turner, et contournèrent le véhicule dont ils ouvrirent la porte arrière à deux battants. La journée était déjà chaude, mais les énormes blocs de glace sur lesquels pendaient les quartiers de viande accrochés au plafond leur envoyèrent au visage une bouffée de fraîcheur. Leur inspection se borna à un coup d'œil blasé. Ils refermèrent les portes.

— Vas-y, Lex ! cria l'un d'eux.

L'attelage s'ébranla et alla se ranger devant la porte des réserves jouxtant les cuisines. Deux prisonniers venus ouvrir de nouveau les portes se trouvèrent confrontés, muets de saisissement, à quatre Shawnees en costume de guerre qui les menaçaient de leurs fusils. Les prisonniers reculèrent jusque dans la cuisine tandis que Kicking Bird conservait dans sa ligne de mire la tête de Lex Turner, toujours paralysé par la terreur. Joe Thunder avait misé sur la politique du silence absolu durant les heures de travail, qui devait jouer en sa faveur. Laissant White Horse et Tom surveiller l'unique gardien et l'intendant qui se trouvaient là pour réceptionner la viande, Joe Thunder, accompagné de Charlie, dévala l'escalier conduisant au sous-sol. Là encore, il comptait sur le facteur surprise : la prison avait été conçue pour interdire toute tentative d'évasion… et non pas d'intrusion.

Joe savait qu'il trouverait le sergent Woolridge seul à l'intérieur de la salle de garde parce qu'une partie de chaque arrivage de viande – les meilleurs morceaux – était apportée, par l'intendant en personne, à Woolridge, qui se chargeait de la répartir entre les gardiens.

Il lisait le journal, le col de sa tunique déboutonné, les jambes allongées sur le divan, une tasse de café à la main, quand les deux hommes firent irruption dans son petit monde et posèrent le canon d'un fusil contre sa tempe.

— Tu dis un mot, tu fais un bruit et on te brûle la cervelle, souffla Joe. Si tu es d'accord, fais oui avec ta tête.

Woolridge hocha du chef, avec d'autant plus d'empressement qu'il savait ne pouvoir compter sur aucun secours.

— Donne les clés pour la cellule Archer, ordonna Joe.

Le sergent s'exécuta d'une main tremblante. Il tira une chaîne fixée à sa ceinture et choisit une clé avec beaucoup de difficulté, tant il tremblait.

— Quelle il ouvre le couloir des cellules ?

Il en produisit une autre. Joe rafla les deux.

— Toi, viens avec nous, espèce de salaud, chuchota Joe en l'arrachant à son divan, et tu oublies pas : c'est pour « toi » la règle du silence !

Ils le poussèrent vers la sortie. Jusque-là tout s'était déroulé à merveille ; pour la suite des opérations, il faudrait que la chance

entre en jeu, il ne l'ignorait pas. Tout au long du couloir qui conduisait vers le sous-sol du bâtiment A où se trouvaient les cachots,
le cœur de l'indien battait à tout rompre. Si son plan aboutissait,
non seulement il aurait sauvé son compagnon, mais de plus la
puissance des visages pâles serait bafouée

La chance leur sourit. Ils atteignirent la porte barrant l'accès
aux cellules sans avoir rencontré personne. Joe déverrouilla, ils
s'avancèrent à l'intérieur du sinistre alignement de portes métal-
liques.

— Où ça Archer ? interrogea Joe.

— Celle-là, fit Woolridge.

L'indien se baissa, ouvrit la porte.

— Archer, c'est Joe. Dépêche-toi !

Puis, tourné vers le sergent :

— Enlève uniforme.

Comme l'autre ouvrait la bouche pour protester, Charlie lui
enfonça le canon du fusil dans la nuque.

— Fais comme il dit, homme blanc !

De plus en plus tremblant, Woolridge déboutonna sa tunique.

— Archer, quoi toi fabriques ? On te sort de ce trou...

Le jeune homme parut enfin, se traînant à quatre pattes, les
paupières fermées à cause de la lumière.

— Toi donner ton costume, ordonna Joe et après tu rentres
dans la saloperie de trou.

Le tortionnaire, qui avait perdu toute apparence d'autorité, en
caleçon et maillot de corps, eut un sursaut horrifié. Joe aidait son
ami à se remettre sur ses pieds. Il ramassa l'uniforme du sergent.

— Toi, dépêcher, enfiler tout ça, vite !

Charlie, pendant ce temps, courba Woolridge en avant, le contraignant à s'agenouiller, après quoi il l'expédia au fond du trou
d'un magistral coup de pied au derrière.

— Tâche de la fermer sinon on jette les clés !

Il repoussa la porte, la ferma soigneusement pendant qu'Archer,
toujours clignant les paupières, enfilait le pantalon de son bourreau.

— Il en reste deux autres, chuchota-t-il. Le trois et le cinq.

— Merde, Archer, on peut pas libérer tout le bordel de prison !
protesta Joe en même temps qu'il courait au numéro cinq, l'ouvrait
et jetait les clés au prisonnier.

— Libérez-vous tout seuls ! chuchota-t-il à l'intérieur du trou noir et puant.

Ils gagnèrent la porte du couloir, Archer clopinant derrière eux, incapable de croire à sa chance, une manche de la tunique flottant encore dans son dos. La liberté !

— Le Seigneur te bénisse, Joe, murmura-t-il.

— Toi pas t'occuper Seigneur pour l'instant. Nous pas encore sortis d'ici, tu sais !

Les deux gardiens postés dans la tour crénelée qui dominait la cour côté cuisine virent s'ébranler la lourde voiture blanche du boucher. Les sentinelles postées à l'entrée sortirent de leur guérite et ouvrirent la grande porte en fer forgé à double battant.

Un gardien qui passait par là pénétra dans la cuisine, à la recherche d'une friandise. Surpris de trouver la pièce vide, il regarda autour de lui. En trois ans de service, il n'avait jamais vu la cuisine déserte. C'est alors que lui parvinrent des appels étouffés, accompagnés de coups sourds, frappés contre la porte en bois de l'armoire frigorifique, qu'il se hâta d'ouvrir. L'intendant en sortit, titubant.

— Sonnez l'alarme ! Arrêtez le chariot de viande ! Les Indiens !

— Les quoi ? Les Indiens… ?

Déjà, le gardien se précipitait vers la cloche afin de sonner l'alerte.

— Les Indiens ! beuglait le comptable. Ils ont embarqué tout le personnel de la cuisine.

Le gardien tira la chaîne de toutes ses forces.

— Seigneur Tout-Puissant ! Des Indiens !

Dès le premier coup de cloche, Kicking Bird, tenant toujours sous la menace de son arme Lex, le cocher, par la petite fenêtre percée juste derrière son siège, lui cria.

— Dépêche de passer les grilles, homme blanc, sinon tu es mort.

Lex Turner qui n'avait pas cessé de trembler pour sa peau depuis l'instant où les cinq Indiens avaient accaparé son véhicule sous la menace de leurs fusils fouetta les chevaux à l'instant précis où la sirène à vapeur émettait son premier hurlement.

Les deux gardiens postés sur la tour ouvrirent le feu sur la charette qui passait en trombe.

— Faut essayer d'avoir un cheval ! cria l'un d'eux.

Les deux préposés à la fermeture des grilles se mirent en devoir de repousser les lourds battants, tandis que tous les gardiens placés en surveillance au sommet des murailles réagissaient en désordre, brusquement tirés de leur léthargie par la toute première évasion. En masse, de surcroît.

Lex Turner, ruisselant de sueur, stimulait ses chevaux, priant les cieux pour que les portes ne se referment pas sous son nez, s'attendant d'une seconde à l'autre à recevoir une balle égarée. Les lourds battants n'étaient qu'à mi-chemin, la fusillade s'amplifiait à présent des coups de feu tirés par les Indiens qui ripostaient sans discontinuer. La lourde voiture passa de justesse la porte grinçante.

— On est réussi ! cria Joe. On est réussi, nom de Dieu !

À l'intérieur du chariot frigorifique qui tanguait et cahotait, lancé à tombeau ouvert sur la route, les cinq Indiens, Archer et les sept convicts préposés à la cuisine s'étreignirent et se prodiguèrent de grandes claques dans le dos avec des hurlements de joie.

— Californie ! cria Joe, alors que disparaissaient dans le lointain les hauts murs gris de la sinistre prison. Nous aller en Californie, Archer ! Oublie tout ça !

— C'est vrai, cria Archer à son tour. Je te parie que nous y serons bientôt.

Emma ! Il s'était trouvé aux frontières de la mort et, en quelques minutes, son rêve le plus cher devenait réalisable ! Miraculeusement palpable. Il était libre... libre ! Il serra de nouveau Joe dans ses bras.

— Sais-tu que quand j'ai réussi à ouvrir les yeux, en bas, tu m'as foutu une sacrée frousse. Mais maintenant, je trouve que tu ressembles plutôt à un ange.

— Un ange en costume de guerre ! s'esclaffa l'Indien.

Les chevaux lancés au galop emportaient le lourd véhicule vers l'Ouest.

CHAPITRE VINGT-TROIS

La lame du couteau traça un sillon peu profond dans la peau blanche du jeune homme, le sang se mit à sourdre.

— Voilà, nous frères de sang, maintenant, confirma Joe Thunder alors qu'il plaquait son propre avant-bras contre celui de son ami blanc. Ton sang et mon sang se sont mélangés. Nous nous protégeons toujours. Tu es devenu un peu Shawnee et moi un peu blanc... mais seulement un petit peu.

Ils étaient assis côte à côte devant un modeste feu de camp dans une clairière, à l'extrême ouest de l'État de l'Ohio. Le chariot frigorifique abandonné dans la banlieue de Colombus, ils avaient repris possession de leurs chevaux après avoir laissé les sept prisonniers libérés s'éparpiller à leur guise. Les quatre Shawnees, compagnons de Joe, avaient décidé de leur faire un bout de conduite en direction de l'Ouest. Sans se risquer jusqu'en Californie, ils traverseraient néanmoins le Mississippi.

Charlie interrompit la conversation des deux frères de sang. Il piétina les braises avec soin et déclara qu'il était temps de dormir.

— On repart tout à l'heure, dans la nuit, il faut faire vite, on nous cherche.

— Bah ! Moi pas de souci pour qu'ils viennent, affirma Joe qui s'était étendu sur un lit d'aiguilles de pin d'où il contemplait à son aise le manteau de velours constellé d'étoiles. Eux plus nous attraper maintenant. Nous libres.

Puis, se tournant vers Archer.

— Demain, Petit Frère, je tue un daim et on te fabrique un costume shawnee. Tu deviens un vrai brave.

Kicking Bird laissa fuser un rire narquois.

— Un vrai brave avec des cheveux blonds !

— Alors, moi t'apprendre les sentiers dans la forêt et comment construire un canoë avec écorce du bouleau. Comment vivre dans la nature et courir aussi vite que lièvre. On t'apprend comment tu es aussi malin que Glooscap.

— Que... qui donc ? s'inquiéta Archer, le dos appuyé contre l'arbre, un léger bandage serré contre son poignet.

— Glooscap, le premier homme sur la terre, ennemi de Pamola, le mauvais esprit de la nuit.

Joe étouffa un bâillement.

— Nous, sur ce territoire des milliers d'ans et Grand Esprit nous dit tous les secrets. Tu verras, tu aimeras vivre comme indien. Tu regretteras si longtemps visage pâle.

Quelques instants plus tard, il ronflait bruyamment. Archer, à son tour, s'absorba dans la contemplation des étoiles. Peut-être le Petit Frère avait-il raison, après tout : cette perspective d'existence à l'indienne le séduisait.

Il avait la sensation de renaître au seuil d'une existence nouvelle.

— Sergent Woolridge, déclara le directeur, le gouverneur, auquel j'ai soumis votre projet, accepte de donner suite à votre demande. Vous êtes désigné pour prendre la tête d'un détachement chargé de retrouver la trace de Collingwood, ainsi que de Joe Thunder et des autres indiens ayant participé à son évasion.

Woolridge, figé au garde-à-vous devant le bureau de Ridley arborait son sourire de hyène.

— Tous ces hommes ne sont que des sauvages, qui ne portent même pas de noms chrétiens. Je suis autorisé à vous remettre trois mille dollars en liquide pour vos dépenses immédiates, ainsi qu'une lettre de crédit de dix mille pour la poursuite des opérations. Le gouverneur montre la même détermination que moi-même et tient à présenter ces individus devant la justice. Si les peaux-rouges se sont mis en tête de bafouer l'ordre établi, nous nous chargerons de les détromper, et durement !

— Si vous voulez bien me permettre, sir, il conviendrait sans doute d'en faire un exemple en présence des détenus rassemblés.

— Le gouverneur a d'ores et déjà donné son accord pour un emprisonnement à vie.

— Selon moi, sir, ce ne sera pas suffisant. Collingwood et les indiens devraient être condamnés à la pendaison.

— Peut-être avez-vous raison, après tout. Mais la première chose à faire, Woolridge, c'est de les capturer. À quoi j'ajouterai que votre éventuel succès serait sanctionné par une promotion intéressante.

— Je vous en remercie, sir. Mais je ne demande aucune promotion. Je me reconnais comme un Chrétien lecteur assidu de la Bible et inspiré par la crainte du Seigneur, moyennant quoi ma plus belle récompense serait de voir Collingwood et son païen d'Indien se balancer au bout d'une corde.

— Permettez-moi d'affirmer que je partage votre sentiment chrétien sans restriction.

— Quel spectacle de folie ! s'exclama Joe.

Ils venaient d'atteindre les faubourgs d'Independence, petite ville du Missouri d'où partaient les convois de chariots qui entreprenaient la traversée de la Grande Prairie.

— Nous ici, dans pays indien et les seuls Indiens c'est Charlie et moi.

— Et moi aussi, corrigea Archer qui portait fièrement son nouveau costume en peau de daim.

— Exact, Petit Frère, je t'oublie. Toi pas encore beaucoup indien, mais un peu déjà.

Puis, se tournant vers Charlie :

— Tu n'as pas changé d'avis ?

— Non. Trop de choléra dans les Plaines. Pas envie de mourir avec une maladie de visage pâle. D'abord, il est trop tard pour prendre la route. Tous les chariots sont partis début mai, cinq semaines déjà. Tu ne passeras pas les Montagnes Blanches à l'ouest.

— Si, si, fit Joe. Les familles blanches emportent tout le matériel, ils vont lentement avec des bœufs. Petit Frère et moi on vole comme l'aigle de Californie parce rien emporté, seulement la tête… la cervelle.

— J'espère que le Grand Esprit accompagnera, Joe.

Ils frottèrent leurs avants-bras l'un contre l'autre en témoignage d'affection.

— Au revoir, frère. Quand j'ai gagné un peu d'argent, je te rembourse ce que tu m'as prêté.

— Au revoir, Charlie, dit à son tour Archer en lui serrant la main. Je te dois la vie, je ne l'oublierai jamais.

Charlie grimaça.

— Sacrée partie de plaisir ! Les cochons de blancs roulés dans la crotte. J'espère Grand Père blanc dans Washington apprend l'évasion. Peut-être il prend peur et il dit à tous ses visages pâles : Frères, il faut nous retourner Europe et laisser terre maudite aux Indiens… !

Ils éclatèrent tous trois d'un rire joyeux. Charlie tourna bride et se dirigea au pas vers Independence.

— Allons-y, Petit Frère ! cria Joe.

Ils piquèrent des deux et s'élancèrent dans l'immense plaine, guidés dans leur course par les déchets et les débris qui jonchaient la route suivie par des milliers de chercheurs lancés depuis trois ans sur la piste de l'or. Un curieux et effrayant mélange de voleurs, d'hommes de confiance, de garçons de bonne famille – expulsés pour inconduite – de médecins et avocats plus ou moins marrons, de commerçants, d'artisans de toutes nationalités. Un échantillonnage accablant de ce que l'Europe possédait de plus vil, de plus crasseux, de plus immoral et amoral, de plus abruti et de plus astucieux. Tous animés par un unique espoir, tous marchant avec un seul rêve en tête : l'or de la Californie. Et pas uniquement le métal précieux, mais aussi le climat enchanteur et la terre miraculeusement fertile dont les prodigieuses récoltes avaient fait naître des récits enflammés, très vite devenus légendes.

Un jeune garçon qui somnolait à côté de son père, au pas lent de l'attelage, s'éveilla en sursaut quand passa près du chariot un couple de cavaliers indiens dont l'un était blond et bouclé.

— Regarde, m'man, cria-t-il, un Indien blond !

Sa mère, bouche bée, suivit le cavalier des yeux.

— Ma parole ! Je vous demande un peu… un Indien blond ! Mais où vont-ils chercher des trucs pareils ?

— Un Indien blond ? nota Woolridge dès le lendemain. Ce ne peut être que Collingwood.

Il avait galopé, suivi de son détachement de dix hommes, jusqu'à Independence, fort de la certitude qu'Archer et son Shawnee se dirigeraient vers l'Ouest. Ils n'étaient pas depuis dix minutes en ville qu'ils entendaient parler d'un « indien blond ».

— Pensez-vous qu'ils se dirigeaient vers la Californie ? demanda-t-il au tenancier du Gold Rush Saloon où il venait d'établir son quartier général.

— Au moins deux d'entre eux, oui, je crois. Les autres ont trouvé du boulot en ville. Y en a même un qui travaille à la scierie Brady, au bout de la rue.

Woolridge déposa un dollar sur le comptoir.

— Merci de votre aide. En route, les gars ! Avant le coucher du soleil, ces saloperies d'indiens regretteront d'avoir vu le jour.

À cinq heures, Charlie Red Cloud se voyait proposer de faire une dernière prière, lue dans la Bible personnelle de Woolridge. L'indien cracha dédaigneusement sur le Livre Saint.

— Va te faire foutre avec ton dieu au visage pâle, gronda-t-il, et ta justice de blanc. Où est la Cour ? Où est le tribunal ?

Woolridge sortit son mouchoir, essuya soigneusement la page souillée de cette Bible, cadeau de sa mère quand il avait six ans.

— Ton jugement et ta condamnation se sont déroulés dans ma tête, siffla-t-il, haineux.

Sur quoi, il leva la main et agita son mouchoir.

Les quatre Indiens, encerclés, faits prisonniers, avaient été traînés jusqu'au sommet d'une colline dominant le Missouri qui coulait en contrebas. Ils avaient les mains liées dans le dos. Une longue corde, pourvue d'un nœud coulant leur serrait le cou, passait ensuite sur la plus forte branche d'un chêne, avant de se rattacher à la selle d'un cheval. Une corde et un cheval par condamné. Au signal donné par le sergent, quatre hommes de son détachement saisirent le bridon de chacune des montures et les firent avancer pour les éloigner de l'arbre.

Lentement.

Les Shawnees s'élevèrent lentement dans les airs, suspendus par le cou. Agités de soubresauts désespérés, fouettant l'air autour d'eux de leurs jambes libres, ils se pendirent eux-mêmes. Woolridge avait tiré sa montre en or de son gousset. Le plus lourd d'entre eux eut la chance de se briser la nuque et mourut presque instantanément. Le plus résistant endura sept minutes d'agonie.

— Voilà sept minutes, constata-t-il satisfait, qui leur fourniront un excellent sujet de conversation dans l'enfer des Indiens. S'il en existe un. Décrochez-les!

Tandis que les hommes de sac et de corde, recrutés, sans difficulté, au tarif de cent dollars par semaine, s'acquittaient de leur tâche macabre, Woolridge poursuivait la lecture de sa Bible à l'ombre du chêne.

— Pardonnez-moi, sir, dit un membre du détachement – un grand costaud hirsute dont le visage disparaissait sous une barbe fournie et qui répondait au nom d'Ezra Surtees –, en s'accroupissant devant lui, je voudrais vous exprimer mon admiration pour un homme qui lit la Bible dans un pareil moment. Tout à fait approprié. Ainsi que je vous l'ai fait savoir, sir, je suis membre de l'Église des Mormons.

— Je m'en souviens, admit le sergent, levant les yeux de son Livre sacré.

— J'en conclus que vous êtes un homme inspiré par la crainte du Seigneur, sir, et qu'il vous serait profitable de prendre connaissance de l'enseignement de la Grande Église des Mormons. D'autant que la poursuite des deux prisonniers évadés risque de nous conduire dans l'Utah, où s'est établie la secte des Mormon*, dont l'aide pourrait nous être précieuse. Accepteriez-vous que je vous instruise de notre croyance, sir?

Une lueur d'intérêt s'alluma au fond de la prunelle du tortionnaire.

— Je suis prêt à vous entendre, Surtees.

---

* Salt Lake City.

CHAPITRE VINGT-QUATRE

Durant tout l'été, Woolridge et son détachement poursuivirent les fuyards sans relâche. Les deux amis suivaient la route traditionnelle empruntée par les convois de chariots qui abandonnaient le Missouri pour entrer au Nebraska afin de longer la Platte, sur sa rive sud, jusqu'à cet endroit du Wyoming où ils franchiraient le col le moins élevé des Rocheuses. Leurs poursuivants se guidaient non seulement sur les traces laissées par trois années de ruée vers l'or, mais également sur les récits nés de l'imagination des voyageurs qui parlaient d'un Indien blond capable de tuer un buffle d'une seule flèche et à cent mètres, qui parlait avec les animaux et entretenait avec le Grand Esprit des relations privilégiées.

En revanche, si Woolridge analysait avec le plus grand scepticisme les légendes qui auréolaient Archer Collingwood « l'Indien blond », il ingérait goulûment les épisodes de la création de l'Église des Mormons dont Ezra Surtees le gavait littéralement. Cette secte nouvelle, imaginée quelque vingt ans plus tôt par un jeune homme du Vermont, Joseph Smith, s'appuyait sur l'apparition de l'ange « Moroni » qui lui avait annoncé qu'une Bible – ignorée jusque-là – avait été rédigée sur des feuilles d'or et enterrée en un lieu tenu secret. Joseph Smith ayant retrouvé et l'endroit et l'Évangile secret qu'il avait réussi à traduire, avait publié, en 1830, « Le livre de Mormon » qui, en quelques mois, était devenu un véritable succès.

— Je vous prêterai mon exemplaire personnel, avait suggéré Ezra, et quand vous en aurez achevé la lecture, votre existence en sera transformée, j'en ai la conviction.

La conviction s'était avérée exacte. Lecture faite, Woolridge avait été converti. Enthousiasmé. Fanatisé même.

À son tour, il rêvait de voir apparaître l'ange Moroni.

Joe et Archer galopaient à toute allure dans la Grande Prairie. Tecumseh, le cheval de Joe, était une monture superbe avec laquelle son cavalier ne faisait qu'un. Archer, qui n'avait jamais monté de sa jeunesse, progressait rapidement. Tous deux s'étaient fixés pour but un grand arbre solitaire que Joe, bien évidemment, atteignit le premier. Archer, en retard de quelques foulées, se posait en second honorable.

— Tu fais sacrés progrès, Petit Frère, haleta Joe. Peut-être tu deviens un jour un vrai Indien Shawnee…

Archer, à bout de forces, sourit, ravi. Son bonheur était sans limite : après les horreurs de l'emprisonnement et du séjour au cachot, l'immensité de la Grande Prairie verdoyante, limitée à l'horizon par la splendeur des sommets montagneux coiffés de neige, le grisait comme un vin capiteux.

Accroupi dans une anse boueuse de la Platte, Archer épiait le passage des poissons. Il serrait dans sa main droite une sorte d'épieu mince, taillé en pointe à l'aide de son couteau et durci au feu. Il se figea soudain, rigoureusement immobile, tandis qu'un poisson plus gras que les autres se faufilait entre ses pieds. D'un seul geste assuré, il frappa, transperça l'animal qu'il éleva en l'air, tout fier de faire admirer sa proie à son compagnon.

— Hé Joe ! Je l'ai eu ! Voici de quoi dîner.

L'indien, qui l'observait, hocha la tête, approbateur.

— Très bien, Petit Frère. On finira à faire un vrai Shawnee avec toi.

Archer regagna la rive et se mit en devoir de nettoyer sa prise sous le regard pensif de Joe.

— Dis-moi une chose, Archer, toi condamné parce que tu voles une banque, non ? La raison c'est la banque a volé ta ferme, non ?

— Oui, oui, tout cela est vrai.

— Et tu crois c'est ton droit ? Tu fais bien ?

— Absolument. Même si le tribunal n'a pas accepté mon point de vue.

— Voilà ! Toi, homme un peu… idéaliste… Tu voudrais tout le monde heureux et juste. Pourquoi je comprends pas tu fais une chose fausse et mauvaise.

Archer, surpris, leva la tête de son occupation.

— Qu'est-ce que tu me racontes ?

— La ferme pas la propriété de toi, pas la propriété de la banque. Qui possède la terre ? La terre appartenir à tous, même chose soleil, étoiles et ciel. Nous, Indiens, vivent ici des milliers d'années et jamais rien la propriété. Nous vivait sur la terre, par la terre et la prairie, jamais rien à nous. Alors je comprends pas, Petit Frère, pourquoi toi en prison à cause des quarante acres de terre fait par Grand Esprit pour tous…

Archer fut tellement frappé par ce raisonnement qu'il en demeura à court de réponse, l'œil rond, le regard fixé sur son ami.

À quelque temps de là, ils avaient fait halte au sommet d'une éminence et regardaient s'écouler le convoi de chariots quand les guetteurs surprirent leur présence et commencèrent à tirer dans leur direction.

— Filons, Petit Frère, dit Joe qui éperonna et s'éloigna au galop.

Archer suivit un peu à contrecœur, rendu furieux par les marques d'hostilité de ses frères blancs. S'il avait été séduit par le mode d'existence des peaux-rouges, s'il se plaisait à adopter leurs mœurs, il n'en demeurait pas moins « blanc » aux tréfonds de lui-même. Pendant toute son enfance, il avait entendu parler de l'Indien comme d'un ennemi, un inférieur, un dangereux païen dont on ne pouvait attendre rien de bon. À présent, il commençait à se demander si les méthodes des Shawnees ne seraient pas plus efficaces que celles des « visages pâles ». Il avait été très frappé par cette notion de nomadisme étrangère à l'idée de propriété – si chère au cœur du blanc – qu'à force d'y réfléchir il lui trouvait une certaine beauté. Certes, il ne poussait pas l'idéalisme jusqu'à imaginer les blancs adoptant le mode de vie indien, mais il percevait

303

mieux l'injustice qui leur était infligée et il brûlait d'envie d'y remédier. Sans pour autant avoir la plus petite idée des moyens à employer.

Dans son dos, les coups de feu s'espacèrent, mais leur hargne n'avait rien perdu de sa force.

— Woolridge a pendu quatre Shawnees à Independence. Ils se nommaient Charlie Red, White Horse, Tom Lone et Kicking Bird. Ni procès, ni jugement, rien. Tu connais ces hommes?

Les deux compagnons avaient été rejoints dans leur campement par un Indien Paiute, Half Moon. Ils avaient atteint l'extrême sud du Wyoming, le long de la rivière Sweetwater.

Joe ferma les yeux quelques minutes.

— Oui, dit-il. Pendus sans jugement… Justice hommes blancs. Woolridge paiera.

— Woolridge poursuit vous deux, continua Half Moon. Lui et ses hommes à peu près cinq milles d'ici. Campés la nuit dernière avec convoi Pemberton. C'est pourquoi moi vous chercher, frères. Le guide Pemberton vieil ami de chasse, un trappeur français, Girard. Il me demande si je connais indien blond avec ami Shawnee. Il explique vous en danger. Woolridge homme blanc fou. Lui paie Girard pour quitter Pemberton et guider sa troupe à travers montagne. Girard me dit Woolridge maintenant mormon… mauvais pour toi, là-bas mormon empire, conclut-il en désignant le sud-ouest*.

— Quoi ça, Mormon? voulut savoir Joe.

— Une nouvelle religion, expliqua Archer. Je connais parce qu'un de mes cousins a perdu tout ce qu'il avait déposé dans une banque mormon qui a fait faillite. Son chef, le prophète Joseph Smith, a été assassiné dans une prison de l'Illinois il y a environ huit ans. Le nouveau prophète s'appelle Brigham Young.

— Lui mauvais esprit, même pour esprits blancs, précisa Half Moon. Il veut faire un pays mormon, il réclame l'Utah. Le Grand Père visage pâle à Washington répond: «Va te faire foutre, Utah m'appartient.»

---

* Salt Lake City.

— En réalité, l'Utah devrait appartenir aux Indiens, mais qui s'en préoccupe ? observa Archer avec amertume. On prétend que Young a dix-sept femmes. On a le droit d'en prendre autant qu'on en a envie, c'est peut-être ce qui rend la religion si populaire.

— Peut-être pour Woolridge c'est bon. Il est devenu mormon et il raconte il attend pour voir ange Moroni. Girard me dit : « Tes amis courent vite, vite, parce que lui veut les tuer comme les Shawnees. »

— Nous le tuer avant, affirma Joe d'une voix calme. Il va payer.

— Pas facile, objecta Half Moon, patrouille dix hommes.

— À quelle distance, la Sierra Nevada ? s'enquit Archer.

— Environ un mois. Vous traverser Grand Désert Salé, après Grande Mer Salée.

Archer contemplait, rêveur, les montagnes qui forment le relief de l'Utah. On était à mi-septembre.

— Il m'est venu une idée, dit-il. Nous allons nous montrer aussi malins que Glooscap. Est-ce que Girard accepterait de nous aider ?

— Sûr ! affirma Half Moon. Lui vieil ami.

— Alors, il nous faut une église.

— Ici ? s'étonna Joe.

Son compagnon tendit le bras en direction de la montagne.

— Une église mormon, précisa-t-il.

— Tiens ! Qu'est-ce que c'est que ça ? marmonna Girard Petitjean qui scrutait la montagne de ses jumelles.

Depuis un mois, il guidait Woolridge et son détachement à travers les plaines salées de l'Utah et ils venaient de s'attaquer aux premiers contreforts de la Sierra Nevada.

— C'est drôle, on dirait une espèce d'ange ou je ne sais quoi ?

Woolridge se précipita.

— Un ange ? Que voulez-vous dire ?

— Regardez vous-même, si vous ne me croyez pas.

Petitjean lui tendit les jumelles. Ils s'étaient avancés jusqu'à l'entrée d'un long ravin étroit et escarpé qui s'enfonçait dans le flanc de la montagne couverte de neige. Deux tempêtes prématurées avaient accumulé une soixantaine de centimètres de neige de chaque côté du ravin et le spectacle était saisissant de beauté pour qui n'avait jamais eu l'occasion d'admirer la façade orientale des montagnes de Californie.

Pourtant, Woolridge fut arraché à sa contemplation par un événement stupéfiant. Sur une éminence élevée, à l'autre extrémité du ravin, circulait un personnage en longue robe blanche. Un homme aux longues boucles blondes et aux ailes d'or.

— C'est véritablement un ange, souffla Woolridge, les yeux collés à ses jumelles. Ce doit être l'ange Moroni.

Les hommes de sa patrouille échangèrent des regards entendus. Depuis plusieurs semaines, le comportement de leur chef devenait de jour en jour plus incohérent, à mesure que s'amplifiaient les difficultés de l'entreprise.

— Regarde toi aussi, Ezra, ordonna-t-il à Surtees en lui tendant les jumelles.

— C'est un véritable miracle ! s'écria l'autre, frappé de stupeur. C'est l'ange Moroni. Il nous fait signe d'approcher. Il veut nous parler. Il veut certainement nous délivrer un message.

Girard alluma un cigare, souffla un filet de fumée bleue dans le vent glacé du matin.

— Les mormons ont le chic pour découvrir des anges à chaque instant, remarqua-t-il d'un ton dégagé. L'empire mormon regorge d'anges de toutes espèces. C'est le pays des miracles. Bizarre, n'est-ce pas ? Mais, après tout, on ne sait jamais !

Woolridge qui avait repris possession des jumelles, ne tenait plus en place.

— Il veut nous montrer quelque chose ! s'exclama-t-il.

— Il y a peut-être un autre jeu de feuilles d'or gravées, suggéra Surtees dont l'excitation allait croissant. Pourquoi le Sauveur n'aurait-il pas déposé un Évangile dans la terre de l'Utah, comme il l'avait fait à New York ?

— Tu penses que c'est possible ?

— Pourquoi pas ? Brigham Young nous a enseigné que Dieu a fait don de cette terre aux Mormons afin qu'ils s'y implantent. Quoi de plus normal que d'avoir déposé un Saint Ouvrage dans son sein ?

— Allons-y ! Suivez-moi !

Woolridge rendit ses jumelles au Français.

— Excusez-moi, monsieur, fit le guide, je préfère ne pas vous suivre dans ce ravin : ce n'est pas notre route, vous savez.

— Non, non, bien sûr. Mais nous n'en avons pas pour longtemps, vous nous attendrez ici. En route, vous autres ! cria-t-il à ses hommes. Nous allons devenir les témoins d'un miracle. Priez le Seigneur ! Louez le Seigneur !

Sur quoi, il éperonna sa monture et s'enfonça dans le ravin, Ezra Surtees à sa suite.

— Ce type est complètement cinglé, maugréa l'un des hommes. Mais, heureusement, la paye est bonne… alors, suivons-le !

Le guide français les regarda s'éloigner. Il tira quelques bouffées de son cigare, un mince sourire aux lèvres.

Quand la petite troupe fut parvenue à mi-hauteur du flanc de la montagne, Joe Thunder, dissimulé derrière le tronc d'un pin énorme au sommet de la déclivité, tira un coup de fusil. Puis, aussitôt derrière, deux autres. Le détachement s'immobilisa, cherchant l'assaillant du regard. Girard, à son tour, tira successivement plusieurs coups de fusil. À ce moment, les hommes de Woolridge, ayant découvert la cachette de Joe, tirèrent en désordre une véritable salve.

Alors, un énorme paquet de neige se détacha du flanc de la montagne et se mit à rouler le long de la pente raide à une vitesse folle en grossissant au fur et à mesure de sa chute. En quelques secondes, ce fut un irrésistible mur de neige durcie qui se précipita vers des hommes affolés, au milieu d'un éclatement de gracieuses arabesques étirées par le vent, telles de blancs voiles arachnéens.

— C'était un piège ! eut encore le temps de hurler Woolridge avant de disparaître sous deux tonnes de neige compacte.

Plusieurs minutes durant, le fracas de l'avalanche se répercuta de proche en proche. Puis le silence retomba.

Girard jeta son cigare.

— Je leur avais pourtant dit de ne pas s'y aventurer, dit-il avec un haussement d'épaules méprisant.

Archer arracha de ses épaules les ailes en papier mâché, dérobées dans une église mormone à Salt Lake City ; ensuite, il se débarrassa de la longue robe blanche et la livra aux fantaisies du vent qui s'en empara et la fit longtemps voltiger dans le vide comme un fantôme malfaisant.

Un bon moment plus tard, Joe le rejoignit avec les chevaux. Les deux hommes s'attardèrent dans la contemplation du ravin.

— C'est très beau, commenta sobrement Archer.

— Seule chose mauvaise dans ton idée, Petit Frère, beaucoup très beau pour ce fils de putain. Il fallait une mort beaucoup plus dure et plus lente.

— L'important est qu'il soit mort, vois-tu. Nos frères sont vengés. Glooscap a des voies aussi impénétrables que celles de notre Seigneur.

— Tu as raison, Petit Frère. À présent, en route pour la Californie.

Joe éleva son fusil et tira deux fois. Un signal destiné au guide et qui signifiait : merci de ton aide, Girard.

Il ne leur restait plus qu'à franchir le Donner Pass avant de voir s'ouvrir, sous les sabots de leurs montures, la large et belle route de la Californie.

L'arc au poing, deux doigts refermés sur la flèche, Archer, blotti sur la fourche d'un arbre, écoutait les daims qui conversaient en dessous de lui. À force de patience et d'entraînement, il avait fini par se familiariser avec le langage des animaux, tel que le lui avait enseigné son ami Joe. Et cette découverte lui avait ouvert les yeux et l'entendement sur un monde nouveau et merveilleux. Bien que fermier et fils de cultivateur, jamais il n'avait ressenti comme en ce moment à quel point il était partie intégrante du milieu naturel dans lequel il vivait.

À l'instant propice, il banda son arc, lâcha le trait qui s'enfonça dans le cœur de l'animal. Il sauta de sa cachette, courut vers sa proie et en détacha un quartier, abandonnant le reste aux prédateurs qui ne tarderaient pas à nettoyer la forêt de toute espèce de souillure. Ils avaient franchi le Donner Pass sans incident, en se guidant sur le soleil couchant ou grâce à des indications recueillies auprès de chasseurs ou de mineurs dont l'hostilité immédiate s'atténuait seulement après avoir vérifié qu'ils n'étaient pas tous deux indiens.

Ce soir-là, ils campaient à quelques milles au nord de Sonoma et ils estimaient se trouver à deux jours environ de la grande ville. Alors que l'euphorie d'Archer allait croissant, au fur et à mesure de leur avance, paradoxalement, l'humeur de Joe s'assombrissait de jour en jour dans des proportions comparables. Ses périodes de mutisme s'allongeaient de manière incompréhensible, d'autant qu'il ne répondait à aucune des questions de son compagnon.

Archer le trouva assis devant un bon feu de branchages. Ils embrochèrent le morceau de venaison et le disposèrent sur les deux petites fourches que l'indien avait enfoncées dans le sol.

Ils surveillaient la cuisson de la viande sans mot dire lorsqu'un bruit de branches brisées les fit se retourner. C'était un fermier qui s'avançait vers eux, le canon de son fusil pointé dans leur direction.

— Qu'est-ce que vous foutez sur ma terre, espèce de bon Dieu de peaux-rouges ? beugla-t-il.

Seul Archer se leva.

— Nous ne savions pas qu'il s'agissait d'une propriété privée, expliqua-t-il.

— Eh ben, c'est la mienne et quand j'ai vu le feu...

Il loucha sur la blonde barbe bouclée de son interlocuteur.

— Mais t'es pas un Indien, s'exclama-t-il. T'es un blanc ! Qu'est-ce que tu fous avec ce sauvage ?

— Il se trouve que c'est mon ami, rectifia Archer, dévoré par l'envie de se jeter sur le malotru.

Les lèvres lippues de l'homme esquissèrent une grimace de dégoût.

— Comprends pas qu'on puisse être ami avec ça, maugréa-t-il. Il est vrai que j'ai entendu dire que d'aut' sont copains avec des nègres, alors ! Faut croire que tout est possible.

— Nous partirons demain à l'aube, poursuivit Archer. Nous ne vous causerons aucun ennui. Nous allons à San Francisco.

Le fermier déposa son fusil.

— Bon, ça ira pour une nuit. Parce que t'es blanc. Pourquoi tu t'habilles en sauvage, petit ?

Archer haussa les épaules.

— Parce que j'ai pas les moyens de m'acheter des vêtements normaux.

Joe suivait le dialogue, impassible, jambes croisées, les prunelles luisantes.

— Eh ben, je te conseille de pas te balader dans cette tenue à San Francisco. Les gens n'aiment pas tellement côtoyer les indiens… z'ont déjà assez d'ennuis avec les Chinois. Si t'as deux sous de jugeotte, tu feras bien de trouver du fric et d'aller te choisir un costume civilisé chez de Meyer…

— De Meyer ? coupa le jeune homme. Vous avez dit de Meyer ?

— Ben oui, quoi ! Le plus grand et le plus beau magasin de Californie : les grands magasins de Meyer et Kinsolving sur Portsmouth Square.

— Et… y a-t-il une… Emma de Meyer ?

L'homme fronça les sourcils.

— Oui, évidemment. L'affaire est à elle. À elle et à son père. La femme la plus riche de San Francisco, je pense. Pourquoi tu me demandes ça ?

— C'est ma fiancée.

Le fermier ouvrit d'abord une bouche démesurée de poisson qui s'asphyxie. Puis il éclata d'un rire sonore en se claquant les cuisses. Archer, interdit, laissait aller son regard de Joe au bonhomme.

— Qu'y a-t-il de si drôle ? s'inquiéta-t-il.

— Toi !… hi… hi… toi, le trimardeur en défroque de sauvage… hi… hi… un ami d'Emma de Meyer Kinsolving… la femme la plus élégante de ce côté-ci des Rocheuses… !

— Kinsolving ? Qui est-ce ?

— Son mari… hoqueta l'homme en s'essuyant les yeux d'un revers de manche. Enfin, c'était son mari avant qu'il périsse dans l'incendie de leur maison… Seigneur !… Un foutu traîne-savate de peau-rouge-blanc avec Emma Kinsolving ! Celle-là, alors ! Bon… eh ben, à un de ces jours, petit, et bonne chance avec ta fiancée… t'en auras besoin !

Et il s'enfonça dans l'obscurité, toujours hoquetant. Archer, debout devant le feu, le regarda s'éloigner, le visage assombri. Au bout de quelques secondes, il se tourna vers Joe qui n'avait toujours pas bougé.

— Emma mariée…, marmonna-t-il en prenant place près des braises. Normalement, je ne devrais pas en être surpris, mais… tout de même… !

— Mari mort… rectifia Joe d'un ton morne…, ta chance reste. Le type a raison, toi besoin vêtement normal, comme tu dis. Moi pas compris pendant tous ces mois toi porter costume Shawnee, tu t'es jamais cru « normal ».

Avec un sursaut d'effroi, Archer comprit soudain qu'il avait, par inadvertance, gravement offensé son ami.

— Crois-moi, Joe, je n'ai pas voulu dire…

— Quoi toi voulais dire alors ?

— Eh bien… euh… je pense… je pense que ce n'est pas ce que je voulais dire. Sincèrement. Je l'aime, moi, ce costume. Je suis fier d'être un frère de sang des Shawnees, tu le sais bien. Et tu sais aussi que ces cinq mois ont été les plus heureux de mon existence.

Joe le fixait intensément, un sourire triste aux lèvres.

— Je sais, dit-il. Toi pas vouloir offenser mais toi pas beaucoup de chances non plus avec élégante madame Kinsolving si tu aller dans son tepee habillé comme Shawnee, avec un vrai Shawnee…

— J'ai surtout l'impression de n'en avoir aucune de toutes façons. D'ailleurs, si elle est devenue importante et riche et… tout ce qu'il a raconté, je ne crois pas en avoir encore envie.

— Toi pas répondu ma question : si elle te voir avec moi, elle prend la course comme un daim.

— Ce n'est pas vrai, voyons !

— La raison, Petit Frère, garde la raison sans imaginer rêves. J'ai appelé toi Petit Frère parce que je pensais comme ça pour toi quand nous étaient dans la forêt. Je savais courir dans la forêt et tu ne savais pas, alors je t'ai appris. Aujourd'hui, nous quitter la forêt pour entrer dans la grande ville, là où on vit manière visages pâles, alors je deviens Petit Frère de toi et tu m'apprends ?

— Tu es fou, Joe ! Tu t'imagines que je connais quelque chose à la vie dans les villes ? Tu te trompes, je ne suis qu'un paysan, un cul terreux.

— Ah oui, mais cul terreux blanc.

Ils demeurèrent un long moment silencieux, absorbés dans leurs pensées. La graisse qui coulait de la viande odorante grésillait dans les flammes. Archer se sentait de plus en plus mal à l'aise mais, à présent, il commençait à comprendre le changement d'humeur de son compagnon.

Le premier, Joe reprit la parole.

— C'est drôle, dit-il, penché au-dessus du cuissot qui brunissait, en prison nous toujours parler, toujours dire « un jour la Californie ! » et penser aussi double mariage. Et moi, je pensais : peut-être je peux faire un tepee, là-bas, peut-être il y a tant de place un Indien peut vivre où il veut, comme il veut, pas travailler comme laveur de vaisselle ou portier. Alors je me suis trompé. Ou peut-être il est trop tard.

— Trop tard pour quoi faire, Joe ?

— Toi entendu le fermier. Il est sur sa terre. Sa terre appartient à lui. Je t'ai dit déjà : les Indiens jamais possédé la terre, jamais possédé l'Amérique. Alors pas le droit de me plaindre que visages pâles a pris toute la prairie et la forêt aux Indiens. C'est pour ça moi trop tard, Petit Frère : je n'ai plus la place en Amérique, même pas en Californie.

— Bon Dieu, Joe, tu te trompes complètement ! Il y a encore de la terre libre... partout ! Pourquoi ne pas utiliser les méthodes de l'homme blanc, gagner un peu d'argent et acheter la terre...? Après, nous aurons notre ferme à nous et...

— Moi pas fermier, coupa Joe d'un ton hargneux. Moi rester comme je suis : un Shawnee !

En examinant – avec plus d'attention qu'il n'avait jamais songé à en apporter – le profil aigu de son compagnon, dont l'éclat des flammes mettait en relief le nez busqué, les pommettes saillantes et la peau durement tendue sur les mâchoires crispées, Archer mesurait pour la première fois la profondeur du fossé qui séparait leurs deux races et, en même temps, l'énormité du crime commis par l'homme blanc à l'endroit de ses frères peaux-rouges.

Il n'en demeura pas moins à court d'arguments.

Dans le lointain retentit le hululement de la chouette. Les traits de Joe se détendirent, son expression s'adoucit.

— Toi entends l'oiseau ? Partie du Grand Esprit. Il dit : « Continue vers l'ouest, Joe, ton repos pas encore ici. »

— Mais il n'y a plus d'ouest, Joe, nous sommes au bord du Pacifique.

— Oui, je sais.

Son regard d'oiseau de proie se reporta vivement sur le morceau de viande doré sur toutes ses faces.

— Je crois que nous peut manger, Petit Frère. Après ça Joe va dormir. Journée longue, Joe fatigué.

Archer s'éveilla brusquement d'un interminable cauchemar dont il émergeait trempé de sueur malgré le froid de l'aube brumeuse. Le feu était éteint, la forêt noyée de silence.

— Joe ?

L'Indien n'était pas là, son cheval non plus. Archer courut au sommet de la petite colline où ils avaient entravé leurs montures et sauta sur la sienne. Il partit en direction de l'ouest.

Il ne lui fallut que quarante minutes pour atteindre le Pacifique, le long duquel il poursuivit sa course, sachant d'instinct ce qu'il allait trouver.

Dix minutes plus tard, il aperçut Tecumseh, seul, bride sur le cou. À faible distance du rivage, son frère indien flottait, gentiment ballotté par les vagues, face tournée vers le ciel d'un bleu éclatant.

— Joe…, balbutia-t-il.

L'indien avait une expression détendue, sereine. Il avait trouvé son refuge en Californie.

Archer enleva le cadavre ruisselant dans ses bras et le transporta jusque sur le sable où il le déposa, aveuglé par les larmes. « Grand Esprit, chuchota-t-il, tête levée vers les cieux, ou Dieu, ou quel que puisse être le Nom sous lequel Tu disposes de nos humbles existences, aide-moi à venger la mort de Joe. Il doit y avoir quelque chose que je puisse faire pour arrêter cette injustice. Joe était mon sauveur et mon maître. Celui qui m'a enseigné l'amour de la nature. Je T'en prie, ne tolère pas que sa mort reste vaine !

La brise de mer, accourue des plus lointains horizons, séchait les larmes sur les joues du jeune homme et faisait voleter une mèche brune sur le front du mort.

CHAPITRE VINGT-CINQ

Les dissonances pianistiques du Bella Union Saloon, récemment installé à Portsmouth Square, créaient une cacophonie avec les rengaines de l'«orchestre» piano-violon-accordéon-trompette, engagé par Chicago pour égayer la clientèle du Bonanza. Il était encore tôt dans la soirée et la place était déjà encombrée de badauds. Le développement de la ville avait suivi une trajectoire si rapide qu'il suffisait de se promener un peu pour entendre parler une bonne douzaine de langues. Noyé dans cette foule bigarrée et cosmopolite, le costume indien d'Archer passait quasiment inaperçu; tout au plus, sa chevelure blonde et sa peau claire sous les joues mangées de barbe lui attiraient-elles quelques regards intrigués. En dépit d'une extension excessive et désordonnée des quartiers plutôt mal famés qui dégringolaient les pentes de la colline, Portsmouth Square demeurait le centre actif de la cité. Archer, stupéfait, passablement ahuri, s'étonnait de tout, des lampadaires à gaz, des vitrines; surtout celles du Bonanza, devant lesquelles il tomba en arrêt en apercevant les serveuses demi-nues. Pourtant, cet étalage de facilités, de richesse le laissa sans réaction jusqu'au moment où son regard tomba sur une enseigne qui le fit sursauter: «GRANDS MAGASINS DE MEYER & KINSOLVING».

«Emma!» Pensait-elle encore à lui ou bien l'avait-elle oublié? Lui un voleur, un condamné évadé de prison, sale, sans argent. Il fit le tour de la place et alla se planter devant le magasin. Les

315

vitrines débordaient d'élégants costumes, de manteaux de fourrure, de bijoux, de mobilier... une foule de choses, dont certaines méconnues, sans aucun rapport avec le mode d'existence vécu en compagnie de Joe. Il avait survécu si longtemps sans un cent en poche que le monde des biens matériels prenait une apparence irréelle. Désirait-il, d'ailleurs, s'y réintégrer? Désirerait-il encore, avec la même force, une Emma évoluant aux sommets d'une telle réalité? Pendant les deux années qu'avait duré leur séparation, il avait rêvé de celle qu'il avait tenu dans ses bras à bord du bateau. Celle qu'il allait découvrir serait-elle encore la même?

Il s'avança jusqu'à la porte. Là, une vitrine moins importante que les autres, mais plus luxueuse encore, mettait en valeur une pépite d'or de taille appréciable, posée sur un socle de velours noir. À côté, une petite pancarte indiquait: « Offrez-vous un Noël en or ». Le morceau de métal, cerné par un jeu de lampes à gaz habilement disposées, brillait sensuellement de tous ses feux.

Ce spectacle eut le pouvoir de faire monter une irrésistible fureur dans le cœur et l'esprit d'Archer. Il comprenait soudain que cet or, ces étalages d'objets dispendieux symbolisaient les pièges de la civilisation, dans lesquels il s'était longtemps débattu – honni et réprouvé – ainsi que le malheureux Joe. Il fut en un instant submergé par une vague de haine pour l'or.

Il traversa la rue en courant et ramassa un gros caillou sur la pelouse.

Le gardien préposé à la surveillance de la porte principale vit, avec surprise, un indien saisir une pierre et la lancer en direction de la vitrine.

— Dites donc, vous là-bas !

La glace vola en éclats, la pépite chut de son piédestal.

Depuis la mort de Scott, Emma avait œuvré d'arrache-pied afin d'édifier un empire qui embrassait tant de domaines que les Sanfranciscains commençaient à établir la comparaison avec les compagnies tentaculaires de l'est du pays. La « Golden State Insurance Company », au début avec deux vendeurs et une secrétaire, avait à ce jour quintuplé en importance et en volume. Le quotidien *Times Dispatch* dont la direction avait été confiée à David Levin concurrençait sérieusement le *Bulletin*. Restait le grand magasin, réouvert trois semaines tout juste après le drame, dans la restauration duquel Emma avait déployé une énergie de chaque instant qui avait fourni un sujet de commérages à la société huppée. Ces dames estimant inconvenante une telle détermination chez une lady, veuve depuis peu de surcroît !

Ce soir-là, Emma, enfermée dans le bureau du deuxième étage qu'elle partageait avec son père superbement indifférent aux chiffres qui l'agaçaient examinait la comptabilité du mois, quand on frappa à sa porte. C'était Paul, le chef des gardiens de nuit, un barbu sympathique aux épaules solides.

— Pardonnez le dérangement, madame Kinsolving, nous avons un ennui en bas. Un type a lancé un caillou dans la vitrine contenant la pépite.

— Il est parti avec ? fit-elle, consternée.

La pièce était assurée pour cinq mille dollars.

— Non, non, ma'am, il s'est contenté de briser la glace.

— Pour quelle raison ? Il est ivre ?

— Non, ma'am. En tous cas, je ne crois pas, bien qu'il se conduise de manière très bizarre. C'est un Blanc déguisé en peau-rouge qui prétend vous connaître. Il s'appelle Collingwood. Archer Collingwood.

Emma déposa son crayon.

— Archer, souffla-t-elle.

Paul, les yeux écarquillés de stupeur, pensa que sa patronne était frappée d'un coup de sang.

— Ça ne va pas, ma'am ?

— Si, euh… est-il blond ?

— Oui, ma'am.

Tant bien que mal, elle quitta son fauteuil.

— Il est beau ?

— Eh ben, euh… vous savez, ma'am, c'est plutôt difficile à dire.

— Où est-il ?

— En bas, nous l'avons mis sous bonne garde jusqu'à…

Grande fut la surprise du garde en s'apercevant que sa patronne pleurait. Emma Kinsolving, la plus intelligente, la plus forte, la plus riche… en pleurs ?

De retour depuis peu de l'Ohio, monsieur Appleton lui avait appris qu'Archer avait été délivré par des indiens, en même temps

317

qu'il lui avait décrit, par le menu – et à sa plus grande horreur – l'enfer de la cellule d'isolement.

Il était adossé entre deux gardiens contre une vitrine pleine de montres.

— Archer…

Il tressaillit et tourna vers elle un visage maculé de crasse, embroussaillé d'une barbe hideuse qui lui tombait sur la poitrine.

— Emma…

Elle courut le long des comptoirs pour aller se jeter dans ses bras sous le regard incrédule des veilleurs de nuit stupéfaits.

— Pourquoi… ?

Elle avait une foule de questions à lui poser mais, submergée par une joie excessive qui la faisait à la fois rire et pleurer, ce fut la plus terre à terre qui lui vint à l'esprit.

— … Pourquoi as-tu cassé la vitrine ?

Lui, confondu par sa beauté, incapable de croire à la réalité de leurs retrouvailles, la contemplait, hésitant à répondre, tant lui apparaissait claire la signification de son geste : à travers la vitrine, c'était à elle-même qu'il avait jeté la pierre !

— Parce que, finit-il par avouer, parce que j'étais furieux.

Il ne lui en fallut pas plus pour comprendre que le gentil petit fermier dont elle était tombée si follement amoureuse sur l'Ohio River avait perdu son innocence dans les pires circonstances.

— Donc, c'est mon fils… ? murmura-t-il, incliné au-dessus du berceau.

— Archer Junior, oui !

Ils se trouvaient dans la nursery, au deuxième étage de la maison qu'elle avait fait construire en brique, au sommet de Russian Hill, après avoir fait don de l'emplacement de l'ancienne demeure de Rincon Hill au « Foyer des Marins ».

— Il aura un an le mois prochain, le 7 décembre. Tu ne le trouves pas merveilleusement beau ? Avec ses cheveux du même blond que les tiens.

— Moi qui ne connaissais même pas son existence ! Quel est son nom de famille ?

— Kinsolving. Scott l'avait adopté aux termes d'un marché conclu avec lui.

— Un marché ? Un enfant, objet d'un marché ?

— Ce serait long à t'expliquer. Et voici Star, la petite sœur d'Archer.

— Elle est à toi aussi ?

— Je l'ai adoptée, aux conditions du même marché. Scott était son père et la mère, la maîtresse chinoise de Scott.

— Une maîtresse... chinoise..., bredouilla-t-il, ahuri.

— La vie à San Francisco suit des détours certainement plus compliqués que dans l'Ohio, je m'en doute.

— Oui, oui, je comprends...

Elle souffla la lampe à huile et le guida le long d'un couloir orné des premières toiles dont elle avait commencé la collection, jusqu'à une porte qu'elle poussa.

— Et voici ta chambre, mon chéri.

— Ma chambre ?

— Oui. Can Do, le maître d'hôtel, vient de la préparer à ton intention.

Stupéfait, il pénétra d'un pas incertain dans l'immense pièce. Depuis son arrivée, l'opulence de cette gigantesque demeure d'une vingtaine de pièces, de style Tudor, l'ébahissait presque autant que la découverte de sa paternité.

— Ainsi que des vêtements neufs, ajouta-t-elle, désignant le lit en noyer sculpté sur lequel s'étalaient un costume, une chemise à jabot de dentelle et les sous-vêtements assortis. J'ai décidé des tailles et de la pointure des chaussures au jugé, précisa-t-elle, j'espère que tout ira. La salle de bains se trouve à côté, tu y trouveras un nécessaire à raser. Dès que tu seras prêt, nous pourrons dîner. Nous avons tant de choses à nous dire...

— N'as-tu pas l'impression de tenir beaucoup de questions pour réglées d'avance, coupa-t-il, impatienté. Et d'abord, je n'ai pas un cent pour te payer tout cela.

— Mais je te l'offre, mon chéri. Tu n'as rien à payer.

— En second lieu, qu'est-ce qui te fait penser que j'ai l'intention d'habiter cette maison ?

Elle dissimula un léger sursaut.

— Mais je croyais...

— Justement ! Tu crois, tu supposes, exactement comme ton feu mari croyait que ça ne me gênerait pas de passer cinq ou six ans de plus dans ce trou à rats pendant qu'il te faisait l'amour, la conscience en paix. Eh bien, moi, j'ai failli en crever, Emma. D'accord, ton mari est revenu à la raison, il a expédié quelqu'un réparer son erreur, mais en attendant, moi je moisissais au secret, Emma ! Et je te jure que des semaines passées à ramper dans une cellule surchauffée, nu et sous-alimenté, sans même pouvoir se tenir debout, représente une épreuve dont on ne se relève pas facilement.

— Penses-tu donc que je ne le sais pas ? Pourquoi crois-tu que je m'efforce de réparer les erreurs commises par mon mari ?

— À ce propos, tu m'as demandé pourquoi j'avais fracassé ta vitrine avec une pierre. Je t'ai répondu parce que j'étais en colère. Veux-tu connaître le motif de ma colère, Emma ? Je suis furieux parce que ce pays m'a trompé depuis le jour de ma naissance comme il a trompé mon ami Joe. Il l'a tellement trompé que la seule issue qui lui soit apparue a été de se noyer dans le Pacifique. Toi, par contre, il ne t'a pas trompée ! Il n'est que de contempler la maison, tes vêtements, tes bijoux ! Ta réussite est un véritable triomphe, n'est-ce pas, Emma ? Et je me demande si je serais encore capable d'aimer ce qu'est devenue la modeste et ravissante jeune femme que j'ai rencontrée sur le bateau. Joe Thunder m'a enseigné un mode d'existence – le sien – qui est à la fois très beau et naturel. Alors, si tu n'y vois pas d'objection, je conserverai mon costume indien, jusqu'au moment où je déciderai d'opter pour l'une ou l'autre civilisation.

Bien que ce ton agressif lui portât sur les nerfs, elle prit sur elle de ne pas rétorquer vertement ce qu'elle pensait. Elle gagna la porte.

— Très bien, comme tu voudras. Je te signale toutefois que ton costume indien pue comme je ne sais quoi, quant à ta barbe, je ne serais pas surprise d'y trouver des poux. J'ai l'intention de me changer, moi, afin d'honorer les retrouvailles romantiques de deux êtres qui se sont aimés à la folie. Si, pour ta part, tu préfères célébrer ce moment merveilleux déguisé en Mohican, c'est ton affaire. Je t'attendrai à la salle à manger dans une heure.

Demeuré seul, il examina les vêtements étalés sur la courtepointe. Il s'examina, leva les bras, se huma… Peut-être avait-elle raison ? Il était tellement habitué à sa propre odeur !

— Merde ! bougonna-t-il.

Rien ne se passait comme il l'avait imaginé.

Furieuse, elle l'était. Agacée par sa conduite incompréhensible. Mais, paradoxalement, elle n'en était que plus déterminée à le conquérir de haute lutte. Sa présence physique avait ranimé une passion qu'elle croyait assagie, alors que l'algarade elle-même avait produit un choc émotionnel qui la surprenait. Depuis la mort de Scott, elle n'avait pas eu d'amant, n'avait rencontré personne. Elle avait poussé la dévotion au travail jusqu'à éviter les soirées et à refuser les invitations. Mais, à présent, elle voulait son Archer et ne se sentait nullement disposée à lui laisser mener une existence de coureur des bois.

Une importante immigration de Français avait fait éclore en ville une multitude de restaurants français et pourvu Emma d'une alerte petite femme de chambre prénommée Adèle.

Emma gagna la salle de bains qui jouxtait sa propre chambre et entra dans son bain.

— Adèle, mon petit, je vous accorde une heure pour me rendre irrésistible.

Adèle, qui était en train d'agiter la mousse odorante dans l'eau de la baignoire, se redressa avec un clin d'œil de connivence.

— Oui, je l'ai aperçu votre monsieur Collingwood. Il est très beau mais il a l'air d'un trappeur ou d'un sauvage.

— C'est malheureusement vrai, il se prend pour un Indien, dit Emma, tant et si bien que ce soir nous allons recommencer la conquête française sur les indiens. Tâchez d'imaginer une coiffure sensationnelle et inondez-moi de « Nuit d'Amour ». Je passerai ma robe de velours rouge et je porterai mes diamants. Personne ne résiste au rouge.

— Si Madame veut bien me permettre, le rouge est un peu voyant, il manque de délicatesse. Alors qu'un vert pâle sied à ravir à Madame.

Emma sortit de l'eau et s'épongea dans la serviette que la jeune fille lui tendait.

— Je vais vous dire, Adèle, il s'est montré impitoyable avec moi. Au bout d'une aussi longue séparation, il n'a rien trouvé de mieux à faire que de me sermonner. Moi qui m'attendais à ce qu'il m'emporte dans ses bras pour me jeter sur le lit ! Tout ce qu'il trouve à m'offrir, c'est un interminable discours sur ses foutus Indiens !

— Les hommes sont fous, Madame, et il ne fait pas exception. Mais nous trouverons le moyen de le séduire. Quand son regard se posera ce soir sur Madame, il succombera à son charme et il oubliera les Indiens.

— Le Ciel vous entende, ma petite Adèle… j'ai les nerfs à fleur de peau et… je vais vous faire un aveu…

— Oui Madame ?

— Je suis toujours aussi éprise de lui.

— Dans ce cas, Madame est certaine de parvenir à ses fins. Personne ne résiste longtemps au désir d'une femme amoureuse.

La salle à manger était entièrement lambrissée des boiseries sculptées importées d'Europe et le plafond imitait l'un de ceux de Hampton Court. Les chandeliers ainsi que le lustre de cristal étaient dix-huitième siècle ainsi que la table à rallonge autour de laquelle pouvaient dîner vingt personnes.

Emma surprit Can Do alors qu'il mettait la dernière touche à l'ordonnancement de la table.

— Taitai est particulièrement en beauté ce soir, affirma-t-il avec conviction.

Adèle avait finalement opté pour une coiffure d'anglaises qui étaient encore à la mode, tandis que la somptueuse robe de couleur émeraude largement échancrée dans le dos, mettait son décolleté généreusement en valeur.

— Merci, Can Do…

Elle s'arrêta devant un miroir afin de s'examiner une dernière fois et, soudain, elle comprit qu'elle avait commis une lourde erreur. « Les bijoux, marmonna-t-elle, cet étalage d'opulence va servir de prétexte à un nouveau sermon ! » Et elle se hâta de dégrafer collier, broche et bracelet qu'en définitive elle n'avait pas été obligée de vendre après le décès de Scott.

À l'instant précis où elle les glissait dans un tiroir de la crédence, Archer entra à son tour dans la salle.

Il était lavé, il avait rasé sa barbe et enfilé les vêtements neufs. Elle se tourna vers lui, souriante, assurée d'avoir remporté la première manche.

— Je suis ivre... bégayait-il deux heures plus tard en s'appliquant à retirer, à grands gestes maladroits, les vêtements qu'elle avait eu tant de peine à lui faire porter, je... n'avais jamais bu de... champagne et à présent... je te vois double... et j'en suis dou... doublement ex... ex-ta-sié... Emma... si tu savais, Emma... combien de d'heures j'ai passées à rêver de toi... combien de... nuits !

Elle suivait chacun de ses mouvements d'un regard attentif, voluptueusement étendue sur le lit défait, la teinte laiteuse de sa peau nimbée d'une lumière délicate répandue par l'abat-jour rose. Elle lui tendit les bras.

— Viens, mon amour, viens à moi et ne pense plus à rien... chuchota-t-elle.

Il s'agenouilla au bord de la couche, se pencha pour l'embrasser. Puis il n'y put tenir. Depuis trop longtemps il rêvait de cet instant, de cette minute de volupté partagée où rien n'est encore accompli, où tout reste possible. L'intolérable abstinence à laquelle il s'était trouvé contraint, prit instantanément le dessus. En un éclair il fut sur elle, en elle, ses mains la caressant partout à la fois.

— Je t'aime, cria-t-elle. Je t'aime et je remercie le ciel de t'avoir conduit jusqu'à moi, mon... chéri, mon tendre... amour !

Leurs corps ne faisaient plus qu'un, la raison ne le commandait plus, il assouvissait un besoin animal dont il n'avait pratiquement plus conscience...

Dès qu'il eut repris sa respiration et que les battements de cœur d'Emma eurent retrouvé un rythme normal, il se leva et alla se poster devant la fenêtre d'où l'on découvrait la baie illuminée. Elle ne le quittait pas un instant du regard, avide, eût-on dit, de chacun de ses gestes.

— Es-tu heureux ?

Il ne répondit pas tout de suite et, quand il se retourna, elle surprit une larme qui coulait le long de sa joue.

— Oui, je suis heureux, reconnut-il, mais Joe me manque et le pire... Il marqua une hésitation, une expression de dégoût au coin des lèvres... le pire est que je l'ai trahi. J'ai eu honte de mon costume shawnee, j'ai choisi de revenir chez les Blancs.

Il se tourna de nouveau vers l'immensité de l'océan.

— Je ne doute pas que ce genre de réflexion te paraisse ridicule, mais elle a pour moi une grande importance. Je ne suis pas sûr de jamais me pardonner.

— Je comprends, Archer, la tendresse de tes sentiments vis-à-vis des Indiens...

— Non, justement, tu ne comprends pas. J'éprouve pour eux de l'admiration !

— Comment peut-on admirer des sauvages ? La race indienne est une relique du passé. L'Amérique est en train de devenir une nation de Blancs dont la puissance ira croissant. Nous allons édifier une société qui connaîtra la richesse.

— En sera-t-elle meilleure pour cela ?

— Naturellement, elle sera meilleure et plus plaisante. Nous aurons un jour un opéra, un ou plusieurs musées, des théâtres, des écoles...

— Oui, mais je pose à nouveau ma question : l'existence en sera-t-elle meilleure pour autant ? L'art, la musique, les écoles sont-ils préférables à une vie au contact intime de la nature ?

— Ma foi, si nous ne le pensions, si nous n'y croyions pas fermement, à quoi auraient servi cinq millénaires de civilisation ? Une symphonie de Beethoven nous apporte-t-elle plus de joie qu'un roulement de tam-tam ? Écoute-moi, Archer, cette discussion me paraît tout à fait hors de propos à l'issue d'une aussi longue séparation. Mieux vaudrait envisager ton avenir.

— Quel avenir pour moi... ? dit-il d'un ton morne. Moi, un prisonnier en fuite, un fermier sans terre, un Indien sans tribu, un Blanc sans argent, bon à rien, coquille vide, je ferais aussi bien de devenir politicien.

L'expression d'Emma s'éclaira.

— Ne plaisante pas, Archer. S'il avait vécu, Scott serait probablement devenu gouverneur. Peut-être en effet devrais-tu te lancer en politique. Slade Dawson y occupe une position dominante parce qu'aucun opposant ne s'est dressé contre lui... cela me paraît être une idée épatante.

— Tu oublies que je suis un forçat évadé.

— Si ce n'est que cela, nous achèterons ton amnistie. Tout s'achète.

— Peut-être, mais tu ne sembles pas comprendre que je n'ai nul désir d'entrer dans ce monde de cynisme et d'hypocrisie. Bon Dieu, à t'écouter, j'ai de plus en plus l'impression d'être devenu une sorte de monstre ou de phénomène. Dans la Grande Prairie, on m'avait surnommé l'«Indien blond»! Je ferais sans doute mieux de me placer dans un cirque: «Archer Collingwood! L'Indien blond qui parle avec les animaux!»

— Tant d'amertume ne me surprend pas, Archer, mais cela ne m'empêche pas de penser que la politique t'ouvrirait une voie royale. D'autant que, de l'argent, tu en possèdes. Scott avait déposé dix mille dollars à ton nom dans une banque et ils sont à toi. De mon côté, je dispose de sommes considérables parce que les affaires marchent très bien, je... je désire partager avec toi tout ce que je possède.

— D'ordinaire, c'est plutôt à l'homme de faire vivre le ménage?

— Qu'est-ce qui te fait croire que tu serais incapable d'en gagner? Si la politique ne te tente pas suffisamment, entre dans les affaires, travaille avec nous. Dieu sait que j'aurais besoin d'aide, ne serait-ce qu'en ce qui concerne la compagnie d'assurances qui prend une expansion inimaginable et que tu pourrais diriger un jour.

Il esquissa une grimace de dédain, les yeux levés.

— Une compagnie d'assurances! J'aime encore mieux le cirque!

— Dans ta situation, rien ne t'autorise à jouer les difficiles, il me semble! s'écria-t-elle trop vite.

À peine exprimée, elle regretta cette manifestation d'emportement.

Il fit volte-face.

— Mais tu as parfaitement raison! Je ne suis rien, un zéro, un vagabond, un trimardeur... Tandis que toi, tu es la grande, la toute-puissante madame Kinsolving, la femme la plus élégante et la plus admirée du Far West. Mais c'est à se demander ce que je fiche ici, en ta compagnie? Une passade? Une envie de s'encanailler? Tu aurais pu faire meilleur choix!

— Archer, je t'en supplie!

Il ramassa le pantalon abandonné sur le tapis et le lança sur un dos de chaise.

— Tu peux garder ton déguisement, Emma. Merci encore pour la toilette et le repas. Je m'en vais reprendre possession de mon harnachement indien puant et cesser de t'importuner... Je garde le compte de dix mille dollars parce que le salopard que tu as épousé me doit bien ça !

— Ça suffit ! hurla-t-elle en sautant à bas du lit. Et d'abord, Scott n'avait rien d'un salopard. C'était un homme de cœur, un homme courageux et plein d'élégance qui n'avait pas hésité à adopter ton propre fils, décidé qu'il était à l'élever comme le sien et à lui donner tout… tout !

— Excepté mon nom !

— Parfaitement, excepté ton nom ! Et si tu avais deux sous de jugeotte, au lieu de pleurnicher et de t'attendrir sur le sort de tes Indiens, tu te soucierais de donner un nom digne et propre à *ton* fils.

Le coup avait porté.

— Qu'est-ce que ça veut dire ? bredouilla-t-il.

— Que devrais-je proposer de plus ? Faut-il que je me jette à tes pieds, que je t'embrasse les genoux et que je te supplie de m'épouser ?

— Mais…

Elle courut à lui, l'encercla de ses bras.

— Je t'aime tellement et je me sens si seule depuis si longtemps… Je porte une si lourde responsabilité et je voudrais tant donner un père à ces deux enfants. Ne viens pas me parler argent ni travail. Nous règlerons plus tard la question de ton avenir. Je t'en prie, Archer, reste auprès de moi… sois mon mari et mon amant. Tu m'as brisé le cœur une fois, il y a longtemps… et si tu recommences, si tu m'abandonnes de nouveau, je n'y résisterai pas.

Le beau regard mauve attaché au sien, le contact de cette chair tiède – sensation dont il avait nourri, des mois, des années durant, ses rêves comme ses cauchemars – adoucirent sa rancœur, mirent du baume sur son amertume.

— Moi aussi j'ai eu le cœur brisé, murmura-t-il.

— Cela veut-il dire que tu acceptes de m'épouser ? Que tu es disposé à devenir le père de ces enfants qui en ont tant besoin ?

Il hocha la tête.

— Oui, souffla-t-il.

Elle l'étreignit sans un mot. Ils demeurèrent ainsi longtemps, embrassés, étroitement enlacés.

— Tout le monde va dire que je t'ai épousée pour ton argent, chuchota-t-il.

— Je me fiche pas mal de ce que tout le monde pourra dire. D'ailleurs, si tu n'avais pas sauvé une partie des diamants de mon père, où en serions-nous aujourd'hui ? Voilà ce que je répondrai à ceux qui auraient la prétention d'élever des critiques. De toutes manières, ce sera notre argent dorénavant. Tu as assez souffert, mon chéri ; je suis décidée à consacrer le reste de mon existence à ton bonheur !

Archer rêvait les yeux grand ouverts. Après tout, la politique ne constituerait pas un si mauvais tremplin. « Petit Frère » resterait toujours privé du moindre pouvoir, tandis que le gouverneur Archer Collingwood serait en mesure d'agir en faveur des Indiens... C'était l'évidence : il avait supplié le Seigneur de lui fournir un moyen de venger la mort, la défaite de Joe Thunder et le Seigneur avait exaucé sa prière.

— Tu penses vraiment que je pourrais accéder au poste de gouverneur ?

— Il y faudrait des années... il y faudrait consacrer énormément de temps et d'argent, mais je t'assure... tout est possible. Accorde-moi ta confiance, Archer. Je jure de faire tout ce qui sera en mon pouvoir pour te hisser au poste de gouverneur. Je sais bien que le cynisme de cette notion ne t'échappera pas mais il n'en demeure pas moins que *tout peut s'acheter* et le temps fait le reste. Alors, pourquoi ne pas consacrer notre fortune à une œuvre utile ?

Pour la première fois, un sourire illumina ses traits. Un énorme fardeau de culpabilité, de frustration et d'incertitude glissait de ses épaules. Il reprit Emma dans ses bras.

— Je me demande si, à nous deux, nous ne réussirons pas de grandes choses...

— Sais-tu, chéri, que tu sembles avoir oublié une chose...

— Ah ? Laquelle ?

— De me dire que tu m'aimes...

— Comme si tu l'ignorais ! Comme si tu ne savais pas que je suis tombé follement amoureux de toi dès le premier instant où je t'ai aperçue sur ce bateau... En fait, c'était plus une affaire d'envie de toi que de passion réelle, tandis qu'aujourd'hui... Emma, pour la première fois de ma vie, l'avenir m'apparaît sous des couleurs éclatantes.

TROISIÈME PARTIE

Nob Hill et la Guerre des Tongs

CHAPITRE VINGT-SIX

Le jeune homme en cravate blanche qui, par cette belle soirée, fouettait l'attelage de son landau avec la fureur caractéristique de l'ivrogne invétéré, Archer Collingwood Junior, alors âgé de vingt-six ans, fournissait d'abondants sujets d'articles aux chroniqueurs de la presse locale avides de potins. Ce garçon d'une réelle beauté, le plus élégant et le plus riche de San Francisco, était désigné par le *Times Dispatch* comme le prince consort de la cité, tandis que la feuille concurrente le traitait de « calamité publique numéro un ».

Parvenue au sommet de Nob Hill, la voiture s'immobilisa sous la porte cochère de l'immense demeure édifiée à l'angle de California et de Mason Street. Archer sauta du siège du conducteur si maladroitement qu'il faillit s'étaler sur le pavé et abandonna les rênes au jeune Chinois préposé aux écuries.

Quatre ans plus tôt, le sénateur et madame Collingwood avaient acquis, au sommet de la colline qui était par la suite devenue la Cinquième Avenue de San Francisco, un emplacement sur lequel ils avaient fait édifier une sorte de château de style incertain tirant sur le « Renaissance ». Archer, bredouillant, éructant, ricanant, tira la cloche installée près de la porte d'entrée vitrée, protégée par une grille en fer forgé de très belle facture.

Le *Bulletin* lui-même, désormais dirigé par Slade Dawson, et qui ne perdait jamais une occasion de tourner les Collingwood en dérision, s'était extasié devant la splendeur de l'édifice achevé :

« … il possède presque autant de tours et tourelles que Chambord qui a visiblement inspiré l'architecte. On y trouve soixante-douze pièces, un plus grand nombre de salles de bains qu'à la Maison Blanche et la salle de bal serait de dimensions supérieures à la salle du trône de Buckingham Palace… »

— Ah, monsieur Junior, vous encore ivre ! s'exclama Can Do, blanchissant et légèrement voûté. Entrez ! Vous très méchant garçon !

— Chuut !, fit Archer, un doigt ganté sur les lèvres, en franchissant le seuil d'un pas incertain. Il ne faut pas que… que la Duchèche chache… sache. Où… où est-elle ?

— Taitai est encore dans son bureau.

— Elle compte ses millions… C'est sûr ! Pourquoi pas ? Si elle les ramasse… c'est pour les compter après, pas vrai ? Mais moi je… je veux voir… mon père. Comment il va ?

— Docteur dit que fièvre tombe. Ça doit aller mieux. Mais vous d'abord vous dégriser, sans ça Taitai encore folle furieuse.

— Bah, elle… elle n'en mourra pas, Can Do. M'man survit à toutes les catastrophes : les incendies, les récessions, les dépressions… Je me demande ce qui pourrait la tuer… c'est pas que je la vou… drais morte, non… Tu te rappelles, comme elle était belle, Can Do ? Quand elle nous jouait des… des valses de Chopin… Et il esquissa quelques pas de valse qui lui démontrèrent la précarité de son équilibre.

— Taitai toujours aussi belle, déclara Can Do avec conviction. Maintenant, vous venez à la cuisine vous dégriser. Une honte ! Il est même pas l'heure du repas !

Archer grimaça ce qu'il croyait être un sourire et passa un bras dans le dos du petit Chinois replet qui lui arrivait à peine aux aisselles.

— Mon vieux Can Do ! Tu ne vas tout de même pas me… me flanquer une fessée comme… comme quand j'étais môme ?

— Vous à présent trop grand pour la fessée mais je devrais.

Archer lui emboîta le pas, toujours titubant.

— Quelle drôle… de famille, hein ? Mon père sénateur… alors là, c'est à ma mère qu'on devrait flanquer une fessée pour avoir fait ça ! Après avoir acheté son amnistie… comme n'importe quoi… comme on s'achète un foutu canapé ! Ouais, je sais, elle…

elle en a acheté d'autres, des trucs... alors pourquoi pas un si... un siège au Sénat?

Dans l'immense hall d'entrée entre les deux escaliers majestueux ornés d'une rampe en fer forgé qui se poursuivait par une magnifique balustrade le long de chacun des paliers des trois étages était accroché un portrait en pied d'Emma, peint par Winterhalter, dans un style royal. Elle y était représentée dans toute la magnificence d'une trentaine éblouissante, debout sur une terrasse imaginaire d'où l'on découvrait le panorama de la baie avec la ville dans le fond. Elle portait une splendide robe bleu de Prusse dont la jupe à crinoline bouffait largement en plis somptueux. Dans sa chevelure ramassée en une profusion de boucles sur le sommet de la tête, scintillait une étoile en diamants; son long cou gracile était cerné d'un haut collier de perles et la blancheur de ses épaules découvertes, ainsi mises en valeur, ajoutait encore à la sensualité qui émanait de l'œuvre.

— Honorable mère...! déclama Archer en passant devant la représentation maternelle figée dans son cadre doré. Voici la grande duchesse de San Francisco!

Il hoqueta, éructa, et ânonna : Manman fabriqué grande, grande maison pour montrer à tous ses petits camarades comme elle est devenue riche. Ma Manman à moi elle a tout plein de bijoux, tout plein d'argent, tout plein de tout! Ma Manman à moi, elle roule sur l'or!

— Monsieur Junior, cessez de parler comme ça, intervint Can Do.

Il le prit par la main et tenta de l'entraîner vers la cuisine.

— Venez boire du café.

— Non, laisse-moi tranquille, je veux voir mon père d'abord!

Il se libéra d'un mouvement sec et entreprit, chancelant, de gravir la première volée de marches en s'accrochant à la rampe.

— Archer!

Il s'appliqua à lever la tête et découvrit en haut de l'escalier, dès que son regard se fut rétabli, la jeune femme qu'il se plaisait à considérer comme la plus belle de l'Ouest : sa sœur d'adoption.

— Star! marmonna-t-il en s'agrippant pour ne pas tomber.

La jeune fille descendit en toute hâte.

— Oh, Can Do, le voici de nouveau ivre! Que va dire notre mère?

— J'essaie de le conduire à la cuisine, Missy Star.

— Apporte-moi du café, ici. Je vais tenter de le calmer avant l'arrivée de mère... Archer, où as-tu encore passé la journée ? Au club, n'est-ce pas ?

L'Olympic Club, dans Post Street, fondé dix-sept ans plus tôt, faisait partie des plus anciens clubs de sportifs amateurs du monde. Son frère y passait la plupart de ses après-midi; il pratiquait la natation, l'escrime et surtout il buvait.

Il demeurait accroché à la rampe, le chapeau à la main, un sourire d'angélique adoration aux lèvres.

— Sais-tu, bredouilla-t-il, que tu es... tu es la plus... belle...

— Et toi, le plus affligeant des ivrognes ! Sérieusement, Archer, essaierais-tu de te supprimer ? Allons, viens avec moi, je vais te faire prendre un bain chaud.

— Tu me déshabilleras ?

— Je t'aiderai...

— Et toi, tu te déshabilleras aussi ?

— Archer ? Tu vas te taire !

— Il n'y a rien... rien de mal à... ça, maugréa-t-il tandis qu'ils gravissaient péniblement les marches. Nous ne sommes... pas frère et... sœur... pour de bon. Nous n'avons pas... le même sang... alors qu'est-ce que ça peut faire... si j'ai envie de t'embrasser ? Ce qui serait... pas normal, ce serait que j'aie... pas envie de... de coucher... avec toi !

— Ce serait complètement fou, au contraire, et si Clayton t'entendait parler ainsi, tout San Francisco en serait informé dès demain.

— Ah ! parlons-en de ton Clayton Delamere, ce fieffé crétin ! Jamais tu ne devrais... épou... épouser ce type, Star... c'est du... du lard au cochon. Tu ferais bien mieux de me... de te marier avec moi !

Elle sursauta.

— Ne dis donc pas des choses pareilles, tu veux !

Il ricana bêtement, se pencha vers elle tant bien que mal et baissa la voix.

— Je pourrais te trahir, tu sais... je connais... je connais ton secret.

Ellel se raidit.

— Il n'y a pas de secret.

— Mais si ! Tu sais bien que… que si ! Mais si tu m'embrasses, je promets de… de ne rien dire à personne… même pas à la duchesse.

Une lueur de crainte passa dans les prunelles où se décelait une trace de l'héritage mandchou.

— Tu ne ferais pas une chose pareille ? murmura-t-elle.

— À condition que tu m'embrasses, na !

Star se pencha par-dessus la rampe. Le vaste hall d'entrée, orgueilleusement orné de tapisseries et d'armures moyenâgeuses, était vide de toute présence. Elle se tourna alors vers ce frère qu'elle adorait et redoutait tout à la fois.

— D'accord… dépêche-toi.

Il l'enlaça avec une fermeté inattendue et l'embrassa avec une fougue et une passion qui n'avaient rien de fraternel. Jusqu'au moment où elle le repoussa avec violence et le gifla.

— Espèce de… goujat ! siffla-t-elle.

Il la laissa s'enfuir, sa longue robe maintenue d'une main et seul son immense éclat de rire joyeux la poursuivit, colporté par la résonance du lieu. Ensuite, il poursuivit son ascension en chantant à tue-tête et s'immobilisa sur le palier, face aux lustres en cristal qui pendaient du plafond à caissons.

— Monsieur Junior, cria Can Do d'en bas, j'ai du café prêt ici !

— Plus tard, Can Do, je vais d'abord voir mon père… Mon père, le sénateur… Pauvre homme ! Il m'a avoué une fois que sa… son unique ambition aurait… été de vi… de vivre comme un Nin… un Nindien… Shawn… shaw-nee, tu te rends compte, Can Do ? Le sénateur Archer Collingwood, l'homme le plus riche de la Californie, le seul qui soit venu jusqu'ici sans avoir jamais eu l'intention de chercher de l'or et qui… qui s'en trouve com-blé ! Ça c'est un comble !

À la vue du petit Chinois qui gravissait les marches, portant un plateau chargé de café fumant, il s'enfuit le long du couloir orné de toiles de Watteau, du Titien et de La Tour, en direction de la chambre paternelle.

Archer Senior avait contracté six semaines plus tôt la fièvre typhoïde qui avait longtemps fait craindre une issue fatale. Pourtant, depuis quelques jours, une amélioration semblait apparaître.

335

Son fils ouvrit doucement la porte et entra. Dans la grande chambre superbement meublée, l'air était si étouffant que le premier mouvement d'Archer fut d'aller entrouvrir une fenêtre. Le bruit feutré ayant tiré la garde-malade de sa somnolence, il lui fit signe de garder le silence et s'avança jusqu'au lit.

Que de souvenirs communs les liaient l'un à l'autre ! Il avait à peine treize ans quand son père avait commencé à l'emmener à la chasse à la manière indienne. Il avait même tenté de lui enseigner le langage des daims.

Mais Archer Junior s'était révélé rebelle à toute initiation. En 1863, son père avait été appelé à succéder au sénateur Brookin qui venait de décéder et il n'était pas peu fier d'être le fils de l'un des rares Américains qui avaient vécu au milieu des Indiens. Certes, les sarcasmes ne lui avaient pas été épargnés au collège ni, par la suite, à Princeton, où les plaisanteries pleuvaient sur le compte du « pilleur de banques-sénateur-et-protecteur-des-Indiens, dont l'épouse avait dû débourser vingt mille dollars afin de lui obtenir l'amnistie, le droit de vote et le droit de postuler un siège à Washington… » Malgré tout et à cause de son père, monsieur Junior n'éprouvait que sympathie à l'égard des Indiens. Même s'il était resté fermé à leur langage ainsi qu'à celui de leurs daims.

Deux ans auparavant, en 1875, le général Armstrong avait été tué par les Indiens, à la bataille de Big Horn. Un mouvement de haine populaire s'ensuivit à l'endroit de cette horde de sauvages que l'on avait dépossédés sans vergogne de leurs territoires. Cette circonstance dramatique avait porté un coup fatal à la carrière de monsieur Senior : il avait donné sa démission et s'était replié au sein de sa famille, brisé. La grande croisade dont il s'était fait le porte-étendard, sa tentative de venger la mort de Joe Thunder s'était soldée par un échec. En tous cas, il se refusait à admettre l'impossibilité pour un homme résolu, déterminé et courageux – et pourvu d'un mandat de sénateur – de détourner le cours indéfectible de l'Histoire. Submergé par l'incroyable richesse de sa femme, il avait sombré dans une sorte de léthargie dont il ne sortait occasionnellement que pour assurer son fils qu'il avait connu, un quart de siècle plus tôt, les meilleurs moments de son existence. Une assertion qui dépassait – ou qui n'atteignait pas – l'entendement de monsieur Junior. Il préférait, et de beaucoup, se vautrer dans le luxe que lui procurait la fortune de sa mère. Raison pour laquelle, chaque fois qu'il revenait ivre à la maison, il s'en prenait méchamment à Emma, gardant intacte toute l'adoration entièrement vouée à son père.

— Papa… chuchota-t-il, penché au-dessus du visage de l'auteur de ses jours demeuré fort séduisant.

— Laissez-le… souffla Can Do, laissez-le dormir et reposer.

— Père ?

Son ivresse était tombée d'un coup, balayée par la vague de terreur que reflétait son expression hagarde : la main qu'il venait d'effleurer était froide et le pouls inexistant.

— Mon Dieu Seigneur… oh non !

Archer tomba à genoux à côté du lit, l'infirmière bondit de son fauteuil.

— Il est mort ! sanglotait à présent Archer, lui, le plus gentil et le meilleur des hommes… mort !

Affalé sur le bord du lit, le visage enfoui dans son bras replié, les épaules secouées de sanglots, il ne pouvait s'empêcher de penser qu'il perdait son titre de prince consort. Il allait devenir roi.

Aux côtés de la reine. La toute-puissante Emma.

Roi peut-être, mais en aucun cas chef de la famille.

Le jeune Chinois retira sa chemise et la remit à l'un des soldats du Suey Sing Tong – société secrète pour l'exécution de basses œuvres. Le garçon, à peine âgé de dix-neuf ans, Ah Sing, affichait sur son visage olivâtre une expression de crainte, mêlée de vive excitation : il était en train de vivre le plus beau moment de son existence. Le soldat tong plia soigneusement la chemise et la déposa sur un coffre, tandis que son collègue ouvrait une lourde porte en fer ouvragé. Les deux « militaires » étaient des « boo how doï » – fils de la hache – car le Suey Sing Tong n'était autre qu'un gang de tueurs, comme la majorité des sociétés secrètes qui, comme on le constatait depuis quelque temps, organisaient le crime à San Francisco.

Derrière ses deux gardes, Ah Sing pénétra dans une petite pièce basse de plafond, relativement fraîche, où flottait un parfum d'encens. Seules quelques lanternes chinoises répandaient une lumière parcimonieuse. La porte fut refermée avec soin et les Suey Sings invitèrent leur jeune compagnon à descendre une étroite volée de marches qui débouchait dans une cave.

Elle était déserte et obscure, fermée, en face de lui, par deux lourds vantaux de bois qui s'ouvrirent sur un coup de gong. Aussitôt, les deux soldats saisirent l'impétrant chacun par un bras et l'entraînèrent à l'intérieur d'une salle beaucoup plus spacieuse, vivement éclairée par des chandelles et des lanternes. Au milieu siégeait un groupe de Chinois drapés dans une longue tunique noire serrée par une large ceinture blanche, le front cerclé d'un bandeau noir — à la manière des pirates — et qui, assis sur leurs talons, suivaient d'un regard attentif l'entrée de Ah Sing et de ses deux parrains. La cérémonie d'initiation au rite tong faisait l'objet d'une méticuleuse solennité. S'ils variaient d'une secte à l'autre, les rituels n'en remontaient pas moins à une origine commune : la résistance à l'envahisseur mandchou.

Face aux vantaux de bois se dressait un autel de pierre recouvert d'un drap immaculé et surmonté d'une longue banderole couverte de caractères calligraphiés avec soin. Devant l'autel, assis en position de lotus, se tenait un homme d'une trentaine d'années, enveloppé dans une ample tunique vermillon. Son visage aux traits réguliers avait une expression cruelle que soulignait la cicatrice en éclair qui zigzaguait de sa pommette gauche à la pointe du menton en frôlant la commissure d'une lèvre sèche, mince et dure. Son regard impitoyable fouillait celui du jeune Ah Sing, s'enfonçait dans les replis de son cerveau afin d'en mieux appréhender la pensée.

— Voici le «Kai Yee», annonça l'un des parrains en poussant son filleul jusque devant l'homme en rouge.

— Ôte tes vêtements, ordonna le Kai Yee.

Ah Sing s'exécuta.

— Assurez-vous qu'il ne porte aucune marque de naissance, aucun signe du Mal.

Les deux hommes qui, selon l'antique tradition, remplissaient le rôle de parrain et marraine, examinèrent minutieusement le corps du candidat.

— Il est net de toute souillure, annonça la marraine.

— Remonte ton pantalon. As-tu soigneusement pris en considération la démarche que tu te proposes d'accomplir ?

— Oui, Kai Yee.

— Es-tu prêt à prendre d'assaut la Grande Muraille ?

— J'y suis prêt, Kai Yee.

— As-tu appris le maniement des armes ?

— Pas encore, Kai Yee.

— Comment un enfant peut-il naître s'il n'a pas de mère ?

— Ma révérende mère m'accompagne, Kai Yee, expliqua le jeune homme en désignant le guerrier farouche planté à côté de lui. Ma mère se trouve à ma gauche et mon père à ma droite.

— Es-tu prêt à devenir notre frère de sang ?

— J'y suis prêt, Kai Yee.

— Dans ce cas, que ta mère verse le sang de la maternité.

Ah Sing fut conduit à l'autel.

— Ici, déclara le Kai Yee, solennel, se trouvent réunis les symboles de notre société tong : le sucre adoucit l'amertume de nos cœurs, le blé représente l'abondance, l'huile éclaire l'avenir et, dans ce bol de vinaigre, nous allons mêler nos sangs.

Le combattant-marraine saisit la main droite du nouveau venu, piqua l'extrémité de l'index qu'il plongea ensuite dans le bol où il le fit tournoyer afin de diluer le sang qui s'en échappait. Ses deux accompagnateurs firent de même, après quoi chacun des participants s'avança jusqu'à l'autel afin d'accomplir le geste sacramentel dans un silence absolu. Le bol fut alors cérémonieusement apporté au Kai Yee, qui n'avait pas bougé de la natte sur laquelle il occupait toujours la même position. L'homme à la tunique écarlate piqua l'extrémité de son index, l'agita à l'intérieur du bol, le retira lentement et le suçota d'un air extasié.

— À présent, conclut-il, dans une sorte d'exclamation rauque, tu es mon frère de sang.

— Ho ! clamèrent les assistants.

Le bol sacré passa de main en main, chacun imitant le geste du chef avant de répéter : « À présent, tu es mon frère de sang. » Et, chaque fois, les autres sanctionnaient en criant bien fort : « Ho ! »

En fin de course, le bol échut entre les mains de Ah Sing. Il accomplit le rituel.

— Maintenant, dit le Kai Yee, le moment est venu de montrer ton courage. Tu vas suivre le Sentier des Glaives.

Les tongs présents s'alignèrent sur deux files et tirèrent épées, dagues et poignards de leur gaine. Alors, le jeune Chinois, guère rassuré, s'engagea d'un pas incertain dans l'allée formée par les hommes d'armes. À mesure qu'il avançait, chacun d'eux abattait sauvagement, qui son épée, qui son poignard, dont il ne détournait la pointe qu'à la dernière seconde et frappait du plat de l'arme, les épaules nues de la victime blême de peur. L'expérience était éprouvante. Parvenu à l'extrémité du « Sentier », Ah Sing ruisselait de sueur. On le ramena en présence du Kai Yee qui était demeuré debout, le bol à la main.

— Tu as passé l'épreuve du courage, dit-il. Maintenant, tu vas boire le sang de tes frères, après avoir juré de ne jamais les trahir. Où que puissent te conduire tes pas, tu trouveras tes frères en n'importe quel point du globe. Ils te protégeront de la mort. Mais souviens-toi bien que si le Suey Sing est capable d'assurer ta protection, il possède également le pouvoir de te détruire. À la moindre preuve de traîtrise, nous parviendrons toujours à te retrouver, tu seras châtié et ta terre d'asile boira ton sang. As-tu bien compris ?

— Oui, Kai Yee.

— Alors, prononce le vœu et bois le sang.

Ah Sing saisit le bol à deux mains.

— Je jure fidélité au Suey Sing, psalmodia-t-il en élevant le récipient au-dessus de sa tête. Et si je me montre parjure, alors, que la vie soit arrachée à mon misérable corps.

— Ho ! rugirent les combattants d'une seule voix, tandis que le garçon avalait le contenu du bol d'un trait.

Le Kai Yee s'empara d'une longue épée.

— Te voici désormais frère de sang, déclara-t-il, l'arme levée au-dessus de sa tête. Mais la nouvelle m'est parvenue que tu es un espion du Hop Sin Tong.

Les yeux du jeune garçon s'écarquillèrent.

— Non ! Kai Yee, ce n'est pas vrai !

— Tu as trahi notre Tong en prêtant un faux serment de loyauté. Tu vas, par conséquent, payer le prix de ta trahison.

L'épée s'abattit. Ah Sing chut à genoux, la tête à peine retenue au corps par un lambeau de chair. Puis il s'affala dans une mare de sang. Il venait d'atteindre dix-neuf ans.

Le Kai Yee n'était autre que Crane Kung, l'héritier des biens de Ching Ling, la mère de Star Kinsolving.

— Ma chère comtesse, il ne fait aucun doute pour moi qu'en dépit de votre génie de la couture et de votre élégance, vous perdez votre

340

temps chaque fois que vous tentez de m'habiller. Je suis grasse comme une loche.

Madame Leland Stanford, épouse de l'ex-gouverneur, associé à la création de la liaison ferroviaire qui, depuis huit ans, unissait la Californie au reste de l'Amérique, avait beau se dandiner devant le triple miroir du salon d'essayage, elle demeurait ferme sur son opinion d'elle-même. Jane Stanford avait beau se reconnaître comme l'une des femmes les plus riches d'Amérique, régner sur une demeure princière de deux millions de dollars sise sur Nob Hill, à l'angle de California et de Powell Street, elle avait beau posséder l'une des collections de bijoux les plus enviés au monde – soixante paires de boucles d'oreilles en diamants –, elle n'en demeurait pas moins grasse comme un cochon. Et l'habileté inouïe de Zita n'y remédiait que partiellement.

— Nous n'en sortirons rien de plus, soupira-t-elle, après avoir essayé ce que lui présentaient les aides de la comtesse. C'est bon, je prends les six ensembles… à la condition que vous consentiez à m'accompagner chez de Meyer.

Les grands magasins de Meyer – six étages d'architecture Second Empire totalement exubérante – occupaient à présent un côté entier du quadrilatère formé par Union Square, ex-Portsmouth. Dès la fin de la Guerre Civile, Emma avait remodelé l'édifice en introduisant le système de liaison par tubes pneumatiques et les ascenseurs hydrauliques qui avaient porté très rapidement sa réputation – et son chiffre d'affaires – au zénith. À l'intérieur de ce temple de la richesse, Zita, dans son salon du deuxième étage, décidait du « bon ton » et habillait, entre autres, les épouses des quatre rois du chemin de fer.

En 1859, alors que les gisements d'or ne s'exploitaient plus qu'à un rythme modéré, la découverte de mines d'argent au Nevada avait déclenché une nouvelle ruée, plus furieuse encore que la précédente.

Quant à la joaillerie ! Quelques minutes à peine après avoir dilapidé six mille dollars en robes et tailleurs, Jane Stanford dévorait des yeux le magnifique collier – perles et diamants – à trois cent mille dollars, que Félix promenait sous son regard.

— Il est superbe, Félix. Il est merveilleux ! Mais Leland prétend que je dépense trop en bijoux. Il affirme que je risque de devenir frivole.

— Regardons les choses en face, très chère, expliqua le bijoutier en fixant le fermoir sur la nuque grasse de sa cliente, vous ne vous bornez pas à acquérir un bijou quelconque, vous investissez également dans la poésie : ces perles sont des larmes de sirènes, voyez-vous.

Félix, qui semblait devenir de plus en plus frêle à mesure qu'il approchait la septentaine, s'était constitué au service de l'une des clientèles les plus riches de l'Histoire une fortune colossale. En fait, ses acheteurs manifestaient suffisamment d'ardeur à dépenser sans hésiter et sans compter pour que son rôle se limitât à égayer la transaction d'histoires, de récits et de légendes dont ils se montraient friands.

— Vous êtes et restez un vilain magicien, minauda-t-elle tandis qu'elle s'admirait dans le miroir. Vous vous entendez trop bien à faire fondre mes scrupules. Il est magnifique !… Seulement, Leland me répète que nous devons penser aux malheureux et aux déshérités de cette terre… Il est merveilleux… Des larmes de sirènes !… Comment résister… ?

— Madame Hearst vient d'acquérir un très beau collier saphirs et diamants qu'elle a l'intention de porter le soir des fiançailles de ma petite-fille.

Jane Stanford lui lança un regard lourd de sous-entendus.

— Phœbe Hearst commence à devenir singulièrement arrogante, si vous voulez mon avis. À la voir agir, on croirait que tout Nob Hill est devenu sa propriété… Elle a une façon de jeter l'argent par les fenêtres… !

— Zita m'a appris que la tsarine possède un collier de chien en tous points comparable à celui-ci, poursuivit placidement Félix, qui n'ignorait rien des vertus de la patience, non plus que de la persévérance en matière de vente.

Jane Stanford jeta un ultime coup d'œil au miroir. Elle soupira.

— Il n'y a pas à dire, il me le faut ! Je vais…

— Papa… ! Oh, papa… !

Ils se retournèrent d'un même mouvement pour découvrir Emma écrasée contre le chambranle de la porte, le visage ruisselant de larmes.

— Emma ? Que se passe-t-il ?

— Oh, papa… Archer vient de mourir !

Zita se précipita et la prit dans ses bras où elle éclata en sanglots hystériques.

— Mort ? balbutia Félix, atterré. Mais les docteurs affirmaient que son état...

— Les docteurs ? Qu'en savaient-ils, ces fichus ignorants, ces ânes bâtés de docteurs qui venaient seulement de découvrir qu'il s'agissait d'une typhoïde. Je ne me pardonnerai jamais dc ne pas l'avoir conduit à Boston où l'on trouve de véritables praticiens... en attendant, il est mort... mon cher mari, mon amour... ! Jamais je n'en retrouverai un pareil, aussi doux, aussi gentil, aussi aimant... !

« Voilà qui est tout à fait vrai, songea Jane Stanford, tu n'es pas près de mettre la main sur un homme que tu mèneras aussi aisément par le bout du nez. »

Le lendemain au petit déjeuner, Emma s'interrompit soudainement, l'œil écarquillé, fixé sur son père.

— Un hôpital !

— Un quoi ?

— Un hôpital, parfaitement. Je vais en entreprendre la construction et il portera le nom d'Archer. La ville a grand besoin d'un établissement hospitalier et c'est moi qui mettrai en place le meilleur de la région. Ne trouves-tu pas mon idée excellente, père ?

— Si, en effet, ma chérie, confirma-t-il, prenant une de ses mains entre les siennes. Si, c'est une idée excellente.

— De cette manière, son nom ne sombrera jamais dans l'oubli.

CHAPITRE VINGT-SEPT

— Allons donc, voilà qu'elle a enterré son deuxième mari !
s'exclama Slade Dawson qui parcourait les journaux – le sien et
celui de la concurrence – à la table du petit déjeuner.

— Façon de parler, observa son épouse qui avait pris soin de
transformer son nom de «Letty» en Loretta, dans l'espoir d'acquérir une respectabilité. Parce que, du premier, il ne restait qu'une
poignée de cendres. Souviens-toi du jour où elle a fait irruption
dans ma piau… ma chambre du Bonanza et t'as braqué son pistolet
sur le front…

Slade était resté mince mais cheveux et moustache viraient au
poivre et sel. Il reposa son verre de jus d'orange.

— Cette vieille salope m'a fait vieillir de vingt ans en une
seconde, maugréa-t-il.

— Cette vieille salope ne nous a surtout pas invités au bal de
fiançailles de sa fille, grogna Loretta qui tartinait voluptueusement
beurre et marmelade sur une tranche de pain grillé.

Après avoir donné deux enfants à Slade, elle avait abandonné
toute idée de régime et se laissait grossir sans remords.

— Elle ne nous invite d'ailleurs jamais, cette punaise de sno-
binarde. C'est pas pour ça que j'irais, remarque… quoique je serais
curieuse de jeter un coup d'œil sur son intérieur.

— Bah ! Mon rédacteur en chef a eu l'occasion de visiter et je
peux t'assurer que nous n'avons rien à lui envier.

345

À l'aube d'une belle journée de 1858, un mineur qui s'était endetté au cours de la nuit jusqu'à concurrence de cinq mille dollars s'était acquitté en cédant à Slade ses parts dans une mine d'argent du Nevada. Six mois plus tard, l'ex-tricheur professionnel s'éveilla à la tête d'une participation supérieure à cinquante millions de dollars. Dès ce moment, il s'employa à creuser un fossé de plus en plus large entre le nouveau Dawson et le gang des Sydney Ducks. L'insulte lancée par Emma n'avait cessé de résonner à ses oreilles et il était fermement résolu à devenir aussi respectable que le lui permettrait son lourd passé, associé à celui de son ex-tapineuse de femme. Il avait revendu à Chicago sa participation dans le Bonanza et, tout en conservant le *Bulletin,* il s'était lancé dans l'immobilier.

Son coup de maître avait alors été la construction d'un fantastique hôtel dans Montgomery Street qui était en train de devenir la plus élégante de la ville. Un «grand hôtel» qui ne comptait pas moins de sept mille fenêtres et dont la salle à manger offrait à la clientèle une centaine de couverts en or massif.

Slade Dawson avait ainsi parcouru un long chemin depuis l'époque où il jouait à bord des bateaux à aubes.

L'air entendu, il tapota son cigarillo au-dessus du cendrier en cristal taillé.

— Sans compter qu'il n'y aura peut-être pas plus de bal que de fiançailles pour célébrer l'engagement de miss Star Collingwood avec monsieur Clayton Delamere-l'Élégant.

— Pourquoi ? marmonna Loretta qui venait d'enfourner une énorme bouchée.

— J'ai demandé à l'un de mes journalistes de s'occuper un peu de miss Star et il a découvert une histoire qui va mettre les Collingwood en bien fâcheuse posture.

Loretta se pencha en avant, une flamme mauvaise au fond de la prunelle.

— Raconte !

Slade s'accorda un petit sourire de supériorité.

— La petite Star a un amant chinetoque.

Loretta fut un instant privée de la parole. Dès qu'elle la retrouva, ce fut pour questionner.

— Tu te fous de moi ?

— Pas du tout ! Et j'ai mieux encore : le bruit court que le corps du jeune Chinois décapité découvert à Chinatown était celui d'un espion au service d'une bande rivale. Or, le chef du Suey Sing Tong, qui se fait appeler Kai Yee – ou Parrain – et l'a exécuté de sa main n'est autre que Crane Kung, tu sais, l'héritier de la maîtresse de Kinsolving. Or, ce même Parrain qui contrôle l'essentiel des fumeries d'opium et de la prostitution serait précisément l'amant de Star Collingwood...

— Seigneur Tout-Puissant ! Es-tu en mesure d'apporter des preuves de ce que tu avances ?

— Non seulement je peux prouver ce que je dis, mais j'ai l'intention de publier l'article au matin du jour fixé pour la célébration des fiançailles... !

Loretta se mit à ronronner.

— Slade, mon chéri, ton histoire m'excite follement. Tu sais, je crois que la vengeance donne encore plus de plaisir que l'amour...

Dawson lança à sa femme-hippopotame un regard meurtrier.

— Je m'étonne que tu te rappelles encore comment ça fonctionne !

Li Wang Yu, bras droit et confident de Crane, fit irruption dans le gymnase privé de son immense demeure et lui tendit un pli qui venait de lui être apporté.

« Mon seul amour,

« Mon pauvre cœur déborde de chagrin. Non seulement mon bien-aimé père vient de disparaître, mais, de plus, ma mère est convaincue que tu es responsable de l'assassinat du jeune Sing. Moi, je sais qu'elle se trompe mais je suis incapable de la convaincre. Depuis quelques années déjà, elle me reproche notre amitié avec une violence grandissante. Aujourd'hui, elle m'a définitivement interdit de te rencontrer et je ne sais plus que faire.

« Quand tu es venu, il y a maintenant dix ans de cela, dire à Emma que tu avais fait le serment à ma véritable mère de m'apprendre l'écriture et la culture chinoises, tu as transformé mon existence. Cette idée ne plaisait guère à maman mais je suis venue à toi emplie de zèle et de joie. Ton enseignement de la civilisation chinoise s'est répandu comme une pluie bienfaisante qui a fait éclore les fleurs de la connaissance dans mon âme et celles de la passion amoureuse dans mon cœur. En même temps, tu as semé la confusion dans mon esprit : combien de fois ne me suis-je pas lamentée sur les différences qui séparaient mes parents du monde dans lequel tu vis ! Un monde auquel j'ai le sentiment d'appartenir, bien plus qu'à celui où je vis !

« À présent, père est mort et mère m'inflige cet odieux mariage avec Clayton. Mon chéri ! Combien de fois ne t'ai-je pas répété que je n'aime pas Clayton, mais que je suis incapable de détourner mère de ce projet parce qu'elle a toujours eu pour moi énormément d'affection. Pourtant, la perspective de te perdre me déchire et m'anéantit. Crane, mon amour, mon cœur t'appartient et t'appartiendra jusqu'à mon dernier souffle ! Je ne puis vivre dans ces deux mondes à la fois. Si j'opte pour le tien, je devrai rompre tous les liens qui m'attachent à celui-ci, à ma famille. Ainsi, après avoir sondé longuement mon cœur et mes sentiments, j'en suis venue à la conclusion qu'il n'existe aucun avenir pour nous.

« Ma main refuse de tracer les signes qui forment le mot "Adieu" parce qu'ils sont destinés à l'homme que j'aime le plus au monde, plus que moi-même. À toi que j'aime pour toujours, à toi mon bien-aimé, je dis... Mon Dieu... comment te le dire... ? Adieu. »

Crane relut la missive une seconde fois. Quand il releva la tête, une lueur meurtrière luisait dans son regard.

Le deuil d'Emma se manifesta dans une ostentation toute victorienne. Elle avait littéralement drapé la maison de crêpe noir et reçu le défilé des condoléances deux jours durant. Archer, qui n'était pas juif, n'avait pas rendu nécessaire la semaine de shiva ; par contre, il reposait dans le grand hall, à l'intérieur d'un cercueil ouvert, sur un catafalque surchargé de gerbes et de couronnes et un organiste installé sous la volée de l'escalier monumental jouait sans discontinuer.

David ne se présenta que le matin des funérailles. Il arborait une tenue classique, un ruban noir au revers de son habit ainsi qu'à son chapeau, et un air chagrin uniquement de circonstance car il n'avait jamais porté Archer dans son cœur. Débarrassé de son man-

348

teau par un Can Do sincèrement défait et chagriné, il s'avança vers Emma, debout auprès du cercueil. Ils demeurèrent ainsi, muets, sans que rien dans son attitude ne révélât qu'elle s'était aperçue de sa présence.

— C'est bizarre... Il n'a jamais cessé de me désapprouver, dit-elle tout à coup.

— À quel sujet ?

— De ma réussite. Archer était un idéaliste. La fortune l'a toujours mis mal à l'aise. Il m'aimait, naturellement, mais je crois qu'il aurait été plus heureux si j'avais été... blanchisseuse ou femme de ménage. Son fils me critique avec autant de fougue, bien entendu, mais tout en sachant parfaitement profiter de notre fortune. Elle soupira, se tourna vers David et lui prit la main. Il va tellement me manquer... poursuivit-elle, j'aimais Scott mais Archer aura été l'unique et véritable passion de mon existence. Je crois que je ne me remarierai jamais.

David étreignit sa main gantée, compatissant.

— Il ne faut jamais jurer de rien, dit-il d'un ton qui se voulait détaché, car, dans ses pensées, il gardait secrètement espoir.

— Mon cher David, murmura-t-elle avec une esquisse de sourire, que d'épreuves nous avons traversées ensemble. Pourtant, je ne me considère pas comme ayant atteint le succès... du moins en tant que mère. Mon fils est en train de sombrer dans l'ivrognerie, quant à ma fille... tu connais mes craintes concernant ses relations avec ce Crane ! Tout cela est ma faute, d'une certaine manière. Raison pour laquelle je me félicite d'y avoir mis un terme... David, pourrais-je te demander un service ?

— Bien entendu.

— Je dois trouver une occupation à Archer. La seule activité qui ait jamais éveillé son intérêt est le journal. Je n'ignore pas combien tu critiques ses dérèglements... mais j'aimerais que tu lui trouves un travail au *Times Dispatch*... sans l'ombre de favoritisme, je veux le voir débuter au bas de l'échelle, tant pis pour lui. Accepterais-tu de m'accorder une telle faveur ?

— Bien entendu, répéta-t-il, pris de court. « Seigneur, pensait-il, me voilà avec ce gosse pourri sur les bras ! »

Emma l'étreignit spontanément.

— Mon très cher David, murmura-t-elle, le plus sincère de mes amis.

« Un ami, oui ! Trente foutues années d'amitié ! »

— Je préfère qu'Archer ne soit pas au courant de cette conversation, ajouta-t-elle. Il faut lui laisser l'impression d'avoir fait son choix lui-même.

Elle lui décocha un sourire de reconnaissance et, pour teinté de mélancolie qu'il fût, il opéra son habituel effet magique. « Bougre de vieil imbécile, se morigéna-t-il, ne pourrai-je donc jamais arracher cette femme de mon cœur ? »

— Archer, je t'en supplie, je ne veux pas que tu t'enivres aujourd'hui, implora Star qui s'était glissée furtivement dans la bibliothèque.

— Et pour-quoi je me… je me saou-lerais pas ? maugréa l'interpellé après avoir avalé une longue rasade de son bourbon favori… avec cette salo-perie de… d'orgue-d'har-mo… nium ces kilo-mètres de… de crêpe et mon pau-vre père au… fond de cet aff… affreux cercueil…

— Il n'a rien d'affreux.

— Tous les cercueils sont… af-freux. La mort est… dé-gueu-lasse et cet enterrement est complè… tement tor-du ! On aurait dû le… faire de… dehors, quel-que part dans… la forêt. Il détestait cette… grande baraque et… mère l'a ja… jamais compris. P'pa était un… esprit li-bre, indépendant qui s'est fait… met-tre le grappin dessus par la… mère Crésus…

— Tu ne te prives pourtant pas de le balancer par les fenêtres, l'argent de la mère Crésus ! lança une voix derrière lui.

Archer faillit s'étouffer avec son whisky : sa mère, somptueusement drapée de noir, trois rangs de perles autour du cou, se dressait, droite, hiératique, dans l'embrasure de la porte.

— Pourquoi m'avoir manifesté autant de cruauté ? questionnat-elle en s'avançant dans la pièce. Depuis l'instant où ton père a rendu le dernier soupir, tu m'as à peine adressé la parole. Dans un moment où j'aurais tant eu besoin de consolation et d'encouragement voici que, pour comble d'impertinence, tu te mets à m'insulter en cachette !

— Tu n'as que faire de mes encouragements, rétorqua-t-il avec aigreur. Tu n'as d'ailleurs jamais eu besoin de l'aide de quiconque. Tu es forte ! Plus forte que bien des hommes ! Et en particulier que mon malheureux père, Dieu ait son âme !

— Serait-ce un crime que de savoir se montrer forte ?

— C'est contre-nature, chez une femme. Tu devrais te limiter à des activités féminines comme le… comme la…

— … le tricot, la broderie ou la tapisserie… suggéra-t-elle, les yeux luisants de colère.

— Parfaitement ! Ou alors tu pourrais jouer du piano. Quand j'étais petit, j'adorais t'écouter jouer, mais tu n'y a plus touché depuis des années. Tu ne penses plus qu'au travail et aux moyens de gagner toujours plus d'argent. Bien des femmes n'ont jamais vu un bureau de leur existence tandis que pour toi, il est devenu ton lieu de résidence. Tu y as enfoui ton cœur.

— Mon cœur est enseveli dans le cercueil de ton père, mon garçon, alors laisse-le où il est. Pour le reste, je suis fière de ce que j'ai accompli et je n'envisage nullement de défendre ma position face à un fils dont l'unique ambition se limite à tenter de battre un record de résistance à l'alcool.

— Parfaitement, je bois ! Veux-tu savoir pour quelle raison ? La majorité des garçons entrent en compétition avec leur père, ce qui n'est pas toujours facile. Tandis que moi, je devrais rivaliser avec ma mère, ce qui serait follement déloyal. T'es-tu jamais douté combien c'est pénible pour moi ?

Emma avait toujours ressenti pour son fils un amour à ce point possessif qu'elle s'était astreinte à se dominer par crainte d'en faire un grand dadais incapable de vivre hors les jupons maternels. Mais cet amour n'en était pas pour autant aveugle. À l'examiner de plus près, ce soir, elle décelait les premiers signes qu'impriment dans un visage les excès de la débauche : le réseau de fines rides autour des yeux bleus, une bouffissure du modelé de la pommette et de la mâchoire. Sa belle chevelure blonde elle-même s'éclaircissait visiblement sur les tempes. Et il n'avait que vingt-six ans.

— Nous n'allons pas recommencer à nous disputer, dit-elle brusquement en l'étreignant de manière furtive, surtout le jour où nous avons enterré ton pauvre père. Toutefois, je m'en voudrais d'entrer en compétition avec toi, mon chéri. Je crois qu'il y a beaucoup de vrai dans ce que tu dis et ce que les gens pensent de moi que je « décide », que je « porte la culotte », que « la place d'une épouse est au foyer, pas au bureau… » Sans parler de ceux qui rapprochent mon succès et ma réussite de ma condition de juive.

— À quoi bon t'en préoccuper… grogna Archer.

— Je ne m'en offusque pas, mais ils le répètent quand même. Il n'en reste pas moins, Archer, que nous pourrions, toi et moi, repartir du bon pied. Ton père disparu, quels que puissent être les points de vue qui nous opposent, nous demeurons une famille, une famille unie, ce qui est important… D'autant que tu en deviens le chef.

— Moi ? s'exclama-t-il sur un ton dont elle perçut parfaitement le scepticisme.

— Toi, oui. À condition que tu sois capable de reposer ce verre.

Décontenancé, il fit aller son regard de sa mère au verre qu'il tenait en main. Il laissa échapper un profond soupir et alla le vider dans un grand pot contenant une plante verte.

Emma sourit.

— Tu viens d'accomplir ton premier pas vers la sagesse, mon garçon. À présent, je suis en mesure de te proposer une activité. Je conserverai la direction en attendant que, tes preuves faites, tu prennes ma place à la tête des affaires. En attendant, tu peux choisir de commencer par ce qui te plaît le plus. Autrefois, tu m'accablais de questions concernant le journalisme. Ce domaine t'intéresse-t-il encore ?

— Oh oui ! s'écria-t-il avec un enthousiasme qui ne laissait aucun doute sur son goût.

— Très bien. Va voir David Levin demain, tu trouveras auprès de lui la possibilité de te former.

« Tout bien considéré, songeait Emma en gagnant la salle à manger, j'ai manœuvré assez habilement, je crois. »

Avant de se coucher, au moment de passer sa chemise de nuit, Star s'examina sans complaisance dans le miroir qui lui renvoya l'image d'un corps aux proportions idéales. Un corps fait pour l'amour. Et elle était amoureuse, justement ! Follement éprise d'un garçon et sa passion pour lui devait rester secrète ! Les convictions d'Emma lui posaient, bien que sous une forme très différente, les mêmes problèmes qu'à son demi-frère. Certes, elle avait apprécié la manière dont elle avait usé pour remettre Archer dans le droit chemin. Certes, la famille était importante. Elle passait avant tout.

Et Crane ne pourrait jamais s'intégrer à cette famille.

Son devoir lui commandait d'arracher Crane, le souvenir de Crane, l'image même de Crane, de son cœur et de son esprit. Elle évinçait systématiquement, depuis trop longtemps, un trop grand nombre de candidats au mariage. Aujourd'hui, elle se trouvait à court d'arguments, au point de n'avoir pu s'opposer à sa mère quand cette dernière lui avait signifié qu'à vingt-six ans on ne refuse pas une demande en mariage de Clayton Junior. Outre sa grande beauté et le fait qu'il était l'héritier d'un baron des mines d'argent, il brûlait pour Star d'un amour éperdu. Refuser son offre équivaudrait à briser le cœur de sa mère. À rompre avec sa famille.

Elle ferma les yeux, paupières fortement serrées... closes de toutes ses forces sur la présence du Kai Yee de Chinatown qui avait su enflammer ses sens.

Elle fut tirée de son premier sommeil par un cliquetis métallique. Dressée sur son séant, elle alluma la lampe de chevet et découvrit les deux griffes d'un grappin enfoncées sous le rebord de sa fenêtre ouverte, dans le papier rose largement déchiré. Une corde était fixée à ce harpon et quelqu'un s'en servait pour atteindre son balcon. Elle ouvrait la bouche pour hurler quand elle vit émerger de l'ombre le visage balafré de Crane. Il acheva son ascension et sauta à l'intérieur de la pièce.

— Est-ce que tu es devenu fou, chuchota la jeune fille. Ma parole, tu te prends pour un pirate chinois. Si maman te trouve chez moi, elle va...

— Qu'elle aille au diable, celle-là !

Il ôta sa chemise-tunique de soie, la jeta sur une chaise et, un genou posé sur le bord de la couche, il prit le visage de sa maîtresse entre ses paumes. Il l'embrassa avec une passion sauvage. Elle n'esquissa pas le plus minime geste de résistance. Elle se sentait dans l'état d'une droguée en désintoxication qui rechute instantanément à la première occasion. Ses mains allaient et venaient sur le dos lisse de l'homme, le pressaient contre son corps, sans qu'elle tentât de désunir leurs lèvres.

Il releva la chemise de nuit, couvrit ses seins de baisers, de caresses, commença à les mordiller avec une espèce de fureur, de voracité qui, comme chaque fois, mettait la jeune fille au bord de l'inconscience.

— Crane… gémit-elle, les yeux clos, Crane…

Il se redressa, défit son pantalon qu'il jeta par-dessus la chemise.

— Je l'ai reçue, ta maudite lettre, ricana-t-il tandis qu'il revenait se mettre à califourchon au-dessus d'elle. C'est un beau ramassis de mensonges. Jamais tu ne me diras adieu. Nos âmes resteront soudées l'une à l'autre. Laisse donc tomber Nob Hill et tous les idiots de yeux ronds. Épouse-moi, Star. Laisse tomber ce minable, incapable de faire l'amour correctement.

À présent, elle tentait une résistance. La famille. Elle essaya de le repousser, les mains plaquées contre sa poitrine.

— Crane, arrête !

— Tu me désires autant que moi-même, Star. Ose prétendre le contraire !

— C'est vrai, mais… Mon Dieu, ne me rends donc pas les choses encore plus difficiles ! Je…

— Quoi donc, à la fin ? Pourquoi ces manières, ce refus ?

Star était au bord des larmes.

— Tu le sais parfaitement, je te l'ai expliqué dans ma lettre… Je suis folle de toi, mais il ne m'est pas possible de t'épouser…

— Parce que je suis Chinois ?

— Ne dis pas de bêtises ! Ce n'est ni cela, ni à cause de maman, c'est parce que…

— Parce que quoi ? Qu'est-ce qu'elle a encore trouvé à dire ?

— Elle te considère comme un criminel.

— Et toi ? Qu'en penses-tu ?

— Je sais que… ce n'est pas vrai. Elle hésitait de nouveau.

La lueur meurtrière qui soudain dansait au fond des prunelles du jeune homme l'inquiétait. Elle en venait à se demander si, après tout, sa mère n'aurait pas raison…

— C'est bien vrai, n'est-ce pas ?

— Un criminel est quelqu'un qui enfreint les lois reconnues par lui. Étant donné que je ne reconnais pas les lois des blancs, je ne peux me considérer comme un criminel. Il sauta du lit, enfila son pantalon. C'est toi qui as raison, Star. Nous n'avons aucun avenir ensemble. Tu vivras ici, dans ta belle demeure de Nob Hill et tu joueras à la femme aux yeux ronds. Moi, je vais retourner à Chinatown, au milieu de mon peuple.

— Attends… !

— À quoi bon ? Manifestement, tu ne m'aimes pas assez.

— Mais si ! Seulement…

— Pas assez, te dis-je, sans quoi tu m'aurais suivi.

— Je t'assure, Crane, que les choses ne sont pas aussi simples. Que veux-tu dire quand tu prétends ne pas reconnaître les lois des blancs ?

— Rien de plus, rien de moins.

— Alors, tu as tué le jeune Sing ?

— Tu parles comme un juge au tribunal des yeux ronds. Après tout, tu n'auras peut-être même pas besoin de faire semblant…

— Tais-toi donc ! cria-t-elle.

Elle sauta du lit et courut se blottir contre la poitrine de son amant, le visage inondé de larmes. Interloqué, il lui saisit les poignets.

— Pourquoi te conduire avec moi de cette manière odieuse ? gémit-elle. Pourquoi me tourmenter à plaisir ? Ne comprends-tu donc pas combien je suis déchirée ? Je voudrais devenir ta femme, je ne demanderais que cela, mais c'est impossible…

Sa voix se brisa, balayée par une explosion de sanglots.

Incapable de trouver une réponse, il la serrait contre lui et lui caressait les cheveux.

La porte s'ouvrit brusquement. Archer, attiré par le bruit, découvrit sa demi-sœur entièrement nue dans les bras du jeune Chinois.

— Espèce de salaud !

Avec un grondement d'indignation, il se précipita sur l'intrus. Crane repoussa la jeune fille qui poussa un cri perçant, et se mit en garde pour affronter l'adversaire. Archer avait été champion de sa catégorie – poids moyens – à Princeton, mais il ne trouva pas l'occasion d'approcher Crane, qui légèrement tourné de côté, lança son pied gauche dans l'estomac d'Archer et accompagna aussitôt d'une manchette meurtrière sur la pommette. Collingwood s'écroula, à demi-inconscient.

Crane reprit possession de sa chemise, lança la corde à l'extérieur de la fenêtre puis se tourna du côté de Star.

— J'ai fait le premier pas en venant à Nob Hill. À toi de me faire connaître ta décision en venant à Chinatown.

Les choses étaient allées trop vite. Encore sous le choc, elle le regardait, incapable de trouver une réponse.

Dissimulé dans l'ombre de la maison d'en face, un reporter à la solde de Dawson prenait fébrilement des notes. Le *Bulletin* ferait un bon tirage demain !

CHAPITRE VINGT-HUIT

— Écoute-moi ça ! s'exclama Slade, brandissant l'exemplaire du *Bulletin* qu'il était le premier à recevoir : LE VICE-ROI DE CHINATOWN PÉNÈTRE DE NUIT DANS LA CHAMBRE DE L'HÉRITIÈRE COLLINGWOOD ! Quels mystérieux liens unissent les deux jeunes gens ? »

— Formidable, Slade ! Formidable ! Je vois d'ici la tête d'Emma Collingwood. Non seulement elle va entrer en fureur mais par-dessus le marché elle va devenir la risée générale.

Le mari de Loretta se pencha au-dessus de la table.

— C'est le but précis que je désire atteindre, vois-tu, parce que nous devrions y trouver notre unique occasion.

— Occasion de quoi ?

— Tu conviendras avec moi que nous avons achevé et parachevé l'installation et l'aménagement de cette maison qui est à présent digne de n'importe laquelle de celles qu'on trouve sur Nob Hill... Malgré cela, nous n'avons encore lancé aucune invitation.

Loretta fronça les sourcils.

— Tu sais bien pour quelle raison, mon chéri. C'est à cause du... de notre passé.

— Au diable notre passé ! Il y a vingt-cinq ans de ça ! Et nous ne sommes ni plus mauvais, ni plus criticables que n'importe quel autre couple de cette foutue ville !

— Tu crois ? murmura Loretta, dubitative.

— Puisque je te le dis ! Écoute, voici ce que tu vas faire. Je possède la liste de tous les invités d'Emma Collingwood. Tu adresseras un petit mot à chacun d'eux pour les convier au bal que nous organiserons à la date prévue, le même soir qu'elle ! Il commence à être temps d'occuper la place qui nous revient parmi les gens importants de la cité, non ?

Les yeux de Loretta pétillaient d'ambition.

— Et tu crois qu'ils accepteront de venir ?

— Bien entendu, ils viendront. Je vais te dire une bonne chose : pas un couple respectable ne s'aventurera à mettre les pieds chez Collingwood après la lecture de cet article. Même si elle n'annulait pas le bal ! Et, une fois ruinée la réputation des Collingwood, le rythme des affaires suivra, le chiffre tombera... à ce moment-là, nous n'aurons plus qu'à tendre la main pour racheter son affaire à dix pour cent de sa valeur !

Sa femme le contemplait, bouche bée d'admiration.

— Finalement, c'est ce motif qui te pousse depuis le début, non seulement tu veux te venger, mais en plus tu veux les bouffer ?

— Y trouverais-tu à redire ? s'enquit-il, un sourire sarcastique aux lèvres, en allumant un cigarillo.

— Ainsi, tu as osé ! criait Emma, brandissant l'exemplaire du même *Bulletin* froissé et chiffonné au-dessus de sa tête. Le soir des funérailles de ton père, tu introduis ce criminel dans ta chambre et tu fais l'amour avec lui ! Une véritable humiliation pour la famille entière ! Je ne peux croire que l'affection, la tendresse dont ton père t'a comblée ne t'aient pas un instant retenue au bord de la honte, du ridicule dont tu nous couvres tous...

— Maman, je t'en supplie...

— Tu me supplies ! Tu me supplies de quoi ? De te pardonner ? Bien entendu, je te pardonne, tu es ma fille. Mais je ne comprends pas ta pusillanimité, ton insouciance... je suppose que ce n'était pas la première fois... ?

— Non... Mais je l'aime...

— Tu le désires ! Ce qui est tout à fait différent. Je ne peux réussir à croire que tu sois amoureuse d'un meurtrier...

— Nous ne savons pas si c'est lui...

— Nous le savons très bien. Ne te berce pas d'illusions, je te prie ! Mes reporters s'informent aux mêmes sources que ceux de

Dawson. Crane Kung est à la tête du crime à Chinatown, il possède des fumeries d'opium, des maisons de prostitution et quelques maisons de jeu. Voilà l'homme dont tu meurs d'envie ! L'homme que tu introduis la nuit dans ta chambre… !

— Je ne l'ai pas fait entrer ! Il a grimpé par la fenêtre. Que voulais-tu que je fasse ? Le rejeter dehors ?

— Tu ne l'as même pas empêché d'entrer dans ton lit, alors ! Non, non, décidément, je n'arrive pas à le croire ! Je suis en train de négocier la création d'un opéra à San Francisco et ma propre fille me joue une scène de vaudeville dans sa chambre ! Non, je ne cherche nullement à jouer les Mère-Vertu, je ne t'ai rien dissimulé de mon passé qui n'était pas un modèle à suivre… mais te voir ainsi livrée au sordide… abandonner toute espèce de bon sens…

Elle fut interrompue par l'entrée de Can Do.

— Excusez, Taitai, c'est un mot envoyé par monsieur Clayton.

Emma ferma les yeux, résignée.

— On ne peut dire que je ne m'y attendais pas.

Elle prit connaissance du texte, posa le pli sur la table.

— Tu devines quel en est le contenu, je suppose ? Clayton est navré. Il t'aime, mais en raison des circonstances, son père exige qu'il retire sa demande en mariage. Et voilà !

— Oh, maman !

Star éclata en sanglots et quitta la pièce en courant, laissant sa mère et Archer en tête à tête.

Emma se laissa tomber sur sa chaise et acheva de boire son café refroidi.

— Le seul homme que j'avais réussi à lui faire accepter ! Elle soupira, affligée. Je me demande qui pourrait encore accepter de l'épouser… Crois-tu que je me sois montrée trop dure avec elle ?

— Pas du tout. Elle le méritait. Je n'arrive pas à comprendre ce qu'elle lui trouve…

— Moi si. C'est un personnage exotique, il vit dangereusement et, de plus, il est Chinois. Star s'est toujours sentie mal à l'aise dans sa peau de métisse, ce que je trouve assez naturel. Mon erreur a été de donner mon consentement quand Crane est venu me proposer de lui apprendre le chinois, il y a dix ans. À l'époque, je pensais bien faire et me montrer équitable… alors que j'aurais dû flairer le danger. Aujourd'hui, Dawson doit danser dans les rues !

— J'ai une confession à te faire.

— Laquelle ?

— Je le savais depuis un moment... je connaissais sa liaison avec Crane.

Sa mère lui adressa un regard lourd de reproche.

— Pourquoi ne m'avoir rien dit ?

— Je préférais demeurer en dehors de cette histoire. Euh... plus précisément, je... Il s'était mis à triturer sa fourchette. J'éprouvais des sentiments mitigés à l'égard de Star... depuis longtemps.

— Mais... quel genre de sentiments ?

— Elle est d'une très grande beauté.

Emma se rembrunit.

— Plus d'une fois j'ai senti une certaine tension entre vous, c'est exact. Mais, enfin, tu ne vas tout de même pas me dire que...

Il secoua la tête.

— Non, je ne vais pas te le dire.

— Si Dawson avait jamais vent d'une intrigue de ce genre, ce serait vraiment la fin. Mon Dieu, ce que je peux détester cet individu ! Il a causé la mort de mon premier mari et maintenant, il cherche à nous couvrir de honte, à nous submerger de ridicule !

Pour la toute première fois, Archer décelait un point faible dans les inexpugnables défenses de sa mère.

— Ne pourrions-nous riposter ? suggéra-t-il. Après tout, personne n'ignore que sa femme est une ancienne prostituée ?

Emma cessa brusquement d'aller et venir, crispant et décrispant les poings.

— Justement, le problème est là : personne ne l'ignore ! Son changement de prénom et ses récentes crises de dévotion ont soulevé l'hilarité, c'est vrai, mais... d'un autre côté, tu as peut-être raison. Je les sais tous deux extrêmement susceptibles en ce qui concerne le passé de Loretta, alors peut-être cela nous ferait-il vendre un peu de papier... ce qui serait une bénédiction.

— Ce qui signifie ?

Emma soupira.

— Autant te dire la vérité puisque tu as décidé de travailler au journal. Le *Times Dispatch* perd un nombre sans cesse croissant de lecteurs. David est un excellent rédacteur en chef qui s'embarrasse de principes et ne déroge jamais aux critères d'un certain classicisme. La clientèle veut du scandale, du crime, de l'extraordinaire... le *Bulletin* lui en donne ! Je parierais qu'il a épuisé son édition en quelques heures, ce matin. Si je te disais qu'il y a trois ans, Dawson m'a fait une offre d'achat à un prix ridicule. Je lui ai ri au nez, bien entendu !

— Pourquoi ne m'en as-tu pas parlé ?

— Parce que tu étais ivre, comme à l'ordinaire.

— J'aurais peut-être cessé de boire, si je l'avais su.

Il se leva et quitta la table.

— Où vas-tu ?

— Travailler. N'oublie pas : tu m'as confié une tâcher hier soir. Il vint déposer un baiser sur sa joue. Et ne te fais pas trop de souci concernant Slade Dawson, je sais de quelle manière le traiter.

— Qu'est-ce que cela veut dire ?

— Tu verras bien.

Il lui adressa un sourire avant de quitter la pièce.

Restée seule, Emma lutta pour retenir ses pleurs. Depuis tant d'années, elle s'acharnait à faire du nom des Collingwood le synonyme de culture, de probité, d'intégrité, voire de richesse et de pouvoir et il suffirait d'un incident stupide pour tout détruire en un jour ? Elle connaissait suffisamment les Sanfranciscains pour savoir que ceux qui ne se montreraient pas offusqués par l'indécence de l'aventure riraient aux éclats. Ce qui serait encore pire.

Elle se leva de table, fit quelques pas. Devenir du jour au lendemain la risée de la Californie représentait pour une femme de sa condition la pire des calamités. Sans parler de la victoire non négligeable remportée par Dawson qui titrait le scandale en première page, alors que le *Times Dispatch* dissertait longuement sur la nécessité d'institutionnaliser la culture sous la forme, par exemple, d'un opéra !

Il lui fallait imaginer une riposte. Oui, mais laquelle ?

Elle recommença à arpenter la pièce. Si réelle et profonde que fût sa colère à l'endroit de sa fille, elle savait qu'il lui revenait néanmoins de la protéger... s'il n'était pas déjà trop tard ! « Le mieux, songea-t-elle, serait de l'entraîner à l'extérieur de la ville. De lui trouver un mari que personne ne connaissait... Mais où ? »

Et, tout à coup, ce fut l'éclair. Celui-là serait parfait. D'abord, il était amoureux d'elle. Emma s'en était rendue compte le jour où il était venu leur rendre visite, six mois plus tôt. À condition qu'il soit encore libre…

Elle se jeta littéralement sur le cordon qui sonnait à l'office. Il n'y avait plus une minute à perdre. Si elle pouvait arriver à conclure un accord avec sa mère… Pourquoi pas d'ailleurs ? Ils sont à présent sans le sou. Je détiens toujours l'hypothèque que Scott — dans son immense sagesse – leur avait fait accepter, et quand cet investissement n'aurait d'autre utilité que de sauver Star et de lui assurer un avenir…

— Taitai a sonné ?

— Oui, Can Do. Dis au cocher de préparer la voiture, la grande. Il faut aussi qu'Adèle nous prépare un sac d'effets pour un déplacement de deux jours – miss Star m'accompagne. Demande également au cuisinier de nous confectionner un panier à emporter.

— Bien, Taitai. Je donne quelle destination au cocher ?

— Nous irons au Calafia Ranch.

« Cela mettra quelques gouttes de sang espagnol dans les veines de la famille, pensa-t-elle en se dirigeant vers sa chambre. Pourquoi pas, après tout ? Il en comporte déjà de toutes origines ! »

CHAPITRE VINGT-NEUF

Les « fils de la Hache » qui s'avançaient silencieusement dans Ross Alley étaient tous les six vêtus de façon identiques, mais rien dans leur comportement n'attirait l'attention des passants. Ross Alley avait la réputation d'abriter un nombre inestimable de fumeries et de maisons de jeu camouflées derrière des enseignes de blanchisseries ou de prêt sur gages qui ne trompaient personne et surtout pas la police. La petite troupe de Hop Sing Tong était conduite par un type costaud aux moustaches tombantes et au regard impitoyable qui répondait au nom de Wong Yem Yen et nourrissait l'intention arrêtée de devenir à brève échéance le véritable et unique Kai Yee de Chinatown.

Ils firent halte devant une baraque à deux étages dont le porche de guingois menaçait de tomber en ruine. Il était près de minuit, le rez-de-chaussée était désert. En dépit de son enseigne qui annonçait « Le Palais de la Chance Céleste » en belles lettres dorées sur fond noir, l'endroit ressemblait plus à un coupe-gorge qu'à l'antichambre du Paradis. Wong fit signe à ses « fils de la Hache » et poussa la porte du fond.

La fumée des cigarettes, ajoutée à celle, douceâtre, qui s'échappait des pipes d'opium, rendait l'atmosphère difficilement respirable, opaque comme un brouillard. Les couchettes réservées aux fumeurs occupaient le pourtour de la salle au centre de laquelle quatre tables de jeu demeuraient en permanence prises d'assaut. Dans le dos des joueurs, attentives au déroulement de la partie, plusieurs filles guettaient l'explosion de joie d'un gagnant.

Wong sortit un revolver de sa chemise, immédiatement imité par Charlie Kong, son second. Une fille surprit le geste et se mit à hurler.

— Tout le monde dehors ! ordonna Wong d'une voix puissante. Tout le monde sauf les propriétaires ! Grouillez-vous !

Résignés, apeurés, certains affolés, les joueurs s'agglutinèrent devant les issues, ainsi que les fumeurs hébétés dont quelques-uns, poussés et tirés par des camarades compatissants, ne comprenaient rien à ce qui se passait.

Dès que la salle fut vide, à l'exception des quatre dirigeants du tripot, tremblants de tous leurs membres, Charlie Kong alla fermer la porte à clé.

— Cette boîte appartient à Crane Kung, dit Wong en s'avançant vers ses victimes. Ce salaud de Suey Sing vient d'assassiner un de nos hommes. Dorénavant, pour chaque Hop Sing tué, nous massacrerons quatre Suey Sing.

— Non, non ! cria l'un d'eux en tombant à genoux, je n'appartiens pas au tong…

— Tu périras le premier parce que tu as menti.

Sur un simple signe du chef, Charlie Kong et un autre « fils de la Hache » s'armèrent d'un long coutelas à l'aide duquel ils se mirent à poignarder le malheureux qui hurlait comme un possédé. Charlie Kong, qui devait bien peser dans les cent cinquante kilos, frétillait d'aise et ricanait de joie chaque fois qu'une giclée de sang écarlate se répandait sur son volumineux jabot.

Ce voyant, deux des trois qui restaient bondirent en direction de la fenêtre. Wong vida son chargeur sur eux. Le premier s'écroula, frappé à mort, le second réussit un saut de l'ange à travers le panneau de verre dépoli.

Les tueurs convergèrent alors vers la quatrième et dernière victime. Considérant qu'il criait comme un porc, ils le saignèrent comme tel. Charlie s'offrit même la satisfaction de lui plonger son poignard dans l'œil jusqu'à la cervelle, un sourire extatique aux lèvres.

Avant de quitter le théâtre de leur valeureux exploit, Wong accrocha au mur une banderole sur laquelle on pouvait lire : « Le Hop Sing Tong déclare la guerre au Suey Sing Tong. Le Hop Sing obtiendra la victoire ! Mort et déshonneur à tous les membres du Suey ! »

— Pardonnez-moi, miss Dawson ; si je puis me permettre, je vous déconseillerais ce livre. Je l'ai lu moi-même et je trouve certains passages un peu... chargés de passion, pour une jeune personne aussi délicate et raffinée que vous.

Arabella Dawson posa sur Archer un regard de glaciale réprobation.

— Je n'ai cure, sachez-le bien, monsieur Collingwood, des jugements portés par vous sur la moralité de mes lectures ! Vous, ou quelqu'un de votre famille. À moins que votre délicieuse petite sœur ne consente à me conseiller quelque roman chinois...

« Foutue garce, langue de vipère... » Archer lui décocha son sourire le plus ravageur.

— Touché ! miss Dawson. Il est vrai qu'en ce qui concerne la littérature romantique, votre mère serait un bien meilleur guide que moi. Je crois savoir que dans ce domaine, elle possède une immense expérience...

— Butor, inqualifiable malotru, siffla-t-elle entre ses dents, comment osez-vous parler ainsi de ma pauvre mère qui est membre de l'Église épiscopale ! Quelles que puissent être les rumeurs répandues sur son compte, ce ne sont qu'ignobles calomnies !

Il sourit, porta trois doigts à son chapeau melon.

— Dans ce cas, je retire ce que j'ai dit. À une condition, toutefois... que vous acceptiez de déjeuner avec moi.

— Je préférerais déjeuner en compagnie d'un serpent à sonnettes. Combien de fois mon père ne m'a-t-il pas recommandé de garder mes distances avec vous ? Aujourd'hui, ce m'est un plaisir que d'obtempérer.

Archer exhala un profond soupir.

— Ah bon ! Je vais alors devoir orienter mes recherches dans une autre direction.

— Quelles recherches ?

— Comprenez-moi, je travaille depuis peu pour le compte du *Times Dispatch* et je me suis dit que la volubilité, la générosité avec laquelle votre père entretient le public des faits et gestes de ma famille méritait que j'accorde à la sienne une place au moins égale dans les colonnes de mon journal. Ainsi projeté-je de commencer par une série d'articles retraçant les origines de la puissante famille Dawson. De là à penser que je pourrais joindre l'utile à l'agréable en vous interviewant au cours d'un déjeuner, sur le passé de votre maman… Mais puisque vous préférez la compagnie d'un reptile, il faudra bien me résigner à me contenter des commérages d'une certaine Chicago de Portsmouth Square…

La jeune fille se mordillait la lèvre. Elle avait atteint ses dix-neuf ans, hantée par l'ombre de la mauvaise réputation qui planait sur sa mère et Archer n'aurait pas pu trouver de meilleure tactique pour terrifier la charmante enfant dont les beaux yeux verts et la gracieuse silhouette aux formes élégantes s'accommodaient si bien de la toilette à la mode, tout droit venue de Paris.

— Très bien, monsieur Collingwood, finit-elle par dire. Je me rends à votre invitation, à une condition expresse : il est bien convenu entre nous que je cède ainsi au plus odieux chantage, parfaitement indigne d'un gentleman.

— Figurez-vous que je suis pire encore, répondit-il en lui proposant son bras. Je suis un sale gosse gâté et un ivrogne. Raisons pour lesquelles ces dames me reconnaissent un charme certain.

— Ce qui n'est certainement pas mon cas, sir. Où m'emmenez-vous déjeuner ? À Chinatown ?

— Que diriez-vous plutôt du Bonanza ?

Il sourit. Elle se mordit la lèvre derechef.

— Quelque opinion que vous nourrissiez au sujet de mes parents, observa-t-elle, il n'en reste pas moins que votre regretté père avait débuté dans la vie en attaquant une banque.

Ils s'étaient fait donner une table dans un élégant restaurant de New Montgomery Street, à deux pas du Grand Hôtel des Dawson.

— C'est exact, répliqua Archer, mais, si l'on prend en considération le fait que le vôtre a débuté sa brillante carrière comme joueur professionnel sur les bateaux qui parcouraient le Mississippi, nous serions avisés de trouver un terrain d'entente pour discuter sans hargne.

Ils furent interrompus par l'arrivée du maître d'hôtel, un Français stylé qui avait, dans sa jeunesse, fait la plonge au Tortoni.

— *Bonjour, monsieur Collingwood. Comment ça va ?*

— *Ça va, René…* Mais je préfère vous entendre parler anglais, voyez-vous. Quoi qu'il en soit, nous allons entamer ce repas qui promet d'être agréable par un cocktail au champagne, si vous voulez bien nous en faire apporter deux.

— Pardonnez-moi, mais je préférerais commander moi-même, si vous n'y voyez pas d'objection. *Une tasse de thé, s'il vous plaît,* demanda-t-elle dans son français sans accent.

— *Un thé, bien madame. Et pour monsieur Collingwood ? Du champagne ?*

Archer fronça les sourcils : le vin faisait-il partie de la promesse faite à sa mère ? Il soupira et ordonna un verre d'eau.

— *Comment ? De l'eau, monsieur Collingwood ?*

— Hé oui, René ! Je deviens raisonnable avec l'âge… !

Le Français secoua la tête avec accablement, avant de remettre un menu particulièrement varié à la jeune fille.

— *Je vous recommande les huîtres, mademoiselle. Elles sont superbes aujourd'hui, ainsi que le thon.*

Arabella s'empressa de traduire, ce qui eut le don d'offenser Archer.

— Merci de votre complaisance, maugréa-t-il, j'avais compris…

— Voyez-vous, monsieur Collingwood, rétorqua-t-elle, sans le quitter des yeux, je vous trouve non seulement privé du moindre raffinement, mais aussi regrettablement grossier.

« Et puis terriblement séduisant ! » ne put-elle s'empêcher de penser.

— Il ferait beau voir mon attitude et ma moralité critiquées par une Dawson ! railla Archer.

« Sa mère a beau être une putain et son père un escroc, ils ont réussi à mettre au monde un sacré spécimen de fille. Et la tête sur les épaules avec ça. Je la trouve sacrément snob, c'est vrai, mais sa conquête me remplirait de joie. Et le père Dawson pourra toujours gueuler ! »

— Son nom, au complet est Don Juan Ramon José Vicente Santisima Trinidad Lopez y Sepulveda, mais chacun l'appelle « Juanito ». Il est âgé de vingt-deux ans, il est affreusement timide et il bégaie. Depuis la mort de son père et de son frère aîné, il dirige le ranch avec sa mère, Doña Felicidad. Est-ce que tu m'écoutes ?

Star, la tête à la portière de la grande voiture, contemplait le moutonnement de collines sèches et rougeâtres qui forment le relief de la Californie du Sud. Depuis un bon moment, ils avaient franchi les limites du Calafia Ranch et un vaquero avait été dépêché afin d'annoncer l'arrivée des visiteuses à l'estancia. Ce qui représentait un trajet d'une trentaine de kilomètres.

— Oui, bien sûr, maman.

— Qu'est-ce que je viens de dire ?

— Il s'appelle Juanito, il est timide et il bafouille.

— Tu comprends tout de même que ce voyage n'est pas une visite mondaine ?

Star soupira, résignée.

— Je sais très bien pourquoi nous sommes venues ici, m'man. Tu désires par-dessus tout me marier vite et bien.

— Je désire arranger un mariage dans ton intérêt, ma chérie.

— Ce qui, dit dans les formes, signifie la même chose.

— Si tu n'y mets pas du tien, Star, nous sommes en train de perdre notre temps ! Je n'ai nulle intention de t'obliger à épouser ce garçon contre ton gré, mais...

— Rassure-toi, j'y mettrai du mien.

Emma posa sur elle un regard compatissant.

— Je n'ignore pas combien l'épreuve est difficile pour toi, ma chérie. Elle l'est aussi pour moi. Mais tu dois bien comprendre où est ton intérêt...

— Je comprends.

Star détourna les yeux. Des yeux secs, parce qu'elle avait pleuré toutes les larmes de son corps. À présent, elle se laissait entraîner par les événements. Comme abasourdie. Résignée au fait qu'elle ne verrait plus Crane, bien que sa passion pour lui fût loin d'être éteinte. Si ce Juanito désirait l'épouser, tant mieux. La chose lui indifférait totalement. Privée de Crane, sa vie était finie. Elle épouserait ce Juanito même s'il avait deux têtes.

Il n'en avait qu'une et singulièrement plus plaisante à regarder qu'elle n'en avait conservé le souvenir. À leur arrivée, il était debout sous le porche de l'immense hacienda, près de l'imposante et grisonnante Doña Felicidad, vêtue de noir de la tête aux pieds.

— Señora Collingwood, dit-elle en s'avançant la main tendue, dès que la portière de l'attelage eût été ouverte : Bienvenidas. Mi casa es su casa. Votre visite est pour nous un grand honneur.

Emma sourit aimablement derrière son voile « Impératrice Eugénie » et serra la main tendue.

— Merci, Doña Felicidad. Me permettez-vous de vous présenter ma fille, Star ?

La jeune fille exécuta une brève révérence.

— Mon fils m'avait parlé de vous et de votre beauté, à son retour de San Francisco, dit-elle. Je constate qu'il n'avait pas exagéré : vous êtes une enfant exquise.

— Merci, Doña Felicidad.

— Je suppose que vous vous rappelez Juanito, poursuivit-elle après avoir adressé un signe impérieux dans son dos au jeune homme. Votre mère avait eu la gentillesse de l'héberger.

Star se souvenait vaguement d'avoir été présentée au beau jeune homme brun, élancé, qui avançait d'un pas vers elle, comme à contrecœur, mais à l'époque, son cœur et son esprit entièrement occupés par Crane n'avaient pas accordé la moindre attention au nouvel arrivant.

— Oui, oui, naturellement, balbutia-t-elle, un peu prise au dépourvu par l'élégance de ses traits, la douceur de ses yeux de velours marron et la rectitude de son nez. Il portait avec une indiscutable aisance le somptueux costume d'apparat du vaquero : sombrero noir garni d'un large et épais ruban d'argent tressé, gilet fastueusement brodé, fermé par une rangée de gros boutons à barillet, pantalon évasé sur la cheville, fendu sur le côté et lacé d'argent sous la couture largement frangée. Ses pieds étaient chaussés de bottes en cuir fauve garnies d'éperons en argent ciselé. Il contemplait la jeune fille en silence, frappé de mutisme. En transe eût-on dit.

Finalement, il tendit une main hésitante.

— Co… com… ment al… lez-v… vous ?

Star serra la main offerte, s'inclina cérémonieusement et se tourna vers sa mère.

— Ne restez pas au soleil, coupa Doña Felicidad. Entrez donc vous rafraîchir et nous passerons à table. Ensuite, Juanito pourra faire visiter une partie du ranch à la señorita, si cela l'intéresse.

— Oui, oui, cela m'intéresse, répondit poliment Star, d'un ton qui témoignait de son manque total d'intérêt.

— Il… est… il est t… très gr… grand, vous s… sa… vez…

« Seigneur ! se dit Star, si c'est là l'homme que je vais être obligée d'épouser, je vais être sévèrement punie de mes péchés. »

— Ça s'a… sapel… pelle un las… s… lasso, expliquait Juanito tandis qu'il guidait la jeune fille vers un enclos où l'on parquait les bêtes pour le marquage.

Durant le repas, les deux mères avaient assuré l'essentiel de la conversation, orientée autour du ranch et surtout de la sécheresse persistante qui menaçait de les ruiner en dépit de l'ingénieux système d'irrigation mis au point par Scott vingt-cinq ans plus tôt.

Sans cesser de parler avec son lasso, il s'était enfermé dans une cage virevoltante de boucles dont il entretenait la régularité et l'harmonie avec une stupéfiante adresse. Après quoi, il réduisit la rotation à deux cercles de corde dont il sortait et où il rentrait d'un saut léger, plein de grâce et surtout avec une agilité incomparable. Star, admirative, se trouvait tout autant éberluée par tant de souplesse que par cet incompréhensible et désastreux bégaiement qui cessait dès qu'il prenait la parole en espagnol.

Après avoir réenroulé le lasso autour de son bras et de son épaule, il lança un ordre aux vaqueros qui poussèrent un tout jeune taurillon dans l'arène fermée par une palissade. Il sauta alors en selle sur un magnifique cheval blanc et fixa l'extrémité de la corde au pommeau.

— Je vais vous… vous… mon… mon… cap… tu… tu… rer un ani… ani… un bœuf… et l'en… l'en… tra… ver. « Me voy a dar la vuelta ! »

Il exécuta une sorte de tour d'honneur autour de l'enclos avant de pénétrer à l'intérieur, par une petite porte que les vaqueros s'empressèrent de refermer. En un clin d'œil, Juanito lança le lasso qui enserra la tête de l'animal, puis il sauta à bas de sa monture, courut empoigner la bête par les cornes, la contraignant, par un irrésistible effort de rotation, à choir sur le flanc. Sans perdre une seconde, il lui lia les quatre pattes, reprit sa monture et revint au galop jusqu'à Star qui applaudissait avec enthousiasme.

— Voi… voilà co… cco… mment nous pro… pro… cé… cédons pour… r ma… mar… marquer le bé… bé… bétail.

— J'ai été très impressionnée, assura-t-elle. Le compliment était sincère et elle l'accompagna pour la première fois d'un sourire.

— La dot de Star s'élèvera à cent mille dollars, commenta Emma. En outre, je ferai abandon de l'hypothèque de cent quatre-vingt mille dollars qui se trouve en ma possession. Bien entendu, Star peut compter sur la part de mon héritage qui lui reviendra. J'ai tout récemment rédigé un nouveau testament qui lui laissera dix millions de dollars. Ainsi, dans le cas où Juanito accepterait d'épouser ma fille, le ranch redeviendrait son entière propriété et, par mariage, il deviendrait multimillionnaire.

Doña Felicidad, enfouie dans un immense fauteuil de style espagnol, cuir et bois, avait écouté en silence.

— Votre fille est très belle et dispose d'une importante fortune, señora. Mon fils est, lui aussi, très séduisant et dans ses veines coule le sang de plusieurs grands d'Espagne. Néanmoins, nous ne disposons d'aucune disponibilité financière, alors que votre fille pourrait faire son choix parmi les jeunes gens les plus riches et les plus prometteurs de l'Ouest américain. Malgré cela, vous survenez à l'improviste pour me faire cette offre mirobolante. Vous me pardonnerez, señora, de flairer dans cette précipitation une quelconque anomalie. Votre Star ne serait-elle plus vierge ?

Emma avait, bien entendu, prévu ce genre de réaction.

— Son cœur est pur. Star est une fille parfaitement éduquée et pleine de raffinement. Je me suis efforcée de l'élever avec le maximum de soin et d'attentions, tout en lui accordant cette forme de liberté dont les jeunes gens de San Francisco sont devenus si avides à notre époque. Je ne veux rien vous dissimuler, Doña Felicidad, ma fille a perdu sa virginité. Elle a été violentée par un professeur de culture chinoise qui, en réalité, n'était qu'un criminel.

— Dois-je comprendre qu'elle a été déflorée contre sa volonté ?

— C'est malheureusement l'exacte vérité, affirma Emma. « Que Dieu me pardonne ce mensonge ! »

Doña Felicidad quitta son fauteuil et alla se poster devant la fenêtre d'où elle aperçut les deux jeunes gens qui se dirigeaient vers la plantation d'orangers. À mesure que l'élevage du bétail devenait de moins en moins rentable en raison de la sécheresse, mais également à cause de la concurrence née des entreprises géantes au Texas, la prédiction de Scott concernant la culture des agrumes s'était avérée excacte. Malgré cela, la refonte, le développement réclamaient de l'argent frais et l'offre d'Emma tombait du ciel comme une manne généreuse.

Elle se retourna vers son interlocutrice.

— J'aurais évidemment préféré qu'elle fût vierge. Mais si Juanito la désire et si elle accepte d'élever ses enfants dans la foi catholique, je leur donnerai mon consentement.

Pour la première fois depuis l'annonce du désastre, Emma se sentit portée par une vague de soulagement.

— Alors ? s'enquit Emma, en pénétrant, ce soir-là, dans la chambre de sa fille, que penses-tu de Juanito ?

— Il est extrêmement gentil, reconnut Star. Bien entendu, il souffre de ce terrible bégaiement, mais il a fait preuve d'une telle prévenance et il m'a fait découvrir tant de choses dans ce que nous avons pu voir du ranch, que je le trouve plutôt sympathique. Ce ranch est magnifique, tu sais, m'man.

— C'est un cadre qui pourrait te convenir ?

— Oh oui, énormément ! Juanito m'a suggéré de m'apprendre à monter à califourchon, ce qui serait beaucoup plus pratique que la position en amazone, à cause de la longueur des distances. Ce ranch est un véritable royaume.

— Il pourrait devenir le tien. Doña Felicidad ne verrait pas d'objection à votre mariage à la condition que vos enfants soient élevés dans la foi catholique.

— Juanito n'a pas encore demandé ma main.

— Il le fera. Très bientôt. Et si tout marche bien, nous pourrions conclure le mariage samedi. Il existe une chapelle de missionnaires à San Juan Capistrano.

— Tu n'as pas l'intention de perdre un instant, on dirait ?

— Dans ce cas précis, certainement pas. Il ne me resterait qu'à vous ramener à San Francisco, de telle sorte que rien ne serait modifié à l'organisation ni à la décoration prévues pour le bal de fiançailles. Il deviendrait simplement célébration du mariage.

— Ainsi tu as pensé à tout ! Y compris aux deux cents caisses de champagne français qui seront utilisées pour la circonstance.

— J'aime le côté pratique des situations, c'est vrai ! Et le ton amer que tu emploies pour me le reprocher est particulièrement déplaisant.

Star soupira.

— Je suis désolée. Mais cela n'a pas d'importance. Je ferai tout ce que tu voudras. Qui donc se soucie encore d'amour dans cette affaire ?

— Je n'aimais pas ton père quand je l'ai épousé et pourtant j'en étais venue à ressentir pour lui un amour profond.

— Dans ce cas, qui sait ? Je réussirai peut-être à aimer Juanito. Lui aussi m'aimera peut-être ? Mais si cela ne se produit pas, cela n'aura aucune importance.

Emma pressa convulsivement la main qu'elle retenait entre les siennes.

— Tu en éprouveras peut-être une heureuse surprise, ma chérie. Qui sait si tu ne seras pas beaucoup plus heureuse qu'avec Clayton ?

Elle quitta le lit au bord duquel elle s'était assise après l'avoir embrassée.

— Bonne nuit, Star. Je suis ravie que Juanito te plaise.

— Bonne nuit, mère.

Star demeura longtemps les yeux ouverts, à contempler le plafond. Au second et dernier étage de la demeure, la chambre mansardée possédait un plafond à poutres apparentes ornées de bouquets de fleurs dont le temps et la lumière avaient affadi les teintes. « C'est tout à fait moi, songea-t-elle, une fleur à demi fanée. » Elle ferma les yeux, pressa fortement les paupières l'une contre l'autre et crispa les poings. Non, non... et non ! Crane n'appartenait plus à son existence. Crane était un assassin, un roi de la pègre. Il ne pouvait plus être question de lui. Ni de sa passion pour elle.

Un amour passionné dont, pourtant, la seule évocation faisait battre plus vite le sang dans ses veines.

Elle avait depuis peu éteint la lampe de chevet quand le silence nocturne fut troublé par les accents d'une tendre mélodie jouée à la guitare. Elle se leva précipitamment et courut à la porte-fenêtre. La lune était absente, le ciel déployait au-dessus de sa tête un somptueux manteau de velours pourpre d'une beauté à couper le souffle. Elle se hasarda sur le balcon, regarda vers le bas, mais ne put rien distinguer dans l'ombre. Alors, une voix claire de ténor s'éleva dans la nuit. C'était «La Paloma». C'était Juanito. Et en espagnol, il ne bégayait pas.

CHAPITRE TRENTE

Au lendemain du massacre perpétré dans la maison de jeux, Wong, le chef des Hop Sing, accompagné de ses deux gardes du corps, se rendit chez son coiffeur favori, Chin Poy. Il entra seul. Les deux hommes de confiance demeurèrent en faction de chaque côté de la porte, l'arme au poing.

Wong ne portait plus la natte traditionnelle depuis son séjour dans la prison d'État, car il avait décidé de ne pas la laisser repousser afin de bien marquer son opposition à la législation des yeux ronds. Chin Poy le fit asseoir dans l'unique fauteuil qui occupait la presque totalité de la minuscule échope et disposa une serviette chaude sur le visage de son client. Ensuite, il affûta soigneusement le rasoir sur une courroie de cuir, les yeux fixés sur les omoplates des gardes du corps, de l'autre côté de la vitre. Dès que le rasoir fût suffisamment effilé, Chin Poy revint au fauteuil, releva légèrement la serviette et trancha la gorge du chef des Hop Sing avec une telle rapidité qu'il n'eût pas le temps de pousser le moindre cri. Tout au plus émit-il un vague gargouillement avant de s'affaisser au fond du siège en cuir. Chin Poy laissa retomber la serviette, jeta l'arme dans une cuvette et se glissa furtivement par la porte de derrière.

Quelques minutes plus tard, Charlie Wong se retourna machinalement, constata que le magasin était vide et que son patron était bizarrement étalé au creux du fauteuil.

D'un bond ils furent à l'intérieur de la boutique et retirèrent la serviette. La blessure était si profonde que la tête de Wong ne tenait plus que par un lambeau de chair. Une large flaque de sang s'élargissait sur le parquet crasseux.

Charlie Kong, fou de rage, franchit comme un boulet de canon la petite porte dérobée et s'engloutit dans la foule pressée qui noyait la ruelle.

Chin Poy s'était volatilisé.

— Vous me pardonnerez David, mais je n'en crois pas mes yeux ! Je m'aperçois que vous avez relégué le meurtre du salon de coiffure à la sixième page… !

Le rédacteur en chef, visière verte translucide sur le front et manchettes de lustrine aux bras, leva les yeux de l'épreuve qu'il était en train de corriger. S'il était toujours amoureux d'Emma, il n'éprouvait pas l'ombre de sympathie pour le fils de celle-ci.

— Archer, tu travailles ici depuis bientôt une semaine, mais j'aimerais autant que tu saches que j'attends de mes employés qu'ils frappent avant d'entrer dans mon bureau.

Archer se renfrogna.

— Employé ? maugréa-t-il. Je devrais pourtant être un peu plus qu'un employé, à vos yeux, ce me semble ?

— Tu peux penser ce qu'il te plaira. Pour moi, tu n'es qu'un employé comme les autres, ni plus, ni moins. À présent, de quoi s'agit-il ?

Archer fit un pas en avant, agitant l'exemplaire qu'il tenait en main.

— Vous avez enterré le meurtre perpétré chez le barbier. Ce truc, c'est de la dynamite. Le *Bulletin* en fait sa première page !

— Le *Bulletin* est un torchon et ton histoire de barbier, une lamentable chinoiserie de plus. Je l'ai mise en page six, tout comme le massacre de la maison de jeu et je continuerai à reléguer les immondices à la place qui leur revient : loin des regards.

Archer contemplait son aîné d'un air incrédule.

— Des immondices ? répéta-t-il, abasourdi.

— Parfaitement. Voici vingt-cinq ans que je dirige ce journal et jamais je n'ai décidé de proposer à mes lecteurs le récit d'un crime crapuleux.

— Vous en reste-t-il seulement, des lecteurs ? Les crimes crapuleux constituent les nouvelles, figurez-vous, et un journal digne de ce nom se doit de révéler les nouvelles à son public. Avez-vous réellement compris qu'une guerre de clans est engagée entre les caïds de Chinatown ? Ignoble ou pas, c'est une véritable lutte pour le pouvoir et nous sommes là pour en rendre compte !

— Va fermer la porte.

Archer s'exécuta, déconcerté.

— Je vais me montrer franc avec toi, Archer. Je n'ai pas accueilli la nouvelle de ton entrée dans le service avec plaisir. Même après que ta mère m'ait annoncé que tu avais tourné une page. Tu te prétends plus qu'un employé ? Certes ! Je ne le sais que trop. Un jour ou l'autre, ce sera toi le patron. Mais en attendant, et pour ton bien, il ne m'est pas possible de te faire bénéficier du moindre favoritisme qui indignerait le reste du personnel. Or, la cohésion du personnel, la chaleur de l'ambiance, sont des éléments indispensables à la survie d'un journal. Alors, quelles que soient tes idées sur la rédaction et la présentation, je publierai celui-ci à ma manière tant que j'en aurai la direction. Me suis-je fait comprendre ?

— Oh, parfaitement ! L'ennui, c'est que ma mère perd une fortune pour maintenir ce torchon à flot parce que nous tirons à moins de quinze mille exemplaires, parce que le *Times Dispatch* a perdu toute espèce d'intérêt. La guerre que se livrent les Tongs est certainement l'événement le plus passionnant depuis la ruée vers l'or ! Les concurrents épuisent leur tirage quotidien en un clin d'œil pendant que vous nous rebattez les oreilles avec vos préjugés et vos mines dégoûtées. Résultat, les gens ne le lisent même plus, votre canard. Ils s'en servent pour y mettre leurs épluchures, voilà ce qu'ils en font de votre littérature exempte d'immondices… !

David le dévisagea d'un air glacé.

— Tu es renvoyé, dit-il.

Archer cilla.

— Vous ne pouvez me congédier, protesta-t-il.

— C'est pourtant ce que je viens de faire, Tu es renvoyé. Sors d'ici.

Archer se pencha au-dessus de lui, les deux poings sur le plateau de son bureau.

— Vous me détestez, articula-t-il d'une voix unie. Vous m'avez toujours détesté parce que ma mère vous a préféré mon père. Vous n'êtes qu'un grand incapable, David. Vous l'avez toujours été. Vous menez une existence mesquine dans votre carré de jardin minable de Jackson Street, avec vos chats galeux et vos putains favorites. Mais non… n'allez pas vous imaginer que je ne sais rien de vos escapades clandestines dans les maisons de passe de Pacific Street…! Je suis sûr que c'est ce qui vous retient de publier des saletés : parce que vous vivez vous-même dans la crasse et le vice.

— Ma vie privée ne te regarde pas ! beugla David Levin au comble de la fureur. J'ajouterai que tu es bien le dernier à pouvoir t'arroger le droit de parler moralité ! Maintenant, sors d'ici avant que je ne te jette dehors ! Ce n'est pas l'envie qui m'en manque !

Archer se redressa, plutôt surpris par son attitude pleine de cran.

— Entendu, je m'en vais ! Mais, quand ma mère reviendra, c'est vous qui ferez votre baluchon. Il faut de la jugeotte et du courage pour diriger un journal, David, et vous ne possédez ni l'une ni l'autre. Moi, je déborde d'idées et je vous garantis que cette feuille de chou deviendra en peu de temps le meilleur et le plus lu de la côte ouest.

David le regarda s'éloigner, songeur. Il ne regrettait pas son attitude. Emma avait eu le pouvoir de le réduire en esclavage trente années durant, du diable s'il supporterait la plus petite vexation venant du fils. Il saisit sa plume et se mit en devoir de rédiger sa lettre de démission.

Il n'aurait pas supporté qu'on le renvoie.

Can Do traversa à pas menus le hall immense et ouvrit la porte d'entrée derrière laquelle attendait une délicieuse jeune fille, un peu nerveuse, vêtue d'une somptueuse robe du soir en satin bleu.

— Je suis miss Dawson, dit-elle. Monsieur Collingwood m'attend.

— Certainement. Entrez, s'il vous plaît.

À l'intérieur, elle se débarrassa de sa cape en chinchilla ainsi que de son foulard de chiffon et les remit à Can Do.

— Par ici, s'il vous plaît, jolie miss.

La jeune fille gravit, derrière lui, l'escalier majestueux, avide de contempler pour la première fois ces merveilles dont le tout San

Francisco faisait des gorges chaudes et qui avaient toujours rendu sa mère si envieuse.

— Monsieur Archer vous attend dans la galerie de tableaux. Il a pensé que vous aimez les voir avant dîner.

— C'est une excellente idée, en effet, dit Arabella qui faisait son possible pour réfréner son enthousiasme. Pendant leur déjeuner en tête à tête au Palace, elle avait laissé deviner, à mots pas tellement couverts, quel plaisir elle prendrait à contempler la collection de peintures rassemblées par Emma. À l'instar de la majorité des jeunes filles aisées de sa ville, Arabella avait complété ses études par un séjour en Europe qu'elle avait mis à profit pour visiter bon nombre de musées, de monuments et de cathédrales qui lui avaient fait prendre conscience de son amour pour les arts.

La galerie avait été mise en place au dernier étage de l'immense demeure, afin de bénéficier de l'éclairage diffusé par une verrière.

Can Do ouvrit une magnifique porte marquetée d'acajou à deux vantaux.

— Miss Dawson, annonça-t-il, cérémonieux.

À cette heure avancée, le long couloir garni d'un tapis rouge et flanqué sur un côté d'une banquette habillée de velours était éclairé par de gros globes de verre opaque qui répandaient une lumière douce.

Archer, plus séduisant que jamais en cravate blanche et queue de pie, s'avança à sa rencontre et s'inclina sur sa main gantée.

— Bonsoir, miss Dawson. Sachant à quel point vous êtes éprise de beaux-arts, j'ai pensé que vous voudriez peut-être jeter un coup d'œil à la collection de ma mère avant de passer à table. Si vous désirez poser quelques questions, je m'efforcerai d'y répondre dans la mesure de mes connaissances.

— Merci, monsieur Collingwood.

La première des toiles exposées la cloua sur place.

— Watteau ! s'exclama-t-elle. J'adore Watteau !

— Oui, moi aussi, admit-il, les mains croisées dans le dos. J'aime beaucoup les clowns.

Elle lui décocha un petit coup d'œil embarrassé avant d'ouvrir sa minuscule pochette en fil d'argent.

— Pardonnez-moi, monsieur Collingwood, je suis un peu astygmate, expliqua-t-elle en tirant une lorgnette en or du réticule. D'ordinaire, je m'efforce de le dissimuler, mais en présence d'une pareille merveille…

Elle éleva les lentilles devant son joli nez et s'absorba dans la contemplation de l'œuvre. Tout au plus émettait-elle de temps à autre une observation, d'ailleurs plus destinée à elle-même qu'à son hôte.

Au bout de cinq bonnes minutes, Archer se gratta discrètement la gorge.

— À côté, c'est un Rubens, dit-il. Si nous n'avançons pas un peu, je crains que ce dîner ne se transforme en souper.

Arabella abaissa le face-à-main.

— Pardonnez-moi, mais cette contemplation est un tel plaisir que je me passerais volontiers de repas.

— Il est vrai qu'en présence d'un tel déploiement de beauté – et j'y inclus la vôtre, miss Dawson – seul un rustre songerait à dîner. Toutefois, attendu que j'en suis un moi-même et que ma mère ne me pardonnerait pas l'usage intempestif de nos cuisines…

L'expression de la visiteuse se fit dédaigneuse.

— C'est bon, monsieur Collingwood, je vais me hâter. Sachez, toutefois, que l'art s'apprécie lentement, on ne peut l'ingurgiter sottement comme vous le faites.

Et elle se planta devant la toile voisine où des satyres paillards emportaient dans leurs bras musculeux de grasses créatures aux fesses rebondies dont la couleur des poitrines opulentes variait du rose au carmin.

— Et nous voici en présence du « Viol des Sabines », annonça-t-il, pince-sans-rire, plus généralement désigné comme « l'Enlèvement des Sabines »…

Arabella lui décocha une nouvelle fois un regard meurtrier.

— Non seulement vous êtes un incorrigible grossier personnage, mais en outre, vous jouez piteusement la comédie. L'Art est une religion qui mérite et impose le respect.

Avec un haussement d'épaules expressif, elle revint à l'examen de la peinture.

—Êtes-vous certaine que Rubens était inspiré par la religion quand il a peint ces nudités affriolantes et roses ? dit-il dans son dos.

La jeune fille demeura aussi immobile que si elle n'avait rien entendu. Au bout de quelques secondes, elle émit une sorte de petit

380

hennissement, regarda son hôte à la dérobée, luttant pour conserver son sérieux. Puis elle se détourna de nouveau.

Finalement, elle éclata de rire.

— Vous êtes vraiment un type impossible !

Archer sourit.

Parvenus à l'extrémité de cette galerie où elle venait d'admirer une des collections de peintures les plus riches que possédât l'Amérique, ils s'engagèrent dans le grand escalier. C'est là que lui parvinrent les notes étouffées d'un concerto de Beethoven.

— Qu'est-ce que c'est ? s'étonna-t-elle.

— Une surprise, répondit-il en lui offrant son bras.

Les murs de l'immense salle à manger étaient tapissés d'un incomparable papier chinois, noir et or, représentant un fabuleux paysage composé de pagodes, d'oiseaux et de jardins. Au centre s'étirait la longue table sur laquelle luisait délicatement le fameux service en vermeil, mis en valeur par quatre candélabres monumentaux et dont Emma tirait grande fierté. Au fond, une estrade était dissimulée derrière un rideau de scène en velours bleu nuit d'où s'échappaient les accords immortels.

Archer la fit asseoir, contourna la table et vint prendre place en face d'elle.

— C'est le trio numéro un, constata-t-elle en dépliant sa serviette, tandis qu'un serviteur emplissait d'eau fraîche un verre de Venise délicatement ciselé.

— Vous aimez Beethoven ? s'enquit-il.

— Bien entendu. J'admire également cette tapisserie. Qu'est-ce, exactement ?

— Une œuvre rare : la représentation du Yuan Ming Yuan, un jardin réalisé en 1709 par l'empereur K'ang-hsi. Un parc de plaisance situé à quelques lieues de Pékin et orné de pavillons, de lacs, de parterres de fleurs. On y trouvait également toutes sortes d'animaux. L'endroit a entièrement été mis à sac par les Anglais et les Français, ce que je considère comme l'acte de barbarie le plus répréhensible commis par de soi-disant civilisés durant ce quart de siècle.

— Pourquoi ?

— Pourquoi ? Mais regardez donc comme c'était beau. Cet endroit avait été aménagé avec tant d'application dans la recherche

de la perfection… Vraiment, rien n'excuse un tel acte de vanda-
lisme !

Arabella avait épié sa réaction avec intérêt, voire avec émoi.

— Voyez-vous, monsieur Collingwood, j'en viens à me demander si vous ne seriez pas un esprit romantique qui se dissimu-
lerait dans la peau d'un malotru.

Il la dévisagea, impassible.

— Et si j'étais un peu des deux à la fois ?

Elle garda le silence pendant qu'on lui apportait un bol de
soupe à la tortue, et en profita pour observer à la dérobée ce
présomptueux jeune homme dont la réputation de séducteur, buveur
et batailleur lui apparaissait, tout à coup, un peu simpliste.

— Monsieur Collingwood, questionna-t-elle d'une voix égale,
pouvez-vous me dire exactement quelle sont vos intentions ?

Il lui dédia un radieux sourire.

— Vous n'aviez pas deviné ? votre conquête, bien sûr !

Un frisson subtil courut le long de son dos, qu'elle fût incapable d'identifier : frayeur ou heureuse expectative.

À moins que ce ne fût, tout simplement, le plaisir.

Le dîner achevé, il la guida vers la salle de bal qui communiquait
avec la salle à manger par une porte à deux lourds vantaux. Une
pièce de dimensions impressionnantes dont un mur latéral, percé
de fenêtres à la française qui donnaient sur un étroit balcon, ouvrait
sur California Street. Les trois autres murs étaient tendus d'une
suite de tapisseries du dix-septième, inspirées des Noces de Cana.
Pourtant, la plus grosse surprise pour Arabella fut la présence d'un
orchestre entier dans lequel elle reconnut aussitôt les musiciens et
le chef les plus appréciés par la haute société : le Ballenberg. À
l'instant où Archer franchit le seuil, Ballenberg leva sa baguette et
l'orchestre attaqua l'ouverture des « Contes de la Forêt Viennoise ».

— Vous valsez, miss Dawson ?

— Vous ne m'aviez pas prévenue qu'il y aurait bal.

— Mais tel n'est pas le cas non plus ! Enfin, je veux dire
qu'aucun invité n'est prévu.

Elle demeura interdite, lèvres entrouvertes, le temps de comprendre.

— Cela signifie-t-il que c'est seulement pour nous deux ?

— Exactement. Vous valsez ? répéta-t-il, tendant les bras.

— Vous êtes complètement fou ! protesta-t-elle, tandis qu'ils tournoyaient sur le parquet inondé de lumière. Vous avez perdu la raison !

— Follement amoureux, oui, confirma-t-il avec un sourire. Je suis réellement fou de vous.

Passablement déconcertée, elle se surprit à s'interroger sur la sincérité d'une telle déclaration. Et, à sa profonde surprise, elle se prit à espérer, le cœur battant la chamade, que ce fût vrai, parce que Arabella Dawson, à qui l'on avait inculqué la haine de tout ce qui portait le nom de Collingwood, était tout bonnement en train de tomber amoureuse.

— ... du vin, des femmes et des chansons, murmura Archer. N'est-ce pas merveilleux ?

— Oh oui, soupira-t-elle, troublée par la ronde vertigineuse des tapisseries et des lumières qui tournoyaient autour d'elle, oh oui, c'est absolument merveilleux !

CHAPITRE TRENTE ET UN

Torse nu, vêtus d'un simple pantalon de coton noir, poings levés à hauteur du visage, Crane Kung et son inséparable second Li Wang Yu s'exerçaient, comme chaque matin, sur le tatami que Crane avait installé dans une salle de gymnastique privée.

Wang esquissait une attaque surprise lorsqu'une violente explosion aussitôt suivie d'une fusillade vint troubler leur séance d'entraînement. Ils coururent à la fenêtre. Un trou de taille impressionnante béait dans le mur de clôture, par où se glissaient les membres d'une petite troupe qui tiraient sans relâche sur les hommes de garde postés dans le parc.

— Les Hop Sing ! s'écria Crane. Viens avec moi !

Ils s'élancèrent vers le fond de la pièce et gravirent quatre à quatre les marches d'un étroit escalier qui débouchait sur une sorte de chemin de ronde ménagé au ras des toits. Là, Crane courut vers la machine de Gatling*, soigneusement protégée sous une toile, dont il avait fait l'acquisition dans les ventes de surplus à la fin de la Guerre Civile, pendant que Li tirait les bandes de munitions de leur caisse en bois.

En bas, à l'entrée du parc, Charlie Kong, abrité derrière un tronc d'arbre, faisait le coup de feu en direction des gardes réfugiés

---

* Gatling : inventeur américain qui réalisa en 1861 l'une des premières mitrailleuses modernes.

au rez-de-chaussée. C'était lui qui avait pris la résolution de dérober les explosifs sur un chantier du Pacific Railway et de lancer un coup de main contre la forteresse de Crane, en réponse au meurtre de son chef et compagnon d'armes, Wong.

— À présent, il faut prendre la maison d'assaut, expliqua-t-il à son second. Fais passer le mot d'ordre : quand je tirerai deux fois en l'air, ce sera le signal de l'attaque.

L'autre retourna s'abriter sous un massif de rhododendrons d'où ses compagnons tiraient sans relâche en direction de l'habitation. À l'extérieur, le long du mur et jusque devant la brèche, la foule des curieux s'était massée. La police, alertée par la foule, préférait prendre tout son temps avant d'agir, estimant plus judicieux de laisser les « Chinetoques » s'entretuer, plutôt que de venir s'interposer imprudemment. En revanche, Digby Lee, intrépide reporter au *Bulletin,* fonçait en première ligne.

Soudain, Charlie Kong tira deux fois en l'air et ce ne fut qu'un cri jailli de toutes les poitrines :

— Mort aux Suey Sing ! À mort ! À mort !

Et le bataillon des Hop Sing chargea. Il en sortait des buissons, mais aussi de derrière une minuscule pagode en pierre dont la gracieuse silhouette se mirait dans l'eau calme d'un petit lac tranquille.

Alors, du haut de son parapet, Crane ouvrit le feu, les huit canons de l'instrument de mort crachant le feu à raison de cinquante balles à la minute. Cette grêle faucha les assaillants, brisa leur élan, les démoralisa en quelques secondes.

— Qu'est-ce que c'est ce salaud... ? maugréa Charlie Kong, toujours dissimulé derrière son tronc d'arbre.

Ernie, son second, revint vers lui en courant, une main refermée sur la blessure sanglante de son bras.

— Ils ont une machine de Gatling ! hurla-t-il. Foutons le camp d'ici !

Il n'eut pas besoin d'en dire plus. Les deux hommes plongèrent dans le trou du mur au moment précis où Crane dirigeait sur eux son engin de mort. Les balles écorchèrent les bords de la brèche. Les deux chefs de l'expédition se perdirent dans la foule des badauds et regagnèrent le quartier général.

— À combien se chiffrent les pertes ? s'enquit Charlie qui ajustait le bandage autour du bras de son acolyte.

— Je ne sais pas, mais c'est encore trop.

Cinq rescapés arrivèrent sur ces entrefaites.

— La machine de Gatling nous a enlevés toutes nos chances, remarqua l'un d'eux. On aurait dit un dragon sur le toit.

— C'est moi qui ai eu l'idée d'attaquer la maison, reconnut Charlie, je porte la responsabilité de l'échec. Si vous le décidez, je suis prêt à renoncer à être votre chef.

Les Hop Sing se regardèrent, secouèrent la tête.

— Non, Charlie, nous continuerons à te suivre. Crane Kung tire au moins cinq millions de dollars par an de ses rackets. Si nous parvenons à le détruire, ce fric tombera dans notre poche.

— Sans compter l'opium gratuit et les filles aussi, observa un autre.

— D'accord les gars, dit Charlie. Dites-vous bien que la prochaine fois, je ne raterai pas mon coup. Pour avoir sa peau, il faut faire sortir Crane de son repaire.

— Par quel moyen ? Il ne le quitte presque jamais.

— Il existe un moyen, répliqua Charlie. Il en existe un.

Archer mit pied à terre devant le Pacific Bank and Trust Building, l'édifice le plus haut de la côte ouest. Un monument de sept étages en brique et en pierre, de style néo-florentin – ou prétendu tel – qui, depuis 1859, abritait les opérations bancaires lancées par Emma avec la découverte des premiers filons d'argent dans le Nevada.

Le bureau de sa mère avait été agencé de manière à impressionner durablement chacun de ses visiteurs : lambrissage en acajou sombre – à la manière des clubs anglais – mobilier anglais dix-huitième et, aux murs, gravures et peintures représentant la flotte de la Kinsolving Shipping Cie, avec en valeur l'«Empress of China».

La « duchesse de San Francisco » trônait derrière son imposante table de travail, méticuleusement coiffée et maquillée comme à son habitude, vêtue d'une somptueuse robe grise gansée d'écarlate. Autre habitude, elle se laissait aller à sa fureur et allait droit au cœur du problème en faisant abstraction des préliminaires autant que des salutations.

— David Levin vient de me faire tenir sa lettre de démission, annonça-t-elle d'un ton irrité. Tu étais au courant ?

Archer haussa les épaules et prit place sur une chaise.

— Que dit-il dans cette lettre ?

— Peu de choses : raisons de santé, ce qui me paraît ridicule puisque son médecin, consulté, lui reconnaît une forme excellente. En revanche, mes soupçons se porteraient plutôt sur toi. La démission de David intervient cinq jours à peine après ton embauche. Vous êtes-vous disputés ?

— Oui, bien sûr. J'ai critiqué sa façon de diriger le journal et il m'a flanqué à la porte. Ce qui ne change rien au fait. Il refuse de commenter la guerre des Tongs en première page, sous prétexte qu'il la juge immonde. As-tu lu l'édition d'aujourd'hui ? Les Hop Sing donnent l'assaut à la forteresse de Crane Kung, en ouvrant une brèche à l'explosif, neuf morts d'un côté, quatre chez les autres... et il fourre une pareille nouvelle en page huit ! Qu'a-t-il trouvé pour alimenter la une ? Un feu de forêt près de Russian River ! C'est complètement ridicule. On imagine Colomb de retour en Espagne, annonçant que la pêche a été fructueuse et disant, entre deux bouchées : « Oh ! À propos, j'ai également découvert l'Amérique au passage »...

— Tu as raison, je le sais. Il s'y prend maladroitement, je ne l'ignore pas non plus. Il m'arrive même de me demander parfois si ce ne serait pas sa manière de se venger de moi.

— Parce que tu as refusé de t'appeler madame Levin ?

— Oui. Mais tout de même, Archer, tu aurais pu patienter quelque temps ! Cinq jours ! Tu aurais pu attendre qu'une semaine complète avant de t'en prendre au rédacteur en chef. Vous vous êtes disputés ?

— Qu'est-ce qui te fais croire cela ?

— La brièveté de sa lettre.

Archer esquissa un geste vague.

— Oui, je... je me suis sans doute montré un peu violent.

— Dans ce cas, je veux que tu lui présentes tes excuses. David est un homme de bonne composition auquel de véritables liens d'amitié me lient depuis notre enfance. Je ne supporterais pas qu'il soit insulté par mon propre fils, quelle que soit son attitude vis-à-vis du journal.

— Très bien, je lui adresserai une lettre d'excuses.

— Et je lui assurerai une retraite convenable. Maintenant, reste à décider qui je vais mettre à sa place.

Archer se pencha en avant.

— Pourquoi pas moi ? murmura-t-il d'une voix très douce.

— Ne sois pas ridicule ! Tu ne possèdes même pas une semaine d'expérience. Il me faut quelqu'un qui… quelqu'un que…

Il bondit de sa chaise.

— Je t'en prie, m'man, laisse-moi faire. Jamais je n'ai eu autant envie de quoi que ce soit comme de ce journal. Je peux m'en sortir, je t'assure ! J'ai des tas d'idées…

— Archer, je t'en prie, un peu de sérieux !

— Justement, je suis sérieux ! De toutes façons, tu perds de l'argent avec la publication de ce quotidien, alors pourquoi me refuser ma chance de changer le cours des choses ? Le pis que je puisse faire ne sera pas pire que le désastre provoqué par la gestion de David. Crois-moi, je suis sûr de réussir.

— Ne comprends-tu donc pas la situation ? Si je te donne le poste, chacun dira dans ton dos que tu ne serais arrivé à rien sans l'aide de ta maman ?

— Je me fiche pas mal de ce qu'on dira ! Je suis résolu à rattraper les trois années passées à boire et à me dissiper. Le *Times Dispatch* peut devenir un quotidien de premier ordre qui rapporte de l'argent. J'en ai la certitude et les moyens, à la condition que tu me laisses faire mes preuves. S'il te plaît.

Elle le dévisagea longuement.

— Eh bien, j'ai l'impression que tu n'as plus peur de moi, à présent ?

Il esquissa une moue perplexe. L'idée ne lui en était pas venue.

— Non, en effet, j'en ai l'impression.

Elle pianota quelques mesures sur le bureau luisant de propreté.

— C'est bon, il est à toi. Tu auras le même salaire que David, c'est-à-dire dix mille par an.

— Youppi ! cria-t-il, tandis qu'il contournait la table pour la prendre dans ses bras. Merci, m'man ! Tu n'auras pas à le regretter.

— J'espère que tu ne me décevras pas, mon fils, et que je pourrai au contraire me montrer fière de toi.

— Tu peux y compter, m'man !

En deux enjambées, il fut à la porte.

— Archer ?

— Oui ?

— Tu ne m'as pas encore dit qui tu as invité au bal donnée en l'honneur de ta sœur, demain.

Il réfléchit un instant, la main crispée sur la poignée.

— Au fait, poursuivit-elle, j'ai reçu une facture de huit cents dollars de monsieur Ballenberg. J'ai l'impression qu'en mon absence tu as mené joyeuse vie, avec la compagne de ton choix et un orchestre entier pour vous faire danser en tête à tête. D'après Can Do, l'heureuse élue serait Arabella Dawson. Est-ce vrai ?

Il sourit, rasséréné.

— Tu es toujours parfaitement renseignée, n'est-ce pas ? C'est tout à fait exact et c'est précisément Arabella que j'ai invitée pour demain soir.

— Et elle a accepté ?

— Oui.

Emma plissa le front.

— Que se passe-t-il donc ? Loretta Dawson donne demain soir un bal auquel elle a réussi à convier la moitié de mes invités, cette folle ! Comme si je m'en formalisais ! Mais je ne comprends pas ce qui pourrait inciter sa fille à venir chez nous.

— Très simple ! Elle est amoureuse de moi ! Je te l'avais bien dit que je m'occuperais de Slade Dawson…

Et, avant qu'elle ait eu le temps de poursuivre son interrogatoire, il s'esquiva en riant aux éclats.

— Stanford, Crocker, Hearst… toutes ! Elles ont toutes répondu favorablement à mon invitation, Nellie !

Plantée devant la psyché, sa couturière australienne à quatre pattes devant elle, Loretta Dawson se pavanait en robe du soir de teinte ivoire, exultante.

— Un véritable triomphe, Nellie ! Les femmes les plus en vue de San Francisco vont laisser tomber la soirée d'Emma Collingwood au profit de la mienne ! Je suis aux anges ! Je suis aux Cieux ! Aïe… ! fais donc attention, maladroite, tu m'as encore piquée.

— S'cusez, ma'am.

— Et il y aura des tonnes de caviar, le champagne coulera à flots, qui sera au moins d'aussi bonne qualité que celui de la « duchesse » ! Demain soir, Loretta Dawson va devenir la « reine de Nob Hill »… !

— Maman…

L'image de sa fille s'encadra dans le miroir.

— Oui, ma chérie ?

— Est-ce que je pourrais te parler un instant ?

— Naturellement ! J'étais en train d'essayer de faire comprendre à Nellie l'importance de la soirée que nous vivrons demain. Avec un cavalier pour Arabella, qui ne sera autre que… qu'un lord anglais, tu imagines un peu… ? Nous aurons dans nos murs deux Anglais charmants qui sont venus rendre visite à leur consul : Lord Avondale et Lord Mandeville. Non seulement ils ont accepté mon invitation, mais Lord Avondale a sollicité l'honneur de te servir de cavalier. Ce que j'ai, bien entendu, accepté avec enthousiasme… dire que tu pourrais devenir un jour Lady Avondale et entrer par la grande porte dans l'une des meilleures familles d'Angleterre ! En plus de cela, il est beau comme…

— Lors Avondale ne sera pas mon cavalier demain soir, maman. D'ailleurs, tout le monde sait que Mandeville et lui ne sont que des brebis galeuses, interdits de famille et coureurs de dot.

Loretta s'était retournée et dévisageait sa fille, stupéfaite.

— Il ne sera pas ton… Que dis-tu ? Qu'est-il arrivé ? Il est tombé malade ?

— J'assisterai demain à la réception organisée à l'occasion du mariage de la fille de madame Collingwood.

Loretta fut saisie d'une quinte de toux qui fit virer ses joues à l'écarlate.

— Tu vas… qu'est-ce… que… tu vas… faire ? articula-t-elle d'une voix rauque, le souffle court.

— Archer Collingwood m'a invitée et j'ai accepté.

— Nellie, sors d'ici.

Dès que la couturière se fût esquivée en ronchonnant, sa précieuse boîte à épingles à la main, Loretta éclata.

— Enfin, que se passe-t-il ? Aurais-tu rencontré Archer Collingwood en cachette ?

— Oui. Tu sais, m'man, c'est un garçon épatant, plein de qualités…

— Épatant ? Plein de qualités ? Un foutu bon à rien, ivrogne et coureur de femmes, oui ! Est-ce qu'il t'a seulement touchée ?

— Mais non, voyons. Il s'est conduit en parfait gentleman.

— Je n'en crois rien. Je n'arrive pas à croire que ma propre fille, malgré les mises en garde de ses parents, soit allée se jeter entre les griffes d'un Archer Collingwood.

— Tu n'y es pas du tout, m'man. Il a fait serment de ne plus toucher à l'alcool! Il ne boit plus que de l'eau et du jus d'orange.

Loretta, une main plaquée sur son opulente poitrine, boitilla jusqu'au fauteuil le plus proche, au fond duquel elle s'affala.

— Ce n'est pas vrai, gémit-elle. Ce ne peut être vrai. Je ne peux croire que j'ai élevé une vipère dans mon sein!

— Vipère ou pas, je n'ai rien fait de mal! protesta Arabella avec chaleur. Mais je sortirai avec Archer demain soir!

Loretta braqua sur elle un index vindicatif.

— Je t'aurai enfermée dans ta chambre avant!

— Oh, je t'en prie, mère, pas de menaces inutiles. Dis-toi plutôt que l'une des raisons pour lesquelles je le fréquente vise à l'empêcher de publier une série d'articles vous concernant, papa et toi... oui, au sujet de vos relations avec le Bonanza.

Silence. Loretta, livrée à une lutte féroce avec ses émotions, redevenait lentement cramoisie. À bout de réflexion, elle chuchota.

— Tu sais très bien que ces histoires ne sont que des mensonges.

— C'est, en tous cas, ce que je croyais parce que tu me l'avais toujours affirmé. Mais aujourd'hui, j'ai pris le temps de me rendre à Portsmouth Square où j'ai rencontré cette horrible mégère, celle que tout le monde appelle Chicago. Elle était ivre mais j'ai quand même discuté avec elle et j'ai appris... j'ai su... Oh, maman! Comment as-tu...?

— D'accord, j'ai travaillé comme serveuse, je l'admets. Mais rien d'autre, tu comprends. Rien d'autre! Seigneur Tout-Puissant! La veille du jour où son père et moi recevons l'élite de San Francisco...! C'est ma ruine que tu cherches?

— Naturellement pas! Ne serait-ce que parce qu'elle entraînerait la mienne du même coup. Seulement, vois-tu m'man, au bout de tant d'années de mensonge et de duplicité, j'exige la vérité. Tu n'étais pas que serveuse, Chicago me l'a expliqué, tu tenais également le rôle d'entraîneuse. Ce qui, dans ce milieu, équivaut à dire que tu étais une prostituée!

Les deux femmes se mesurèrent du regard. Jusqu'au moment où Loretta se redressa et s'ébroua.

— D'accord. C'est vrai. Je l'ai fait. Tu veux la vérité ? Tu vas l'avoir. Mes parents ont succombé au choléra, comme des centaines d'autres, pendant le voyage qui nous menait ici. Quand je suis arrivée à Frisco, il ne me restait que ma jeunesse et mon physique pour survivre. Bien entendu, tu ne peux te faire la moindre idée de ce qu'était à l'époque cette ville qu'aujourd'hui on appelle complaisamment « le Paris de la côte ouest ». Un véritable enfer, oui ! Des femmes, il n'y en avait pas et les hommes étaient tous possédés par cette… par cette faim qu'ils cherchaient à assouvir à n'importe quel prix. Si je te disais qu'un type m'a offert trois cents dollars rien que pour me voir en sous-vêtements. J'arrivais à gagner mille dollars de l'heure…

— Oh ! s'exclama Arabella, une main portée à ses lèvres.

— Assurément, cela t'offusque ! Toi qui ne soupçonnes même pas ce que peut signifier la pauvreté ! Toi à qui tout a été servi sur un plat d'argent : la vie, les vêtements, les jouets, l'éducation parisienne, les bijoux… Je ne t'ai rien refusé parce que je tenais à ce que tu profites, dans ta jeunesse, de tout ce que je n'ai jamais connu. J'ai réussi à faire de toi une lady telle que je n'en serai jamais une, même si je vivais encore un siècle. Alors voilà, je regrette que tu me juges aussi méprisable sous prétexte que les circonstances m'ont obligée à gagner ma vie sur le dos. Ton père m'a fait entrer dans la respectabilité lorsqu'il s'est aperçu que j'étais enceinte de ta malheureuse sœur – Dieu ait son âme. Peut-être le Seigneur m'a-t-il imposé un enfant mort-né pour me punir de mon inconduite passée, qui peut savoir ? En tous cas, j'ai fait ce qui était en mon pouvoir pour me racheter de mon passé et si malgré cela tu persistes à me haïr, je n'y peux rien.

Arabella gardait la tête baissée.

— De quel droit te jugerais-je ? murmura-t-elle, comme se parlant à elle-même. Qui sait si dans des circonstances identiques je n'aurais pas agi comme toi ?

Eût-elle pesé quelques dizaines de kilos de moins, Loretta aurait bondi de son fauteuil. Elle vint à sa fille et l'étreignit avec fougue.

— Oh merci, ma chérie. Tu m'enlèves un poids terrible de la conscience. Merci ! Et promets-moi de tenir ce Collingwood à distance.

Arabella la repoussa. Sans animosité.

— Mais pourquoi ?

— Tu ne comprends donc pas ? Si ma propre fille assiste demain soir à la réception organisée par les Collingwood, je vais devenir la risée de la ville entière !

— Maman, je t'assure, c'est idiot.

— Non, ce n'est pas idiot ! Il est important, au contraire, de se faire accepter dans une société. Et demain soir, justement, ton père et moi allons être acceptés... reconnus. En outre, je déteste Emma Collingwood. Elle est trop hautaine, trop méprisante et dédaigneuse. Quel que soit l'endroit où je la croise, elle passe à côté de moi sans me voir, comme si je n'existais pas. Mais, bon Dieu, pour qui se prend-elle donc ?

— Tu sais maman, si ce que m'a raconté Archer est vrai, elle a les meilleures raisons du monde de t'ignorer.

Loretta alluma une cigarette.

— Oui, naturellement, elle soupçonne ton père d'avoir causé la mort de Kinsolving. Elle l'a rabâché pendant des années mais elle n'a jamais fourni aucune preuve... et n'en fournira jamais. Cette femme est une créature vile, sournoise et vindicative... et son fils est encore pire qu'elle. Promets-moi de l'éviter dorénavant. Promets-le-moi !

— Non ! Je sortirai avec Archer demain soir.

— C'est impossible ! Tu n'ignores pas ce que représente cette réception pour ton père et pour moi. Et si, pendant ce temps, tu te trouvais là-bas, ce serait trop... trop humiliant pour toi !

— Ma chère maman, je veux bien pardonner ton passé d'« entraîneuse ». Mais je n'excuse pas ton besoin maladif de jouer les snobs et les arrivistes. Je refuse catégoriquement de m'immiscer dans la guerre stupide que tu livres à madame Collingwood. Tout ce qui m'intéresse, c'est l'avenir, c'est Archer et moi. Bonne nuit !

— Nom de Dieu, jura Loretta demeurée seule, les poings crispés.

Elle se leva brusquement, s'empara d'un hideux vase en porcelaine de Saxe et le lança de toutes ses forces contre la psyché dont le miroir vola en éclats.

CHAPITRE TRENTE-DEUX

Le 18 mai 1877 au matin, Alicia Beaumont, rédactrice en chef du *Bulletin,* fit éclater son annonce en pleine première page :
UNE NOUVELLE ÉTOILE AU FIRMAMENT DE NOB HILL !
GRAND BAL CE SOIR À LA RÉSIDENCE SLADE DAWSON !
Description complète de la demeure !
Vins de France. Caviar de Russie !
La haute société de San Francisco se met sur son trente et un
pour participer à l'événement social de la décennie !

Suivait une minutieuse description dûment chiffrée de la disposition des lieux, des aménagements intervenus en vue de la réception, des préparatifs, à laquelle on avait ajouté une liste au moins provisoire des personnalités invitées.

Tout cela avec un luxe de détails qui ne se retrouvait que dans l'inévitable annonce publiée par le *Times Dispatch* par Sydney Tolliver, sous l'impulsion d'Archer, lequel faisait ainsi ses débuts à la direction générale.
DEUX PLEINES PAGES CONSACRÉES
AU MARIAGE DE LA DÉCENNIE !
UNE NOCE ÉBLOUISSANTE ! TOUTE LA SPLENDEUR
D'UNE UNION ÉTOURDISSANTE ENTRE
LES COLLINGWOOD ET LES LOPEZ Y SEPULVEDA !
Description détaillée de la résidence Collingwood !
De quel décor s'entoure une multimillionnaire

qui a décidé de vivre dans le luxe !
Tous les détails concernant la demeure
la plus élégamment aménagée de la côte ouest !
L'Amour prend possession d'un palais
parmi les toilettes les plus élégantes
de la meilleure société !

Rien n'avait été omis, ni le nom complet du marié, ni les cinq mille tulipes blanches fournies par les serres personnelles d'Emma pour parfaire la décoration et moins encore la toute récente accession du dauphin Collingwood à la direction du quotidien familial. Lequel tout nouveau rédacteur-en-chef assisterait au somptueux bal offert en l'honneur de sa petite sœur en compagnie de miss Arabella Dawson, dont la maman donnait justement le même soir une petite soirée dans sa modeste maison.

Même si Loretta avait réussi le tour de force d'inciter quelques-uns des grands noms de la ville à participer à sa « petite soirée », Emma pouvait encore compter sur plus de la moitié des quatre cents personnes conviées à la célébration du mariage « du siècle ». Landau après landau, les invités s'engouffraient sous la porte cochère et, en peu de temps, l'immense demeure fut envahie d'hommes en smoking, de femmes couvertes de bijoux et de fourrures. Spectacle fascinant qui se déroulait interminablement sous le regard ébloui des badauds pantois, attroupés sur le trottoir d'en face.

La somptueuse robe en soie vert émeraude, entièrement garnie de plumes noires qu'exhibait à cette occasion Emma avait naturellement été dessinée par Zita. Elle résultait d'une conception si audacieuse que rares étaient les femmes présentes qui auraient pu la porter – à plus forte raison, la mettre en valeur – avec autant de succès qu'Emma. La « veuve Collingwood » avait beau se trouver proche de la cinquantaine – ce qui, pour nombre de ses contemporaines équivalait à un « certain âge » – elle était tout à fait déterminée à faire étalage, longtemps encore, d'une triomphante jeunesse. Une détermination soutenue, naturellement, par un régime sévère accompagné d'exercices appropriés. État de fait qui n'allait pas sans provoquer certaines réactions hardies chez les hommes, ni sans provoquer des commentaires – rarement obligeants – chez les femmes. Mariées ou non.

— Je voudrais vous remercier d'avoir bien voulu ménager ma mère, dit Arabella à l'oreille d'Archer, entre deux figures d'un galop qu'ils exécutaient tant bien que mal sur la piste fort encombrée. Je n'aurais pas été surprise de voir Tolliver s'acharner à la déconsidérer après les horreurs qu'avait répandues le *Bulletin*.

— Assurément, je lui ai demandé de réfréner sa verve. Il aurait été stupide de ma part de vilipender la mère de la jeune fille avec laquelle je devais passer cette soirée, non ?

— Je vous en sais gré, néanmoins. Votre sœur est ravissante, Archer !

Le regard du jeune homme alla se poser sur la toute nouvelle mariée, revint à sa partenaire.

— C'est vrai, admit-il d'une voix légèrement teintée de mélancolie. Mais elle est moins belle que vous.

— Je n'en crois pas un mot, protesta-t-elle avec un fin sourire. Mais cela fait plaisir à entendre.

— Es-t... tu... tu heur... heureu... se ? questionna Juanito qui valsait avec Star.

— Oh oui, très, assura-t-elle dans un bel élan de sincérité.

— Je t'ai-t'ai... me.

— Moi aussi, je t'aime, mon chéri.

La vérité pure. Juanito le bègue était un merveilleux amant, tout à fait à la hauteur de son patronyme. Les quelques jours de vie commune depuis leur mariage dans la chapelle de Capistrano avaient singulièrement estompé le souvenir de Crane.

— J'ai-j'ai... me auss-si beau-beau-coup Archer. Crois-tu qu'... qu'il soit a-a-mou... reux d'A-a-ra... bella ?

— Je l'ignore et je m'en moque. Cette soirée est à nous, mon chéri ! Nous allons nous griser de valses et de champagne jusqu'au moment où tu me porteras dans tes bras jusqu'à notre chambre et là tu me donneras dix mille baisers.

— Ça f... ça f... ça fait beau-beau-coup !

— Pas quand c'est toi qui me les donnes. Même un million ne serait pas trop !

— Nous au-zau-rons aus... aussi beaucoup d'en-d'en... fants. Je veux cinq... cinq ga-ga-gar... çons et cin- que cinq fi-fi... les...

— Rien que d'y penser, je suis déjà morte d'épuisement, s'exclama-t-elle en riant.

— Elle est tout simplement ravissante, murmura Radcliff qui regardait Emma tournoyer aux bras de son gendre. Lord Radcliff Willoughby de Vere Mandeville était le deuxième fils de la marquise de Thornfield. Comment peut-on être à la fois aussi belle et aussi riche ?

— En Amérique, tout est possible, répliqua son compagnon, Sir Percival Gore, consul de Grande-Bretagne à San Francisco, avec un sourire énigmatique.

— Cette demeure a certainement coûté des millions. À combien est évaluée sa fortune ?

— Si elle devait tout transformer en espèces, environ quatre vingts millions.

— Seigneur ! De pareilles situations devraient être déclarées illégales ! Et... aucun candidat au mariage ?

— Aucun, Radcliff. Vous montreriez-vous intéressé ? Quatre vingts millions permettraient assurément la restauration de Thornfield Abbey en même temps que la fortune familiale.

— Sans compter l'épurement des dettes de jeu de mon père. Aucun doute, cela mérite une tentative, ne croyez-vous pas ? Puisque je suis arrivé en retard, seriez-vous assez aimable pour me présenter ?

— Avec plaisir.

— Évidemment, elle est un peu décatie à mon goût... mais puisqu'il paraît que c'est dans les vieux pots...

— Ne vous laissez pas emporter par votre tendance au romanesque, mon ami !

— Il ne s'agit nullement de romanesque mais d'affaires, mon vieux ! Une affaire pure et simple... !

— Mon cher Radcliff, les affaires ne sont jamais pures et restent rarement simples.

— Pas plus que les entreprises romanesques.

— Depuis le temps que je vois Tolliver rôder dans tous les coins en couvrant des pages entières de son carnet de notes, murmura Emma à l'oreille de son fils, j'espère que tu ne projettes pas un nouveau ramassis de vulgarités comparables à ta une de ce matin.

— Un ramassis de vulgarités qui nous a fait vendre cinq mille exemplaires de plus, rétorqua Archer. Pas mal, non, pour un débutant ?

— Je ne dis pas le contraire, mais tout de même, passer ainsi tout en revue ! C'est tout juste si tu ne leur as pas décrit ma baignoire !

— Erreur, chère petite maman, tu as mal lu ton journal ! Non seulement j'ai fait mention de ta baignoire, mais j'ai insisté sur les robinets en argent massif. Les gens adorent ce genre de description. Tu sais, les Américains se prennent volontiers pour des démocrates endurcis alors qu'au fond de leur cœur, ils désirent un régime monarchique. Moyennant quoi, l'impossibilité pour nous d'accéder à la royauté nous a fait hisser sur un piédestal une autre classe d'individus adulés : les gens riches. Dont tu fais partie, ma très chère mère, toi et ceux qui règnent sur Nob Hill. Que l'un de vous éternue, je l'annonce dans l'édition du lendemain et cela fait vendre du papier.

— Je n'en démords pas : c'est de la vulgarité.

— Je te l'accorde volontiers.

— Oui, mais je ne t'ai pas confié le *Times Dispatch* pour que tu le transformes en torchon, à l'égal du *Bulletin*.

— Torchon, torchon ! C'est vite dit ! Une chose reste certaine, il m'appartient et je le mène à ma manière. Le crime, les scandales, les ragots et la corruption constituent la nourriture vitale d'un quotidien et, pour mon plus grand bonheur, les quatre éléments de cette précieuse alchimie croissent en abondance à San Francisco. À propos, je déjeune demain avec Digby Lee, j'ai l'intention de lui proposer de travailler pour moi, à raison de cinq mille de plus que ce qu'il touche chez Dawson.

Emma broncha.

— Cinq mille ! De plus ? Pour un reporter, c'est la fortune.

— Et il en mérite chaque cent. Je le considère comme le meilleur journaliste de Californie, c'est pourquoi je veux qu'il travaille pour mon compte, quel qu'en soit le prix. J'envisage également de prendre contact avec Mark Twain, afin de lui demander des récits humoristiques. Il faut absolument faire bouger les choses et sortir de la routine…

— Je devrais désapprouver, me semble-t-il, reconnut Emma avec une esquisse de sourire. Pourtant, je dois avouer que tout cela fleure bon l'aventure et le renouveau, en dépit de sa pointe de vulgarité.

— Sais-tu bien que tu as le plus beau sourire de la terre, et que, si tu n'étais pas ma mère, je tomberais certainement amoureux de toi ?

— Que deviendrait alors miss Dawson ? N'es-tu pas follement amoureux d'elle ?

Archer se rembrunit.

— Je préfère ne pas en parler, veux-tu ? répondit-il avant de s'enfermer dans un silence boudeur qui laissa sa mère profondément perplexe.

Star et son mari traversaient le hall quand l'un des serveurs français qui constituaient l'équipe du traiteur s'approcha de celle-ci et lui tendit une enveloppe.

— Ceci vient d'être déposé à la porte principale, Madame.

— La missive avait été griffonnée sur un papier de mauvaise qualité et pliée en quatre. « Si vous voulez revoir Crane vivant, rendez-vous dans les écuries de votre mère dans une heure. N'en parlez à personne. Venez seule. Sinon Crane Kung mourra. »

En guise de signature, figurait un serpent grossièrement dessiné que Star reconnût aussitôt comme le symbole des Hop Sing.

— Qu'é… qué… qu'est-ce… que… que… c'est ? s'enquit Juanito.

Son épouse s'obligea à sourire d'un air détaché tandis qu'elle replaçait le papier dans son enveloppe.

— Ce n'est qu'un petit mot de Clara Flood, qui habite en face. Elle a pris froid et me demande d'excuser son absence. Elle nous adresse ses vœux.

Si le handicap de son bégaiement lui imposait généralement une attitude de garçon timide et réservé, le sang hidalgo qui bouillonnait dans ses veines ne l'en incitait pas moins à manifester, en toutes circonstances, une jalousie féroce. Or, il découvrait, pour la première fois, que sa femme pouvait lui mentir. Il tendit la main.

— Do… do… donne-moi ss… ça, siffla-t-il.

— Non ! fit-elle, fourrant le pli à l'intérieur de son décolleté.

Autant elle tremblait pour la sécurité de Crane, autant la conduite implacable de son époux la terrorisait. L'arrivée imprévue d'Emma sauva la situation.

— Votre table est réservée dans la galerie de tableaux, dit-elle. Je laisse la jeunesse gravir les escaliers, nous, nous dînerons au rez-de-chaussée.

L'expression hagarde de sa fille la frappa.

— Quelque chose ne va pas ? s'enquit-elle.

— Non, non, tout va bien, m'man. Tout est parfait et la soirée est merveilleuse, grâce à toi.

Elle déposa un baiser sur la joue d'Emma.

— Tu es un amour de mère, chuchota-t-elle dans son oreille.

Sur quoi, elle se précipita dans l'escalier. Juanito ouvrit la bouche avec l'intention visible de dire quelque chose à sa belle-mère, puis il se ravisa et rejoignit sa femme.

Emma, pensive, suivit le jeune couple du regard jusqu'à ce qu'il eût atteint le palier du premier étage. Elle attachait d'autant plus de prix à la réussite de cette union d'apparence si fragile qu'elle en avait été l'artisan et qu'elle ne se pardonnerait pas la moindre erreur…

— Madame Collingwood…

Elle se retourna brusquement, arrachée à sa réflexion.

— Ah, Sir Percival. Vous me voyez comblée par votre présence. Je craignais que vous vous soyez laissé tenter par la petite sauterie organisée un peu plus bas dans cette rue.

Le consul s'inclina sur la main offerte.

— La dame qui organise cette petite soirée n'est qu'une étoile filante, commenta le diplomate d'un ton suave, tandis que vous, chère Madame, vous occupez dans la constellation la position d'une étoile fixe, radieuse et de toute beauté.

Elle rit, le regard accroché au séduisant jeune homme en cravate blanche qui accompagnait son interlocuteur.

— Vous me flattez, Sir… et j'y prends un immense plaisir !

— Permettez-moi de vous présenter mon invité, dont j'ai pris la liberté de me faire accompagner. Voici mon cousin, le vicomte Mandeville, fils de la marquise de Thornfield.

Radcliff s'inclina à son tour sur la main d'Emma sans qu'un seul instant son regard bleu ne se détache du sien.

— J'étais venu en Californie afin de faire connaissance avec l'Ouest sauvage, observa-t-il. Aussi ne m'attendais-je guère à y trouver quelque chose d'aussi somptueusement élégant que cette

401

demeure, et encore moins à rencontrer une hôtesse aussi ravissante que vous. Manifestement, l'Europe s'est bâti une image erronée de l'Ouest américain. J'attendais des cow-boys et des Indiens et me voici buvant du champagne dans le temple de Vénus.

— Je souhaite qu'il ne s'ensuive nulle déception, Mylord !

Et elle sourit afin de dissimuler son trouble. « Il est terriblement séduisant ! »

— Au contraire, Madame, j'ai vu les Indiens et les cow-boys. Ils sont distrayants, dans les débuts. Mais, passé l'attrait du pittoresque et de la nouveauté, le spectacle devient monotone. Alors que je ne vous imagine pas devenant ennuyeuse, même au bout de mille ans !

« Quel style ! Quel entregent ! Oui, assurément il en fait un peu... mais c'est tout de même agréable à entendre...

— Vous mériteriez d'être grondé, sir Percival, dit-elle à voix haute, sans quitter le bel Anglais des yeux. Si vous m'aviez précisé que vous viendriez en compagnie de lord Mandeville, je lui aurais réservé une place à l'une de nos tables alors que, dans la situation présente, je n'ai aucun siège à lui proposer. Et que vont penser les Anglais de l'hospitalité américaine ? Il faudra vous contraindre à vous asseoir auprès de moi, lord Mandeville. J'intercalerai une chaise supplémentaire à ma propre table. Ainsi, chacun se sentira lésé parce que j'aurai donné la place d'honneur à un parfait étranger... !

— Je suis sans aucun doute étranger, madame Collingwood, mais assurément fort loin de la mériter.

— Eh bien ! Cela nous laisse toute latitude pour vous améliorer. D'ailleurs, je suis convaincue que tous les jeunes gens en ont besoin. Ce qui les rend d'autant plus intéressants.

Il lui offrit son bras.

— Dans ce cas, je dois l'être... excessivement.

— Oh, ne put-elle s'empêcher d'approuver, mais vous l'êtes !

« Nous voici engagés dans un flirt amusant ! Depuis combien d'années pareille aventure ne m'était-elle arrivée ? Évidemment, mes soupirants étaient découragés d'avance, privés d'espérance. Il n'en reste pas moins que c'est un jeu idiot. Il a à peine la moitié de mon âge. Et puis, quel homme pourrait m'intéresser, après les maris que j'ai eus... Mais, tout de même, cet intermède est amusant, ne serait-ce qu'en raison de sa ressemblance avec mon pauvre Archer quand il était jeune. »

— Quelle enfance merveilleusement romantique vous avez dû connaître à Thornfield Abbey, observa-t-elle alors que le serveur déposait devant elle un bol de consommé.

— Si l'on fait abstraction des hivers glacés dans des pièces privées du confort moderne, y compris l'eau chaude dans les salles de bains, certes. Les cuisines, par exemple, sont demeurées telles qu'elles étaient utilisées au dixième siècle, période pendant laquelle l'abbaye était occupée par des moines.

— Et vos ancêtres, alors ? Si je ne me trompe, les Mandeville ont occupé les lieux à partir du règne d'Henry VIII ?

— Exact. Il fit don de l'abbaye ainsi que des domaines qui l'entourent, au seizième siècle, alors que…

— Elle est pa… papa… par-tie ! s'exclama Juanito, brusquement surgi de nulle part, penché à l'oreille de sa belle-mère.

— Qui donc ?

— Star ! Elle a qui… qui… quit-té la ta… tata… table pour se… pour se re… ma… ma… quiller et main… mainte…

— Mais c'est impossible, voyons !

— Je viens d'interroger le valet, compléta Archer qui avait suivi son beau-frère, celui qui a remis la lettre à Star. Il dit qu'elle a été apportée par un Chinois.

— Quelle lettre ? s'étonna Emma. De quoi parles-tu ?

— On lui a remis un mot plié à l'intérieur d'une enveloppe ; elle a prétendu qu'elle venait de Clara Flood, mais Juanito est persuadé qu'elle a menti. J'ai prévenu la police.

Un frisson glacé courut le long de l'échine d'Emma.

— Tu penses que…

— Je ne sais que penser.

— Je vais vous… vous di… di… re, s'exclama Juanito, les traits convulsés par un mélange de fureur et d'angoisse. Elle a été kiki… kid… enlevée !

CHAPITRE TRENTE-TROIS

Lentement, méticuleusement, Crane promenait ses lèvres et sa langue sur le corps frissonnant de Green Jade, considérée à juste titre comme sa concubine officielle, parmi les trente-neuf singsong girls qui constituaient son harem. Le lit sur lequel ils étaient étendus et qui occupait une grande place dans la chambre était la fable de Chinatown. Un lit démesuré, orné d'un dragon noir et or, en fureur, dont la tête dominait le chevet et dont le corps convulsé déroulait ses anneaux couverts d'écailles jusqu'au pied où sa queue fourchue se dressait, menaçante.

— Kai Yee ! cria soudain une voix tandis que des coups retentissaient contre la porte. Kai Yee !

— Foutez-moi le camp, imbéciles !

— On a reçu une note de Charlie Kong. C'est important ! Ils ont enlevé Star Collingwood !

Crane se redressa d'un seul coup, sauta à bas du lit-dragon et passa précipitamment une robe de soie écarlate.

La lettre était brève mais explicite :

« Méprisable fils d'un millier de putains,

« Star Collingwood est entre nos mains. Si tu souhaites qu'elle vive, rendez-vous au quartier général des Hop Sing, seul et sans armes. Si tu te soumets à notre volonté, tu auras le droit de la rencontrer et elle repartira saine et sauve. Si tu ne te plies pas à nos exigences, elle succombera à une mort lente. »

En guise de signature, suivait le même serpent, maladroitement dessiné. Crane se reprit à deux fois pour lire le message. Ensuite, il le replia et ferma les yeux.

— Que se passe-t-il, Kai Yee ? demanda Green Jade, accourue sur le seuil, en glissant une main sous la tunique de son amant. Qui a enlevé Star ?

— Charlie Kong. C'est trop bête, je n'avais pas prévu ça !

— Que veulent-ils en faire ?

— Ils la tueront si je n'obéis pas à leurs instructions. Et si je me rends dans leur repaire, c'est évidemment moi qu'ils tueront.

— Alors, n'y va pas ! Laisse-les donc supprimer Star. Qu'est-elle pour toi ?

Crane, adossé au mur, laissa aller sa tête contre la tenture de soie noire. Une larme brillait au coin de sa paupière.

— Elle est tout pour moi, murmura-t-il.

L'annonce de la disparition de Star avait jeté un certain trouble dans l'assistance. L'arrivée du capitaine Tom Browder incita quelques-uns des invités parmi les plus pusillanimes à quitter les lieux en toute hâte.

Archer guida le policier jusque dans la salle de musique où ils pourraient s'entretenir au calme.

— Croyez-vous que Crane Kung soit à l'origine de la disparition ? demanda Browder. Pensez-vous qu'il dispose encore d'un pouvoir suffisant pour attirer votre sœur hors de la maison, un jour pareil, sur le vu d'un simple message ?

— Certainement pas, s'insurgea Emma.

— Un instant, maman, dit Archer. D'une manière ou d'une autre, Crane est mêlé à cette affaire. Que ce soit lui l'expéditeur est hors de propos. Je n'en pense pas moins, capitaine, que vous devriez effectuer une patrouille de reconnaissance à Chinatown.

— Tout à fait d'accord. Nous commencerons par la résidence de Kung.

— Me permettez-vous de vous accompagner ?

— Si l'expédition vous tente !

Sur ces entrefaites, un agent fit irruption dans la pièce, hors d'haleine.

— Faites excuses, Captain ! On vient de nous informer que George Coleman organise une manifestation avec les membres de la ligue anti-coolies… Il fait monter la tension en prétendant que les Jaunes ont enlevé une jeune femme blanche !

— Si c'est réellement ce qui est arrivé… dit Emma.

Browder fronçait le sourcil.

— Coleman est capable de nous flanquer une belle pagaille. Je vais expédier un détachement qui sera chargé de contrôler ses faits et gestes. Pendant ce temps, nous irons à Chinatown, monsieur Collingwood.

Avant de sortir, Archer se pencha vers sa mère et lui souffla à l'oreille :

— Tu te rends compte de ce que vont être les cinq colonnes à la une demain matin… !

— Archer ! s'exclama-t-elle, indignée. Sur le dos de ta propre sœur !

— Elle fait partie de l'actualité, elle aussi. De quoi crois-tu que parlera le *Bulletin* ? Mais, pour une fois, c'est nous qui aurons la primeur des nouvelles.

Et il s'élança vers l'escalier, laissant sa mère partagée entre une réelle indignation face au zèle intempestif de son fils et une inquiétude folle concernant le sort réservé à sa fille.

Aussitôt que fût connue en ville la nouvelle de l'enlèvement de Star Collingwood par une bande de Chinois, les membres actifs de la ligue anti-coolies se répandirent dans les rues, entraînant à leur suite une foule de badauds plus ou moins avides de désordre et de carnage. George Coleman, après avoir grimpé sur une estrade improvisée, avait saisi la balle au bond.

— Savez-vous bien ce qu'est un Chinois, mes amis ? beuglait l'ex-prêcheur de l'Alabama – un costaud, de forte carrure, le visage sanguin, les veines du cou gonflées d'indignation – je vais vous le dire, moi : c'est un étranger qui est venu s'installer en Amérique en apportant avec lui ses lois, les lois de son pays ! Et ce salopard jaune avec ses yeux bridés et sa natte refuse tout bonnement de se plier aux règles des blancs. C'est le ver dans le fruit ! C'est un exploiteur qui contraint les femmes de sa race à se prostituer, qui fume l'opium et dont les soldats Tong ne reculent devant aucun meurtre. Chinatown n'est pas l'Amérique, je vous le dis ! Nous ne supporterons pas plus longtemps que la Chine nous expédie la lie de sa populace. Nous ne tolèrerons pas qu'elle s'insinue jusqu'au cœur de San Francisco, jusqu'à Nob Hill, où ses assassins ont enlevé la fille de l'une de nos familles parmi les plus réputées. Je vous le demande : pouvons-nous subir encore longtemps une pareille situation ?

— Non ! ! cria la foule.

— Alors, qu'allons-nous faire pour y remédier ?

— Incendier Chinatown ! cria une voix.

Alors le mot d'ordre courut de bouche en bouche, fut bientôt repris en chœur :

— Brûlons Chinatown... brûlons Chinatown... !

— Kai Yee, il nous faut absolument faire quelque chose, supplia Li Wang Yu, alors que tous les membres du Suey Sing Tong s'étaient rassemblés dans la cave où Crane, assis en tailleur dans les plis de sa tunique cramoisie s'absorbait dans une profonde méditation.

— Si nous n'agissons pas tout de suite, nous risquons de perdre le contrôle de Chinatown.

— Il a raison, Kai Yee, approuvèrent plusieurs voix.

Crane ouvrit les yeux, s'extirpa de sa torpeur et prit la parole d'un ton monocorde.

— Charlie Kong s'est montré plus avisé que moi, je n'avais pas pensé qu'il pût employer contre moi une arme aussi efficace que la malheureuse jeune fille. En conséquence, je n'ai d'autre choix que de remettre mon sort entre ses mains. À ce moment-là, et s'il tient parole, Star sera rendue à sa famille et l'insurrection des yeux ronds deviendra sans objet. La paix règnera de nouveau sur Chinatown. Ma décision est prise. Adieu, mes frères, je vais me rendre seul et sans armes au chef des Hop Sing.

Sur le point d'ouvrir la porte, il suspendit son geste, se tourna vers l'assemblée muette de confusion et de chagrin et murmura :

— Pour la première fois de ma vie, j'ai peur.

Emporté au galop de deux chevaux fougueux, le fourgon de police dévalait la colline de Nob Hill. Archer, agrippé des deux mains à la courroie de cuir, vivait l'aventure de sa vie.

Le véhicule s'arrêta à l'angle de Grant Avenue et de Pine Boulevard où un important attroupement de jaunes observait dans le calme la manœuvre d'une escouade de gardiens de la paix. L'un d'eux s'approcha et s'adressa au capitaine.

— Les anti-coolies sont passés par ici il y a peu de temps, Captain. Nous les avons empêchés d'entrer dans Chinatown, alors ils sont repartis.

— Dans quelle direction ?

— Vers les docks.

— Les docks ? s'étonna Browder. Pourquoi diable vers les docks ?

— À défaut de pouvoir mettre Chinatown à feu et à sang, suggéra Archer, ils vont essayer d'incendier les navires appartenant aux compagnies qui emploient du personnel chinois, par exemple le « Pacific Mail ».

— Envoyez une estafette chez le maire, ordonna aussitôt Browder, dites-lui d'avertir la base navale pour qu'elle expédie une corvette en protection.

— D'accord, Captain.

— À présent, fouette cocher, nous allons rendre visite à Crane Kung !

La voiture légère s'engouffra dans les ruelles qui conduisaient vers le cœur de Chinatown. Mais quand les policiers arrivèrent devant la demeure du chef des Suey Sing, elle était vide.

La sentinelle, le visage dissimulé sous une cagoule blanche, identifia Crane, debout dans le brouillard, avant de déverrouiller la lourde porte. Il fit un pas à l'extérieur, revolver au poing, examina les alentours d'un air méfiant.

— Je suis venu seul, précisa Crane.

Dans l'entrée parcimonieusement éclairée par une lampe à huile, quatre hommes, également armés et masqués, l'attendaient.

— Lève les bras, dit l'un d'eux.

Crane s'exécuta. L'autre le palpa avec grand soin.

— C'est bon, on peut y aller.

— Où est Star ? questionna Crane.

— C'est moi qui pose les questions, rétorqua celui qui semblait commander, en lui plantant son index dans la poitrine. Ici, tu n'as plus qu'une chose à faire : obéir et te taire. Conduisez-le en bas.

D'escaliers en couloirs, ils aboutirent au sous-sol, dans une pièce de vastes dimensions, occupée par une foule de Hop Sing assis en tailleur et tous portant cagoule.

Un homme de forte corpulence se détacha d'un petit groupe, s'avança jusqu'à lui et retira son masque. C'était Charlie Kong.

— On n'attendait plus que toi pour commencer, dit-il avec un sourire cruel. Bienvenue au Kai Yee de Chinatown que nous ne savions pas capable d'autant d'humilité…

Rires dans l'assemblée.

— Où est Star ? répéta Crane. J'ai suivi vos instructions à la lettre. Je suis venu seul et désarmé. Alors, il faut libérer Star, si tu es un homme d'honneur.

— Oh mais je tiens parole. Tu vas la voir, ta dulcinée… pour une dernière fois. Mais si tu te risques à lui révéler qui nous sommes, elle ne sortira pas d'ici vivante. Elle est venue les yeux bandés et elle repartira de même. Évite de faire une folie… !

— C'est entendu.

Charlie Kong remit sa cagoule et frappa dans ses mains. La jeune femme portait toujours sa robe de bal couleur pêche, elle avait seulement ôté ses bijoux. L'émotion de Crane le saisit à la gorge et lui fit battre le cœur.

— Crane, s'écria-t-elle dès qu'elle l'aperçut, tu es vivant !

Elle courut à lui et, ses gardes l'ayant relâché sur un signe de Kong, il l'enlaça.

— J'ai eu tellement peur, murmura-t-elle. Ils n'ont rien voulu me dire. Voici trois heures que j'attendais en priant qu'il ne te soit rien arrivé de fâcheux.

— Était-ce donc si important pour toi ?

Elle leva vers lui un regard éperdu de tendresse.

— Plus important que tout. Tu le sais bien.

— Non, je ne le savais pas. Tu viens d'en épouser un autre.

— Parce que le choix ne m'a pas été laissé.

— Pourtant, tu aimes ton mari !

Légère hésitation.

— Oui… mais pas de la même manière que toi. C'est toi qui avais raison, nous sommes liés par un attachement indéfectible. C'est pour toi que je suis venue à Chinatown.

Il ferma les yeux, réconforté par la chaleur de ces propos qu'il avait tant envie d'entendre.

— T'ont-ils malmenée ?

— Non, pas du tout.

— Alors, embrasse-moi. Ensuite, on te reconduira à Nob Hill.

Elle se pendit à son cou puis, soudain traversée d'une idée :

— Et toi ? Que va-t-il t'arriver ? chuchota-t-elle en promenant sur les têtes fantomatiques un regard apeuré.

— Pour moi, tout ira bien. Il sourit. Cette cérémonie a sans nul doute un aspect un peu dramatique, mais il faut savoir se plier au rituel.

Le regard de Star revint se poser sur lui, brûlant de passion.

— En es-tu certain ?

— Ces gens sont mes amis. Nous allons parler affaires, régler différentes questions, ensuite je repartirai. Je suis en sécurité. Ne te fais aucun souci.

Elle parut soulagée.

— Eh bien... dans ce cas...

Il posa sur les lèvres qui se tendaient vers lui un baiser follement passionné, dans lequel il mit toute son âme.

— Il n'y a jamais eu que toi, Star, chuchota-t-il à son oreille.

Des larmes brillaient dans les yeux de la jeune femme.

— Tu sais, mon chéri, une moitié de mon amour peut bien être vouée à mon mari, l'autre moitié de mon être t'appartiendra toujours. Et je suis persuadée que c'est la meilleure...

Il sourit.

— C'est merveilleux d'entendre des choses pareilles. À présent, retourne vite chez toi. Nous nous retrouverons un jour. Quelque part.

Une furtive ombre de doute parcourut les traits délicats qu'il effaça comme d'une touche magique, d'un doigt posé en travers de ses lèvres. Un garde lui prit la main et l'entraîna vers la porte où on lui noua de nouveau le bandeau sur les yeux. Entretemps, elle s'était tournée vers Crane.

Brusquement, la vérité lui apparut, éclatante.

— Crane ! hurla-t-elle.

— Va-t'en ! répondit-il. Au nom de notre amour, va-t'en !

Tremblant de tous ses membres, elle se laissa bander les yeux.

— Je t'aime, lui cria-t-elle encore. Mon cœur tout entier t'appartient !

On la poussa à l'extérieur sans ménagements.

La porte refermée, Charlie Kong se débarrassa de la cagoule.

— Quelle scène touchante, railla-t-il. Félicitations ! Tu as joué ton rôle à la perfection : l'amant noble sacrifiant sa vie pour sauver celle de sa douce fiancée... J'ai été ému.

— Je te remercie de m'avoir autorisé à la rencontrer et aussi de ne pas l'avoir malmenée.

— Tu l'as dit toi-même, je suis un homme d'honneur.

Il adressa un signe aux préposés.

— Préparez-le.

Trois hommes s'avancèrent et lui arrachèrent ses vêtements.

— Qu'est-ce que vous voulez faire ? s'inquiéta Crane. Tuez-moi donc et qu'on en finisse une bonne fois.

— Ah mais, dans ce cas, où serait notre plaisir ?

La foule agglutinée contre la clôture en fil barbelé des docks du « Pacific Mail » était en proie à une véritable frénésie.

— Lancez des torches ! criait George Coleman. Il suffit de mettre le feu aux entrepôts, l'incendie se communiquera aux navires amarrés à quai.

Une gerbe de torches vola par-dessus la clôture. Un rugissement de satisfaction parcourut la foule. Bientôt, la paroi en bois d'un entrepôt, atteinte par les projectiles enflammés, commença à brûler en dégageant une épaisse fumée âcre. Deux gardiens de nuit chinois jaillirent de l'intérieur, transportant des baquets emplis d'eau.

— Les voilà, ces saletés de yeux bridés ! Supprimez-les donc !

Un coup de feu claqua aussitôt, suivi d'autres. Le premier gardien s'étala, lâchant son seau, la main refermée sur sa blessure au bras. L'autre, qui avait réussi à éteindre un foyer, s'écroula, criblé de balles. Son camarade, qui rampait vers l'abri de l'entrepôt, fut achevé dans un concert de vociférations.

Entretemps, le feu avait gagné en intensité et les flammes commençaient à percer la toiture, sous les acclamations enthousiastes de la populace.

— La police ! cria soudain Coleman, à la vue de deux voitures qui fonçaient sur eux à bride abattue.

— Vous voyez, j'avais deviné juste ! cria Archer, ils ont incendié les entrepôts. Bon Dieu, il me faudrait un dessinateur !

— Tirez une salve au-dessus des têtes, ordonna Browder.

Il suffit de quelques salves pour disperser la petite troupe qui s'égailla dans toutes les directions en poussant des cris d'épouvante. Restaient deux Chinois, morts, sur le terrain.

Archer, médusé, regardait s'embraser l'entrepôt, aussi peu attentif aux cloches des pompiers qui sonnaient à travers la ville entière, qu'il était fasciné par cette violence inutile, par la laideur de la populace.

« Si nous ne trouvons pas le moyen de mettre un terme à ces manifestations racistes, afin de faire cohabiter en bonne intelligence les deux communautés, je ne donne pas cher de l'avenir de San Francisco. Pourquoi ne consacrerais-je pas mon éditorial aux aspects positifs de la personnalité chinoise, en général ? Quoi qu'il en soit, cette histoire va nous faire vendre au moins dix mille exemplaires de plus, dès demain. »

Pour la première fois de sa récente carrière de journaliste, il faisait l'expérience de la primeur d'une nouvelle à sensation.

À cet instant, une détonation retentit au large, une fusée éclata dans le ciel et retomba très lentement, répandant une vive lueur qui éclairait tout le paysage.

— La marine passe à l'action, observa Browder. Avec un petit temps de retard, mais enfin...

— Star..., balbutia Archer, soudain frappé par son insouciance. Il était là en train d'imaginer les bénéfices réalisés grâce à une exclusivité pendant que sa sœur se trouvait peut-être en danger de mort.

— Capitaine ? dit-il à voix haute, que fait-on pour ma sœur ?

— Bon Dieu, Collingwood, explosa le policier moustachu, je ne peux pas être partout à la fois ! Dans le cas où vous ne l'auriez pas remarqué, la nuit est passablement agitée et je vous rappelle que c'est précisément votre sœur qui est à l'origine de tout ce bordel...

— Vous avez raison, mais le fait demeure qu'elle court un danger sérieux.

— Parfait, sir, alors, qu'attendez-vous de moi ? Dans quelle direction allons-nous orienter les recherches ?

— Et si les Hop Sing s'étaient emparés d'elle ? Pourquoi ne pas rendre visite à leur quartier général ?

— Dans ce repaire de tueurs ? Je n'y mettrai pas les pieds, à moins d'avoir trois douzaines d'hommes armés avec moi.

— Qu'est-ce qui vous empêche de les rassembler ?

— Monsieur Collingwood, si vous preniez la peine de lire votre propre journal, vous y apprendriez que le manque d'effectifs des forces de police de San Francisco constitue un véritable scandale. Pour ce soir, tous les agents disponibles se trouvent engagés dans la protection des honnêtes gens qui risqueraient de tomber sous les coups d'une bande de maniaques racistes ! Et quel que soit mon désir de secourir votre sœur, je me dois d'abord au maintien de l'ordre public.

— Capitaine... la populace a regagné ses foyers. Lancez un coup de main contre le repaire des Hop Sing et je vous promets une campagne en forme de croisade dans le *Times Dispatch,* qui vous apportera une augmentation des effectifs, ainsi que celle des salaires.

Browder le dévisagea un bref instant, perplexe.

— Vous me donnez votre parole ?

— Ma parole, sir.

— Nom de Dieu !

Et, aussitôt tourné vers son cocher :

— Retour à Pine Street où nous ramasserons tous les hommes disponibles et ensuite le Q.G. Hop Sing !

Emporté au galop fou des chevaux, Archer jubilait : non seulement il faisait l'expérience des joies du journalisme mais il en découvrait également le pouvoir.

Il répandit le contenu d'un grand pot de miel sur le bas-ventre dénudé de Crane que ses hommes avaient attaché à une table inclinée à quarante-cinq degrés.

— J'ai un ami péruvien qui travaille sur les docks, expliqua Charlie Kong. C'est lui qui m'a procuré les insectes.

Il se retourna vers les exécuteurs dès que le pot de miel fut vide.

— Apportez les abeilles.

Crane, soigneusement bâillonné, ne le quittait plus de ses yeux hagards en se tordant frénétiquement sans se soucier de la morsure de ses liens.

— Eh oui, Kai Yee, ironisa Charlie Kong, nous allons offrir ce fastueux festin à un plein bocal d'abeilles. Mon ami péruvien me dit qu'une telle quantité les rend complètement folles. Elles se mettent alors à piquer sans discernement tout ce qui se trouve à leur portée... il suffit donc de leur présenter les morceaux les plus délicats, ah... ah...!

Sur ces mots, un garde entra, porteur d'un gros bocal à l'intérieur duquel bourdonnaient d'énormes abeilles dont le va-et-vient incessant était retenu, à l'embouchure, par un morceau de carton.

Crane avait affreusement pâli à la vue des insectes, une sueur glacée commença à ruisseler sur son front et le long de ses joues.

— Nous allons observer le cours de l'opération, Kai Yee, commenta Charlie Kong, et voir si le résultat correspond à ce qui nous a été promis... Allez-y, mettez le bocal en place, ordonna-t-il aux bourreaux improvisés.

Les officiants approchèrent le récipient contenant les abeilles du ventre de la victime puis, dès que l'embouchure se trouva au contact du ventre dégoulinant de miel du malheureux, il firent glisser la plaque de carton de côté, tout en maintenant le bocal fermement appliqué sur la peau. Un silence de mort s'était abattu sur l'assemblée des tongs fascinés, que seul troublait le bourdonnement des abeilles.

Durant quelques instants, les insectes, surpris par les manipulations brutales imprimées à leur prison, ne bougèrent pas, ou à peine.

Ensuite, le parfum du miel leur redonna toute la vigueur souhaitée par les tortionnaires et elles se précipitèrent, toutes à la fois, sur les organes génitaux de la victime qui d'abord grogna, puis rugit, puis hurla. Son corps, pourtant étroitement lié, se tordait avec une impétuosité telle que le bourreau ne maintenait qu'à grand-peine le bocal en place.

Charlie Kong, hypnotisé, ne pouvait détacher son regard d'une scène dont il commençait à se demander s'il en avait bien mesuré toute la portée.

Crane ayant réussi à déchiqueter son bâillon, les hurlements qui emplirent la pièce étaient à ce point inhumains que Charlie sentit le sang se glacer dans ses veines.

En moins d'un quart d'heure, les organes de la victime avaient plus que doublé de volume et avaient pris une teinte violacée des

415

plus répugnantes. Brusquement, la porte s'ouvrit avec fracas, sous la poussée de la sentinelle qui piaillait à plein gosier :

— La police… la police !

Browder et ses hommes entrèrent sur ses talons, tirèrent une salve dans le plafond, puis abaissèrent aussitôt leurs armes, Charlie Kong ayant ouvert le feu sur eux.

Kong fut abattu ainsi que six de ses hommes de main. Les autres préférèrent se rendre.

Quand Archer pénétra à son tour dans la pièce, il aperçut le petit groupe formé par Browder et ses adjoints, entourant une table bizarrement penchée. Il s'approcha.

— Seigneur Tout-Puissant… gémit-il, incapable de détacher son regard de l'affreux spectacle. Il est mort ?

— Heureusement pour lui, oui, maugréa le capitaine.

Le jeune policier, encore novice, qui avait suivi Archer, porta la main à sa bouche et se réfugia dans un coin de la pièce pour vomir.

Une minute avant l'arrivée de la police, l'un des Hop Sing avait mis fin aux souffrances de Crane d'un coup de sabre.

CHAPITRE TRENTE-QUATRE

« MANIFESTATION ANTI-COOLIES DISPERSÉE CETTE NUIT ! » titrait le *Times Dispatch* du lendemain sur toute la largeur de sa première page.

« LA MARINE VIENT À L'AIDE DE LA POLICE. L'IN-CENDIE DES ENTREPÔTS DE LA PACIFIC MAÎTRISÉ. LA POLICE LANCE UN COUP DE MAIN RÉUSSI CONTRE LE QUARTIER GÉNÉRAL DES HOP SING ! »

« Votre rédacteur en chef vous offre le compte rendu détaillé du sanglant aboutissement de la guerre des Tongs ! »

« Fin horrible du parrain de la Suey Sing à Chinatown entre les mains de son tortionnaire ! »

« L'héritière de Nob Hill relâchée saine et sauve… ! »

— Mon père ne décolère pas depuis ce matin, confia Arabella en s'asseyant sur la chaise que lui présentait le maître d'hôtel. Il ne pardonne pas au *Times Dispatch* de l'avoir distancié de plusieurs longueurs.

— Exact, reconnut Archer avec un petit sourire suffisant, nous avons été obligés de faire quatre retirages et nous avons vendu le plus grand nombre d'exemplaires jamais enregistré depuis la création du journal.

— De quelle horrible manière est donc mort Crane Kung ? questionna-t-elle en baissant la voix. Je n'ai pas compris exactement à la lecture de l'article.

— Ma chère miss Dawson, il ne m'était pas possible de me montrer plus explicite dans mon article, non plus qu'il ne me serait possible de relater la chose à une jeune personne aussi réservée et aussi raffinée que vous. Sachez simplement que Crane Kung a payé chèrement – et au-delà – tous les péchés commis au cours de sa brève et criminelle existence. Ma sœur en est profondément bouleversée, ce qui ne fait nullement le bonheur de mon malheureux beau-frère… Que nous conseilleriez-vous aujourd'hui, René ?

— Le saumon, monsieur, il est délicieux.

La salle était bondée et tous les regards étaient évidemment braqués sur le jeune couple.

Dès que René eût empli – non sans une grimace de dégoût – le verre d'Archer d'une eau pure et glacée, le jeune homme saisit entre les siennes les mains d'Arabella.

— J'ai vu la nuit dernière des choses que je n'oublierai jamais, aussi longtemps que je vivrai, expliqua-t-il d'une voix douce. Mais l'autre aspect de l'histoire, l'envers du décor que je n'ai pas commenté dans mon article est aussi admirable, à sa manière, que fût épouvantable la fin de Kung. En effet, Crane a donné sa vie pour sauver celle de ma sœur et il l'a fait par amour. Ce pourquoi je l'admire profondément. Je considère en effet ce geste comme un témoignage de courage suprême que seul pouvait inspirer un amour extraordinaire. Je ne sais si je serais capable d'un acte aussi définitif, mais ce dont je suis certain, c'est que je vous aime.

Arabella rougit jusqu'aux oreilles.

— Je vous en prie, Archer, tout le monde nous regarde.

— Eh bien, laissez-les regarder. Je m'en fiche ! Je vais vous faire un aveu, Arabella… au tout début, j'avais résolu de vous piéger.

Elle se raidit légèrement sur son siège.

— Que voulez-vous dire ?

— J'étais furieux contre votre père au sujet de ce qu'il avait écrit sur le compte de ma sœur. Je cherchais un moyen de l'atteindre sérieusement, de toucher un point sensible… ce fut alors que je pensai à vous. Je me dis que si je parvenais à vous séduire…

Elle arracha ses mains des siennes.

— Quelle horreur !

Baissant le ton, elle siffla :

— Vous vous imaginez sans doute que ma mère ayant été...
ce qu'elle a été, vous disposeriez de ma personne à votre fantaisie... que j'avais ça dans le sang, peut-être? Eh bien, détrompez-vous !

— Je vous en prie, écoutez-moi. Mon projet – bon ou détestable – consistait à vous séduire puis à vous laisser choir, affligée
d'une réputation de «femme déchue», comme il est dit dans les
romans-feuilletons. Mais il s'est produit un phénomène avec lequel
j'avais omis de compter : je suis tombé amoureux de vous.

— Vous n'espérez tout de même pas me faire avaler cette
couleuvre?

— Mais si, je l'espère, parce que c'est la vérité. Vous êtes une
jeune fille adorable, tendre, délicate, intelligente et d'une extrême
beauté que...

— Je ne suis pas belle, coupa-t-elle. Ne cherchez pas à me
leurrer, je me connais suffisamment pour savoir que...

— Si vous cessiez de m'interrompre à chaque mot, vous me
laisseriez la possibilité de vous dire que je vous demande votre
main.

Elle darda sur son interlocuteur un regard furibond.

— Tout ce que je puis affirmer, c'est que j'ai rarement entendu une demande en mariage aussi maladroitement formulée.

— Vous avez probablement raison.

— À supposer que je passe outre vos motivations grossières et
insultantes, jamais mon père ne consentirait à me voir convoler
avec un Collingwood. Il me déshériterait plutôt.

— Parfait. Au moins avez-vous l'assurance que je ne cours
pas après votre dot ! Soit dit en passant, ma mère me laisserait sans
un sou, plutôt que de me voir épouser la fille de Slade Dawson.
Tant et si bien que nous nous retrouverions tous deux aussi démunis
que des souris de presbytère. Belle occasion de vérifier l'adage qui
veut que l'on vive d'amour et d'eau...

— Je crains fort, mon pauvre ami, que vous ayez perdu la
raison ! Imaginer un seul instant que je renoncerais à mon héritage
pour les beaux yeux d'un individu décevant, fourbe, sans scrupules...

— Et vulgaire. N'oubliez pas... vulgaire.

— Oh non, je n'oublie pas ! D'autant qu'il y en aurait encore
à ajouter !

419

— Pourtant, le portrait me paraît déjà plus qu'esquissé. Seulement, voyez-vous, Arabella, ce métier de journaliste… il me possède tout entier, je l'ai dans le sang comme une véritable passion. Je me sens capable de réaliser de grandes choses pour de cette ville. Avez-vous eu le temps de lire mon éditorial sur la question chinoise ?

— Oui.

— Qu'en pensez-vous ?

— Il est mal écrit.

— Possible. Il était quatre heures du matin et je luttais contre le sommeil. Mais quelle est votre opinion concernant le fond ?

Elle hésita.

— Je… j'ai apprécié. Affirmer que : « La vague de haine qui pousse les gens contre les Chinois est une déplorable manifestation d'intolérance » exige un certain courage. Surtout en cette période, précisément, alors que l'opinion publique tend à donner raison aux agitateurs.

— Ainsi, vous le constatez vous-même : un journal peut devenir une arme efficace s'il est employé à bon escient. Et il me faut une épouse susceptible de m'aider à user de cette arme ! J'ai besoin de vous, Arabella. Acceptez-vous de prendre, au moins, en considération la demande que je viens de formuler ? Je vous aime réellement, avec passion.

Elle ne le quitta pas des yeux, austère et furibonde, le temps qu'arrive un serveur qui vint se placer derrière Archer, un plateau sur les mains, présentant un magnifique saumon.

— Je l'ai prise en considération, rétorqua-t-elle tout à trac.

— Déjà ?

— Oui, j'accepte.

— Vous… cela veut dire que…

— Que j'accepte de devenir votre femme et que j'accepte de passer sur une kyrielle de défauts impardonnables parce que – l'expression austère fondit dans la chaleur d'un charmant sourire – parce que je vous aime aussi.

— Youpiii ! !

Il bondit de sa chaise les deux bras levés à la fois, bousculant du même coup le plateau des mains du serveur. Le poisson, projeté en l'air, décrivit une élégante arabesque et retomba sur la tête d'Archer, la queue pendant entre ses sourcils.

Un rire inextinguible secoua Arabella et la salle entière.

— Tum… mama… m'as men… menti ! cria Juanito qui fourrait une dernière chemise dans sa valise en cuir. Et ta… ta… mè… mère aus… aussi. Tu étais amou… amou… reuse de ce C… ce C… Cra… ne K… kung !

Star, les paupières gonflées, les yeux rouges, demeurait figée à côté du lit.

— Oui, c'est vrai, je le reconnais. Je suppose que maman a menti un petit peu…

— Un p… un… peu ?

— Enfin, tu dois comprendre que je sois bouleversée par la mort de ce garçon qui a donné sa vie pour sauver la mienne ! Et quand je dis « bouleversée »… ! Crane m'était excessivement cher, ce qui ne veut pas dire que je ne t'aime pas.

— Une fem-me ne p… ne peut aimer deux… deux… hommes en me… en… même-temps.

— C'est faux !

Il abattit le couvercle de la valise et lui fit face.

— Vois… vois… vois-tu, Star, je t… je… t'aime… je t… je t'ai aim… mée dès le p… le premier-jour… où… où je t'ai ren… ren… contrée. Mais tu t'es mo… mo… moquée de m… de moi ! En fait de… de… vier… vier-ge pu… pure dé… déflo-rée pa… par un sa… sale Chi… nois… tu en né… né… tais amou… moureuse ! Tel… telle-ment qu'il a suf… suf… suffi d'un chi… chi… ffon de pa… pa… pier pour que tu c… tu cou… coures les rues d… dans la… la nuit, après m'a… m'a-voir men… men… ti à moi ton ma… ma-ri… !

— Je croyais lui épargner la mort, à lui qui a donné sa vie pour sauver la mienne alors que j'avais épousé un autre homme ! Et je trouve mesquin et inconsidéré de ta part de me le reprocher après le noble sacrifice auquel il a consenti !

— Non… no… noble sac… sa-cri… cri-fice, ah ! Lais… laisse-moi ri… rire. D'ail… leurs, j'en ai… j'en ai assez, je re… re… tourne au ranch.

Elle le rejoignit sur le seuil de la chambre.

— Juanito ! Tu ne peux m'abandonner ainsi ! Je suis ta femme !

— Mais tu ne… tu… ne te con… conduis pas com… comme telle ! Une ép… épou-se doit aimer un s… un seul hom-me : son ma… mari.

Elle lui emboîta le pas dans la galerie, agrippée à sa manche.

— Ce n'est pas juste, pleurnichait-elle. Je t'aime réellement. Quand j'étais amoureuse de Crane, je ne te connaissais même pas !

Il fit brusquement volte-face et de sa main restée libre, il la gifla avec tant de violence qu'elle alla heurter une console sur laquelle trônait un vase chinois qui se brisa sur le sol.

— « Puta ! » siffla-t-il entre ses dents, avant de dévaler les marches et de s'élancer au-dehors.

— Ma pauvre chérie, murmura Emma avec un hochement de tête compatissant.

Ce même soir, elle l'avait trouvée, recroquevillée sur son lit, en pleurs.

— Il m'a traitée de putain et il m'a giflée, sanglotait-elle.

— Oui, et il a brisé un vase Ming. Notre Juanito possède plus de tempérament que je ne supposais. Après tout, il est sans doute préférable qu'il ne se soit pas manifesté plus tôt.

— Que veux-tu dire ? demanda Star qui s'était redressée.

— J'ai un peu menti à sa mère, aussi sa conduite ne peut-elle être considérée comme entièrement déraisonnable. Mais je n'aime pas les hommes qui frappent les femmes et son bégaiement suffirait à rendre folle n'importe quelle épouse.

Star revint se blottir contre l'épaule de sa mère.

— Mais je l'aime, maman, tu sais !

Emma fronça les sourcils, perplexe.

— Chérie, je voudrais que tu te décides, une bonne fois.

— Je l'aime pour de vrai, je t'assure. Ce n'est pas ma faute si j'aimais également Crane ; mais il est mort à présent, alors je veux mon Juanito.

— Même après qu'il t'ait giflée et traitée de putain.

— Je le méritais peut-être, après tout ! Ce qui est arrivé est ma faute. Je brûlais d'une telle passion pour Crane… Juanito n'a pas tort de m'en vouloir. Je t'en prie, maman, il faut me le ramener. Juanito représente mon unique chance. S'il me laisse tomber, aucun homme ne voudra plus jamais de moi…

Elle recommença à sangloter.

Emma passa un bras autour de ses épaules et la secoua tendrement.

— Je connais un moyen pour te le ramener, mais je dois t'avertir qu'il t'en gardera rancune sans doute longtemps et que cela risque de peser lourdement sur votre union.

— Ça m'est égal, je refuse de finir ma vie dans la solitude.

— Il vaut souvent mieux vivre seule qu'à côté de quelqu'un qui vous hait.

— Tu es heureuse, toi, de vivre seule ?

Emma se mordit la lèvre.

— Non, reconnut-elle. La solitude est un enfer ; pourtant...

Elle se tut, frappée par l'impatience qui se lisait dans les yeux de sa fille adoptive, et laissa échapper un soupir. Elle pressentait que Star était passée à côté du bonheur.

— Comme tu voudras, dit-elle enfin, je vais te le ramener...

— Ohé, Juanito ! cria le vaquero lancé au galop dans l'immense prairie, ta mère te demande ! Juanito !

Pour le moment, Juanito était fort occupé à poursuivre un poney échappé du corral. Il fit tournoyer son lasso et, avec une précision infaillible, enserra le cou de l'animal dans le nœud coulant.

— Juanito, écoute-moi... insista le vaquero tandis que son patron nouait l'extrémité de la corde au pommeau de la selle.

— Que se passe-t-il, Diego ?

— Ta mère m'a envoyé à ta recherche. Elle a reçu la visite d'un homme. Un type qui travaille pour la señora Collingwood.

Une grimace de dédain plissa la lèvre du jeune homme.

— Je me charge de le reconduire aux limites du ranch, moi ! Je ne veux plus entendre parler de ces maudites gens.

— D'accord, mais je te laisse le soin de l'annoncer à ta mère, moi je ne m'en charge pas. Surtout qu'elle voulait que tu te dépêches !

Il cabra sa monture et repartit au galop.

— Mierda, grogna Juanito en éperonnant son cheval.

Une vingtaine de minutes plus tard, il pénétrait dans la grande salle de l'hacienda où il trouva sa mère en larmes, debout devant la fenêtre.

423

— Madre ! Qué pasa ? Où est cet homme ? s'enquit-il.

Doña Felicidad s'essuya machinalement les paupières avant de se tourner vers son fils.

— Il est parti, Juanito. La situation est… terrible, hijo mio.

Juanito traversa la pièce en deux enjambées, prit la main maternelle entre les siennes.

— Qu'y a-t-il ? Qui est cet homme ?

— Il s'appelle Palmer, c'est l'avocat de ta belle-mère.

— Oui, j'ai fait sa connaissance à San Francisco, la semaine dernière, quand nous avons signé le contrat de mariage.

— As-tu pris le temps de le lire ?

— Bien entendu !

— En entier ?

— Ma foi… pas entièrement. Il y a au moins trente pages de charabia inintelligible.

Elle leva les bras au ciel dans un geste théâtral.

— Dans ce cas, nous sommes ruinés ! Tu m'entends : ruinés !

— Mais pourquoi ? À cause de quoi ?

— Tiens, lis ! Lis-le donc à présent qu'il est trop tard…

Elle alla jusqu'à une petite table sur laquelle était posé un document établi avec l'aide de la toute récente et merveilleuse invention qu'était la machine à écrire.

— Voici : page dix, paragraphe quinze, clause B.

Juanito feuilleta rapidement.

« Dans l'éventualité où, durant les cinq premières années du mariage, le conjoint, monsieur Lopez y Sepulveda, abandonnerait, pour une raison quelconque, son épouse, miss Star Collingwood, l'hypothèque actuellement détenue par madame Emma Collingwood reprendrait son entière valeur commerciale et juridique et la dot de 100 000 devrait être reversée à la famille Collingwood. »

Il releva la tête.

— Que veut dire tout ça ?

— Que crois-tu donc que cela signifie, sinon que nous allons perdre le ranch si tu ne reprends pas ta femme !

— Pas forcément, madre mia. Il suffirait que je rende la dot ; comme, de toutes manières, je ne veux pas de son sale argent… ! Ensuite l'hypothèque reprend son effet et tout redevient comme avant. Nous revenons à la case départ.

424

— Juanito ! Ta naïveté parfois me démonte... Tu n'entends rien à la roublardise des Yankees. Elle va exiger le remboursement du prêt hypothécaire, alors que nous avons déjà trois mois d'intérêt impayés et pas de quoi rembourser la dot. Nous allons perdre le ranch, mon garçon... nous perdrons tout !

— La garce ! fulmina le jeune homme, les yeux brillant de fureur mal contenue.

— Garce peut-être, mais c'est elle qui détient le pouvoir, Juanito, parce qu'elle a l'argent. Le señor Palmer m'a avertie que si nous essayons de couvrir la datte avec l'aide d'une autre banque, elle rachètera le tout, rien que pour nous obliger à vendre ! Nous nous débattons dans la toile, hijo mio, et l'araignée guette sa proie, au centre. Que veux-tu que nous fassions pour lutter, nous Californios ignorants, contre les banquiers, les hommes de loi... Nous sommes des gens de la terre...

— Eh bien alors, déclara Juanito, soudainement apaisé, il est grand temps de nous initier au maniement de ces armes qu'ils ne seront plus seuls à utiliser. Les Yankees ont à cœur de détruire notre Paradis ? Parfait ! Star est éprise de moi, ou plus exactement de mon corps ? Parfait ! Je la reprends et pendant les vingt prochaines années elle sera enceinte ou en couches, ainsi lui sera ôtée toute envie de courir après les Chinois ou les autres ! En outre, un de nos fils, ou moi-même, dans le pire des cas, apprendra à manipuler tout ce qui concerne la loi, la finance, l'argent, ainsi que la puissance qui en découle et nous battrons ces foutus bâtards sur leur propre terrain... !

Sur quoi il lança rageusement le contrat à l'autre extrémité de la pièce où il heurta la cloison et retomba lentement sur le carrelage comme un gros insecte mort.

Mais les clauses contenus dans ces pages n'en existaient pas moins.

Lord Mandeville buvait littéralement du regard, de son beau regard bleu, le magnifique collier – diamants-émeraudes – que le chandelier en or massif, posé entre eux, faisait étinceler de mille reflets. « Magnifique ! Quelle splendeur... sans compter que la poitrine, pour ce qu'on en voit, laisse augurer de... pas une ride, une peau fine, tendre... elle doit pourtant friser la cinquantaine... »

— Je donnerais un penny pour vos pensées, Mylord, murmura Emma tandis qu'elle portait la coupe de champagne à ses lèvres. Et quand je dis «penny» je ferais sans doute mieux de parler «dollars»... Je suis même prête à parier que vous raisonnez en livres sterling.

Il sourit.

— Aurais-je donc à ce point laissé deviner ma pensée? J'étais ébloui par votre collier, je l'avoue. Les pierres sont d'une beauté... je n'ai jamais vu d'émeraudes d'un vert aussi intense, aussi profond. Elles sont fascinantes!

— Mon père, en voyage à Paris, les a achetées il y a trois ans à un maharajah.

— Ce collier doit valoir une fortune...

— En tous cas, une somme suffisante pour installer la plomberie absente à Thornfield Abbey.

Radcliff ne put réprimer une sorte de hoquet.

— Emma, vous êtes une sorcière, s'esclaffa-t-il en riant. C'était exactement ce que je pensais. Vous m'avez pris en défaut.

— Mon cher Radcliff — j'espère qu'après avoir dîné quatre ou cinq fois en ma compagnie, vous m'autoriserez cette familiarité, même si vous ne me l'avez pas proposée — lorsqu'un jeune homme aussi charmant que vous l'êtes décide de s'intéresser à une dame assez âgée pour être sa mère, il y a toujours gros à parier que les réflexions du jeune homme en question s'orientent autant vers le patrimoine que vers l'idylle romantique.

— Et quelle est l'opinion de la dame «assez âgée»?

— Voilà une bonne question! admit-elle, une inflexion d'amertume dans la voix. Elle pense à beaucoup, à quantité de choses. Elle constate, en premier lieu, que sa jeunesse s'est envolée et qu'elle en souffre. Elle évoque le souvenir des deux époux qu'elle a perdus après les avoir aimés l'un comme l'autre dévotement et passionnément. Elle se dit qu'elle se retrouve à présent bien seule. Elle estime devoir éviter de perdre sa dignité en commettant une action... déraisonnable. Et puis – elle releva la tête et plongea dans le sien le regard éblouissant de ses prunelles améthyste – et puis elle se dit que, pour elle, la vie n'est peut-être pas tout à fait finie.

— J'estime, quant à moi, que l'existence d'une femme aussi séduisante que vous, aussi passionnée par la vie, ne s'achèvera qu'avec sa mort. Et encore, peut-être que dans l'au-delà...

— Oh, je n'ai nulle envie de jouer les fantômes, croyez-le ! Les voiles flottants, les coups sourds dans les couloirs déserts et les invocations « esprit, es-tu là ? » ne sont pas un jeu qui me tente. Morte je serai, morte je resterai. Du moins je l'espère, car j'ai eu ma part de ce monde dément. En attendant, je suis encore vivante et j'en viens parfois à m'interroger sur la nécessité d'entreprendre le sauvetage et la rénovation d'un monument chargé d'histoire tel que Thornfield Abbey. Ceci, dans l'éventualité, encore improbable, où je deviendrais la marquise de Thornfield.

Il ne put se retenir de sourire de nouveau. « Seigneur ! Elle va droit au but, ou je n'y connais rien… »

— Je dois vous rappeler à ce sujet que mon frère aîné héritera du titre avant moi.

— Certes. Pourtant, sir Percival – avec qui je m'en suis entretenue, à votre insu, bien évidemment – m'a affirmé que votre frère souffre de dépérissement et ne vivra pas au-delà d'une année. En outre, il n'aurait jamais manifesté d'intérêt pour autre chose que ses chiens et ses chevaux.

— Cela est vrai.

— De sorte qu'à la mort de votre père – il a quatre-vingts ans – on peut estimer que vous ne tarderez guère à porter l'un des plus anciens titres d'Angleterre et à devenir propriétaire de quatorze mille acres d'une lande où se trouvent quelques-uns des plus riches filons carbonifères, sans parler de l'une des demeures les plus majestueuses, les plus célébrées et les plus authentiques du Royaume-Uni, ni du million de livres de dettes de jeu qui demeurent impayées. J'appelle cela une perspective faite de pour et de contre…

— Vous résumez la situation avec d'une admirable concision.

— La mienne de situation se révèle tout aussi riche de pour et de contre, poursuivit Emma qui triturait méticuleusement une asperge au bord de son assiette. J'ai sauvé le ménage de ma fille au moyen d'un procédé déplaisant, dont je doute qu'il conserve longtemps son efficacité, mais… Elle haussa les épaules… Star l'a voulu ainsi et il m'était difficile de le lui refuser. Mon fils m'a annoncé ce matin son intention d'épouser la fille de l'homme que je déteste le plus au monde… j'ai reçu la nouvelle comme un choc. Je lui ai répondu que je désirais un temps de réflexion, raison pour laquelle je vous témoigne une objectivité un peu… dure. Les asperges sont-elles suffisamment tendres, cher Radcliff ?

427

— Oui, oui, tout à fait. « Plus tendres que ton cœur, ma vieille, mais poursuis, je suis tout ouïe. »

— Parfait. À présent, dans l'éventualité où un séduisant et jeune Anglais offrirait à une veuve américaine, riche mais solitaire, de devenir son épouse, son héritier en concevrait une légitime fureur et tenterait de s'y opposer par tous les moyens. Tandis que si, en guise de compensation, la veuve l'autorisait à épouser l'héritière de l'homme qu'elle hait viscéralement, un terrain d'entente pourrait être trouvé et un agrément conclu par les deux parties. Si vous voyez ce que j'entends par là.

— Je vous suis parfaitement, je crois.

— À l'évidence, le mariage ne constituerait, au mieux, qu'un arrangement à l'amiable, dans lequel n'interviendrait aucune notion d'amour de la part du jeune homme.

— Et qu'en serait-il du côté de la veuve américaine ?

Elle le gratifia d'un petit coup d'œil imprégné de tristesse.

— La veuve américaine est lasse de s'éveiller seule dans son lit, soupira-t-elle. Croyez-vous que je me montre excessive ?

Radcliff déposa couteau et fourchette, saisit sa serviette.

— Certainement pas. Rien de plus naturel, au contraire. Moi-même, j'ai horreur de me réveiller seul…

— Mon cher Radcliff, observa-t-elle avec un sourire entendu, permettez-moi de douter que cela vous arrive souvent.

— Oui… hum. Bon. Il s'essuya les lèvres. Compte tenu de la sobriété d'expression dont vous avez usé pour exposer la situation, il ne serait peut-être pas mal venu de ma part, je suppose, de poursuivre une relation, chaque jour un peu plus tendre. Depuis le moment où le destin m'a placé devant vous, très chère Emma, mon cœur s'est embrasé, au point de faire naître en moi les plus tendres sentiments…

— Vous venez de parler de tendresse à deux reprises.

Il reposa sa serviette.

— Bon Dieu, Emma, je me déclare battu d'avance dans ce genre de joute oratoire. Acceptez-vous de devenir ma femme ?

Durant une bonne minute, elle le considéra d'un regard rêveur. Puis, elle reprit possession du couteau, de la fourchette et s'intéressa à son asperge abandonnée au bord de l'assiette.

— Il faut que j'y réfléchisse, dit-elle brièvement.

Radcliff dut faire effort pour se retenir d'abattre son poing sur la table.

— Dis-moi, Emma, je t'en prie, qu'il s'agit simplement d'une rumeur sans fondement… ?

À quelques jours de là, David Levin, après s'être fait annoncer par un Can Do ébahi, pénétrait en coup de vent dans la bibliothèque où se trouvait Emma. Après trente années d'une passion sans faille, il la découvrait toujours aussi séduisante. Une beauté éthérée dont la lumière tamisée, dorée par l'abat-jour de la lampe à gaz, modelait délicatement les contours harmonieux. La splendeur un peu fanée de sa magnifique robe en soie rehaussée de dentelle était mise en valeur par un incomparable collier de perles, assorti aux bagues qui ornaient ses doigts fuselés. Une élégance simple, malgré tout, qui, chaque fois, étreignait le cœur de David. Dans une époque où les femmes imaginaient, chaque jour, un nouveau subterfuge afin de mettre en valeur une beauté souvent trop modeste, Emma bornait son effort à une simple touche de rouge à lèvres et se contentait, pour le reste, de ce que la nature lui avait si généreusement prodigué.

— Quelle rumeur ? s'enquit-elle en mesurant de l'œil la quantité de sherry dont elle emplissait le verre de son visiteur.

— Le bruit court, de bouche en bouche, que tu as l'intention d'épouser ce lord Mandeville.

— Vraiment ? Et sur quoi se base-t-on pour faire courir ce bruit ?

— Sur sa présence quotidienne ici au dîner. D'autant qu'il s'attarde un peu plus chaque soir.

Cette dernière remarque fut dite d'un ton lourd de menace.

Emma laissa fuser un petit rire narquois.

— Je serais prête à parier qu'Alicia Beaumont et Sydney Tolliver se consument du désir de décrire – avec une foule de détails lubriques – les nuits d'orgie de Nob Hill… dommage qu'ils en soient empêchés par l'imminence du mariage d'Archer avec Arabella.

— Tu prends la chose très à la légère ; pourtant, Archer en est bouleversé. Il m'a rendu visite ce matin et, en dépit de ma résolution de ne plus jamais lui adresser la parole, je l'ai trouvé dans un tel état que j'ai consenti à l'écouter. Il m'a prié, en ma qualité de

429

vieil ami de la famille, d'essayer de te remettre dans la voie du bon sens.

— Nous avions pourtant conclu un accord ! rétorqua Emma avec chaleur. J'acceptais qu'il épouse son Arabella – contre mon gré – à la condition qu'il me laisse libre d'épouser Radcliff. Or, voici qu'il revient sur sa parole ? Nous allons régler cette question de suite…

— Attends un instant ! Que veux-tu faire ?

— Faire descendre Archer.

— Emma, je t'en prie, laisse-le en dehors de notre conversation, du moins pour l'instant. Permets-moi de te parler le langage du… d'un ami qui fait presque partie de la famille, depuis tant d'années.

— Tu fais bel et bien partie de la famille, David, tu le sais. Tu serais même devenu mon deuxième mari si Scott ne t'avait abandonné à la Jamaïque, ajouta-t-elle avec un sourire mélancolique.

— Oui, je n'ai rien oublié. Quoi qu'il en soit, lord Radcliff n'a même pas la moitié de ton âge…

— Je t'en prie, David, je ne suis pas aveugle à ce point.

— Et, manifestement, il n'en veut qu'à ton argent…

— Ce qui n'est, non plus, un secret pour personne.

— Alors, tu admets que… que les cartes sont truquées. Tu perds de vue que tu représentes une institution dans cette ville, Emma. Tu lui as fait don d'un hôpital moderne et je sais des gens qui espèrent que tu poursuivras ton œuvre de bienfaisance, peut-être par un musée…

— C'est tout à fait dans mes intentions, il est vrai, dans la mesure où l'on ne s'empresse pas de me pousser vers la tombe. Je ne suis pas encore morte ! Loin de là. Une institution ! Ma parole, tu me confonds avec un foyer pour orphelins, ou un monument à la gloire des victimes de la Guerre Civile !

— Tu as parfaitement compris ce que je voulais dire. Les gens ont pour toi de l'affection. Tu es ici depuis le tout début, tu as grandi avec la ville, ton histoire s'intègre à celle de San Francisco, pour ainsi dire. Aussi bien tout abandonner pour t'installer en Angleterre…

— Enfin, David, réfléchis ! Il existe à présent des trains, des transatlantiques ; la Californie n'est plus le bout du monde… En outre – elle tortillait nerveusement une superbe rose en diamant lacée autour de son annulaire – je me sens, pour ainsi dire, «dépassée» ici. L'avenir de la famille repose entre les mains d'Archer, dont j'estime qu'il assumera parfaitement la responsabilité, bien que je t'y sache opposé.

— Non. Vraiment pas. Archer a réussi à insuffler au journal une vitalité que j'étais loin de posséder, je le reconnais.

— Donc, tu peux aisément comprendre que je considère le moment venu pour moi de me retirer. Laisser la place à Archer. Sans compter que j'aime l'idée de m'entendre un jour appeler «marquise». Ce serait le début d'une vie nouvelle, une forme différente de défi. Et puis – nouveau petit sourire fugitif, voletant autour de ses lèvres – Radcliff est tout à la fois très jeune et terriblement séduisant… Or, tu n'ignores rien de mon faible pour les hommes beaux, n'est-ce pas?

David vida son verre d'une seule gorgée et se leva.

— Certainement! Et chaque fois tu t'es trompée, s'exclama-t-il au bord de la fureur. Kinsolving: un foutu salopard sans scrupules qui m'a expédié au diable pour te mettre dans sa poche! Et ton mignon petit Collingwood avec sa jolie gueule et rien dans la cervelle! Lui qui ne rêvait que de redevenir Indien!

— Je t'interdis de parler ainsi de l'homme de ma vie!

— L'homme de ta vie? Ce pauvre type que tu as piétiné, mené par le bout du nez pendant vingt-cinq ans, au vu et au su de la ville entière! Ah! Et voici que, pour la troisième fois de ton existence, tu te mets à courir derrière un dandy plus jeune que ton propre fils, indifférente au ridicule, dédaigneuse de l'embarras dans lequel tu plonges ta famille. Cela, simplement parce que dès que tu te trouves en présence d'un bellâtre, tu perds non seulement tous tes moyens, mais surtout cette perspicacité, ce génie qui t'ont permis d'accéder au rang que tu occupes aujourd'hui!

Emma n'en croyait pas ses oreilles.

— Jamais tu ne m'as parlé ainsi en trente ans, David!

— Et c'est le grand tort que j'ai eu! Car tu es une femme merveilleuse, Emma, tant que tu ne succombes pas au charme du sexe opposé.

— J'en suis la première irritée. Mais, si nous parlions un peu de ton succès auprès des femmes? Je me suis laissé dire, moi aussi…

431

— Oh oui, je sais, mes ladies de pacotille ! Je ne nie rien. Je ne suis qu'un homme, avec tous les défauts et les faiblesses du mâle célibataire. Toutes les accusations portées contre moi par Archer sont fondées. J'ai essayé de conserver au journal une forme de respectabilité dont j'espérais qu'elle m'éclabousserait un tant soit peu et je n'ai réussi qu'à en rendre la lecture ingrate. Je ne me berce d'aucune illusion sur moi-même, Emma : j'ai raté ma vie, j'ai raté ma carrière d'écrivain, j'ai raté mon boulot de rédacteur et j'ai manqué mon entrée en scène la veille du mariage. En revanche, je ne faillirai pas à mon rôle d'ami et de confident !

Elle l'observait, fascinée. Jamais elle ne l'avait vu aussi énergique, aussi clairvoyant.

— Archer a tout raté lui aussi, observa-t-elle d'une voix douce ; cependant, je l'ai aimé plus qu'aucun autre. L'insuccès n'est ni un défaut ni une tare, David. Quantité de gens ont essuyé des échecs, je suppose. Tu affirmes bien fort que tu as tout raté et que j'ai raté, moi, ma vie sentimentale... je n'en suis pas si sûre. En ce qui concerne les hommes, en tous cas.

— Il y a encore une chose, un point, sur lequel ton pauvre père m'approuverait et feu ta mère me donneraient raison : le temps ne serait-il pas venu d'épouser quelqu'un de ta confession ? Tu t'es mariée à deux reprises et, chaque fois, avec un goï. Alors, aujourd'hui, au lieu de songer à convoler avec cette espèce de coureur de dot anglais, ne devrais-tu pas plutôt songer à épouser un juif ?

— Mais qui ? s'exclama-t-elle.

À son immense stupéfaction, il tomba à ses genoux et lui prit la main.

— Moi ! dit-il. Moi, l'homme qui depuis trente ans t'aime dévotement et auquel tu n'as jamais accordé plus que la tape amicale que l'on accorde à son chien de compagnie. Je le sais, Emma, je ne possède aucun des attraits qui contribuent au charme du séduisant Mandeville, je ne suis plus jeune, non plus, je suis moche...

— Non point, David, coupa-t-elle. Ce soir, et pour la première fois, tu es beau.

— Très bien, je te remercie, mais je sais que tu ne dis cela que par gentillesse. Quoi qu'il en soit, si l'amour signifie quelque chose à tes yeux, je te demande de prendre ma demande en considération, pour absurde et démente qu'elle te paraisse. Je t'aime de tout mon cœur, de toute mon âme ; c'est malheureusement tout ce que j'ai à t'offrir et, si ce sont les poètes qui ont raison, cet amour sincère a sa valeur.

Emma le dévisageait, éberluée, pis encore, pour une des rares fois dans son existence : privée de la parole. Le souvenir renaissait, au fond de sa mémoire : la salle de bal à Francfort, le cri de haine scandé par les étudiants : « Juden..., Juden... Juden ! »

— Tu me prends complètement au dépourvu, David. Je ne sais que te dire, sinon que je suis terriblement flattée.

— Alors, donne-moi une réponse, s'il te plaît. C'est oui ou c'est non ?

Lord Mandeville ou David Levin ? Un choix inimaginable !

— Il faut que j'y réfléchisse, dit-elle.

QUATRIÈME PARTIE

L'eau et la parole

CHAPITRE TRENTE-CINQ

Par une belle matinée ensoleillée de ce mois de mars 1906, la jeune et sémillante Cherise Wheeler trottinait le long de la plage de Santa Monica, lorsque son attention fut attirée par une forme noire ballottée à la crête des vagues par le reflux. Elle s'approcha, intriguée et laissa échapper un cri d'horreur.

L'objet flottant était le cadavre d'un homme en costume sombre.

Bien qu'il n'eût pas encore atteint la trentaine – il s'en fallait de deux années – le garçon mince, de taille élancée qui descendait d'un pas rapide l'escalier à double volée de sa villa de Pasadena, s'était déjà hissé au rang des hommes d'affaires parmi les plus agressifs de la côte ouest.

— Câblez ce matin à mon père, disait-il à la ravissante secrétaire qui, tant bien que mal, dévalait les marches à un train d'enfer afin de rester à sa hauteur : « Achevées négociations avec les gens de Dallas. Stop. Acceptent nous céder *Courier-Journal* pour deux millions. Stop. Engagé négociations avec Des Moines pour le *Herald*. Stop. Dimanche dernier *Clarion* atteint demi-million. Stop. Vous avez tout suivi ?

— Certainement, monsieur Collingwood, affirma Rose Markham qui avait fini par mettre au point une sténo ultra-rapide.

— N'aurais-je pas un rendez-vous avec mon dentiste, ce matin ?

— Oh mais si, à dix heures.

— Annulez !

— Monsieur Collingwood ! Vous venez déjà d'annuler deux rendez-vous à la suite ! Le docteur Simmons affirme que si vous continuez, vos dents finiront par se gâter et se déchausser.

— Bah ! Laissez-les dire ! Pas une minute à consacrer aux arracheurs de dents ce matin... Bonjour, Mary. Comment se porte mon héritier ?

— Au mieux, sir, à part quelques coliques dues à la poussée des dents, répondit la rousse nourrice irlandaise qui hissait sa rondelette personne vers l'étage.

— Eh bien voilà, envoyez-le à Simmons à ma place ! s'esclaffa-t-il.

— Monsieur Collingwood, protesta la secrétaire, je refuse d'annuler votre rendez-vous. Je ne veux pas porter la responsabilité de vos maux de dents.

— Oh c'est bon, Rose, faites comme bon vous semble ! Vous êtes têtue comme une mule.

À l'extérieur, au pied du perron majestueux, le chauffeur, casquette à la main, maintenait ouverte la porte arrière de la Great Arrow rouge et noire, l'automobile grand style réservée à l'élite de la fortune sanfranciscaine. Et Curtis Collingwood, le fils d'Archer et d'Arabella, disposait à n'en pas douter d'une immense fortune. Il avait également hérité la beauté et la prestance de la branche de Meyer. Rose Markham, qui œuvrait à ses côtés depuis quatre ans déjà en était si persuadée qu'elle était follement éprise de son patron ; elle savait pourtant bien que s'il lui prenait fantaisie, un jour, de batifoler, ce ne serait certainement pas avec l'une des cinq mille employées de la Collingwood Corporation.

— Vous n'avez pas encore signé les contrats, lui rappelait-elle, toujours trottinant sur ses talons, dans le grand hall dallé de marbre.

— Je signerai dans la voiture. Bonjour, Martin, dit-il au maître d'hôtel qui lui tenait la porte ouverte. Veuillez avertir madame Collingwood que Rose m'a entraîné en ville pour un déjeuner avec les hommes de loi.

— Certainement, monsieur Collingwood.

— Monsieur Collingwood ! Téléphone !

Curtis fit volte-face.

— Zut ! Qui est-ce ?

— Monsieur Lee. Il affirme que c'est important.

— Allez m'attendre dans la voiture, Rose.

Curtis revint sur ses pas, décrocha l'appareil sous la montée d'escalier.

— Oui, bonjour Digby.

Il écouta en silence le rédacteur en chef du *Clarion* de Los Angeles, l'un des plus importants, parmi les quatorze organes de presse que possédait la Collingwood Corporation sur le plan national.

— Assassiné ? laissa-t-il échapper, stupéfait. Seigneur ! Je serai au bureau dans vingt minutes.

Il raccrocha, se précipita vers sa voiture.

— Au bureau ! Le plus rapidement possible !

Puis, tourné vers sa secrétaire :

— On vient d'assassiner Carl Klein…

Rose porta la main à sa bouche ouverte en une exclamation muette.

Cliff Parker, inspecteur à la brigade centrale de Los Angeles, s'arrêta au pied de l'immeuble de douze étages qui abritait les bureaux du *Clarion* et leva la tête, saisi de vertige. Quarante ans plus tôt, cette ville qui n'était – aux dires de son père – qu'un minable village de taudis mal famés, comptait aujourd'hui un quart de million d'habitants et rivalisait d'importance avec San Francisco.

Il gravit quelques marches et traversa le hall, entièrement couvert de marbre vert, et se dirigea vers le bloc de six ascenseurs, chacun desservi par une porte monumentale en bronze doré. Le plafond voûté de l'immense pièce était orné d'une peinture représentant l'histoire de la Californie – ouvrage commandé par l'épouse du fondateur, Archer Collingwood. On y voyait Fra Junipero Serra convertissant les Indiens au catholicisme, des missions, une représentation du Camino Real… le tout brillamment figuré en couleurs gaies comme un beau livre d'images dont on aurait pris soin d'éliminer les meurtres, les épidémies ainsi que l'esclavage imposé aux Indiens par les missionnaires…

— J'ai été chargé d'enquêter sur l'affaire Carl Klein, exposa-t-il dès qu'il eût été introduit en présence de Curtis. Il a été tué d'une balle dans la tête, aux alentours de minuit. Auriez-vous, messieurs, le moindre soupçon concernant l'identité du meurtrier ?

Curtis échangea un coup d'œil avec Digby Lee, enseveli, face à son employeur, dans un profond fauteuil de cuir.

— Non, dit-il, mais cela me ferait pourtant plaisir. Klein était un excellent reporter, en même temps qu'un de nos meilleurs employés. À ce propos, j'offre une récompense de dix mille dollars à toute personne dont les informations permettront l'arrestation du coupable.

— Klein travaillait-il sur une affaire un peu délicate ?

— Oui, précisa Lee, dont la brillante carrière dans les murs du *Times Dispatch* de San Francisco lui avait valu le poste de directeur général du *Clarion*. Il préparait une série d'articles concernant le projet Owens Valley.

— Celui qui prévoit l'adduction d'eau pour alimenter Los Angeles ?

— Absolument.

— Cela me paraît une enquête bien inoffensive. Je n'ai rien trouvé au fichier. Lui connaissiez-vous de mauvaises habitudes ou certains vices ? Les femmes, le jeu, la boisson ?

— Klein comptait parmi les plus instruits et les plus raisonnables des membres de notre personnel. Il ne fumait pas et je ne l'ai jamais vu boire une bière. Il sortait avec miss Gwynn, notre réceptionniste, et je suppose qu'il y avait d'autres femmes dans sa vie, mais je n'ai jamais eu vent du plus petit écart de conduite.

— Un homme parfait et irréprochable, en somme ?

— En quelque sorte, oui.

Le regard de Parker alla de l'un à l'autre de ses deux interlocuteurs.

— Parfait, soupira-t-il ; en fin de compte, qui pourrait avoir le désir d'assassiner un journaliste sans défauts qui s'intéresse à un projet d'alimentation en eau ?

— Je n'en ai pas la moindre idée, déclara Curtis.

Sans très bien savoir pourquoi, Parker eut la conviction qu'il mentait.

— Nous avons un bon fil conducteur, poursuivit-il. Nous avons trouvé un petit mot signé « J » sur le corps de la victime et nous avons de bonnes raisons de croire qu'il s'agit du meurtrier. Ce « J » vous dit-il quelque chose ?

— « J » ? Non, ma foi… non.

« Il a signé J, nom de Dieu, il a osé, le salaud ! », se disait Curtis dans le même temps.

— Cette chaire, monsieur Collingwood, a été sculptée au milieu du quatorzième siècle pour une petite église des faubourgs de Sienne. Un travail des plus fins qu'il m'ait été donné d'expertiser parmi les œuvres de cette époque. Pour peu que vous examiniez avec attention le visage de l'ange qui soutient le lutrin…

Archer et son épouse, Arabella, firent le tour de l'œuvre, admiratifs, impressionnés par l'authentique patine des marches de l'escalier en spirale.

Ils passaient en revue, ainsi qu'ils avaient coutume de le faire chaque année, les trésors rassemblés chez un antiquaire de renommée mondiale, New Bond Street, à Londres. Et il était probable que le « richissime Californien » abandonnerait au moins cent mille dollars – comme à chacune de ses visites – pour satisfaire sa passion. Ce qui laissait rêveur quand on savait que le traitement annuel d'un officier de police du grade de Cliff Parker n'atteignait pas plus de 1800 dollars…

— Elle est magnifique, murmura Archer, de plus en plus tenté.

À cinquante-quatre ans, il avait conservé une silhouette juvénile qu'accentuait un visage pratiquement sans rides et une chevelure blonde dans laquelle se distinguaient mal les fils gris aux tempes. À l'inverse, Arabella, frileusement emmitouflée dans sa zibeline, avait pris du poids avec l'âge et marchait allègrement sur les traces de sa mère Loretta.

— Je la prends ! décida brusquement Archer.

Arabella esquissa une petite grimace, mais ne souffla mot.

Moins d'une heure plus tard, ils circulaient à pas lents autour d'une galerie de Pimlico où Arabella avait, elle aussi, ses habitudes, car elle se passionnait pour la peinture moderne, voire d'avant-garde.

— Ceci est tout à fait curieux, dit-elle, en braquant sa lorgnette sur la toile. Très curieux… Mais l'artiste a du talent. Qui est-il ?

— Un jeune Espagnol venu de Barcelone, répondit Lacey, le propriétaire, qui les accompagnait. Il travaille à Paris. Il s'appelle Picasso.

Arabella, le sens critique en éveil, dévorait le tableau du regard.

— « Arlequin et Rose avec Femme Assise », déchiffra-t-elle. Très, très intéressant…

À quelques pas de là, Archer relisait pour la seconde fois le câble reçu le matin même : « REPORTER KLEIN ASSASSINÉ. STOP. SOLLICITE AUTORISATION PUBLIER HISTOIRE COMPLÈTE. STOP. DEVANÇONS CONCURRENTS ET AUGMENTONS VENTES DE TRENTE MILLE. STOP. QUE FAIRE POUR J. STOP. CURTIS. »

— Combien ? s'enquit Arabella, le face-à-main braqué sur la toile.

— Mille livres, Madame.

— Une véritable fortune…

Lacey garda le silence, convaincu d'avoir ferré sa proie.

— Mais je vais le prendre tout de même.

— Pourquoi avoir misé une fortune sur cet exécrable barbouillage ? ronchonna Archer, à peine se furent-ils enfoncés dans les coussins moelleux de la Daimler qui les ramenait à leur hôtel.

— Pourquoi en avoir dépensé une pour acquérir cet hideux échafaudage en vieux bois ? rétorqua son épouse. Tu ne nourris pas le projet d'installer une chapelle dans notre nouvelle demeure, j'espère ?

— J'ai acquis, moi, une véritable œuvre d'art, une sculpture remarquable, tandis que n'importe quel gamin aurait pu gribouiller…

— Justement ! Peut-être est-ce là l'important. Au fait, mon chéri, qu'advient-il de notre convention : tu achètes ce qui te plaît et moi de même ? Et, que contenait le câble reçu ce matin ?

— Rien de particulier, les affaires…

Il sourit, posa une main sur les siennes.

— Dis-moi, je trouve le temps détestable ici et j'ai lu dans la presse qu'à Rome il fait froid et pluvieux. Je me demande si nous devons vraiment aller en Italie…

Arabella poussa un soupir lourd de sens.

— En d'autres termes, tu désires rentrer.

Dès leur arrivée à l'hôtel, Archer expédia le télégramme suivant : « AUTORISATION SOLLICITÉE REFUSÉE JUSQU'À MON ARRIVÉE. STOP. EMBARQUONS DEMAIN KRON-PRINZESSIN CÉCILIE. STOP. PAPA. »

L'homme leva la cravache et l'abattit sur les fesses nues de la jeune Mexicaine ployée sur un chevalet de sciage, au fond des écuries. La fille gigota. Le coup avait tracé sur la peau brune une vilaine trace rougeâtre.

— Tu es prête ? questionna l'homme déjà suant d'excitation.

Sa chemise largement ouverte révélait un poitrail couvert d'une toison brune singulièrement fournie. Il leva de nouveau la cravache, frappa avec la même vigueur.

La fille se mit à sangloter.

Il se remit alors à frapper, à frapper... Au douzième coup, le sang coulait et elle sanglotait.

— Chut ! Ferme ça, espèce de putain, sinon je ne te paie pas, chuchota-t-il.

— Je n'en veux plus, ça fait trop mal !

— Bon, bon, ça va, j'arrête. Maintenant, viens jusqu'ici en rampant.

— Mais c'est sale par terre, señor.

— Je te paye assez cher pour que tu t'achètes le meilleur savon qu'on trouve à Tijuana. Amène-toi !

La fille se détacha du chevalet et progressa dans sa direction par lents mouvements douloureux, sur les mains et les genoux.

Dans le genre macho-sadique, il possédait une certaine beauté, soulignée par les yeux légèrement bridés qui révélaient la goutte de sang asiatique dans son sang. Sa chevelure était d'un noir de jais et sa peau brune, semblable à celle de sa victime.

— Embrasse mes pieds, ordonna-t-il, un regard dur braqué sur sa tête inclinée.

Elle obéit passivement. Résignée.

— Maintenant, descends mon pantalon.

Elle se redressa. Le pantalon tomba à ses pieds. Elle fit descendre son calçon.

— À présent, fais ce que tu sais le mieux faire, putain, maugréa Don Jaime Vicente Juan Ramon Lopez, fils aîné de Star et Juanito, héritier du Calafia Ranch.

Vingt minutes plus tard, il émergea des écuries, reboutonnant sa chemise. Son contremaître attendait près de la porte, la cigarette au coin des lèvres.

443

— Raul, donne-lui cinquante billets et renvoie-la chez elle, ordonna Jimmie Lopez.

À la mort de son père, Jaime avait laissé tomber le complément formaliste « y Collingwood », de son patronyme et anglicisé son prénom en Jimmie. À sa naissance, Juanito avait tenu à ce qu'il portât le prénom de Jaime, afin de satisfaire son fanatisme espagnol, ce qui n'avait pas empêché que ses quatre enfants fussent éduqués dans les deux langues. Jimmie Lopez respectait l'héritage espagnol, mais il ne possédait qu'un quart de sang anglais et il était diplômé d'Harvard. Alors, il ne fallait pas lui en demander trop.

Ce jour-là, le ciel gris et frileux pesait de tout son poids sur les rouleaux couronnés d'écume du Pacifique qui montaient à l'assaut du rivage. Si, depuis fort longtemps, le bétail avait fait place à une culture intensive d'agrumes, Jimmie avait néanmoins conservé sur place une demi-douzaine d'hommes à tout faire pour s'occuper, entre autres, des chevaux et qu'il s'obstinait à nommer « vaqueros ».

Tout de suite après l'incendie qui avait détruit la maison de Juanito, avait éclaté la dispute majeure entre les deux époux : Star, définitivement dégoûtée de tout ce qui pouvait avoir un rapport même éloigné avec l'Espagne – y compris son mari – exigeait une construction moderne, tandis que son époux s'entêtait à reconstruire une hacienda identique sur les cendres de la précédente. Star, qui tenait les cordons de la bourse, obtint évidemment gain de cause, mais Juanito haïssait à ce point la nouvelle construction, avec sa tour d'angle et ses fenêtres arrondies donnant sur l'océan, qu'au jour précis où Star aménageait, il prit place dans le Pacific Union qui devait l'emmener de Los Angeles à New York pour la tournée des spectacles de Broadway. À vingt milles de Saint Louis, son train entra en collision avec un convoi de marchandises, causant la mort de trente-trois passagers, au nombre desquels Don Juan. Pourtant, sa personnalité était si forte et si démesurément profonde la haine qu'il nourrissait à l'endroit de sa ravissante épouse que son esprit hantait les pièces de la maison abhorrée. Du moins, les serviteurs le chuchotaient-ils entre eux.

Au sommet des quelques marches conduisant au porche d'entrée, Jimmie fut accueilli par sa sœur Alicia, l'aînée des trois filles.

— Maman te demande, annonça-t-elle. Elle est encore hors d'elle-même.

— Rien de nouveau donc. Laisse-la attendre. Je vais d'abord prendre mon bain.

Une demi-heure plus tard, ayant enfilé un costume de lin blanc, il redescendit à la cuisine où s'affairait Chinina, la femme de Raul.

— Buenas tardes, grogna-t-elle, le nez dans ses casseroles, tandis qu'il se dirigeait vers le téléphone.

Chinina désapprouvait vigoureusement les saletés innommables auxquelles « el padron » se livrait avec « la puta » mexicaine et la réprobation se lisait clairement sur son visage. Mais Jimmie ne remarquait rien et même s'il l'avait remarqué, il s'en serait plutôt moqué. Il demanda son numéro à l'opératrice et attendit la sonnerie.

— Allô ? Le révérend Wonder est-il là… Oui. J'attends… Wanda ? C'est Jimmie. Je pars pour Los Angeles dans dix minutes. Je te verrai à la réunion de prière. À tout de suite.

Il raccrocha, entra dans le cellier, tira un trousseau de clés de sa poche. La haute porte du placard mural révéla en s'ouvrant des alignements de flacons de gin. Il en saisit un, referma et alla jusqu'au hall d'entrée. Alicia qui le guettait au pied de l'escalier monumental, fronça les sourcils.

— Je pensais que tu attendrais un peu, dit-elle. Elle l'aura bue avant le petit déjeuner.

— Certainement pas. Je vais passer quelques jours à San Francisco, alors je vais lui expliquer que cette bouteille doit durer jusqu'à mon retour.

— Jimmie ! Tu sais qu'elle ne tiendra pas. Elle va nous faire une nouvelle crise de démence !

Il commença à gravir les marches.

— Et si Petite-Mère-Chérie était cinglée depuis belle lurette ? suggéra-t-il. Et que nous ayons la trouille de l'admettre ?

Le 3 avril 1906 paraissait dans les colonnes du *Times Dispatch* – qui avait fusionné avec le *Bulletin* depuis le mariage d'Arabella – l'article suivant : « LES RUMEURS DE LA VILLE – Carnet mondain, par Sydney Tolliver. »

Demain, madame Sebastian Brett, l'une des femmes les plus en vue de notre aimable société, s'entretiendra avec un petit cénacle d'amateurs d'art, au Burlingham Country Club, où sera servi un lunch. Madame Brett, qui consacre l'essentiel de son temps à la promotion des arts en général dans notre belle ville, s'adonne elle-même à la sculpture avec tant de succès que la Société Historique du Nébraska lui a commandé un monument à la gloire des femmes pionniers.

Vers quatre heures de l'après-midi, Alma Brett ouvrait la porte de son studio avec un sentiment de soulagement total. La pluie continuait à tomber, il faisait toujours gris et froid et elle n'avait cessé d'attendre avec impatience la fin de cet interminable lunch – barbant au possible – qu'elle avait dû présider au Country Club. Le modeste appartement de deux étages conçu et dessiné par elle-même deux ans auparavant lui tenait lieu de repaire, de tour d'ivoire, dans un recoin ignoré de l'immense propriété qu'elle occupait avec son mari, Sebastian, loin de la grande bâtisse où elle vivait de temps à autre avec ses deux enfants et les douze serviteurs. À vingt-six ans, blonde éblouissante, Alma se posait comme l'une des plus célèbres beautés de San Francisco.

Elle secoua son parapluie, le planta dans l'immense pot en faïence destiné à cet usage puis, tout en retirant les épingles qui retenaient son chapeau, se dirigea vers son atelier, une immense pièce dont la fenêtre occupait un mur entier.

Au centre s'élevait une statue en marbre, haute de plus de trois mètres, représentant une femme coiffée d'un bonnet à brides. Tête haute, regard fixe et lointain, un bébé serré dans ses bras de marbre, elle arpentait l'immensité de la Grande Prairie, un vent de marbre plaquant son ample jupe de marbre contre ses cuisses marmoréennes. Alma était une femme-sculpteur de grand renom, dont le talent justifiait la célébrité.

Mais, pour le moment, l'inspiration lui faisait défaut.

Elle s'arrêta, ôta chapeau et imperméable et, après avoir allumé plusieurs lampes, elle fit à pas lents le tour de son œuvre, passant ici et là un doigt distrait sur le marbre lisse pour en éprouver le grain. Elle n'avait pas encore achevé son inspection quand une main se posa sur sa hanche.

— Oh !

— Alma...

Deux bras vigoureux encerclaient sa taille, la joue rêche d'un homme s'appuyait contre la peau tendre et veloutée de la sienne, en même temps que montait à ses narines l'odeur de sa lotion-rasage préférée.

— Jimmie ! Tu m'as causé une de ces frayeurs ! Tu devrais avoir honte !

Elle se tourna pour lui faire face... dissimula son étonnement sous un sourire ravi.

— Quelle heureuse surprise, chuchota-t-elle.

Il commença à l'embrasser avec une avidité à laquelle elle répondait en enfonçant ses ongles dans la peau de ses épaules.

Jimmie Lopez était entièrement nu.

Chez les Collingwood Junior, le dîner – en habit – était précédé d'un léger cocktail chaque fois que les affaires ne retenaient pas Curtis à l'extérieur. Son verre de gin à la main, ce dernier gardait présent à l'esprit le danger d'un scandale qui causerait à la famille plus de tort que n'en avait provoqué l'enlèvement de sa tante Star, trente ans auparavant. Or, pas plus que lui, son frère Chester – cohéritier de l'immense fortune Collingwood – n'entendait prêter flanc à la vindicte d'une presse concurrente.

— J'ai la certitude qu'il s'agit de Jimmie Lopez, s'écria-t-il. L'immonde Jimmie que je déteste depuis que nous sommes hauts comme ça !

— Calme-toi, mon chéri, voyons, recommanda Betty, son épouse. Une blonde attrayante moulée dans un élégant fourreau noir. Que lui reproches-tu encore, à Jimmie ? Et puis, ne bois pas ton verre d'un trait, je t'en prie.

— Ce sagouin pousserait un membre de la ligue antialcoolique à l'ivrognerie ! Jimmie déteste les Collingwood pour la simple raison que son bègue de père lui a inculqué la haine quand il était gosse. Quelque part au fond de l'esprit embrumé de Jimmie brille, comme une petite veilleuse, une idée fixe : il faut avoir la peau des gringos qui ont détruit son merveilleux héritage espagnol. Et j'ai acquis la conviction que l'un de nos meilleurs reporters vient d'être assassiné parce qu'il avait mis au jour les liens unissant mon cousin Jimmie aux auteurs du pire scandale qui ait jamais entaché l'histoire de la Californie : le projet Owens Valley.

— Un instant, objecta Betty, qui ajustait une cigarette dans un interminable fume-cigarettes en laque noire. Nous savons tous que notre cousin Jimmie est la brebis galeuse de notre famille... mais de là à l'accuser de meurtre... Il a tout de même fréquenté Harvard ?

447

Curtis se pencha pour allumer la cigarette.

— J'ignore si Jimmie en personne a tiré la balle qui a causé la mort de Klein. Mais je demeure persuadé qu'il a participé à l'affaire.

— La police est au courant ?

— Non, et je ne veux pas qu'elle le soupçonne, pour le moment, parce que l'affaire est une véritable aubaine pour un journal. Le *Clarion* a enquêté depuis maintenant six mois ; à force de recherches, nous avons établi la culpabilité de quelques-uns des personnages les plus puissants de cette ville, y compris le propriétaire de l'*Express de Los Angeles*.

— Quoi, le général J.J. Channing ?

— Absolument ! Inutile de te préciser que l'*Express* demeure muet sur le sujet, si bien que lorsque nous publierons la vérité, nous ferons éclater la bombe sous le nez de ce journal ainsi que sous celui de la police.

— Alors, pourquoi ne pas la publier ?

— Par ordre de papa. Il m'a câblé de ne pas bouger jusqu'à son retour. Tu n'ignores rien de l'affection protectrice qu'il prodigue pour tante Star et son fils Jimmie.

— Qu'elle déteste pourtant cordialement ! Il n'y a pas à dire : ta famille est un modèle du genre, mon chéri ! D'ailleurs, ton cher cousin n'entretient-il pas des relations étroites avec cette espèce d'église délirante... comment s'appelle-t-elle déjà ?

— L'Église de la Divine Méditation, placée sous la direction de l'excentrique évangéliste révérende Wanda Wonder...

— Qui n'est pas son véritable nom, je suppose ?

— Naturellement ! De son vrai nom elle s'appelle Irma Dimbaugh. Quant à savoir quels motifs ont poussé Jimmie à fréquenter cette secte, je me pose des questions, bien que le bruit coure avec insistance qu'elle serait la maîtresse de Channing.

— Ton histoire est de plus en plus obscure.

— Les motivations de Jimmie le sont beaucoup moins : il est guidé par ce vice aussi vieux que l'homme : la rapacité.

CHAPITRE TRENTE-SIX

Le fer de hache avait pénétré profondément dans le panneau de la porte du placard et endommagé la serrure.

— Je n'ai pas réussi à l'en empêcher, expliqua Alicia Lopez. Il m'a semblé qu'elle était prête à massacrer tous ceux qui tenteraient de s'interposer.

Jimmie comptait les bouteilles.

— Elle en a pris trois, dit-il.

— Elle n'a pas dessaoulé depuis ton départ, commenta Alicia. Qu'allons-nous faire ?

— Il est grand temps de donner une bonne leçon à Petite Mère Chérie, maugréa-t-il en prenant le chemin de la chambre.

Alicia le rejoignit à mi-hauteur des escaliers.

— Tu ne vas pas lui faire de mal ? interrogea-t-elle d'un ton anxieux.

— Elle m'en a bien fait, à moi. Elle nous en a fait à tous !

— Ce n'est pas sa faute, Jimmie. Elle a souffert de cet amour gâché que père ne lui a jamais pardonné. Montre-toi tolérant et compréhensif envers une femme qui a eu une vie affreuse !

— Et la mienne d'existence, hein ? répliqua-t-il sans s'arrêter. J'en ai marre de voir ma vie saccagée par les excentricités d'une vieille pocharde !

Il tourna doucement le bouton de la porte et entra dans la chambre à pas de loup.

— J'ai entendu ta voiture, dit une voix râpeuse. Je savais que tu étais de retour. Sois le bienvenu, mon très cher Jimmie... mon cher fils ! ajouta-t-elle d'un ton fielleux.

Le jeune homme referma la porte avec soin. Sa mère était assise dans le lit, soutenue par quatre énormes coussins. Sa chevelure hirsute qui n'avait pas été coiffée depuis plusieurs jours pendait en nattes serrées comme des algues noires, sur la taie d'oreiller crasseuse. Son visage, autrefois d'une radieuse beauté, était aujourd'hui affreusement ridé. Ses doigts amaigris, secs comme des griffes d'oiseau de proie, serraient un verre de gin à demi vide. Sur la table de chevet se trouvaient encore une bouteille entamée et un cendrier débordant de mégots. Deux bouteilles vides traînaient sur la descente de lit.

— Cette chambre pue comme un saloon, grogna Jimmie.

— Normal, c'est un saloon, caqueta Star.

— Petite Mère Chérie a été très vilaine pendant mon absence, Petite Mère Chérie a démoli le placard avec une hache...

— Et Petit Jimmie regrette de n'avoir pas été là, parce qu'il aurait eu l'occasion d'en finir avec sa Petite Mère Chérie, railla l'ivrognesse dont le ricanement s'acheva dans une quinte de toux sèche.

Jimmie s'avança d'un pas. Elle lui décocha un horrible rictus qui découvrait quelques dents brunies par la nicotine, plantées dans des gencives en état de décomposition. Brusquement, le rictus s'effaça.

— Espèce de monstre, gronda-t-elle. Qu'est-ce que j'ai pu faire au ciel pour qu'il m'ait condamnée à donner le jour à un scorpion haineux ?

— Peut-être est-ce parce que tu t'es comportée comme une putain, commenta-t-il du ton de la conversation. C'est ce qu'a toujours dit papa. Il nous a toujours dit que si ce n'avait été de grand-mère et sa saloperie d'argent juif puant, il ne t'aurait jamais touchée, même avec des gants.

— Eh bien, tu vois, il m'a touchée. Il n'a même pas cessé de me faire des enfants. C'est tout ce que j'aurai fait d'utile dans ma foutue existence : mettre des gosses au monde ! Et parmi eux, le plus gentil, le plus adorable, mon préféré quoi ! C'était toi, cher petit Jimmie... Jimmie le scorpion qui se met à faire des remarques

antisémites. C'est nouveau? Où donc as-tu appris cela, scorpion?
Auprès de ta chère amie, la prétendue révérende Wanda Wonder?
Alicia m'a dit qu'elle prêche l'antisémitisme.

— Alicia ne sait rien de Wanda.

— Peut-être… Et toi? Quand te décideras-tu à en avoir, des
enfants? Quand tu seras moins occupé à torturer les putains mexi-
caines au fond de l'écurie? Quel esprit malade! Comme tu dois
haïr les femmes!

— Si j'ai horreur des femmes, c'est parce que ma propre mère
n'est qu'une putain soularde! aboya-t-il en lui arrachant des mains
le verre qu'il envoya se fracasser contre un mur. Puta! Puta! hur-
lait-il en même temps qu'il grimpait sur le lit. Puta! Puta!

Il saisit le cou décharné de la vieille femme entre ses deux
mains et se mit à serrer, exalté d'entendre la respiration saccadée,
de la voir happer l'air par saccades, les yeux révulsés.

— Mon p… mon pè… pè… père te haïs… haïs… te détes…
testait, hurla-t-il. Et je te… je te… dé-dé… détes-te auss… aussi, je
ne p… ne-peux plu-plus te s… te su… te sup… porter!

— Jimmie! cria Alicia debout dans l'encadrement de la porte.
Jimmie! Arrête. Mon Dieu Seigneur! Chinina! Raul! Il va la tuer!
Jimmie, arrête!

Elle se précipita vers le lit, lui saisit le bras à deux mains,
essaya de lui faire lâcher prise.

— Arrête! Mais reste donc tranquille!

— Lai-lai… lais-se-moi f… moi… fai-fai… re, Ali… ali…
cia.

— Mon Dieu! Voilà qu'il bégaie comme son père! Papa est
de retour parmi nous!

Raul arriva sur ces entrefaites, s'empara de l'autre bras et, à
eux deux, ils réussirent à le faire descendre du lit après lui avoir
arraché sa victime. Il s'affala sur le plancher, haletant comme un
animal enragé, une lueur de fureur bestiale au fond du regard.

— Je t'aurai, vieille peau, brailla-t-il. J'obtien… tiendrai de
Brews… Brewster qu'il te… te… t'en-ferme dans une saloperie
d'a… d'a… d'a… d'asile! Je te ferai int… interner, vieille pu…
putain désé… déséqui… librée!

Star, haletante, se massait le cou à l'endroit où les doigts de
Jimmie avaient laissé des marques rouges. Elle tendit la main,
saisit un papier qui traînait sur la tablette.

— Tu ne feras rien de tout cela, graillonna-t-elle. Tu feras ce que te diras mon frère. Lis donc ce câble, scorpion ! Lis !

Il ramassa le message qui avait voleté jusque sur le parquet, à côté de lui.

« ARRIVERAI WAGON PERSONNEL LOS ANGELES DEMAIN HUIT HEURES. STOP. DIS À JIMMIE D'ÊTRE PRÉSENT. STOP. C'EST UN ORDRE. STOP. TENDRESSES. STOP. ARCHER. »

Lentement, posément, Jimmie froissa le télégramme et le roula en boule entre ses paumes. Star alluma une cigarette.

— Alors ? Tu n'oublieras pas d'être au rendez-vous, n'est-ce pas ? railla-t-elle dans un souffle de fumée bleue. Jimmie ne peut se permettre de désobéir à oncle Archer. Parce qu'oncle Archer détient tous les pouvoirs. Et maintenant, tu vas verser à boire à Petite Mère Chérie qui en a rudement besoin.

Durant les cinquante années qui avaient suivi 1890, nul symbole de réussite – à part peut-être le yacht privé – n'était plus représentatif que le wagon personnel.

Dès l'instant où tout ce qui, à cette époque, caractérisait le nouveau riche était acquis : château ou résidence princière sur la Cinquième Avenue ou sur Nob Hill, vaisselle en or, armée de serviteurs et longue galerie surchargée de toiles prestigieuses, restait alors à parachever l'image de marque en faisant fabriquer – par les soins de Pullman – un wagon privé à sa mesure, et décoré selon ses goûts personnels. Ainsi traversait-on villes et villages, d'une extrémité de l'Amérique à l'autre, sous l'œil ébahi des populations, éblouies par un tel déploiement de richesses et démonstration des profondes inégalités qui se creusaient dans le pays.

Archer Collingwood ne se montrait ni plus ni moins préten-tieux que ses contemporains millionnaires ; il exécrait autant qu'eux – et pour les mêmes raisons – la naissance du socialisme, mais il considérait le wagon privé comme unique moyen de transport. De telle sorte que son « Arabella » était généralement considéré comme un modèle du genre avec ses lambris en bois précieux, ses lumi-naires en cristal, le capitonnage de velours bordeaux des sièges tournants ainsi que du sofa. L'Arabella contenait aussi une petite cuisine très commode, deux chambres avec bain, un logement pour les domestiques comprenant deux minuscules chambrettes avec bain. On y trouvait également une petite salle à manger et un grand salon. Sa cave était réputée pour ses très grands crus, les boutons d'appel destinés aux trois domestiques étaient en nacre et les robinets de lavabos, en or !

En six jours, le couple Collingwood avait effectué la traversée de l'Atlantique. Après quoi, laissant Arabella à New York pour y effectuer des emplettes, Archer avait utilisé le réseau de l'Union Pacific pour traverser le continent en six autres jours. Ce qui représentait une notable amélioration quand on songeait qu'un demi-siècle plus tôt il avait fallu à sa mère six mois de navigation pour effectuer le même périple.

Pour l'instant, il suivait d'un œil intéressé la démarche de son neveu Jimmie qui traversait les voies, en gare de Los Angeles.

— Claude, demanda-t-il à son maître d'hôtel, veuillez vous rendre à la gare pour m'acheter les journaux, à l'exception de l'*Express,* bien entendu. Ils ne vont pas tarder à venir nous chercher pour nous raccrocher au convoi du San Francisco Limited qui part à neuf heures. Vous me retrouverez sur la voie huit.

— Certainement, sir.

Le serviteur alla rapporter la tasse à café vide dans la cuisine et quitta le wagon par l'arrière, tandis que Jimmie Lopez grimpait les trois marches qui donnaient accès au salon.

— Oncle Archer, s'écria-t-il, un sourire jusqu'aux oreilles, soyez le bienvenu à Los Angeles !

Il avait revêtu pour la circonstance un costume croisé gris perle et coiffé un panama finement tressé. Il marcha vers son parent assis dans un fauteuil, les bras écartés pour une fervente accolade. Archer ne bougea pas.

— Assieds-toi, Jimmie, notre entrevue n'est pas placée sous le signe de la cordialité.

— Au point de refuser de me serrer la main ?

L'oncle le transperça du regard.

— Je n'ai pas pour habitude de serrer la main des meurtriers !

Pris au dépourvu, l'autre dissimula sa gêne derrière un rire nerveux.

— Voici une réflexion bien provocante ! Qui suis-je supposé avoir assassiné ? J'aimerais le savoir, histoire de le noter dans mon agenda !

D'un mouvement qui se voulait assuré, il prit place sur une chaise face à son oncle et plaça son chapeau sur ses genoux.

— Un journaliste de mon équipe, Carl Klein.

— Comment aurais-je pu tuer quelqu'un dont je n'ai jamais entendu parler ?

Archer se redressa, se pencha légèrement en avant.

— Tu as probablement entendu parler du projet Owens Valley ?

— Naturellement. C'est la grande idée, la seule qui peut sauver et garantir l'avenir de Los Angeles. Je n'ai jamais compris pour quelle raison vos journaux manifestent leurs critiques avec tant d'ardeur.

— Parce que Bill Mullholland et le conseil municipal de Los Angeles ont mis la main sur un lac et la rivière qui l'alimente sans que les cultivateurs riverains aient eu l'occasion de s'en rendre compte ! Voilà pourquoi ! Parce que Mullholland – au demeurant excellent hydrologue – a envoyé ses agents sur tout le territoire avec mission d'acquérir le maximum de droits sur l'eau et la terre, avant que les fermiers de l'Owens Valley aient pu de comprendre ce qui leur arrivait. Maintenant, ils vont entamer la construction du gigantesque aqueduc de plus de quatre cents kilomètres qui doit acheminer toute cette eau jusqu'à la ville. Une opération qui va coûter des centaines de millions aux citoyens qui paient des impôts et transformer Owens Valley en désert, tandis que des fortunes iront dans les poches des promoteurs. Nous sommes en présence, ici, de la plus monumentale escroquerie jamais mise sur pied par une bande de bureaucrates avides, d'hommes d'affaires sans scru-pules et de parlementaires véreux…

— Un instant ! coupa le neveu. Vous n'ignorez sûrement pas que Los Angeles vient de connaître la pire sécheresse depuis des années. Les nappes phréatiques ne fournissent plus d'eau et si la ville ne trouve pas à s'alimenter ailleurs, son développement tombera au point mort. Quelle autre solution verriez-vous si l'on abandon-nait le projet Owens Valley ?

— T'est-il déjà venu une seule fois à l'esprit que Los Angeles est bâtie sur un désert et qu'il n'y aurait sans doute jamais dû y avoir de construction à cet endroit ?

— Argument ridicule. Il existe bel et bien une ville qui croît à toute vitesse et qui a un impérieux besoin d'eau. La même chose, d'ailleurs, se passe à San Francisco, avec l'opération Réservoir Hetch Hetchy.

— Certes ! Mais nous traitons le problème par les voies légales.

— Nom de Dieu, oncle Archer, je ne me suis pas levé aux aurores dans le seul but de discuter avec vous de problèmes d'adduction d'eau ! Et qu'est-ce que tout ça a à voir avec le crime dont vous m'accusez ?

Archer s'adossa à son siège, tira un petit carnet de sa poche.

— Il y a deux ans environ, tu as sollicité un prêt de deux cent mille dollars auprès de Chester, offrant en garantie un certain nombre des parts que possède ta mère dans la Collingwood Corporation. Tu as affirmé vouloir cet argent afin d'investir dans une société de développement rural – Valley Fund – qui s'occupait d'acquérir des terres à bon marché dans la vallée de San Fernando.

— Et alors ? En quoi cette opération fait-elle de moi un meurtrier ? Vous me pardonnerez, mon oncle, mais je ne désire pas en entendre plus sans la présence d'un avocat.

— Il n'est nullement question de transporter cette affaire devant la justice, au risque de voir notre nom traîné dans la boue, rétorqua Archer avec hauteur. Je tiens d'abord à t'avertir, Jimmie, si jamais tu décidais de vendre tes actions Valley Fund et de quitter la région…

— Vendre ? Il n'en est pas question. Elles représentent une véritable fortune !

— Elles ne représenteront rien du tout si je publie l'accord secret qui te lie à tes associés… l'accord dont Carl Klein avait découvert l'existence, ce qui lui a coûté la vie !

— Quel accord ? Mais de quoi voulez-vous parler, bon Dieu ? Il bondit sur ses pieds. Vous êtes en train de me débiter une histoire de fous ! Je ne sais rien des agissements de vos foutus reporters, je n'ai jamais assassiné personne et je n'ai nulle intention de quitter le pays. Maintenant, je vais vous dire autre chose. Il fouilla fébrilement ses poches. Vos journaux ont beau prôner à longueur d'éditoriaux les grands sujets moraux : la maternité, la famille, la patrie, le drapeau, les cinq ou six colonnes à la une n'en mettent pas moins l'accent sur les crimes, viols, scandales et autres horreurs parce que c'est ça et rien d'autre qui fait vendre du papier ! Alors, laissez-moi vous lire un petit truc qui se concerne directement votre famille et vous me direz ensuite ce que vous pensez de sa moralité.

Il déplia une lettre rédigée sur papier rose.

« Mon amour adoré, mon Jimmie. Voici la clé du studio. Porte-la sur ton cœur, mon amour. Je t'en supplie, mon chéri, tâche de venir le plus souvent possible à San Francisco, tes baisers me manquent et je ne vis que de l'amour passionné que tu me prodigues. Ton esclave entièrement soumise, Alma. » Eh oui ! Alma Collingwood Brett, votre fille. Vous reconnaissez le papier, je suppose, ajouta-t-il, promenant devant les yeux d'Archer écarlate, la missive révélatrice. Donc, mon cher oncle, si jamais vous essayez de m'impliquer dans votre satané scandale, dont j'ignore d'ailleurs tout, je déposerai ce document entre les mains de J.J. Channing qui se fera une joie de le publier dans son *Express*. J'imagine déjà le titre en première page !

Archer Collingwood, le Californien fortuné, propriétaire de quatorze organes de presse diffusés dans toute l'Amérique, président du conseil d'administration de la Collingwood Corporation qui contrôlait la Pacific Bank & Trust, la chaîne – comprenant six grands magasins – de Meyer et Kinsolving, qui dirigeait la compagnie d'assurances Golden State, ainsi que la compagnie de navigation Kinsolving Shipping Line, avait posé sur son neveu un regard atterré.

— Alma ? articula-t-il d'une voix sourde. Ma délicieuse petite Alma est ta maîtresse ?

— Votre tendre petite Alma est un sacré numéro, c'est moi qui vous le dis ! Et n'allez pas croire que je sois le premier ! Quant au cher cousin Chester, qui m'a si complaisamment consenti le prêt bancaire ? Connaissez-vous son petit nid d'amour en haut de Russian Hill ?

— Oui, je connais, salopard ! Mais Alma… !

— Parmi la jeunesse dorée de Frisco, elle a acquis un surnom, on l'appelle : la garce de Burlingame ! Rien à envier, dans votre famille, à notre sang chaud espagnol, il me semble.

Il replia soigneusement la lettre et la fourra dans sa poche.

— Bon, tout cela était fort intéressant, j'en suis sûr, et puisque vous ne possédez pas l'ombre d'une preuve pour me mettre ce meurtre sur le dos…

— Oh mais si, nous en avons une.

Jimmie demeura en suspens, le souffle court. La tranquille menace de son oncle l'avait submergé d'une vague de frayeur glacée.

— Un petit mot, daté du 28 mars – il avait repris son carnet – qui dit : « M. Klein. Si vous désirez en apprendre plus long sur l'affaire du Valley Fund, je suis disposé à parler. Nous pourrions nous rencontrer sur la promenade de Santa Monica vers minuit. » Et c'est signé « J ».

Jimmie enfonça ses mains dans ses poches et tenta un haussement d'épaules nonchalant.

— Et alors ? Des millions de types auraient pu signer d'un « J ».

— Curtis a reconnu ton écriture, mais nous n'en avons pas parlé à la police… pas encore. Nous nous efforçons de te protéger, Jimmie, bien que je commence à me demander pour quelle raison.

— De toutes manières, vous ne disposez d'aucune preuve !

— As-tu un alibi pour la nuit du vingt-huit ?

— Absolument ! J'ai participé à une réunion de prière à l'Église de la Divine Méditation. La révérende Wanda Wonder attestera ma présence pendant toute la soirée.

— La cinglée antisémite ?

— Eh bien, figurez-vous qu'elle s'entretient avec Jésus ! Elle lui a parlé dans la nuit du vingt-huit, justement ! Jésus pourra confirmer mon alibi…

— Serais-tu devenu fou ?

— À moins que ce ne soit vous qui le deveniez, à vouloir coller ce meurtre sur le dos de votre neveu innocent. Pour l'instant, vous êtes au point mort. Quelle sera votre prochaine tentative, oncle Archer ?

Archer le fusilla du regard avant de répliquer :

— Très bien, Jimmie. Il est possible que je me sois trompé. Peut-être n'es-tu pas complice du meurtre. Mais tu restes lié à la bande d'escrocs qui ont manigancé le coup du Valley Fund et tu n'en es pas moins un méprisable individu.

— Alma me juge tout autrement. Alma m'épouserait tout de suite si je le lui demandais. Et le méprisable individu, la crapule, deviendrait votre gendre.

— Si pareille catastrophe devait se produire, cela prouverait chez Alma un niveau de jugement bien inférieur à ce que je croyais et j'en concevrais un immense chagrin. Tu viens de me demander

457

quelle sera ma prochaine démarche ? Je vais à San Francisco rendre visite à ma mère et la convaincre de te rayer de son testament, ce qui ne manquera pas de creuser un sacré trou dans ton avenir, Jimmie.

— Elle refusera, siffla-t-il. Grand-mère m'aime bien.

— Oh si, elle acceptera, quand elle connaîtra la vérité. Maintenant, sors d'ici que je fasse désinfecter l'atmosphère.

— Je dresserai Alma contre vous.

— Nom de Dieu, Jimmie, tu commences à me fatiguer avec tes menaces en l'air. Fais ce que tu voudras, crapule ! Si Alma est tombée assez bas pour accourir quand tu siffles, elle n'aura que ce qu'elle mérite. Maintenant, disparais, je ne veux plus te voir ! Dehors !

Frémissant de rage, l'interpellé rafla son chapeau et gagna à grands pas l'extrémité du wagon. Sur le point de franchir le seuil, il se retourna.

— Si grand-mère me raye de son testament, lança-t-il, je le ferai payer à maman jusqu'à la fin de son existence d'ivrognesse.

Et il sauta sur la voie, en proie à un véritable sentiment de panique en dépit de la bravade à laquelle il venait de se livrer. Le petit mot ! Comment avait-il pu être assez stupide pour laisser ce témoignage sur le corps de la victime ? Jamais il n'avait vu son oncle en proie à une telle fureur et, de la savoir dirigée contre lui l'inquiétait au plus haut point. Et l'argent de la grand-mère, cette montagne de merveilleux argent youpin... il ne fallait à aucun prix le laisser échapper. San Francisco... il irait à San Francisco, sans perdre une minute ! Il aurait un entretien avec la grand-mère, il ferait la paix. Il en parlerait à Alma, il l'obligerait à plaider sa cause auprès de son oncle.

Il courut au guichet acheter un billet de première classe...

CHAPITRE TRENTE-SEPT

Times Dispatch du 17 avril 1906 : «LES RUMEURS DE LA VILLE – Carnet mondain par Sydney Tolliver.»

«Ce soir, monsieur et madame David Levin recevront les notabilités dans leur demeure de Nob Hill. Sera présent au dîner monsieur le maire Eugène Schmitz, à qui madame Levin a l'intention de remettre un don destiné à l'accroissement du patrimoine de notre cité. Madame Levin que chacun, depuis tant d'années, s'applique à nommer affectueusement «Emma» est considérée à juste titre par tous nos concitoyens comme notre grande bienfaitrice. Nous citerons, pour mémoire, parmi les innombrables dons dont elle nous a comblés, l'hôpital Archer Collingwood, une participation de dix millions de dollars à la création de notre université, les cinq millions généreusement consacrés à l'édification de l'opéra... la liste est longue! Le bruit court que la cérémonie de ce soir s'achèverait par la remise d'un chèque destiné à la création d'un musée des beaux-arts. Geste d'autant plus significatif que, si quelqu'un, dans notre bonne ville, peut être appelé à symboliser ce qui est beau, ce qui est noble, ce qui est raffiné, c'est précisément notre généreuse, notre chère Emma de Meyer.

Alma Collingwood Brett était occupée à choisir les bijoux qu'elle porterait au dîner offert par sa grand-mère quand la sonnerie du téléphone retentit.

— Tu veux bien aller répondre, chérie, cria son mari depuis la salle de bains, je n'ai pas fini de me raser.

Alma préleva deux bracelets en diamants dans le coffret en cuir florentin et s'empara de l'écouteur ivoire et or.

— Oui ?

— Alma, c'est Jimmie.

Elle se raidit soudain, jeta un coup d'œil par-dessus son épaule, en direction de la salle de bains.

— Non, merci, je n'ai que faire de votre abonnement au *Saturday Evening Post,* répondit-elle, usant du langage convenu pour lui signifier que le mari était présent.

— Il faut que je te voie. Je viens d'arriver à San Francisco.

— Nous allons en ville assister au dîner de grand-mère, chuchota-t-elle, nous logerons au Grand Hôtel.

— J'y serai aussi. Demande au concierge le numéro de ma chambre.

— J'aimerais beaucoup que vous me fichiez la paix une fois pour toutes, dit-elle d'une voix forte. J'ai le *Saturday Evening* en horreur !

Et elle raccrocha brutalement.

— Qui était-ce, mon amour ? s'enquit Sebastian, le grand, beau et riche héritier d'une fortune bâtie avec les mines d'argent.

— C'était encore ce crétin qui veut absolument m'abonner au *Saturday Evening*.

— Encore lui ? Il ne renoncera donc jamais. J'ai peur que nous soyons tombés sur le colporteur le plus tenace d'Amérique.

Alma leva imperceptiblement les sourcils, amusée par la stupidité de son mari.

— Peut-être devrais-je souscrire un abonnement afin de le réduire au silence ?

Il limita sa réflexion à une moue dubitative et retourna se rincer les joues. « Quel gros imbécile ! Si j'ai la chance qu'il s'enivre ce soir, comme d'habitude, j'aurai peut-être la possibilité de me glisser jusqu'à la chambre de Jimmie. » Une perspective qui fit battre plus vite son cœur et son sang dans ses veines. Quelle différence entre ces deux hommes – ses deux hommes ! – dans leur façon de faire l'amour ! Dans la mesure où l'on pouvait encore appliquer cette formule au mol et besogneux exercice pratiqué par un mari de plus en plus souvent absent et qui accordait plus d'attention aux cours boursiers qu'à la fantaisie amoureuse.

— Ce que je ne comprends pas, c'est pourquoi je ne suis pas invitée au dîner de ta grand-mère, marmonna Ellie Donovan avant de planter ses minuscules incisives dans un carré de chocolat fondant.

Elle était allongée à plat ventre sur le canapé de son appartement à Russian Hill.

— À les voir agir, on me croirait atteinte d'une maladie contagieuse !

— De toutes façons, tu t'y ennuierais à mourir, observa son amant, Chester Collingwood, qui achevait de nouer sa cravate blanche devant un miroir trop bas pour lui.

— Oh, je t'en prie, Chester, cesse de raconter des mensonges ! Je sais très bien que l'on ne peut inviter la fille de Russian Hill, la petite actrice de seconde zone « La fille qui se sert du maquillage, ma chère ! » Pourtant, je connais l'histoire de ta famille, je sais que ta grand-mère jouait les entraîneuses et se prostituait au Bonanza Café.

— Nous nous employons à tendre un voile pudique sur ce passé, répliqua le plus jeune des trois enfants d'Archer et Arabella. Celui qui, avec Alma, avait hérité la fabuleuse beauté des parents et surtout des grands-parents paternels.

— Vous, les gens de Nob Hill, vous n'êtes qu'une bande de snobs qui méprisez tout le monde. Très souvent, j'ai une furieuse envie de t'envoyer au diable rien que pour voir la tête que tu ferais si tu ne pouvais plus venir te glisser sous mes draps. Toi et ta société de vierges effarouchées qui s'imaginent que l'amour est fait pour les chiens !

— Détrompe-toi, toutes nos « vierges » ne se montrent pas farouches…

— Alors, pourquoi ne pas m'épouser ?

Chester enfila sa jaquette, brossa ses épaules.

— Ceci, ma chérie, est une question qui ne découle pas forcément des conclusions. Mais le raisonnement était charmant, comme tout ce qui est de toi !

— Paroles, paroles…

Il alla jusqu'à elle, l'embrassa.

— Va donc jeter un coup d'œil à l'intérieur de l'enveloppe qui se trouve sur la cheminée, tu y trouveras un billet pour le spectacle John Barrymore, à Tivoli. Le rideau se lève dans une heure, tu ferais bien d'aller t'habiller.

Un sourire radieux éclaira les traits gracieux de la jeune femme.

— Tu as dit Barrymore ? Le plus merveilleux acteur que l'on trouve en Amérique !

— Et toi, tu es la plus merveilleuse actrice du moment. Je serai de retour vers minuit ; je te conterai, par le menu, combien je me suis barbé chez mère-grand et après cela, nous passerons le restant de la nuit à nous aimer...

Elle eut un petit rire de gorge.

— Excellent programme ! Merci pour le billet et puis... ne m'en veux pas pour ce que je viens de dire, je... je me suis montrée odieuse. Tu sais que je t'aime sincèrement.

Chester lui posa un baiser sur le bout du nez et s'esquiva rapidement. Dehors, la nuit était chargée de brouillard. Le vice-président de la Pacific Bank, destiné à occuper quelque jour le poste de gestionnaire de l'immense fortune familiale, se glissa à l'intérieur de la Welch Grand Sport, qui lui avait coûté la bagatelle de cinq mille cinq cents dollars et s'enfonça dans la brume épaisse, en direction de Nob Hill.

— Débrouillez-vous comme vous l'entendez, mais trouvez-moi une chambre, déclara Jimmie Lopez au réceptionniste du Grand Hôtel.

— Je suis tout à fait désolé, sir, mais l'hôtel est complet. Il Signore Caruso chante «Carmen» ce soir dans le rôle de «Don José», de sorte que tous les amateurs d'opéra sont accourus en ville.

— Il n'y a pas longtemps que vous travaillez ici, n'est-ce pas ?

— En effet, sir.

— Alors, peut-être ne savez-vous pas que je suis le neveu d'Archer Collingwood dont le beau-père a construit cet hôtel. Et maintenant, grouillez-vous de me dénicher une chambre !

L'employé marqua une hésitation.

— Nous aurions bien... une suite au dernier étage que je...

— Vendu ! Dites-moi, monsieur et madame Sebastian Brett ont retenu une chambre ici pour la nuit, non ?

— Certainement, sir. Elle se trouve exactement en-dessous de la vôtre.

Jimmie sortit de son portefeuille un billet de vingt dollars qu'il glissa dans la paume du réceptionniste.

— Vous tâcherez de faire en sorte que madame Brett soit informée de mon numéro de chambre.

À deux milles de là, sur le fond de la baie de San Francisco, des centaines de bernard-l'ermites trottinaient sur les ondulations sablonneuses dont ils partageaient le territoire avec des millions de « Crago franciscorum » – variété de crevettes spécifique de la baie. La pieuvre dissimulée dans une anfractuosité de rocher, pouvait être considérée comme l'un des plus inoffensifs des êtres qui peuplaient le fond sous-marin, bien que n'importe lequel de ses tentacules fût en mesure d'infliger une blessure mortelle. Entre deux eaux, une raie aux ailes souples comme des voiles – d'une envergure supérieure à un mètre cinquante – et suivie de son interminable dard venimeux, explorait les alentours à la recherche de son mets favori : un banc d'huîtres.

Beaucoup plus profondément sous les fonds marins de la baie, d'incommensurables forces de pression s'accumulaient le long de la faille de San Adrea : un danger d'explosion, par la suite estimé à douze millions de tonnes de T.N.T., qui mettait en péril le fragile équilibre écologique de la baie.

Un événement d'une portée formidable allait ébranler la ville de San Francisco sur ses fondements.

CHAPITRE TRENTE-HUIT

La somptueuse demeure de Nob Hill scintillait de tous ses feux, comme déjà en maintes occasions durant de ces trente dernières années. La vingtaine de personnes composant le personnel d'Emma assuraient le service avec leur coutumière efficacité. Jusqu'au chef français qui vérifiait la tenue de ses sauces et l'aspect de ses gelées, en attendant le service.

Au troisième étage, dans la galerie de peintures, Margaret Gilliam, la secrétaire privée d'Emma, préposée pour la circonstance aux relations publiques, vérifiait avec attention la place prévue pour chacun, autour de l'immense table ovale sur laquelle étincelait le fameux service en vermeil, créé par Thomire, à Paris, en 1820, en même temps que celui du président James Madison, pour les réceptions à la Maison Blanche. On y voyait également un service en Limoges blanc et or, conçu à l'origine pour la grande Catherine et un plat en vermeil ayant appartenu au roi Louis-Philippe. La nappe et le pourtour étaient jonchés de tulipes blanches, la fleur préférée de la maîtresse de maison ; les verres étaient en cristal soufflé de Murano, à l'intention d'un doge du dix-huitième siècle. Malgré le plaisir qu'elle éprouvait à répandre les bienfaits autour d'elle – et souvent, de façon anonyme – Emma s'appliquait à rivaliser de train de vie avec les Rothschild.

Les quarante toiles originales, accrochées aux murs de la galerie, bénéficiaient d'un éclairage approprié prodigué par de petites lampes judicieusement placées, l'électricité ayant été installée aussitôt après son mariage avec David. Les maîtres classiques étaient largement présents : Watteau, Rubens, Rembrandt, La Tour, Copley, Ingres, Fra Angelico, Fra Lippo Lippi, deux Titiens et trois Gainsborough. Pourtant, depuis une dizaine d'années, Emma s'était entichée des nouveaux peintres français tels Degas, Monet, Manet et même deux prodigieux Van Gogh. Bien entendu, dès qu'elle s'était risquée à les accrocher à la cimaise, les critiques défavorables avaient déferlé. Mais, avec le temps, les opinions avaient changé, la dérision avait fait place à la curiosité, à tel point que le tout San Francisco conservateur s'aventurait désormais à introduire le vocable « art moderne » dans sa conversation.

Peu avant l'arrivée des prestigieux invités, une « Great Arrow » décrivit une élégante courbe et déposa devant les marches du perron une Zita encore pleine d'allant et de vivacité en dépit de ses quatre-vingts ans. Son cou s'ornait du collier en diamants et rubis, repensé par Félix – à partir du fabuleux trésor extrait des mines de Mogok en Birmanie du Nord – et que celui-ci lui avait offert en 1890. Ce bijou était le plus beau parmi tant d'autres qu'il lui avait légués à sa mort, en 1894, avec un capital de dix millions de dollars. Sur son lit de mort, il lui avait murmuré : « Je t'ai toujours adorée... » et cette seule petite phrase, pour une femme qui croyait par-dessus tout à l'amour, lui avait été plus précieuse encore que le don de biens terrestres.

Elle descendit de voiture, franchit la grande porte en fer ouvragé que maintenait ouverte un Can Do vieillissant.

— Bonsoir, Can Do, dit-elle avec un sourire qui n'appartenait qu'à elle. Taitai est-elle dans sa chambre ?

— Oh oui, Missee Zita et plutôt furieuse.

— Vraiment ? Que se passe-t-il donc ?

— Elle n'aime pas la couleur de sa nouvelle robe !

Zita soupira.

— Allons ! Encore un orage en perspective...

Plantée devant un immense miroir à trois faces, Emma se détaillait d'un regard furibond.

— Can Do prétend que tu n'es pas satisfaite de mon œuvre, dit Zita sans préambule.

— Elle est mauve, maugréa Emma. Le mauve est une couleur de vieille dame.

— Bêtises ! Le mauve te va à ravir.

— Qu'il m'aille ou pas ne change rien à l'affaire ! C'est une couleur pour dame âgée. Ce n'est pas parce que j'ai soixante-quatorze ans que je dois me sentir vieille ! Quand je me vois avec ce truc sur le dos, je m'attends à ce qu'on m'assoie dans un fauteuil roulant.

— Écoute, Emma, je t'habille depuis des années et jamais je n'ai commis la moindre erreur, alors ?

— Sauf pour ce soir... Et ce soir justement ! La robe est splendide mais j'ai cette teinte en horreur.

— Tiens, voici justement David. Laissons-le arbitrer.

David Levin, qui comptait tout juste quatre années de plus que son épouse, était resté étonnamment jeune en dépit d'une chevelure et d'une barbe d'un blanc de neige.

— Emma se plaint que sa robe ne lui plaît pas, David. Comment la trouvez-vous ?

David s'avança, examina l'objet du litige.

— Elle est absolument magnifique, ma chérie. Jamais tu ne m'es apparue aussi belle.

— Tu mens affreusement mal, David, mais à mon âge on accepte sans discernement n'importe quelle flatterie. Bon, d'accord, le violet n'est pas une couleur de vieille dame ! Je la porterai donc !

— Archer est en bas, annonça David. Il arrive de Los Angeles et demande s'il peut passer la nuit ici puisque Arabella est restée à New York.

— Bien entendu, son ancienne chambre est toujours disponible.

— Il a demandé à te voir rapidement, il m'est apparu bouleversé.

— Dis-lui donc de monter.

— Je vais lui transmettre le message, dit Zita qui se dirigeait vers la porte. Vous, les amoureux, profitez donc de ces quelques minutes de calme !

— Des amoureux ! À notre âge ! Je te demande un peu... cette malheureuse Zita sombre dans le gâtisme, ma parole !

David l'enlaça et l'embrassa.

— Ma foi, je n'en suis pas si sûr. Tu es très en beauté ce soir. Je me sens rajeuni d'une vingtaine d'années et je serais prêt à faire des folies...

Elle éclata de rire, en même temps qu'elle lui caressait la joue.

— J'aurais trop peur que les «folies» auxquelles tu fais allusion ne nous conduisent tous deux à l'hôpital. Bon, je t'ai placé à côté de la femme du sénateur, pour le dîner. Ce sera à toi de faire la conversation.

— Je ne sais comment te remercier. Je l'ai déjà eue sur le dos, la fois précédente et son unique sujet de conversation tournait autour de la garde-robe d'Alice Roosevelt.

— Je n'ignore pas à quel point elle peut se montrer barbante, mais toutes les épouses de politiciens sont ainsi, ou presque! Il faudra t'en accommoder, mon chéri.

— Oui… naturellement! Sais-tu que je suis extrêmement fier de toi et de ce que tu vas annoncer ce soir, Emma? Cette idée de musée est un don merveilleux… sans parler de toutes les œuvres de grande valeur que tu possèdes!

L'espace d'un instant, une petite lueur de plaisir enfantin alluma les prunelles d'Emma.

— Tu crois que cela leur plaira?

— Leur plaire? Quelle drôle de question! Il faudrait qu'ils soient bien difficiles ou brusquement devenus fous! C'est, à mon avis, la plus belle de tes réalisations.

— Oh, certainement pas! protesta-t-elle d'une voix douce. La plus belle chose que j'aie jamais faite a été de t'épouser! Je t'aime tant, mon chéri… tu as fait de moi la femme la plus heureuse de toute l'Amérique.

Elle l'embrassa et ils demeurèrent ainsi, à se contempler mutuellement, en se tenant les mains, dans une attitude qui justifiait pleinement le vocable d'«amoureux» que leur avait décoché Zita en sortant.

Sur ces entrefaites, Archer frappa brièvement et entra. Emma décela immédiatement une grande contrariété chez son fils. Lui d'ordinaire si vif, si plein d'allant, marchait ce soir d'un pas lourd, les épaules tombantes. Il embrassa sa mère, serra la main de David.

— Comment s'est passé le séjour à Londres? questionna-t-elle en se dirigeant vers le coffre-fort encastré derrière un panneau mobile.

— Pluie et brouillard en abondance. J'ai eu ce matin une vive altercation avec Jimmie. Terrible.

Il se laissa tomber sur le bord de la causeuse de sa mère.

— J'en suis sorti désemparé au point de ne plus savoir que faire, pour une fois !

— Tu aurais donc acquis la conviction qu'il a tué Carl Klein ?

— Je n'ai pas la certitude qu'il ait agi personnellement. Il affirme avoir un alibi parce qu'il aurait assisté à une réunion chez la détraquée… cette soi-disant révérende Wanda Wonder.

— Celle qui prêche l'antisémitisme ?

— Exactement.

— Singulière fréquentation pour un membre de ma famille, observa-t-elle d'un ton sec.

Elle sortit deux coffrets en cuir finement ouvragé et les déposa sur la coiffeuse.

— Curieuses, en effet…

— Et, à propos du Valley Fund ? Avons-nous obtenu la preuve que Channing va utiliser l'aqueduc de Los Angeles pour irriguer la vallée de San Fernando ?

— Carl Klein en était certain. Le mécanisme de l'escroquerie lui apparaissait si clairement qu'ils ont décidé de le supprimer.

— Je ne comprends pas exactement, moi, de quoi il s'agit, intervint David.

— Le général Channing et ses associés, au nombre desquels Jimmie, ont acquis, pour un prix dérisoire, toutes les terres de la vallée San Fernando. L'astuce consiste à irriguer ce désert afin d'en faire une terre fertile qui va leur rapporter des centaines de millions à l'aide des eaux prélevées sur l'aqueduc de Los Angeles dont les contribuables locaux assureront le fonctionnement et l'entretien sans jamais en percevoir un cent. En d'autres termes, une forme extrêmement sophistiquée d'escroquerie de haut niveau. Puis, de nouveau tournée vers son fils. Mais, si tu n'as pas la certitude que Jimmie soit l'assassin, pourquoi te montres-tu à ce point désemparé ?

— À cause d'Alma… Elle est la maîtresse de Jimmie.

— Mon Dieu ! Depuis quand ?

— Je l'ignore. La nouvelle m'a retourné. Tu sais combien je comptais sur elle, fou que j'étais de l'imaginer heureuse avec Se-

469

bastian et les deux enfants ; à présent... Et justement Jimmie, ce salaud, ce pourri, ce...

Emma abandonna ses bijoux et vint s'asseoir auprès de lui. Il avait les larmes aux yeux.

— Dis-moi, mon chéri... en es-tu tout à fait sûr ?

Archer hocha la tête douloureusement.

— Il m'a montré une lettre écrite de sa main. Elle lui envoyait la clé de son studio. Seigneur ! Je me sens dans la peau d'un raté !

— Ne verse donc pas dans le ridicule. Tu n'as rien d'un raté et nous sommes tous très fiers de ce que tu as fait du consortium de presse à la tête duquel tu te trouves. Tous y compris David qui n'était pas tenu de te porter dans son cœur !

— Bah ! Ai-je vraiment réalisé des miracles ? Pas plus tard que ce matin, Jimmie a su mettre le doigt sur la plaie à vif : la contradiction flagrante entre les principes moraux développés et les événements sordides qui se placardent à la une et gonflent les tirages. Il avait parfaitement raison ! Je sais qu'il a raison ! Si tu avais pu voir l'expression de haineuse satisfaction qui déformait sa sale gueule en me tendant la lettre rédigée par Alma...

— Archer, tu peux traiter Jimmie de tous les noms et lui attribuer tous les défauts imaginables sauf un : il est loin d'avoir une sale gueule !

— Pour moi, si ! Le moral l'emporte sur le physique. Je me demande même s'il n'aurait pas entrepris la conquête d'Alma dans l'unique but de posséder l'arme qui me réduirait au silence si je m'avisais de révéler les manigances auxquelles il s'est associé. En tous cas, il est ici ce soir. Je l'ai aperçu à la gare. Tu ne l'as pas invité à ton dîner, n'est-ce pas ?

— Non.

— Donc, il est venu afin de contrecarrer mon projet.

— Quel projet ?

— Te persuader de le rayer de ton testament.

Emma ne put réprimer un léger sursaut. Le téléphone intérieur grésilla.

— Ne te dérange pas, j'y vais, dit David... Oui... Entendu ! Il raccrocha et annonça. Can Do nous signale l'arrivée du sénateur, en compagnie du maire Schmitz.

— En ce cas, je dois descendre.

Emma se leva, ébouriffa tendrement les cheveux de son fils.

— Je suis vraiment navrée pour Alma, dit-elle. Mais cela finira peut-être par s'arranger.

— Et de quelle manière ? Ce genre de chose ne s'arrange jamais tout seul.

— C'est ta fille. Il est naturel que tu te la représentes sous les traits d'une sainte. Mais, vois-tu, ce bas-monde en compte si peu…

Archer se leva.

— Mon père prétendait toujours avoir trahi la cause des Indiens, mais au moins était-ce un échec plein de noblesse. Tandis que moi, j'ai tout raté, un point c'est tout.

Emma braqua sur son fils un regard flamboyant, comme jadis.

— En voilà assez, s'écria-t-elle. Je ne veux plus t'entendre gémir ni t'apitoyer stupidement sur ton sort, Archer. Tu as commis des erreurs ? La belle affaire ! Nous en commettons tous autant que nous sommes ! Mais il n'y a là-dedans ni échec ni raté ! Il n'y a pas de place pour un raté dans cette famille ! S'il nous arrive de manquer de succès dans une entreprise, nous nous rattrapons avec une autre ! Et la vie est faite d'alternances. À présent, il nous faut descendre. Au moment de franchir le seuil de la pièce, elle ajouta : Mais je reconnais que la conduite de Jimmie mérite une sanction. Je pense que tu as raison. Je devrais le déshériter au profit de ses sœurs. Elles sont si gentilles, Alicia en particulier… Il me faut y réfléchir. En attendant, profitons de cette soirée dont je me réjouis depuis si longtemps…

— Je désire vous exprimer à tous mes sincères remerciements pour être venus ce soir, déclara-t-elle, après que l'immense table ovale eût été desservie. Vous allez à présent devoir vous acquitter en écoutant jusqu'au bout une allocution que je me suis engagée à rendre courte. Il avait été prévu que David prendrait la parole à ma place, malheureusement il souffre d'un léger mal de gorge… ce qui est encore un mensonge ! Vous savez tous que c'est toujours moi qui prononce les petits discours !

— Lorsque je suis arrivée à San Francisco – il y a cinquante-six ans, après avoir contourné l'Amérique du Sud en compagnie de feu mon cher papa, sur un navire appartenant à feu mon deuxième époux, ce ramassis de baraques en planches méritait à peine le nom de « ville ». J'ai peine à croire qu'elle compte aujourd'hui un demi-million d'habitants. J'aime à penser que l'on qualifie la Californie d'« État du futur ».

Elle marqua une pause, trempa les lèvres dans son verre d'eau.

— En tous cas, nous nous nourrissions uniquement de rêves, à cette époque. Nous rêvions d'une grande ville moderne, pourvue d'hôpitaux, de grandes écoles, grouillante d'activité et nantie d'un opéra. Nous possédons tout cela aujourd'hui. La seule chose que nous ne possédons pas est un musée des beaux-arts. Elle esquissa un fin sourire. J'ai décidé de combler cette lacune.

Un murmure d'excitation courut le long de la grande table, les regards se fixèrent sur les toiles splendides qui ornaient les murs de la salle.

Aux premières heures de ce 18 avril, la ville demeurait frileusement emmitouflée dans son manteau de brume et de brouillard. Les dix étages de la Golden State Insurance Company restaient noyés dans l'obscurité, tandis qu'un peu plus loin, dans la Montgomery Street, quelques lumières brillaient aux fenêtres de la Pacific Bank & Trust Company, derrière lesquelles s'activaient les responsables boursiers en liaison, vingt-quatre heures sur vingt-quatre, avec le marché de New York. Plus bas encore, au numéro 15, le bâtiment du *Times Dispatch* abritait une véritable fourmillière. L'édition du mercredi était sur le point de sortir. Son gros titre éclatait en première page : « EMMA FAIT DON DE SA COLLECTION DE TABLEAUX À LA VILLE ET LUI OFFRE UN MUSÉE ! »

Les scènes de théâtres vides, somnolaient derrière leur rideau de velours mais les bars regorgeaient de monde, car les noctambules célébraient la présence dans les murs de leur cité de Caruso, ainsi que de John Barrymore.

En juin 1836, un puissant tremblement de terre avait ébranlé le secteur de la baie de San Francisco. Il avait provoqué beaucoup de destruction mais coûté relativement peu en vies humaines, en raison du petit nombre d'habitants. Deux ans plus tard, nouveau séisme le long de la côte. Une large faille s'était ouverte jusqu'à Santa Clara, ébranlant les murs du Presidium et ceux de la mission Dolores. En 1857, 1865 et 1890 les mouvements s'étaient produits le long de la fracture San Andrea avec, pour concéquence, un tremblement de terre le long de la faille Hayward, dans la partie orientale de la baie.

La fosse San Andrea est constituée d'une très ancienne fracture de la croûte terrestre, orientée du cap Mendocino – en Californie du Nord – au désert du Colorado, à l'est de Los Angeles. Dans le secteur de San Francisco, elle passe sous l'océan Pacifique, à l'aplomb du Golden Gate. En ce moment précis, les pensées et les réflexions du maire Schmitz étaient bien plus orientées vers les plaisirs de la table – satisfait de participer à cette somptueuse réception – que troublées par les problèmes d'adduction d'eau. Pourtant, la localisation de la faille San Andrea était connue depuis longtemps, et ce n'était un secret pour personne que les énormes conduites assurant l'alimentation de San Francisco en eau passaient exactement au-dessus. Si un phénomène sismique les brisait et les engloutissait, la ville entière, menacée par les incendies, serait alors privée d'eau.

Les éléments d'un épouvantable désastre se trouvaient réunis et tout le monde ignorait que le destin s'apprêtait à frapper.

CHAPITRE TRENTE-NEUF

Jimmie fut tiré de son sommeil par un coup discret frappé à sa porte. Il sortit du lit, jeta une robe de chambre sur son pyjama de soie rouge et alla ouvrir, après avoir fait la lumière dans l'entrée.

Alma, tout juste vêtue d'un peignoir rose bonbon, se trouvait dans le couloir faiblement éclairé.

— Laisse-moi entrer, vite, chuchota-t-elle.

Il s'effaça sans mot dire, tira le verrou derrière elle. Après quoi, il la prit dans ses bras et commença à l'embrasser.

— Sebastian a fini par sombrer dans le sommeil, expliqua-t-elle, alors je suis montée par l'échelle de secours, avec la peur d'être aperçue par un détective de l'hôtel.

— Quelle heure est-il ?

— Un peu plus de cinq heures.

— Sebastian en a pour jusqu'à midi passé. Parfait. Viens te coucher, décida-t-il en l'entraînant vers la chambre.

— Tu sais, papa m'a battu froid pendant tout le dîner chez grand-mère... Je me demande s'il se doute de quelque chose à propos de nous ?

— Par quel hasard ? Nous nous sommes montrés discrets, non ?

— Jusqu'à maintenant, oui. Mais si je me mets à fréquenter les escaliers d'incendie...

À l'extérieur, l'aube annonçait sa venue par une coloration plus claire, plus dorée, du ciel. Jimmie se débarrassa de ses vêtements de nuit puis il fit glisser lentement les bretelles de la chemise de nuit que portait Alma et couvrit ses épaules de baisers ardents. Paupières closes, la tête rejetée en arrière, elle s'abandonna à une volupté naissante.

Dan Wilder, jeune rouquin, nommé reporter-débutant – chronique sportive – au *Times Dispatch,* fit quelques pas dans Montgomery Street et s'étira après une nuit de travail. Le soleil levant dissipait les dernières écharpes de brouillard et promettait une délicieuse journée de printemps. Par les rues encore désertes, Dan Wilder prit la direction de son studio. Une Pierce-Arrow chargée d'hommes en smoking et d'une femme en robe du soir passa à vive allure, zigzaguant d'un trottoir à l'autre. Spectacle familier. À San Francisco, la nuit, on buvait plus que de raison. «On y buvait du lait également», se dit-il en regardant passer le livreur juché au-dessus des bidons alignés sur le siège de son attelage.

La grande horloge de la gare centrale indiquait cinq heures douze. L'aiguille des minutes avait déjà grignoté trente-huit secondes de la treizième minute quand le mécanisme s'arrêta brutalement.

— Oh, Jimmie, c'est… bien… oui ! Jimmie, tu… oh !

Ils roulaient de gauche et de droite sur le vaste lit, les ongles d'Alma griffant frénétiquement le dos de son amant, quand la chambre fut soudain secouée, tandis que l'air s'emplissait d'un grondement identique à celui que provoque le passage d'un train de marchandises lancé à grande vitesse. Jimmie s'immobilisa, regarda autour de lui. Le lustre, au-dessus de sa tête, était secoué d'étranges vibrations. La glace posée sur le bureau allait et venait d'un bord à l'autre.

— Pourquoi t'arrêtes-tu ? gémit Alma, grisée par une expérience sexuelle qu'elle avait rarement connue.

Le lit partit en glissade vers l'autre côté de la chambre.

— Dieu Tout-Puissant ! s'exclama Jimmie. C'est un tremblement de terre !

L'édifice entier oscillait avec des ondulations démentes. La corniche en cuivre du toit se détacha, passa devant leur fenêtre et alla s'écraser sur le trottoir, tuant le portier et un cheval.

Alma, accrochée au cou de Jimmie pour l'empêcher de se lever, poussait des cris stridents que n'inspirait plus aucune passion amoureuse. Le bruit s'amplifia jusqu'à leur glacer le sang dans les veines. La moitié du plafond – délicatement orné de moulures et de rosettes à la mode victorienne – se détacha d'un seul coup et s'abattit juste à côté d'eux, emplissant la pièce d'un âcre nuage de poussière de plâtre. Le lustre, libéré, tomba à son tour en plein sur le bras de la jeune femme qu'il entailla profondément. Au-dessus d'eux, les fils électriques dénudés se contorsionnaient rageusement en crachant des gerbes d'étincelles.

— Nous allons tous mourir ! hurlait-elle, agrippée aux épaules de son amant comme une noyée à une épave. Nous allons mourir !

Juste en-dessous d'eux, Sebastian Brett ronflait du sommeil de l'ivrogne bienheureux, indifférent au séisme qui réduisait le Grand Hôtel en miettes, de gigantesques pans de la façade en brique qui croulaient les uns sur les autres. Soudain, le plafond entier de sa chambre se détacha et vint l'écraser dans son sommeil.

Jamais il ne saurait que sa femme dans les bras de son amant s'était écroulée sur lui.

Au sommet de Russian Hill, un autre couple fut surpris au beau milieu de ses ébats : Chester Collingwood et Ellie Donovan, dont le chalet en bois résista moins longtemps que les autres. La cheminée en brique chut d'un seul bloc et les réduisit en bouillie.

À Nob Hill, les Titien, les Rembrandt et autres Manet se mirent à s'agiter bizarrement. Dans la maison où, quelques heures plus tôt, se trouvait réunie l'élite de la société de San Francisco, l'immense verrière qui donnait le jour à la galerie éclata en millions d'éclats acérés, en même temps que les murs ondulaient comme pour résister à d'invincibles forces.

Au deuxième étage, Emma de Meyer Kinsolving Collingwood Levin se dressa sur son séant. Le grand lustre en cristal, expressément rapporté de Prague, tournoyait et oscillait, comme pris de frénésie en faisant tinter ses pendeloques.

— David ! cria-t-elle.

Son mari, endormi auprès d'elle, s'éveilla brusquement, se dressa lui aussi et la prit dans ses bras.

Comme s'il n'attendait que cet instant, le plafond entier s'écrasa sur leur couple enlacé, aussitôt suivi par des pans entiers de l'immense demeure.

Dan Wilder, agrippé à un lampadaire de Montgomery Street, sautillait et bondissait sur place, au rythme des convulsions du trottoir qui ondulait sous ses semelles comme un dragon de pierre. Il vit, à peu de distance, le clocher d'une église vaciller longuement avant de s'écrouler, aussitôt suivi de l'église entière qui s'effondra, tel un château de cartes.

Trente secondes plus tard, tout était terminé.

— Seigneur ! marmonna-t-il.

Il lâcha prise. Il effectua quelques pas hésitants, tâtant le pavage du bout de la semelle, heureux de constater que le sol ne s'affaissait pas sous son pied, avide de s'assurer que la planète sur laquelle il vivait depuis vingt-trois ans se stabilisait à nouveau. Et dès qu'il crut en avoir acquis la conviction, un rire hystérique le secoua tout entier.

— Hé, les gars ! se mit-il à hurler, je suis vivant ! JE SUIS VIVANT !

Et il esquissa un petit pas de danse.

Dix secondes s'étaient écoulées. La deuxième onde de choc survint alors, plus violente que la précédente.

La sarabande de Dan Wilder se trouva brutalement interrompue par la chute de la façade entière du bâtiment devant lequel il se trouvait et dont les décombres l'engloutirent à tout jamais.

Sur le front de mer et le long des quais béaient d'horribles crevasses d'une profondeur effrayante. Dans certaines rues, les ondes sismiques avaient créé des ondulations de plus d'un mètre de hauteur. Les câbles électriques étaient sectionnés, les tuyaux d'eau étaient crevés et le gaz s'échappait des conduites.

Le deuxième tremblement de terre avait duré vingt-cinq mortelles secondes. Et après quelques secousses mineures, le grand séisme avait pris fin. La faille San Andrea s'était déplacée vers le nord et si la ville avait subi l'essentiel du choc, les ondes meurtrières ne s'en étaient pas moins propagées de façon concentrique jusqu'à une soixantaine de kilomètres vers l'intérieur des terres. Chinatown était entièrement détruite ainsi que toute la banlieue misérable dont les baraques construites de bric et de broc s'étaient abattues comme un jeu de dominos. Au total, vingt-huit mille habitations, édifices et bâtiments.

À la mi-journée, tandis que les incendies qui ravageaient la cité projetaient vers le ciel bleu et lumineux des nuages de fumée noire et opaque mêlée de gerbes d'étincelles, Can Do sautillait maladroitement d'un bloc à l'autre, parmi les ruines de la maison où il avait servi durant tant d'années.

— C'est incroyable, marmonnait-il en secouant mécaniquement sa vieille tête blanchissante, c'est absolument incroyable !

À chaque instant, il butait sur des objets familiers : un éclat de vase chinois, un morceau d'encadrement de tableau, une patte de chaise Louis XV, une cuillère en vermeil. Il aurait été bien en peine de dire ce qu'il était venu chercher et, pourtant, une voix, une pulsion intérieure lui interdisait de s'arrêter. Peut-être fouillait-il inconsciemment les ruines de son passé.

Soudain, il tomba en arrêt devant une main. Une main de vieillard, élégante, portant à l'annulaire une bague en or bien connue et qui, émergeant d'un amoncellement de platras, pointait vers les cieux.

— Taitai... murmura-t-il.

Lentement, pieusement, il s'agenouilla parmi les décombres, tendit le bras, effleura de ses vieux doigts tremblants ceux de la défunte. De grosses larmes ruisselaient le long de ses joues.

— Taitai... répéta-t-il, pourquoi vous abandonnez Can Do ?

Pour Emma, David, Archer, Chester, Ellie, Sebastian et probablement plus d'un millier d'autres — on ne le saurait jamais avec exactitude – l'éclat de l'or était à tout jamais éteint.

CHAPITRE QUARANTE

— Eh ben, mon cochon, tu as une sacrée veine ! beugla le gros homme à l'accent du Tennessee, sans lâcher l'énorme cigare coincé entre ses dents jaunissantes. Tout ce sacré bordel de Grand Hôtel vous tombe sur la gueule pendant que vous êt'en train d'baiser et toi, tu t'en tires avec un bras cassé ! Et la meilleure de toutes… en chutant avec le plafond, vous dessoudez le vieux de ta gonzesse ! Alors ça, si c'est pas de la veine, qu'est-ce que c'est… ?

Et le général Channing partit d'un rire tonitruant qui soulevait convulsivement sa volumineuse bedaine, sous l'œil de Jimmie penaud, planté devant lui, le bras en écharpe. Ils se trouvaient à bord du yacht personnel de J.J. Channing, au large de Catalina Island, à l'intérieur du salon.

— Mais c'est pas tout ça, Jimmie… hoqueta-t-il, dès qu'il se fût un peu calmé, tu as perdu un paquet de parents dans cette sale histoire. Est-ce que tu t'en rends compte, mon gars ? Est-ce que le Seigneur se serait pas des fois amusé à jouer un vilain tour à l'humanité en supprimant une bonne vieille dame aussi généreuse et gentille que ta grand-mère, pour laisser la vie à un salopard de fils de putain tel que toi ? Hein… ?

Jimmie se contraignit à grimacer un sourire défait.

— Oui… je… en effet, J.J.

— D'accord, c'est surtout l'opinion de Wanda et elle a son idée sur la question. Mais tout de même, la situation nous offre une sacrée occasion, tu ne crois pas ?

481

— Quelle occasion?

— Allons donc! Ne fais pas l'imbécile, Jimmie! Ta grand-mère disparue... Dieu ait son âme avec celle de son vieux youpin de mari. Ton oncle Archer, disparu. Ton cousin Chester, disparu. Le mari cocu de ta maîtresse, disparu... Le Seigneur t'a comblé il me semble, non? Il a liquidé tous les membres de la famille Collingwood, à l'exception de Curtis et d'Alma. Il me semble, par conséquent, que si tu te mariais avec Alma et que... on se débarrasse de Curtis, il n'y aurait plus que toi pour hériter de tout le toutim, pas vrai? Surtout parce que la grand-mère n'a pas eu le temps de changer son testament!

Jimmie le dévisageait, perplexe.

— Je n'en sais rien, J.J. J'ignore le contenu du testament. San Francisco se relève tout juste de ses ruines. Ce que je sais, par contre, c'est que les demandes de dédommagement affluent aux guichets de la Golden State.

— Ouais, forcément! Mais nom de Dieu, mon garçon, qu'est-ce que t'as dans la cervelle? Le contenu du testament, moi je m'en fous! La question est aujourd'hui que: une grande famille riche et puissante autrefois est devenue du jour au lendemain une toute petite famille riche et puissante. La direction de ce qui représente le pouvoir de la famille Collingwood avec ses compagnies d'assurances et de navigation, ses banques, son immobilier et, par-dessus tout, ses quatorze journaux... se trouve aujourd'hui rassemblé entre les mains des deux héritiers: Alma et Curtis. Ces deux-là sont les enfants survivants d'Archer, exact? Et toi, tes trois sœurs, Alma et Curtis, vous êtes les seuls survivants de la grand-mère Emma, exact?

— Exact...

— Bon! Alors, si tu épouses Alma et qu'on se débarrasse de Curtis, il me semble que tu parais tout désigné pour prendre la direction des affaires, non?

— Je n'avais jamais pensé en prendre la direction, avoua Jimmie.

— Eh ben, y serait peut-être temps d'y penser, tu crois pas? Parce que si tu devenais le patron du *Clarion* à la place de Curtis, on aurait plus à se crever le cul pour empêcher le *Clarion* de gueuler sur les toits que notre petite affaire de terres irriguées est louche, pas vrai? Est-ce que tu commences à saisir mon point de vue, Jimmie?

Il gratta une allumette, ralluma son cigare. Le visage de Jimmie arborait l'expression extasiée de celui qui voit s'ouvrir devant lui les portes de la caverne d'Ali Baba.

— La seule chose qui m'épate, c'est que vous n'arrêtez pas de dire « on se débarrasse de Curtis ». Comment voulez-vous vous y prendre ?

Les paupières de Channing se plissèrent, une lueur cupide au fond des yeux.

— Cette bonne blague ! De la même façon que pour le journaliste, mon vieux ! En le supprimant, on fait d'une pierre deux coups parce que je suis prêt à parier ma culotte que Curtis te croit l'assassin de Klein...

Une grande femme en jupe et corsage blanc descendit l'échelle du gaillard d'avant et vint encadrer sa silhouette altière à l'entrée du salon. Le vent de la course rejetait de côté ses longs cheveux de neige, dégageant un visage aux traits réguliers où les yeux, sous des sourcils noirs et fournis, brillaient d'un éclat fanatique. Elle posa un regard aigu sur chacun des deux hommes.

— Je viens de m'entretenir avec Jésus, annonça la révérende Wanda Wonder.

J.J. tapota la cendre de son cigare dans un cendrier fait d'un éclat d'obus datant de la guerre contre l'Espagne. J. Channing avait été promu au rang de général durant la campagne des Philippines, pour avoir recruté et payé de sa poche un mois durant une section de combattants.

— Qu'avait-il à te dire, ma chérie ? questionna-t-il.

D'un geste théâtral, Wanda pointa un index sur Jimmie.

— Jésus m'a dit : « Dieu a détruit San Francisco pour la punir de son orgueil démesuré ainsi que de son amour du péché, pour ses putains et ses bordels, son avidité, et son amour de la luxure... Mais, par-dessus tout, Jésus m'a dit : Dieu a détruit San Francisco, la richesse des juifs ! »

Jimmie la contemplait, les yeux écarquillés de stupeur.

J.J. s'extirpa à grand-peine de son fauteuil et se dandina jusqu'à Wanda qu'il gratifia d'un baiser lippu et humide sur la joue.

— Et je dis « amen » à tout cela, ma chérie. Par bonheur, nous avons ici notre ami Jimmie qui a l'intention de prendre ces richesses en charge afin de les mettre de notre côté. N'est-ce pas, mon garçon ?

Le jeune homme hocha machinalement la tête, comme hypnotisé.

— Certainement, J.J., souffla-t-il.

— Alleluia ! clama Wanda, les yeux au ciel. As-tu bien entendu, Jésus ? Tout l'argent possédé par Emma Levin, tout son pouvoir, toute sa puissance, toute sa gloire… tout va nous échoir ! Loué soit le Seigneur !

— Loué soit le Seigneur, répéta J.J. en écho, les mains plaquées sur les rondeurs de la prêtresse.

— Loué soit le Seigneur, crut bon de murmurer Jimmie.

« Mon père sera vengé ! Ce se… sera la ven… ven… geance de m… de mon pè… pè… père sur les Col… Coll… lingwood ! »

— Ce ne peut être qu'une histoire de pot-de-vin ou d'influence, répéta une fois de plus Cliff Parker en remuant son café.

Il avait passé la nuit à ruminer cette réflexion venue de loin, à la triturer, à la remâcher comme un chien rongeant un gros os.

— C'est tout à fait probable, Cliff, acquiesça son épouse, occupée à faire frire les œufs dans la cuisine. Pour quelle autre raison le commissaire divisionnaire Murray aurait-il décidé de classer une affaire non éclaircie ?

— Quand je pense qu'il n'a même pas daigné me proposer une explication plausible. Il s'est contenté de me dire : « Parker, l'affaire Carl Klein est reprise par la police d'État. » Un point, c'est tout. Un motif qui ne tient même pas debout ! Et puis, il y a autre chose…

— Par exemple que Curtis Collingwood en sait plus long qu'il ne le dit… tu me l'as répété cent fois hier soir.

Parker soupira.

— Pardonne-moi. Mais cette affaire me tracasse… quelqu'un a payé le divisionnaire pour qu'il abandonne les recherches.

— Manifestement Curtis Collingwood !

Parker se leva pour aller remplir sa tasse.

— Peut-être, en effet. Mais ce n'est pas certain… Klein recueillait des informations concernant le projet Owens Valley…

Il fut interrompu par la sonnerie du téléphone. Il reposa sa tasse sur la table, alla décrocher l'écouteur mural.

— Allô ?

Une profonde surprise se peignit sur ses traits à mesure qu'il écoutait. Finalement, il dit :

— Entendu ! J'y serai ! Et il raccrocha.

— C'était Curtis Collingwood, expliqua-t-il à sa femme. Il m'a convoqué à son bureau à dix heures.

— J'ai conversé avec Jésus, il y a une heure à peine, vociférait Wanda Wonder, du haut de sa chaire dans une modeste église des quartiers populaires. Je lui ai dit : que devons-nous faire pour lutter contre le grand problème national qu'est devenu le péché ? Et Jésus m'a répondu : « Wanda, nous allons retrousser nos manches et nous mettre au travail pour combattre le péché. Il faut nettoyer ton âme des péchés, avec la même vigueur que tu mets à frotter le carrelage de ta cuisine. Jésus m'a dit : Wanda, à quoi te servirait d'avoir une cuisine propre si tu y promènes une âme crasseuse ? » Alors, en vérité, je vous le dis à tous, vous qui m'écoutez : astiquons nos âmes !

— Amen ! clama l'assistance, qui comptait bien deux cents personnes entassées dans la petite église en bois.

— Attaquons-nous au grand nettoyage de printemps de nos cœurs et de nos âmes !

— Amen !

— Commençons la lessive de nos draps, aérons nos matelas et purifions nos âmes !

— Amen !

— Répartissons les boules de naphtaline dans nos tiroirs et de l'amour dans notre cœur !

— Amen !

— Alors, quand le moment sera venu, quand nos cœurs et nos âmes seront aussi propres que nos intérieurs, nous aurons le droit d'ouvrir notre cœur et nos bras et de clamer : Jésus, nous te convions à nous tenir compagnie et à participer à nos prières ! Et si chaque chrétien américain agissait ainsi, le grand problème national du péché partirait à l'égout afin que l'Amérique puisse entrer dans le royaume glorieux du Seigneur ! Amen, loué soit le Seigneur !

— Loué soit le Seigneur !

— À présent, tandis que notre bien-aimée sœur Harriet accompagne à l'harmonium notre hymne à la gloire de la communauté, les servants passeront parmi vous avec leur aumônière. Et je vous conjure de trouver au fond de votre cœur les incitations à la générosité. N'oubliez jamais : vous donnez votre offrande à Jésus.

Wanda quitta la chaire, drapée dans son ample tunique blanche, et vint prendre place au creux d'une sorte de fauteuil en bois, tandis que l'assistance entonnait l'hymne sacré sous la direction de sœur Harriet qui tirait de l'instrument désaccordé de lugubres plaintes de damnés.

Curtis Collingwood, entré en catimini au milieu de l'exhortation au « nettoyage de printemps » était resté debout, au fond du temple, surpris par le zèle des membres de la congrégation. Au premier abord, il avait jugé grotesque la parabole du « ménage et de la ménagère » mais le cliquetis des pièces de monnaie et l'abondance des dons prouvaient qu'elle savait ce qu'elle faisait.

Jimmie Lopez sortit de l'ombre et vint à lui. Tous deux portaient un brassard noir de deuil à la manche gauche, celle de Jimmie était vide, son bras étant en écharpe.

— Merci d'être venu, chuchota-t-il.

— Pour un empire je n'aurais pas voulu manquer la prestation de Wanda.

— N'est-ce pas qu'elle est merveilleuse ?

— C'est le mot qui convient. Tu m'as annoncé au téléphone le désir de J.J. de tirer au clair le meurtre de Carl Klein. Qu'entend-il exactement par cette expression ?

— Il désire se confesser.

— Tu prétends qu'il a assassiné Klein ?

— Exactement et il en conçoit beaucoup de regret. Wanda a réussi à le convaincre de se libérer par la confession. Elle en a parlé à Jésus et il est d'accord. Alors il a appelé la police. Carlton Murray est dehors, il nous attend pour nous conduire sur le quai. J.J. se trouve sur son yacht.

— Pourquoi tant de bienveillance à mon égard ? Une histoire qui va faire autant de bruit, il aurait dû la donner à l'un de ses propres journalistes, non ?

— Jésus a dit à Wanda que le premier signe de repentir devrait consister à laisser un concurrent publier l'histoire le premier. D'ailleurs, Carl Klein appartenait à votre équipe...

Curtis posa sur son cousin un regard pénétrant.

— Pourrais-tu m'expliquer, Jimmie, pour quelle raison Jésus s'entretient de façon régulière avec Wanda et jamais avec... moi, par exemple ?

— Il faut le demander à Jésus lui-même.

— Vous me faites l'effet d'une bande de cinglés et si tu t'imagines que je vais me rendre seul à bord du yacht de J.J., tu te fourres le doigt dans l'œil, ou alors tu me prends pour un toqué de ton acabit !

— La police vous accompagne.

— J'ai quelques raisons de penser que Murray émarge à la caisse noire de Channing. Alors, merci pour l'aimable invitation. Je viens d'en parler à Jésus qui m'a répondu « fous le camp d'ici pendant que tu tiens encore sur tes deux jambes ». Salut, Jimmie !

Il fit volte-face et se faufila jusqu'à la double porte de l'édifice. La nuit était fraîche. Il s'attardait dans l'examen des deux agents en uniforme, placés de part et d'autre de l'entrée, quand un objet dur s'enfonça dans ses reins.

— C'est un revolver, souffla Jimmie d'une voix douce. Ne m'obligez pas à en faire usage. Montez dans la voiture du commissaire Murray.

Il était plus de minuit quand le canot à moteur vint se ranger sous l'échelle de coupée au sommet de laquelle Channing les accueillit : Curtis en tête, immédiatement suivi de Jimmie puis les deux agents et enfin Murray, en costume à carreaux fatigué, un feutre encrassé de sueur sur la tête. En outre, il avait attrapé un rhume et ne cessait d'éternuer que pour renifler bruyamment ou se moucher à grand bruit.

— Bienvenue à bord, s'exclama J.J. Comment va, Curtis ? Ça faisait un sacré bout de temps qu'on ne s'était pas vus tous les deux, hein ? Toutes mes condoléances, mon vieux, pour les pertes cruelles qui viennent d'éprouver votre famille... C'est un grand malheur.

— Pourquoi suis-je assailli par le bizarre pressentiment qu'un nouveau membre de ma famille va bientôt disparaître ?

Un gros rire secoua la bedaine du général.

— Allons, allons ! En voilà une façon de parler ! Dites donc, il fait un peu frais ici. Si nous descendions nous offrir un cordial ?

Venez, descendez tous... À propos, est-ce que les présentations ont été faites ? Vous connaissez évidemment le commissaire divisionnaire Murray. Quant à ces deux spécimens de la police municipale, Pete Hawkins et Bill Gray, ce sont des tireurs d'élite soigneusement sélectionnés par Murray. Comment avez-vous trouvé le sermon de Wanda ? Hein ? Un sacré numéro, cette femelle ! Son Jésus lui en raconte tellement que j'ai quelquefois envie de lui dire qu'elle devrait lui demander de la boucler un peu !

Il s'esclaffa bruyamment et les conduisit dans le salon.

— J'ai envoyé l'équipage à terre ; Pete, tu veux bien faire le barman ? dit-il en désignant la cave à alcools surmontée d'un aquarium, encastré dans l'épaisseur de la cloison et peuplé de poissons tropicaux aux couleurs éclatantes. Qu'est-ce que ce sera pour vous, Curtis ? Whisky ? J'ai un fameux malt qui vous mettra de la joie dans le cœur...

— Ça suffit comme ça, J.J. Qu'est-ce que vous voulez ?

Le publiciste alluma un cigare sans quitter son antagoniste du regard.

— Bon, ça va ! Si vous préférez passer outre les préambules, je vais vous le dire ce que je veux. Vous allez me signer cette lettre... merde, où je l'ai fourrée... dans une de mes poches... ah ! La voilà ! Donc... Elle est adressée au divisionnaire Murray et elle dit ceci : « Cher commissaire, je me reconnais par la présente coupable du meurtre de l'un de mes journalistes, un nommé Carl Klein, que j'ai trouvé au lit en compagnie de ma femme. Fou de rage, je lui ai tiré une balle dans la tête. Ensuite, j'ai transporté le corps jusqu'à l'océan, je l'ai chargé dans une barque et m'en suis débarrassé au large. Je ne peux plus vivre avec le poids de ce crime sur la conscience. Lorsque vous lirez ces lignes, j'aurai réglé mes comptes avec Dieu. C'est là que vous signez.

— Ma foi, vous avez pensé à tout, J.J. Félicitations. Pourtant, avant de signer, je serais heureux de savoir ce qui s'est passé en réalité. Qui a tiré sur Carl ?

Le gros homme échangea un coup d'œil avec Jimmie perché sur un tabouret de bar, le pistolet au bout de son bras valide. Pete Hawkins, derrière le bar, grignotait des cacahuètes. Murray, écrasé dans sa chaise, tamponnait son nez écarlate entre deux éternuements. Bill Gray, adossé à la cloison opposée, gardait la main sur l'étui de son arme.

— Bon Dieu, nous sommes entre amis, ici, pas vrai, Jimmie ? hennit Channing. Alors, explique-lui, toi !

— Très simple. Je lui ai fait parvenir un petit mot pour l'inviter à me rencontrer sur le front de mer. Je devais lui fournir tous les tuyaux concernant le projet Owens Valley. Quand on s'est retrouvés, je l'ai emmené à bord du yacht. Wanda avait promis de me fournir un alibi.

— Pourquoi ? questionna Curtis. Quel rôle joue-t-elle dans cette affaire ?

— Wanda est ma maîtresse, intervint Channing. Elle a beau discuter avec Jésus, ça ne l'empêche pas de savoir se servir de son... de ce qu'elle possède... En plus, elle a investi un bon paquet des dons dans le Valley Fund... Elle a du flair aussi, Wanda.

— Arrivés sur le yacht je l'ai liquidé, poursuivit Jimmie, on lui a ficelé un poids aux pieds et on l'a balancé par-dessus bord. Je suppose qu'on a mal serré les nœuds puisqu'il est arrivé sur la plage, comme vous savez.

Il se tut, parut se concentrer avant d'ajouter :

— C'est à peu près ce que nous allons faire avec vous.

Le silence qui suivit cette affirmation n'était troublé que par la mastication de Pete et les reniflements de Murray.

— Assassins ! dit Curtis sans élever le ton. Bande de meurtriers de sang-froid, immondes crapules ! Ôter la vie à un homme jeune et actif, simplement pour camoufler une saloperie de machination d'escrocs à la petite semaine...

— Oh mais, c'est mieux que ça, Curtis, coupa J.J. Notre entreprise ne se limite pas à une simple affaire ! Nous allons pousser le développement de la vallée San Fernando. Nous voulons doubler l'importance de Los Angeles. Pensez donc, dans dix ans, la ville sera aussi grande que New Orleans ou Kansas City ! Et, dès que nos deux quotidiens auront fusionné, Jimmie et moi possèderons l'un des plus puissants organes de presse du Nouveau Monde...

— Ah, bon ? Jimmie va prendre la direction du *Clarion* ?

— Ma foi... ça en prend le chemin, non ? Vous disparu, il ne nous restera plus guère de Collingwood sous la main, pas vrai ?

— Alma et moi allons nous marier le mois prochain, expliqua Jimmie avec un sourire narquois. Votre présence nous manquera.

La porte s'ouvrit avec fracas, sous une poussée brutale, livrant passage à Cliff Parker. Bill Gray sortit aussitôt son arme mais le policier, plus rapide, lui brisa le bras droit d'une balle. Deux autres inspecteurs étaient déjà dans la pièce. Jimmie se mit à tirer comme un dément, en direction de Parker. Trois pistolets aboyèrent simultanément. Touché à la poitrine, il s'écroula, tandis que la fusillade continuait. Hawkins se réfugia de justesse derrière le bar. Au-dessus de sa tête, le somptueux aquarium, frappé de plein fouet, vomissait des trombes d'eau et des cascades de poissons tropicaux. À ce stade de l'intervention, une demi-douzaine de fonctionnaires de police tenaient en joue le reste de la bande, Channing, les traits décomposés, levait les mains autant qu'il le pouvait. Murray se mit à crier :

— Je veux savoir qui a ordonné ça ?

— Moi ! répliqua Curtis d'une voix nette. Avez-vous correctement enregistré la confession, Parker ?

— Absolument, sir, pas un mot ne manque, dit celui-ci en agitant son carnet.

— Parfait ! Le *Clarion* pourra publier une histoire intéressante dès demain, je pense !

— Écoutez, Curtis, c'est de la foutaise, bêla J.J. On voulait seulement vous faire une blague…

— Sacrée bonne blague, oui. À se rouler par terre !

Curtis s'agenouilla auprès de Jimmie, étalé face sur le plancher, inerte, entouré de poissons sautillant frénétiquement.

— On pourrait s'arranger, insista Channing d'une voix râpeuse. Teddy Roosevelt est un copain… je pourrais appeler la Maison Blanche…

— La ferme !

Curtis retourna Jimmie sur le dos. Il vivait encore. À peine. Le sang s'écoulait de trois blessures à la poitrine. Le regard dont il fixait Curtis était déjà vitreux.

— Vous… avez ga… gné, articula-t-il. Les grin… gos… l'ont em… porté…

Il fut secoué d'un frisson et rendit l'âme.

Le lendemain, l'affaire faisait la une du *Clarion* :
LE RÉDACTEUR EN CHEF DE *L'EXPRESS*
IMPLIQUÉ DANS UNE AFFAIRE DE MEURTRE…
FUSILLADE SUR UN YACHT AU LARGE DE CATALINA
UN MEMBRE DE LA FAMILLE COLLINGWOOD
TROUVE LA MORT
UN COMMISSAIRE DIVISIONNAIRE IMPLIQUÉ !
LE SCANDALE DU PROJET D'ADDUCTION D'EAU :
MONUMENTALE ESCROQUERIE
AU DÉTRIMENT DES CONTRIBUABLES
UNE DIZAINE DE MAGNATS ET DE POLITICIENS
ONT TREMPÉ DANS L'AFFAIRE
HÉROS DU JOUR : L'INSPECTEUR PARKER !

— Jimmie ! Mon Jimmie ! sanglotait Alma Brett. Ils m'ont tué mon Jimmie… mon amour… mon seul amour… !

Elle saisit un marteau de sculpteur abandonné sur l'établi et le lança de toutes ses forces contre la Femme Pionnier à laquelle il arracha un genou.

Après quoi, toujours sanglotant de manière hystérique, elle se précipita dans la cuisine où elle s'empara d'un couteau à découper. Elle releva la manche gauche de son kimono et s'entailla profondément le poignet. À la vue du sang qui giclait de la blessure, elle laissa tomber l'instrument et courut décrocher le téléphone intérieur qui la reliait à la grande maison.

— Lily ! Viens ! Viens vite ! J'ai tenté de me supprimer ! piailla-t-elle.

Elle raccrocha, rafla une serviette éponge dont elle entoura rapidement son bras.

On enterra Jimmie sur une éminence d'où la vue s'étendait sur le Pacifique, à côté de son père Juanito et de ses grands-parents. Star et ses trois filles, debout, immobiles près de la tombe, laissaient le vent du large s'engouffrer dans les longs voiles noirs agrafés à leur chapeau. Curtis s'approcha et étreignit sa tante.

— Je suis sincèrement peiné, murmura-t-il.

— C'était une mauvaise graine, répondit Star. Un scorpion. Dès son plus jeune âge, son père l'avait empli d'une haine pro-

491

fonde vis-à-vis de moi… et des autres. Peut-être en suis-je responsable… qui peut savoir ? En tous cas, les choses sont mieux ainsi. Mais, que de morts nous entourent ! Maman, Archer, Chester et, à présent, Jimmie ! Serions-nous une famille frappée par la fatalité ?

Curtis laissa échapper un soupir.

— Je ne sais que vous répondre. Toutefois, je désire réunir les survivants de notre famille, les avoués vont nous proposer une forme nouvelle de regroupement des biens familiaux. Il a fallu se résoudre à la lecture du testament de grand-mère et la disparition de papa nous oblige à… bref, c'est terriblement compliqué.

— Sans compter que tu es devenu le chef de famille, du jour au lendemain… observa Star.

— Ma foi, oui, en quelque sorte.

Depuis quelques minutes, Curtis ne quittait pas Alicia des yeux et répondait distraitement aux questions de sa tante. Il s'apercevait tout à coup que, durant toute la cérémonie, il n'avait cessé de la regarder. Une fille si douce, si pleine de qualités et – ce qui ne gâtait rien – si jolie…

— Ils prétendent que je suis désormais une des cinq femmes les plus riches du monde, dit Arabella tandis qu'elle tournait autour de la chaire siennoise acquise par son défunt époux trois mois plus tôt. Le Seigneur s'imagine, sans doute, compenser par cette insigne faveur la perte d'un mari et d'un fils, mais dans ce cas, Il se trompe.

Curtis était venu retrouver sa mère dans l'entrepôt de Palo Alto dont Archer s'était rendu propriétaire dix ans auparavant. La totalité des objets d'art qui s'y trouvaient – statues, tapis, tapisseries, vases, armures, toiles et objets mobiliers – représentaient le résultat d'une longue et patiente recherche éclairée chez les antiquaires des principales villes d'Europe. Le séisme venait de faire d'Alma l'héritière, à la fois de la fortune d'Emma mais aussi, et sans transition, de son mari – qui était, en même temps, le fils de cette dernière.

— Heureusement, observa Curtis, nous avons quand même une bonne nouvelle : Joël commence à former des phrases.

Sa mère esquissa un sourire mélancolique, derrière son voile noir.

— C'est une bonne nouvelle, en effet, un si mignon petit garçon.

— Et j'ajouterai que Betty pense être enceinte de nouveau.

— Non ?

— Elle va consulter demain un médecin.

— Espérons que l'examen s'avérera positif… nous n'aurons jamais trop d'enfants ! Si tu savais, mon chéri, combien ton père me manque… Lui qui était le meilleur des époux !

— Je sais, maman, murmura Curtis, ému, mais résolu à mener à bien son projet – avec le maximum de tact – il nous manque à tous, mais… les financiers souhaiteraient te voir prendre rapidement une décision concernant ce fatras.

— Les financiers… les comptables, maugréa-t-elle avec une moue dédaigneuse, j'ai horreur de ces gens-là !

— Je comprends… seulement la prime d'assurance garantissant l'entrepôt s'élève à elle seule à cent mille dollars par an. La Golden State s'est trouvée devant la nécessité de régler pour plus de quarante millions de dollars de sinistres causés par le tremblement de terre ou les incendies. Nous sommes dans l'obligation de faire honneur à notre signature et il est naturel que les financiers recherchent tous les moyens de réaliser des économies.

Sa mère se tourna vers lui avec une vivacité inattendue.

— Des économies ! Mais il s'agit de la substance d'un rêve, mon garçon ! Ce « fatras » – comme tu dis – représente la réalisation d'un rêve cher à ton pauvre père.

— Tu as certainement raison, maman, malheureusement, comme la plupart des rêves, celui-ci possède un côté qui défie le sens pratique… Je… je veux dire par là : qui songerait aujourd'hui à utiliser une chaire… médiévale et siennoise par-dessus le marché ?

— Qui songe à admirer une œuvre d'art ? L'art et les belles choses, les réalisations artistiques ont pour commun dénominateur leur inutilité, pourtant rien ne prouve qu'elles ne sont pas porteuses des valeurs les plus importantes, ni les plus précieuses. Ton père adorait de ce « fatras », de la même manière que je ne vis que pour mes toiles. La collection d'Emma s'est trouvée engloutie avec elle-même, mais son rêve d'installer un musée ne doit pas plus disparaître que sa mémoire. C'est moi qui en assurerai la construction et je garnirai les salles à l'aide de ma collection ainsi que celles de ton père. Et tout cela constituera une réalisation parfaitement inutile, à cela près qu'elle pourra procurer quelque plaisir à des générations de Californiens. Peut-être même, en définitive, sera-t-elle la plus utile de toutes… Je lis dans ton regard que tu me prends pour une vieille femme stupide et déplorablement dépensière, n'est-ce pas ?

Curtis se pencha vers elle pour déposer un baiser sur sa joue.

— Non, dit-il, je trouve ton idée merveilleuse, au contraire.

Le général Channing, convaincu de complicité dans un meurtre au premier degré, avec préméditation, fut condamné à trente ans de prison. Mais, grâce à sa fortune et à ses appuis politiques, il ne passa que dix mois à San Quentin.

L'aqueduc géant, qui apporte l'eau depuis l'Owens Valley jusqu'à Los Angeles, devait être achevé six ans plus tard. Cette grandiose réalisation fut considérée à l'égale de la Grande Muraille de Chine.

Planté devant la fenêtre de son bureau, au douzième étage de l'immeuble qui abritait le *Clarion,* Curtis Collingwood regardait les trombes d'eau se déverser sur Los Angeles. Comble d'ironie : après le scandale déclenché par la sécheresse qui sévissait en Californie du Sud, les pluies étaient arrivées dès le mois de novembre en quantités prodigieuses.

— À tout le personnel de la Collingwood Corporation, commença-t-il à l'intention de Rose Markham, tirée à quatre épingles – comme à l'ordinaire – dans son tailleur gris perle et son corsage d'un blanc éblouissant. En ma qualité de nouveau président, je désire mettre à profit cette occasion pour remercier chacun de vous de sa sollicitude et de son appui durant les épreuves qui ont cruellement endeuillé ma famille. En mon nom personnel, je souhaite vous exprimer ma reconnaissance pour les nombreux témoignages de sympathie reçus… à propos… à l'occasion de la… toute récente perte cruelle…

La secrétaire leva les yeux et découvrit, à sa profonde stupeur, que son patron, toujours si dynamique et plein de fougue, pleurait comme un petit garçon.

— Monsieur Collingwood, désirez-vous que je revienne plus tard… ?

Il secoua la tête, s'essuya les yeux à l'aide de sa pochette puis il se détourna résolument de la fenêtre et reprit place à son bureau. À ce moment-là seulement il leva les yeux sur miss Markham.

— Pensez-vous qu'une malédiction pèse sur ma famille, Rose? demanda-t-il d'une voix rauque. Le séisme d'abord, ensuite Jimmie Lopez et maintenant, le cancer…

La prétendue grossesse de Betty s'était révélé être un cancer de l'utérus. Elle venait de mourir la semaine précédente.

Rose sentait son cœur se briser pour cet homme auquel elle vouait une secrète adoration.

— Il est reconnu que les catastrophes obéissent souvent à des cycles… murmura-t-elle.

— Savoir si nous sommes en bout de cycle, maugréa-t-il après s'être mouché. Maintenant, Joël n'a plus de mère. Il faut que je lui en trouve une, Rose. Ce garçon doit bénéficier de soutien et d'encouragement, si l'on songe au fardeau qui va reposer sur ses épaules…

— Je comprends parfaitement.

Il la dévisagea.

— Avez-vous envisagé la possibilité de vous installer à San Francisco, Rose?

— Certainement, sir. Si vous avez besoin de mes services, je vous suivrai partout.

— Cela me paraît en effet l'unique solution en raison de la disparition de mon père et de mon frère. Votre acceptation m'apporte un grand réconfort, Rose. Si j'avais dû vous perdre, vous aussi…

Il secoua les épaules mollement. Avec accablement. Elle ne le quittait pas des yeux, soudain envahie par un impossible espoir… «Si, par hasard, il songeait à moi pour… Seigneur! Si tu te mets à prendre tes désirs pour des réalités, ma pauvre vieille! Tout de même, devenir un jour madame Curtis Collingwood…!»

— Qu'est-ce que c'est que cette voiture? graillonna Star, occupée à remplir son verre de gin. Elle avait retrouvé et son lit et ses habitudes néfastes, dans la grande chambre, à l'étage de la tour ronde. Alicia quitta sa chaise et alla se poster devant la fenêtre contre laquelle ruisselait la pluie. Une Great-Arrow noire et rouge venait de s'immobiliser devant les marches du perron. Dans le lointain, le Pacifique, écrasé sous un ciel couleur d'ardoise, roulait d'énormes vagues crêtées d'écume blanchâtre.

— C'est Curtis ! s'exclama Alicia.

— Curtis ? Tiens…

Sa mère leva le nez de son gin et chuchota :

— Il n'a pas cessé de te regarder, le jour de l'enterrement de Jimmie… Et il a fait de même durant le service funèbre de cette pauvre Betty. Je me demande si ce ne serait pas une fin heureuse… ?

— Maman ? De quoi veux-tu parler ?

— Je parle de ton cousin, le plus beau et le plus enviable parti de toute la Californie. Tiens, on sonne. Dépêche-toi de descendre pour l'accueillir. Et fais-toi une beauté, au passage !

— Écoute, maman, l'abus d'alcool te pousse à la mégalomanie, je t'assure ! Pour quelle raison Curtis s'intéresserait-il à moi ?

— Et pourquoi non ? Qu'aurait-il à te reprocher ? Ton sang est tout à fait digne du sien. Demande-lui de rester à dîner. Dis à Chinina de remuer ciel et terre et apporte-moi un paquet de cigarettes.

Alicia sortit en secouant la tête et referma la porte derrière elle avec soin. Ce qui ne l'empêcha pas de dévaler les escaliers, au risque de se rompre le cou et d'ouvrir la porte avec une brusquerie inhabituelle chez elle.

— Bonjour, Alicia.

Curtis lui était toujours apparu si séduisant, si préoccupé par ses affaires, si… puissant et surtout si… riche. Il était son aîné de neuf ans. Pourtant, en ce jour gris et pluvieux, elle se surprit à lui découvrir une apparence de jeunesse, d'entrain, pour ne pas dire d'alacrité…

— Voilà… figure-toi que je dispose de deux billets pour la représentation d'une toute nouvelle pièce, expliqua-t-il, avec une certaine gêne. Je me demandais si tu accepterais de m'accompagner. C'est à San Francisco.

— À San Francisco ?

— Oui, je… je vais m'y installer et j'ai pensé que… que tu ne verrais peut-être pas d'inconvénient à m'y accompagner pour quelques jours. Le temps est épouvantable ici, tu le passerais en compagnie de maman.

— Entre donc Curtis, au lieu de rester à bavarder sur le seuil. Quand désires-tu partir ?

— Demain matin. Mère va m'envoyer l'« Arabella ».

Depuis le temps qu'elle mourait d'envie de voir de près ce wagon privé.

— Il faut que je demande à maman… mais, moi, je serais très heureuse de t'accompagner.

De retour à sa voiture, Curtis emportait dans son cœur le chaud, le rayonnant sourire espagnol d'Alicia. « Elle est merveilleusement belle. Elle ferait une excellente mère pour Joël et une ravissante épouse pour moi… »

En outre, ce mariage ramènerait le Calafia Ranch dans le giron de la famille Collingwood.

CINQUIÈME PARTIE

Le fantôme d'Hollywood

CHAPITRE QUARANTE ET UN

Tout de suite après l'attaque cardiaque qui, en 1909, devait emporter Arabella Dawson Collingwood, Curtis – désormais l'une des plus grosses fortunes mondiales – et sa nouvelle épouse, Alicia, entreprirent la construction d'une maison bien à eux, sur la côte proche de Burlingame, dont ils avaient également acquis le terrain. La villa de quarante pièces dominait le Pacifique et la baie de San Francisco à peu de distance du musée édifié par les soins d'Arabella. Alicia y conçut la mise en œuvre d'un jardin-parc où elle pourrait satisfaire sa passion du jardinage et réaliser, avec le temps, l'une des merveilles de la Californie.

Entretemps, les avoués de la famille, sous la direction d'un jeune et brillant expert, Lamont Vane, s'étaient employés à restructurer l'énorme empire financier dont le *Wall Street Journal* donnait, au début de 1910, une estimation globale proche d'un billion de dollars.

L'unique héritier de cette fortune s'appelait Joël de Meyer Collingwood, il était âgé de huit ans et il se plaisait à jouer avec des poupées.

— Ah ! Parlons-en de mon fils ! s'exclama Curtis, ce soir-là, la fourchette en suspens. Mon fils est un béjaune, une véritable poule mouillée ! Je le mets au défi de deviner ce qu'il s'amuse à collectionner en ce moment ? Des masques !

— Nous sommes à trois semaines de la Toussaint, mon chéri, expliqua Alicia. Tous les enfants rassemblent des masques…

— Des masques dorés ? Ornés de plumes ?

— Il les a confectionnés tout seul. Il est terriblement précoce, tu sais. Il m'a montré le costume blanc et or qu'il a taillé et cousu de ses mains. La copie d'un modèle trouvé dans un livre de la bibliothèque… un costume porté par un courtisan à la Cour de Versailles, si j'ai bien compris.

— Et tu t'imagines peut-être que je vais laisser mon fils courir les rues, harnaché d'une saloperie de déguisement de traîne-bottes du dix-septième siècle… et avec des plumes sur la figure pour tout arranger ! Jamais de la vie ! J'aimerais mieux l'enfermer dans sa chambre, je t'en avertis, Alicia. La conduite de ce gosse est venue à bout de ma patience. Il a hérité tous les défauts – et les plus détestables – de chacun des membres de la famille. Et j'inclus ceux de Betty dans le lot ! Quand on pense que son frère Gérald qui joue au peintre dans un recoin de Napa Valley, mène une vie de pédéraste ! Je ferai tout pour que mon fils ne tombe pas dans l'ornière… !

— Curtis, je t'en prie ! Il n'a que huit ans. C'est un garçon d'une sensibilité à fleur de peau, très réservé et qui dispose d'une imagination pleine de ressources.

— Pourquoi prends-tu sans cesse sa défense ?

— Parce que je l'aime. Et aussi parce que je sais ce que peuvent être la réserve et la timidité. Si tu t'imagines que je n'ai pas connu moi-même un enfer, en guise de jeunesse ! Entre une mère qui ne dessaoulait pas et un frère qui passait son temps à fouetter les putains dans l'écurie. Je ne veux pas que Joël soit traité en paria pour la simple raison qu'il a des goûts et des penchants différents de ceux de ses camarades.

— Différents ? Si ce n'était que cela ! Mais il est complètement anormal : il déteste le base-ball ! Qui a jamais entendu parler d'un garçon qui ne raffolerait pas du base-ball ? Sais-tu ce que je vais faire, Alicia ? Je vais l'obliger à aimer le base-ball !

— Je pense que c'est une bêtise. Comment contraindre quelqu'un à aimer un jeu ?

— Je vais lui louer les services d'un professeur. Je vais faire installer un terrain…

— Pas à proximité de mon parc !

— Non, non, je garderai mes distances. Je lui ferai confectionner un costume et mon fils va devenir un joueur de base-ball !

Alicia agita la sonnette.

— Je te souhaite beaucoup de succès. Mais, connaissant Joël comme je le connais, il préférera dessiner le costume plutôt que de le porter.

Cheam, le maître d'hôtel anglais, entra et remplit les verres. Curtis mit ce silence imposé à profit pour grignoter sa côtelette, tandis qu'Alicia détaillait la grande toile jaune accrochée au mur, signée d'un peintre français du nom de Matisse. Tout de suite après le désastre, Curtis avait voulu poursuivre la tradition familiale et reconstituer la collection engloutie de sa grand-mère. Il avait acquis des toiles modernes et, pris au jeu, s'était vite aperçu qu'il possédait un goût certain pour la peinture.

— Promets-moi une chose, en tous cas, reprit Alicia, dès que le maître d'hôtel se fût discrètement esquivé. Promets-moi de ne pas te montrer brutal avec le petit. N'oublie jamais qu'il a perdu sa mère. Essaie de te mettre à sa portée. Et surtout, ne t'attends pas à des miracles.

— Je n'ai pas l'intention d'user de brutalité, mais bien plutôt de fermeté. Dans son propre intérêt, d'ailleurs. Il n'existe pas d'Américain digne de ce nom qui puisse réussir dans l'existence s'il n'aime pas le base-ball.

C'était un garçon d'apparence singulière, maigre, presque décharné et très grand pour son âge. En dépit de son épaisse chevelure brune, de ses yeux d'un bleu profond et de son long nez aquilin, il semblait que les traits essentiels hérités d'une longue lignée d'ancêtres séduisants eussent quelque difficulté à s'assembler et à s'ordonner dans son visage ingrat. Assis à même le tapis de sa chambre, il jouait avec son théâtre miniature quand un coup sec fut frappé à sa porte.

— Entrez !

Curtis parut sur le seuil.

— Salut, p'pa.

Curtis s'avança et tomba en arrêt devant le jouet extravagant.

503

— Quelle pièce as-tu l'intention de présenter ce soir, Joël ? s'enquit-il du ton le plus jovial qu'il pût adopter, afin de dissimuler sa contrariété.

— Ce n'est pas une pièce, p'pa, c'est un opéra, rectifia le gamin sans cesser son occupation.

— Quel opéra ?

— Carmen. J'ai dessiné tous les costumes moi-même.

— Mmmm… Ils sont gais, pleins de couleur.

— Merci, p'pa. J'ai passé cinq nuits à les découper… après avoir terminé mes devoirs, bien entendu.

— Je ne suis pas mécontent de tes résultats en classe, Joël. Tes notes sont excellentes. Seulement… je voudrais bien que tu abandonnes ce foutu machin et que tu me regardes un peu !

Joël retira les mains du proscenium qu'il avait entièrement conçu sans aide et leva les yeux vers son père, sans mot dire. Curtis réprima à grand-peine une furieuse envie de fouler aux pieds théâtre et personnages.

— Bon, dès demain, après la classe, un certain monsieur Reynolds viendra travailler avec toi, pendant une heure.

— Qui est monsieur Reynolds, p'pa ?

— Le moniteur de base-ball de la Palo Alto High School. Il t'apprendra à jouer au base-ball.

Silence.

— Tu verras, ça te plaira beaucoup, mon garçon. Et Reynolds est très gentil.

Même silence. L'expression de Joël s'était fermée.

Curtis posa un genou sur le tapis afin de se mettre à son niveau.

— Joël, expliqua-t-il d'une voix douce, un garçon doit jouer au base-ball au lieu de s'amuser avec des poupées. Comprends-tu ?

— Puisque tu le dis, p'pa.

— Ben oui ! Je te le dis !

Le père et le fils s'affrontèrent du regard. La ferme résolution qu'il lut dans les prunelles de son fils surprit profondément Curtis. Qu'il jouât ou pas à la poupée, il possédait assurément une volonté d'acier.

— Est-ce que tu me détestes ? questionna-t-il, sincèrement curieux.

Joël serra les lèvres, sans répondre.

— Réponds-moi, Joël.

Silence.

— Réponds-moi, nom de Dieu !

Silence.

Curtis se releva d'un bond, submergé par la colère. Il pointa un index autoritaire sur son fils.

— Tu joueras au base-ball ! cria-t-il. Et tu y joueras bien. Et tu te débarrasseras de ces foutues saloperies de poupées !

Et, d'un pied rageur, il écrasa le minuscule théâtre en carton, avec les minuscules acteurs. Puis, sans se retourner, il s'élança hors de la chambre et claqua la porte de toutes ses forces.

D'une main frémissante, Joël ramassa sa Carmen pitoyablement aplatie. Patiemment, une étrange lueur dans le regard, il entreprit de lui redonner forme.

— Regarde-moi ça ! C'est complètement inutile !

Quinze jours plus tard, Curtis, un verre d'alcool à la main, suivait la scène qui se déroulait sur la pelouse attenante à la piscine et que l'on découvrait de la fenêtre de la bibliothèque. Joël s'entraînait avec monsieur Reynolds.

— Qu'est-ce qui est inutile ? s'enquit Alicia en le rejoignant.

Sa beauté, tout à fait particulière, résultait, comme celle de son frère disparu, d'un curieux mélange de sang espagnol avec les traits caractéristiques de la finesse mandchoue.

— De poursuivre ! D'insister pour lui apprendre le jeu… Regarde-le, cet empoté ! Ses maladresses feraient crouler de rire un stade tout entier ! Il déteste le sport. Il me déteste moi aussi parce que je l'oblige à jouer… ! Je vais dire à Reynolds d'arrêter les frais, c'est du temps perdu.

— Il existe d'autres choses dans la vie que le base-ball.

— Je sais ! Il doit pouvoir remporter un championnat de tricot !

— Chéri, ne sois pas cruel !

— Je sais que c'est méchant et je m'en fous éperdument ! Crois-tu que je ne souffre pas d'avoir donné le jour à un pédé ?

— Mais enfin, qu'en sais-tu ?

— Je le sais. Je me trompe peut-être, mais cela m'étonnerait. En tous cas, je vais te dire une bonne chose : jamais la Collingwood Corporation ne tombera aux mains d'une tapette !

Alicia enlaça son mari et déposa un baiser sur sa joue.

— Peut-être obtiendras-tu cette fois le garçon qui te manque tant…

Il abaissa sur elle un regard brillant de convoitise extasiée.

— Oh, je t'en supplie, ma chérie, donne-moi un garçon… un véritable garçon…

CHAPITRE QUARANTE-DEUX

En 1913 se produisit un événement dont les développements devaient peser plus lourd encore sur le destin de la Californie que la ruée vers l'or, soixante-quatre années auparavant. À savoir l'ouverture des studios de cinéma.

En 1916, alors que la Première Guerre mondiale ravageait l'Europe tout entière, Curtis et Alicia, accompagnés de leurs trois enfants, se rendirent au Calafia Ranch afin d'assister au service funèbre de Star qui avait fini par succomber au poison de l'alcool. En regardant le cercueil s'enfoncer dans la terre, Curtis songeait qu'il emportait avec Star un passé tumultueux bien révolu. Chinatown, détruite par le séisme, avait été rebâtie pour une classe bourgeoise de Chinois tranquilles. La côte de Barbarie avait perdu sa réputation de banditisme. La violence, dont avait été tissée la jeunesse de Star, n'offrait plus à ce jour qu'un thème de scénario pour les salles obscures.

Après l'enterrement, la famille au complet passa quelque temps à Los Angeles. Tandis que Curtis conférait avec ses responsables, Alicia conduisit Joël ainsi que ses deux filles aux studios de la Fox, dans Sunset Boulevard, afin d'assister au tournage de plusieurs séquences.

Depuis deux ans, Joël, qui dépassait largement le mètre quatre-vingts, portait, pour remédier à une sévère myopie, des lunettes aux verres très épais, qui ajoutaient encore à l'étrangeté de sa silhouette. Pourtant, le spectacle des acteurs aux prises avec un texte stupide, mais surtout l'aspect technique de la prise de vues et la mise en scène le fascinaient littéralement, au point de lui faire tout oublier.

Par un pluvieux après-midi d'automne de 1920, retentit le coup de sifflet indiquant la mi-temps et l'équipe de St. Stephen, traversa au galop le terrain boueux pour aller se réfugier sur les bancs de touche.

— Porteur d'eau ! beugla Norman Hickby, le trois-quart arrière.

Un grand diable dégingandé, affublé d'énormes lunettes et drapé d'un treillis jaune pâle qui flottait sur son corps squelettique accourut, un seau d'eau au bout du bras.

— Salut, Joël-la-Taupe, ricana Hickby avec une moue dédaigneuse.

Il puisa une pleine louche d'eau, but à la régalade, replongea l'instrument dans le seau.

— Merci, Petite Sœur, railla-t-il.

Voyant que Joël le dévisageait sans mot dire, il plissa les lèvres, fit retentir un baiser sonore dans le vide et se rassit en ricanant de plus belle.

Le match achevé – par la victoire de St. Stephen – l'équipe au complet s'ébattait sous la douche, dans un concert de chants et d'exclamations joyeuses, au rez-de-chaussée du gymnase Archer Collingwood érigé par les soins du père de Joël.

— Hé ! Oh ! Les gars ! Voilà la fillette qui rapplique ! C'est pas le moment d'égarer vot'savon !

Joël, paupières plissées parce que privé de ses verres, pénétra dans la salle de douches, subitement frappée de silence. Tous les regards convergeaient vers son grand corps squelettique aux épaules légèrement tombantes. Il se réfugia dans un angle et tourna le robinet.

— Vous trouvez pas qu'elle est drôlement gironde, la sœurette ? piailla une voix.

Miaulements, cris, aboiements, onomatopées en tous genres.

— Dis donc, cocotte, ton père a filé le fric pour le gymnase parce que sa fillette voulait des hommes à se mettre sous la paluche… !

Tempêtes de rires.

Joël se savonnait sans mot dire.

— Hé, sœurette, beugla Hickby en s'approchant de lui, son savon à la main, tu me frottes le dos?

Rugissements. Joël le dévisagea l'air absent, avant de se retourner face contre la paroi. Alors, Hickby se pencha en avant, lui fourra la savonnette entre les fesses.

— Zyeux de bœuf! rugit-il. Et il sauta en arrière.

Joël serra très fortement les paupières tandis qu'il se débarrassait du savon sous les huées et les criailleries des membres de l'équipe.

Ce même soir, il travaillait son devoir d'algèbre dans sa chambre individuelle, au dernier étage de l'internat, quand on frappa à sa porte. Avant qu'il ait eu le temps de répondre, la silhouette massive de Hickby s'encadra dans le chambranle. Il était en pyjama. Il referma, sourit.

— Salut Joël, dit-il.

L'interpellé tourna imperceptiblement la tête.

— Qu'est-ce que tu me veux?

— Euh… voilà, fit l'autre, les bras croisés sur la poitrine en s'adossant au mur. J'étais venu te dire que, des fois, je t'admire. Tu supportes des quantités de vexations sans jamais te révolter…

— Qu'est-ce que ça y changerait? Une pareille bande de demeurés…

— Moi comme les autres, pas vrai?

— Puisque c'est toi qui le dis!

— Peut-être qu'ils te laisseraient tranquilles si tu leur répondais. Ils te considèrent comme moins que rien.

Joël reporta son attention sur l'équation qu'il déchiffrait.

— C'est bien possible. Mais si tu savais comme je m'en fous de ce qu'ils pensent, ou croient, ou disent. Bonne nuit, Norman. J'ai une compo demain.

L'autre l'examina pensivement, en silence, puis il vint se placer derrière lui et posa ses deux mains sur les épaules décharnées.

— Je pourrais te protéger, chuchota-t-il, accentuant le propos d'une pression amicale des paumes et des doigts.

Joël reposa son crayon.

— Pourquoi ferais-tu ça?

Norman se pencha tout près de son oreille.

— Parce que tu accepterais d'être ma petite amie, sœurette.

Joël se raidit. Et, tout à coup, un cri s'échappa de sa gorge, un hurlement féroce d'animal enragé qui fit bondir Norman en arrière. Joël se leva alors si brusquement qu'il renversa sa chaise et fit face au champion de foot.

— Espèce de dégueulasse perverti, pourri, saleté ! cria-t-il en lui écrasant son poing sur le nez avec une force telle que l'athlète pantelant bascula sur la corbeille à papiers et s'étala sur le plancher.

— Maintenant, écoute-moi bien, poursuivit Joël d'une voix frémissante. Mon père verse pas mal de fric à cette école et il a voix au chapitre. Si jamais tu me touches encore une seule fois, je me plaindrai au chef d'établissement et tu pourras aller chercher du boulot comme garçon-coiffeur… Mets-toi ça dans ton crâne de dépravé et fous-moi le camp de ma piaule !

Norman Hickby, le visage barbouillé de sang, se remit sur pieds avec des mouvements empruntés et s'enfuit, une expression de terreur au fond des yeux.

Par une chaude matinée de cet été de 1926, l'une des cinq femmes de chambre attachées au service de la maison Collingwood achevait de refaire le lit de Joël. Charlene Miller, une jolie fille qui avait débuté quelque trois semaines auparavant, avait déjà eu le temps de connaître les ragots de l'antichambre. Elle savait que l'unique fils de la famille venait de sortir de Yale avec son diplôme en poche, que son père ne s'entendait pas avec lui et on lui en avait expliqué la raison.

De fait, il suffisait d'épousseter la pièce, ainsi qu'elle le faisait chaque matin, pour être frappée par l'excentricité des objets répartis autour d'elle : des masques de tous genres, confectionnés dans tous les matériaux imaginables – des poupées, également, une véritable population de poupées, entassées sur les chaises, alignées sur le bord des fenêtres. Un mur entier était garni d'étagères sur lesquelles s'alignaient des ouvrages concernant le théâtre, ainsi que les œuvres complètes de Shakespeare, Ibsen, Bernard Shaw et jusqu'aux pièces de boulevard et aux compte rendus des spectacles de Broadway.

Sur la table poussée devant la fenêtre se dressait une merveilleuse miniaturisation de scène avec son rideau de velours cramoisi et or. Elle était conçue « à ciel ouvert », de sorte que l'on en pouvait atteindre les cintres aussi aisément que les coulisses et le proscenium. Une fois de plus dévorée, de curiosité, elle s'empara d'un minuscule Hamlet pour l'examiner de plus près.

— Laissez ça tranquille !

Elle sursauta, reposa précipitamment le petit personnage et se retourna vers Joël, debout devant la porte.

— S'il vous plaît, ajouta-t-il, radouci.

Il portait un costume de flanelle blanche, sur une chemise à fines rayures bleues, ouverte au col. Elle le trouvait soudain plus grand, plus maigre et ces étranges verres trop épais lui donnaient un regard difficilement soutenable.

— Pardonnez-moi, sir. Je ne voulais rien déranger.

— Je sais. Quel est votre nom ?

— Charlene, sir.

Il referma la porte dans son dos sans la quitter de son singulier regard.

— Vous êtes très jolie, Charlene.

— Merci, sir.

Il s'approcha d'elle très lentement, sortit de sa poche son portefeuille, dont il tira un billet de cinquante dollars qu'il lui tendit. Sa main tremblait.

— Accepteriez-vous… ? chuchota-t-il.

Voyant qu'elle tentait de sortir, il lui tendit un second billet, en même temps qu'il lui barrait le passage.

Elle leva sur lui un regard où se lisait une incrédulité amusée.

— On prétend que vous n'aimez pas les filles, murmura-t-elle.

— On se trompe, répliqua-t-il sur le même ton, sans quitter ses seins des yeux.

Elle s'empara de l'argent et entreprit de déboutonner sa robe d'uniforme.

— Vous feriez mieux de fermer la porte à clé.

— C'est déjà fait.

— Et si on nous surprend ?

— Personne ne nous surprendra. Me trouvez-vous réellement laid ?

Elle acheva de se défaire de sa robe, un pied levé après l'autre.

— Oh non, sir. Vous n'êtes pas laid. Vous avez, je crois, un genre de beauté, un peu particulier.

Il décrocha de la paroi un masque en argent.

— Avez-vous regardé les portraits de mes arrière-grands-parents, en bas ?

— Oui.

— Mon arrière-grand-mère n'était-elle pas ravissante ?

— Oh si ! Je ne me lasserais pas de la contempler, pendant des heures ! Le sénateur aussi était un bel homme.

Elle acheva de se dévêtir sans qu'un instant il ait cessé de contempler son corps magnifique.

— Comparé à eux, vous ne pouvez que me trouver laid, non ?

— Ma foi…

Il retira ses lunettes, les posa sur la table et posa le masque argenté sur son visage.

— À présent, chuchota-t-il, il vous est aisé de m'imaginer aussi séduisant que mon arrière-grand-père. L'imagination est plus puissante que la réalité. Au vrai, la réalité *peut* être simple affaire d'imagination.

Lorsque sa main se posa sur son sein, la jeune fille fut parcourue d'un petit frisson d'angoisse.

— Vous ressemblez au « Fantôme de l'Opéra »… j'ai vu le film et au moment où elle lui a arraché le masque, j'ai poussé un cri…

— Pourtant, sa laideur elle-même ne lui donnait-elle pas une certaine beauté ?

— Je ne sais pas, monsieur Joël. Je préférerais que vous ôtiez celui-ci, c'est… un peu effrayant.

Mais Joël le conserva jusqu'à la fin.

— L'héritier est dans nos murs ! annonça une secrétaire de la Pacific Bank.

— Tu parles du fils Collingwood ? questionna une autre, entre deux touches de rouge à lèvres.

— Mouiii… C'est la première fois qu'on le voit ici ! Tu te rends compte ? Se savoir héritier d'un pareil tas de millions et n'avoir jamais éprouvé la curiosité de voir comment ça fonctionne !

— J'ai vu sa photo à la documentation. Il a l'air pas mal.

— Faut pas rêver, ma choute… je me suis laissé dire qu'il est de la… enfin, tu vois !

Elle esquissa le geste de rajuster une coiffure bouclée, imaginaire, tête penchée de côté, sourire niais.

— Sans blague ?

Douloureux soupir affecté.

— Quel gâchis !

En tant que président et actionnaire majoritaire, Curtis se devait d'occuper un bureau prestigieux. À l'instar de sa grand-mère Emma, il avait donné sa préférence au goût anglais, dans le style « club » cossu et chaleureux. Seule différence, il était installé vingt-cinq étages plus haut et ses murs s'ornaient d'œuvres de Picasso, de Kandinsky, ainsi que de peintres de l'avant-garde californienne.

Madame Gifford, sa secrétaire particulière, frappa un coup léger à la porte et introduisit un Joël en costume trois pièces bleu roi et son père estima instantanément que, pour classique qu'il s'efforçât de paraître, il se présentait sous l'aspect d'un « drôle d'oiseau ».

— Tu connais Lamont, bien entendu ? commença-t-il en désignant l'expert-comptable, debout près de son bureau. Et miss Miller également, je suppose ?

Le regard de Joël se posa sur la jeune fille en petit tailleur uni, très simple, la tête coiffée d'un bibi, enfoncée dans un vaste canapé en cuir. Il acquiesça d'un hochement de tête.

— Je n'irai pas par quatre chemins, déclara Curtis. Tu sais également que Charlene Miller travaille dans notre maison, en qualité de femme de chambre. Hier, elle est venue me présenter une attestation de son médecin traitant, un certain… docteur Mendenhall, de Palo Alto, confirmant que Charlene est enceinte de sept semaines. Elle affirme que tu en es le père et demande une indemnité de cent mille dollars pour l'enfant, faute de quoi, elle ira raconter son histoire à la rédaction de la presse concurrente. Bien entendu, je me doute de l'invraisemblance d'une telle situation, mais Lamont a préféré que nous t'en parlions quand même.

Joël dévisagea froidement son père qui affichait un air légèrement perplexe avec l'air de dire : « Toi ? Un enfant ? Laisse-moi rire ! »

— C'est tout à fait vrai, dit Joël.

Curtis en demeura bouche bée.

— … Vrai… ? finit-il par articuler.

— Charlene est ma maîtresse depuis deux mois maintenant et ni elle ni moi n'avons utilisé de moyens contraceptifs. Quand elle m'a fait part de son état, je lui ai conseillé de te demander une pension. Pour ma part, je lui verserai cinquante mille dollars et j'ai l'intention de prendre une part active à l'éducation de l'enfant dans les meilleures conditions.

Charlene rayonnait.

— Merci, Joël ! balbutia-t-elle.

Curtis n'avait pas encore réussi à détacher son regard de son fils. Finalement, il s'arracha à sa contemplation et se tourna vers Lamont.

— Dans ce cas, je vous demanderai de vous occuper des détails de l'opération.

— Naturellement. Miss Miller, si vous voulez bien m'accompagner dans mon bureau…

Au passage, Charlene souffla un baiser en direction de Joël, puis, s'adressant à son père :

— Je sais très bien ce que vous pensez de votre fils, dit-elle, mais voyez-vous, monsieur Collingwood, vous vous trompez du tout au tout. Joël est merveilleux… au lit. Au revoir… grand-père !

Et, souriante, elle quitta le bureau en compagnie de Lamont qui referma la porte derrière eux.

Curtis resta prostré, le visage enfoui dans ses paumes, une bonne minute durant. Quand il releva la tête, ses yeux étaient rougis.

— Je… Il se râcla la gorge. Je te dois des excuses, Joël.

— Pourquoi ? Parce que tu n'as jamais cessé de me considérer comme un anormal ?

Il s'exprimait sans animosité mais avec l'intention manifeste de blesser.

— Parce que tu as toujours eu honte de ton fils unique ? Parce que tu me croyais dérangé, du fait que je n'aime pas le base-ball ? J'appelle cette tournure d'esprit une conception dépassée de l'existence, un préjugé sans fondement et d'une rigueur ridicule vis-à-vis de la notion de virilité. Sais-tu qui est le seul réel anormal, homosexuel, qu'il m'ait jamais été donné de rencontrer ? C'est Norman

Hickby ! Le champion dont tu n'as cessé de célébrer les mérites et la gloire, celui-là même qui a obtenu le titre de meilleur athlète de l'année ! À aucun moment tu n'as été fier de mes réalisations, qu'il s'agisse de mon diplôme avec mention, à ma sortie de Yale, ou des maquettes de scènes et de costumes que j'ai réalisés moi-même. Pour toi, cela revient à se conduire en poule mouillée. Selon ton point de vue, sensibilité et esprit créatif sont des qualités de femme ou de tapette… Tout cela pour te dire que tu m'es redevable de quelques compensations : en premier lieu pour une enfance et une jeunesse gâchées par ton intolérance, ensuite pour le dédain que tu m'as manifesté au lieu de l'amour, même si j'auvais été un véritable dévoyé sexuel. Tu me dois une période de réhabilitation, morale autant que physique.

Curtis s'était raidi sous l'avalanche de vérités assénées comme autant de coups. Il ouvrit la bouche pour dire quelque chose, se ravisa. Il quitta son bureau et, mains nouées dans le dos, alla se poster devant la fenêtre. Joël le trouva soudain vieilli. Au bout d'un moment, il se retourna.

— Tout ce que tu viens de dire est vrai. Je t'ai mal jugé. À dire le vrai, je te détestais…

— Je le sais.

— J'ai prié le ciel pour qu'Alicia me donne un fils… et je n'ai eu que des filles.

— Parfaitement. Il ne te reste que moi. Les filles se fichent pas mal des affaires.

— Et toi ?

— Je pourrais peut-être m'y intéresser. À la condition que j'obtienne ton affection, père. Il faut d'abord effacer le passé. Il faut d'abord m'accorder ce dont j'ai envie.

— Et de quoi as-tu envie, Joël ?

— D'un studio de cinéma.

Pour la seconde fois de la matinée, Curtis demeura figé de stupéfaction.

— Un studio… de cinéma ?

— Parfaitement. Tu connais ma passion pour le théâtre, certes, mais le cinéma représente l'avenir. J'ai toujours obtenu les meilleures places dans la section d'art dramatique de l'université et me sais capable de réaliser d'excellents films. Offre-moi un studio et assure-moi le financement pendant six ans – tu me dois bien cela. Accorde-moi de faire ce que bon me semble jusqu'à mon trentième anniversaire, après quoi, réussite ou échec, je te promets de revenir à San Francisco et de me mettre aux affaires en commençant par la base. Tu pourras alors disposer de moi jusqu'à la fin de tes jours, mais, pour les six ans à venir, laisse-moi libre de diriger mon propre studio.

Curtis, éberlué, ne pouvait détacher son regard de ce grand dadais squelettique de fils.

— Joël, dit-il, tu me sidères et je ne désire même pas faire semblant de te comprendre. Cependant, je me découvre aujourd'hui un fils et cette constatation m'emplit le cœur de joie. Je suis d'accord.

Il traversa la pièce en quelques enjambées et l'étreignit.

Pour la première fois depuis le temps lointain où il n'était qu'un bébé, Joël Collingwood éclata en sanglots.

Le 20 septembre 1926, la presse spécialisée appartenant à son père publiait la nouvelle en termes flatteurs.

CHAPITRE QUARANTE-TROIS

Par un jour d'extrême chaleur de l'été de 1928, Ted Spaulding, qui menait d'une main ferme sa Ford Modèle T sur une interminable et poussiéreuse route de l'Iowa, aperçut une autostoppeuse. Sa minuscule valise posée à ses pieds, elle portait une robe blanche coupée si court que Ted imagina n'avoir jamais contemplé d'aussi jolies jambes de toute son existence. Quand il immobilisa son véhicule devant elle et découvrit son visage, son sang ne fit qu'un tour.

« Bon sang de... est-ce que ce serait mon grand jour de veine ? »

— Où allez-vous ? s'enquit-il par la portière.

— Hollywood, répliqua la blonde.

— Bon, je ne vais pas jusque là-bas mais je pourrais vous déposer à Des Moines.

Sans un mot, elle ouvrit la portière et s'installa sur le siège passager.

— Alors comme ça, destination Hollywood ? Voulez devenir une vedette de cinéma ?

Ted était un garçon naturellement jovial dont le visage rosi par la chaleur était constellé de taches de rousseur.

— Exactement.

— Comment vous appelez-vous, vedette ?

— Dixie Davenport. Vous aimez ?

— Dixie Davenport ? Diable ! Sacré rythme dans les syllabes... un nom qui va faire du bruit ! C'est votre vrai nom ?

— Bien sûr que non ! Je l'ai inventé.

— C'est quoi alors, votre vrai nom ?

— Ça vous regarde pas.

— Bon. D'où que vous venez ?

— Un petit patelin, près de Louisville, dans le Kentucky. C'est pour ça que j'ai pensé à « Dixie ».

Ted lui décocha un sourire en forme de rictus.

— Et qu'est-ce qui vous a donné l'idée pour « Davenport » ? Vous auriez pas été, des fois, en train de vous faire des mamours avec un mec sur un bon canapé ?

Il eut droit à de son regard bleu glacial.

— Certainement pas. J'ai pensé à Davenport dans l'Iowa.

— Mais vous aimez quand même vous laisser bécoter ?

— Ça ne vous regarde pas.

— Bon. Vous êtes assez chouette pour devenir une actrice. J'ai lu dans les canards qu'y se passe de drôles de trucs dans les coulisses d'Hollywood… j'ai l'impression qu'on peut toujours chercher pour y trouver une vierge, de nos jours…

Derechef, il tourna vers elle un sourire en coin.

— Ne soyez donc pas vulgaire, voulez-vous ?

— Bah ! Supposez qu'un grand impresario vous propose un bout de rôle, en échange de quelques baisers… ou d'un peu plus… Vous ne marcheriez pas ?

— Ça non plus, ça ne vous regarde pas. En tous cas, vous feriez mieux de vous occuper de la route, ce n'est pas le moment de nous bousiller.

— Vous au moins, vous ne manquez pas de sang-froid, malgré cette sacrée chaleur. Vous trouvez pas qu'il fait chaud ?

— Mmm… mmm…

— Je connais un endroit où il y a une piscine. Ça ne vous dirait rien, un plongeon dans une eau fraîche… ?

— Quel est votre nom ?

— Ted. Ted Spaulding.

— Vous savez Ted, votre naïveté est à mourir de rire. Je ne suis pas du tout celle que vous croyez. Et le jour où je me déciderai à couchailler, ce sera à Hollywood, dans des conditions intéressantes pour ma carrière ! Je ne suis pas ici pour perdre mon temps avec un petit jeunot de rouquin qui ne saurait sûrement pas par où commencer si je me déshabillais devant lui !

— On parie ?

— Ben voyons ! C'est Rudolf Valentino ressuscité, je parie !

— Pas besoin ! Je sais m'y prendre avec une femme… pour la combler.

Elle prit le temps de le dévisager. Il pouvait avoir une vingtaine d'années. Il était assez beau garçon.

— Je vais vous dire un truc, reprit-il. Il est trois heures. On en a encore pour une heure à peu près avant d'arriver à Des Moines. Là, il y a un motel où je vous offre le dîner et la chambre. Ça va ?

Elle garda beaucoup plus d'une minute un silence que bousculaient les cahots et les soubresauts de la Ford, avant de répondre.

— D'accord.

Le lendemain à cinq heures du matin, Ted Spaulding, étalé sur le ventre, ronflait comme un bienheureux dans la chambre A du motel « Lazy Daze ». Dixie se glissa furtivement hors du lit et passa le panty de dentelle blanche, commandé tout exprès sur le catalogue « Hollywood Astuces et Séductions », après quoi elle se faufila à l'intérieur de sa robe et fourra hâtivement ses pieds dans ses chaussures. Après un coup d'œil à Ted, toujours dormant à poings fermés, elle tâtonna le survêtement jeté sur une chaise, à la recherche du portefeuille. À petits gestes précis, elle en sortit quatre billets de mille et trois de cent, qu'elle plia soigneusement avant de les fourrer dans son sac à main. Au passage, elle rafla les clés de contact, sa valise et sortit sur la pointe des pieds.

Deux minutes plus tard, un bruit de démarreur tira Ted de son sommeil. Tête dressée, il jeta un coup d'œil embrumé de miasmes par la fenêtre qui donnait sur le parking. Et, à travers l'écran du rideau synthétique, il vit sa voiture s'éloigner en direction de l'autoroute.

— Hé, là-bas ! piailla-t-il, soudain tiré de sa torpeur.

Galvanisé par l'événement, il bondit hors du lit, ouvrit la porte, s'élança dans le bref couloir, oublieux, dans sa détresse, de sa nudité totale.

— Hé, ma voiture ! Sale putain… c'est ma voiture !

« Sa » voiture poursuivait sa route et disparut dans un nuage de poussière et de fumée bleuâtre.

— Merde alors !

— Messieurs, j'ai décidé que la prochaine production des Studios Collingwood, notre premier film sonore, serait un « Jeanne d'Arc ».

Autour de la longue table ovale, à l'extrémité de laquelle Joël Collingwood venait d'informer les membres de son conseil d'administration, à sa manière calme et feutrée habituelle, s'installa un silence de mort.

— Jeanne d'Arc… répéta Rosen, le vice-président, qui avait charge d'assurer la trésorerie. Vous voulez dire la sainte ?

— Exactement. L'une des plus belles histoires de tous les temps, en tous cas, une figure marquante de l'histoire de France.

Rosen effectua un tour de table du regard qui lui révéla huit collaborateurs aussi abasourdis que lui-même.

— Joël, prononça-t-il, lorsque vous m'avez engagé, vous m'avez invité à analyser vos propositions sans préjugés. Aujourd'hui, je vais m'exprimer avec la franchise que vous semblez souhaiter : Jeanne d'Arc est un sujet empoisonné pour le cinéma. Pire que cela, je juge l'idée désastreuse, toute juste bonne à vous faire perdre encore plus d'argent. Depuis l'acquisition de ces studios, les trois films que nous avons produits ne nous ont rapporté que déboires. Le plus récent : « La Dame à la lampe » nous a coûté une fortune à cause de l'indifférence totale des Américains pour une vieille poule qui perdait son temps à soigner les malades du choléra au cours d'une guerre dont ils n'ont jamais entendu parler.

— Florence Nightingale n'avait rien d'une « vieille poule » et je reste fier de ce film qui nous a valu d'excellentes critiques.

— Forcément… dans la presse de votre père.

Joël serra convulsivement les lèvres.

— Les journaux de mon père ne me font bénéficier d'aucun traitement particulier.

— Allons, Joël, soyons sérieux ! Imaginez-vous un journaliste « maison » critiquant défavorablement votre production ? Pour quelle raison, au nom de quelle profession de foi risquerait-il son emploi ? Je me réjouis de toutes façons que la critique soit excellente ; malheureusement, elle ne gonfle pas le nombre des spectateurs. Et je crois dur comme fer qu'ils ne montreront pas plus de curiosité pour Jeanne d'Arc qu'ils n'en ont manifesté à l'égard de Florence Nightingale. Il leur faut de la passion amoureuse, de la violence, des fesses et des rafales de pistolet, des putains, du crime et du sang ! Les saintes de tout poil, ils n'en ont rien à foutre !

Joël plongea le regard perçant de ses yeux de myope, démesurément grossis par les lentilles de ses lunettes, dans celui de son collaborateur.

— Néanmoins, décréta-t-il d'une voix coupante, ils auront une Jeanne d'Arc. N'oubliez pas, Rosen, que je ne suis pas un homme d'affaires, je me flatte d'être un artiste, et je veux créer de beaux films ! Et si les spectateurs les refusent, c'est leur affaire, pas la mienne !

Rosen leva une épaule.

— Oui, mais c'est votre argent.

— Précisément.

Joël s'adressa alors à Marshall, son chef publiciste.

— Barry, mon vieux, il va falloir me dénicher une fille digne de tenir le rôle de Jeanne. N'hésitez pas, ne lésinez pas sur les moyens. Prenez contact avec Wendy Fairfax du *Clarion,* expliquez-lui mon désir de trouver la fille la plus belle et la plus virginale d'Amérique. Moyennant quoi, nous lui donnerons les infos de première main et lui laisserons la bride sur le cou pour sa rubrique.

— La plus virginale d'Amérique... répéta Barry Marshall, pensif.

La tâche ne serait guère aisée, compte tenu de la réputation désastreuse de jouet pour jeune homme oisif et richissime qu'avait acquise le Studio Collingwood.

— C'est une manière de voir les choses. Oui, l'idée me plaît.

— Bon... c'est ça ! Maintenant, élève la grappe de raisin devant tes nichons, ma cocotte, euh... comment tu t'appelles déjà ?

— Dixie.

— D'accord, Dixie. Maintenant un sourire... un fameux sourire...

Dixie posait, nue, à l'exception de trois grappes de raisin disposées aux endroits stratégiques, pour le compte d'un minable photographe de Sunset Boulevard. Elle sourit. L'artiste pressa la poire.

— Sensas, Dixie ! On te croirait née pour faire ce boulot. Sans blague, ton corps est épatant, ma vieille. Maintenant, on en fait une ou deux sans les raisins.

— Quoi ? Vous voulez me photographier sans rien sur moi ?

— T'as tout compris, ma choute ! T'en fais pas, je gratterai un peu la plaque pour te représenter dans un flou artistique. Un vrai tableau de maître, tu verras !

— Monsieur Evans, il n'est pas dans mes habitudes de poser nue.

La tête du photographe émergea des plis du capuchon noir.

— Écoute, ma chérie… tu ne trouves pas ton attitude effarouchée un peu tardive ? Je te donnerai dix dollars de plus, si tu laisses tomber les raisins.

— D'accord pour vingt.

George Evans hésita. Aucun doute : Dixie Machin-chose respirait littéralement le sex-appeal. Au cours de sa carrière de professionnel – peu scrupuleux pour du porno chaque fois que l'occasion s'en présentait – il avait vu défiler des légions de filles splendides devant son objectif. Il en venait du monde entier, fascinées par le succès, l'éclat, le brillant superficiel du cinéma.

Celle-ci était différente. Elle possédait une aura…

— Marche pour vingt, conclut-il.

Dixie Davenport déposa les fruits sur la table et s'offrit dans sa glorieuse et totale nudité.

— Alors, c'est chose faite ! Junior a frappé encore une fois ! Wendy Fairfax était entrée en coup de vent dans le bureau du rédacteur en chef, secteur publicité, du *Clarion,* Dexter Gray.

— Qu'est-ce qu'il nous a inventé cette fois ? s'enquit-il, adossé à son fauteuil pivotant.

— Le Génie-en-Herbe de Santa Monica Boulevard va tourner un spectacle sur… tiens-toi bien… sur Jeanne d'Arc.

— Seigneur Jésus !

— À mon avis, c'est plutôt LUI, en effet, qu'il aurait dû prendre pour thème !

Wendy percha une fesse sur le rebord du bureau et tendit la main vers le paquet de cigarettes. Wendy occupait avec brio le poste de commentatrice des événements artistiques, non seulement dans les colonnes du *Clarion* mais, indifféremment, dans chacun des vingt-neuf organes de presse composant l'empire Collingwood. Sa rubrique qui portait le titre tape-à-l'oeil de « Aujourd'hui à Hollywood » touchait, estimait-on, quatre millions de lecteurs. Femme solide, élégante dans son genre et disposant d'un certain pouvoir, elle portait superbement ses trente-six ans. Elle alluma sa cigarette et souffla un nuage de fumée bleue.

— Toi qui rencontres son père à chaque instant, ne t'a-t-il jamais avoué son souci de voir Junior flanquer l'argent par les fenêtres ? Je veux dire par là que tout est dans la manière ; à sa place, je redouterais de passer pour un père débile...

— Curtis n'a jamais prononcé la moindre critique concernant son fils – en tous cas devant moi, dit Gray. J'ai l'impression qu'ils ont conclu une sorte de marché... Mais tout de même, Jeanne d'Arc ! Un sacré four en perspective !

— Figure-toi que notre Génie-en-Herbe aurait balancé un budget d'un million de dollars à Marshall... et, en plus, il lui faut une vierge pour le rôle.

— Inutile de chercher à Los Angeles.

— Bon, alors que faisons-nous ? On lui attribue deux pages, avec photos ?

— Absolument, ça devrait faire monter le tirage.

Gray secoua la tête.

— Mon Dieu ! Une Jeanne d'Arc... !

Wendy avait déjà rejoint la porte. Elle fit halte sur le seuil.

— Oh ! J'ai failli oublier ! Nous avons du nouveau : Gil m'a appris qu'on a trouvé un autre corps dans les dunes.

Gray dressa l'oreille.

— Encore une prostituée ?

— Justement ! Égorgée d'abord, éventrée ensuite. Du beau travail façon Jack l'Éventreur...

Bob Crane lisait attentivement un western, bercé par le ronronnement de la radio, lorsqu'on frappa à sa porte. L'appartement qu'il avait loué, peu de temps auparavant, dans Van Nesse Avenue, était torride et il s'était mis en sous-vêtements, toutes fenêtres ouvertes. Petit homme sec et nerveux, coiffé d'une chevelure noire à peine ondulée, il arborait un visage aux traits accentués et à l'air finaud qui évoquait irrésistiblement le renard. Il posa sa Camel au bord d'un cendrier en étain et alla ouvrir. De l'autre côté de la porte, il découvrit, simplement vêtue d'un peignoir, la blonde la plus séduisante qu'il pût imaginer.

— 'Soir, dit-elle d'une voix chantonnante en lui décochant son sourire le plus charmeur. Je sais qu'il est très tard, mais je voulais vous demander un peu de sucre… j'ai oublié d'en acheter.

Crane n'avait pas encore réussi à détacher son regard de cette silhouette de rêve.

— Euh… oui, euh, bien sûr ! Un instant…

Il retourna d'un pas mal assuré vers le buffet placé près de la fenêtre et revint, porteur d'une boîte en carton.

— Je n'ai que des morceaux. Ça ira quand même ?

— Oh mais naturellement ! C'est très gentil à vous. Je vous paierai demain matin.

— Ne vous en faites pas pour ça. Vous êtes nouvelle ici ?

— Mmm… mmm. J'ai loué l'appartement qui se trouve sur le même palier. J'ai l'impression que la maison est bonne.

— Ça peut aller. Vous travaillez au ciné ?

— C'est-à-dire, j'essaie. Pas beaucoup de chance jusqu'ici. Il n'est guère facile de s'introduire…

Il haussa un sourcil dubitatif.

— Je crois, au contraire, que vous n'aurez aucune difficulté.

— Merci ! Vous êtes trop aimable, mais vous n'avez pas idée du nombre de filles qui tentent leur chance comme moi.

— Oh si, je sais ! Je suis cinéaste.

Le sourire de Dixie y gagna encore en chaleur.

— Oh, c'est vrai ! Notre logeuse, miss Kendall, me l'avait pourtant dit. Elle vous considère comme un locataire agréable… tout cela après m'avoir démontré par A plus B son dégoût des gens de cinéma.

— Bah ! Il ne faut pas trop se formaliser. Il y a seulement dix ans tous les propriétaires de logement plaçaient des écriteaux explicites à leur porte : « Ni chiens ni acteurs ».

— C'est effrayant. À les entendre, on croirait que nous sommes bons pour la poubelle ! Même si quelques-uns en sont dignes, il ne faut pas nous mettre tous dans le même sac, non ?

Son sourire se figea.

— Oh mais, j'abuse de vos instants. J'ai été heureuse de faire votre connaissance, monsieur… tiens, nous ne nous sommes même pas présentés…

— Euh… je m'appelle Bob Crane.

— Et moi Dixie… Dixie Davenport.

— Pourquoi vous faut-il du sucre, Dixie ?

— J'étais en train de préparer un café.

— Moi, j'en ai du tout prêt, si par hasard vous vouliez…

Dixie baissa la voix.

— Miss Kendall ne veut pas que les locataires se reçoivent entre eux.

— Ce que miss Kendall ignorera ne pourra la tourmenter, n'est-ce pas ?

Dixie se glissa à l'intérieur de la pièce en lui dédiant un sourire à faire fondre un cœur de pierre.

— Vous avez sûrement raison, Bob.

Le vent faisait voltiger ses blonds cheveux sur son front. Le corps dévêtu gisait étendu dans un fossé à peu de distance du Cahuenga Pass, dans les collines de Hollywood. Elle avait eu la gorge tranchée et le ventre, partiellement ouvert, laissait échapper une partie des entrailles.

— Beau boulot, hein ? marmonna Cliff Parker, promu divisionnaire depuis l'affaire Carl Klein.

Près de lui, deux inspecteurs se tenaient, rigides, hypnotisés par l'horrible spectacle, tandis que le photographe prenait des clichés sous tous les angles. À quelque distance, Gil Amster, le reporter du *Clarion,* attendait, en compagnie de six autres journalistes, l'autorisation d'approcher.

— A-t-on la moindre idée de son identité ?

— Nous avons retrouvé son sac à main. Elle se nommait Trudy Whitehead. Elle essayait de faire son chemin dans le cinéma et entre deux figurations elle faisait quelques passes afin d'arrondir ses mois. Même histoire que les trois précédentes. Même signature. Aucune empreinte.

Ce disant, l'inspecteur exhibait un masque argenté.

— Dites donc, commissaire, cria Gil de sa place, faut-il conclure à un nouveau forfait du Fantôme ?

Parker dévisagea le journaliste aux cheveux bouclés qui, le premier, avait eu l'idée d'identifier le criminel sous le pseudonyme de « Fantôme d'Hollywood ».

— On dirait, oui.

— Sacrée affaire !

Déjà, ses confrères couraient à leur voiture afin de téléphoner la nouvelle à leur rédaction.

Le vent continuait à jouer avec les boucles teintes de Trudy. Quatre ans plus tôt, elle était arrivée du Montana afin d'entrer dans la célébrité.

Elle l'avait finalement trouvée, au royaume des cieux.

CHAPITRE QUARANTE-QUATRE

Wendy Fairfax immobilisa son immense, sa somptueuse Duesenberg modèle J, devant le numéro 1141 de Summit Drive dans Beverly Hills, à peu de distance de la villa de Charlie Chaplin. Cette « sacrée bagnole », qui lui avait coûté dix mille dollars, lui permettait d'assouvir sa passion, dans une ville qui comptait un nombre impressionnant de « fous » de la voiture. Il s'agissait d'une élégante décapotable de 265 CV, huit cylindres, arbre à cames en tête, qui, en dépit de la concurrence, attirerait les regards des passants. Ou des envieux.

« Fairhill », magnifique villa de style espagnol, qu'elle devinait à présent à l'extrémité d'une allée bien entretenue, avait été construite dix ans plus tôt, afin de satisfaire le caprice d'un roi du jus d'orange. Joël Collingwood l'avait louée pour l'effrayante somme de deux mille cinq cents dollars par mois. Wendy, qui n'avait jamais eu – et pas plus que d'autres – l'occasion de mettre les pieds à Fairhill, attendait beaucoup de cette soirée dont le propriétaire fuyait résolument les réunions mondaines et la vie de la faune hollywoodienne. À son immense surprise, il l'avait invitée à dîner, pour le soir même, alors qu'elle était en train de recueillir ses déclarations concernant le projet Jeanne d'Arc.

Pour la circonstance, elle avait revêtu un tailleur Chanel aussi strict que sombre et adopté une coiffure sévère en frange coupée au ras de ses grands yeux bruns. Après avoir sonné à la porte en verre cathédrale protégé par d'impressionnantes arabesques de fer forgé, elle se perdit dans la contemplation du parc artistement dessiné, fleuri et planté avec goût, orné de fontaines bruissantes, artistiquement illuminées. Un environnement de magicien. Après tout, le Génie-en-Herbe n'était-il pas un fervent amateur de magie sous toutes ses formes ? Et le cinéma n'était-il pas une parfaite expression de la magie ?

Ce fut Joël en personne qui vint lui ouvrir. Il portait l'uniforme qui était devenu pour ainsi dire son image de marque : pantalon de flanelle blanche, chemise italienne ouverte au col, foulard de soie autour du cou. Il braqua sur elle le reflet troublant des énormes lentilles qui lui tenaient lieu de lunettes et sourit.

— Soyez la bienvenue à Fairhill, dit-il d'une voix douce.

L'entrée, avec son plafond à coffrage en bois précieux était pavée de marbre en pointe de diamant.

— Peut-être aurais-je dû vous avertir que je suis un régime des plus sévères, annonça-t-il en la guidant vers la salle à manger. Je suis végétarien et je ne consomme aucune forme de graisse. Mon menu se compose essentiellement de salades, de céréales et de fruits. J'espère que vous pourrez vous en accommoder ?

— Parfaitement. On a toujours quelques kilos en trop par-ci, par-là…

Elle s'interrompit, clouée au sol par la surprise. L'immense salon était complètement nu. Pas un meuble.

— Auriez-vous été ruiné par un effondrement boursier dont j'ignorerais tout ?

— Je vous demande pardon ?

— Le mobilier ? Il a été enlevé par les huissiers ?

— Ah oui ! fit-il, revenant aux réalités alors que son esprit vagabondait ailleurs. Quand j'ai loué la maison, j'ai trouvé ces meubles de série tellement laids que je les ai fourrés dans un entrepôt. Et puis, les pertes subies à cause de mes films m'ont engagé à faire, en quelque sorte, vœu de pauvreté.

Elle ne put maîtriser un sourire.

— Inattendu de la part d'un Collingwood.

— Il faut vous dire que l'argent que j'utilise ne me vient pas des Collingwood.

— De qui alors ?

— Il y eut, à une certaine époque, une boutique de haute couture régie par une comtesse Zita.

— Oui, je m'en souviens, j'étais encore gamine.

— À sa mort, cette comtesse Zita qui vivait avec mon parent Félix de Meyer sans l'avoir jamais épousé pour des questions de religion, m'a laissé sa fortune qui s'élevait à plusieurs dizaines de millions. C'est le capital dont je vis. La plupart des gens s'imaginent que je jette l'argent par les fenêtres, mais c'est une opinion fausse. De plus, je n'aime pas vivre dans des pièces encombrées.

— Ici, vous ne risquez rien.

Il grimaça un rictus.

— L'encombrement, le fouillis, se trouve dans ma tête, expliqua-t-il en même temps qu'il se frappait la tempe de l'index. Je ne vis que pour, et par, mes films. Voulez-vous que nous allions nous asseoir dans la cuisine ?

Ils traversèrent une autre pièce de dimensions identiques et aussi tristement dépouillée.

— Voici la salle à manger, commenta-t-il au passage.

— Vous n'avez pas de serviteurs ?

— Non. Je vis très simplement.

— M'autorisez-vous à mentionner ce détail dans mon article ?

— Croyez-vous que cela puisse intéresser quelqu'un ?

— Vous plaisantez ? Vous êtes d'abord un Collingwood. Le moindre de vos éternuements passionne l'opinion publique.

Il s'arrêta pile devant une porte qui devait être celle de l'office, sourcils joints.

— Mon père avait coutume de dire cela et il ne faisait que répéter ce qu'affirmait son propre père. J'en conclus que nombreux sont ceux qui aimeraient s'appeler Collingwood, mais, lorsque j'étais enfant, je priais souvent le ciel au moment de m'endormir, de me réveiller dans la peau d'un autre.

— Pourquoi ?

— Parce que mon père me détestait.

Il ouvrit la porte d'un geste brusque et introduisit son hôte dans une cuisine où se trouvaient, tout de même, une table entourée de quatre chaises. La table avait été mise pour deux : des assiettes et des verres de facture mexicaine, vivement colorés.

— Désirez-vous un peu de vin ? demanda-t-il. Il m'est fourni par le sommelier de mon père. C'est un bourgogne blanc.

— Oui, avec plaisir, je vous remercie. Dites-moi, à quoi servent ces masques ?

Autour d'eux, les murs étaient couverts de masques en tous genres, argentés, dorés, ornés de paillettes ou de plumes.

— Je les collectionne, expliqua Joël qui cherchait la bouteille dans le réfrigérateur. J'ai toujours été fasciné par les masques. Depuis ma plus tendre enfance. J'aimais me dissimuler ainsi le visage et m'imaginer que j'étais quelqu'un d'autre.

— Avez-vous trouvé le moyen d'être vous-même à présent ?

— Certainement, oui ! Une satisfaction toute relative.

Tandis qu'il s'affairait à déboucher la bouteille, Wendy promena sur l'exposition de masques un regard perplexe, qui buta en fin de course sur un ratelier de couteaux de cuisine et de boucherie dont les lames affûtées brillaient d'un éclat inquiétant. Tout autant que le regard de son interlocuteur qui la fixait intensément. Un frisson glacé courut le long de l'épine dorsale de Wendy Fairfax.

Une tête de chien géant, dont les énormes pattes posées sur le trottoir s'arrondissaient jusqu'aux épaules, servait d'entrée à la boutique à sandwiches « Chez Barkie ». La voiture-bateau s'immobilisa devant ce « hamburger » parmi les plus populaires de Sunset Boulevard et Wendy Fairfax entra précipitamment. Barkie était l'un de ces innombrables débits de nourritures bon marché, toujours prêtes, qui poussaient un peu partout à Los Angeles, sous la forme d'animaux ou de moulins à vent, ce qui conférait à la cité cette ambiance un peu irréelle, en tous cas très fantaisiste, de plateau de cinéma. Un état de choses qui excitait déjà la verve des détracteurs et la critique des puristes. En outre, Barkie était devenu le quartier général favori des gens de presse. À peine entrée, Wendy repéra Gil Amster qui croquait pensivement des frites copieusement trempées dans du ketchup et vint se jucher sur le tabouret vissé face à lui.

— Alors ? Comment s'est comporté notre Génie-en-Herbe ? s'enquit-il, la bouche pleine.

— Sinistre. Intéressant aussi. Il a déjà passé une cinquantaine de filles en revue, mais il n'a pas encore trouvé « sa » Jeanne d'Arc.

— Pour ce qui est d'une vierge, il ferait mieux d'orienter ses recherches vers le Dakota du Nord.

— Qu'est-ce qui te fait croire qu'ils en ont, eux ?

Une ravissante serveuse blonde s'approcha d'eux.

— Désirez-vous quelque chose, miss Fairfax ?

— Oh oui ! Je crève de faim, moi ! Apportez-moi un jambon-fromage, des frites et un Coca.

— Tout de suite, miss Fairfax.

— Avez-vous réussi à décrocher un petit bout de rôle ?

— Oh non... Mais je ne me décourage pas.

— Je sais à présent pourquoi notre Petit Génie est aussi maigre, reprit Wendy, la serveuse partie. Le dîner ressemblait à une pénitence de moine en Carême : yaourt bulgare, salade, fraises.

— Bien heureux de n'avoir pas été invité...

— Il est vraiment bizarre. Pas de meubles dans cette baraque qui est immense, mais... vois-tu, Gil, il y a une chose plus étrange encore...

— Quoi donc ?

Elle se pencha par-dessus la table qui les séparait, baissa la voix.

— Il collectionne les masques.

Le front de Gil, qui fourrait la dernière frite entre ses lèvres, se creusa de plis.

— Quel genre de masques ?

— Toutes sortes. Des masques qu'on se colle sur la figure, pareils à ceux de ton copain le Fantôme.

Gil prit le temps de réfléchir, haussa les épaules.

— Et alors ?

— Alors ? Imagine que Joël Collingwood ne soit autre que l'assassin en question... Tu vois l'article d'ici ?

— Dis donc, mon lapin, je te trouve bien rapide dans tes conclusions.

— Réfléchis ! On sait qu'il existe un sacré gène dévastateur dans la famille Collingwood : le frère d'Alicia, Jimmie, était un criminel, Alma, la sœur de Curtis, une nymphomane avérée... Qui pourrait affirmer que Joël n'a pas son grain, lui aussi ? De toute manière, ce n'est pas un type « normal » au sens habituel du terme.

Gil ouvrait à petits gestes son troisième paquet de Lucky Strike de la journée.

— Tu parles sérieusement? Crois-tu sincèrement que Joël Collingwood puisse être le Fantôme de Hollywood?

— Je prétends que c'est une hypothèse.

— Seigneur! Il alluma la cigarette. Nul doute que ce serait un sacré coup de presse!

Il lança un nuage de fumée bleue en direction du plafond saturé d'émanations graisseuses.

— Je ne suis pas certain que les journaux du groupe Collingwood accepteraient de publier l'article, mais, pour sûr, ça ferait du bruit! Et puis, je ne serais pas fâché de pouvoir traîner un Collingwood dans la boue…

— Inutile de mêler la politique à cette affaire.

— Pour quelle raison? Ils ont trop d'argent! Trop de tout! Il faut une répartition des richesses, c'est ce dont cette région a le plus besoin…

— D'accord, d'accord! Tu me hérisses le poil avec ta brosse à cirage socialiste, espèce de grand nigaud. À part ça, qu'as-tu l'intention de faire?

Gil Amster réfléchit un bon moment.

— Je crois bien que je vais m'occuper de surveiller Joël Collingwood.

— Bobbie chéri, ronronna Dixie tout en promenant son index le long du nez de l'assistant cinéaste, crois-tu que je pourrais venir te voir travailler un jour? Puisque je n'arrive pas à trouver un engagement pour l'instant, j'aimerais au moins savoir comment on s'y prend pour le tournage d'un film…

— Sûr, mon lapin, acquiesça Crane en s'étirant paresseusement au creux du lit.

C'était déjà la quatrième nuit que Dixie traversait le palier, à pas de loup, pour venir le rejoindre dans sa tanière.

— Je me demande si je ne pourrais pas faire encore mieux. Jeudi prochain, on tourne une scène de la Révolution Française, il leur faudra un paquet de figurants supplémentaires… j'en toucherai deux mots à Jeeter Smith qui s'occupe des engagements. Ça te plairait de jouer une paysanne française?

— Oh, Bobby, ce serait formidable! Je t'adore!

Elle s'était littéralement jetée sur lui, le couvrant de son corps et se tortillait en le criblant de baisers.

— Bon Dieu, marmonna-t-il, extasié, si un simple bout de figuration muette te fait un tel effet, qu'est-ce que sera le jour où tu décrocheras un petit rôle parlant...

Elle se pressa encore plus fortement, plus intimement contre lui et chuchota :

— Tu le verras ce que ce sera... Tu le verras, c'est moi qui te le dis.

— Qui est donc cette blonde ? questionna Willard Cornell, directeur de « La Fille du Diable », un film de la Paramount, sur le thème de la Révolution Française.

— La nouvelle petite amie de Bob Crane, expliqua Jeeter Smith. Il m'a demandé de l'engager.

— Merde, Jeeter, tu sais que je n'aime pas ça.

— Oui, je sais, mais Bob est un pote et puis... non mais, regardez-la un peu !

— Ouais, justement, je regarde. Sacrément pulpeuse, attrayante et tout, la môme... Elle a vraiment tout pour vous faire monter la tension, pas vrai ?

— Tout à fait de votre avis, patron.

— Amène-la ici et présente-la moi.

Jeeter se fraya un chemin au milieu de la foule des « citoyens » rassemblés autour d'une reproduction de la Bastille. Le tournage était suspendu pour une demi-heure en raison d'une panne d'électricité.

— D'mande pardon, miss... euh !

— Miss Davenport.

— Oui. Monsieur Cornell, le directeur, vous demande.

— Oh ! Large sourire radieux. Avec plaisir.

Jeeter se retourna pour la précéder et Dixie lui emboîta le pas, sa poitrine généreusement dénudée par le sarreau coupé ample, tressautant allègrement.

— Monsieur Cornell... voici miss Davenport.

Willard Cornell, petit homme replet d'une cinquantaine d'années, fit pivoter son buste courtaud dans son fauteuil de toile et inspecta l'arrivante.

— Je crois que si les Françaises avaient déployé autant de poitrine, face au danger, miss Davenport, ce n'est pas la Bastille qui aurait été prise d'assaut.

— C'est l'habilleuse qui m'a recommandé «d'en montrer le plus possible»…

— Mmm… mmm. Nul doute, vous avez suivi les instructions à la lettre. Tant pis pour la vérité historique. Avez-vous déjà joué ?

— Non, jamais, sir. C'est mon premier jour. La première fois que je mets les pieds sur un tournage. C'est tellement passionnant, sir.

— Hem… oui… Eh bien, vous êtes une bien jolie jeune personne, miss, et je vous souhaite bonne chance.

— Merci beaucoup, monsieur Cornell.

Le chef électricien parut.

— Nous sommes prêts à repartir, monsieur Cornell.

— Parfait. Tout le monde en place. On reprend une séquence.

Dixie courut reprendre sa fourche et son poste.

— Faites-moi donc une prise de cette fille, ordonna Cornell à Jeeter, j'aimerais voir ce qu'elle donne sur l'écran.

Cornell, dont la réputation de directeur en matière de films historiques n'était plus à faire, n'ignorait pas que Joël Collingwood l'avait pressenti pour tourner sa «Jeanne d'Arc» dont le gros budget excitait bien des convoitises. Et, s'il ne nourrissait aucun doute concernant la virginité de Dixie, il demeurait persuadé, par contre, qu'elle comptait parmi les plus jolies filles d'Amérique. Si la caméra la mettait en valeur, nul doute qu'elle puisse devenir une Jeanne de premier ordre.

Et si c'était lui qui présentait la vedette idéale à Joël, comment ce dernier songerait-il à lui refuser la direction du film ?

— Qui est-ce ? s'informa Joël, aussitôt qu'apparut sur l'écran de la salle de projection privée, aménagée sous son bureau, l'image d'une jeune fille, entièrement vêtue de blanc, agenouillée en prière devant un autel.

— Elle se nomme Dixie Davenport, précisa Cornell, sans cesser de suçoter son cigare.

Joël grimaça.

— On pourrait toujours le changer. Elle me paraît extraordinaire… Regardez-moi ces yeux… !

— Oui… la caméra la dévore littéralement, ne trouvez-vous pas ?

— Je n'ai jamais vu un tel… une telle combinaison de sensualité et d'innocence. A-t-elle déjà tourné ?

— Jamais. Elle jouait les figurantes dans une scène de mon film, l'autre jour. Je l'ai repérée et j'ai pensé tourner un bout d'essai. Je lui ai simplement demandé de se mettre dans la peau d'une mère priant pour obtenir la guérison de son fils atteint de quelque maladie inguérissable. Rien de plus. Quand j'ai vu le résultat, j'ai cru souhaitable de vous le soumettre.

— Absolument. Croyez que je ne l'oublierai pas, Willard. Comment est sa voix ?

— Un peu chantante, avec un rien d'accent méridional mais il serait aisé d'y remédier. Le ton est naturel.

— Je vais vous poser une question idiote… croyez-vous qu'elle soit vierge ?

La projection s'achevait, l'opérateur ralluma pour rembobiner.

— Non, fit Willard après avoir tapoté la cendre de son cigare dans le cendrier placé devant lui. Elle est à la colle avec l'assistant de mon cinéaste.

— Dommage… merde !

— Écoutez, Joël. Soyons sérieux. Vous essayez de distribuer un film et non pas de sacrifier aux dieux. Où trouverait-on une vierge de nos jours ? La race s'est éteinte avec Mary Pickford.

Joël se grignotait nerveusement les phalanges, en proie à d'amères réflexions concernant essentiellement son budget.

— Repassez-nous la bobine, Phil, voulez-vous ? demanda-t-il au projectionniste.

Les lumières baissèrent, le lumineux visage s'empara aussitôt de l'écran tout entier.

Gil Amster somnolait au volant de sa Dodge deux portes. Il était trois heures du matin et, pour la troisième nuit consécutive, le journaliste faisait le guet devant l'entrée du bâtiment occupé par Joël Collingwood. En vain. Et il commençait à penser sérieusement que ce soupçon ridicule était le fruit de l'imagination d'une rédactrice en mal de colonnes à sensation.

Quelques secondes après que, pour la énième fois, il eut heurté le volant du front, une longue Mercedes bleu clair franchit brusquement le portail et s'engouffra dans Summit Avenue. L'éclat des phares lui balayant le visage le tirèrent de sa torpeur. Le temps qu'il consulte sa montre et mette son moteur en marche, le véhicule suspect filait le long de Sunset Boulevard. La poursuite fut de courte durée : dès la première ligne droite, la Mercedes laissa la vieille Dodge de Gil quasiment sur place.

Le petit Randy Bates grimpait le long de la pente raide, comme ses copains scouts, en balade dans le Bendict Canyon, lorsque, à la suite d'un faux pas, il roula dans une espèce de large crevasse et échoua dans un bouquet d'arbrisseaux. Tandis qu'il se démenait pour se redresser et courir rejoindre les autres, il sentit un contact glacé contre sa jambe. Il se retourna et découvrit avec horreur un bras humain. Il se mit alors à pousser des hurlements de détresse tout en gravissant à quatre pattes le bord de la brèche, en proie à un sentiment de panique.

— Monsieur Crawford ! Chef ! Monsieur Crawford... y a un corps là en bas !

Le chef scout revint précipitamment sur ses pas, se pencha sur le garçon qui sanglotait éperdument.

— Eh bien, Randy, qu'est-ce que tu racontes ?

— Une lady... morte... là en bas ! Elle est toute... coupée... et je l'ai... touchée... !

Crawford descendit au fond de la ravine, sous l'œil perplexe, curieux ou apeuré de sa troupe de bambins. Il écarta les branchages et sentit son estomac se retourner.

La fille couchée dans le sable était très jolie. Pour tout vêtement, elle portait des bas de soie et au pied gauche, à demi-déchaussé, un soulier dont la position extravagante donnait l'impression d'une singulière anomalie. La gorge avait été tranchée et l'un des seins découpé.

Sur son estomac reposait un masque argenté.

CHAPITRE QUARANTE-CINQ

Gil Amster acheva de se brosser les dents et alla rejoindre sa femme sous les couvertures. Wendy Fairfax utilisait son nom de jeune fille aussi bien pour signer ses articles que pour lui attacher une réputation.

— J'en ai marre, gémit Gil. Trois nuits de planque aux fesses de Collingwood m'ont foutu à plat.

— Que vas-tu faire à présent, Gil, s'enquit Wendy, non sans une note d'inquiétude dans la voix.

— La fille s'appelait Ellen Busby. L'heure de la mort est estimée à quatre heures du matin, à peu près. Encore une qui courait après un rôle, entre parenthèses. Bon... Collingwood quitte sa piaule vers trois heures ce matin... il collectionne les masques, tout concorde donc pour faire retomber les soupçons sur sa personne. Rien ne prouve qu'il soit l'assassin, certes, mais je vais quand même faire part de mes inquiétudes à la police. Dès demain !

— Non ! Surtout pas ! cria presque Wendy.

— Voyons chérie, je ne vais pas passer toutes mes nuits à surveiller le portail de Collingwood. J'ai un boulot à assurer, moi. Laissons ce soin à la police.

— J'étais sûre qu'on en arriverait là ! J'aurais mieux fait de me casser une patte le jour où je t'ai fait part de mes soupçons, à cause des masques !

— Où veux-tu en venir ?

— C'est seulement après t'en avoir parlé que j'ai compris mon erreur : il ne nous est pas possible d'en parler à la police. Non seulement parce que Joël n'est probablement pas le meurtrier, mais aussi parce qu'il est l'héritier de Curtis... Et le jour où Curtis apprendra – par la force des choses, il le saura un jour – que nous avons dénoncé son fils aux autorités, il nous flanquera toi et moi à la porte. Pis encore, il nous fermera l'accès à tous les organes de presse. Crois-en mon expérience, Collingwood peut se montrer impitoyable : il n'y aura plus de boulot pour nous dans cette ville.

Gil la contemplait, incrédule.

— Enfin, ma chérie, il s'agit de meurtres ! Comprends donc qu'il n'est pas question de spéculer sur les probabilités de notre avenir face à...

— Non, non et non ! Je veux spéculer, au contraire, moi ! Curtis m'a à la bonne. Il me paie trente-cinq mille par an, ce qui est un sacré bon salaire et surtout, on commence à compter avec moi, dans cette ville. Je n'ai pas la moindre intention de tout foutre en l'air en répandant des rumeurs non fondées au sujet de son fils !

— Mais, comprends donc que c'est mon métier. Je suis d'abord journaliste !

— Tu es aussi, et d'abord, un mari et un père de famille. Nous avons la responsabilité de nos enfants ! Alors, agis comme si je ne t'avais jamais parlé de rien et reste à distance de la police !

— Je n'en crois pas mes oreilles...

— Prends la peine de les écouter et tu finiras par les croire !

— Tu ne me demandes rien moins que de violer les principes les plus sacrés, à la fois du reporter et du citoyen.

— Au diable les principes, bon sang ! Écoute, pour nous, tout va bien : nous avons un bon boulot qui nous plaît bien, nous avons une belle maison et deux adorables filles. Alors, nous n'allons tout de même pas affronter la famille Collingwood. Elle est trop puissante pour nous, là !

Elle tendit le bras, éteignit sa lampe de chevet.

— La discussion est close !

Et elle s'allongea, dos tourné à son mari.

— Non, justement, la discussion n'est pas close.

— Gil, m'aimes-tu ?

— Naturellement !

— Aimes-tu nos enfants ?

— Évidemment, mais…

— Dans ce cas, la discussion est close. Tu n'iras pas raconter ton histoire aux flics.

— Tu représentes très exactement ce qui cloche dans ce pays ! s'exclama-t-il, exaspéré par son entêtement. Tu laisses des gens tels que les Collingwood se vautrer dans le meurtre, sous prétexte que tu as peur d'eux.

— Tu as mis dans le mille ! Parfaitement, j'ai peur d'eux ! Alors, cesse tes jérémiades, éteins la lumière, et si le mode de vie de ce pays ne te convient pas, vote pour Hoover.

— Je voterais plus volontiers pour Lénine…

— D'accord, vote pour Lénine mais éteins-moi cette lumière.

Gil la fusilla du regard. Il ouvrit la bouche avec l'intention de prononcer des paroles définitives, se ravisa et préféra éteindre sa lampe. Pourtant, il était tellement fatigué qu'il ne put trouver le sommeil immédiatement. Il ne doutait pas un instant de la justesse des arguments de Wendy. Malheureusement, des principes essentiels entraient en ligne de compte et le jour où il commencerait à les outrepasser, il ne serait plus lui-même.

En serait-il seulement capable ?

Assise très droite sur une banquette, dans le salon d'attente attenant au bureau de Joël Collingwood, Dixie Davenport se demandait si l'éclair qui avait éclaté dans le ciel de ses dix ans – le jour où elle avait vu son premier film – allait aujourd'hui frapper. Lorsque Cornell avait annoncé que Collingwood la pressentait pour le rôle de Jeanne, elle avait cru à une grossière et malsaine plaisanterie. Mais il y avait eu ensuite cet appel téléphonique par lequel on lui demandait de se présenter aux studios à dix heures précises. Était-elle en train de vivre un rêve ? Le rêve de toute jeune fille américaine : se retrouver un jour dans le bureau d'un producteur ?

L'élégante et mince secrétaire, en tailleur à pois, fit une soudaine irruption dans sa méditation.

— Monsieur Collingwood va vous recevoir. Si vous voulez me suivre…

Dixie se leva comme en transe, tirailla nerveusement sa jupe. Une voix intérieure lui avait conseillé de s'habiller tout en blanc.

Le blanc était la teinte portée par les fiancées, la couleur de l'innocence, éventuellement celle des saintes françaises.

Joël contourna son bureau et vint l'accueillir à son entrée dans l'immense pièce dont les murs, rudimentairement crépis de blanc, offraient au regard de grandes reproductions encadrées des vedettes de ses films. Toutefois, l'attention de Dixie n'était pas attirée pour l'instant sur les photos mais, au contraire, sur le personnage dont l'étrange regard – grossi par les verres épais comme des fonds de bouteilles – s'attachait à la silhouette gracieusement drapée de blanc virginal.

— Miss Davenport ? Je suis Joël Collingwood.

— Bonjour.

Ils échangèrent une poignée de main.

— Je vous en prie, prenez place, Dixie. Désirez-vous un café ?

— Non merci. Je préférerais un Coca, si vous en avez.

Il fit signe à la secrétaire qui s'empressa, puis il offrit à la jeune fille la chaise placée face à son bureau, avant de regagner sa place de l'autre côté.

— Parlez-moi de vous, Dixie. À propos, est-ce là votre véritable nom ?

— Non, je l'ai imaginé.

— Le vrai, quel est-il ?

— Il est horrible, il est laid.

— J'aimerais quand même le connaître.

— Beulah Snodgrass. Vous voyez…

— Mmm… Je comprends que vous ayez voulu en changer. D'où venez-vous ?

— Du Kentucky. Mon père possède une station-service dans une petite ville, Pine Grove. Un peu à l'écart de Louisville. Il…

— Oui, je vous écoute.

Elle se mordit la lèvre.

— Il boit et… oh, je ne sais pas pourquoi je vous parle de ça.

— Dites toujours.

— Tout de suite après l'appel téléphonique de votre bureau, je m'étais promis de me confectionner un passé décent afin de paraître une fille présentable, convenable… votre famille est tellement respectable…

— Ma famille a eu sa part de gens très peu respectables. On y trouve un pilleur de banques, dans ma famille, ainsi qu'une prostituée, voire même un assassin. Alors, n'ayez pas honte de votre famille, Dixie. Elle ne peut être pire que la mienne.

Elle était béate de surprise.

— C'est tout de même drôle, murmura-t-elle, je m'attendais à vous trouver monté sur vos grands chevaux et puis...

Joël sourit, indulgent.

— Il faut croire que mes chevaux ne sont pas aussi grands que vous l'imaginiez.

Miss Baird entra, déposa le Coca à côté de la visiteuse et se retira discrètement.

— Que vouliez vous dire, au sujet de votre père, Dixie ?

— Nous étions pauvres. Terriblement pauvres. Ma mère est morte quand j'avais dix ans, c'est alors que mon père s'est... s'est mis à la boisson... Quand il a bu, il devient mauvais, sournois, méchant... Il avait pris l'habitude de me battre. Et de me faire d'autres choses aussi...

— Quelles choses ?

Son front se plissa.

— J'aimerais mieux ne pas en parler. Tout cela est tellement moche, tellement... Aussi loin que je me rappelle, je me suis toujours posé la question : pourquoi moi ? Pourquoi ne puis-je avoir quelque chose de beau dans ma vie ? Une robe élégante, par exemple. Et, un beau jour, j'ai découvert le cinéma... ce jour-là, la beauté est entrée dans mon existence.

— C'est alors que vous avez décidé de tenter votre chance ici à Hollywood ?

Elle but une gorgée.

— Non, pas tout de suite. Mais je ne cessais de me surveiller dans mon miroir et je me disais : « Tu es jolie, pourquoi ne pas aller, toi aussi, là où vont les gens qui sont beaux ? » Finalement...

Nouvelle hésitation.

— Finalement ?

— Oh, monsieur Collingwood, je ne devrais pas vous dire cela. Vous allez croire que...

— Je ne vous croirai sincère que si vous m'avouez toute la vérité, Dixie. Et cela risque d'être très important pour chacun de nous.

Elle leva vers lui un regard bleu, mouillé de larmes.

— Une nuit, il est rentré à la maison plus saoul que d'habitude, il est venu dans ma chambre… et il a essayé de me… d'abuser de moi. Mon propre père! C'est à ce moment que j'ai pris la décision de partir.

« Elle est vraiment formidable. Non seulement elle est belle, elle respire la sensualité mais, de plus, elle possède un tas de qualités… »

Elle ouvrit son sac, en tira un minuscule mouchoir en boule à l'aide duquel elle se tamponna les yeux et le nez.

— Voilà… vous savez tout de moi à présent… et ce n'est pas joli. Mais je voudrais obtenir de belles choses, monsieur Collingwood. De jolies toilettes, de belles voitures, une belle maison, parce que… jusqu'à présent, je n'ai connu que la laideur…

— Vous n'allez sans doute pas me croire, Dixie, corrigea-t-il d'un ton plein de mansuétude, mais ma jeunesse a été tout autant entachée de laideur que la vôtre, si bien qu'il m'est souvent arrivé de rêver de beauté. Ainsi pourrions-nous peut-être réaliser de belles choses ensemble.

Il se leva.

— En premier lieu, je désire obtenir un jeu de photos de grande qualité. Je vais vous confier aux mains de mon chef-maquilleur Ernie Lawson et de mon habilleur Burt Karnovsky. Ils vous prépareront pour la séance de photos que je prévois en début d'après-midi. Cela prendra beaucoup de temps et, sans doute penserez-vous, beaucoup de remue-ménage pour peu de choses mais, croyez-moi, un excellent jeu de photos joue un rôle primordial dans une carrière. Je me suis attaché les services du meilleur photographe de la ville, il s'appelle George Evans.

Elle n'entendit pas la suite. Elle se retenait de toutes ses forces pour ne pas éclater en sanglots. Avoir pris sur elle de raconter toute la vérité, ou presque, avoir ressenti le frémissement des éclairs autour de sa tête. Avoir la certitude que Joël Collingwood avait été impressionné… et se trouver d'une seconde à l'autre confrontée à la perspective de tomber entre les pattes du seul, de l'unique photographe pour lequel elle avait posé nue… !

Jamais dans son existence elle n'avait contemplé d'aussi beaux vêtements. Elle avait passé une heure entre les mains de Lawson qui lui avait affirmé avoir rarement traité une peau qui eût aussi peu besoin de maquillage. Une autre heure consacrée à sa coiffure avait fait d'elle une nouvelle femme. Ensuite, on était allé fouiller chez l'habilleuse, en compagnie de Karnovsky, parmi des dizaines et des dizaines de robes, jusqu'à ce qu'on lui ait déniché une somptueuse robe en lamé argent, largement décolleté, qui « collait » à la perfection à sa parfaite silhouette.

Ce fut alors au tour de George Evans.

L'homme était mince, plutôt grand, plutôt laid et portait, bas sur le front, une chevelure brune très fournie. « Où donc ai-je déjà vu ce sujet ? » se demanda-t-il en se saisissant de son appareil.

— George, voici Dixie Davenport, annonça Burt Karnovsky. Joël voudrait une série d'épreuves.

Photographe et modèle échangèrent un regard plein de sous-entendus. À présent, il savait où il l'avait rencontrée.

— Comment allez-vous, miss Davenport ?

— Très bien, répliqua-t-elle, prête à relever le défi.

— Ce vêtement met véritablement tous vos avantages en valeur, n'est-ce pas, Burt ? Bon, maintenant, laisse-nous seul, tu veux bien, mon vieux !

— Naturellement.

— Bien, alors Trixie…

— Dixie.

— Oh, c'est vrai, excusez, Dixie. Aujourd'hui, nous n'userons d'aucun accessoire – fin sourire entendu – du genre grappes de raisin…

Les prunelles de la jeune fille s'agrandirent d'effroi.

— Je me concentrerai entièrement sur votre visage puisque, comme vous ne l'ignorez sans doute pas, on prétend ici qu'il vaut une fortune. Quoique d'autres parties de votre corps aient été déjà photographiées… Eh bien, dites-moi, Dixie, vous avez parcouru un long chemin depuis notre dernière rencontre. Joël Collingwood, en personne ! Diable ! Vous voici bien placée pour décrocher le gros lot.

— Avez-vous encore ces clichés ? chuchota-t-elle.

— Certainement ! Ils me plaisent énormément et j'y attache beaucoup de prix… un très, très grand prix. Bien que… je m'aperçois brusquement que ce prix vient encore de grimper.

— Combien ?

— Voyons, je suppose que vous voudriez les plaques. Cela risquerait de vous coûter cher.

— Je n'ai pas beaucoup d'argent.

— Cela, je le sais. Joël Collingwood, par contre, dispose d'une véritable fortune. Ne parlons donc pas de prix pour le moment. Après tout, s'il ne s'attache pas vos services, mes plaques n'auront guère de valeur, n'est-il pas vrai ? Tandis que s'il vous engage… si Dixie Davenport joue le rôle de Jeanne d'Arc… imaginez un peu l'éclat de rire général ! Mes plaques vaudront alors une véritable fortune. Par conséquent, nous attendrons. Maintenant, mettons-nous au travail, nous avons tout intérêt, vous comme moi, à ce que ces photos soient de véritables chefs-d'œuvre. Pensez à quelque chose de beau, ma petite. Quelque chose qui vous séduirait par sa beauté. C'est que nous avons accompli un long chemin, depuis le jour des grappes de raisin… n'est-ce pas ?

Dès le lendemain, Joël sentit son cœur s'emballer à mesure qu'il examinait les clichés. Elle était radieuse. Une fille éblouissante dont le passé lui indifférait. Bien au contraire, les malheurs subis au fil d'une jeunesse orageuse lui conféraient une matérialité qui mettait d'autant mieux en relief l'aspect éthéré de sa parfaite beauté. Après tout, Jeanne d'Arc n'était-elle pas, elle-même, une simple et modeste paysanne en sabots… ? Il ne restait qu'à trouver un nom acceptable, qui frappe les imaginations, pour remplacer celui de Dixie Davenport. Après quoi il lui appartiendrait, grâce à sa fortune et à son pouvoir, de créer la femme parfaite, la star de cinéma la plus accomplie.

Enfin ! Joël Collingwood possédait, cette fois, la poupée vivante qui avait toujours manqué à sa panoplie.

CHAPITRE QUARANTE-SIX

Madame Belgrave, aujourd'hui âgée de soixante-deux ans, représentait, sous les dehors austères de la grande dame, ce que la vieille école avait produit de plus exemplaire, celle d'une actrice en renom qui longtemps s'était produite sur la scène londonienne en compagnie de Sir Irving Henry – le premier acteur de l'histoire d'Angleterre qui avait été élevé au rang de chevalier. À l'exemple de la reine Victoria, madame Belgrave gardait le buste droit comme un I et ne portait que des robes qui lui balayaient les chevilles.

— Non point, ma chère, non point. Chaque fois que vous prenez votre tasse de thé, vous devez, en même temps, conserver la soucoupe en main. Comme ceci…

Dixie Davenport – tout récemment rebaptisée «Laura Lord» par les soins de Joël – et sa monitrice étaient assises de part et d'autre d'une caisse d'emballage, dans l'un des nombreux sous-sols des Studios Collingwood. Laura, qui s'accoutumait non sans difficulté – ni d'ailleurs un certain regret – à son nouveau patronyme, reproduisit avec une parfaite exactitude les gestes de «Madame-Bonnes-Manières».

— Très bien. Et nous veillerons à nous rappeler qu'il ne faut pas détacher l'auriculaire des autres doigts, ce qui est une preuve d'inexprimable vulgarité, en même temps qu'une démonstration de ses origines modestes.

— Mais, soupira l'élève, je suis précisément d'origine modeste.

Ces leçons d'étiquette lui pesaient au-delà de toute expression.

— Mon père est un simple gérant de station-service.

— Cela n'a aucune importance, ma chère. Monsieur Collingwood a loué mes services dans le but de vous inculquer une assurance qui vous permettra de vous sentir à l'aise dans n'importe quelle situation. Aussi vais-je vous enseigner ces choses que la plupart des gens bien nés considèrent comme tout à fait naturelles… Bien, première question : faut-il remercier le valet qui vient de vous servir à table ?

— Euh… non.

— Et pour quelle raison, je vous prie ?

— Parce que dans cette circonstance, le service va de soi et qu'un bon serviteur doit savoir se rendre invisible… Moi, cette histoire me semble horrible, madame Belgrave, faire comme si le pauvre type « n'existait pas »… ce n'est pas très démocratique.

— Un dîner réussi s'accommode en général fort peu de considérations démocratiques, ma chère. Et sommes-nous, en outre, tenues d'employer le vocable « type » qui est un terme d'aspect plutôt repoussant… ?

Laura exhala un soupir qui l'aida à réfréner une furieuse envie de crier « merde » de toutes ses forces. Fâcheuse initiative qui n'aurait eu d'autre résultat que de faire fuir une madame Belgrave hurlante et indignée.

Aussi poursuivit-elle, sagement. Elle se pliait docilement à toutes les exigences de Joël, car elle devinait, à mesure, son intention de plus en plus affirmée de faire d'elle ce qu'elle n'était pas : une lady. Ce dont elle ne pouvait que se réjouir, dans l'éventualité où elle deviendrait une star au firmament du cinéma. Elle avait suffisamment lu, dans les magazines spécialisés qu'elle dévorait depuis qu'elle savait lire, que les grands acteurs, dotés de salaires inimaginables et pourvus d'une popularité à l'échelle internationale, étaient en train de devenir la nouvelle élite de Los Angeles, quels qu'aient pu être leurs antécédents. Aux approches de la quatrième décennie du dix-neuvième siècle, les distractions prenaient une place d'importance croissante dans la vie quotidienne et les rois de l'écran grignotaient rapidement le prestige précédemment réservé aux titans de l'industrie.

Toutefois, Laura se trouvait encore aux antipodes de la position de star ; aussi considérait-elle que lui donner des leçons de maintien équivalait à placer la charrue avant les bœufs. Et pourtant Joël se montrait insistant. Elle ne comprenait vraiment pas pour quelle raison.

Occasionnellement, elle s'interrogeait sur le moment où il se déciderait à lui faire du boniment. Car elle en était venue à souhaiter un flirt avec ce garçon. À son immense surprise, elle décelait un attrait croissant chez ce Joël décharné, avec ses yeux de hibou.

— Je suis morte d'anxiété, avoua-t-elle, le regard fixé sur le paysage qui défilait à sa droite.

À quelques jours de sa dernière leçon, il l'avait embarquée dans sa Mercedes et ils filaient sur l'autoroute du Pacifique en direction de San Francisco.

— Il n'y a pourtant pas de quoi, répondit-il, le volant serré entre ses doigts squelettiques. Les membres de ma famille ne sont pas déplaisants, en dépit de leurs airs collet monté. Vous verrez… Au fait, vous souvenez-vous de ce que je vous ai enseigné ? Qui sont mes deux demi-sœurs ?

— Charlotte, vingt-deux ans, fiancée à son cousin Alistair Brett. Et Fiona, qui est encore au collège.

— Bravo ! Ensuite, qui est la mère d'Alistair ?

— Votre tante Alma.

— Parfait, vous n'avez oublié personne.

— Est-ce que les gens riches épousent toujours leurs cousins ?

Joël sourit. Ce n'était pas la première fois qu'il s'attirait des questions dont la perspicacité le satisfaisait.

— Ma foi, je suppose que les gens riches s'efforcent de ne pas sortir de leur milieu.

— Les pauvres gens aussi s'attachent à leur milieu, parce qu'ils n'ont pas les moyens d'agir autrement. Mais quand les pauvres épousent un cousin, bien souvent ils donnent naissance à un anormal.

— Croyez-moi, s'il fallait dénombrer les dégénérés appartenant au monde des familles aisées…

Ils roulèrent un moment en silence.

— Monsieur Collingwood, j'aimerais vous poser une question.

— Certainement. Au fait, pourquoi ne pas m'appeler Joël ?

— D'accord, Joël. Pour quelle raison prenez-vous la peine de m'embarquer dans un aussi long voyage afin de me présenter à votre famille ?

— Mon père n'a jamais été très favorable à mes ambitions de producteur de films. Il a donné instruction, une fois pour toutes, à ses journaux de me traiter comme si je n'étais pas un Collingwood, afin qu'on ne puisse l'accuser de favoritisme. Je dois reconnaître que la majorité des journalistes à la solde de mon père apprécient mes films. En tous cas, ils m'accordent de bonnes critiques. Mais je ne puis m'empêcher de me demander si, ce faisant, ils ne jouent pas la carte de la facilité, par crainte d'être licenciés. Quoi qu'il en soit, Barry Marshall est en train de mettre sur pied une campagne massive destinée à informer le continent dans son entier que vous allez tenir le rôle de Jeanne d'Arc…

— Quoi… ?

— Je disais que vous allez avoir le rôle de Jeanne.

— Mon Dieu ! Seigneur Tout-Puissant ! Est-ce vrai ? Vous n'essayez pas de vous moquer de moi ? Le rôle est pour moi… ?

— Oui.

— Oh ! Je crois que je vais me mettre à hurler, à pleurer, à rire, ou que je vais m'évanouir ou… je ne sais pas, moi ! Pour quelle raison ne me l'avez-vous pas dit ?

— C'est exactement ce que je viens de faire.

Elle se jeta à son cou et l'embrassa furieusement sur la joue, sans cesser de répéter comme une litanie :

— Merci, merci, merci…

— Prenez garde, je conduis.

Elle le libéra.

— En tous cas, je désire vous présenter à mon père afin qu'il tombe sous le charme. Sans doute renoncera-t-il alors à sa politique de non-favoritisme et donnera-t-il instruction à ses vingt-neuf journaux de soutenir notre campagne et de rendre le nom de Laura Lord aussi célèbre – ou presque – que celui de Charles Lindbergh.

— Oh, monsieur Collingwood, c'est formidable !

— Joël…

— Oui, Joël.

Elle sourit.

— Vous êtes réellement le seul homme parmi ceux que j'ai connus qui se montre bon avec moi. Tous les autres n'ont jamais montré que le désir de se servir de moi.

— Mais je me sers de vous, moi aussi, bien que d'une manière différente.

— Différente et enthousiasmante. Oh, Joël, ce qui m'arrive est tellement merveilleux !

Il était retombé dans son mutisme, l'expression tendue, comme s'il était en proie à un débat intérieur tumultueux. Au bout d'un laps de temps qu'elle aurait été incapable d'évaluer, il dit sur ce ton uni qui lui était particulier.

— Je désire également vous présenter à ma famille parce qu'un jour ou l'autre vous pourriez en faire partie.

Une aussi extraordinaire révélation, succédant à l'annonce du rôle, la priva de toute réaction. Était-ce l'explication des leçons de maintien et de diction, des heures passées entre les mains du coiffeur et de l'esthéticienne ? S'appliquait-il à modeler à sa convenance non seulement la vedette de son prochain film, mais également la femme de ses rêves ?

— Je ne sais plus quoi dire, balbutia-t-elle.

— Dans ce cas, ne dites rien.

Beulah Snodgrass se tourna vers le paysage côtier qui défilait inlassablement. Mais elle n'en percevait rien. Elle se voyait évoluer gracieusement au firmament des stars... un rêve impossible qu'elle dorlotait depuis sa plus tendre enfance.

L'orchestre « Red Carter » entama la rengaine du moment « Il aime et elle aime » extraite du dernier Gershwin dans lequel se distinguaient une fois de plus Fred et Adèle Astair. L'élite de la société sanfranciscaine glissait à petits pas langoureux sur la piste artificielle installée sur la pelouse et surmontée d'un dais joliment rayé de jaune et de blanc. Entourant la tente, de hautes torchères en bois laissaient dégringoler des cascades de fleurs roses et blanches, toutes prélevées dans le jardin-modèle d'Alicia. Les tables étaient tendues de nappes blanches et une cinquantaine de serviteurs attendaient le dixième coup de dix heures pour servir les sept plats figurant au menu. Les parfums de l'automne s'exhalaient, la lune brillait et la baie étalait à leurs pieds sa splendeur veloutée.

— Je vis un moment merveilleux, soupira Charlotte Collingwood, le visage enfoui au creux de l'épaule de son fiancé. J'ai l'impression d'être la femme la plus heureuse de la terre.

— Et moi le type le plus heureux du monde, répliqua l'aîné des Brett. Tu me parais très en beauté ce soir, ma Charlotte.

— Quelle femme aussi amoureuse que moi ne le serait pas ? Et puis, ma bague est splendide… !

— Tiens, voici ma mère, observa Alistair d'un ton qui frisait le mépris, à la vue du couple qui sortait de la maison pour venir sur la terrasse. Elle est avec son Philippe. Seigneur, ce que ça peut être gênant !

— Voyons, chéri, ne sois pas embarrassé pour si peu de choses ! Personne n'ignore la passion effrénée de ta mère pour les tout jeunes gens.

— Certes ! Mais quel besoin a-t-elle de les épouser ? Elle donne l'impression de les acheter. C'est cela qui est répugnant. Celui-ci a à peine vingt-quatre ans, alors qu'elle en a soixante.

— Prends garde qu'elle ne t'entende jamais révéler son âge véritable ! En attendant, il est très joli garçon, de commerce agréable et il porte un titre de noblesse. Ce qui arrange bien les choses, non ? En fait d'embarras, j'en verrais plutôt du côté de la fameuse Laura Lord, née Dixie Davenport…

— Tais-toi, je meurs d'envie de faire sa connaissance. Où diable sont-ils donc, ces deux-là ?

— Elle et Joël sont descendus au Mark Hopkins. Ils arriveront donc un peu plus tard.

— Si la réalité correspond à la fiction des photos… ce doit être un morceau de roi.

Elle laissa filtrer un regard venimeux, sous ses paupières mi-closes.

— Ne t'avise pas de tourner autour, je t'en avertis. Je suis l'unique femme de ton existence, ne l'oublie pas !

Un sourire radieux illumina le beau visage d'Alistair.

— Je t'adore quand tu es jalouse…

La marquise de Rochefort – ex Alma Collingwood Brett – un interminable fume-cigarettes laqué entre les dents, promenait son regard impitoyable sur l'assistance. Pour la circonstance, elle avait moulé ses cinquante ans – avoués – dans une robe-fourreau noire, coupée en biais, signée Vionnet, acquise lors de son tout récent voyage annuel à Paris. Son cou s'ornait d'un quadruple rang de perles roses de Birmanie, soulignées par un cinquième cercle composé exclusivement de perles noires de Tahiti. L'ensemble verrouillé par un énorme cabochon d'émeraude ayant appartenu à Emma. Alma avait hérité la passion de sa grand-mère pour les bijoux, en même temps que la moitié des parts de la bijouterie-joaillerie des magasins Kinsolving qui existaient toujours. De sorte qu'elle possédait une des plus belles collections d'Amérique, estimée par ses assureurs à cinquante millions de dollars.

— Quelle merveilleuse soirée ; nos enfants ont de la chance, dit-elle à Alicia et Curtis qui venaient de la rejoindre sur la terrasse.

Alicia portait une stricte robe en soie rouge unie de Lauvin avec un collier diamant et rubis, cadeau de Curtis à l'occasion de leur vingtième anniversaire de mariage.

— Charlotte est absolument ravissante.

— Ils forment un couple délicieux, reconnut Alicia. Nous en sommes très heureux.

— Où sont donc Joël et sa poule ? demanda Alma à son cinquième mari, marquis de Rochefort, qui lui présentait sa coupe de champagne.

— Ils vont arriver d'un instant à l'autre, dit Curtis.

— Je trouve assez moche de la part de Joël de s'exhiber aux fiançailles de sa sœur en compagnie d'une putain d'Hollywood... Merci, mon chéri, dit-elle en prenant la coupe des mains de son tout nouvel époux. Il n'y a vraiment que Joël pour jongler avec le scandale et l'anticonformisme... Il n'en fera jamais qu'à sa tête, celui-là !

— J'ai lu qu'il prépare un film sur Jeanne d'Arc, dit Philippe dans son mauvais anglais. Je pourrais peut-être leur donner un coup de main, puisque je descends en ligne droite de l'un de ses compagnons, Gilles de Rais.

— Cet alchimiste, assassin et violeur d'enfants ? maugréa Alma ; réellement, chéri, ce n'est pas le type d'ancêtre dont on peut tirer une quelconque fierté... Ah tiens, les voici, je crois... Bon Dieu, mais elle est ravissante !

Joël avait passé un habit de soirée, Laura portait une robe de soie blanche sous un drapé de tulle à paillettes argentées qui descendait un peu plus bas que la jupe, assez courte. Son décolleté dévoilait les splendeurs d'une gorge étourdissante. Quant à ses longues, sensationnelles jambes, elles mettaient en valeur des pieds chaussés de veau blanc fermé par une boucle en pierre du Rhin.

« Seigneur Tout-Puissant, songea Curtis, je comprends mieux à présent quelles raisons l'ont poussé vers le cinéma... »

Joël venait vers eux.

— Père, mère, tante Alma, permettez-moi de vous présenter Laura Lord.

La nouvelle arrivée tendit la main d'un mouvement plein de grâce.

— Je vous sais infiniment gré d'avoir bien voulu me convier à cette réception, madame Collingwood, dit-elle d'une voix mélodieuse où perçaient les inflexions inspirées de la « méthode Belgrave ». Joël m'avait longuement parlé de sa maison familiale. Elle est absolument splendide.

Alicia serra la main tendue.

— Merci, miss Lord. Je vous présente mon mari.

Laura lui dédia un sourire dont elle parvint à intensifier la chaleur.

— Je suis ravie de faire votre connaissance, monsieur Collingwood.

« Jamais je n'ai rencontré fille plus sensuelle », pensa-t-il tandis qu'il étreignait fougueusement les petits doigts. « Et Joël veut lui confier un rôle de Jeanne d'Arc ? »

— Votre mère est merveilleusement belle, sussura-t-elle dans l'oreille de Joël dès qu'ils se retrouvèrent isolés sur la piste de danse. Et elle a l'air extrêmement gentil.

— C'est une femme épatante, confirma-t-il. Je l'aime énormément.

— Et votre tante Alma... je n'ai jamais vu autant de bijoux sur une seule femme...

— Mmm... Je sais, oui... l'émeraude du collier a appartenu à un maharajah.

— Au premier abord, elle paraît un peu froide.

— Croyez-moi, ça lui passe quand elle entre dans un lit. On la dit un tantinet nymphomane.

— Qu'est-ce que c'est?

— Une femme qui aime les hommes. Les jeunes de préférence. Le Français que vous avez vu ce soir est son cinquième mari, je crois, je m'y perds dans les comptes. Autrefois, tante Alma sculptait mais, depuis, elle a renoncé à l'art pour se consacrer à la sexualité…

Laura fut incapable de maîtriser un petit reniflement appréciateur.

— Une autre singularité de tante Alma consiste dans le fait d'avoir écrasé son mari sous le lit dans lequel elle était couchée avec son amant, le matin du grand tremblement de terre.

— Ma parole, ils sont tous un peu cinglés dans la famille!

— Les gens riches appellent cela de l'originalité.

— Les gens riches… soupira Laura. Jamais je n'aurais cru assister un jour à une soirée comme celle-ci.

Joël avait resserré son étreinte. Elle dansait à présent collée contre lui. « Se serait-il enfin décidé? » Imaginer que cette accumulation de beautés, de splendeurs pourraient un jour lui appartenir, à la condition qu'elle joue les bonnes cartes?

S'il n'y avait pas ces satanées photos où elle avait posé nue! Pourquoi avait-elle fait ça? Pourquoi?

Elle savait parfaitement pour quelle raison: il ne lui restait plus alors que cinq dollars.

Joël avait retenu au dixième étage du Mark Hopkins, une double suite dont les portes communiquaient. À quatre heures du matin, Laura, étendue nue sur son lit, incapable de trouver le sommeil après cette fabuleuse soirée dont les images se bousculaient dans sa mémoire, n'avait pas encore fermé l'œil. Depuis l'âge de raison, elle savait que certaines couches de la société vivent ainsi, entourées d'un luxe que seule peut procurer une immense fortune. Cette nuit, elle s'était grisée de ce genre de situation. Elle avait contemplé de près le monde magique où évoluaient les nantis.

La porte de l'appartement de Joël s'ouvrit lentement, projetant un rai de lumière qui éclaboussa le tapis avant de toucher son lit. Elle se dressa sur son séant, le drap maintenu sous son menton.

La porte s'ouvrit largement, révélant la silhouette de Joël en robe de chambre de soie découpée en ombre chinoise dans l'encadrement. Silencieusement, il entra et s'avança jusqu'au lit.

À la surprise de Laura, il la dévisagea longuement de son regard de hibou.

— J'étais fier de vous, ce soir, chuchota-t-il en dénouant la ceinture de son peignoir. Vous vous êtes comportée comme si vous apparteniez à notre milieu.

— J'ai eu, en effet, l'impression d'y appartenir, le temps d'une soirée. Merci de m'avoir offert cela.

— Vous avez fait forte impression sur mon père. Il m'a promis de soutenir notre campagne publicitaire de tout son pouvoir. Et son pouvoir est considérable.

— Sapristi !

— Cessez donc de dire « Sapristi », cela vous a un parfum d'adolescence sans rapport avec votre avenir. Car je vais faire de vous la plus belle, la plus célèbre femme de ce monde et votre existence deviendra un véritable « sapristi » de chaque seconde.

Il retira ses lunettes, les posa sur la table de nuit. Son regard revint à elle.

— Je vous aime, vous savez. Je n'ai jamais aimé une femme jusqu'ici. Cela m'effraie un peu, d'une certaine manière.

— Pour quelle raison l'amour vous ferait-il peur ?

— Parce que je suis terrifié à l'idée que vous pourriez me causer du chagrin.

— Oh, Joël, mon chéri, jamais je ne serais capable de vous occasionner la moindre peine. Je vous l'ai dit, vous êtes le premier homme à m'avoir manifesté de la gentillesse.

Le regard obstiné de ses petits yeux ne la lâchait pas une seconde.

— M'avez-vous dit la vérité à votre sujet ?

— Oui.

— Je sais qu'il y a eu des hommes dans votre vie. Je suis au courant de votre liaison avec Bob Crane, l'assistant de la Paramount. Je ne m'étonne pas qu'une jeune femme aussi belle que vous ne soit plus vierge. Mais je vous demande s'il y en a eu d'autres ?

— Non… seulement… mon père.

— Vous m'avez dit qu'il avait tenté d'abuser de vous. Est-il allé jusqu'au bout ?

Elle ferma les yeux.

— Il m'a violée.

— Seigneur !

— J'étais complètement terrorisée. Je m'imaginais que j'allais avoir un enfant, mettre au monde un monstre... par chance, rien ne se produisit. Elle rouvrit les yeux. C'est ce qui m'a déterminée à quitter la maison... je lui ai dit que je ne voulais plus jamais le revoir.

— Ma pauvre Laura.

Les larmes perlaient au bord de ses grands yeux.

— C'est pour cela que je vous aime, chuchota-t-elle. Ne comprenez-vous pas ? Vous avez transformé ma minable et laide existence d'un coup de baguette magique.

— Inutile de prétendre que vous m'aimez. Le mensonge n'est pas indispensable.

— Mais c'est la vérité, Joël !

— Je me connais, je n'ignore pas que je suis un drôle de type, pas beau du tout et je ne m'attends pas à ce que vous soyiez amoureuse de moi. Je vous demande seulement de me laisser vous aimer, Laura. Et, surtout, de ne jamais, jamais me mentir.

Il se débarrassa de sa robe de chambre qu'il laissa choir à ses pieds, offrant à son regard un corps d'une maigreur surprenante, pratiquement dépourvu de poil.

Elle rabattit alors le drap qui dissimulait son corps splendide, troublant dans sa totale nudité. Lentement, il s'agenouilla sur le bord du lit, se pencha au-dessus d'elle. Elle ouvrit les bras, l'étreignit, surprise par la fougue passionnée qu'il mettait dans ses baisers.

Elle n'avait fait que pressentir la passion qui l'animait parce qu'il apportait un soin infini à dissimuler ses sentiments. Derrière un masque. Et, à présent, le masque venait de tomber.

CHAPITRE QUARANTE-SEPT

— Le Fantôme ne commet plus aucun crime, observa Gil Amster, qui venait de se hisser sur le tabouret voisin de celui de Cliff Parker, accoudé au comptoir de « Barkies' Sandwiches ». Avez-vous une opinion quelconque, vous autres, concernant cette interruption ?

Le principal mordit dans son hamburger, insouciant des miettes éparpillées sur son costume gris, déjà passablement froissé.

— Peut-être en a-t-il marre de voir couler le sang à flots ?

— Bien sûr ! À moins que ce ne soit par manque de masques...

Gil promena un regard autour d'eux. À quatorze heures trente, la ruée des « repas sur le pouce » était passée. Il prit néanmoins la précaution de baisser la voix.

— Vrai, je serais curieux de savoir si vous êtes sur une piste.

— Je n'en doute pas un instant, Gil.

L'homme lui était fort sympathique mais il veillait scrupuleusement, vis-à-vis de lui comme de n'importe quel autre journaliste, à demeurer discret.

— J'en conclus que vous avez quelques indices... ?

Cliff continua à mâcher en silence.

La jolie blonde s'approcha d'eux.

— Bonjour, monsieur Amster. Comme d'habitude ?

— Oui : cheeseburger, frites et Coca.

— Tout de suite ! dit-elle en s'éloignant, le bloc à la main.

— Vous finirez pas vous transformer en cheeseburger, mon vieux ! Depuis le temps que je vous voie en manger. Vous n'essayez jamais autre chose ?

— Le vendredi seulement, thon et salade.

— Parce que vous êtes catholique ?

— Plus ou moins.

— J'ignorais.

Pour l'heure, un combat acharné se livrait dans l'esprit de Gil, qui mettait aux prises sa conscience et son avidité de reporter toujours friand d'une information de première main. Les meurtres en série perpétrés par le Fantôme occupaient régulièrement la une, dont ils avaient évincé les nouvelles concernant la campagne présidentielle en cours. Son rédacteur en chef, Dexter Gray, l'implorait pour obtenir du nouveau et le plus irritant était de se savoir détenteur d'un secret qu'il redoutait de révéler.

— Dites-moi, capitaine… supposons que je sois, moi, en possession d'informations concernant l'affaire ?

Cliff le dévisagea, intrigué.

— Que voulez-vous dire ?

Gil sortit son paquet de Lucky et en alluma une, non sans s'étonner du cercle humide laissé par ses doigts sur le fin tube de papier blanc. « Si jamais Wendy découvrait qu'il avait failli à sa promesse… »

— En supposant que je vous apporte un indice qui vous aiderait dans votre enquête… Me tiendriez-vous au courant de la suite ?

— Assez de blabla, Gil. Si vous savez quelque chose, vous devez me le révéler. Vous ne l'ignorez pas. Autrement, je vous fais poursuivre pour dissimulation de preuves.

— Il faut d'abord me donner votre parole de ne révéler à personne l'origine de vos renseignements, murmura-t-il. À personne, vous m'entendez. Il y va de notre boulot à Wendy et à moi.

Cliff détaillait intensément son expression.

— Bon, d'accord, je vous donne ma parole, dit-il en fin de compte. De quoi s'agit-il ?

— Il existe, dans cette ville, un membre d'une puissante famille, qui collectionne les masques. Des masques en tous genres, vous saisissez ? Or, il se trouve que je l'ai vu quitter sa demeure, une heure environ avant celle où Ellen Busby a été égorgée… Il est tout à fait envisageable que ce soit lui le coupable.

— De qui parlez-vous ?

— Joël Collingwood.

— Nom de Dieu !

— Il est un peu dérangé, vous le savez.

— Certes ! J'en ai entendu parler. Ça me rappelle des souvenirs…

— L'affaire Carl Klein ?

— Ouais !

— Possible que le gène se transmette d'un membre de la famille à l'autre.

— J'en arrive à me le demander. Merci pour le tuyau. Je comprends mieux votre inquiétude au sujet de votre boulot. Curtis Collingwood n'est pas du genre à vous ménager. Enfin, puisque vous avez fait preuve de bonne volonté, je vais vous faire une faveur. Nous avons un fil conducteur, nous aussi.

Gil eut un rictus de vampire alléché par l'odeur du sang.

— Lequel ?

— Les cinq victimes avaient un point en commun.

— Quoi donc ?

— Impossible de vous en dire plus.

— Et, vous avez un suspect… ?

— Oui.

— Et ce serait… Joël Collingwood.

— Tenez, voici votre cheeseburger qui arrive.

— Il prétend s'appeler Ted Spaulding, sir, expliqua miss Baird. J'ai cru comprendre qu'il travaille dans une exploitation agricole de l'Iowa. Il paraît bouleversé, monsieur Collingwood, et il insiste pour vous rencontrer.

— À quel sujet ? voulut savoir Joël.

— Il veut vous entretenir de miss Dixie Davenport.

Les doigts de Joël tambourinaient sur le plateau en acajou de sa table de travail. Nerveusement.

— C'est bon, faites-le entrer.

Il était grand, roux, le visage grêlé de taches de rousseur, vêtu d'un accoutrement ressemblant plus à un treillis qu'à un costume et il faisait tourner son vieux chapeau de paille entre ses mains sans quitter miss Baird des yeux.

— Je m'appelle Joël Collingwood. J'ai cru comprendre que vous désirez m'entretenir de miss Dixie Davenport ?

Renonçant à se raccrocher à l'assistance de miss Baird, qui venait de sortir, il laissa refluer sa rancœur et s'avança vers le bureau de Joël.

— Ouais, justement ! Vous êt'drôlement mal parti, c'est moi que j'vous l'dis, s'exclama-t-il, emporté par une fureur rétrospective. Elle a changé de nom, mais j'ai vu sa photo dans les journaux et j'ai lu son histoire… et j'ai vu qu'é va jouer Jeanne je n'sais quoi. Laissez-moi vous dire, monsieur Col… Collingwood, vous feriez rudement mieux d'en trouver un'aut pacque Dixie Davenport c'est une voleuse et une putain !

— Une voleuse ?

— Ça, j'vous en fous mon billet ! À m'a piqué quarante-trois dollars dans mon portefeuille et a'l'a foutul'camp avec ma bagnole. Et v'là qu'a veut jouer les stars ! Sacré culot, non ! Si a'm'rend pas mes sous, j'irai chez les flics et a finira au trou oùc'que c'est la place des traînées comme elle !

— Une minute, je vous prie. Comment est-ce arrivé ?

— Ben, au Lazy Daze Motel, à côté de Des Moines, y a six mois… a f'sait du stop pour Hollywood, pour bosser dans l'ciné et Bon Dieu j'dois bien r'connaître que c'est bien la plus gironde que j'ai jamais eu en mains.

— Avez-vous… euh… couché avec elle ?

— Sûr tiens ! Ah, faut dire qu'elle en connaît un rayon, avec des tas de trucs à elle. Si on croirait tout c'qu'elle raconte elle aurait couché avec la moitié des mâles d'Amérique… après tout ça surprendrait personne. Seulement, le lendemain matin, c'te foutue garce avait foutu l'camp avec ma bagnole et le fric qu'était dans mon portefeuille. C'est que je l'avais entièrement payée, moi, ma tire !

Joël était devenu livide. Il réfléchit quelques instants.

— C'est une accusation grave, monsieur… Spaulding. Comment pourrais-je m'assurer que vous me dites la vérité ? Que vous ne cherchez pas à nous extorquer des fonds, à elle ou à moi, à la faveur de la publicité qui entoure son image depuis quelque temps ?

— C'est pas vrai ! J'ai rien d'un exeutorqueur moi, cria-t-il, le chapeau coléreusement braqué en direction de son interlocuteur. Et j'vas vous prouver que j'la connais c't'espèce de p'tite traînée, c'est qu'elle a une tache de vin de la taille d'un penny juste au-dessus de... au-d'ssus de... c'que j'pense !

Joël flancha sous le coup.

— C'est bon, murmura-t-il.

Il ouvrit un tiroir, en sortit carnet de chèques et stylo.

— Mille dollars vous satisferaient-ils, monsieur... Spaulding ?

L'ouvrier agricole béa.

— En ben euh... le... la bagnole elle valait pas tant qu'ça. Elle avait une vingtaine de milles au compteur, alors j'pensais à deux cents dollars.

— Il faut couvrir votre préjudice et vous rembourser le voyage entrepris jusqu'ici.

— Ouais... euh, c'est-à-dire... j'pensais quand même y v'nir un jour... le climat, l'air et tout...

— Néanmoins...

Joël rédigea le chèque, le détacha d'un coup sec et le tendit à son visiteur. Ted le prit avec une nuance de respect, le déchiffra longuement et se râcla la gorge.

— Sacré bon sang, monsieur Collingwood, c'est drôlement chouette de vot'part. Merci beaucoup et... j'espère que vot'film y va faire des étincelles.

— Je l'espère également. Après avoir eu, me semble-t-il, un entretien sérieux avec ma vedette.

— Ouais ! Vous f'rez bien d'y dire de s'tenir un peu à carreau et qu'elle a une sacrée veine de... d'avoir un producteur qu'est un chouette bonhomme, sauf vot'respect.

— Merci.

L'autre enfouit le chèque dans la poche de son uniforme, tout en se dirigeant vers la porte. Au moment de sortir, il se retourna.

— Vous z'auriez pas des fois un truc pour moi dans vot'film ? Je veux dire quéqu'chose comme un paysan français...

— Laissez vos nom et adresse à miss Baird, on ne sait jamais.

Le visage de Ted s'éclaira.

— Ça alors ! Merci seur ! Sacré bon sang !

Ce fut tout juste s'il ne quitta pas le bureau en sautillant d'allégresse.

Joël avait loué pour sa maîtresse une villa de style colonial sur Rodeo Drive, du genre prétentieux et tape-à-l'œil. Il lui avait accordé un budget de dix mille dollars pour l'aménagement ainsi que la décoration intérieure. Dans le même temps, il avait consacré cinquante mille dollars à l'acquisition de vêtements, sous réserve qu'elle fasse ses emplettes en compagnie de Karnovsky, son habilleur, car il voulait être certain de ses choix. Concernant le fonds de roulement du studio, il disposait d'un budget de cinq millions de dollars l'an, garanti par son père et déposé à la Pacific Bank. Il avait résolu de faire de sa protégée une grande vedette, fût-elle entièrement artificielle, et il tiendrait la gageure, coûte que coûte. Rien n'était trop beau ni trop coûteux pour Laura : bagages de Vuitton, chaussures italiennes sur mesure, lingerie en soie ornée de dentelle par les soins d'un béguinage belge, savon français pour les bains qu'elle prenait dans son immense baignoire en marbre. Concernant sa garde-robe, Joël avait dû se plier à une concession : elle devrait provenir exclusivement des grands magasins Kinsolving & de Meyer. Et, pour étaler cette bonne fortune au regard des badauds, il l'avait dotée d'une Hispano-Suiza, modèle « Boulogne », limousine quatre portes, huit litres, quarante-six chevaux, décorée en bois de tulipier. Cette voiture, fabriquée à Barcelone et parrainée par le roi Alphonse XIII, était devenu le jouet favori de la jeunesse dorée de cinq continents et elle avait inspiré Pierre Frondaie pour son roman « L'homme à l'Hispano ». L'exemplaire dévolu à Laura était blanc, aisément identifiable grâce à la cigogne volante fixée à son bouchon de radiateur et elle avait coûté la modique somme de douze mille dollars de 1928 ! Seulement, quand elle circulait dans ce phaéton moderne, conduite par un chauffeur mexicain en livrée gris perle, Laura rassemblait tous les atouts d'une véritable star de cinéma, à une époque où les stars avaient véritablement l'apparence de... stars authentiques !

Plongée jusqu'au cou dans sa baignoire en marbre, sur le bord de laquelle étincelait un flacon de N° 5 de Chanel – créé huit ans plus tôt par Coco – elle avait d'innombrables raisons de se croire en possession de la lampe d'Aladin, depuis le jour où elle avait rencontré Joël. Chaque fois qu'elle lui frottait le dos, fonction qui lui était dévolue en raison de sa passion immodérée pour les massages, elle ne pouvait s'empêcher de songer que les fabuleuses

562

ressources de la fortune et de la puissance Collingwood se trouvaient à portée de main. Mieux encore, à l'inverse de Marion Davis dont l'existence dorée se payait d'attentions dévotes au sexagénaire cacochyme qu'était devenu William Randolph Hearst, Laura avait trouvé en Joël un jeune et ardent amant dont elle était tombée – et non sans raison – follement amoureuse.

Elle s'employait à savonner ses bras, à l'aide d'une énorme éponge mousseuse lorsque la porte s'ouvrit, livrant passage à un individu de haute taille, le visage dissimulé par un masque en argent. Laura, tout autant que n'importe quel Californien, et avec la même avide curiosité, dévorait chaque matin les articles de presse concernant les exploits du mystérieux Fantôme assassin. Aussi, la vue du couteau de boucher serré dans son poing lui fit-elle pousser des hurlements qui ne cessèrent que lorsque, s'étant approché d'un pas vif, il lui eut placé la lame étincelante sur la gorge. Terrorisée, au bord de l'évanouissement, elle fixait de ses yeux exorbités le masque impénétrable penché au-dessus d'elle à quelques pouces de son visage.

— Je vous… en su… pplie, articula-t-elle d'une voix rauque, ne me… tuez pas…

— Je t'avais pourtant recommandé de ne jamais me mentir, chuchota une voix étouffée qu'elle reconnût aussitôt comme étant celle de Joël. Pourquoi ne pas m'avoir parlé de Ted Spaulding ?

— Qui ?

— Le fermier de l'Iowa à qui tu as volé sa voiture. Il m'a tout raconté. Tu m'as menti.

— Je n'ai pas menti. Je me suis contentée de ne pas en parler. Et puis d'abord, range ce couteau avant de m'avoir blessée.

— C'est toi qui m'as blessé, et précisément, de la manière que je redoutais. Je n'aime pas cela.

Elle éclata en sanglots.

— Je t'en prie, Joël… j'ai eu peur… je t'en prie…

— Avec qui d'autre as-tu couché, hein ?

— Personne. Range ce couteau… et cet horrible masque. Pourquoi portes-tu un masque ?

— Je t'ai consacré mon existence. Je te donne tout. Si tu me tournes en ridicule…

— Mais non voyons, jamais !

— Que devrais-je apprendre encore te concernant ?

— Rien… rien du tout !

— Tu peux le jurer ?

— Oui ! Je le jure, mais ôte ce couteau, s'il te plaît !

Redoutant la crise d'hystérie, il se redressa avec lenteur, retira le masque et remit ses lunettes. Elle le regardait faire, les épaules encore secouées de sanglots.

— Est-ce… toi le… le meurtrier… le… Fantôme ?

— Bien sûr que non, répondit-il sèchement. Mais j'ai imaginé cette mise en scène afin d'imprimer dans ta mémoire le désarroi dans lequel tu m'as plongé. À présent que tu as fait serment de n'avoir plus rien à confesser, je suis en droit d'espérer une franche conduite de ta part pour l'avenir.

— Tu m'as foutu une trouille épouvantable, cria-t-elle dans son dos alors qu'il quittait la salle de bains. Tu m'as rendue folle de peur !

Il fit volte-face, l'enveloppa d'un regard froid.

— Parfait, marmonna-t-il avant de se retourner et de s'éloigner.

Longtemps après son départ, elle fut encore secouée de soubresauts. Avait-elle affaire à un maniaque ? Pour intimes qu'ils fussent devenus, elle savait encore peu de choses de lui, sinon que, la plupart du temps, il voyageait en pensée dans un monde de rêve et de magie. Se serait-il livré, personnellement, à un bout d'essai, avec l'idée de tourner un film sur les exploits du Fantôme ? Ou bien… ? Quoi de plus efficace qu'un masque et un couteau de boucherie pour terroriser une maîtresse ?

Quoi qu'il en fût, une déduction apparaissait clairement dans son esprit : si une entrevue avec Ted Spaulding réussissait à le pousser à d'aussi démentes extrémités, quel serait son comportement s'il avait connaissance des photos réalisées par Evans… ?

« Il faut que je les récupère par un moyen ou un autre, marmonna-t-elle. Il le faut, à tout prix ! »

Le lendemain matin, elle enfila une robe d'intérieur, bleu neutre, noua un foulard sur ses cheveux, posa des lunettes de soleil sur son joli nez et s'engouffra dans un taxi en maraude, à destination de Hollywood Boulevard. Le studio d'Evans se dissimulait au creux d'un minuscule édifice à deux étages, crépi de blanc sale et blotti au fond d'un passage parmi d'autres immeubles qui avaient sans doute connu des jours meilleurs. Jouxtant l'entrée du studio, se trouvait une librairie spécialisée dont l'arrière-boutique offrait aux amateurs des lectures de magazines pornographiques abondamment illustrés de photos à la production desquelles l'industrieuse activité d'Evans n'était sûrement pas étrangère.

Laura régla la course et se hâta d'entrer. Evans, célibataire endurci, vivait seul au second étage et travaillait sans assistant. Une minuscule réception proposait au visiteur l'inconfort de deux chaises bancales et dépenaillées, avec une poignée de revues défraîchies éparpillées sur une table basse et bancale. Sans oublier l'inévitable cendrier-réclame, débordant de mégots jaunissants. Elle pressa le bouton d'appel intérieur, ce qui eut pour résultat de faire apparaître George Evans quelques instants plus tard.

— Tiens ! Miss Davenport ! Il sourit. Veuillez m'excuser, je voulais dire miss Lord.

— Il faut que je vous parle.

— Entrez donc.

Elle le précéda à l'intérieur du studio où, si peu de temps auparavant, elle s'était dévêtue pour offrir sa nudité à l'œil avide et impitoyable de l'appareil. Des projecteurs tout noirs braquaient leur regard vide et privé d'éclat sur le mur en brique tendu d'un drap fripé contre lequel George faisait poser ses modèles.

— Cigarette ?

— Non, merci.

Il en alluma une sans la quitter des yeux.

— Alors ? Que puis-je faire pour vous ? s'enquit-il, après avoir soufflé l'allumette qu'il écrasa ensuite sous sa semelle.

— Combien pour ces photos ?

Son sourire s'élargit.

— Je m'attendais à votre visite, miss Lord. J'ai suivi votre ascension à travers les articles de presse. Très impressionnant... L'idée de vous faire incarner Jeanne d'Arc m'apparaît, compte tenu des circonstances, comme une initiative particulièrement heureuse. Je me suis laissé dire que vous habitiez Rodeo Drive, à présent, et que vous rouliez en Hispano-Suiza... Pas mal... pas mal ! Joël Collingwood doit être fou de vous.

— Combien ?

Il la dévisagea en silence.

— Un million, finit-il par prononcer.

— C'est de la folie ! Un million pour une douzaine de photos ?

— Un million.

— Mais je ne possède pas pareille somme.

— Demande-la à ton amant, salope !

Le sourire narquois s'était brutalement mué en rictus haineux.

— Vous ne comprenez donc pas que je peux rien lui demander !

— Pourquoi ?

— Cela m'est impossible, c'est tout. Mieux vaudrait avoir des prétentions raisonnables. Je peux emprunter dix mille dollars sur la voiture...

— Un million.

— S'il vous plaît...

— Un million. Et je te donne jusqu'à demain matin pour t'amener avec la somme. Sinon, j'irai porter les photos à ton Joël... Il paiera, lui, pour les avoir.

— Je vous en prie ! implora-t-elle, incapable de retenir ses larmes qui coulaient le long de ses joues. Il me les faut absolument. Je... je vous paierai plus tard... après le tournage du film. À ce moment-là, je vaudrai beaucoup d'argent.

— Tu en vaux déjà pas mal pour le moment. À toi d'ouvrir les robinets, ma vieille. Tu connais mes conditions. Un million demain matin... Salut, miss Lord !

Et il lui souffla sa fumée au visage.

— Salaud ! gémit-elle entre deux reniflements.

— Inutile de sombrer dans la familiarité. Toutes les mêmes, les sous-produits d'Hollywood ! Bonnes qu'à parader, emmitouflées dans des fourrures de prix, couvertes de bijoux précieux, dans des voitures de luxe... mais il suffit de gratter un peu pour s'apercevoir que vous n'êtes qu'une bande de putains !

Elle le gifla. Violemment. Sa réaction première la glaça d'épouvante car elle le vit lever les bras, prêt à l'attaquer. Pourtant, il se reprit en quelques secondes.

— Fous-moi le camp d'ici, traînée, cracha-t-il.

Les joues inondées de larmes, elle se retrouva dans la lumière éblouissante de Hollywood Boulevard. Un million ! Comment trouver un million, se répétait-elle tout en arpentant le trottoir sans même savoir où elle allait. L'emprunter à Joël? Sous quel prétexte? Quelle explication inventer? Non, impossible. Restait Chuck Rosen, le gestionnaire… même obstacle : quelle raison inventer?

Elle s'arrêta net. Tournée vers le studio, elle se mit à tamponner ses joues.

Oui, c'était bien cela. Il ne lui restait pas d'autre choix. Le seul qui pourrait sauver sa carrière et un éventuel mariage avec Joël.

Elle irait les dérober.

Soulagée, elle héla un taxi.

À l'intérieur d'une Mercedes bleue rangée le long du trottoir opposé, juste en face de la porte du photographe, un homme observait ses faits et gestes. C'était Joël Collingwood.

Vers quatre heures le lendemain matin, un taxi avançait à vitesse réduite le long de Hollywood Boulevard.

— C'est assez près comme ça, dit Laura, assise sur la banquette arrière, le front contre la vitre.

Elle tendit un billet de vingt dollars au chauffeur.

— Attendez-moi ici et il y en aura un autre pour vous.

— Pour ce prix-là, je vous attendrai jusqu'au petit déjeuner, ma jolie, acquiesça l'homme avec un hochement de tête et un clin d'œil complice. Mais, je dois vous dire que le quartier n'est pas des plus sûrs…

— Ne vous en faites pas pour moi, je sais me débrouiller seule. Je ferai au plus vite, mais je pense en avoir quand même pour une bonne demi-heure.

Exception faite d'un agent en faction quelques immeubles plus loin, la rue lui parut déserte. Laura se glissa dans le passage et marcha jusqu'à une allée transversale sur laquelle donnaient les fenêtres à l'arrière du studio Evans.

Trois fenêtres en tout au rez-de-chaussée, dont l'une, celle de la chambre noire, était évidemment aveuglée. Laura déposa le grand sac qu'elle trimbalait et essaya tour à tour les deux autres. Fermées. La venelle se trouvait faiblement éclairée par une grosse ampoule pendue au sommet d'un poteau et qui aurait pu, autrefois, appartenir à un lampadaire primitif. Elle fouilla dans le sac, en retira une ventouse en caoutchouc noir ainsi qu'un diamant, empruntés à l'atelier du studio, à l'aide desquels elle détacha un morceau de vitre. Ensuite, elle ouvrit la fenêtre, posa le sac sur le rebord et se hissa à l'intérieur de la pièce.

Le rond de clarté de sa torche électrique fit jaillir de l'obscurité la silhouette inquiétante des projecteurs postés autour d'elle comme de noires sentinelles ; ensuite, le mur, toujours drapé de blanc, l'étagère sur laquelle reposaient les accessoires destinés à agrémenter les photos de nus, ainsi que des costumes de différentes époques, pendus à de simples crochets.

Enfin, la tache lumineuse se posa sur le classeur à tiroirs dans lequel Evans rangeait méthodiquement les plaques de gélatine qu'il désirait conserver. Pour les clichés de valeur, ou un peu « particuliers », il usait encore de ce procédé obsolète en raison des résultats obtenus : des photos d'une netteté et d'une texture stupéfiantes. Dès le premier tiroir, Laura découvrit une pose de nu qui la confirma dans l'idée qu'il fallait chercher là. Elle entreprit de fouiller fébrilement, tirant et repoussant les tiroirs, examinant chacune des plaques avec, chaque fois, un serrement d'estomac, dans l'attente de la découverte importante. Finalement, elle tomba sur la série de douze plaques qui la représentaient dans le plus simple appareil.

Il lui fallut encore plusieurs minutes pour entasser ce produit de son larcin dans son sac, en glissant à mesure une feuille de papier entre les plaques. Cela fait, elle se redressa et braqua sa lampe en direction de la fenêtre.

Jusqu'à cet instant, elle avait agi avec le maximum de calme, la tête froide, le geste précis. Mais dès qu'elle fût en possession du butin convoité, sa belle sérénité l'abandonna, elle voulut se hâter de sortir et, ce faisant, trébucha contre le pied tendu – comme à dessein – d'un spot qu'elle fit choir au sol dans un tintamarre à réveiller le quartier. Elle-même se retrouva à quatre pattes dans l'obscurité, après avoir senti s'écraser sous son poids les plaques enfermées dans le sac tombé sous elle. Terrorisée par la certitude d'avoir réveillé Evans, affolée par un sentiment de panique qu'elle voulait minimiser mais qui l'envahissait tout entière, elle alla ramasser la torche, heureusement restée allumée.

Comme elle se redressait, le rayon lumineux de sa lampe tomba sur des chaussures d'homme. En même temps qu'elle reculait, elle fit remonter d'instinct le pinceau lumineux et découvrit les jambes, puis le buste et, enfin, la tête d'un individu posté au pied de l'escalier. Un personnage dont le visage se dissimulait sous un masque argenté. Un homme qui tenait un couteau de boucher à la main.

— Joël, je t'en prie! cria-t-elle en reculant vers la fenêtre. Il fallait que je rentre en possession de ces photos...!

La frayeur l'emportant, elle éclata en sanglots.

— Mais elles... elles sont dé... détruites, je... je suis tombée avec... regarde...

— Et en faisant ça tu as signé ton arrêt de mort, grinça haineusement l'inconnu en marchant sur elle. L'existence de ces plaques te garantissait la vie sauve... Tandis que maintenant, tu ne vaux pas plus cher que les autres salopes qui sont venues se faire photographier ici...

— Evans...! balbutia-t-elle, abasourdie. C'est vous, Evans?

— Oui, c'est bien moi... George le Justicier. Tu vas recevoir la punition encourue pour ton immoralité...

— Mais vous êtes fou!

— Vous autres, les putains d'Hollywood, avez fait de notre paisible petite ville une véritable Sodome... et tu vas payer, comme les autres, le même prix que les autres.

— Laura, écarte-toi, sauve-toi, cria la voix d'un homme qui franchissait le bord de la fenêtre presque d'un bond.

Machinalement, la jeune fille orienta le faisceau lumineux et découvrit la présence de Joël. Dans le même mouvement, l'assassin masqué se précipita sur Laura et Joël s'interposa pour l'arrêter. Laura se mit à hurler de terreur, sa lampe dirigée sur les deux hommes qui luttaient farouchement. Jusqu'au moment où Evans parvint à enfoncer la lame dans le ventre de son adversaire, avec une espèce de cri rauque d'animal enragé. Le blessé se plia en deux, les mains plaquées sur l'abdomen et s'affala lentement sur le sol, tandis qu'Evans, levant haut le couteau d'où le sang dégoulinait sur son masque, dans la lumière irréelle de la torche que Laura tenait encore d'une main tremblante, s'écriait:

— Putain de Sodome, apprête-toi à subir un châtiment mérité!

Et il s'élança sur elle. Un coup de feu éclata dans l'obscurité, aussitôt suivi de deux autres. Evans poussa un cri, tournoya plusieurs fois sur lui-même avant de s'écrouler. L'un derrière l'autre, plusieurs policiers sautèrent par la fenêtre.

— Joël! gémit Laura, dont le premier mouvement fut de s'age-nouiller auprès du blessé qui pressait à deux mains la blessure d'où le sang s'écoulait. Il faudrait appeler une ambulance, cria-t-elle à la cantonade. Mon Dieu… Joël, mon chéri…

— Je regrette… balbutia-t-il, de t'avoir autant effrayée l'autre soir… une plaisanterie aussi stupide que cruelle…

— Ne parlons plus de cela. Comment se fait-il que tu te trouves ici?

— Je t'ai suivie… afin de savoir…

Ses paupières retombèrent.

— L'ambulance va arriver, annonça Cliff Parker en s'agenouil lant auprès d'elle.

Quelqu'un avait allumé toutes les lumières du studio.

— Est-ce que… est-ce qu'il est… mort? murmura-t-elle, in-capable de détacher son regard de la flaque de sang qui s'élargis-sait sous le blessé.

— Non… mais il est très affibli… ce cinglé n'y est pas allé de main morte.

— Il ne faut pas qu'il meure… il n'en a pas le droit.

Cliff Parker leva les yeux sur la mince jeune femme blonde dont les mains étaient agitées d'un tremblement frénétique.

— Vous l'aimez passionnément, n'est-ce pas? dit-il d'un ton qui trahissait une indéniable surprise.

Elle tourna vers lui ses yeux brillants de larmes:

— Il est le seul homme que j'ai rencontré à m'avoir traitée comme une véritable lady, murmura-t-elle.

— Nous étions en planque depuis une dizaine de jours dans la librairie voisine, racontait Parker, alors qu'il attendait en compa-gnie de Laura, dans le vestibule de l'hôpital. Grande a été notre surprise de vous voir pénétrer dans l'allée ce matin, à une pareille heure.

— Pourquoi aviez-vous décidé de le surveiller?

— Le fil conducteur nous a été fourni par les photos de nus. Il nous a suffi d'interroger un certain nombre de vendeurs spécialisés dans le porno pour acquérir la certitude que les cinq victimes de l'assassin au masque posaient régulièrement nues pour Evans. De là l'idée de surveiller ses agissements ainsi que les allées et venues de sa clientèle. Mais pendant dix jours, rien ne s'est produit jusqu'à votre arrivée. Se doutait-il de quelque chose ? Je ne sais. En tous cas, votre intervention nous a rendu un fier service, même compte tenu du danger que vous avez couru...

— Je ne me serais jamais doutée qu'Evans était fou. Pourquoi mettait-il un masque ?

— Sans doute raffolait-il de la publicité que lui valait cette mise en scène. Peut-être avait-il vu jouer « Le Fantôme de l'Opéra... et décidé d'interpréter le rôle à sa manière en transposant l'action à Hollywood. La fiction adaptée à la réalité. Je serais prêt à parier que pas une ligne de ce qui s'écrivait à son sujet ne lui échappait. Exactement comme Jack l'Éventreur.

— Mais enfin, pourquoi ? Que cherchait-il à démontrer ?

— Sa famille possédait une plantation de citronniers sur le terrain où s'élèvent aujourd'hui les Universal Studios. Peut-être en a-t-il conçu une haine farouche de tout ce qui touche au ciné ? Il n'est d'ailleurs ni le premier ni le seul dans ce cas. Il faut dire qu'une trentaine d'années seulement auparavant – j'étais encore un gosse, à l'époque – Hollywood a pris son essor sous la houlette d'un prohibitionniste originaire de Kansas City. Des années durant, l'endroit est resté comme une sorte de modèle de vertu civique et, de nos jours, les rigoristes et les collet monté ne manquent pas dans la population d'origine. De là à traduire son antipathie pour le cinéma par une série de meurtres en chaîne...

Le jeune chirurgien qui entra dans la petite salle d'attente où on les avait parqués arborait un sourire réconfortant.

— Tout se passe pour le mieux, affirma-t-il. La lame avait perforé une section d'intestin que nous avons réussi à recoudre. Les suites seront douloureuses et la convalescence durera sans doute plusieurs mois, mais il est tiré d'affaire.

— Oh, quelle excellente nouvelle ! s'écria Laura qui bondit de son fauteuil et fondit sur le médecin auquel elle appliqua un baiser sonore sur chaque joue.

L'agressé devint rouge comme une pivoine, se râcla la gorge.

— Eh bien, euh... c'est vous Laura ?

— Oui.

— Il m'a chargé de vous dire que… juste avant l'anesthésie… de vous dire que… qu'il vous aime.

Laura Lord éclata en sanglots incoercibles.

— Je me sentais tellement coupable, expliqua Joël, dès qu'il fût autorisé, quelques jours plus tard, à recevoir des visites. Jamais je n'aurais dû te causer une telle frayeur, dans la salle de bains. C'était pure folie de ma part. Je crains à présent que tu me croies fou. Ce que je suis peut-être un peu, d'ailleurs. Mais je peux te jurer que je ne te ferai jamais de mal, Laura. J'ai réagi avec trop de violence aux confidences de Spaulding.

— Les motifs de colère ne te manquaient pas, néanmoins, admit Laura ; chercher la fille la plus pure d'Amérique et tomber sur… sur un modèle de débauche…

— C'est sans importance, poursuivit-il d'une voix très affaiblie. Mais j'avais terriblement honte de ma conduite et je venais te présenter mes excuses quand je t'ai vue t'engouffrer dans un taxi. Je t'ai suivie jusqu'au studio Evans et j'ai attendu que tu en ressortes, sans avoir rien compris à cette démarche mystérieuse. Ensuite… eh bien, j'ai continué ma filature sans bien saisir le sens de ton comportement.

— Et maintenant, as-tu compris ?

— Je crois, oui.

— Alors, je vais t'expliquer, afin que les choses soient claires entre nous…

Et elle lui expliqua comment, réduite à son dernier billet de cinq dollars, elle avait accepté de poser nue, afin de pouvoir rester à Hollywood et continuer à tenter sa chance. Et elle acheva par le récit de l'ignoble chantage qui ne lui laissait d'autre possibilité que de voler les plaques, faute de pouvoir lui demander un million, sans autre explication.

— À l'évidence, conclut-elle, je ne suis certainement pas la candidate souhaitable pour tenir le rôle de Jeanne d'Arc. Je t'ai suffisamment causé de tort et de dommages corporels sans m'aventurer, par-dessus le marché, à flanquer ton film par terre. Trouves-en une autre, plus convaincante que moi.

Il la dévisagea longuement à travers la loupe déformante de ses énormes verres.

— Vois-tu, Laura, déclara-t-il enfin, tu n'es pas plus responsable d'avoir vu le jour dans la pauvreté que je ne le suis d'être né riche. La situation à laquelle tu es arrivée résulte d'une longue et parfois pénible lutte de tous les instants, ce qui n'est nullement mon cas. Je te souhaitais pure et virginale, néanmoins, et la révélation de chaque accroc à cette pureté me mettait hors de moi. Pourtant, qu'est devenue la notion de pureté, de virginité, dans notre société démente ? La preuve : l'annonce qui t'a menée tout droit chez Evans, tu l'as trouvée dans le *Clarion* qui est la propriété de ma propre famille !

Il haussa les épaules avant d'ajouter :

— En outre, je t'aime telle que tu es.

Elle rit en s'essuyant les yeux.

— En tous cas, tu as raison en ce qui concerne le film. Tu es beaucoup trop séduisante pour une petite bergère lorraine. Je vais mettre un terme au projet. Vois-tu, Laura, je m'étais lancé dans la production cinématographique avec l'intention de satisfaire mon désir de beau, de vrai… Et peut-être Rosen a-t-il raison quand il affirme que l'entreprise perd tout son sens si le spectateur boude mes films. J'ai découvert un autre scénario que je vais te demander de lire. Le rôle te conviendrait à merveille, je pense.

— Quel titre porte-t-il, cette fois ?

Une ombre de sourire passa dans son regard.

— La Dame de la Nuit.

— Oh, Joël…

Elle rit franchement, amusée. Comment imaginer un titre plus approprié ?

— Il se rendait au chevet de sa fille, précisa Wendy Fairfax à son mari. Il y a quelques années, il a fait un enfant à une femme de chambre de la maison. Il leur a assuré une pension et les a envoyées vivre dans une villa au bord de la mer près de Santa Monica. La nuit où tu as tenté de le suivre, il y allait parce que la mère l'avait averti que la petite était très malade.

— Autant pour ma théorie Joël Collingwood.

— Oui et non. C'était plutôt la mienne. Elle n'en était pas moins tordue. Grâce à Dieu, la police n'en a pas eu vent.

— Moi… grâce à Dieu…

La jolie serveuse blonde s'approcha de leur table :

— Comme d'habitude, monsieur Amster ?

— Mais certainement ! Pourquoi pas ?

— Et pour vous miss Fairfax… À propos, ça y est, j'ai décroché un petit boulot.

— Sans blague ? Dans le cinéma ?

— Oui, oh, rien d'extraordinaire. Un rôle tout à fait secondaire dans un film où je suis tuée dès la première scène. Mais, au moins, c'est un crime violent et spectaculaire.

— Bon début ça ! Dans quel film ?

— Le nouveau Joël Collingwood, « La Dame de la Nuit » avec Laura Lord en vedette. Qui sait ? Figurante aujourd'hui, star demain… C'est arrivé à Laura, pourquoi pas à moi ?

— Tout à fait mon avis, approuva Wendy avec un sourire de connivence. À Hollywood, il ne faut s'étonner de rien. Je parlerai de vous dans mon prochain article.

— Vous feriez une chose pareille ? Oh, ce serait vraiment chouette de votre part !

— Seulement, je ne connais même pas votre nom, ma petite.

— Thelma. Thelma Todd…

De fait, la blonde Thelma accéda aux plus beaux rôles dans de nombreux films, dont un des Marx Brothers. Le 16 décembre 1935, le corps de Thelma Todd fut trouvé dans sa Packard rangée à l'intérieur du garage de l'immeuble où elle partageait un appartement avec son amant, le directeur Roland West. Le contact était mis mais le moteur avait cessé de tourner. Les vêtements de la jeune femme étaient en désordre et des traces de sang maculaient son visage. Le tribunal conclut néanmoins à une asphyxie par les gaz de monoxyde.

Le meurtre ne fut jamais élucidé.

« La Dame de la Nuit », l'histoire d'une blonde ravageuse, qui devient la maîtresse d'un contrebandier de boissons alcoolisées basé à New York et qui, pour avoir dénoncé ses agissements à la police, meurt, balayée par une rafale de mitraillette, passa sur les écrans d'un bout à l'autre des États-Unis dix jours exactement après le krach boursier de 1929. Paradoxalement, la programmation prévue de longue date par Joël n'aurait pu tomber plus judicieusement. Abattu et déprimé par la débâcle financière, le public avait cherché refuge dans les salles obscures où la prestation d'une Laura étincelante de sensualité l'avait littéralement fasciné. Le film remporta un succès total ; du jour au lendemain, Laura se trouva catapultée au firmament des stars.

Paradoxalement, ce fut pour Joël une victoire à la Pyrrhus. Sa passion pour le cinéma ne résista pas au choc de la réalité : les spectateurs auxquels il rêvait de présenter uniquement du beau et de l'art ne se passionnaient, eux, que pour le sordide, le laid, le crime et la luxure. Pour la plus grande joie de son père, il revendit son studio à la MGM et retourna à San Francisco afin de s'initier aux affaires familiales.

En janvier 1930, il épousait Laura Lord, au grand désespoir de la famille. En juin de la même année, la jeune femme donnait naissance à leur fils Spencer.

En mai 1933, au plus fort de la Grande Dépression, Curtis Collingwood succombait à une crise cardiaque, ce qui plaçait Joël à la tête de la société, tandis que Laura annonçait qu'elle renonçait au cinéma après avoir tourné cinq films d'égal succès.

En 1936, Joël crée la Fondation Collingwood, au capital de cinquante millions de dollars, qui va coiffer la section Recherche du laboratoire médical dépendant de l'hôpital Archer Collingwood. Animé du même esprit philantropique que son arrière-grand-mère Emma, Joël soutient avec zèle la continuité du musée des beaux-arts créé par Archer et Arabella auquel il fait don, par ailleurs, des collections d'Impressionnistes et Post-Impressionnistes constituées par son propre père. En souvenir de Zita, il fait don à la Stanford University d'un million de dollars destinés à la création d'une section Dessin et Arts Plastiques réservée aux enfants talentueux mais privés de moyens financiers pour suivre les cours.

Jamais Joël ne s'est intéressé au base-ball. Jamais Laura n'a été acceptée par la société de San Francisco. Ils connurent néanmoins un bonheur sans nuages jusqu'à la mort de Joël, emporté par un cancer en 1956.

Spencer Collingwood, diplômé de Princeton, héritait, à vingt-six ans, de la fortune paternelle estimée à cinq cent millions de dollars. Pourtant, il réunit le conseil de famille afin d'annoncer son manque d'intérêt total pour l'ensemble des affaires, préférant à cela obtenir cinquante pour cent des parts de la société, représentant le Calafia Ranch auquel il vouait tout son amour. La direction générale de la société Collingwood – véritable consortium – revenait de droit à son cousin Jeffrey Brett, fils de Charlotte et d'Alistair Brett.

En 1960, Spencer épouse une fille de la haute société de Los Angeles, Sylvia De Witt, qui met au monde l'année suivante une fille qu'ils baptiseront Claudia.

En 1980, deux ans après le décès de Beulah Snodgrass, alias Dixie Davenport, alias Laura Lord, à la suite d'une ingestion fatale de barbituriques (que l'on attacha beaucoup de soin à ne pas qualifier de suicide, bien que depuis la disparition de son époux elle eût sombré dans l'éthylisme), la section cinématographique du musée d'art moderne à New York présentait une rétrospective des films de Laura Lord. Sa prestation dans «La Dame de la Nuit» fut saluée par la critique comme l'éclosion d'un «classique».

L'or véritable ou la valeur du néant

Le Boeing 747 amorça lentement la descente vers l'aéroport de Los Angeles. Claudia Collingwood, le front collé au hublot, contemplait, pensive, la nappe de brouillard rougeâtre qui s'étendait au-dessus de la métropole géante et l'enveloppait dans ses plis. À l'ouest, le lever du soleil sur le Pacifique était pratiquement obscurci.

— Un phénomène d'une beauté insolite, ne trouvez-vous pas ? observa l'homme d'affaires entre deux âges assis dans le siège voisin du sien.

— Le brouillard ? s'étonna Claudia. Vous trouvez cela beau ?

— La beauté de la mort, répliqua l'homme, d'une voix un peu chancelante, peut-être imputable aux deux bouteilles de Cabernet ingurgitées depuis le départ de New York. Ces millions de voitures agglutinées en-dessous de nous, dont les tuyaux d'échappement crachent sans relâche leurs gaz délétères puff… puff… puff… Cela n'aura jamais de fin, savez-vous, bien au contraire… La couverture de brouillard s'épaissira de plus en plus jusqu'à devenir un linceul… le suaire de la Californie.

Claudia détourna la tête. À l'extérieur, l'appareil s'était enfoncé dans ce moelleux ouaté où l'on distinguait les reflets scintillants de la cité. « Le suaire de la Californie »…

Elle aurait préféré une image plus gaie pour célébrer son retour au pays.

— Papa, je suis descendue au Bel Air.

— Bienvenue à la maison, ma chérie, s'exclama Spencer Collingwood à l'autre bout du fil.

— J'ai loué une voiture et je viens te rejoindre, dès demain matin, sans faute. As-tu réfléchi à la conduite de Jeffrey depuis mon appel de Paris ?

— Pense donc si j'y ai réfléchi ! Quand je pense que ce pourri aurait le culot de liquider le ranch en douce et à une bande d'escrocs étrangers, par-dessus le marché ! J'ai l'impression très nette de savoir ce qui le pousse à la transaction. Je t'expliquerai ça demain. À part ça, que devient ton mangeur de grenouilles de mari ?

— Je vais divorcer, p'pa.

— Tu vas quoi ?

— J'ai pris ma décision durant le voyage. Toi qui parles de pourris… figure-toi qu'il s'était mis d'accord avec Northfield et Ching pour me forcer la main et m'obliger à conclure… Je ne peux plus lui accorder ma confiance. Tu avais raison, j'ai commis une lourde erreur.

— Alleluia ! Tu envisages réellement de rester ici ? De ne plus retourner en France ?

— Absolument.

— Nom de Dieu ! Voici la meilleure nouvelle de l'année… ! Et ton petit cœur… pas brisé ?

— Un petit peu, forcément… Tu sais combien j'étais folle de cet homme. Malheureusement, Guy ne se soucie que de son cognac et de son château. Il m'a fallu deux ans pour m'en rendre compte. Bien sûr, ça fait mal, mais je m'en remettrai, crois-moi.

— Bon ! Tu sais, ma chérie, combien j'ai horreur de ces parlotes au téléphone. De plus, Mickey me fait signe. J'ai acheté la fameuse nouvelle Porsche, la 926, tu sais, et je vais l'essayer demain matin. Alors, je t'attends demain et nous discuterons de tout ça tranquillement. D'accord ?

— Entendu, p'pa.

— Bonne nuit, mon lapin, et encore bienvenue à toi. Tu fais de ton père un homme heureux.

La jeune femme reposa l'appareil sur la table de chevet, un sourire amusé aux lèvres. Son père nourrissait une passion effrénée pour les voitures de sport, tout comme Guy qui faisait passer son cognac au-dessus de tout.

De grands enfants auxquels il ne fallait surtout pas prendre leur jouet favori, songea-t-elle encore en se glissant sous les draps.

Pourtant, si Guy s'était trouvé à côté d'elle… !

Oh, et puis zut et zut avec Guy… !

Le garage privé se trouvait à une centaine de milles de Bel Air. Spencer repoussa la porte coulissante avec l'aide de Mickey Carlisle, son mécanicien, referma le cadenas avec soin et chacun des deux hommes rejoignit sa jeep.

— Les conditions météo sont favorables pour demain, commenta Mickey.

— Ouais ! On se retrouve à sept heures pour lui donner le baptême du circuit.

Vingt ans plus tôt, dès qu'il avait été dévoré par la fièvre de la compétition automobile, Spencer s'était fait construire, non seulement un garage entièrement équipé de tout le matériel moderne, mais également une piste en forme d'anneau de vitesse d'une trentaine de kilomètres, sur une éminence d'où l'on dominait l'immensité du Pacifique. C'était indiscutablement un hochet pour richissime et pourtant, malgré l'immense fortune dont il s'était trouvé l'héritier dès le berceau et en dépit de la réelle beauté dont lui avait fait don sa mère Laura, Spencer ne pouvait être considéré comme un homme heureux. Depuis la tendre enfance, il s'était montré suspicieux envers chacun, persuadé que tout le monde en voulait à sa situation de privilégié. À mesure qu'il avançait en âge, il résidait de plus en plus fréquemment au ranch et, après la disparition de sa femme Sylvia, tuée dans un accident d'avion, il se renferma complètement sur lui-même, au point qu'on ne le désignait plus autrement que comme « l'ermite de Calafia ».

Une semblable tournure d'esprit n'allait pas sans une totale dévotion au parti conservateur – qui glanait auprès de lui des millions pour soutenir son mouvement –, mais également à la cause écologique, dans le sens où il s'acharnait à défendre les beautés de la nature contre les empiètements inacceptables de la mafia des promoteurs. Souvent il évoquait le mode de vie de son ancêtre Archer et de son compagnon, l'indien Joe, affirmant que la philosophie que s'étaient forgés ces deux compagnons d'infortune représentait l'or véritable de la Californie. Il faudrait bien que le vingtième siècle modifie ses habitudes dans tous les domaines, faute de quoi les survivants du vingt-et-unième naîtraient sur un gigantesque tas d'immondices et de déchets mortels.

Il laissa la voiture devant la porte de la grande maison édifiée au milieu du siècle précédent par les soins de Star et de Juanito. Comme d'habitude, il dîna seul, d'un ragoût réchauffé et servi par les soins de l'unique domestique, Ana, l'épouse d'un ouvrier mexicain employé au ranch. Il s'enferma ensuite dans la bibliothèque, regarda « La Roue de la Fortune » puis il gravit le vieil escalier de bois gémissant qui menait, dans la tour, vers cette chambre où, si longtemps, Star avait noyé son chagrin dans l'ivresse. Telle était l'existence sans joie de l'homme qui aurait pu s'acheter n'importe quoi. Vivante démonstration du vieil adage selon lequel l'argent ne fait pas forcément le bonheur.

À deux heures du matin, une Range Rover contenant quatre jeunes Chinois arriva par la route côtière et vint se ranger au pied de la colline au flanc de laquelle s'étirait la piste et se trouvait le garage de Spencer. Les occupants sautèrent de la voiture et gravirent en silence la rude montée qui conduisait à la porte du garage. L'un d'eux, serrurier de profession, sortit son matériel et ouvrit le cadenas. Une fois à l'intérieur, ils examinèrent la Porsche à la lumière de leurs torches électriques. La voiture était restée sur le pont hydraulique qu'ils firent monter. Alors, le serrurier, muni d'une scie spéciale, se glissa sous le véhicule et scia l'un des bras de la direction. Un trait de scie qui s'interrompait exactement là où il le fallait.

Le lendemain, au lever du soleil, une mouette survolait les étendues sans limites du Calafia Ranch. Sans limites, seulement en apparence, en raison de son immensité, car ses frontières se trouvaient progressivement de plus en plus marquées par la croissance des lotissements et de leur inévitable cortège de magasins à grandes surfaces. Si, au premier regard, cette terre désertique de teinte ocre-rouge – piquetée çà et là de bosquets d'orangers ou de citronniers, vestiges d'une époque révolue – n'inspirait que tristesse, un examen plus attentif révélait – en cette saison – des tapis de fleurs aux couleurs éclatantes, ainsi qu'un décor végétal resplendissant qui poussait dans les anfractuosités de la falaise tombant à pic dans la mer. La mouette connaissait parfaitement les détails de ce somptueux paysage, de même que les ressources offertes par d'enchanteresses petites criques où l'eau apaisée, retenue par de molles éminences de sable doré, formait des bassins d'émeraude chatoyante.

Au-delà de la frange côtière, l'intérieur des terres offrait aussi peu d'attrait que de pittoresque, mais son aridité même faisait sa grandeur. La mouette planait inlassablement, attentive à la vie animale dont grouillait le terrain : écureuils, hiboux, coyotes, chats sauvages, renards roux, des millions de lièvres dont le parcours sautillant croisait, exactement comme dans un dessin animé, la route du coucou du Nouveau-Mexique qui, pas plus que sous le crayon de Walt Disney, ne cessait d'aller et venir tel un oiseau mécanique. Sans parler des innombrables serpents à sonnettes.

La mouette effectua un piqué et frôla le toit couvert de bardeaux, hérissé d'antennes de télé, qui jouxtait la maison principale, au moment précis où Spencer grimpait dans sa jeep afin de se rendre au garage. La mouette, qui se dirigeait vers la mer, dans le but d'y trouver subsistance plus conforme à ses goûts, parut soudain en perdition. Elle poussa un cri lamentable, se mit à tournoyer en perte de vitesse et alla s'écraser sur les rochers épars de la plage.

Aucun coup de feu n'avait été tiré.

Spencer coiffa le casque de compétition, aida Mickey à pousser la Porsche blanche sur l'asphalte de la piste et se glissa à l'intérieur du bolide. Il rabattit l'habitacle, adressa un signe à son mécanicien, pressa le bouton du démarreur. Le moteur rugit.

— Bonne chance ! articula Mickey en mimant les syllabes afin de se faire comprendre.

La matinée était splendide. Le soleil inondait toute cette partie du domaine que Spencer avait choisie sans arbres pour y tracer son circuit. Avec son sommet en creux et quelques sinuosités, il affectait approximativement une forme ovale. Spencer entama le premier tour par la branche qui longeait la côte, surplombant ainsi la mer de très haut. Très rapidement il atteignit des vitesses intéressantes : 110... 115... 130... Le moteur ronronnait avec une régularité de machine parfaitement rodée et mise au point. La tenue de route était impeccable. « La meilleure voiture que j'aie jamais eue en ma possession... »

180... 195...

Lancé à la vitesse d'un boulet de canon, il aborda le premier virage et entama la branche est du parcours, voltigeant littéralement d'une colline à l'autre.

225... 240...

Il fonçait à présent plein sud, droit sur le garage.

255... 270...

Il rétrograda progressivement, vint se ranger délicatement à côté de Mickey.

— Formidable ! cria-t-il, à peine la bulle en plexi soulevée. Deux cent soixante-dix comme une fleur ! Règle-moi le turbo-compresseur sur quatre bars et je vais certainement taper le trois cents.

— Roger !

Dix minutes plus tard, il repartait. Il effectua un premier tour, le sourire aux lèvres et dès qu'il atteignit 270, il poursuivit l'accélération...

285... 290... 295...

— Ouahouha ! s'écria-t-il pour lui-même quand l'aiguille franchit le 300.

Il roulait à nouveau sur la branche sud, en direction du dernier virage avant le garage. Il braqua imperceptiblement. Rien ne se produisit.

Spencer de Meyer Collingwood eut encore le temps de voir le mur du garage voler à sa rencontre avant que la Porsche 926 ne s'y encastre à 320 km à l'heure.

La boule de feu et la fumée noire furent aperçues de Long Beach.

Claudia était en train de régler sa note à la réception lorsqu'elle s'entendit appeler par son nom. Elle tourna la tête et se trouva en présence de Harrison Ford dont elle était tombée éperdument amoureuse après avoir admiré sa performance dans «La Guerre des Étoiles»… Malheureusement, il ne s'agissait pas de Harrison Ford mais de son sosie à quelques centimètres près et un nez un peu plus aquilin. L'inconnu était vêtu d'un trois pièces gris très strict et portait une cravate à pois.

— Vous désirez?

— Je m'appelle Arthur Stevens, je suis l'homme de confiance de votre père. Pourrais-je vous entretenir en particulier?

— Il s'est produit un accident, déclara-t-il d'un ton neutre quand ils eurent pris place dans un coin du salon. Mickey Carlisle vient de me téléphoner… c'est le mécanicien de votre père. Spencer essayait sa nouvelle Porsche… il a perdu le contrôle de… la voiture…

— Et… il s'en est sorti?

— Non, malheureusement, non. Il a heurté le garage…

Les épaules de la jeune femme s'affaissèrent.

— Il est…

L'homme de loi hocha la tête.

— La voiture a explosé. Je suis sincèrement navré.

Des années durant elle s'était heurtée au caractère difficile, acrimonieux, de ce père parfois hargneux, souvent intraitable. Et, d'un seul coup, elle se rappelait le poney qu'il lui avait offert pour ses six ans, le soin, la tendresse avec lesquels il lui avait appris à monter…

— Claudia…?

— Oui…

— Ça va aller? Je suis désolé d'avoir dû vous apprendre la nouvelle de cette manière.

— Non, non. Ça va aller, s'entendit-elle répondre.

— Mickey m'a appris que vous aviez l'intention de vous rendre au ranch aujourd'hui. Je pars moi-même pour le sud, désirez-vous que je vous dépose?

Elle n'avait pas encore recouvré ses esprits.

— Oui, merci… Je pense que ce serait préférable.

Les larmes lui dissimulaient l'avenir derrière un brouillard humide. Un vide dévastateur lui crispait l'estomac, comme si elle n'avait rien mangé depuis des jours.

Il lui vint brutalement à l'esprit qu'elle était la dernière Collingwood.

— Vous ne me ferez jamais croire qu'il s'agit d'un accident, dit-elle comme se parlant à elle-même.

Ils roulaient au pas dans la Mercedes gris métallisé d'Arthur, le long de l'autoroute de San Diego, obstruée par l'encombrement résultant d'un accident de poids lourd.

— À moi non plus, convint Arthur. La coïncidence est trop limpide. En outre, Spencer était un conducteur à la fois habile et prudent. Lui et son mécanicien avaient examiné l'engin sur toutes les coutures pas plus tard que la veille. Pourtant, quelque chose me dit que nous ne pourrons recueillir aucune preuve, ne serait-ce que parce que la voiture est totalement détruite. Mickey a jugé bon d'avertir la police, parce qu'il nourrit les mêmes soupçons que nous. Pour commencer, aucune empreinte n'a pu être relevée, hormis les siennes propres ainsi que celles de votre père.

— Vous avait-il parlé de lord Northfield et de Billie Ching ?

— Oui.

— Et aussi des manœuvres d'intimidation employées contre mon mari ?

— Absolument ! Il ne fait aucun doute qu'il s'agit d'un meurtre dont on peut, à juste titre, les suspecter. Les Asiatiques ont pris en main l'organisation du crime dans ce pays et nombreux sont les membres du Triad qui se sont installés à San Francisco comme à Los Angeles. Billie est un citoyen de Hong Kong qui blanchit l'argent de la drogue apporté dans cette ville par les membres du Triad. De là à conclure que les patrons du Triad n'ont rien à lui refuser ! Il lui suffit d'un simple coup de téléphone pour qu'une équipe de tueurs et de spécialistes exécute la besogne. Ainsi reste-t-il toujours en-dehors des basses besognes. Le scénario est sans faille. Northfield et Ching veulent s'approprier votre ranch. Votre père refusait l'idée même d'une négociation quelconque, par conséquent...

Il haussa les épaules avec conviction.

— Et, bien entendu, ils s'imaginent m'avoir flanqué une telle trouille que je vais marcher au coup de sifflet.

— Avez-vous peur ?

— Bon Dieu, oui alors ! Une sacrée trouille, vous avez raison. Mais je suis tout autant en rogne. Et vous pouvez être certain d'une chose, c'est que je n'ai pas la moindre envie de me dessaisir de mon ranch au profit d'un chinetoque miteux, trafiquant de coco !

Arthur lui sourit.

— J'aime vous entendre parler de cette manière. Sachez pourtant que Ching n'est pas un petit chinetoque miteux, ni un dealer de seconde zone. Sa banque blanchit des centaines de millions de dollars… alors, imaginez un peu quel meilleur endroit pourrait-il rêver que le Calafia Ranch, avec ses vingt-six mille hectares de calme et de solitude au beau milieu de l'État américain dont la croissance est la plus rapide.

— Croyez-vous possible qu'il utilise cet espace pour y exercer son trafic ?

— C'est une éventualité que l'on est bien forcé d'envisager. Songez à ces kilomètres de côte déserte pour y faire aborder clandestinement des bateaux ? Sans parler des terrains que l'on pourrait y aménager pour les atterrissages de nuit !

La circulation était à présent paralysée. Ils étaient à l'arrêt.

— Mon père m'a dit hier qu'il savait pour quelles raisons Jeffrey Brett serait prêt à vendre le ranch. Avez-vous une idée de votre côté ?

— Oh oui ! Spencer avait la conviction que Jeffrey détournait des fonds du groupe Collingwood.

Claudia le dévisagea, surprise.

— Mais Jeffrey en est le président ?

— Exactement. Ce qui n'exclut pas forcément les opérations frauduleuses, surtout profitables ! L'année dernière, il a téléphoné à votre père dans l'espoir de lui emprunter vingt millions. L'entretien a tourné à la dispute.

— Ils n'ont jamais pu se sentir.

— Le fait marquant est la date de l'appel de Jeffrey : deux jours avant le krach boursier de l'année dernière. Spencer estimait qu'il avait bu un sacré bouillon. Il a loué les services d'une société d'expertise afin d'examiner les comptes. Ils n'ont encore rien trouvé et il reste possible qu'ils fassent chou blanc. Ce qui n'ôte rien à ma conviction que votre père avait vu juste.

Claudia grimaça un sourire chargé d'amertume.

— Oui, un escroc de plus dans la famille. Enfin ! Ce que vous me dites ne me surprend guère, papa a toujours affirmé nourrir à son égard l'opinion que Napoléon ne cachait à personne au sujet de Talleyrand.

— C'est-à-dire?

— De la merde dans un bas de soie.

— J'aime assez la définition.

Claudia regardait, obsédée, les vapeurs nocives qui fusaient des tuyaux d'échappement des innombrables voitures immobilisées devant eux et autour d'eux. Les paroles de son compagnon de voyage lui revinrent en mémoire : «Ces millions de voitures qui crachent sans relâche leur gaz délétère puff... puff... puff... le linceul de la Californie.»

— Non, ce ne sera pas la fin de la Californie, marmonna-t-elle.

— Que dites-vous?

— Mon voisin dans l'avion m'expliquait que les gaz de toutes sortes finiraient par asphyxier le monde et que ce serait la fin de la Californie. Mais mon père a déjà distribué des millions aux mouvements écologiques. Et il faut que nous poursuivions la lutte contre le brouillard malsain et la pollution, de la même manière que je vais lutter contre les entreprises de Northfield et de Ching. Figurez-vous que celui-ci, ainsi que son horrible bonne femme...

— Perfume...?

— Oui, c'est cela, affirmait que l'Amérique est au bout du rouleau, une nation de second ordre qui finira par se retrouver colonisée par les nations les plus riches qui auront acquis son sol. Eh bien, il ne faut pas que cela se produise! Je le dois à la lignée de mes ancêtres qui ont contribué à faire de cet État ce qu'il est devenu aujourd'hui. Ni Bill Ching ni personne de cette bande d'escrocs et de criminels ne mettra la patte sur le Calafia Ranch.

Arthur jeta un regard de côté à la plantureuse blonde assise sur le siège passager. La force de ses convictions l'impressionnait favorablement. Il avait suffisamment entendu parler d'elle comme d'une insupportable gamine riche et gâtée qui s'était finalement entichée d'un comte français pour découvrir en elle, à l'occasion de cette rencontre imprévue, des qualités solides et respectables.

On retrouvait dans le caractère de Claudia la fermeté indomptable d'Emma de Meyer.

En 1982, Jeffrey Brett avait inauguré dans Montgomery Street un élégant gratte-ciel de cinquante-huit étages, dédié à ses ancêtres

Emma, Archer, Scott et Félix, dont les noms figuraient sur une plaque commémorative en bronze fixée dans le majestueux hall d'entrée habillé de marbre. Le groupe Collingwood avait pris des proportions telles que même les rêves les plus ambitieux et les plus optimistes d'Emma n'auraient pu les imaginer. Il possédait ou contrôlait cinq stations de télévision, quatre-vingt-neuf journaux, une dizaine de magazines, deux maisons d'édition, la Pacific Bank et la Golden State Insurance dont les bénéfices et les capitaux se réinvestissaient régulièrement en biens mobiliers et immobiliers. Seule la vieille Kinsolving, Compagnie Maritime, qui pourtant se trouvait à l'origine de cet empire et de cette fortune inestimable, avait été liquidée avec une regrettable absence de sentimentalisme, pour une poignée de millions – aussitôt réemployés dans l'acquisition d'une compagnie aérienne – sous prétexte qu'elle ne rapportait plus suffisamment.

Au sommet de cette pyramide officiait Jeffrey Brett, soixante-quatre ans, maître des destinées de cette fortune colossale depuis le renoncement, en 1956, de Spencer, à qui le sceptre revenait de droit puisque seul héritier mâle en ligne directe. Spencer s'était montré, au contraire, souverainement dédaigneux des hochets dorés : bijoux, peintures, art, collections, sculptures, palais, vaisselle, réceptions, voitures, wagons privés qui avaient fait le bonheur de ses prédécesseurs. Spencer avait conservé l'or – beaucoup d'or – mais il en avait laissé l'éclat à la branche Brett de la famille.

Malheureusement, il manquait à Jeffrey – par ailleurs intelligent, cultivé, plein de charme et au mieux de sa condition physique – deux qualités essentielles : la fermeté de caractère et le courage.

Il se trouvait dans son bureau, en train d'étudier le rapport financier de la station T.V. de San Francisco quand le téléphone grésilla. Il prit l'écouteur de sa belle main finement manucurée, le porta à son oreille.

— Oui... ?

Il écouta. À mesure que parlait son interlocuteur, il blêmissait.

— Merci.

Il reposa le microphone dans son berceau avec une application inattendue, tandis que de grosses gouttes de sueur perlaient sur son front. Le rédacteur du journal télévisé venait de lui apprendre la mort de Spencer.

L'un des hommes les plus puissants parmi les puissants de Californie semblait terrorisé.

Irène Brett éleva dans la lumière le magnifique collier à six cabochons d'émeraude et trois cents diamants et le contempla avec ravissement avant de le fixer à son cou. Toutes les collections amassées avec bonheur par les femmes de la famille : Emma, Alma, Alicia, Zita, avaient abouti entre ses mains. Et cette descendante de l'un des quatre grands seigneurs de l'exploitation ferroviaire du siècle précédent s'entendait à les porter. À cinquante-sept ans, elle se présentait sous l'apparence d'une séduisante brunette – artistement teinte – svelte et pétulante, dont on s'arrachait invariablement les invitations à dîner.

Elle abandonna sa coiffeuse et fit quelques pas dans son boudoir, passant d'un geste machinal ses mains le long de ses hanches minces. Un mouvement gracieux qui mettait en valeur la robe du soir écarlate signée Pauline Trigère. Son budget vestimentaire annuel excédait largement le quart de million et le magazine *Femme* l'avait une fois pour toutes sacrée « reine de la côte ouest ». De l'or, Irène Brett avait recueilli tout l'éclat.

— Crois-tu que nous soyons obligés de nous rendre au service funèbre de Spencer ? demanda-t-elle à son mari qui entrait en achevant de nouer sa cravate noire.

— Je pense que moi, je devrais y aller.

Elle s'approcha de lui afin d'ajuster le nœud qu'il mettait en place.

— Je ne vois vraiment pas pour quelle raison. Ce type était impossible. Il ne nous a pas invités une seule fois au ranch en vingt ans.

— Claudia pourrait s'en offusquer.

— Et alors ?

— À propos… j'espère que tout se passera pour le mieux ce soir.

— Tu me parais bien nerveux, mon chéri. Évidemment, tout ira pour le mieux. Comme d'habitude. Nous avons tout ce qu'il faut pour cela, comme nous l'avons toujours eu et comme nous l'aurons toujours… !

Tout ce qu'il faut, oui, et le meilleur… Voilà qui résumait ce qu'il avait de tout temps exigé de la vie. Malheureusement, le prix à payer menaçait d'être exorbitant.

— Est-ce vous qui avez assassiné Spencer? questionna Jeffrey d'un ton mal assuré.

Le souper, dont il redoutait les suites, s'était déroulé tant bien que mal, ponctué par les « mises à prix » et autres remarques désobligeantes, voire ineptes, de l'intolérable Perfume. Ensuite, dès après le café, les sommités – le directeur de l'opéra, le directeur du musée des beaux-arts, et leurs épouses respectives – s'étaient éclipsées. Alors Jeffrey avait entraîné Nigel et Billie Ching dans la bibliothèque, sous le prétexte de leur offrir cigare et liqueurs.

— Assassiné Spencer? s'étonna Ching entre deux lampées de Rémy Martin. Vraiment, Jeffrey, vous y allez fort. Qu'est-ce qui a pu vous mettre en tête une idée semblable?

— Le fait que, quand vous m'avez téléphoné du yacht, vous m'avez annoncé que vous aviez l'intention de régler le problème Spencer, à votre manière… Alors, quand on m'a appris sa mort, ce matin, je me… j'ai…

Il s'interrompit et déglutit bruyamment.

— C'est peu dire que je trouve votre raisonnement inamical quand vous décidez d'autorité que le meurtre serait « ma » manière, protesta Billie d'une voix suave. Pareille accusation jette sur mes agissements une ombre des plus déplaisante. Qu'en dites-vous, Nigel?

— Extrêmement déplaisante, Billie, confirma Nigel qui s'absorbait dans l'examen d'un thermomètre de Fabergé figurant dans la très riche collection d'orfèvrerie russe qui ornait les murs. J'estime, Jeffrey, que vous êtes allé trop loin. Vous feriez mieux de vous excuser. Nous ne sommes en fin de compte que de simples hommes d'affaires. Des hommes auxquels, je vous le rappelle en passant, vous êtes tout de même redevable de quatre-vingts millions.

Suant, tremblant, la lèvre tordue par un rictus, le chef de la maison Collingwood évoquait irrésistiblement un rat pris au piège.

— Je suis tout prêt à collaborer avec vous, Nigel. Vous savez parfaitement l'un comme l'autre que je ne demande qu'à me défaire de ce sacré ranch, mais de là à imaginer que vous n'hésiteriez pas à supprimer Spencer !

— Le voilà qui recommence à délirer ! s'écria Billie. Voyez-vous, Nigel, s'il continue à raconter n'importe quoi, il va nous falloir lui clore le bec… directement ou par l'intermédiaire d'un membre de sa famille… peut-être.

Jeffrey ne le quittait pas des yeux. Hagard.

— Vous… vous me menacez, ma parole ? murmura-t-il d'une voix blanche.

Billie-face-de-lune demeura imperturbable.

— Mon cher Jeffrey, il n'y a qu'un criminel, un coupable réel, dans cette pièce et c'est vous. Faisons plutôt le point de la situation. L'an dernier, vous spéculez à tout va sur le marché boursier, sous un faux nom qui vous permet d'utiliser les informations de première main que vous connaissez – quand vous ne les répandez pas vous-même – et de jouer contre votre propre société…

— Comportement répréhensible, intervint Nigel qui promenait ses doigts contre un cadre en malachite enfermant un portrait du dernier tsar. En termes juridiques, cela porte le nom de délit d'initié et cela peut vous conduire en prison.

— Pis encore, reprit Ching, vous vous êtes servi des actions de la société Collingwood dont vous êtes le président pour couvrir l'acquisition d'actions spéculatives sur le marché boursier…

— Utilisation de parts d'une société charitable à des fins spéculatives, Jeffrey, cela peut vous mener loin, renchérit Nigel.

— Là-dessus arrive le krach du 19 octobre dans lequel vous prenez une magistrale déculottée. Balayé en une journée. Vous cherchez désespérément du liquide, que vous n'osez même pas solliciter d'une banque – la vôtre moins que toute autre – dans la crainte de voir révélés au grand jour vos agissements criminels.

— Votre plus grossière erreur fut alors d'aller demander de l'aide à Spencer, compléta Nigel. Vous auriez dû vous douter qu'il ne vous accorderait rien et que ce type de démarche éveillerait ses soupçons.

— Tandis que nous, quand vous êtes venu nous implorer pour obtenir quatre-vingts millions, nous vous les avons prêtés…

— C'est nous qui vous avons sauvé la mise.

— En conclusion, cher Jeffrey, le criminel c'est vous et nous possédons toutes les preuves de nos affirmations. Tandis, qu'à supposer que nous soyons intervenus d'une manière quelconque dans la mort de Spencer, vous n'en établirez jamais la plus infime démonstration. Et par conséquent, vous continuerez à faire ce que nous vous dicterons. Est-ce clair ?

Jeffrey avala d'un coup ce qui restait de cognac dans son verre, sans quitter du regard les deux malfrats en habit de soirée.

— Oui, balbutia-t-il.

— Parfait. À présent, nous allons accorder à Claudia une dernière chance de se conduire en personne sensée. Demain aura lieu un service funèbre à la mémoire de Spencer. Vous êtes un proche parent, douloureusement affecté et, bien entendu, vous y assisterez.

— Jamais je ne me suis trouvée aussi embarrassée que ce soir pendant le dîner, à cause des réflexions insensées de cette idiote de Perfume, commentait Irène, assise devant sa coiffeuse, tandis qu'elle brossait ses cheveux avec soin.

Elle avait déjà passé sa robe de chambre par-dessus sa chemise de nuit, alors que Jeffrey venait juste de remonter, son verre de cognac à la main. Il s'adossa au chambranle de la porte de communication, l'air absent.

— Je mourais d'envie de la gifler quand elle a dit que l'art n'était qu'un moyen de gagner de l'argent et de se faire inviter aux soirées les plus huppées... Je te demande un peu, proférer de pareilles énormités au nez et à la barbe du directeur et de son épouse ! En partant, Amelia Truex m'a chuchoté qu'elle pensait que cette poule de luxe avait probablement été élevée dans un bordel et que...

Elle se retourna, surprise par l'image que lui renvoyait le miroir de sa coiffeuse : un mari vacillant, dont le hochement de tête vivement approbateur lui parut tout à fait hors de propos.

— Qu'y a-t-il, Jeffrey ? Tu ne te sens pas bien ?

Au même instant, le verre lui échappa, il glissa lentement le long de la boiserie et s'affala en tas sur la moquette.

— Jeffrey ! Elle bondit de son siège, courut s'agenouiller près de lui. Seigneur ! Mais tu es complètement ivre ! Ainsi, c'est à cela que vous avez joué en bas !

— On a... juste... bu un petit coup, marmonna-t-il sans ouvrir les yeux.

— Jeffrey Brett, mon ami, tu ne t'es plus saoulé une fois, en vingt années de vie conjugale, depuis la défaite de Princeton devant Harvard... Alors, maintenant, lève-toi et marche jusqu'à ton lit, je t'aiderai à te coucher.

— J'ai peur, Irène, marmonna-t-il confusément. J'ai... peur.

— Peur ? Mais de quoi ?

— D'eux...

— Eux ? Billie Ching ? Lord Northfield ? Qui ? Explique-toi, voyons !

Seuls les ronflements sonores de l'homme foudroyé par la l'alcool lui répondirent. Elle se releva.

— Ma foi, il ne te reste qu'à passer la nuit sur la moquette, mon ami. Je n'ai nulle intention de te remorquer jusque dans ton lit. En tous cas, je compte bien que tu auras une monumentale gueule de bois demain matin.

Elle éteignit les lumières, se glissa sous les draps et, au moment d'éteindre sa lampe de chevet, elle murmura :

— Peur ? Il a peur ? Que voilà donc une chose singulière...

Une caille se leva, presque sous les pieds de Claudia et fila d'un vol lourd dans la lumière encore incertaine de l'aube. L'aube du jour où allait être célébré le service funèbre. Le fait qu'il ne subsistât rien du corps lui avait permis d'échapper aux traditionnels arrangements, mais la soudaine disparition de son père qui s'était pour ainsi dire volatilisé sans qu'ils aient pu échanger, ne fût-ce qu'un adieu, lui laissait un grand vide au creux de la poitrine. Alors qu'elle n'éprouvait que dédain pour les défilés morbides devant un cercueil ouvert, elle aurait volontiers revu son père avant qu'ils se quittent définitivement. Les services funèbres répondaient désormais à une mode qui s'ancrait dans les habitudes au point que Claudia en venait à se demander si les funérailles spectaculaires, somptueusement voilées de noir, n'étaient pas, en définitive, plus satisfaisantes.

Sous un ciel rosissant, les cheveux soulevés par la brise matinale, elle dégringola le petit sentier qui reliait la maison à la plage et qui, pas après pas, ravivait en elle des souvenirs d'enfance. Aujourd'hui comme hier, et comme toujours, les vagues venaient mourir sur le sable roux avec un froissement d'écume soyeuse.

Contre toute attente – parce qu'à l'égal de bien des gens, elle se représentait les avocats-conseil de haute volée comme des machines à raisonner, dépourvus de toute humanité – elle avait trouvé en Arthur Stevens un allié compréhensif, extrêmement obligeant. Il avait offert de passer la nuit au ranch, ce qu'elle avait accepté avec enthousiasme, tant elle redoutait la solitude dans cette immense demeure vide. Ils s'étaient préparé un dîner frugal qu'elle avait avalé avec satisfaction, confortée qu'elle était par sa présence rassurante.

En outre, elle devait reconnaître qu'elle trouvait en lui l'un des hommes les plus séduisants qu'elle eût eu l'occasion de côtoyer et rien n'aurait pu la réjouir plus que d'apprendre que son épouse s'était éclipsée en compagnie de son moniteur de gym.

Parvenue sur la plage, elle se retourna afin de contempler la vieille demeure de ses ancêtres, cette terre qu'elle affectionnait et qu'elle se trouvait aujourd'hui dans l'obligation de défendre. Mais de quelle manière ? Quelle défense pourrait-elle adopter si Jeffrey faisait cause commune avec Ching et Northfield ?

C'est à ce moment qu'elle découvrit une femme d'un certain âge, à en juger par sa chevelure grisonnante, agenouillée près du cadavre d'une mouette.

— Bonjour, dit Claudia en s'approchant.

— Bonjour.

— Que lui est-il arrivé ?

— Elle a été tuée, la pauvre bête. J'en ai trouvé dans le même état, presque chaque jour, depuis quelque temps. Elles ont pris l'habitude d'aller fouiller la décharge établie tout près de Pendleton. Elles y trouvent de quoi se repaître, vous comprenez. Mais souvent aussi elles y attrapent la mort. Elles s'empoisonnent en picorant des déchets qui contiennent Dieu sait quelles saloperies.

« Avant que ma famille ne prenne possession du territoire, songeait Claudia, les yeux fixés sur l'oiseau mort, il y avait les Indiens. Et avant eux, les oiseaux et les animaux de toutes sortes. » À première vue, l'importance d'un oiseau pouvait paraître négligeable. Certes. Mais sa survie n'était-elle pas, au contraire, ce qu'il y avait de plus important ?

Soudainement, elle sut ce qu'elle allait faire.

— Merci, dit-elle à la vieille femme.

Et elle partit en courant vers la maison.

— Merci de quoi ? cria l'aïeule estomaquée.

Mais Claudia ne l'entendait déjà plus. Il lui fallait trouver Arthur à qui elle avait conseillé le circuit asphalté utilisé par son père en guise de piste pour son jogging matinal. Elle n'avait pas voulu revoir le garage contre le mur duquel il avait trouvé la mort, raison pour laquelle elle n'était pas allée courir avec lui. Mais, à présent, plus rien n'avait d'importance que le moyen qu'elle venait d'imaginer pour venger sa mort. À la condition qu'Arthur accepte de lui prêter main-forte.

Parvenue au sommet de la colline, elle l'aperçut qui arrivait et elle s'élança à sa rencontre en agitant les bras. Quand ils se furent rejoints, il continua à sautiller sur place, le temps que s'apaisent les pulsations de son cœur et que se rétablisse le rythme respiratoire. Il ne portait qu'une culotte de sport, ce qui offrit à Claudia tout loisir d'apprécier sa condition athlétique.

— Arthur, je sais à présent ce que je dois faire pour sauver le ranch... C'est-à-dire, si vous me confirmez que c'est chose possible.

Le service funèbre fut bref et les assistants clairsemés en raison du petit nombre d'amitiés qu'entretenait Spencer. Au vrai, la plupart étaient des ouvriers travaillant sur le domaine. Singulière fin pour une famille qui, traditionnellement, attachait tant d'importance à l'apparat et au cachet, songea Claudia.

À son extrême surprise, Jeffrey arriva à temps pour le service, à bord de son jet privé. Elle n'avait pas rencontré son cousin depuis des années, aussi jugea-t-elle que le temps avait coulé sur lui sans trop laisser de traces.

— J'aimerais m'entretenir avec toi, vint-il lui dire, quand les autres seront repartis.

— Naturellement. Question travail ?

— Plutôt affaires de famille.

— Dans ce cas, et si tu n'y voies pas d'objection, je désire qu'Arthur assiste à l'entrevue. Il me représentera désormais.

— Ah !

Jeffrey posa sur elle le regard encore légèrement embrumé de ses yeux injectés de sang. «Bon Dieu ! Voilà qui va rendre les choses dix fois plus difficiles… Je le connais, son Arthur, c'est un sacré coriace… »

— Je reconnais volontiers, admit-il en guise de préambule, lorsqu'ils se retrouvèrent ensemble dans la bibliothèque qui offrait un spectacle plutôt désolant, que le moment est plutôt mal choisi pour discuter gros sous, mais j'ai quand même préféré mettre à profit la circonstance qui nous a réunis ici. Ching et Northfield ont pris contact avec moi pour me proposer deux billions de dollars du ranch. Bien entendu, je ne leur ai encore rien laissé deviner de ma réponse…

— En es-tu certain ? coupa Claudia.

— Euh, c'est-à-dire, je suis obligé de la prendre en considération. L'offre est mirobolante et ces deux types ont acquis une réputation de promoteurs de premier ordre. Ils m'ont affirmé que tu avais été impressionnée par la maquette qu'ils t'ont soumise.

— Indiscutablement. Toutefois, quant à se lancer dans une opération de développement du ranch, pourquoi ne pas l'entreprendre nous-mêmes ? Nous disposons des ressources financières nécessaires grâce à la Pacific Bank et à la compagnie d'assurances. Une telle solution offrirait l'avantage de nous laisser les mains libres pour agir à notre guise.

— Oui… naturellement… c'est vrai. Mais du vivant de ton père, toute espèce de mise en valeur restait hors de question. Si bien qu'aujourd'hui notre programme d'investissements est complet pour plusieurs années… Tandis que Bill et Nigel sont prêts à démarrer le projet de construction du jour au lendemain, tout en nous offrant un sacré bon prix, au comptant. L'exécution serait donc parfaitement réalisée tout en nous évitant de débourser un cent.

Claudia marcha jusqu'à la cheminée monumentale, sur le manteau de laquelle s'alignaient des portraits de famille, parmi eux celui d'Emma, en toilette fin dix-neuvième siècle. Elle les contempla longuement avant de faire face à son cousin.

— Ainsi, tu te laisserais dessaisir du ranch comme ça ! Elle fit claquer ses doigts. Foin de la famille, foin des traditions et des souvenirs, on liquide en bloc, au profit d'une bande d'étrangers… ?

— Le Calafia Ranch n'a jamais représenté qu'une partie de la tradition ainsi que du domaine familial, tu sais !

— Peut-être, mais une part prépondérante. Et toi, tu n'y attaches aucun sentiment ? Pour toi, l'opération se limite à une cession de terrain ?

Il haussa les épaules.

— Sincèrement, je mentirais si je prétendais éprouver le moindre attachement pour cette terre.

— Exactement comme la Kinsolving Shipping Company que tu as cru bon liquider sous prétexte qu'elle perdait de l'argent ?

— Enfin, Claudia, il serait temps de faire preuve d'un minimum d'objectivité. Je sais me montrer tout aussi sentimental que n'importe qui, mais les temps changent. Nous ne pouvons nous offrir le luxe de nous laisser asphyxier par le passé. Laissons les morts avec les morts, le monde appartient aux vivants.

— Bel esprit de commémoration. En fait, mon cher Jeffrey, personne n'aura pour tâche de réaliser le développement du Calafia Ranch : ni le couple Billie-Nigel, ni nous-mêmes. J'ai décidé d'en faire donation à l'État de Californie.

Jeffrey la considéra un moment, l'œil arrondi de stupeur.

— Je suppose… que tu plaisantes ? finit-il par articuler.

— Nullement. Le ranch demeurera ainsi dans l'état où il se trouve, pour toujours. Il sera ouvert aux promeneurs et aux campeurs, à la condition expresse qu'ils circulent à pied ou à cheval. Aucune voiture ne sera tolérée, non plus que les commerces ambulants, les vendeurs de hot-dogs, les parcs d'amusement, les bungalows et moins encore les décharges ou dépôts d'ordures. En fait, il n'y aura rien du tout parce qu'en le conservant dans son état naturel sans aucune intervention extérieure, il restera propre et exempt de pollution. Ce sera le plus beau don de la famille Collingwood à l'État de Californie qui lui a tant donné lui-même.

— Je n'en crois pas un mot, grinça Jeffrey. Tu renoncerais allègrement à deux billions de dollars ?

Claudia sourit.

— Mais oui. Un geste généreux, n'est-ce pas ? Tout à fait dans la tradition familiale. Mais les placements que j'ai effectués me rapportent de quoi vivre sept vies successives, en outre, je n'ai pas envie de me montrer avare comme certains de mes parents. Je reste persuadée que cette décision serait allée dans le sens de ce que désirait mon père et qu'elle aurait tout autant plu à mes ancêtres.

Tu affirmes que le monde appartient aux vivants... moi, je ne suis pas d'accord. J'estime au contraire que nous avons contracté une dette envers le passé et que nous sommes redevables d'une obligation envers le futur. L'obligation de suspendre la destruction systématique de notre planète.

Jeffrey se dressa, comme mû par un ressort.

— Tu es aussi folle que ton père ! s'écria-t-il.

— Peut-être ne l'était-il pas autant que tu l'imagines.

— Je te dis qu'il était cinglé. Quant à moi, je suis désolé de te décevoir, Claudia, mais tu n'es pas seule à pouvoir disposer du ranch. Je représente les membres restant de la famille et...

— Pardonne-moi, Jeffrey, mais nous avons pris un temps d'avance sur toi. Faites-lui la lecture du texte, Arthur, voulez-vous...

Arthur sortit le texte, soigneusement plié, de sa poche.

— J'ai pris la précaution d'adresser un fax à mon bureau dès que j'ai été informé de la décision de Claudia, afin d'obtenir une copie de l'accord passé entre Spencer, vous-même et le reste de la famille. Or, nous trouvons au paragraphe numéro huit : « En compensation de son renoncement à exercer un quelconque contrôle sur la gestion du groupe Collingwood, le soussigné Jeffrey Brett reconnaît à Spencer Collingwood, ainsi qu'à ses héritiers et ayant droit, cinquante pour cent des droits de propriété sur ledit ranch, de même que le droit pour ceux-ci de disposer d'un droit de veto concernant la disposition du ranch. En outre, les contractants et le signataire du présent reconnaissent à Spencer Collingwood, à ses héritiers et ayant droit, le pouvoir de disposer du ranch à leur guise.

Il replia le papier, le sourire aux lèvres.

— Vous commettez une terrible erreur, râla Jeffrey d'une voix rauque. Je vous demande instamment de reconsidérer la question. Le développement du ranch et sa mise en valeur pourraient s'effectuer d'une manière telle que l'écologie y trouverait son compte.

— Non, trancha Claudia d'un ton sans réplique. Ma décision est prise. Elle l'était dès ce matin quand j'ai compris pourquoi les mouettes meurent empoisonnées. Le domaine restera à l'état naturel, ce sera notre participation au maintien de la couche d'ozone, sans parler de l'effet de serre. Je vais me montrer brutale avec toi, Jeffrey, je considère que tu as trahi la famille. Elle consulta sa montre. La météo annonce une possibilité d'orages violents sur la région, tu serais bien inspiré de regagner San Francisco au plus vite…

— Ça va, j'ai compris, Claudia. Avec tous tes beaux discours sur l'environnement, l'asphyxie de la planète, tu es en train d'ouvrir une brèche qui va provoquer le déchirement de la famille. Tu ferais rudement bien d'y réfléchir de plus près au lieu de te tracasser pour ta saloperie de couche d'ozone. En attendant, mes avocats vont avoir du pain sur la planche et quelque chose me dit que nous n'avons pas fini de nous revoir sur les bancs du tribunal.

Ayant dit, il gratifia Arthur d'un regard glacé et sortit en coup de vent.

Claudia demeura un moment pensive, puis elle se tourna vers son conseiller.

— Pensez-vous que ses hommes de loi puissent nous mettre des bâtons dans les roues ?

— Nul doute qu'ils essaieront par tous les moyens, y compris en invoquant le flou concernant la libre disposition du ranch, laquelle ne signifie pas forcément que vous puissiez vous en dessaisir en bloc. Par ailleurs, votre droit de veto pourrait bloquer la situation, aussi j'ai bon espoir, ne serait-ce qu'en raison d'une aide éventuelle de l'État…

— Ai-je vraiment choisi la bonne solution ? questionna-t-elle à haute voix, sans s'adresser particulièrement à son interlocuteur.

— Vous avez eu une idée merveilleuse, plaida-t-il. Et jamais je n'ai éprouvé autant d'admiration pour un geste qui vous honore.

Elle se retourna vers les photos.

— Finalement, je crois qu'Emma m'aurait approuvée.

— Je serai heureux de vous faire savourer les délices de ce restaurant chinois que je fréquente assez régulièrement, expliqua Arthur, après que le serveur les eût installés à une table tranquille.

— Vous dînez fréquemment à l'extérieur ?

— Oui… depuis le départ de Katie… Non point que je ne m'entende pas à cuisiner, mais… je répugne à rester trop longtemps à la maison. La solitude me pèse.

— Me permettez-vous de commander pour vous ? suggéra-t-il comme le maître d'hôtel venait à eux. Vous ne serez pas déçue.

— Oui, certainement.

Sans trop s'en rendre compte elle-même, elle étudiait la physionomie de son compagnon, ses gestes et ses mimiques tandis qu'il discutait avec la maître d'hôtel.

— Parlez-moi de Katie, demanda-t-elle, lorsque ce dernier se fut éloigné.

Il joua quelques instants avec sa cuillère, l'air absent.

— Elle est très belle. Nous nous sommes connus à l'université et je suis tombé amoureux d'elle en moins de dix minutes. Nous nous sommes mariés à ma sortie, diplômes en poche. Elle désirait devenir actrice… très sérieusement, à la façon dont on s'est mis en tête de réussir un plan de carrière…

— Possédait-elle de réelles qualités ?

— Je le pense, oui. Malheureusement, les flux et reflux du monde du cinéma sont imprévisibles, dans le sens où certains deviennent de véritables vedettes tandis que d'autres ne parviennent jamais à crever l'écran.

Claudia sourit.

— Ma grand-mère, Laura Lord, est devenue une véritable star, grâce à l'aide efficace de mon grand-père.

— Certes, les relations ont leur utilité…

— Dans ce cas précis, il s'agissait de relations… amoureuses.

Ce fut au tour d'Arthur de sourire.

— Ah bon, très bien. À vrai dire, Katie est pleine de charme et de séduction, elle aussi. Elle a participé à deux ou trois films, de façon plus ou moins importante, mais rien ne s'est produit et elle en a ressenti une profonde amertume… au point que, lorsque l'occasion s'est présentée, elle a fichu le camp avec son prof de gym. Ils ont élu domicile ailleurs et elle dirige un centre de yoga.

— Des enfants ?

— Oui, Gilbert. Il a dix ans. Un garçon épatant qui passe sa vie perché sur son skateboard.

— Cela me ferait très plaisir de le voir.

— Vous plairait-il de passer à la maison, en sortant d'ici ? J'habite à proximité de votre hôtel et Gilbert ne sera pas encore couché.

— J'aimerais énormément.

Sur ces entrefaites, le garçon apporta la bouteille de Mondavi blanc, dans son seau à glace. Il la déboucha, emplit le fond d'un verre qu'il tendit à Arthur. Celui-ci fit tournoyer le liquide doré, huma le bouquet avant d'en promener une gorgée sur sa langue et son palais. Claudia, fascinée, suivait chacun de ses gestes avec une impression de déjà vu qui la ramenait brusquement deux ans en arrière, le jour où elle avait accepté l'invitation à déjeuner de Guy au château de Soubise.

— Aimez-vous la musique de Rachmaninov ? s'enquit-il, alors qu'il engageait la voiture dans l'entrée de sa résidence.

— Absolument ! Je l'adore.

— Dans ce cas, vous êtes une romantique, comme moi-même.

— Vous me dites être tombé amoureux de Katie en dix minutes, eh bien, je me suis éprise de Guy en cinq minutes à peine.

La remarque le fit sourire.

— Et… voyez un peu comment cela se termine pour l'un comme pour l'autre. Allons, venez.

La maison, très belle, conçue dans le style version-californienne-du-home-Nouvelle-Angleterre était entièrement habillée de brique blanchie à la chaux.

— Elle me plaît énormément, votre maison, observa-t-elle quand ils furent devant le porche d'entrée.

— C'est vrai ? Je vous remercie, je l'ai achetée l'an dernier. Je l'ai baptisée «Le Manoir de l'Hypothèque» mais j'envisage tout de même l'installation d'un court de tennis.

Dès que, la porte entrebâillée, il alluma l'électricité, la musique du troisième concerto pour piano de Rachmaninov emplit la maison de ses notes mélodieuses.

— Horowitz, précisa-t-il. Entrez donc, mettez-vous à l'aise, je vais aller chercher Gil.

Le salon aux dimensions considérables était meublé – si l'on pouvait dire – d'objets et de volumes dernier cri dont l'utilisation n'apparaissait pas évidente au premier regard, et décoré de sculptures électroniques dont les contorsions ophidiennes projetaient de mouvantes colorations sur deux immenses toiles d'inspiration ultra-avant-gardiste. Si ce genre de décoration contemporaine ne correspondait pas exactement au goût de Claudia, elle devait en reconnaître l'équilibre et la plaisante harmonie.

— Salut !

Le garçon avait hérité la beauté virile et les traits gracieux de son père.

— Je m'appelle Gilbert, compléta-t-il. P'pa m'a dit de te dire qu'il est allé chercher du vin. Et pis il avait raison.

— Raison de quoi ?

— Il m'a dit que tu ressembles à la princesse Di.

— Eh bien ! Merci…

— Mais que t'es bien plus belle qu'elle.

Claudia éclata de rire.

— Gilbert, tu parles trop ! intervint Arthur qui arrivait, portant deux verres à dégustation d'un beau vert pâle. Un fond de vin, pour le coup de l'étrier, et je vous raccompagne jusqu'à votre hôtel. Que pensez-vous de Gilbert ?

— Je le trouve très beau et très gentil.

— Bof ! Je trouve pas, moi. Je serais plutôt le genre sale gosse !

— C'est lui qui le dis, n'est-ce pas ! Arthur lui tendit un verre, éleva le sien. Je bois au parc régional de Calafia !

— À cela près que nous le baptiserons «Parc régional Collingwood».

— Pas d'objection ! À votre santé.

Ils burent sans se quitter des yeux. «Je me demande s'il est dans les usages de coucher avec son avocat-conseil… ? À la condition expresse qu'il en manifeste le désir… »

Le lendemain matin, sur le coup de six heures trente, elle sauta dans son jogging, laça ses Reebok avec soin et se dirigea au petit trot vers le terrain du Bel Air Country Club par une petite route, à cette heure matinale, encore déserte.

Dans le silence délicatement troublé par le chant des oiseaux, elle perçut un bruit de moteur. Une Toyota grise, surgie d'on ne sait où, vint se placer derrière elle… Et brusquement, le conducteur accéléra à fond. Deux secondes avant le choc, Claudia pressentit le danger et tenta de sortir de la route.

Trop tard. La voiture la heurta de plein fouet et elle fut projetée inconsciente dans un fourré à une cinquantaine de mètres.

La Toyota, conduite par un Asiatique, prit le large à toute vitesse.

La peur, une indéchiffrable terreur, écrasait la poitrine de Jeffrey Brett, depuis qu'il avait été informé du pseudo-accident de sa cousine. Arthur lui avait appris au téléphone qu'elle avait survécu, certes, mais qu'elle se trouvait hospitalisée avec une hanche, une jambe et deux côtes brisées, de multiples contusions et, plus grave encore, qu'elle demeurait plongée dans un coma profond. Les docteurs se montraient relativement optimistes concernant un rétablissement physique assez prompt, mais ils avaient beaucoup de réserves quant à une reprise de conscience, sérieusement compromise par un coup violent à la partie postérieure du crâne.

Jeffrey allait et venait sur la moquette épaisse de son bureau, en proie à une nervosité qui l'amena devant l'immense mur de verre à travers lequel on découvrait un panorama de San Francisco à couper le souffle. Rincon Hill, où, cent quarante ans plus tôt, Scott Kinsolving avait édifié la grande demeure dans laquelle il avait porté à bout de bras sa femme Emma ; Nob Hill, où Emma et Archer avaient vécu dans leur palais pseudo-Renaissance…

Claudia l'avait accusé de trahison vis-à-vis de la famille. Dieu savait qu'elle en avait compté des escrocs, des voyous et des criminels, cette famille ! À l'instar, d'ailleurs, de n'importe quelle grande famille qui aujourd'hui occupait le haut du pavé : les Rockefeller, les Mellon, les Ford et les Dupont. Grâce à leurs bonnes œuvres, à leurs donations, à leurs créations charitables, ils avaient su se mettre hors de portée d'une éventuelle réprobation.

Ils ne s'étaient pas placés au-dessus des lois pour autant. Jeffrey tira un mouchoir de sa poche intérieure et s'épongea le front. Elle avait raison, Claudia. Il l'avait bel et bien trahie, la famille. Et sans doute devrait-il payer cette trahison au prix du plus inimaginable des châtiments pour un Collingwood : la prison. Et cela uniquement pour avoir satisfait son vice : l'avidité.

Étant un des personnages les plus riches d'Amérique, il disposait d'un revenu annuel d'environ cinq millions de dollars. Ce qui ne l'empêchait pas d'en dépenser en moyenne plus de sept. Pour passer sous silence l'année où il lui en avait fallu neuf. Les femmes y entraient pour une large part, naturellement, ne fût-ce qu'en raison de la fragilité désolante d'Irène. Il recourait aux bons soins de call-girls de grande classe, quand ce n'étaient pas les filles recrutées dans la famille de ses amis. En fait, les présumées « victimes » se précipitaient au-devant de leur sort, attirées par la brillance, le renom, la classe et la richesse fabuleuse de la flamme Collingwood.

Pourtant, la satisfaction de leurs exigences parfois excentriques n'aurait pas suffi à dilapider de telles sommes si n'étaient venus s'y ajouter les voitures, le yacht, le jet privé. Jeffrey, ayant hérité le faible familial pour ce qui touchait à l'art, s'était jeté à corps perdu dans l'accumulation de collections parfois fort onéreuses. L'un dans l'autre, il avait dépensé plus de trente millions en quelques années pour acquérir les bijoux d'Irène, ainsi que ses toilettes, la maison de maître à Burlingame, le pied à terre à New York, le château en Normandie, le chalet à Gstaad, le domaine à Maui. Le brillant et l'éclat avaient fini par grignoter l'or.

Acculé à l'obligation de trouver des ressources complémentaires, jouer à la Bourse, à partir de la situation qu'il occupait, lui était apparu comme un jeu d'enfant. Quoi de plus simple, en effet, que de jouer à la hausse et à la baisse les actions de son propre groupe quand, de surcroît, on peut peser sur l'orientation des opérations dudit groupe ? Une véritable machine à sous géante. Et comment aurait-il pu prévoir le krach ?

Le nasillement de l'intercom vint interrompre le cours de sa réflexion.

— Monsieur Brett… Monsieur Stevens demande à être reçu.

Il retourna précipitamment s'asseoir à son bureau.

Faites-le entrer.

Jeffrey Brett se laissa tomber lourdement sur son siège. Ainsi, le moment était venu. Celui de l'estocade dans l'arène Collingwood. Il ne nourrissait aucun doute à l'égard des recherches d'Arthur : il avait forcément tout mis au jour. Leur dernier entretien téléphonique lui avait versé un poison mortel dans le cœur.

Du regard, il fit encore une fois le tour de ce bureau dont il tirait tant de fierté, avec son ameublement ultra-moderne et fonctionnel. Un mélange de design contemporain et de meubles anciens d'une extrême rareté, à la fois pour leur lustre et leur authenticité. En particulier les deux magnifiques dieux chinois, grandeur nature, laids comme un cauchemar, qui flanquaient la porte à double battant en acier poli. Les murs qui n'avaient pas été remplacés par du verre proposaient toutes les nuances de l'héliotrope, à l'intérieur d'un liséré violet sombre. Deux Mondrian, dont l'un lui avait coûté la modique somme de onze millions, et trois Klee, représentaient l'expression de sa dévotion à l'Art Contemporain.

À son entrée, Arthur Stevens marqua un temps d'arrêt en découvrant les grimaçants dieux guerriers de la dynastie Ming. Revenu de sa surprise, il s'avança sur la moquette haute laine mauve tendre, jusqu'à la table Régence délicatement ouvragée.

— Slade Dawson, jeta-t-il. J'ai passé douze heures à étudier le suivi des opérations boursières du groupe Collingwood au cours de ces deux dernières années... jusqu'à ce que la vérité m'apparaisse. Vous êtes Slade Dawson !

Jeffrey était devenu blême.

— Je n'ai jamais très bien compris pourquoi les experts de Spencer ne s'en sont pas rendu compte.

— Parce que les comptables de Spencer ignorent l'histoire de la famille Collingwood, en tous cas, telle que je la connais, moi. Vous avez utilisé le patronyme du moins reluisant de vos ancêtres afin de couvrir vos délits d'initié ainsi que vos opérations frauduleuses... jusqu'à ce jour d'octobre, le 19, où vous avez ramassé une mémorable déculottée. Qui vous a tiré de ce mauvais pas ? Ching et Northfield ?

— Oui.

— J'ai l'intention de porter cette affaire devant le tribunal ; aussi seriez-vous bien inspiré de vous entourer de vos meilleurs conseillers, si vous entendez mettre sur pied un système de défense.

— Je n'ai pas l'intention de me défendre, répliqua Jeffrey d'une voix lasse. Je me suis rendu coupable de trahison vis-à-vis la famille. Mais je peux vous jurer, Arthur, qu'à aucun moment je ne les aurais cru capables d'assassiner Spencer et d'essayer de supprimer Claudia. Je suis un escroc mais pas un assassin.

Arthur posa un regard pénétrant sur ces traits déformés par la peur panique.

— Oui, je vous crois, Jeffrey. Franchement, il vous manquera toujours le cran nécessaire pour devenir un meurtrier. Par contre, vous êtes bon pour la prison et pour un bon moment. À moins que vous ne nous fournissiez les moyens d'épingler Ching et son complice, auquel cas la peine pourrait être réduite.

Jeffrey se leva brusquement.

— Vous n'obtiendrez jamais aucune preuve contre Ching et Northfield. Jamais. Ils sont beaucoup trop rusés pour être pris en défaut. Et si, par malheur, je collaborais à leur mise en accusation, Dieu sait ce qu'ils feraient à mes enfants. Non, décidément, il ne me reste qu'une unique solution, Arthur, car je n'ai nullement l'intention de passer ne serait-ce qu'une seule nuit en prison.

D'un seul et large mouvement, il empoigna une lourde chaise acier-cuir de Cordoue et l'écrasa contre le panneau de verre fumé qui tenait lieu de mur, derrière son bureau. La vitre vola en éclats et la pièce s'emplit soudain d'un courant d'air rugissant.

— Jeffrey ! Au nom du ciel !

Le temps qu'Arthur contourne la table de travail, Jeffrey s'était avancé au bord du gouffre profond de cinquante-huit étages, les cheveux tirés en arrière, les vêtements plaqués au corps. À la faveur de la seconde d'hésitation qui l'avait arrêté, Arthur put le saisir par le bras.

— Laissez-moi tranquille ! cria-t-il.

— Venez par ici ! cria Arthur, encore plus fort.

— Je refuse de mettre les pieds dans vos satanées prisons !

Les deux hommes luttaient devant le vide. Arthur, ayant réussi à le faire chuter, ils poursuivirent l'empoignade sur la moquette, l'un ou l'autre prenant tour à tour le dessus. Jusqu'à l'instant où Arthur se trouva en fâcheuse posture, tout au bord de la brèche, la tête dépassant au-dessus du vide, assourdi par les coups de bélier du vent. Lui qui était sujet au vertige ! L'espace d'une seconde, il aperçut Montgomery Street en-dessous de lui, grouillante de voitures grosses comme des fourmis.

À ce moment, Jeffrey se libéra de sa prise.

— Vous direz à Claudia que je regrette ! hurla-t-il en même temps qu'il bondissait par-dessus le corps d'Arthur, les paupières fortement serrées, la bouche largement ouverte sur un interminable cri.

Un cri qui s'estompa lentement, très lentement, comme le sifflet d'un train perdu dans la nuit.

Le silence retomba.

Elle ressemble à la Belle au Bois Dormant, songea Arthur qui avait pris place auprès de son lit d'hôpital et tenait sa main abandonnée entre les siennes.

— Il faut lutter, Claudia, murmura-t-il d'une voix très douce. Les docteurs affirment qu'ils n'ont aucun pouvoir sur la guérison de votre cerveau. Il faut qu'il revienne à la vie par ses propres moyens. Voici trois jours déjà qu'il somnole. Il est temps de vous éveiller à l'existence.

Elle respirait profondément, les yeux clos, au rythme paisible des bip... bip... du moniteur sur l'écran duquel s'inscrivaient en vert lumineux les ondes mystérieuses du fonctionnement de son cerveau ainsi que les battements de son rythme cardiaque.

— Je vous en prie, poursuivit-il, faites l'effort de vous éveiller.

Le médecin lui avait expliqué que certains états comateux laissent passer le son de la voix, même si aucune réaction ne s'ensuit. On connaissait également des cas où le malade avait été tiré de son coma grâce à l'inlassable répétition d'admonestations et d'encouragements alternés. Aussi bien était-il résolu à tout essayer.

— Nous avons impérieusement besoin de vous et de votre présence, Claudia. Vous êtes la dernière Collingwood. Jeffrey est mort et Irène vend ses bijoux dans le but de désintéresser Ching et son complice Northfield. Elle, comme le reste de la famille, ont accepté de faire don du ranch à l'État. Ainsi les deux compères sont battus au poteau. Ils ne peuvent plus rien tenter. Alors, je vous en supplie, Claudia, il faut renaître à la vie à présent.

Pas un muscle de son visage ne frémit.

— J'ignore si vous m'entendez, poursuivit-il, mais parmi les motivations concernant votre résurrection, il en est une très personnelle et très égoïste... et pas seulement parce que vous êtes à mes yeux une cliente de poids.

Il prit le temps de se frotter les yeux. « Bougre d'imbécile, ne pourrais-tu t'y prendre un peu plus adroitement, espèce de mufle... »

— Euh, voilà, je vais vous dire, je suis tombé amoureux de vous. Je ne doute pas de nourrir là un rêve délirant, un espoir complètement fou, mais que pourrais-je vous dire d'autre ? Je vous trouve étonnamment belle, séduisante, sensuelle et je ne rêve que de vous prendre dans mes bras et... Et Gilbert, lui-même, vous accorde tous les mérites. Ça y est, voici que je recommence... je suis tombé amoureux de Katie en dix minutes mais, en ce qui vous concerne, il ne m'en a pas fallu plus de deux... Enfin quoi qu'il en soit, si réellement vous pouvez m'entendre, je vous le déclare tout net : je suis fou de vous.

La porte s'ouvrit dans son dos, livrant passage à l'infirmière de garde.

— Comment est-elle ? chuchota-t-elle en s'approchant.

Il leva une épaule.

— Toujours pareil. Je ne sais plus que faire. Je finirai par sombrer dans la dépression.

L'infirmière contourna le lit.

— Cela prend du temps, parfois, vous savez. À présent, je vais m'occuper de sa toilette, monsieur Stevens.

Arthur se leva, sans quitter des yeux le visage détendu de la belle endormie.

— Bonne nuit, Claudia. Je reviendrai demain. Mais n'oubliez pas ma recommandation : il vous faut combattre sans relâche.

— Vous êtes un ami exemplaire, observa l'infirmière.

— Ma foi… soupira Arthur. Sans compter que j'aimerais devenir plus qu'un ami.

Il attendait l'arrivée de l'ascenseur, à l'extrémité du couloir, lorsqu'un appel de l'infirmière le tira de sa rêverie.

— Monsieur Stevens !

Elle courait vers lui, avec de grands gestes éloquents des deux bras.

— Elle est sortie de sa torpeur. Elle a prononcé un mot !

— Comment cela ?

— Elle a répété plusieurs fois « Emma ». Qui donc est Emma ?

Avant de retourner à grandes enjambées vers la chambre de la blessée, Arthur déclara d'une voix entrecoupée de rires :

— Une sacrée bonne femme, croyez-moi !

Deux mois plus tard, il la soutenait précautionneusement tandis qu'elle entrait à petits pas dans l'eau de sa piscine privée. On l'avait laissé sortir de l'hôpital dès que la jambe avait pu être déplâtrée sans risque. La hanche était maintenue par une broche, les blessures superficielles se cicatrisaient graduellement. Il l'avait alors ramenée chez lui, il avait loué les services d'une infirmière à plein temps et, chaque matin, il l'entraînait à rééduquer ses jambes, dans l'eau, sur une musique de Rachmaninov.

— Savez-vous bien que je prends de singulières habitudes, dit-elle, un sourire malicieux aux lèvres, étroitement agrippée à son cou.

— L'essentiel est que ce n'en soient pas de mauvaises !

— Vous n'y pensez pas ! Vous avez su faire montre de tant de gentillesse et de sollicitude à mon égard. Par-delà tout ce dont je vous suis redevable, en qualité de cliente, je vous dois en plus beaucoup de gratitude, Arthur.

— J'ai reçu un fax de maître Legrand.

— L'avocat de Guy ? Quelles nouvelles ?

— Aucun problème. Il semblerait qu'il ait persuadé sa voisine de se laisser épouser.

— Madame Valmont ? Oh, quelle chance !

— Pourquoi cela ?

— Parce que les soixante hectares qu'elle possède sont mitoyens des terres du château. Guy les a toujours lorgnés mais les Valmont refusaient obstinément de vendre. À présent qu'elle est veuve, il épouse le vignoble !

— Eh oui ! La terre ! Le seul bien matériel durable. À présent, je voudrais vous voir donner des coups de pied.

Ils se trouvaient dans l'eau jusqu'au cou. Elle tenta de fouetter l'eau qui, à cette profondeur, résistait comme une couche de plomb.

— J'ai fait un rêve étrange la nuit dernière... dit-elle en reprenant son souffle.

— Ah oui ? Lequel ?

— J'étais retournée à l'hôpital, vous étiez assis près de mon lit et vous me disiez... attendez un peu... comment était-ce ? Ah oui ! Vous me disiez : « Je suis tombé amoureux de vous... c'est sans doute un rêve fou de ma part, mais que pourrais-je vous dire d'autre ? Je vous trouve étonnamment belle, sensuelle... »

Il la dévisageait, le cœur battant.

— Ce n'est pas un rêve, voyez-vous. Je vous ai réellement dit tout cela. Dois-je en déduire que vous avez joué l'inconscience pour me laisser parler ?

Elle se borna à hausser les épaules, un sourire énigmatique aux lèvres.

— Qui peut savoir ? Quoi qu'il en soit, si vous ne vous décidez pas à m'embrasser sans plus tarder, je vais sombrer dans la mélancolie. Je vais vous faire une confidence : nous, la branche féminine des Collingwood, avons de tout temps montré un faible inguérissable pour les hommes particulièrement séduisants.

Il posa ses lèvres sur les siennes. Elle cessa de donner des coups de pied dans l'eau.
Un inexprimable sentiment de bonheur déferla sur Claudia Collingwood et envahit son être tout entier.